MW01248549

GABRIEL WOLF

A TÜKÖR KÉT OLDALÁN

(Két regény egy kötetben)

További
Wolf & Grant Könyvek:
www.wolfandgrant.org

Copyright

Írta:

Újrakiadás éve:

Újraszerkesztették:
Farkas Gábor és Farkas Gáborné

Fedélterv:
Gabriel Wolf

Fülszöveg

Ez a kötet Gabriel Wolf "Pszichokalipszis" és "A feledés fátyla" című regényeinek kiadása egy kötetben.

A két regény főhőse, Leir és Abe egy tükör két oldalán, párhuzamos világokban élnek. Sorsuk már a regények folyamán összekapcsolódik, később pedig történetük közösen fog folytatódni az "Új világ" című regényben.

Leir és Abe saját világukban mindketten hasonló problémával találják szembe magukat: az apokalipszissel.

A tükör egyik oldalán, Leirnél élőholtak, a másik oldalon, Abe-nél pedig elvadult hajléktalanok tartják rettegésben az embereket és vetnek véget civilizációjuknak.

Vajon a valóságban melyik világ lenne ijesztőbb és kilátástalanabb? Melyiket lenne könnyebb átvészelni és túlélni?

Ebből a kötetből most kiderül.

Tartalom

Gabriel Wolf

PSZICHOKALIPSZIS

Fülszöveg

Ez a történet egy pszichopata gyilkosról szól, aki egy apokaliptikus, zombikkal teli világban borzalmas dolgokat tesz. Manipulál embereket, másokat pedig cserben hagy, és mindenkit hazugságban tart.

Senki sem tudja, *valójában* milyen ember ő, mire képes ez az őrült, és van, aki erre sajnos csak saját kárán tanulva kapja meg a választ. Az egyetlen személy, aki vérengző útja végén talán egyszer majd megállíthatja... egy veszélyes alak, aki *szintén nem* egyszerű eset. Megjárta már a poklot, sőt jelenleg is ott él bizonyos szempontból... Ugyanis ő maga a „*Gonosz*": egy olyan ellenfél, akire a gyilkos nem igazán volt felkészülve. Ki akkor tehát az igazi pszichopata?

Ez a történet két mindenre elszánt ember végső harcát és leszámolását mutatja be a zombiapokalipszis kellős közepén.

A *Pszichokalipszis* egy gyors tempójú, izgalmakkal és váratlan fordulatokkal teli történet.

Olyan, mint egy utazás egy száguldó vonaton, amely egyenesen a pokolba tart.

...*szó szerint*!

Háttértörténet

Ez az írás a képzelet műve.

Habár a történet Magyarországon játszódik, ez nem az a Magyarország, amit mi ismerünk. Ez egy alternatív verziója az általunk ismert világnak, ahol...

A második világháború végén, amikor az *amerikaiak* az utolsó Magyarországon tartózkodó német katonát is kiűzték országunkból, egyben meg is szállták azt. Ez volt az amerikai megszállás kezdete. Évtizedeken át tartott, és teljesen talán soha nem is ért véget. Ez a változás mind gazdaságilag, mind kultúráját tekintve erősen befolyásolta Magyarország történelmének alakulását.

Mivel a huszadik század végén az amerikaiak komoly pénzeket fektettek az országba, így megugrott a technikai fejlődés, az orvostudomány, az űrkutatás és a találmányok száma is. Látványosan megnőtt a Magyarországon gyártott műszaki cikkek és gyógyszertermékek színvonala, ezáltal pedig a kereslet is irántuk. Magyarország lett az új Svájc, csak mi nem csokoládéról és bicskáról lettünk híresek, hanem TV-kről, mobiltelefonokról és fejfájáscsillapítókról.

A megszállás alatt Magyarországon az angol lett a második hivatalos nyelv. A '60-as években kötelező tananyaggá vált, és innentől kezdve a legtöbb magyar ember anyanyelvi szinten beszélte az angolt. Az emberek egyre inkább angolszász neveket kezdtek adni gyerekeiknek.

Azért is, mert a mindenki által beszélt, és egyre inkább közkedvelt angol nyelvben használt nevek is divatba jöttek, továbbá azért, mert az ország fellendült, óriási méretűre nőtt exportját és kereskedelmének fogaskerekeit még olajozottabbá tette, ha az üzletkötők és az ezen a területen dolgozó emberek könnyebben meg tudták jegyezni és ki is mondani egymás nevét.

Egy amerikai megrendelő szívesebben beszélt például telefonon egy „David Smith"-szel, mint egy „Kóvex-Xörhelmáj Xebével" (Kovács-Cserhalmi Csaba angolosan ejtve), amit sem kiejteni, sem megjegyezni nem tudott volna.

1970-re semmilyen újszülöttnek nem adtak többé magyar nevet. Sokan pedig, akik még a régi rendszerben születtek, inkább nevet változtattak.

Felmerülhet a kérdés, hogy vajon mennyire lenne jó egy ilyen Magyarországon élni?

Boldogabbak lennénk?

A most következő regény által – habár a történet valójában nem erről szól, és semmi köze a politikához vagy a történelemhez, mégis – bepillantást nyerhetünk egy kicsit ebbe a másik világba.

GABRIEL WOLF

WOLF

Táncolj a holtakkal

Fülszöveg

Táncolj a holtakkal („Pszichopata apokalipszis" első rész)

Ez a történet egy pszichopata gyilkosról szól, aki egy apokaliptikus, zombikkal teli világban borzalmas dolgokat tesz. Manipulál embereket, másokat pedig cserben hagy, és mindenkit hazugságban tart. Senki sem tudja, *valójában* milyen ember ő, mire képes ez az őrült, és van, aki erre sajnos csak saját kárán tanulva kapja meg a választ. Az egyetlen személy, aki vérengző útja végén talán egyszer majd megállíthatja... egy veszélyes alak, aki *szintén nem* egyszerű eset. Megjárta már a poklot, sőt jelenleg is ott él bizonyos szempontból... Ugyanis ő maga a „*Gonosz*": egy olyan ellenfél, akire a gyilkos nem igazán volt felkészülve. Ki akkor tehát az igazi pszichopata? Ez a történet két mindenre elszánt ember végső harcát és leszámolását mutatja be a zombiapokalipszis kellős közepén.

A *Pszichokalipszis* egy gyors tempójú, izgalmakkal és váratlan fordulatokkal teli történet. Olyan, mint egy utazás egy száguldó vonaton, amely egyenesen a pokolba tart. *...szó szerint!*

Köszönetnyilvánítás

Az Infra Black együttes "Dance with the Dead",
azaz "Táncolj a holtakkal" című dala
©2009 DSBP Records

dive into coma
freefall into the sleepless night
life is just a trauma
leave it all behind! it's headshot time!

wake up fucking wired
in synthetic Hell!
feel the rhythmic echoes of screams
of the guilty dead!

dance with the dead!
come on dance with the dead!
tread your path in the hellectric jungle!
move your corpse to the rhythm of Hell!

feel the rhythmic echoes
of screams of the guilty dead
come on fucker, dance with the dead!

Első fejezet: Clarence

Clarence mindennap pontban 7 óra 50 perckor érkezett meg a munkahelyére. Szeretett pontos lenni. Biztonságot adott neki az a tudat, hogy élete egy meghatározott rendszer szerint működik, és ő ezt befolyásolni tudja. Lenézte és megvetette azokat az embereket, akik mindent a véletlenre bíztak, akik úgymond csak a „pillanatnak éltek". Clarence-nek minden napja és minden perce már hetekkel előre be volt osztva. Sokszor hónapokkal előre. Ő semmit sem bízott a véletlenre. Nem hagyta, hogy ilyesmi a tervei útjába álljon, még akkor sem, ha valójában rettegett a kiszámíthatatlan, előre be nem kalkulálható tényezőktől. Ugyanis nemcsak megvetette a spontán embereket, de félt is tőlük. Számára ijesztő volt az, ha valaki nem fél az ismeretlentől és a bizonytalanságtól. Ezért gyűlölte Anne-t, aki már hat éve volt kolléganője a Semmelweis 2-nél.

Anne egy bájos, enyhén túlsúlyos lány volt. Enyhe ducisága ellenére roppant önbizalommal rendelkezett. Mindenkire mosolygott, mindenkivel kedves volt, még azzal is, akit senki sem kedvelt: még Clarence-szel is. Clay-nek szólította. Ő volt az egyetlen, aki becézte. És emiatt *is* utálta a lányt.

– Jó reggelt, Clay! – mondta Anne jókedvűen ezen a borzasztóan meleg, augusztusi napon. – Te nem vagy fáradt? Hú, hogy én hogy utálom a hétfőt! Már most fáradt vagyok! Meg ez a meleg is!

– Nem vagyok fáradt – válaszolta „Clay" enyhe mosolyt erőltetve magára – Igyekszem mindig időben lefeküdni.

– Neked van igazad! Te olyan okos vagy, én mindig mondom, hogy így van! – hízelgett a lány. Kivillantak tökéletes, hófehér fogai. Valóban szép teremtés volt, még enyhe túlsúlyossága ellenére is.

– Ááá… ugyan! – jött a férfi teljesen zavarba. Elvörösödött. Egyáltalán nem tudta hová tenni a bókokat. Nem volt hozzászokva az ilyesmihez.

Clarence-t soha senki nem dicsérte életében. Még anyja sem. Gyűlölte is érte a vén ribancot. Igaz, hogy anyja soha nem szidta, és látszólag mindig kedves volt vele, mégsem úgy, ahogy ő elvárta, vagy ahogyan vágyott volna rá. Mindig is pufi kisgyereknek számított, és felnőttként is az maradt. Pedig már gyerekkorában is mindent beleadott tornaórákon. Aztán később munka mellett is próbált sportolni többféle módon. Egyik sem vált be.

Anyja pedig mindig olyanokat mondott neki emiatt, hogy:

„Siess egy kicsit *jobban*, drágám! Tudod, hogy a pocid miatt neked jobban kell!"

Továbbá olyanokat, hogy:

„Húzd be a hasad! Az a helyes lány épp téged néz!"

Clarence egész gyerekkorában borzasztóan gátlásos volt a lányokkal. Általában szólni sem mert hozzájuk.

Aztán tizennyolc éves korában végül eldöntötte, hogy megtöri az ördögi kört, és a gimnáziumi szalagavató bál alkalmával végre udvarolni kezd. Úgy határozott, hogy a sarkára áll, és elhívja Debbie Brightmant, hogy legyen kísérője a bálba. Debbie-t más nem hívta el, mert nem számított túl szépnek, de azért nem is ő volt a legcsúnyább lány az osztályban. Helyes volt a mosolya, legalábbis Clarence ezzel nyugtatta magát. A fiú arra gondolt, hogy végre barátnőt kellene már szereznie, és akár Debbie is lehetne az első, akit randevúra invitál.

„Lehet, hogy őt kéne először elhívnom" – gondolta magában – „Ő biztos nem mondana nemet. A mosolya is azért egész helyes."

Habár olyan nagyon azért nem tetszett neki a lány, azért mégis próbált udvarolni egy kicsit Debbie-nek, mert úgy érezte, nála legalább van valami esélye. Rettegett a véletlen, váratlan szituációktól, pláne a kínos pillanatoktól. Nem bírta volna elviselni, ha egy lány nemet mond neki. Ezért nem is igen hívta egyiket sem randevúra.

Annak ellenére, hogy gyűlölte saját külsejét és enyhe – ám lefogyhatatlan – túlsúlyát, valahol legbelül mégis nagy önbizalommal rendelkezett, mert tisztában volt saját intelligenciaszintjével, és tudta, hogy az enyhe külsőbeli hiányosságait eszével jócskán ellensúlyozni tudja mások előtt.

„Nem számít a túlsúly, ha az ember ilyen okos, mint én!" – Gyakorta győzködte magát ezzel, ha kétségei adódtak.

Önmagát meg tudta győzni így.

Sajnos *a lányokat* már nem lett volna ilyen könnyű. Ezért hát ilyen szövegekkel inkább csak magát biztatta és nyugtatta olyankor, amikor önkritikát gyakorolt (kezével... két sírás között a sötétben, elalvás előtt).

Állandó harcban állt magával, és nem tudta, hogy vajon melyik énjének kellene inkább teret engednie? Önbizalommal teli, intelligens, korához képest nagyon komoly és érett énjének? Vagy inkább a félénk kisfiúnak, akit pocakja és tokája miatt az anyja állandóan gúnyolt a maga módján?

Clarence legalábbis gúnynak vette. Habár néha felmerült benne, hogy az asszony csak szeretetből csinálja az egészet, mert félti, de a fiú akkor is úgy vélte, az ember nem gúnyolódik azzal, akit szeret! Ugyanis senki sem tökéletes. És ha a kigúnyolt személy nem tud változtatni valamilyen hiányosságán, akkor mi értelme van ötpercenként felhívni rá a figyelmét? Anyja nagyon jól tudta, hogy ő mindig mindent megtesz, mégsem hagyja békén a súlyával. Kamaszkorában mindennaposak voltak a „pocis" megjegyzések, és Clarence már gyűlölte miattuk az asszonyt. Egyszer rá is kiabált emiatt, és azt ordította sírva, hogy:

– Hagyjál békén ezzel! Fogd már be! Tudod, hogy nem tudok lefogyni!

De anyját ezek a szavak egyáltalán nem hatották meg. Pedig Clarence rendkívül sok erőt gyűjtött össze magában ahhoz, hogy ezt ki merje így mondani.

A határozott édesanyát ez mégsem győzte meg arról, hogy abba kellene hagynia a túlsúllyal kapcsolatos megjegyzéseket. Sőt! Még ő sértődött meg a végén! Hetekig nem állt szóba a fiával, és többször főzni sem volt rá hajlandó, amiért Clarence egyszer felemelte a hangját. A gyereknek az utolsó napokban hideg szendvicseken kellett élnie.

Annyira rosszul volt már tőlük, hogy néhány nap után ebéd közben öklendezni kezdett. Anyja eleinte szó nélkül, könyörtelenül nézte, ahogy fuldoklik, és visszanyeli a hányást, aztán amikor végül már nem bírta visszatartani, Clarence elokádta magát, és összemocskolta az ebédlő piros perzsaszőnyegét.

Az asszony dühöngve takarította kedvenc szőnyegét. Még akkor is dörzsölte, amikor már semmilyen nyoma nem volt rajta hányásnak. Azért még csak sikálta néhány órán keresztül műanyag sörtéjű kefével és szúrós szagú, erősen lúgos tisztítószerrel. Közben olyanokat mormogott maga elé, hogy:

– Én megmondtam, hogy ne egyen annyit! Ilyen tokával és pocakkal?! Egy lánynak sem fog kelleni! Ez a gyerek meg itt hányásig zabálja magát nekem!

Pedig Clarence egyáltalán nem evett sokat. Egész nap csupán azt az egy szendvicset ette. Csak már hányingere volt tőle, mert napok óta nem evett rendes meleg ételt.

Tehát anyja egyértelmű, hogy igazságtalanul járt el! Clarence ekkor gyűlölte meg. El is határozta hát, hogy egyszer még az őrületbe kergeti.

Még többet rontott később a helyzeten, amikor Debbie Brightman igent mondott a szalagavató bálba való meghívásra, és aznap fél hatra érte mentek.

Clarence mindenképp busszal akart menni, mert szánalmasnak tartotta, hogy az anyja vigye el kocsival egy randevúra, ám az asszony hajthatatlan volt ez ügyben. Nagyon féltette a pocakos kisfiút. Azt mondta, a rosszindulatú suhancok a buszon csak megvernék a túlsúlya miatt.

Mindig ilyeneket mondott neki, pedig egyáltalán nem volt annyira kövér. Az iskolában is alig csúfolta valaki. Vagy legalábbis akadtak, akiket sokkal többen csúfoltak őnála.

Debbie gyönyörűen nézett ki aznap este. Nem ő volt a legszebb lány, az biztos, de akkor tényleg kitett magáért. Nővére segíthetett neki sminkelni, mert most egész máshogy festett, mint az iskolában. A fiú nagyon büszke volt rá, hogy egy „ilyen szintű csajjal" megy a bálba, és előzékenyen kinyitotta neki a Volkswagen ajtaját. Még olyat is mondott közben, hogy:

– *Hölgyem*, a kocsija előállt. – Clarence sosem volt viccelődős típus, de *most ő is* kitett magáért. Számára ez volt a felnőtté válás napja és pillanata. Nemcsak napok, de már évek óta készült tudatosan erre a lépésre. Mindent előre eltervezett.

Azt viszont nem, hogy anyja miket fog mondani az úton, amíg a bálba viszi „az ifjú párt"!

Az asszony egy darabig gondterhelten nézte a visszapillantó tükörből a két elvörösödött, mosolygós kamaszt a hátsó ülésen. Eleinte perceken keresztül kínos csend uralkodott az autóban, de az aggódó mama végül csak megszólalt:

– Nagyon csinos vagy, Debbie! Igazán jól áll neked ez a ruha!

– Köszönöm szépen, Mrs. Bundle! – mosolyodott el Debbie még jobban elvörösödve.

– Igazán hálásak vagyunk neked, ugye tudod? – folytatta a nő. – Annyira rendes tőled, hogy *hajlandó vagy* elkísérni őt. – Clarence azt hitte, nem jól hall! – Tudjuk mi a fiammal, hogy azért nem olyan kövér ő, de azért akkor is rendes vagy, hogy hajlandó vagy ezt megtenni érte!

– Anya! Ne már! – szabadkozott kétségbeesetten károgva a fiú. – Miről beszélsz? Ne izélj! Hagyjuk ezt a témát!

– Jó-jó, kicsim! Tudod, hogy csak segíteni próbálok! Húzd be szépen a pocikádat, nehogy Debbie meglássa, hogy valójában mennyire kövér vagy!

A fiú nyomban elhallgatott. Tudta, hogy Debbie nem sajnálatból jött el vele a bálba, hanem mert tényleg imponáltak neki a kiváló tanulmányi eredményei. Ráadásul a lány sem volt éppen a legszebb az osztályból, és Clarence nagyon jól tudta, hogy ha ő nem hívja el, akkor valószínűleg otthon maradt volna egyedül, akárcsak ő. Egyáltalán nem tett neki tehát Debbie szívességet. Vagy ha igen, akkor önmagának is legalább annyira. Anyja ezt egyáltalán nem látta át, de nem is érdekelte.

Debbie arcáról nemsokára elkezdett hervadni az addigi felhőtlen, vidám mosoly. Az út hátralévő részében unottan nézett kifelé az ablakon, és nem volt túlzottan kommunikatív.

Később maga az este sem alakult jobban. Sőt! A bál folyamán Debbie kerülte Clarence társaságát, és már nemcsak oda-oda ment másokhoz beszélgetni, de hosszú percekre velük is maradt. Fél órával később pedig teljesen nyoma veszett. A fiúnak fogalma sem volt, hogy akkor hová tűnt, de tény, hogy soha többé nem találkozott Debbie Brightmannel négyszemközt, kettesben.

Aznap valószínűleg azért nem, mert a lány megkérhetett valakit, hogy inkább vigye haza, és elment. *Később* pedig azért, mert Clarence már soha az életben nem kereste, és nem is hívta el máshová. Nem merte ugyanis, mert ahhoz túlzottan szégyellte magát.

A bál végén a megizzadt, fáradt fiú kínosan feszengve, rosszkedvűen ácsorgott a szalagavatóra feldíszített tornateremben. Úgy gondolta, mindenki őt nézi, mert rajta kívül mindenki párban volt, és önfeledten táncolt. Persze valójában senki sem foglalkozott vele, ő mégis úgy érezte, hogy mindenki rajta mulat. Anyja megalázta őt azzal az újabb beszólásával, és ezt a napját is sikerült tönkretennie.

Ekkor döntötte el, hogy nemcsak az őrületbe fogja kergetni a vén ribancot, de egyszer *meg is öli*.

* * *

Clarence kiváló tanulmányainak köszönhetően azonnal felvételt nyert az orvosi egyetemre. Onnan pedig szintén példás jegyekkel és doktori diplomával távozott.

Aztán ifjú pályakezdőként viszonylag hamar sikerült kiváló álláshoz jutnia. A Semmelweis 2. kutatóállomáson előlegeztek neki bizalmat, és nem hiába, mert valóban elsőrendű munkát végzett. A „K" részlegen dolgozott most már tíz éve. Új gyógyszerek kifejlesztésével foglalkozott, továbbá meglévők továbbfejlesztésével is.

Habár kiváló szakmája volt, és sokan elismerték benne, a *nőknél* soha nem ért el sikereket. Első felnőtt éveiben még mindig anyjával élt. Gyűlölte az idősödő asszonyt, aki nemcsak tönkretette élete legszebbnek ígérkező óráit a szalagavató bál estéjén, de azóta sem hagyta őt békén. Naponta mondogatott neki olyanokat, hogy:

– Nem csak a *munka* a fontos, kisfiam. Ismerkedned is kéne néha. Bent a munkahelyeden is csak ülsz. Utána itthon úgyszintén. Közben meg csak eszel és eszel. Addig tömöd magad, hogy a sok hájtól lassan már *női* melleid vannak!

Ez egyáltalán nem volt igaz. A pufók kisfiúból egy némileg jobb külsejű fiatal férfi lett. Igaz, enyhén kopaszodott, szemüveget hordott, és valóban maradt még egy kis pocakja és tokája is, de azért akkor sem volt már pufók, mint gyerekkorában. Anyja állandó fontoskodása az őrületbe kergette a frusztrált fiatalembert. Ekkor már olyan gyűlöletet érzett iránta, hogy korábbi tervét, miszerint egykor lelöki majd egy lépcsőn, már túl kevésnek érezte. Azt akarta, hogy szenvedjen a „vén szemét", legalább úgy, ahogy ő szenvedett a szalagavatón... úgy, ahogy Clarence egész gyerekkorában szenvedett, sőt még most, felnőttkorában is!

Anyja őrületbe kergetését apró lépésekkel kezdte, mert minden pillanatát ki akarta élvezni.

Egyszer munka után vett egy új zárat a postaládájukhoz, és kicserélte, mielőtt anyja hazaért volna. Mrs. Bundle idős kora ellenére még mindig dolgozni járt, és általában kicsit később ért haza, mint ő, mert messzebb volt a munkahelye. Clarence-nek akadt hát némi ideje arra, hogy elszórakozzon a zárral, tulajdonképpen még élvezte is az unalmas robotolás után, amit a laborban csinált. Szép munkát is végzett: egyszer sem karcolta meg a postaládát. Észre sem lehetett venni, hogy zárcsere történt, így nem is kellett szólnia róla az anyjának.

Bár igaz, hogy *eredetileg* sem akart...

Mikor Mrs. Bundle hazaért, természetesen nem tudta kinyitni a zárat, mivel nem passzolt bele a kulcsa. A nő nem vette észre a zárcserét – Clarence valóban gondosan járt el –, ezért azt hitte, hogy csak a saját ügyetlensége miatt nem boldogul a zárral. A fiatalember azonnal készségesen lesietett a postaládához, és saját (új) kulcsával elsőre kinyitotta a ládát, majd mosolyogva felvitte belőle az aznap érkezett számlákat.

Másnap visszacserélte a zárat a régire. Anyja megkönnyebbült, hogy aznap sikerült kiürítenie a postaládát.

Egész a következő napig tartott a nyugalma, amikor a fiatalember újra lecserélte a zárat arra, amihez az anyjának nem volt kulcsa.

Hosszú időn át űzte ezt a kegyetlen játékot édesanyjával, aki végül azzal zárta le a témát, hogy ő túl ügyetlen, biztos öregszik. Ezentúl Clarence nyissa ki a ládát hazafelé, és ürítse inkább ő.

Habár a fiatalembernek némi kellemetlenséget valóban sikerült okoznia anyjának, Mrs. Bundle mégsem őrült bele a kegyetlen kis játékba. Igazából semmi jelét nem adta annak, hogy ne lenne jól idegileg.

Clarence belátta, hogy ezzel nem megy sokra, tehát új projektet indított. *Ez a* kutatás ugyanis – anyja őrületbe kergetése – sokkal jobban érdekelte, mint bármilyen gyomorfekély elleni savlekötő szer, amivel munkahelyén foglalkozott. Azon a téren is ért el sikereket. Például dr. Bundle ötletének köszönhetően az addig létező leggyorsabban ható savcsökkentő gyógyszer onnantól kezdve *kétszer* olyan gyorsan funkcionált. Óriási sikere volt annak az ötletének. De inkább csak szakmailag; a betegek, akik a gyógyszert szedték, nem érzékeltek mást a egészből, mint hogy a terméknek felment az ára, és kapott egy új „forte" megjelölést a dobozára.

Dr. Bundle-t tehát nem igazán töltötte el sikerélménnyel a szakmája, az *otthoni projekt viszont* annál inkább. Sőt, az még szórakoztatta is.

Mivel a postaládás trükk nem vált be, ezért új „csalafintaságot" eszelt ki arra, hogy elbizonytalanítsa a gyanútlan asszonyt, és esetleg depresszióba vagy akár még komolyabb – remélhetőleg fizikai – betegségbe sodorja:

Clarence vásárolt anyja minden egyes alsóneműjéből még egyet.

Volt, amelyiknek nagyon nehezen találta meg a pontos mását, és el kellett utaznia miatta a szomszéd városba, de megérte a ráfordított időt, mert végül mindegyik bugyiból és melltartóból volt egy másik példánya. Mindegyikből *egy számmal kisebb*.

Ugyanúgy, mint ahogy azt korábban a postaláda zárával is tette, most ezeket kezdte el naponta oda-vissza cserélgetni anyja tudta nélkül.

Volt, amelyik darabbal nagyon meggyűlt a baja, mert az eredetin már apró szakadások voltak a sokéves használattól. Ilyen esetben a másik példányon is pontosan olyan szakadásokat kellett valahogy produkálnia, hogy nehogy feltűnjön anyjának a különbség.

Némelyiken már nem szakadás volt, hanem csak azok megstoppolt helye. Az ilyeneket Clarence is először elszakította, aztán nagy nehezen megvarrta, hogy a sérülés és a javítás mértéke egyaránt megegyezzen az eredetiével.

Hetek alatt sikerült reprodukálnia anyja teljes fehérnemű-kollekcióját látszólag ugyanolyan állapotban, *eggyel kisebb* méretben. Napi szinten cserélgette őket titokban egyszer kisebbre... másnap meg vissza a nagyobb méretre.

Anyjának hamar feltűnt, hogy *valami* nem stimmel. Néha nehezebben jöttek rá a ruhák, néha pedig megint könnyen. Komolyan aggódni kezdett... Azt hitte, ingadozni kezdett a súlya, „még az is lehet, hogy valamilyen súlyos betegség miatt".

Ez a módszer a postaládásnál sokkal sikeresebbnek bizonyult, mert az asszony végre valahára rettegni kezdett!

Sorra járta az orvosokat, és súlyproblémákra panaszkodott, de az orvosok semmit sem találtak nála. Mrs. Bundle ráktól tartott, de minden vizsgálati eredmény negatív volt. Sőt, a súlyingadozást sem tudta bizonyítani az orvosoknak, mivel gyakorlatilag mindig ugyanannyit mutatott a mérleg. (Nem véletlenül.)

Az asszony néhány hónap múlva nyugdíjba ment, és egykori magabiztos, fölényes önmaga elkezdett megfogyatkozni, tovatűnni. Ősz szálak bukkantak elő addigi tündöklően fekete, csillogó hajában. Örökösen mosolygós szeme zavarttá, bizonytalanná vált, tekintete sokszor bizalmatlanságot és félelmet tükrözött.

Az alsóneműs játék tehát komoly sikert hozott Clarence számára. Ám *neki* többé ez sem volt elég. Ráérzett a gonoszkodás ízére, és megszerette. A rabjává vált, akár egy drognak!

Tovább fokozta hát az anyjával való szemétkedést. Amikor az épp nem volt otthon – nem munka miatt, ugyanis akkoriban ilyen esetekben már inkább csak orvosnál ült valahol egy váróteremben –, a fiatal férfi elkezdett odahaza apró karcolásokat csinálni a tányérokra és poharakra, hogy azok könnyebben törjenek. Volt, amelyiket szándékosan túl forró vízben áztatta jó sokáig, hogy ezáltal is gyengüljön az anyaguk. Mesterkedésének köszönhetően egy idő után valóban több edény tört el, és ez anyja elbizonytalanodásából adódó kétségbeesése tovább romlott. Az asszony már nemcsak betegnek érezte magát, de valóban ügyetlennek és tehetetlennek is. Régi önbizalma teljesen odalett.

Clarence ekkor kezdett el csiszolni. Már nemcsak konyhai edények teherbírását manipulálta, de nekilátott machinálni a lakás bútoraival is:

Ha anyja nem volt otthon, a fiatalember lecsiszolt a székek és asztalok lábából egy-egy millimétert. Az asszony egy idő után úgy érezte, mintha valahogy minden alacsonyabbra került volna. És jól érezte! Clarence annyira keveset csiszolt a bútorok lábából, hogy nem volt semmilyen hirtelen észrevehető differencia. Az asszony csak több hét után kezdte érezni azt a minimális különbséget is.

A nyomorult, rászedett nő úgy gondolta, hogy vagy minden alacsonyabban van, mint előzőleg, vagy ő *lett* sokkal kisebb, és ezért tűnik neki minden olyan ijesztően magasnak és elérhetetlennek. Mrs. Bundle úgy érezte, süllyed... mintha csak az egykori Titanic fedélzetén élne. De nem a hajó fénykorában, hanem az *utolsó* óráiban, amikor már nem volt róla kiút máshová, csak a kavargó, fekete tengerbe, bele az iszonyatosan jeges hullámok közé, a biztos halálba!

Ez már nagyon rossz hatással volt a nőre, ezért lelkileg elkezdett teljesen összeomlani. Nyugtatókat szedett, és nem tűnt többé régi önmagának.

Clarence-nek azonban ez sem volt elég. *Korántsem.*

Vásárolt egy közeli vallási kegytárgyboltban egy pontosan olyan keresztet, amit anyja az éjjeliszekrényén tartott.

Napokon át mesterien preparálta a saját példányát. Apró lyukakat ütött rajta egy kis kalapáccsal és szöggel, és itt-ott kisebb tépésnyomokat is mart bele harapófogóval. A végén kivágott a fakereszt hátsó részéből egy jókora darabot, és a egy nagyméretű mágnest ragasztott a résbe.

Egyik éjjel aztán iszonyatos sikoltozás hallatszott a Bundle házból. Anyja Clarence-t szólongatta, és segítségért kiabált.

A fiatalember feldúltan rontott be a szobába, hogy mit akar már megint a mostanában meglehetősen hisztis asszony, és miért nem hagyja őt aludni?

Mikor belépett, azt látta, hogy anyja holtsápadtra váltan kuporog az ágya végében, és nem mer megmozdulni... ugyanis *csótányok nyüzsögnek* az éjjeliszekrényén!

A rajta lévő szentkeresztet jól láthatóan megrágták a rovarok, és közben az valamiért meg is fordult száznyolcvan fokban. Anyja szemszögéből nézve a kereszt most fejjel lefelé állt.

Amikor asszony felkapcsolta a lámpát, és szembesült vele, ahogy nyüzsögnek a csótányok a fordított kereszten, azt kezdte ordítani, hogy:

– Eljön a *Sátán*! Eljön értem a *Sátán*!

Ekkor kapott végül Mrs. Bundle teljes idegösszeroppanást, és kórházba került. Előtte már napok óta nem aludt, kilókat fogyott, és alig volt magánál. Csak zokogva dobálta magát az ágyban étlen-szomjan.

A kórházban eleinte kényszerzubbonyba tették, mert olyan hevesen vergődött a félelemtől és a kétségbeeséstől, hogy attól tartottak, még a végén kárt tesz magában a szerencsétlen.

„Eljön a Sátán!" – kiabálta időnként félig öntudatlanul.

„Hát az biztos nem jön el" – gondolta magában Clarence mosolyogva. „Legalábbis nem olyan formában, ahogyan te gondolod."

Ugyanis valójában az történt, hogy Clarence fordította meg a keresztet. Természetesen *nem* a Sátán, de még csak nem is a rovarok művelték mindazt. Amit az anyja látott, már a preparált kereszt volt mágnessel a hátán. A mágnes párja, amivel Clarence mozgásra bírta, alatta, a fiókban volt egy kis távirányítós autó tetején, amit pedig a

– 19 –

szobájából irányított távvezérlővel. Azt a keresztet ugyan nem rágták meg a rovarok, mivel ő rongálta meg előző nap szándékosan úgy, mintha apró harapásnyomok lennének rajta. *Azok* a csótányok meg sem tudták volna rágni egyáltalán, mert *nem is voltak igaziak!* Clarence az interneten vette őket Kínából. Azok a vacak bóvlik semmi másra nem voltak jók, csak annyit tudtak, hogy fény hatására, a bennük lévő napelem segítségével megmozdulnak, és zizegve mocorognak egy helyben.

A sötétben, amikor Clarence besettenkedett, meg sem moccantak a kis dögök, így a fiatalember telepakolhatta velük anyja éjjeliszerkényét. Ugyanis a napelem csak fényben hozta őket működésbe.

Aztán a vigyorgó árny kilopakodott, és pár perc múlva a szomszéd szobából megmozdította a keresztet a fiókba rejtett távirányítós kisautóval, aminek mágnest ragasztott a tetejére.

Anyja felriadt a hangra, ahogy a kereszt csikorogva megfordul az éjjeliszekrény fafelületén, és azonnal felkapcsolta a lámpát. A fényre az összes csótány egyszerre elevenedett meg. Elképesztő látvány lehetett!

Clarence-nek jó sokba került ennyit megvennie belőlük, de megérte! Amikor anyja azt rikoltozta, hogy „eljön a Sátán", Clarence aggódó arccal kikísérte a szobából, és kérdezgette, hogy mi történt odabent. A nő nagyjából el is mondta.

Fia viszont azt hazudta neki, hogy ő semmilyen rovart nem látott a szobában. Mrs. Bundle nem mert visszamenni, hogy megnézze, vajon csak képzelődött-e, Clarence viszont bátran bement a hálószobába. Behajtotta maga mögött az ajtót, és sietős mozdulatokkal visszacserélte a megrongált, megbuherált keresztet. Az eredeti végig hálóköntöse zsebében lapult.

A rovarokat marékszámra beszórta a szekrény tetejéről levett kalaptartó dobozba – anyja már azt évek óta nem nyitotta ki –, és letakarta a dobozt a saját fedelével. Erre a napelemes csótányok a sötétben azonnal újra mozdulatlanná váltak.

Clarence ezek után értetlen arccal ment vissza a folyosóra, és azt mondta, semmilyen rovart nem látott odabent, és a kereszt is sértetlen.

Anyja ennek hallatán hitetlenkedő, dühös arckifejezéssel lökte félre fiát az útból, és berohant a szobába.

Ott viszont sajnos pontosan az a látvány fogadta, amit Clarence is leírt szavaival: csótányok sehol, a kereszt pedig valóban sértetlen volt, és pont olyan szögben feküdt az éjjeliszekrényen, mint bármikor azelőtt.

* * *

Akkor kapott Mrs. Bundle olyan borzalmas idegösszeroppanást, hogy kényszerzubbonyba kellett tenni, és még úgy is csak vergődött napokon keresztül. Nem tudta lerázni magáról „a Sátán rovarjait, amik még a keresztet is megzabálják". Hiszen nem lehet lesöpörni azt, ami nincs is ott.

Clarence mindennap látogatta anyját, és az ágya mellett ülve könnyes szemmel énekelt neki, hogy lássák, mennyire törődő, jó fia is van Mrs. Bundle-nek. Nem sokat ért a szerető gyermek törődése, mert az asszony nem mutatott semmilyen javulást. (Nem mintha Clarence azt akarta volna, hogy jobban legyen, ez csak színjáték volt, amin jókat röhögött magában.)

Eltelt néhány nap...

Még csak nemrég vették ki a zubbonyból édesanyját, amikor Clarence meglátogatta őt, és megrökönyödve szembesült azzal a sokkoló ténnyel, hogy anyja máris kezd *jobban lenni*! Mintha visszatért volna a szín az arcába, és habár még erősen le volt nyugtatózva, viszonylag rendezett körülmények között pihent, külön szobában.

Ahogy Clarence meglátta így az idős asszonyt, tudta, hogy nagy a baj, mert „túl jól van a vén dög"!

Clarence rájött, hogy azonnal cselekednie kell, hacsak nem akarja, hogy még a végén felgyógyuljon és hamarosan el is hagyja a kórházat! Ha ez megtörténne, és hazaengednék, még az is lehet, hogy előbb-utóbb gyanakodni kezdene és rájönne arra is, hogy mi történt és ki juttatta ide.

Mivel az ajtó már csukva volt mögötte, és senki sem láthatta, dr. Bundle kétségbeesetten vetette magát a magatehetetlenül fekvő nőre. Hosszú lófarkát, melyet az asszony többnyire gumival összefogva hordott, Clarence marokra fogta és elkezdte beletömni az alvó anyja szájába, egyenesen le a torkán!

A nő ekkor ébredezni kezdett, de a nyugtatóktól még túl gyenge és kába volt. Olyan gyenge, hogy semmit sem tehetett saját védelme érdekében a ránehezedő, több mint száz kilós, izzadó, ekkor már vigyorgó, eszelősen dudorászó fiatalember ellen.

Clarence egyik kezével befogta a nő orrát, és valamennyire szemeit is letakarta, hogy ne kelljen látnia a tekintetét. Ugyanis félt attól, hogy az rájön: a fia teszi most ezt vele! Nem mert volna szembenézni a nővel még így sem, halálának pillanatában, amikor úgysem számít többé, hogy mit gondol róla.

Miközben jobb kezével befogta az ébredező asszony orrát, bal kezével az egész lófarkat a szájába tömte, majd rá is tapasztotta a tenyerét, hogy Mrs. Bundle még véletlenül se jusson levegőhöz a fullasztó hajfonat mellett.

Két hosszú percen át dulakodtak így, a nő közben iszonyatos haláltusájában hevesen rázkódott. Még annál is jobban, mint korábban a kényszerzubbonyban.

De végül feladta...

Elernyedt, és meghalt.

Clarence ekkor már felváltva vigyorgott és zokogott.

Halkan, könnyek nélkül sírt. Nem igazi sírás volt ez, csak az arckifejezés stimmelt, ami sírásra emlékeztetett volna bárkit, aki látja.

De nem látta *senki*.

* * *

Mikor végül a nő végleg megadta magát, a fia megrendülten mászott le róla. Lassú, kimért mozdulatokkal megigazgatta körülötte az ágyneműt, és eltüntette a dulakodás összes nyomát maguk után. Közben valamilyen érthetetlen okból erős erekciót kapott, és emiatti szégyenkezésétől ekkor már valóban könnyezett.

Mikor végzett a rendrakással, zokogva rohant ki a folyosóra, és segítségért kiáltozott. Felindultságtól remegve elmondta a nővéreknek, hogy az anyja csinált magával valamit, és lehet, hogy rosszul van!

Mikor az ápoló a szobába ért, holtan találta a nőt. Nemcsak rosszul volt, mint ahogy Clarence mondta, de nem is élt már. Azt hitték, hogy őrült, önkívületi állapotában megpróbálta megenni a saját haját, vagy talán depressziója vette rá, hogy ilyen borzalmas, elfogadhatatlan módon, szándékosan vessen véget életének. Mindenki őszinte részvétet tanúsított szegény Clarence iránt.

Hiszen olyan őszintén és kétségbeesetten zokogott, továbbá mindenki látta, hogy korábban mennyire lelkiismeretesen látogatta és ápolta az anyját. Az idegenkezűség sosem merült fel az üggyel kapcsolatban.

Mrs. Bundle valóban borzalmas állapotban volt, tehát a szándékos öngyilkosság vagy az, hogy önkívületében tett valami borzalmasat magával, teljesen hihetőnek tűnt.

Clarence valamennyire valóban sajnálta is őt. De úgy érezte, mégis megérdemelte, amit kapott az élettől:

„Magának okozta a bajt! Miért hergelt állandóan? Ő miért csinálhatja ezt másokkal, milyen jogon? Vannak helyzetek tehát, amikor rendet kell tenni! Amikor bizonyos embereket meg kell büntetni már itt a Földön! Akár létezik utána a túlvilágon a pokol, akár nem! A törvénytisztelő, nemes lelkű ember is lehet hóhér vagy válhat azzá, ha a szükség úgy hozza. Mert bizonyos emberek megérdemlik a kegyetlen halált. Azok, akik mások életét megkeserítik és tönkreteszik!"

Clarence életét ugyanis tönkretették.

Évekkel azelőtt a szalagavató bálon, miután Debbie eltűnt, ő azért ennek ellenére próbált két másik lánnyal is táncolni. Próbálta helyrehozni a helyrehozhatatlant, és korrigálni a dolgokat, hogy a történtek után is jól érezhesse kicsit magát.

Volt két lány is, aki néhány percre partner nélkül maradt. Oda is ment hozzájuk, és táncra invitálta őket. Egyikük azonban azt mondta neki, hogy:

– Táncolj a *magadfajtákkal*, Bundle!

A másik pedig:

– Húzz már innen, *röfi*! Táncolj inkább egy disznóval! Annak biztos bejössz majd!

* * *

Ez az emlék dolgozott Clarence agyában azóta is. Még mindig élénken lüktetett benne ez a jelenet, és egyre mélyebbre és mélyebbre ásta magát a lelkében, tönkretéve ezzel, közben fel is zabálva az egészet, mint valami rohadt rákfene!

Amikor megölte az anyját, és megigazította körülötte az ágyneműt, utána szájon csókolta a halott asszonyt, és azt suttogta neki remegő, sírás és nevetés között váltakozó, elhaló hangon:

– Magadnak csináltad! Most nézz csak magadra, te kibaszott vesztes! Minek hergeltél állandóan a hasammal? Miért kínoztál a súlyommal? Felkerültél hát a *listámra*! Most megkaptad! Szórakozz ezentúl a magadfajtákkal! Táncolj a holtakkal, te vén rohadék!

Mikor aztán évek múlva, több mint tíz évvel később egy napon Clarence munkába ért azon a forró reggelen, és Anne bókolt neki, a férfinak eszébe jutott az a *bizonyos* lista. Sokan kerültek fel rá azóta, de ő még egyikük ellen sem tett semmit. Törvénybe ütközőt sem csinált többé a kórházi „eset" után. ...Hacsak az nem számít annak, hogy délutánonként azzal múlatta az idejét, hogy az interneten balesetek és bűntények helyszínén készült képeket nézegetett, és közben erekciót kapott a holttestek látványától.

Clarence képzeletbeli listáján tehát már sok ember szerepelt, de mégsem tett semmit ellenük ártatlan fantáziáláson kívül. Bizonyos okokból kifolyólag Anne-ről is sokat fantáziált korábban. Most viszont már többet akart annál. A lány *többet érdemelt*. Fontolóra vette tehát, hogy rátegye őt is a listára. Azt, hogy Anne kedvességből rendszeresen bókol neki, nem értette, és zavarba hozta. Az viszont már kimondottan idegesítette, hogy ráadásul még Clay-nek is szólítja őt. Clarence úgy érezte, hogy doktorátusával egy életre kiváltotta mindenki jogos tiszteletét, és hogy őt csak akkor becézze valaki, ha ő kimondottan megkéri rá, vagy mert már esetleg annyira közeli viszonyban vannak, hogy ez természetesnek tűnik.

A lány attól függetlenül, hogy bókolt a férfinak és becézte, nem akart tőle semmi komolyat. Évek óta járt már valakivel. Ez „Clay"-t még a becézésnél is jobban idegesítette. Az illető ugyanis fizikai munkából élt, és nem igazán volt intellektuális típus, inkább csak jóképű. Clarence ki nem állhatta őt, és igazságtalannak érezte, hogy egy ilyen lánnyal egy ilyen bunkó járhasson. Eleinte csak nagyon féltékeny volt a másik férfire, de később, mikor azok már évek óta jártak, és látta, hogy milyen boldogok együtt, gyűlölni is kezdte Anne-t emiatt. Nem értette, hogyan jöhet ki olyan jól azzal a „hülye melóssal". Féltékeny volt, és idegesítette az egész. Ráadásul a lány még itt kacérkodik is vele és bókol neki! Pedig nyilvánvalóan nem komolyak a szándékai Clarence-t illetően, mégis hülyíti! Vele ezt senki sem fogja csinálni!

Mikor a fárasztó munkanap után végül hazafelé indult a tikkasztó délutáni melegben, még mindig ezen dühöngött magában. Olyan típus volt, aki nem felejt, és ha egyszer felidegesítik, az akár évekig kitart nála. Sőt! Inkább örökre.

Egyszer próbálta valaki hülyére venni és megalázni, az is megkapta a magáét! Bárki, aki ugyanezzel próbálkozik, pórul jár! Bárki, aki vele baszakodik...

...az táncolni fog a holtakkal!

Második fejezet: Nola és Leir

Nola nemrég múlt el negyvenéves, és nem szerette a munkahelyét. Nem értették őt meg ott. Igaz, hogy korábban máshol se nagyon, de azokkal legalább nem volt összezárva egész nap. Ezekkel viszont igen.

Nem szerette hallgatni az irodában a primitív kollégák társalgásait és hazug sztorijaikat a kapcsolataikról és kilengéseikről.

Akadt olyan kollégája, akinek kedvenc témája az volt, hogy mihez milyen olcsón jutott hozzá. Állandóan a kocsijáról mesélt, hogy olcsóbban vett bele klímát használtan, meg olcsóbban újrafényeztette egy koccanás után. Nola rühellte az ilyen alakokat.

Nemcsak kollégáiból volt elege, de abból a kevés kolléganőjéből is, akik a cégnél dolgoztak. Claire például egy igazi ribanc volt. Végül is nem feküdt le olyan sok férfival, nem ezt utálta benne, hanem azt, hogy viszont minden férfi le akart *vele*! Mindenkit az ujja köré csavart, és mindig zavaróan csinos volt, ápolt és bájos. Zavaróan bájos. És a ribanc még zavaróan *szőke* is volt ráadásul!

Nola a fekete hajával inkább amolyan „sötétség királynője" típusnak számított, és nem „egy ilyen szőke libának, aki a felszínes hülyeségével mindenkinek elcsavarja a fejét"...

* * *

Leirbag szerette a sötétség királynője típust. Ezért is vette el Nolát.

Tizenkét éve voltak már házasok, és boldogan éltek. Akadtak mélypontjaik az évek során, de soha nem egymás hanyagsága vagy szeretetlensége miatt. Inkább munka és egészség terén voltak balszerencsések.

Leir például évek óta írással próbálkozott, és habár volt egy nagyon ismert „Soylentville" című posztapokaliptikus írása, írói karrierje akkor is még csak gyerekcipőben járt. Korábban zenész volt, de az befuccsolt. Az internetes kalózkodás odáig fajult akkoriban, hogy a zenélésnek – legalábbis úgy, ha továbbra is csak a közönség egy bizonyos rétegének ír dalokat – már semmi értelmét nem látta.

Hiába rendelkezett valamennyire ismert a névvel zeneszerzőként, lemezeit az úgynevezett „rajongói" már a megjelenés napján „megosztották". Aztán azt mások ezrével töltötték le az elkövetkező napokban, így a művésznek, azaz szerzőnek már senki sem köszönte meg a munkát. Fizetni ugye meg pláne nem akart senki. Ilyesmi fel sem merült azokban az időkben. Így aztán megéri hónapokat dolgozni egy lemezen...

Mindenki a megosztónak köszönte, és ezrével kapta az illető a like-okat azért, hogy „milyen jószívű, hogy másokkal is megosztja a lemezt", „mennyire jó fej, hogy nem csak magának tartja meg irigy módon" és „mennyire jó az ízlése, hogy ilyen jó zenéket ismer egyáltalán!"

Azzal, hogy azt a lemezt valójában ki írta, és hogy a megosztással (ami illegális) milyen károkat okoz majd a művésznek anyagilag (és egy idő után már lelkileg is), senki a világon nem törődött. Sőt! Ha a szerző reklamálni mert esetleg az interneten ilyesmi miatt, és nyíltan szembeszállt a kalózkodással, akkor csak kiröhögték, és tizenéves gyerekek (olyan felhasználóneveken, hogy „Nagymester B." és „Seggtúró C.") oktatták az etikettről, illemről, türelemről, továbbá arról, hogy mi legális, és mi nem. Továbbá arról is, hogy milyen lemezei vannak a művésznek, és milyen dalokat írt korábban.

Ők *azt is* jobban tudták nála.

Valamint a saját számai címét (melyeket mind *olyan* oldalakról töltöttek le), a szövegeit (amit csak szintén *olyan* forrásból szerezhettek be, mert korábban nem jelentek meg sehol), továbbá azt is, hogy melyik együttese oszlott fel, és miért (annak ellenére, hogy erről soha sehol nem nyilatkozott). Szóval ő is a kor tipikus frusztrált művésze volt, és elege is lett az egész szakmából. Sok elfojtott harag, csalódás és szomorúság gyűlt össze benne az évek során, és némileg tele lett a hócipője az emberekkel is. Komoly oka volt rá, és nemcsak úgymond „sztárallűrből hisztizett".

Az utóbbi években Leir inkább már csak írással próbálkozott. Saját hazájában több, külföldön egyelőre még kevesebb sikerrel.

Egy ismert zenészből visszalépett egyfajta nevenincs íróvá. Az (el)ismertség és siker hiánya pedig nála néha depressziót okozott. Ez a probléma pedig egyfajta ördögi körré nőtte ki magát az évek során, ugyanis a depresszióra nyugtatót kapott, a nyugtató elálmosította, álmosan meg nem lehet dolgozni, és ez még inkább elkeserítette! Ez már így önmagában is egy ördögi kör lenne, ugye, de volt ennél rosszabb is:

Amikor nemcsak konkrét események miatt csalódott, hanem *valóban* depressziós is volt ok nélkül. Ha olyankor az ember keveset alszik, és nyugtató van benne, gyakorlatilag bármi megtörténhet. De nem jó értelemben, mint a tündérmesékben!

Valószínűleg akkor is ezért érezte magát annyira fáradtnak, amikor aznap dél körül elkezdte sütni ebédre a hasábburgonyát. Épp egy zombis írásán dolgozott, de muszáj volt abbahagynia a munkát, mert olyan kínzó éhség tört rá. Amikor elkezdte sütni a krumplit, rájött, hogy nem is annyira éhes, inkább fáradt. De az is lehet, hogy egyszerre mindkettő. Mi olyankor a megoldás? Lehet, hogy *aludva* kéne *ennie*? ...Ki tudja?

Végül úgy döntött, muszáj leülnie egy pillanatra, mert álltó helyében elalszik! Nem fekszik le aludni, csak egy pillanatra leül, mert össze kell szednie magát, ha folytatni akarja a munkát. Vagy ha valaha is el akarja készíteni az ebédjét.

Elindult a nappaliba a fotel irányába, de végül mégis inkább az ágy felé ment. Nem fog lefeküdni, de az ágy azért kényelmesebb. Még ülni is jobb rajta.

Mostanában gyakran elfáradt. Nem aludt jól. Szerinte már a nyugtató is kicsit kezdett az agyára menni. Egy olyan agyra és elmére, ami – az ő esetében ugye, aki zenész és író – amúgy sem biztos, hogy teljesen ép.

Régebben ennél az elfáradásnál rosszabb is történt már vele, azaz voltak rossz korszakok, de eddig mindig túlélte őket így vagy úgy.

Gyakran tapasztalta, hogy este lefekvés előtt szinte kómába esett a krónikus kimerültségtől, azaz állva vagy séta közben alvajáró állapotba zuhant.

Egyik este sétált ki fogat mosni a fürdőbe, és jól látta, hogy nyitva van az ajtó, ezért ki akart menni rajta. De bumm! Belefejelt az ajtóba, mert igazából csukva volt. Azt hitte, csak rosszul látta, és elkalandozott egy pillanatra a hosszú munkanap után, de mint később kiderült, sajnos ez több volt egyszerű figyelmetlenségnél.

Máskor pedig – ez még Nolánál történt, amikor még csak jegyben jártak – épp ment ki a hálószobából a WC-re, és látta, hogy pont szemben van az ajtó, és nyitva is van. Próbált hát belépni rajta, de egy az egyben arccal a falba ütközött!

Ugyanis nem jól látta: A WC ajtó valójában körülbelül hatvan centivel arrébb volt, és nem vele szemben!

Tehát Leir szerint mindkét esetben az történt, hogy séta közben félig elvesztette az eszméletét, mint valami alvajáró, és hiába látta *álmában*, hogy nyitva van az ajtó, a valóságban a dolgok egész máshol voltak. Ilyenkor bizony felmerül az emberben, hogy *talán* nem jó irányba haladt, ha már a fejét vagy az orrát fogja egy fájdalmas koppanás után. Az azért elég jó bizonyíték arra, hogy nem volt magánál.

De ki hallott már olyanról, hogy *séta* közben alszik el valaki? Vele ez mégis sokszor megtörtént. Először csak nevettek rajta a feleségével. Azt hitték, Leirnek van egy enyhe alvajáró hajlama.

Utána jöttek sajnos az ijesztőbb dolgok.

Kiment fogat mosni... (Leirnek ugyanis kiváló író lévén valamiért majdnem minden zseniális sztorija úgy kezdődött, hogy kimegy fogat mosni vagy szarik egy nagyot), és a csap alá tartotta a fogkefét, hogy megnedvesítse. Utána rányomta a fogkrémet, és a szájához emelte... De az utolsó pillanatban vette csak észre, hogy az nem a fogkefe! A műanyag nyelű borotvája volt a kezében!

Tehát félálomban összekeverte a fogkefét a borotvával, és arra nyomta rá a fogkrémet! Az a vicc, hogy még látta is a fogkefét, amint nyomja rá a hófehér fogrémet. A paszta kígyózva telepedett rá a kefe nedves műanyagsörtéjére. De az ezek szerint már csak álom volt.

Leir sosem tudta meg, mitől jött rá végül, hogy mi van valójában a kezében, és miért nem vágta szét vele az arcát fogmosás címén. Talán még vannak csodák... az ilyen veszett ügyek számára is, mint ő.

Sajnos ilyen eset, hogy borotvával kezdett volna fogat mosni, és az utolsó pillanatban ébredt csak fel, háromszor is megtörtént. Olyankor Leir azt mondogatta magában:

– Szeret az Isten... ha létezik... De nem!

Onnantól Nola eldugta a borotvát a lakásban, és csak úgy engedte borotválkozni, ha tőle kérte el, és látta, hogy férje biztosan magánál van. Csak úgy moshatott fogat, ha nem volt semmi veszélyes eszköz a fürdőszobában.

Nevetségesen hangzik? Leir is annak érezte magát. Már maga sem tudta, mióta... Talán, amióta az eszét tudta. Ő egy ilyenfajta ember volt mindig is: egy igazi szomorú bohóc, aki sokszor arra használja a humort, hogy önmagát védje, és arra, hogy túléljen bizonyos nehéz korszakokat az életben.

Később még kétféle dolog történt rendszeresen: az egyik, hogy néha nem tudott rendesen olvasni. Kissé nehéz így regényeket írni, ugye. Fura volt, mert az e-maileket megértette, és válaszolt is rájuk – viszonylag értelmesen –, de fikciót nem tudott olvasni. Semmit nem értett még a legegyszerűbb könyvből sem. Viszont a játék, az bezzeg ment neki tökéletesen. Sakkozott a mobilján a „gép ellen" – mert más nem volt hajlandó játszani vele – azért, hogy próbálgassa, vajon valóban ennyire meghülyült-e, de kiderült, hogy nem! A sakk nagyon jól ment, csak az olvasásra volt képtelen... mármint a fikció értelmezésére.

Utána jöttek végül neki ezek a „muszáj lefeküdnöm napközben, különben elájulok" pillanatok. Az volt a fura, hogy nem is érezte magát álmosnak ebben az egész időszakban szinte egyszer sem. Nem ásítozott és nem aludt el csak úgy napközben. Ezért is nem gondolt rá, hogy ez a fáradtsággal lenne kapcsolatos. Inkább azt hitte, agybaja van.

Amúgy is eléggé félt a betegségektől, és ez a dolog, amit a kimerültség csinált vele, már egyre jobban aggasztotta.

„Lehet, hogy egyszer tényleg borotvával fogok fogat mosni." – gondolta gondterhelten. „Vagy még tovább romlik az írásos/olvasásos probléma, és akkor már íróként sem fogom megállni a helyem? Milyen kilátásaim vannak így? A zenészkedésnek a kalózok vetettek véget, az írásnak pedig majd az agybaj? Valamiféle inszomnia? Vagy inkább alvajárás?" – Nem tudta, a kettő közül melyik, de egyelőre nem mert ezzel orvoshoz menni. Csak kiröhögték volna... vagy még több nyugtatót írnak fel.

Ő *abból,* köszönte, de nem kért többet. Valószínűleg már idáig is az okozta majdnem minden problémáját. Azt gondolta, nem is kellene egyáltalán szednie, de mivel ideges típus, így emiatt előbb-utóbb fizikai betegséget is kapna, azt pedig azért mégsem kéne kockáztatni.

Leir sokszor tanakodott azon, hogy mi okozhatja életében ezt a sok furcsaságot.

Vajon csak a „bogyó szedése"? Még akkor is, ha ez egy nagyon enyhe nyugtató, amivel hivatalosan még akár autót is vezethet az ember?

Vagy a kimerültség? Annyira azért nem alszik keveset. Ráadásul nem iszik, nem drogozik, és évek óta már a dohányzásról is sikeresen leszokott. Egészségesen él, mégis több baj éri, mint egy felelőtlen, önpusztító típust.

Volt rá egy elmélete, miszerint többről van itt azért szó, mint a felelősség vagy akár a „bio" életmód. Bár ez az elmélet inkább sorsszerű dolgokról szólt, mintsem olyasmiről, amin ő vagy bárki más változtatni tudna.

Arra gondolt, hogy aki művészetében, munkájában vagy akár magánéletében ennyire a saját útját járja, ennyire törekszik arra, hogy valami újat tudjon nyújtani és alkotni, annak az életútja bizony szintén bevonz bizonyos váratlan eseményeket: Ha az ember nagyon hosszan jár ismeretlen ösvényeken, és messzire eljut, ne csodálkozzon rajta, ha egy idő után majd ismeretlen fajok kezdenek kilesni a fák mögül. Miért ismeretlen fajok ezek adott esetben? Mert nem is léteznek? De igen, mindig is léteztek, csak még senki sem járt arrafelé, hogy felfedezhesse őket.

Tehát Leirrel sem történt semmi olyan, ami mással ne eshetne meg bármikor, csak más nem „járt arrafelé", ő viszont belesétált a közepébe. *Fejjel.* Vagy orral.

Nolának szintén meg volt erről az egészről a maga elmélete. Ő inkább vallási és filozófiai síkra terelte a kérdést. Mélyen hitt a művészet fontosságában és az elme erejében. Azt gondolta, hogy aki igazán nagy dolgokra születik és különleges ember, azért az Isten és az Ördög felváltva harcol, hogy a magáénak tudhassa. Mert a történelmen is az ilyen emberek változtatnak mindig, az pedig már Mennyre és pokolra is kihat.

Ha pedig az embert ilyen távolságok között ráncigálják, ekkora utat bejárva nem csoda, ha történik vele valami olyan is, aminek nem kellene. Láthat olyat is, amit halandónak nem lenne szabad, sőt akár meg is sérülhet. Talán Leir is így sérül meg néha, és ilyenkor éri baj.

Mindkét elmélet érdekes volt, ám mint később kiderült, egyik sem állt közelebb a valósághoz.

Erre Leir egy későbbi, *Abe* nevű barátja mutatott rá egyszer...
Ő pontosan tudta az okát, hogy mi miért történt úgy Leirrel.
És annál még sokkal többet is mondott... de *ez* egy másik történet.

* * *

Tehát aznap elkezdte magának sütni ebédre a hasábburgonyát, és közben úgy érezte, hogy nem álmos, hanem inkább valamiért letompult az agya, mintha mindjárt elájulna. Elindult hát az ágy felé, hogy leüljön.
Nem szédült, egyszerűen csak minden más megszűnt létezni számára, és csak egy cél maradt: eljutni az ágyig.
Nem akart szunyókálni, csak úgy érezte, meghal, ha nem ül le egy pillanatra. Úgysem fekszik le. Vagy ha mégis, akkor nem alszik el, de valamiért akkor is muszáj pihennie egy pár percet! Abba még senki sem halt bele, nem igaz?
Utána, amikor leült, rájött, hogy sokkal kényelmesebb lenne lefeküdni, mert a háta is fáj egy kicsit. Nem feküdt le normálisan a párnára, csak ültő helyében hátradőlt, és keresztbe feküdt az ágyon. Még a lábát sem volt ideje feltenni, csak a felsőteste került vízszintes helyzetbe egy pillanatra...
Ez volt az utolsó emléke...

A következő pedig az, hogy borzasztóan köhög és nem lát semmit! A falakat sem látta a szobában. Minden fehér volt. Ráeszmélt, hogy ez füst, és ő fuldoklik!
De honnan jöhet ennyi füst? Ráadásul egyetlen másodperc alatt? Nem tűnt úgy, hogy elaludt volna!
De ez valóban füst volt. Annyira fuldoklott tőle, hogy alig bírt felállni. Ahogy nagy nehezen, támolyogva lábra állt, felhúzta a pólóját az arca elé, és próbált azon keresztül lélegezni.
Nehézkesen kibotorkált így, rögtönzött „gázálarcában" az előszobáig. Nem mintha a póló túl sokat ért volna a füst ellen...
Menet közben nem is látta a falakat, csak tapogatózva érezte, mi hol van, annyira nem lehetett látni semmit a sűrű füstben. Szinte vágni lehetett! Azt sem látta, merről jön, mert már mindent elárasztott. Azt hitte, ég az egész ház!
Próbálta kinyitni a bejárati ajtót, hogy kijusson, de a rohadt kulcs *nem volt* a zárban!
Végigtapogatta az ajtót egész a padlótól kezdve, hogy hátha leesett...
Megtalálta!
Ott volt felakasztva a kémlelő lyuk alatti kis kampóra!
Lekapta onnan, és megpróbálta a zárba tenni, de többszöri próbálkozásra sem sikerült, mert annyira köhögött, hogy nem volt képes beletalálni.
Azt hitte, hogy vége, és már nincs annyi ereje, hogy tovább próbálgassa a kulcsot. Nem látott semmit, és nem kapott levegőt. Úgy érezte, hogy pár másodperc múlva elveszti az eszméletét, és meghal.
Itt egy pillanatra lelassult az idő. Azt hitte, hogy már nincs más választása, mint hogy feladja a harcot, hogy valaha is kijusson innen élve...
Úgysem érdemli meg...

Kinek fog egyáltalán hiányozni?
Belegondolt az elmúlt évekbe...
A házasságába...
Eszébe jutott felesége, Nola. Mit csinálhat most éppen? Hol járhat most pontosan, ha már hazaindult esetleg a munkahelyéről?
Vajon boldog-e ebben a pillanatban?
Megmondhatja-e neki Leir még valaha, hogy *ő boldog vele*?
És ebben a pillanatban újra felgyorsult az idő, és beletalált a zárba! Kivágta az ajtót, és kitántorgott a folyosóra.
Ott tiszta volt a levegő! Akkor talán mégsem az egész ház ég...
Perceken keresztül köhögött és fuldoklott a rengeteg belélegzett füsttől. Közben felfogta, hogy tőlük, a lakásból jön a füst, és el kell oltania a tüzet!
Visszatántorgott, és jól gondolta: a konyhából jött! Ott hagyta sülni a krumplit az olajban.
„De mi a szartól kezdett ez el ennyire füstölni?" – gondolta lázas sietségben, ahogy kereste a jelenség okát. Ismét egyre jobban köhögött, és így nem maradhatott bent sokáig. „Épp csak egy percre hajtottam hátra a fejem, és nem is aludtam el! Emlékszem is rá, hogy elzártam a gázt! Vagy mégsem?"
Kinyitotta az ablakokat, és ahogy oszlott a füst, már látta, hogy a fél liter olaj teljesen elfőtt az edényben, és benne a krumpli szénfekete!
Mennyi idő telhetett el? Nem tudta, mert nem nézte meg az órát, amikor felrakta sülni.
– Mennyi idő alatt ég le fél liter olaj a nullára? – motyogta magában félhangosan, két köhögés között. – Talán három óra alatt? Az fasza!
Hál' Istennek más baj nem történt, csak óriási füstöt csinált az a vacak. Nem gyulladt ki semmi. De ha tovább otthagyta volna... talán még az is megtörténik! Hogy mitől ébredt fel, mielőtt megfulladt volna? Hiszen már órák óta fekhetett a füstben. Nem tudta, mi ébresztette fel. Ismét ugyanoda jutott tehát:
– Szeret az Isten... ha létezik... De nem.
Ekkor hívta fel Nolát, és elmesélte neki a történteket. Közben még mindig annyira köhögött, hogy olyan volt a hangja, mint Louis Armstrongnak a What a Wonderful World-ben.
Felesége annyira megijedt, hogy azonnal otthagyott mindent, és elindult haza. Nem igazán érdekelte, hogy mások mit szólnak, mert már úgyis fel akart mondani egy ideje. Valami normálisabb helyre vágyott, ahol szolidabb emberek dolgoznak. Nem irodai munkára, inkább csak valami kisebb családi vállalkozásra, ahol az emberek nem versengenek egymással hülyeségeken, hanem inkább csak teszik a dolgukat.
Amikor Leir felhívta, és elmesélte neki, hogy mi történt, férjének olyan rekedt, szinte már síron túli volt a hangja, ahogy mélyről jövően köhögött is még hozzá, hogy hiába krákogta el, hogy már egész jól van, és alaposan kiszellőztetett, Nola mégis azt gondolta, hogy férje komoly füstmérgezést kapott, és talán már a végét járja!
Azt gondolta, lehet, hogy most beszél vele utoljára. Ő egyébként nem nagyon pánikolt dolgokon – Leir inkább hajlamos volt erre, mert sokkal többet betegeskedett, és tartott tőle, hogy egyszer megint elkezdődik egy ilyen korszak –, ám kiegyensúlyozottsága ellenére Nola ekkor mégis annyira megrémült, hogy mindent otthagyva rohant haza.

Pár perccel később pedig a metrón olyan rosszul lett a tömegben és a hőségben, hogy összeesett, és elájult...

* * *

Igazából nem tudta, hogy elájult-e, vagy csak elgyengült egy pillanatra, csupán arra emlékezett, hogy az előbb még állt... aztán minden sötétedni kezdett, és ő lefelé imbolyog a padló felé. A következő emléke pedig már az, hogy a metrókocsi padlóján fekszik, és egy szemüveges ember aggódó arccal fölé hajol. Erősen ritkuló, vörös göndör haja volt és aranykeretes szemüvege. Nem tűnt nagyon rossz arcúnak, de tokája miatt puhány benyomást keltett. Aggódó arccal fürkészte az ébredező Nolát, és megkérdezte:
– Hölgyem, jól van? Fel tud állni? Azt hiszem, elájult. Jöjjön csak, kapaszkodjon a karomba! Próbáljon meg felállni. Segítek!
Nola zavartan pislogott. Nem tudta eldönteni, mit csináljon. Még azt sem, hogy fel akar-e egyáltalán állni. Hisz azt sem tudta, miért fekszik! Minek álljon fel máris?
– Jöjjön csak – folytatta kimért, de tulajdonképpen szimpatikus és megnyugtató hangon a férfi –, máris jobban lesz, meglátja. Ez a hőség mindannyiunkat kimerít és megvisel. Nem is gondolná, mennyire! Az ember szinte bekómál tőle. Én részben pont ezzel foglalkozom. Kutató vagyok. Dr. Bundle-nek hívnak, dr. *Clarence* Bundle-nek – mutatkozott be, és kezet nyújtott Nolának, aki közben felállt, és kicsit már visszajött a színe az ájulás óta. – Ugye? Ez a meleg mindenkit kikészít – folytatta a szimpatikus doktor. – Nem csoda, ha az ember rosszul lesz ilyen fülledt időben. Semmit sem lehet ilyenkor csinálni. Nemcsak dolgozni, de szórakozni és pihenni sem. Még táncolni sem lenne kedve az embernek ilyenkor. Nemcsak az embernek, de még a holtaknak sem – kuncogott saját viccén Clarence.

Harmadik fejezet: Sybil

Sybil az interneten élte az életét.
Munkaidejét is ott töltötte, mivel egy üdítőitalokat, vitaminokat és gyógyteákat forgalmazó cég számára készített internetes reklámokat hangzatos, frappáns kis szövegekkel. Olyanokat, amelyek mindenféle kéretlen helyeken bukkannak fel a gyanútlan internetezők képernyőjén, idegesítve is ezzel őket rendesen. De olyan hirdetéseket is csinált, ami csak arra szolgált, hogy az érdeklődő egy webáruházas listáról kiválaszthassa pont azt, amire szüksége van.
Sybil nemcsak munkaidejét, de szabadidejét is a világhálón töltötte felszínes beszélgetésekkel, melyeket vadidegenekkel folytatott. A „neten" a megfelelő körökben – fórumokon és chatszobákban – mindenki ismerte már őt, legalábbis a nicknevét, „Syl"-t. Valódi nevét mégsem tudta senki, s azt sem, hogy hogy néz ki, és hány éves.
Ő is ismert a neten mindenkit, akit csak érdemes, mégsem találkozott soha egyikükkel sem. Huszonkét éves volt, alacsony, rövid barna hajú, átlagosan vékony testalkatú és kifejezetten szép arcú.

Mégsem tudta róla ezt senki a több száz emberből, akikkel az utóbbi néhány évét arctalanul átbeszélgette... a nagy büdös semmiről.

Sybil tehát kissé defektes volt lelkileg, de egyébként egy nagyon kedves, jóindulatú és értelmes lány. (Hát nem minden defektes ember ilyen? ...*eleinte*?)

Első nagy szerelmével is az interneten találkozott. De még mielőtt személyesen találkozhattak volna, már szakított is vele, mert nem volt szimpatikus, amit az illető egyszer a kormányról mondott. Bár Sybilt soha nem érdekelte a politika, akkor is nagyon kedvét szegte az a megjegyzés a *„hülye kormányról"*. Apja szerint, mondjuk, csak ürügyet keresett arra, hogy ne kelljen találkoznia a palival, de erről ő hallani sem akart.

Miért ne találkozott volna vele, ha az normális lett volna? Ő sem szeret egyedül lenni! Már évek óta férjhez ment volna, ha sikerül találnia egy *normális* férfit! De hát sosem sikerült, és ez nem az ő hibája.

Apja tartott tőle, hogy lánya titokban esetleg leszbikus. Egyszer óvatosan meg is kérdezte ezt tőle, de Sybil hangosan nevetni kezdett, amikor meghallotta ezt a *„vádat"*.

Csak azért, mert valaki rövid hajú, kizárólag nadrágot hajlandó viselni, fiúsan káromkodik, tetoválásai vannak és egy csomó piercingje, még nem lesz automatikusan *leszbikus*. Sok pasi tetszik neki, csak még nem találta meg a megfelelőt.

Apja számára azonban ennél *kicsit* nagyobbnak tűnt a probléma... Nem David volt ugyanis az egyetlen férfi, akivel Sybil nem találkozott végül személyesen, hanem előtte akadt még vagy nyolc másik is! Bennük is csak kifogásokat keresett, és az utolsó pillanatban alkalmatlannak nyilvánította őket minden emberi kapcsolatra. Előfordult köztük jómódú ember, voltak jó külsejűek is. Még egy orvos is akadt köztük! Sybil arra a pasasra konkrétan azt mondta, hogy: „egy bigott seggfej. Egy vallási fanatikus, aki az interneten akar mindenkit megtéríteni, és biztos erre izgul fel."

Apja nem értett egyet vele, mert azonkívül, hogy a fényképen – amit lánya mutatott neki – a jóképű fiatalember keresztet hordott a nyakában, a világon semmi jel nem utalt arra, hogy a férfi egyáltalán vallásos lenne. *Megszállottan* vallásos pedig végképp nem! Azt leszámítva, hogy többször vacsorára invitálta a lányát, és egyszer golfozni is hívta, semmi mást nem tett, rosszat meg pláne nem. Sybil apja, ha akart volna, sem tudott volna belekötni.

Sybil viszont bele tudott. Mindegyikre ráakasztott egy jelzőt. Az egyik „anyámasszony katonája" volt, a másik „szektás", a harmadik meg „buzi". – Ez utóbbi nem igazán tűnt hihetőnek, mivel a férfi épp neki udvarolt hosszas szerelmeslevelekben.

Sybil mindenkiben talált valamit rosszat, ami miatt „nem jó ötlet vele találkozni".

– Csak a baj lenne belőle, Apa! – mondogatta védekezően minden alkalommal.

Ilyenkor többnyire nem mondta meg azonnal a frissen kikosarazottnak, hogy máris elege lett belőle, és nem akar randevúzni vele. Inkább olyan indokokra hivatkozott, hogy nem ér rá. Valójában viszont csak részmunkaidőben dolgozott napi három-négy órában, és tele volt szabadidővel.

Bár igaz, néha valóban nem ért rá, de nem a munka miatt, hanem azért, mert ilyenkor már mindig valaki mással levelezett és chatelt a neten. Valaki olyannal, akire pár nap múlva megint rá fogja húzni, hogy „idegbeteg", és veszélyes lenne vele találkozni, mert egyébként is „meleg és nem beszámítható! Az ilyen a nőket sem szereti, és úgyis csak bántaná őt!"

Volt, amikor Sybil otthon végezte a munkáját, de néha be is kellett mennie a céghez, mert konkrét megrendelésre dolgozott, és olyankor, miközben megcsinálta a reklámot, és feltöltötte a megfelelő helyekre, az ügyfél szeretett a nyakába lihegni, hogy ellenőrizze és idegesítse őt.

Ugyanis sajnos volt, amit személyesen kellett megmutatni a megrendelőnek, mert különben az azt sem tudta volna, hol keresse, miután Sybil feltöltötte. Bizonyos internetes reklámok nem annyira könnyen lekövethetőek, hogy megad az ember egy URL-t a megrendelőnek, hogy „Tessék, ide van kirakva." Van, amelyik a legtöbb netező elől rejtve van, és cs csak egy adott célközönség látja, ha bizonyos szavakra keres rá például.

Az ilyen reklámokat nem mindenki tudja előhívni, ezért néha a reklám készítőjének kell megmutatnia és elmagyaráznia, hogy mikor és hol bukkan fel majd a reklám, milyen rendszerességgel. Ezt pedig személyesen kell prezentálni.

Ilyenkor Sybil bent dolgozott a cég irodájában. Ki nem állhatta ezeket a napokat. Jobb szerette inkább otthon végezni a munkáját, ahol elkerülheti a „diliseket", de néha sajnos akkor is muszáj volt bejárnia.

Pont egy ilyen nehéz munkanap után, az Örs Vezér téren felszállva épp a metrón ült hazafelé utazva egy nagyon meleg augusztusi napon. Azon gondolkozott, hogy apjának talán mégis igaza van. Lehet, hogy szándékosan hajt el mindenkit magától? Miért nincs még férjnél? Hát az biztos, hogy nem leszbi meg ilyenek... de abban azért lehet valami, hogy nem elég barátkozós, és túl sok időt tölt a neten...

Épp itt tartott a gondolatmenetben, amikor a szép, fekete hajú nő elájult, és elesett. Egy ellenszenves, tokás fickó épp fölé görnyedt, és segített neki felállni. A puhány alakot valami Clarence-nek hívták, a fekete hajú nőt pedig Nolának. Épp most mutatkoztak be egymásnak. A nő kicsit már jobban volt, de látszott rajta, hogy fájdalmai vannak. A bokáját tapogatta, mert amikor elesett, maga alá gyűrhette véletlenül, és kificamíthatta.

Amikor Nola a sérült bokáját masszírozta, a tokás kéjenc közben vigyorogva bámulta, és tartotta a karját, hogy el ne essen. Ekkor állt meg a metró egy megállónál, és kicsit végre abbamaradt a zaj. Így már jobban lehetett hallani, hogy mit mondanak:

– Jöjjön csak – mondta dr. Bundle bátorítóan. – Támaszkodjon rám. Mondom én, hogy kificamodott az a boka! Így nem fog tudni hazamenni, drágám. Hadd kísérjem el legalább egy darabon!

Nola arcán kétségbeesés és bizonytalanság látszott. Nem tudni, hogy azért, mert számára sem tűnt szimpatikusnak az az alak, vagy inkább azért, mert már az ájulás előtt sem volt jó idegállapotban. Sybil mindenesetre úgy döntött, hogy most hallgat az apjára, és nem csak az interneten fog barátkozni. Ennek a nőnek talán segítségre van szüksége, úgyhogy megpróbál tenni végre valami értelmeset a való életben is, akár egy normális felnőtt ember. Csak azért, mert segít egy másik nőnek, még nem leszbikus. Vagy ha mégis, az kurvára nem tartozik *senkire*, csak őrá egyedül!

– Hadd segítsek én is – mondta eleinte félénk, majd kicsit bátrabb hangon.

– Ugyan! Arra nem lesz szükség – legyintett a férfi szabadon maradt bal kezével. – Elbírom egyedül is a kis hölgyet. Üljön csak vissza!

Nola ekkor zavartan és talán részben segélykérően nézett Sybilre. Láthatóan a nő valóban örült volna neki, ha még valaki velük tart, mert egyedül biztos, hogy nem boldogul, az ellenszenves fickóval pedig nem biztos, hogy el akar menni bárhová is kettesben. Sybil tehát nem ült vissza, sőt már állt is fel, hogy segítsen ő is.

– Mondom, nem lesz rá szükség! – erősködött a harmincas, pocakos férfi. – Önre már nincs itt szükség, *lányom*!

– Nem vagyok a lányod, dagadék! – hörrent fel Sybil sértett, agresszív hangnemben, majdnem olyan durván, mint egy férfi, amikor féltékeny.

– Ugyan, kérem! – szólt közbe ekkor már Nola is. – Erre nem lesz szükség! Nehogy itt még a végén összevesszenek rajta, hogy ki segítsen nekem. Az is csoda, hogy egyáltalán felállt valaki! – nézett végig szemrehányóan a többi utason. Azok tovább nyomkodták és tapicskolták koszos kezükkel a telefonjuk képernyőjét, és úgy tettek, mintha nem is hallották volna őt. Talán így is volt, mert a metró közben elindult, és ismét nagy zajt csapott, ahogy a szerelvény zörögve haladt az alagútban.

Volt egy idős asszony, aki alvást színlelt, pedig az előbb még tátott szájjal bámulta az ájulós jelenetet. Most látszólag mélyen aludt, de elfelejtette, hogy *aki alszik*, az nem kotorászik vadul a táskájában, hogy olcsó rúzsát előhalássza onnét. Mindegy! Még ha látták is, hogy nem alszik... Ő inkább mutatja, hogy igen, mint hogy *efféle népeknek* segítsen.

– Ez csak természetes, hogy segít az ember, ha tud – vágta rá rögtön Sybil, és ekkor megfogta a nála magasabb nő másik karját, hogy az őrá is támaszkodhasson. – Elnézést, doktor úr – folytatta a piercinges szemöldökű, tetovált lány –, de a hölgynek igaza van. Ne vitatkozzunk, hanem inkább segítsünk neki!

– Semmi baj, ifjú hölgy – válaszolta káprázatos mosollyal a kopaszodó férfi. Ha testalkata nem is volt megnyerő, mosolya és kifehérített fogai mindenesetre hibátlannak minősültek, és szemmel láthatóan tisztában is volt ezzel. – Kérem, nyugodjon meg. Én nem vagyok sértődős típus. – Hangja nagyon meggyőzően csengett. Az utasokat legalábbis sikerült azonnal megnyugtatnia. Olyannyira, hogy aki eddig csak látszólag aludt, az most tényleg alvásba süllyedt. Persze a fárasztó munkanap, a meleg és a metró zakatoló, monoton hangja is mind rátettek arra, hogy ezen a füllesztő délutánon garantáltan mindenki elaludjon... vagy rosszul legyen, mint Nola az imént.

A férfi mosolygott, és látszólag tényleg nem haragudott érte, hogy az előbb „ledagadékozták", de csak a hangja és az arca volt megnyugtató, a *tekintete* nem.

Sybil látta rajta, hogy sikerült vérig sértenie a palit. Ha van neki valamiféle „nem szeretlek" listája, akkor ő most már tuti, hogy rajta van!

A metró eközben újra megállt, és más utasokkal együtt most ők hárman is kiszálltak. Nola közben sietve elmesélte, hogy sürgősen haza

– 33 –

kell mennie, mert férjét baleset érte, és lehet, hogy komoly baja esett. Két újdonsült segítőtársa megnyugtatta, hogy azon lesznek, hogy minél előbb hazaérjen. Ha a metróátszállás után nem sikerül odafent taxit hívniuk, akkor segítenek neki felszállni a buszra, amivel normális esetben haza szokott menni.

Közben dr. Bundle is bemutatkozott részletesebben, és elmondta, hogy kutatóorvos, aki kómában lévő betegek számára készít gyógyszert, pontosabban megoldást magára a kómás állapotra: egyfajta kiutat belőle.

Nola fájdalmas arckifejezéssel, de érdeklődve és bólogatva hallgatta. Nem lehetett tudni, hogy azért vág olyan szenvedő arcot, mert a bokája fáj annyira... vagy azért, mert már nagyon sietne haza a férjéhez, és idegesíti, hogy a pasas önmagát fényezve hülyeségekről mesél valami marhára komolynak hangzó kutatásokról, melyeknek valószínűleg a *fele sem* igaz.

Legalábbis Sybil szerint nem. A sunyi képű alak nem tűnt kimondottan irgalmas szamaritánusnak, aki átvirrasztott, álmatlan éjszakákon át rákos árvákon és kómás betegeken segít, majd' szétrepedve a nagy jóságtól! Sybil szerint nem a jóságtól, hanem inkább a hájtól volt a fickó úton a szétrepedés felé. Na meg a szartól. Amennyit ugyanis *abból* már eddig itt összehordott, nem lenne csoda, ha szétdurranna tőle! De lehet, hogy az ő agyuk fog előbb-utóbb ennyi hülyeség hallatán.

„Bár... talán csak én vagyok túlzottan előítéletes" – gondolta Sybil elbizonytalanodva. „Korábban is volt már rá példa, hogy valakiről ok nélkül rosszat tételeztem fel. Eddig végül is tényleg nagyon segítőkésznek bizonyult ez az ember. Nincs okom rá, hogy kételkedjek benne." Innentől kezdve inkább ő is igyekezett érdeklődést mutatni és bólogatni, ha a férfi valami újabb hőstettéről mesélt.

Sikeresen eljutottak az aluljáróban az M2-estől az M3-as metró peronjáig, amivel aztán el lehetett jutni Kőbányára, hogy Nola ott buszra szállhasson.

Ültek néhány percet a padon hármasban a megállóban.

A metró nem jött egyik irányból sem.

Rengetegen álltak már türelmetlenül a peron mindkét oldalán. Majdnem mindenkinek volt valami a kezében. A legtöbb esetben vagy üdítőital, amibe néha belekortyolt az illető, vagy egy zsebkendő, amibe az arcát törölgette. Az idősebb asszonyok ilyen hőségben valamely okból szerettek nem lengébben öltözni, ami a logikus lett volna, hanem ha lehet, még nagyobb és hosszabb ruhákat vettek fel, lehetőleg földig érőket. Borzasztóan néztek ki, és borzalmasan meleg is lehetett azokban a ruhákban. Ennek a jelenségnek Nola soha nem értette az okát. Nyáron inkább könnyebben kéne öltözni, nem pedig földet seprő, lepedőszerű anyagokba csavarni magukat. Ezek az idős asszonyok izzadtak a legjobban, és látszott rajtuk, hogy a rosszullét kerülgeti őket. Mégis ragaszkodtak ehhez a fura nyári viselethez, amit Nola már évek óta értetlenséggel figyelt. Valószínűleg azt hitték, hogy szépek ezekben a ruhákban, és hogy ők nem adják alább az eleganciájukat csak azért, mert meleg van. Pedig közel sem tűntek szépnek vagy elegánsnak! Inkább csak még öregebbnek és szánalmasnak, mint egy ázott vén kutya lepedőbe tekerve.

Dr. Bundle-nek is szemmel láthatóan erősen melege volt. Ő is zsebkendős típusnak tűnt, aki nem üdítőitalt visz magával a hőségben, hanem inkább kínosan zsebkendőt hajtogat egész úton. Látszólag nem azért teszi, mert melege van, hanem csak azért, mert nem tudja szorgos kezeit mással lefoglalni.

Ha viszont épp senki sem nézett oda, Clarence olyankor gyors mozdulatokkal alaposan végigtörölte egész arcát. Nehogy a végén még észrevegye valaki, hogy izzad! Persze még a vak is látta, ahogy kisebbfajta vízeséseként dől arcáról a víz. A verejtékmirigyeknek ugyanis nincsenek gátlásaik. Akkor ontják magukból a vizet, amikor nekik jólesik. Nem számít, ki látja.

Nola épp Sybil felé fordult, hogy megnézze, nála vajon üdítős üveg van-e vagy inkább ő is gyűröget valamit a kezében, amikor is...

Fura hang ütötte meg mindnyájuk fülét!

Negyedik fejezet: A vérkotró

A metróalagútból távoli jajkiáltás hallatszott. Majd utána több is. A peronon többen egymásra néztek. Először riadtan, majd amikor abbamaradtak a kiáltások, mindenki visszatért a korábbi belemélyült SMS írásba és arctörölgetésbe.

Az embereket igazából semmi a világon nem érdekelte néhány másodpercnél hosszabb ideig. – Talán még arra sem vágytak, hogy egy orgazmus tovább tartson annál. – Valószínűleg azzal sem foglalkoztak volna, ha a lábukat harapdálja valaki, hogyha biztos nem tart tovább öt másodpercnél.

Ekkor azonban megint történt valami, ami újra odavonzotta az emberek figyelmét. (A metró azóta sem jött. Pedig most már majdnem egy újabb perc eltelt azóta.)

Ha metró nem is, de az alagútból, abból az irányból, ahonnan az előbb kiáltások hangzottak, most öt ember rohant ki lélekszakadva! Valamilyen láthatósági mellényt viseltek. Úgy tűnt, hogy éppen a metróalagútban dolgoztak valahol, amikor valami ott nagyon rájuk ijeszthetett. Mindegyiküknek riadt kifejezés ült az arcán, az egyiküknek vérzett is a karja. Az a fickó ordítani kezdett:

– Fussatok, köcsögöööök! – üvöltötte magából kikelve a peronon álló emberek felé, mint valami félőrült. – Jönnek! Jőőőnneeek!

Erre egy tizenéves emo frizurás fiú ijedtében karon ragadta a barátnőjét, és maga után ráncigálva futni kezdett vele a mozgólépcső felé.

A többi várakozó utas meg sem mozdult. Először az alagútból kirohanó embereket nézték – volt, aki riadtan, némelyek kifejezetten unottan –, aztán azt a fiatal párt, akik a nem túl udvarias figyelmeztetésre azonnal menekülőre fogták. Más láthatóan nem csatlakozott hozzájuk a rohanásban, úgyhogy az utasok megint az alagútból érkezőket figyelték.

Mivel Nola amúgy sem tudott volna futni, és két kísérője is volt olyan kedves, hogy nem hagyták magára, így ők hárman szintén követték tovább az eseményeket:

Az öt férfi közben felkapaszkodott a peronra, és elkezdték felhúzni magukhoz a sérült karú társukat is. Az közben még mindig ordítozott valamit. Valószínűleg nem volt teljesen magánál.

„Lehet, hogy hőgutát kapott odalent az alagútban" – gondolták többen is a várakozók közül. Valami olyasmit zagyvált, hogy beleharaptak... A társainak sikerült végül felrántani a sérültet a peronra, és most már őt is támogatva, egymást lökdösve mind az öten a mozgólépcső felé kezdtek futni.

A várakozó utasok egyre inkább mozgolódni, hőzöngeni kezdtek. Többen szintén megindultak abba az irányba. Néhányan még csak sétáló tempóban, de volt, aki már futólépésben sietett, idegesen meg-meg ugrott, mint aki bármelyik pillanatban futásnak ered, ha szükséges. Szemmel láthatóan a munkások arcán látott ijedtség azért csak megtette kellő hatását. Senki sem tudta, pontosan mi történt, de annyira *volt* hiteles az előbbi jelenet, hogy azt mindenki érezte: valami *tényleg* nem stimmel. A metrók például azóta sem jöttek. Egyik irányból sem.

Nola számára most valahogy még melegebbnek tűnt a levegő. Úgy érezte, nem is harminchat, de legalább negyvennégy fok van. Elviselhetetlen volt! Így még jobban félni kezdett.

„Mi a franc történt abban az alagútban?" – morfondírozott egyre dühösebben. Közben Clarence megint magyarázott valamit a kómáról, de most már ő sem figyelt rá. Egyre jobban dühítette ez a mai nap. „Nem elég, hogy a férjemet is lehet, hogy komoly baleset érte, és talán súlyos füstmérgezést kapott, de még itt a metróban is pont mindenki *ma* kattan be? Ugyan mi ólálkodik a metróalagutakban? Miről hadovált az a barom? Mégis mi tesz olyat? Talán valami hegyesfülű lény él ott, akár egy elf, csak borzalmas arcvonásokkal? Valami társadalomból kiközösített torzszülött remete? Időnként úgy dönt, kinyír egy-két karbantartó munkást, amikor rossz napja van, vagy a fodrász elcseszte a frizuráját? Pont ma lenne egy olyan nap? Ezt nem hiszem el!" – méltatlankodott Nola. „Épp, amikor még elfutni sem tudnék előle?!"

Ilyeneket álmodni szokott inkább az ember. Vagy legalábbis mások állítólag szoktak hasonlókat. Nola inkább ufókról álmodik, ahogy leigázzák a Földet. Szerinte az sokkal ijesztőbb lenne, mint valami barlangokban vagy aluljárókban kószáló idióta, aki áldozatokat szed magának unalmában.

Dr. Bundle eddigre már megállt a kómáról tartott kiselőadásban, és most hitetlenkedő arckifejezéssel ő is az alagútba bámult abba az irányba, ahonnan a munkások az előbb kirohantak.

Eltelt két perc, és úgy látszott, nem érkezik onnan semmilyen veszély.

Valóban hőgutát kaphatott az a munkás. Vagy mégsem? Most abból az irányból, a koromsötét alagútból két dülöngélő ember bukkant elő egymás mellett.

Utánuk még kettő.

Majd négy újabb.

Ruhájuk rongyos volt és tépett. Nemcsak szakadtak, de mocskosak is voltak. Úgy néztek ki, mint a csövesek.

Csakhogy a *hajléktalanok* nem dülöngélnek fényes nappal, hordákba verődve az M3-as metró vonalán! Talán máshol igen, de *ezen* a Budapesten még egyelőre biztos nem!

Egymás után bukkantak fel többen és többen. Lehettek akár harmincan is! Nemcsak koszosak voltak, de véresek is. Egyikük sem kiabált úgy, mint az az előbbi bepánikolt munkás. Valószínűleg azért nem, mert nem ők féltek, hanem *tőlük* rettegtek azok, akik már elhagyták az aluljárót. Hogy kik lehetnek ezek a szakadt emberek, arról Nolának fogalma sem volt.

Bűnözők lennének, akik szökésben vannak, ezért idáig az alagútban bujkáltak? Rosszul lettek odalent a melegtől, és azért járnak ilyen furán? Vagy lehet, hogy mégis hajléktalanok, valami új, agresszív fajta, akik nemcsak kéregetnek, de már erőszakkal is elveszik azt, ami nekik kell?

Nola ezen gondolkozott, és egyre nagyobb félelem lett úrrá rajta. Azon kapta magát, hogy önkéntelenül is – fájós boka ide vagy oda – felemelkedett az ülésről, és jobbik lábára nehezedve arra készült, hogy elindul valamerre. Riadtan nézte az alagútból elődülöngélő embereket.

„Talán nem is akarnak ártani senkinek" – gondolta. „Lehet, hogy baleset történt, és többen megsérültek. Miért mondta az a munkás, hogy megharapták? Ki harapta meg? Ezek a sérültek tették volna? Vagy ezeket is ugyanaz bántotta, ami a munkást megharapta? Mégis lenne valami lény odabent az alagútban? Az nem lehet!"

Dr. Bundle-nek is most már csak ezen a kérdésen járhatott az agya, mert tátott szájjal bámulta a jelenetet. Csak annyit tudott nagy nehezen kinyögni, hogy:

– Ez hihetetlen! Máris?!

– Hogy érti? – kérdezte Sybil. – Maga tudja, mi folyik itt?

– Nem, dehogy! – válaszolta Clarence zavartan, miközben ezúttal szemüvegét levéve nyíltan végigtörölte homlokát, aztán egész arcát is. Már nem érdekelte, hogy ki látja. – Fogalmam sincs, mi ez az egész. Úgy értettem, hogy nem hiszem el, hogy pont ma történik ez is, máris a hét legelején. Előzőleg nehéz hetem volt. Az új projektem, amin dolgozom, megköveteli ugyanis, hogy...

De nem tudta befejezni a mondatot, mert közben az első néhány dülöngélő elérte a peronon állókat. Azok először nem tudták, merre menjenek és mit kezdjenek a szituációval.

Volt, aki zavarában hátrébb lépett, hogy hátha fel akarnak mászni a sérültek a peronra. Némelyikük lehajolt, hogy segítsen nekik. Néhányan pedig riadtan megfordultak, és inkább sietősen a mozgólépcső felé indultak, mert akármi is folyik itt, ők aztán nem kíváncsiak az egészre!

Egy középkorú, jóképű férfi, aki először nyújtotta le a kezét a dülöngélő emberek felé, most fájdalmas arckifejezéssel grimaszolt.

Nola próbálta kivenni, hogy pontosan mi történik, mert túl messze voltak ahhoz, hogy számukra minden részlet megfelelően kivehető legyen. A segítő kezet nyújtó férfi mintha rángatott volna valamit. Valószínűleg próbálta felhúzni az egyik sérültet a peronra, és az erőlködés miatt grimaszolt annyira.

Azaz mégsem! Nola már látta, hogy a segítségre szoruló nő ahelyett, hogy megköszönte volna és hagyta volna magát felhúzni, valamiért...

...beleharapott a férfi karjába, mint egy felhergelt kutya, és nem is eresztette! Fogaival pitbullként csüngött a riadt férfi karján, aki már nem felhúzni akarta, csak megszabadulni tőle. De egyszerűen nem bírta lerázni magáról!

Ekkor a férfi már nemcsak fintorgott fájdalmában, de magából kikelve ordított is! Próbálta kirántani máris erősen vérző karját a nő kezei és fogai közül, de nem tudta. A nőnek valamiért teljesen elment az esze, és önkívületi állapotban túlságosan „ragaszkodni" kezdett az őt segítő kézhez.

– Nola, azonnal el kell tűnnünk innen – mondta dr. Bundle, és már állt is fel. Automatikusan megfogta a nő karját, hogy az rátámaszkodhasson. – Itt nem maradhatunk! – mondta szinte már kiabálva. Szemüvegét még mindig a kezében tartotta. Disznószerű szemeivel olyan riadtan nézett, mint egy gyerek, akit a nagyanyja épp maszturbáláson kapott. – Menjünk fel mi is a felszínre! Itt valami nagy baj van!

– De haza kell mennem! – kiabált most már Nola is a növekvő hangzavarban. – A férjem veszélyben lehet!

– Mi is legalább annyira veszélyben vagyunk, hölgyem, higgye el! Nem maradhatunk itt!

A metró ekkor robogott be pont azon az oldalon, ahol ők várták. Érkezéskor *elsodorta* az alagútból elődülöngélő őrülteket, akik most már többen is megtámadták a nekik odanyújtott kezeket. A metró egyszerűen *belegázolt* a harminc-negyven fős dulakodó embertömegbe. Nemcsak a véres őrülteket ütötte el a metró, de azokat is, akiket azok előtte lerántottak magukhoz a sínek közé. Amikor dübörögve beérkezett a megállóba, és végre lassítani kezdett, tolta maga előtt az iszonyatos, emberi testrészekből álló masszát, mint egy hókotró. Bár ez inkább egy „vérkotró" volt! Koponyák és csontok törtek ropogva a kerekei alatt. Úgy hangzott, mintha egy óriási koporsó gurult volna be lángoló, csikorgó kerekeken... egyenest a pokolból.

– Mi a... szar? – nézte elképedve Sybil. – Mit csinálnak ezek? Tényleg belegázolt a metró a tömegbe? – nézett kérdőn dr. Bundle-re.

– Nincs erre most idő! – válaszolta az sürgetőn. – Szálljunk be! Azonnal! Nem maradhatunk itt tovább egy percig sem!

A metró eközben már kinyitotta minden ajtaját. Bundle azonnal terelte a Nolát befelé. Az emberek egy része riadtan kiugrott a kocsiból. Volt, aki futva, mások meg-megtorpanva léptek ki, mintha nem tudnák eldönteni, hogy valóban kiszálljanak-e vagy sem. A várakozók sem voltak biztosak benne, hogy maradnának-e inkább egy olyan peronon, ahol egyszer már őrültek támadtak rájuk, vagy inkább beszállnának egy metrókocsiba, ami épp az imént hajtott bele azokba az őrültekbe. Melyik a jobb? Néha nehéz eldönteni, hogy melyik trágya a kevésbé büdös. Abba kell hát belelépni, amelyik kevésbé csúszik.

Clarence határozottan terelte maga előtt a bicegő Nolát, közben segített neki, és arra ösztökélte, hogy szálljon be. Sybil mögöttük állt, és értetlenül nézelődött ide-oda.

Ekkor megint a korábbiakhoz hasonló kiáltásokat hallottak. Most nem az alagútból, hanem odafentről, a mozgólépcső tetejéről. Tehát nemcsak lent volt baj, de már fent is. Ez segített Sybilnek a döntésben, és úgy határozott, inkább ő is beszáll.

Nola már bent volt, és teljes súlyát ép lábára helyezve éppen nehézkesen leülni készült. Sybil nem látta a nő arcát, mert az háttal állt neki, de biztos grimaszolt a fájdalomtól, mert látszott, hogy milyen nehezére esik a mozdulat. Sybil előtt dr. Bundle állt, aki kövér testével éppen elállta a bejáratot, hogy segítsen Nolának leülni az ajtó melletti székre.

Sybil lépett volna oda, hogy még gyorsan átpréselje magát a metrókocsi záródó ajtajai között...

De amikor közelebb lépett, Bundle megragadta a mellkasán a dzsekijét, és visszalökte!

Sybil egyensúlyát vesztve, egyszerre ijedt és dühös arckifejezéssel tántorodott vissza az aljas, váratlan taszítás hatására. Épp mondani akart valamit, amikor azt érezte, hogy hátulról valaki megragadja a vállát.

Erős fájdalom hasított a nyakába. Az, aki vállon ragadta, máris beleharapott.

Az emberek pánikba esve rohangáltak minden irányba. Több embert is megharaptak eddigre. Teljes volt a káosz. Most már inkább beszállni próbáltak, mert odakint rosszabbnak tűnt a helyzet, mint a kocsiban.

Senki nem vette észre, hogy mit tett a férfi. Nola sem, mert épp háttal ült, és lehajolva ismét fájós bokáját masszírozta. A többi utas is inkább magával volt elfoglalva. Annyira, hogy nem is fogták fel, mit művelt Bundle az előbb, de talán nem is érdekelte őket.

Egyedül Sybil fogta fel, hogy szándékosan visszalökték, pedig a férfi valószínűleg látta is, hogy mi folyik épp a lány háta mögött. Ezek szerint valamelyik sérült, őrjöngő ember az alagútból mégiscsak feljutott a peronra. Vagy az is lehet, hogy azok, akik odafent felfordulást okoztak, már itt vannak lent, és máris ilyen közel van a veszély. Bundle pedig szándékosan közéjük lökte! A többi utas erről egyáltalán nem vett tudomást.

Sybil egy újabb harapást érzett a nyakán, most már a másik oldalon is, és görcsbe rándult ujjak markolták mohón, kezek rángatták-tépték veszettül minden irányból. Annyira gyorsan történt minden, hogy még körülnézni sem volt ideje! Még mindig Bundle-t kereste a szemével, hátha annak az arckifejezéséből majd rájön, hogy miért taszította vissza a tömegbe. Egy pillanatra még sikerült elkapnia a férfi tekintetét, mielőtt végleg hátraesett volna az őt rángató őrültek közé. A férfi mosolygott, és csendben tátogva, hogy mások meg ne hallják, csak Sybilnek címezve szavait, a következőket formálták az ajkai:

– Táncolj a holtakkal, *ribanc*!

Ötödik fejezet: Mr. Flow a folyónál

Leirbag Flow fél óra alatt már kellőképpen kiköhögte magát, és úgy érezte, szerencsére még sincs olyan komoly baja. Egyből fel is próbálta hívni a feleségét, hogy őt is megnyugtassa, de nem tudta elérni.

„Valószínűleg épp a metrón ül" – gondolta magában. „Ott nincs térerő. Mindegy... ha ott van, akkor még legalább fél órám van addig, amíg hazaér!"

Leir eredetileg futni akart ebéd után. Mivel hajlamos volt a betegségre, és ezáltal a betegségektől való félelemre is – ez utóbbit nevezhetjük rosszindulatúan akár hipochondriának is –, így ügyelt egészségére, és igyekezett kerülni a veszélyt. Legalább az elkerülhető fajtáját. Állandóan vitaminokat szedett és sportolt, amikor csak tehette. Délutánonként például hetente két-három alkalommal futni járt a közeli

Rákos-patakhoz. Bár felmerült benne, hogy egy majdnem fél órás köhögőroham és egy – minimum – enyhe füstmérgezés után nem biztos, hogy a kocogás a legokosabb délutáni program. Pláne nem ebben a hőségben. De a történtek ellenére nem akart lemondani szokásáról. A sok betegség miatt már úgy volt vele, hogy minden alkalmat kihasznált, amikor hasznosan tölthette az idejét. Mert bizony az élet és annak nehézségei hónapokat – ha nem éveket – vettek el tőle a semmire, pusztán a szenvedésre. Tehát legalább azt az időt hadd töltse már értelmesen, amivel még valóban ő rendelkezik!

A futásról csak akkor mondott le például, ha már effektíve sántított valamilyen sérüléstől. Mivel épp nem köhögött, ezért úgy volt vele, hogy majd akkor megáll, ha ismét fuldokolni kezd, addig viszont akkor is futni fog!

Már mindenhez így állt hozzá az életben, mert éppen elég időt pazarolt rossz dolgokra ahhoz, hogy még mindig előre féljen attól, ami még be sem következett. Ha az embert minden ilyesmi megállítja, akkor egy hozzá hasonló problémásabb típus egy életet tölthetne egy helyben ülve és rettegve.

Az igazat megvallva Leir korábban töltött is így egy bizonyos hosszabb időszakot. Pont ebből volt elege. És nem akarta, hogy ez valaha is megismétlődjön.

Inkább fog tehát megfulladni a szabadban, futás közben, mint otthon bezárkózva fuldokolni ok nélkül, például egy pánikrohamtól!

A szénné égett krumpli helyett végül inkább gyümölcsöket evett. A futás úgysem esik olyan jól, ha fél liter olaj lötyög az ember belében ideoda. Talán jobb is, hogy elégett az egész!

Úgy tervezte, hogy addigra visszajön, mire Nola hazaér a munkából, és akkor ő is örülni fog, hogy Leir olyan jól volt, hogy még futni is elment! Látni fogja, hogy nem történt nagy baj, és elhiszi majd, hogy felesleges orvoshoz menni. Kicsit ezért is akart most kocogni egyet. Önmagának, de Nolának is bizonyítani akarta, hogy valóban jól van. Ha nem tudja valamiképpen bebizonyítani, akkor ebből (is) bizony orvoshoz menős nap lesz, azokból pedig már nagyon elege volt.

„Inkább dögöljek meg a patakparton, mint hogy még egy órát várakozzak mostanában orvosi rendelőben!" – határozta el, és már el is indult a Rákos-patak partján lévő ingyenes futópályához. A közelben laktak, és néhány perc alatt oda lehetett érni gyalog.

Útközben nem találkozott senkivel, amit furcsának is talált. Igaz, hogy még munkaidő volt, de ennyire azért nem szokott kihalt lenni a környék. A patakpartra érve látta, hogy a futópályán, látótávolságon belül nincs egy teremtett lélek sem.

„Mindegy" – gondolta –, „ha nektek nem kell, majd több marad nekem!" Bár hely azért máskor is volt bőven a pályán. Nem kellett soha lelökni róla senkit, hogy elférjen az ember, sőt sorban állni sem kellett rajta, de azért tény, hogy könnyebb úgy haladni, ha kerülgetni sem kell másokat. A futókat még annyira nem is kellett, mert azok haladtak a maguk totyogós, fogyókúrázó módján, a gyerekek viszont néha már tényleg idegesítőek voltak!

Ezt a területet igazából sosem nevezték ki futópályának, csak ők hívták annak Nolával. Ez amolyan sétálóút volt, ahová családok szoktak járni. Valamiért úgy alakult, hogy a kerületben sok sportot igénylő ember élt, és szokássá vált, hogy a patak mentén séta helyett inkább futottak, bicikliztek és görkorcsolyáztak. De azért akadt egy-két makacs gyermekes szülő, akik mindenképp be akarták bizonyítani, hogy ez igenis családok részére kialakított sétálóút. Ezek az emberek időnként megjelentek egymás mellett tolt babakocsikkal, lehetőleg úgy, hogy az egész két méter széles utat elfoglalják.

Voltak picit nagyobb gyerekek is a családokkal. Ezeknek lehetőség szerint mindig pontosan az út közepén akadt fontos dolguk, ami annyira életbevágó, hogy szüleik sosem szóltak rájuk, hogy húzzanak már a francba az út szélére, ha mondjuk, biciklis közeledik. Ilyenkor a biciklisták és futók kínos arckifejezéssel – mert gyerekre és anyucikra ugye nem illik rászólni – megálltak a sportolás kellős közepén, és megvárták, hogy a gyerek visszatotyogjon anyuhoz kb. három teljes perc alatt, miután már eleget gyötörte a haldokló meztelencsigát az úton.

De ezek persze inkább vicces dolgok voltak, amin az emberek többet mosolyogtak, mint dühöngtek. Végül is ez a sétálóút egy ingyenes „pálya". Nem várhat az ember olyan „kiszolgálást", mint egy golfklubban!

Gyerekek most szerencsére nem voltak sehol, legalábbis egészen az első fáig, azaz kanyarig az út üresen tátongott. Két évvel ezelőtt Leir pontosan addig a pontig tudott elfutni, ami kb. kétszáz métert jelent. Ez nem túl sok. Akkor ugyanis még negyven kilóval nehezebb volt. Annak idején részben a sok betegeskedéstől hízott el, részben pedig már az elhízásnak is volt a betege.

Eldöntötte hát, hogy lefogyja a túlsúlyát, de véglegesen! Ő nem fog szarakodni vele, mint mások, akik egész életükben zabálnak, aztán sírva fogyni próbálnak egy hétig, utána pedig sírva tovább zabálnak, hogy nem sikerült lefogyni! Ő nem fog sírni! Ezen most kivételesen biztos nem.

Elhatározta, hogy már a fogyás alatt is jól fogja érezni magát, és utána is büszke lesz majd rá, hogy sikerült. Ilyen irányadó elvekkel kezdett neki annak idején, és valószínűleg pont ezért is tudott lefogyni. Meglepően gyors iramban adta le azt a negyven kilót. Körülbelül hat hét alatt! Jelenleg nyolcvanöt kilós, és mostanában már egyáltalán nem esik nehezére a futás.

* * *

Mikor Leir elindult a pályán, újra felrémlett benne, hogy enyhe füstmérgezéssel nem biztos, hogy jó ötlet futással tovább terhelni a tüdejét, de ahogy megtette a kezdő lépéseket, jó érzésen kívül más nem öntötte el. Még a magas páratartalmú, nehéz levegő sem zavarta túlzottan. Igazából ennél rosszabbra számított, amikor kilépett az ajtón a klimatizált szobából. Kicsit félt tőle, hogy odakint nagyon megcsapja majd a hőség, de eddig minden rendben ment.

Számára a futás nemcsak sport volt, de a szabadság jelképe is egyben, melyre már nagyon vágyott az alatt a húsz év alatt, amit elhízva töltött a hájas seggén ücsörögve.

A szabadság érzése most is hatalmába kerítette, és bár eddig nem köhögött, most már nem is érdekelte, hogy fog-e még valaha! Élvezni akarta a jó levegőt és az életet, nem pedig aggódni miatta. Ahogy elhagyta az első fát, azaz az első kanyart, az a hosszú egyenes szakasz tárult elé, ami kedvenc futópályájuk leghosszabban belátható része. Ezen a szakaszon sem volt senki.

„Tényleg fura, hogy hétfő délután ilyen kevesen vannak" – gondolta. „Pedig ma még ünnepnap sincs."

A köhögés továbbra sem merészkedett elő. Újra bizonyossá vált számára, hogy megéri sportolni és vakmerőnek lenni. Ha nem mert volna most futni jönni, sosem tudja meg, hogy még füstmérgezéssel is lehet ezt csinálni normálisan. Nem kell azért rögtön egyből jajgatva, haldokolva ágynak esni, csak mert a szokásosnál nagyobbat fingtál!

Elérkezett a második kanyar után a hídig, ahol Nolával meg szoktak állni. Ez körülbelül egy másfél kilométeres szakasz, tehát oda-vissza az egész pálya majdnem három kilométer. Flow-ék úgy voltak vele, hogy sportolnak, mert hasznos, és szeretik is csinálni, de azért nem akartak maratonon is indulni. Inkább futottak le rendszeresen egy három kilométeres szakaszt, és egészségesebbé váltak általa, mint hogy nagyobb távokat céloztak volna meg, melyekre esetleg így, negyvenévesen már rámehetett volna egy-két csípő- vagy bokaízület. „Ennyi idősen jobb nem agyonterhelni az ember csontjait" – gondolták öregesen. Vagy talán inkább csak nagyon is eszesen.

Leír megállt kifújni magát a hídon, és ekkor már kicsit jobban érzékelte, hogy igazából mennyire súlyos is a levegő. Majdnem olyan érzés volt lélegezni, mint amikor nyáron a tengerparton fürdesz, és hirtelen jön egy orbitális méretű hullám, ami átcsap a fejed fölött! Beszélgetsz a melletted álló haveroddal, és épp folytattad volna fontos mondandódat a *nagy semmiről...* amikor azt veszed észre, hogy magyarázás közben már sós vizet lélegzel be levegő helyett. Majdnem ennyire volt sűrű most a levegő. Annyira, hogy szörfölhettél volna rajta bazzeg!

Az sem segített sokat, hogy itt a hídnál árnyék sem volt, és a nap is olyan fájdalmasan perzselt kora délután, mint Lucifer ostora! A hídon normális esetben autók és kisebb buszok szoktak áthaladni. Leír most nem látott egyet sem.

Kezdett aggódni az egész miatt:

„Mi folyik itt? Hol van mindenki?" – Az a fura gondolata támadt, hogy valójában nem is egy-két órát aludt az enyhe nyugtatótól, hanem inkább évtizedeket. Olyan érzése volt, mintha átaludt volna valami fontos eseményt (egy háborút például), és közben az emberiség meg kipusztult. Lehet, hogy ő az utolsó emberi lény a Földön, és most vámpírok uralják a vidéket, akik viszont csak éjjel merészkednek elő?!

„Na jó..." – mondta magában. „Lehet, hogy a Soylentville egy sikeres írás, de azért *legenda* még nem vagyok, mint Will Smith abban a filmben!" Nem is hergelte magát rémképekkel, inkább elindult visszafelé, nehogy lekésse Nola hazaérkezését. Na, akkor tényleg megijedne a felesége! Talán most is épp attól fél, hogy férje valahol köhögőgörcstől fetreng. Ha arra menne haza, hogy nincs otthon, esetleg arra a következtetésre jutna, hogy Leírnek mentőt kellett hívnia, és az el is vitte, mert olyan súlyos volt az állapota. Ezt mindenképp el kell kerülnie! Meg is bánta, hogy nem hozta magával a telefonját, mert most megint megpróbálta volna felhívni, hátha már a buszon van azóta, ahol van térerő.

Miközben ezen gondolkozott, indult is vissza, mert egyre jobban idegesítette a tudat, hogy Nola esetleg hamarabb ér haza, mint ő.

Tényleg nagyon fura volt, hogy senkit sem lehetett látni a sétálóúton. Egy-két nyomorult fogyókúrázó azért mindig akadt. Azért tartotta őket nyomorultnak, mert ha neki is sikerült megszabadulnia a komplett túlsúlyától hat hét alatt, akkor ők miért szarakodnak vele éveken át? Szerinte a legtöbb fogyni vágyó nem is *lefogyja* a túlsúlyt, hanem csak *fogyókúrázik*. A kettő között nagy különbség van! Leir nem fogyókúrázott ugyanis, hanem *lefogyott*, és kész! A kúrázók inkább csak játszanak a gondolattal, és közben borzalmasan sajnálják magukat, másoktól is ugyanezt várva el. Minél inkább mutatják kifelé, hogy ők erősen koncentrálnak, és nagyon komolyan veszik a fogyást, valójában annál jobban vágynak rá, hogy sajnálják őket emiatt, és együtt zokogjanak velük fogyókúrájuk szívbemarkoló drámáján.

– Szánalmas! – köpte ki Leir a szót az út melletti porba szó szerint.

Ekkor ért megint arra a szakaszra, ami hosszan, egyenes vonalban végig átlátható volt. A vége felé, több száz méterre Leirtől most egy nagydarab ember tűnt fel a távolban.

– Na tessék! Ami késik, nem múlik! – örült meg Leir. *Csak lejött* azért mégis valaki rajta kívül ebben a melegben sportolni. Valóban örült is neki, hogy nincs többé egyedül, mert kezdett tényleg rossz érzése lenni az egésztől. De most már inkább mulattatta az a gondolat, hogy milyen lehet annak a nagydarab fickónak ilyen hőségben futni.

„Remélem, nem kell lesmárolnom, amíg kijön érte a mentő!" Leirnek nem volt túl sok kedve senkit mesterséges lélegeztetéssel újraéleszteni a patakparton, aki hőgutát vagy szívrohamot kapott a hőség és a túlsúlya miatt.

Az illető még nagyon messze járt, mert azt sem lehetett megállapítani, hogy milyen sebességgel közeledik.

Aztán kicsit közelebb ért.

Leir látta, hogy az illető egy férfi. Jó nagydarab fickó. Piros pólóban volt, és valójában nem futott, inkább csak sétált.

„Akkor jó! Legalább nem döglik itt meg nekem. Van esze! Még a végén neki is sikerül lefogynia!"

Azért is idegesítették Leirt a fogyókúrázók, mert a szenvedésükkel járó látványos drámának az is része szokott lenni, hogy borzasztó komolyan felkészülnek a szerepre. Komolyabban, mint egy színházban a színészek. Úgy beöltöznek, mintha űrutazásra készülnének! Leir egyszerűen csak abban futott általában, amiben épp volt. Na jó, nem öltönyben – azt „szakadt rockzenészként" amúgy sem hordott –, de ha farmerban és hosszú ujjúban volt, akkor abban indult el, ha nyáron rövidgatyában és atlétában, akkor pedig abban. Nem vásárolt külön tízezer forintos fejpántokat márkás feliratokkal csak azért, hogy aztán teleizzadja! És nem találta azt sem szimpatikusnak, ha más ezt tette. Mások úgy voltak a fogyással – sajnos nemcsak azzal, de az egész életükkel –, hogy nagyobb volt a füstje, mint a lángja. Nagyobb volt a látványos szenvedés, és több a márkás cucc a tényleges fogyni akarásnál. Fejpánt, zselés talpú futócipő, öltözéknek pedig testhez álló, vízelvezető, gyorsan száradó műszálas ruha, ami röhejesen feszül mindenkin, és amiben az ember csak még jobban izzad, ergo: baromság az egész!

Műszálas ruha? Ugyan már! Ez csak egy újabb áltudományos hülyeség arra, hogy el tudják adni az olcsó nejlonanyagot, ami már senkinek sem kell, mert a pamut ezerszer jobb! Legalábbis arra biztos, hogy nem jó a műszálas ruha, amire ezek itt használják. Esetleg maratoni futóknak... na de nem másfél kilométerre! Itt még a közért is messzebb van annál... arra sem öltözik be senki szkafanderbe!

Ám úgy tűnt, a szembe jövő kövér emberen csak átlagos hétköznapi ruhák vannak, mint ahogy őrajta is. Mikor még közelebb ért, Leir látta, hogy a másik nem is sétál, inkább imbolyog, tántorog.

„Ajjaj! Ezt nem hiszem el!" – ijedt meg most valóban. „Tényleg kifogtam egy hőgutás barmot? Talán valóban nem fogok időben hazaérni! Ráadásul mentőt sem tudok hívni, ha az ürge rosszul van, mert telefont sem hoztam magammal!"

Úgy döntött, udvariasságból mindenképp megkérdezi, nincs-e a rosszul az ipse, de ha az – akár vagánykodásból, akár nem – azt mondja, hogy minden oké, akkor ő nem fogja erőltetni a dolgot, és megy is tovább útjára, azaz haza. Van neki is épp elég baja, mintsem hogy leálljon most ápolónőt játszani ezzel az alakkal. De azért megkérdezi, hogy mi van vele.

Már messzebbről intett neki. A futók néha csinálják ezt náluk. Mintha mindenki ismerné egymást a környéken, akik sportolni szoktak. Valójában persze még soha senki nem állt meg beszélgetni, pedig már évek óta lebetonozták ezt az utat, és azóta járnak ide olyan sokan. Az emberek már csak ilyenek. Csinálnak sok mindent, amit nem gondolnak komolyan. Például van *olyan* is, aki állítólag fogyókúrázik.

A férfi nem viszonozta Leir gesztusát, nem intett vissza. Csak tovább tántorgott felé a piros pólójában.

Annak a piros pólónak elég fura egy mintázata volt: nem egyszínű, hanem inkább foltos.

Egy pillanatra Leirnek eszébe jutott, hogy jó vicc lenne, ha az mind *vér* lenne a faszi pólóján, és valami sorozatgyilkos lenne az illető. Ő meg épp integetve és vigyorogva szalad a karjaiba egy forró szerelmes csókra!

* * *

Leirnek eszébe jutott, hogy egyszer látott egy pontosan ilyen embert egy aluljáróban, az Újpest-Városkapu metrómegállónál. Na, annak valóban merő vér volt a pólója!

Nyugodtan ácsorgott az illető a peronon úgy este 9 óra körül.

Róla is azt hitte, hogy csak olyan színű a ruhája. Messziről semmi rendellenes nem látszott a fickón.

Leir gyanútlanul mögé állt a peronon.

Késő volt, és szinte már senki más nem tartózkodott a környéken rajtuk kívül. Csak néhány ember lézengett itt-ott, azok is inkább fent, az utcaszinten.

Amikor mögé ért, akkor látta csak rendesen közelről, hogy a peronon várakozó embernek valójában nem piros a pólója, hanem csupa vér az egész!

Vajon a férfi vérzik ennyire?

Akkor hogy bír egyáltalán megállni a lábán?

Vagy valakit ennyire elintézett? Megszabadult volna egy nemkívánatos személytől?

Akkor meg miért nem váltott legalább ruhát?

Nem az lenne ilyenkor a logikus?

Hát igen, a valóságban nem minden úgy történik, mint a TV-ben a hülye bűnügyi sorozatokban! Azokban mindenki egy valódi zseni! A zseniális detektív is és a gonosz sorozatgyilkos zseni is, akik minden áron találkozni akarnak, mert annyira okosak, hogy már csak egymást értik. Szegények *ennyire* borzasztóan magányosak!

A detektív csak azért megy be dolgozni, hogy hallhasson valami újat a gyilkosról, mert más úgysem érdekli többé az életben. A magánélete már amúgy is odalett – soha nem is volt neki olyan, mert annyira munkamániás és célorientált –, a sok stressztől és a bánkódástól pedig, melyet a megoldatlan ügyek borzalmas terhe rakott rá az évek során, már kőalkoholista lett szegény. Felesége sem bír többé ránézni, mert nemcsak iszik, de öregszik is. Ráncosodó arccal, őszülő hajjal türelmetlenül és mogorván, bőrdzsekiben kávézik és cigarettázik ahelyett, hogy rendesen leülne reggelizni családjával az asztalhoz, mint más jóravaló családapa! Idegesen szürcsöli a kávét, majd lerakja, és ottfelejti, mielőtt befejezte volna, mert annyira csak a gyilkos kiléte foglalkoztatja! Soha nincs egyetlen perce sem, hogy megálljon vagy levegőt vegyen!

A gyilkos is csak a detektívre gondol. Nem azért, mert annyira vonzó... – habár *tényleg az* a vén jóképű gazember! –, hanem mert ő az egyetlen ember, aki ugyanolyan megszállott és precíz a munkájában, mint ő. A detektív az egyetlen, akinek a gyilkos meg akar felelni, és akinek a véleménye érdekli még egyáltalán. Már csak azért öl, hogy munkát adjon a detektívnek, és azért, hogy az véleményt nyilváníthasson az ő munkájáról. Többé az sem érdekli, hogy elkapják-e majd emiatt. Már nem is azért gyilkol, mert élvezi, hanem csak azt élvezi, amikor fényképet készít a bűntényről, és azt elküldi feladó nélküli borítékban a nyomozónak, akinek – véletlenül – pont tudja is az otthoni lakcímét!

Már csak egymásért élnek, minden más megszűnik létezni számukra, még a szex is! Ezért is megy tönkre mindkettejük házassága. Csak azért élnek, hogy találkozhassanak egyszer egy végső megmérettetés erejéig, hogy eldőljön, ki a jobb a maga „munkájában". Ez pedig borzasztóan (már-már zavaróan) izgalmas!

A börtönben aztán a vádlott – mert azért annyira mégsem volt okos, hogy ne kapják el – közli, hogy ő csak annak az embernek tesz vallomást, aki elkapta.

Ő az egyetlen ember, akit tisztel: a zseniális detektív!

* * *

„Ez milyen szánalmas!" – Leir szerint soha nem történt ilyen a világon.

A való életben az emberek, ha be vannak kattanva, akkor úgy is viselkednek, mint aki be van kattanva! Egy őrült, az nem egy zseniális brit akcentussal rendelkező professzor, aki mindig udvarias, és fejből tudja Yeats összes költeményét. Nem!

Egy őrült valószínűleg, ha már leölt pár embert baltával, akkor egész odáig folytatni is fogja, amíg le nem lövik a hülye barmot!

Kérdés, hogy akkor ott a metróban a peronon előtte álló ember kit baltázott le ahhoz, hogy olyan véres legyen tetőtől talpig?

Leir úgy döntött, hogy ez most az a kérdés, amire *sajnosss*... nem fog választ kapni, mert az egész nem ér annyit! Inkább szép lassan hátrálni kezdett, tett pár lépést, majd sarkon fordulva visszaindult a mozgólépcső felé. Gondolta, elmegy jó messzire, és majd akkor visszajön ide a peronra, ha ez az alak már elment. Inkább mészároljon le másokat a metrón, akár jó sokat is, mint őt itt egyedül! Vagy inkább szólnia kellene a rendőrségnek?

És mégis *mit* mondana nekik?

Az illetőről még a végén kiderülne, hogy szobafestő, és csak piros festékkel van összekenve a ruhája. Ő meg ráhívna miatta egy egész rohamosztagot! Na, *az* kellemetlen lenne! Bár a szobafestők ritkán festenek kizárólag piros színnel, ez tény! A hátukat pedig pláne ritkán kenik össze, hacsak bele nem fekszenek a festékbe részegen.

Tehát lehet, hogy Leirnek valóban szólnia kellene. Épp ezen gondolkozott a mozgólépcsőhöz közeledve, amikor elsétált mellette *két rendőr.*

Hoppá!

Már majdnem megszólította őket...

...De akkor jutott eszébe, hogy amúgy is arra mennek! Minek is beleszólni? Csak feltartanák vagy egy órán át, ha beleavatkozna, és jelentéseket íratnának alá vele. Úgyis arrafelé mennek. Majd meglátják ők is, hogy hogy néz ki az ipse!

A rendőrök valóban pont a véres ember felé tartottak. De nem siettek, hanem halálos nyugalommal sétáltak arra.

„Na, ez durva lesz!" – gondolta Leir magában egy kis kaján örömmel. „Itt bizony harc következik!" Elképzelte, hogy amikor odaér a két rendőr, a fickó előhúz a *farzsebéből* egy kétméteres baltát (ugyanis semmilyen látható helyre nem tudott volna fegyvert rejteni, mert egy szál pólóban volt és farmerban ugyanúgy, mint ő), aztán rátámad a rendőrökre, akik majd olyan golyózáport eresztenek rá, mint egy igazi hollywoodi filmben!

Ehelyett mindössze annyi történt, hogy a rendőrök zavartalanul elsétáltak mellette tőle *egyetlen* méterre. Rá se néztek!

„Na, ez Magyarország!" – hőbörgött magában Leir. „Lehet, hogy még akkor is ez történt volna, ha valóban balta lenne a kezében. Manapság az embereket semmi sem igazán érdekli. Ezek szerint a rendőröket sem."

A zsernyákok elmentek a véres férfi mellett, és néhány méterrel arrébb megálltak. Várták a metrót.

Leir úgy döntött, rendőrök ide vagy oda, ő erre a kocsira akkor sem száll fel! Szálljanak csak fel azok hárman, és intézzék el egymást, ha úgy alakul! Vagy barátkozzanak össze, őt az sem érdekli! Így is történt végül:

Amikor jött a metró, mindhárman felszálltak egymástól pár méterre, teljes békességben. Sosem derült ki, hogy útközben a rendőröknek feltűnt-e, mitől olyan piros az a póló, és megkérdezték-e az illetőt, hogy merre járt...

Az sem derült ki, hogy az illető minderre hogyan reagált:

Ijedten és bűnbánóan?...

Vagy inkább dühödten? Egy tűzoltócsákánnyal?

* * *

Ez a jelenet jutott Leir eszébe, amikor a futópályán a nagydarab alak a foltos pólójában egyre közelebb támolygott hozzá. Az a másik annak idején a metróban nem támolygott, csak zavartalanul állt egy helyben. Az talán tényleg kicsinált valakit, és azért volt olyan a ruhája.

Ilyen szögből nézve ez az itteni esetleg tényleg nem is veszélyes, mert alig tud menni! Lehet, hogy csak azért támolyog, mert megsérült.

Leir lelassított, és még egyszer intett a szembejövőnek. Az most sem reagált. Halkan nyögdécselt. Úgy tűnt, tényleg nincs jól.

Leirbag ekkor már az okát is látta:

Nemcsak foltos volt a pólója, hanem *kurvára valóban véres*, és ráadásul pont annyira, mint annak idején a másiknak az aluljáróban!

„Ilyen nincs!" – gondolta magában. „Kétszer lépek ugyanabba a szarba? Már megint összefutottam egy ilyennel?" – A férfinak nemcsak a ruháját, de a karjait és az arcát is vér borította. A szemei fehérlettek, fel voltak akadva. Valamiféle rohama lehet! Csoda, hogy képes egyáltalán járni!

Ekkor értek egymás közelébe. A fickó borzalmasan nézett ki. Valóban nyögött és hörgött, most közelről már jól hallatszott. Valószínűleg azért, mert tele volt sérülésekkel. Balesetet szenvedhetett, és félig önkívületi állapotban elindult csak úgy valamerre segítségért. Szegény! Valószínűleg nem tudta, hogy ezen a sétálóúton ilyen kevés az ember, és senkivel nem fog találkozni egyhamar! A nyomorult már jó ideje gyalogolhat ezen a tűző napon.

– Jól érzi magát? – kérdezte Leir kínosan érezve magát. Nem is tudta, mi a megfelelő kifejezés ilyenkor. Lehet, hogy inkább azt kellene kérdeznie, hogy *él-e még* egyáltalán, mert nagyon szarul festett. – Mi történt? Balesete volt, uram?

A másik nem válaszolt, csak nyögött tovább, és egyre közelebb jött hozzá.

– Tudok valamiben segí... Hé! Mit akar? – A kövér fickó már annyira közel jött a Leir felé nyújtott karjaival, hogy szinte megölelte. Leirnek egy ideje már eszébe sem jutott, hogy a másik bántani akarná, mert amióta közelebb ért, látta, hogy a másik milyen rossz állapotban van. De most felötlött benne, hogy a fickó lehet, hogy nem normális! Leir hátraszökkent két lépést, mert ő sokkal gyorsabb volt. A másik inkább csak tántorgott, ő meg egész idáig futott. Ilyenkor eleve gyorsabban arrébb ugrik az ember, ha még mindig benne van a lábában a „mehetnék".

– Jól van? – kérdezte Leir ismét, de amikor hátrébb lépett, a másik oda is követte, ezúttal viszont sajnos gyorsabban: A kövér ember előre iramodott, és mindkét kezével elkapta Leir pólóját, majd erősen maga felé húzta.

– Mi az úristent akarsz?! – kiabálta Leir. – Meg vagy hülyülve, öreg?

– A másik iszonyatos erővel húzta maga felé, Leir pedig ugyanolyan hevesen próbálta eltolni, és távol tartani magától. Amikor hadonászás közben Leir keze a másik szájához közelített, az ijesztő erővel csattogtatni kezdte az állkapcsát, mint aki meg akarja harapni. Annyira erősen csapódtak össze a fogai újra és újra, mint egy megvadult állatnak. Emberek nem viselkednek így! Ő legalábbis még nem látott ilyet, még olyan fogyókúrázóknál sem, akik nagyon éhesek.

Hosszú másodpercekig huzakodtak ilyen módon. A másik mindenáron közelebb akarta rántani magához – valószínűleg azért, hogy tényleg beleharapjon –, Leir pedig teljes erejéből próbálta ezt megakadályozni. Nagyon megszenvedett a harccal, mert a másik iszonyatos elánnal esett neki! Nagydarab fickó volt, de puhány alkatú. Leir tiszta izom volt, és azt hitte, adott esetben erősebbnek bizonyulna. Nem nézett ki a másikból ennyi erőt, pláne ilyen sérült állapotban. Dulakodtak, és egyelőre nem bírtak egymással.

Egyszer csak a kövér fickó valahogy ügyetlenül megbotlott! Dőlni kezdett hátrafelé, és sajnos rántotta magával Leirt is, akinek közben még mindig a ruhájába kapaszkodott. Húzta őt is magával, és mindketten elestek. Gurultak lefelé néhány métert egészen bele a Rákos-patakba.

A víz meglepően hidegnek bizonyult ahhoz képest, hogy milyen hőség volt aznap! Leirnek egy pillanatra eszébe is jutott, hogy évek óta futnak errefelé. Talán máskor is beleugorhatott volna már, amikor nagyon melege volt. Tulajdonképpen jól is esett a hűvös víz...

Jólesett volna! Ha nem épp az életéért küzd!

Mindketten csapkodtak a hideg vízben, mint két fuldokló. A másik továbbra is görcsösen kapaszkodott belé a ruhájánál fogva. Leir volt épp felül, az alatta lévő fickó pedig kinyúlt, és megpróbálta ellenfelét lehúzni magához a víz alá.

„Hogyhogy nem akar feljönni a víz alól?" – értetlenkedett Leir a szorult helyzetben. „Nem akar levegőt venni, vagy mi? Mi a franc baja van ennek?"

Még mindig dulakodtak és szorongatták egymást. Azaz Leir nem szorongatta a másikat, csak próbált kiszabadulni a szorításából, hogy ne harapják meg. A kövér ember már jó sok időt töltött víz alatt, talán két perc is lehetett. Szemmel láthatóan egyáltalán nem zavarta, hogy nem kap levegőt.

Ekkor jutott először Leir eszébe, hogy kivel, azaz mivel áll szemben: Lehet, hogy ez az ember már nem él?!

Létezne tehát az a baromság? *Zombik*, amiket Nolával a TV-ben néznek hétfő esténként abban a sorozatban? Amiről ő is épp regényt ír? TV-ben és könyvekben szórakoztató ez, de a valóságban...? Ez nem lehetséges! Ilyesmi nem létezik!

Hiába hitetlenkedett, akkor sem volt más megoldás. A másik nem engedte el. Leir kezdett kifutni az időből, egyre jobban fogyott az ereje! A másik így előbb-utóbb magához fogja rántani, és akkor tényleg beleharap! Ha ez az izé tényleg nem él, akkor abból nagy baj lesz! Nem hagyhatja, hogy beleharapjon!

Ebben a pillanatban pontosan azt történt, mint fél órával korábban a lakásban, amikor a zárba próbált beletalálni a kulccsal. Akkor is lepergett előtte az élete. Most megint megtörtént, aznap már másodszor!

Ismét feladta egy pillanatra. Úgy érezte, nem megy. A másik túl erős!...

Azt az embert vagy az önkívület és őrület hajtja, vagy tényleg valami síron túli, ördögi zombienergia, de tény, hogy hajthatatlan, és előbb-utóbb legyőzi! Lesz egy pillanat, amikor Leir majd beadja a derekát. A másik ezt kihasználva magához húzza, és falánk módon óriási darabokat kiszakítva a nyakából, zabálni kezdi a húsát.

Eszébe jutott Nola...

„Tényleg elvesztem ma őt?
Mégis megtörténik?
Hol lehet most?
Vajon boldog?
Remélem, nem rémítettem halálra azzal a hülye köhögéssel!
Istenem, ha létezel, adj most egy kis szerencsét! Nem dögölhetek meg itt a Rákos-patakban fetrengve!"

Minden erejét összeszedve felhúzta maga alá a jobb lábát, és már azzal is tolni kezdte a kövér ember hulláját – élő ember ugyanis nem lett volna képes már négy teljes perce ilyen elszántsággal küzdeni a víz alól.

– Végre most a lábával is rásegítve tényleg kicsit távolabb tudta tolni magától!

Azonnal keresni kezdett valamit pánikszerűen, amivel megüthetné ellenfelét, de jó erősen! Még ha távolabb is tudja tolni magától a lábával, az akkor sem fogja őt elereszteni. Végezni kell hát vele! Inkább a másik vesszen, mint ő!

Leir talált egy jókora követ a víz alatt, és egy erős rántással kitépte a sár- és kavicságyból, amibe évtizedek alatt már rendesen belegyógyult.

Most szándékosan hagyta egy kicsit a másikat, hogy az közelebb húzhassa magát hozzá. Kövér feje kibukkant a víz alól, és szörcsögve-bugyogva dőlt kifelé szájából a véres víz.

Leir a feje fölé emelte a súlyos követ, és lesújtott vele, bele a másik arcába!

A vizes, kövér arc nagyot csattant a kő alatt! Vagy inkább a kő az arcon...

Leir naivan azt gondolta, hogy a halott feje majd azonnal darabokra esik, mint a filmekben. Azokban ugyanis olyan könnyen szúrják át egy zombi fejét késsel, mint egy csomag vajat. A valóságban, úgy tűnik, ez nem így szokott történni. Igaz, nem sok fejet ütlegelt eddig, tehát nem volt sok viszonyítási alapja. Kővel legalábbis nem, csak ököllel az iskoaudvaron, amikor a romák gyerekkorában ok nélkül belekötöttek.

Most annál komolyabbnak bizonyult az ügy, és kénytelen volt nemcsak elverni, de meg is ölni a másikat – ha ez egyáltalán még lehetséges azután, hogy a másik már meghalt egyszer. – Belegondolt, hogy mi lesz, ha szétveri a férfi koponyáját, hogy kiloccsantsa az agyvelejét, az meg eközben ugyanúgy zavartalanul beleharap, és megfertőzi hullamérgezéssel?

Nem elég hát a fejét szétverni! A szájának is adni kell *rendesen*!

Teljes erőből csépelni kezdte felválta a kövér fickó koponyáját és fogakkal teli száját is. Már a második csapásra sikerült fogainak nagy részét kitörnie. A fogeltávolítás zseniális ötletnek bizonyult, így Leir máris magabiztosabb lett, és alábbhagyott a félelme! A zombi fogak nélkül nem fog tudni harapni, és onnantól már veszélytelenül el lehet vele bánni. Habár az azért még fogatlanul is halálra szoríthatja őt, és vízbe fojthatja, ha újra közelebb rántja magához. Leir nem hagyhatja ezt!

Tovább ütlegelte a kővel. Ekkor már merő vér volt minden körülöttük. Ügyelt rá, hogy szájába és szemébe ne fröccsenjen, pedig repült és jutott minden irányba a sűrű, sötét vörös mocsokból.

Talán a tizedik csapásra a kövér ember koponyája végre beszakadt! Fogai ekkor már egyáltalán nem voltak elöl. Amikor betört a koponya, a lendülő kő az agy nagy részét egy cuppanás kíséretében magával ragadta. Jókora maroknyi ki is loccsant belőle, bele a patakba.

A hulla elernyedt.

Most végleg.

Elengedte végre Leir grabancát.

– Uramisten! – tört ki Leirből az undor és a rettegés annak láttán, amit tett. Egy pillanatra belegondolt, mi van, ha ez az egész most nem is úgy történt, ahogy ő megélte? Mi van akkor, ha valamiért annyira bekattant, hogy egy teljesen ártatlan járókelőnek esett így neki, és megölt valakit csak úgy, *ok nélkül*?

De ezt a gondolatot gyorsan elvetette. Ennyire azért nincs elszállva az agya a nyugtatóktól! Ez most nem az ágyba ájulós pillanat! Száz százalékig magánál volt. Ami azt illeti, már rég volt *ennyire* magánál. Pontosan tudta, hogy mit csinál!

A másik tényleg az volt, ami.

És most tényleg holtan feküdt a patakban, sérült fejével ismét a víz alá merülve.

Most valóban meghalt, akár élt előtte, akár nem.

Valószínűleg azt lehetett, hiszen percekig tartózkodott víz alatt, és nem hiányzott neki a levegő.

Most már legalább békében nyugszik a szerencsétlen... szarházi.

* * *

Leir vagy két percig csak ült a vízparton, és lihegett.

Először csak kimeredt szemekkel nézett maga elé, majd elkezdte masszírozni fájó vállait és karjait. Az imént már görcsösre szorították egymást a nagydarab fickóval. Leirnek mindene fájt.

Aztán az jutott eszébe, mi van, ha nemcsak sajognak a tagjai az erőlködéstől, de meg is sérült dulakodás közben?!

Pánikszerűen végigtapogatta magát mindenhol, és megnézte mindenét, amit csak látott:

Csurom vizes volt. A víz már lemosta róla a vér nagy részét, tehát látszott volna, ha sérülése van. Úgy tűnt, semmi baja nincs, csak mindene lüktetve sajog. Akkor nincs ok az aggodalomra! Egy pillanatra le is hunyta a szemét, és a szívverésére koncentrált, hogy megnyugodjon...

Így ült egy darabig...

Elég sok ideig. Igazából nem tudta, mennyi idő telt így el. Talán még kicsit el is aludt... talán elég mélyen. Lehet, hogy álmot is látott.

...Majd aztán magához térve:

– Nola! – kiáltott fel, és felugrott. Botladozva futni kezdett hazafelé. Ennyi idő alatt már hazaérhetett! Őt pedig nem találta otthon! Hol lehet most a felesége? És vajon több is van ebből a zombiból? Nolát is megtámadták? Ha igen, túlélte?

Leir teljes erejéből futott haza. Közben néha vizet köhögött fel. A víznek a szájában időnként enyhe füstíze volt.

Füstmérgezés után vizet lélegzeni be? Nem könnyű így teljes erőből futni, de azért ahhoz képest elég gyorsan haladt. Arra gondolt, az emberi test valóban sokkal többet kibír, mint azt mások gondolnák. És még azon sírnak, hogy nincs kedvük kevesebbet enni, hogy lefogyjanak! Ha tudnák, mennyivel rosszabb és nehezebb dolgok is léteznek az életben! Például a halál! Ha szembejön veled piros pólóban...

Leir már majdnem a házuknál járt lihegve-köhögve, amikor két alakra lett figyelmes, akik épp felé közeledtek a buszmegálló irányából. Más nem volt az egész téren, csak azok ketten.

Hatodik fejezet: Bedrótozva

Dr. Bundle már hosszú percek óta ült a metrón Nola és más utasok társaságában.

Nolának azt mondta, hogy Sybilt magával sodorta a tömeg, és már nem tudott neki segíteni. A nőt ez szemmel láthatóan rosszul érintette, de nem csinált belőle túlzottan nagy ügyet. Hitt Bundle-nek. Tényleg nagy volt ott a felfordulás. Nola valószínűleg azért sem nagyon faggatta őt, mert hálás volt neki azért, hogy betuszkolta maga előtt a kocsiba. Talán az életét mentette meg azzal a döntéssel, mert itt, azóta, hogy elhagyták az állomást, még semmi sem történt (egyelőre). Ott viszont ki tudja, mi minden szörnyűség esett már meg azóta. Például Sybillel...

„Úgy kellett a kis leszbikus ribancnak!" – veszekedett magában Bundle, mintha tényleg kiabálna valakivel. „Milyen jogon dagadtoz le másokat? Néha kell egy erényes ember, aki rendet tesz, és újra a helyére rak bizonyos nagyszájú, züllött erkölcsű illetőket. Hóhér kell a népnek! Amikor ő érkezik, igazság tétetik! A hóhér sem gonosz, csak a munkáját végzi." – Clarence-nek valamiért az lett a dolga, hogy rendet tegyen. A hóhér sem biztos, hogy az akart lenni gyerekkorától fogva. Ő sem akart vagy tervezett az lenni, mégis így alakult. Nem tehet róla, és ettől még nem rossz ember! Ő őszintén így hitte, mert ekkor már az extrém stressztől egyre súlyosabb elmeállapotba került. „Bárkit ki lehet végezni, ha komoly ok van rá! Erre van végül is a törvény. Arra miért nincs, ha valaki rosszindulatú, és megbánt másokat? Azt is büntetni kéne! Ha más nem, majd *én fogom* ezentúl!" – Ő az utolsó igaz ember ezen a földön. Egy ilyen földön, aminek most lehet, hogy vége lesz! Bundle *pontosan tudta ugyanis*, hogy mi történik. Csak nem számított rá, hogy ilyen hamar be fog következni.

Ekkor bemondta egy géphang a metrókocsi egyik belső hangszóróján, hogy előre nem látható okokból a szerelvény nem tud megállni a köztes megállóknál, és csak a végállomáson állnak majd meg Kőbánya-Kispesten.

Nola azon gondolkodott, hogy honnan van a BKV-nak ilyen előre rögzített üzenete? Ilyen máskor is elhangzik vajon, hogy nem áll meg a metró egész a végállomásig? Mi mindenre lehet még előre felvett üzenetük? Atomtámadásra például van? Olyankor vajon hol áll meg a szerelvény? Arra az esetre is van valamilyen zseniális forgatókönyv, amit ilyenkor be lehet játszani gombnyomásra? „A gombafelhő keleti irányból közeledik felénk. Kérjük, álljanak át a szerelvény bal oldalára. Oda biztos, hogy nem ér majd el." Hát persze! Micsoda baromság! Mintha számítana bármit is, hogy hova áll olyankor az ember vagy hogy most hol áll meg a metró, ha egyszer az emberekbe is belehajtott az előbb!

Bár lehet, hogy a vezető nem külső utasításra cselekedett, amikor úgy döntött, hogy belehajt a tömegbe, és meg sem áll? Lehet, hogy ő is tanácstalan, és csak csinálja, ami eszébe jut? „Na, akkor *jó kezekben* vagyunk most mindannyian!" – gondolta Nola.

A többi utas valóban úgy viselkedett, mint akik nincsenek túl jó kezekben. Mindenki félt. Volt, aki arcát kezébe temetve zokogott. Hogy ilyenkor ki a fenét sirat az ember? Saját magát? Előre? És mit old az meg?

A többiek, akik nem zokogtak, riadtan nézegettek mindenfelé. Némelyek némán rettegtek, és meg sem szólaltak, mások ugyanazt a mondatot kérdezgették a mellettük ülőtől már negyedszerre:

– Mi történt? Maga tudja? – kérdezte egy idős nő a mellette ülő öltönyös férfitól. De az már előszörre sem tudta, nemhogy most negyedszerre. Sőt! Sajnos ötödszörre sem, amikor a nő idegesítő módon megint elismételte ugyanazt. Valószínűleg csak beszélni akart, teljesen mindegy, hogy mit. Csak hallgatni ne kelljen.

Az utasok nagy része sértetlennek tűnt. Csak az idegeik szenvedtek komoly sérülést. Bár az már talán azelőtt sem volt teljesen rendben bizonyos embereknél... egy ilyen világban.

Egy sokkoló katasztrófa nem mindig meghülyíti és traumaként éri az embereket a nyugodt, normális életükben. A mai világban ez most talán pont fordítva történt: egy üzött, halálra stresszelt, betegségekkel teli életből a sokk kimozdította és magához térítette őket, vissza a józan állapotukba.

A legtöbb ember nem kikészültnek tűnt, hanem inkább olyannak, mint aki most ébredt fel. Fura volt ez a hangulat. Nola úgy érezte magát, mint annak idején óvodában, a délutáni alvóóra után, amikor az egész csoport egyszerre ébredt fel. Minden gyerek kérdőn nézett akkor a másikra, mint ahogy a felnőttek most. Akkor régen sem kérdeztek a legtöbben semmit, mert valahol tudták a választ.

Most is tudták.

Vagy ha pontosan nem is, de érezték, hogy nem áll jól a szénájuk. A legtöbb ember ilyen arckifejezéssel ült, és szótlanul jobbra-balra forgatta a fejét vagy csak szemeit, és veszélyt vártak minden irányból.

Dr. Bundle volt az egyetlen, aki nem látszott túl idegesnek. Nola látta, ahogy a férfi fáradtan kókadozik a melegben. Szinte már aludt. Szerencsére a beszállást követően nem kezdett újabb sztorikba az érdekfeszítő kutatásairól. Valószínűleg attól a témától már neki is elment a kedve. Nola megkérdezte tőle az előbb, hogy egyáltalán miért segít neki.

Bundle azt felelte, igazán semmiség. Egyébként is ugyanabban a kerületben lakik valakije, akit már régóta meg akar látogatni. Most, hogy ilyen nagy a baj, végképp oka van odamenni. Tehát amúgy is arrafelé utazna most ő is.

Ez azért persze nem volt teljesen igaz...

Valóban lakott ott Clarence-nek valakije, de évek óta eszébe sem jutott az illető. Még ha eszébe is jutott, igazából csak azért, hogy mikor állhatna rajta is bosszút, mert ő is *rajta volt* a listán. Már nagyon régóta. Olyan régóta, hogy az *egész* listát talán miatta kezdte el vezetni annak idején! Sőt! Nemcsak lehet, de biztos! Bizony, *miatta* kezdte el!

De ez a dolog nem volt igazából sürgős... Így pláne nem, hogy ez az egész valószínűleg elér majd előbb-utóbb hozzá is. „Remélhetőleg már pár nap alatt oda fog érni!"

A valódi oka, hogy a doktor Nolával tartott, az volt, hogy nemes egyszerűséggel *tetszett neki* a nő, és kész! A férfiak néha – még ha olyan magas intelligenciával is rendelkeznek, mint Clarence – sokkal egyszerűbb lények annál, mint ahogy a legtöbb nő azt gondolná.

Egyszerűen a férfi az férfi! Ez utóbbi pedig nőt akar. Ilyen egyszerű.

Az, hogy a csinos nőcinek férje van, részletkérdés volt. Szerencsés esetben az ipse már rég halálra köhögte magát a füstmérgezéstől. Vagy ha nem, akkor kizabálhatta egy zombi is az agyát. Clarence remélte legalábbis. Akkor ezentúl Nola az övé lesz. Így vagy úgy. Akár tetszik neki, akár nem! Ha kell, erőnek erejével hurcolja majd magával, és megerőszakolja, ha a nő nem készséges.

Túl sokat várt már, és túl régóta vár. Normális esetben egy *normális* nő nem is nagyon állt volna szóba vele. Tényleg nem volt túl jó megjelenésű. Ahhoz meg nem elég gazdag, hogy csak azzal érvényesüljön. A nőkkel bizony komoly hiányosságai akadtak. Olyan komolyak, hogy eggyel sem volt még együtt életének harminckét éve alatt. Habár nem jöttek be neki az idősebb nők... Nola az előbb tett egy megjegyzést, miszerint fájnak az öreg csontjai, és hogy így, negyvenévesen már rosszabb azért egy ilyen bokasérülés, mint húszéves korában. De a nő egyáltalán nem tűnt annyinak. Először Clarence saját magánál is fiatalabbnak gondolta.

A vonat közben többször megállt. Ilyenkor egy másik üzenetet mondott be a géphang, miszerint fennakadás miatt kénytelenek lesznek állni néhány percig, de azonnal haladnak tovább, amint ismét szabad az út.

Az utasok az első két alkalommal nagyon megijedtek. Az ablakokhoz ugrottak, és pánikba esett arccal, reszkető ajkakkal figyelték, mi van odakint, de semmit sem láttak és semmi nem is történt. Sötét is volt, és tényleg nem érzékeltek semmilyen mozgást odakint az alagútban.

Azt, hogy miben tud a metró „*elakadni*", ami miatt meg kell állnia, Clarence el sem tudta képzelni, de nem is nagyon merte.

Inkább örült annak, hogy pár percre végre nyugalom van. Néha már ennyi is elég a boldogsághoz. Annyira megnyugodott, hogy végül el is szenderedett...

Álmot látott.

Egy nagyon fura lázálmot...

* * *

Úgy kezdődött, hogy Clarence érezte, amint elalszik, de álmában ez az egész érzés valami mássá alakult át. Nem álom volt már és elalvás, hanem kóma! Álmában kómába esett. Borzalmasan érezte magát, még ha csak álmodta is. Valahogy véglegesnek érezte, mintha sosem lenne képes kijutni belőle.

Úgy érezte, hogy zuhan... mint amikor valaki a legfelső trambulinról fejest ugrik a vízbe. Clarence még sosem csinált olyat, sőt úszni sem tudott, de el tudta képzelni, milyen érzés lehet úgy fejest ugrani: őrjítően ijesztő! Nem tudott rá semmilyen okot, hogy mások miért szórakoznak ilyesmivel, továbbá nem tudott semmilyen enyhítő körülményt felhozni azok számára, akik ilyen értelmetlen mutatványokkal kockáztatják biztonságukat.

Pontosan ezt a rémisztő érzést élte meg, amikor tehetetlen kőként esik az ember lefelé, és akármit tesz, nem tudja elkerülni a becsapódást.

Álmában zuhant... nevetve kétségbeejtően hosszú perceken át... zokogva villanásszerűen rövid éveken át... poros padlók résein keresztül, meszelt mennyezetek repedésein, galaxisokon és csillagködökön át. Kifeszített véres vászonlepedőkön és világokon át a sötétbe, a semmibe...

Zuhanás közben száradó ruhák csapdosták az arcát, kifeszített, ránc nélküli lepedők és ruhák, *női* ruhák...

Anyja nedves ruhái szárítóköteleken.

Alsóneműk.

Kisebb és nagyobb méretekben.

Némelyik szakadt volt, olyan is akadt, amelyiket gondosan megstoppolták. Ott sorakozott az összes, hosszú szárítókötelekre csíptetve.

A kötelek végén kampók voltak...

...Melyek Clarence *húsába* voltak beakasztva!

Zuhant és rikoltott, de kiáltása nem visszhangzott semmilyen falról visszaverődve.

Nem voltak falak a semmiben, mert nem létezett semmi.

De a semmi *létezett*, és *őt* nézte!

Hang sem létezett, csak a fekete űr, túl a Föld légkörén.

Ott már nem létezett a hang, de az mégis *hallotta őt!*

Ezen a helyen zuhant, egyszerre lefelé a Föld lávától és gyomorsavtól fortyogó gyomra felé, egyszerre pedig ki az űrbe, a semmibe, egy akkora fekete lyuk közepe felé, ami nagyobbnak tűnt magánál a Földnél is.

A lyuk, ami felé zuhant, nem is az volt, hanem inkább egy óriási cső. A csőből, ahogy szállt a pereme felé, egyszer csak elkezdett kitüremkedni valami...

Valami csillogó és fémes, mint egy töltet...

Vagy mint egy rakéta! Pont ezzel szemben repült Clarence ütközőpályára állva, majd útja végén...

...egy az egyben nekicsapódott!

Iszonyatos ütközés volt, de mint ahogy az ember álmában nem szokott, ő sem érzett fájdalmat. A dolog, aminek nekiütközött, haladt tovább kifelé a csőből, róla tudomást sem véve, sem a jelenlétéről, sem a szenvedéséről.

Ekkor elkezdte az egész jelenetet kívülről, messzebbről szemlélni. Látta magát apró és jelentéktelen kis véglényként, amint hangyaként, koszként oda van valamire lapulva, szétplaccsanva valami felszínén.

Azt a valamit egyre távolabbról látta. Most már azt is tudta, hogy mi az:

Egy fegyver volt az! Korábban egy pisztoly csöve felé zuhant az apró kis teste, majd szétplaccsant a belőle előtörő golyón, mint légy a szélvédőn.

A fegyver kibírhatatlan hangorkánnal dördült el, és ismét létezett *hang*, de már nem hallotta *őt*. Őt is megsemmisítette, ahogy a golyó elhagyta a csövet! Ismét volt *lét*, de az többé nem figyelte *őt*, mert Clarence létezése nem számított már.

Most ismét zuhant. Ezúttal egyértelműen lefelé, egyenesen a pokol legalsó bugyrába.

Földet ért...

Ismét iszonyatos ütközéssel. De álmában az ember nem érez fájdalmat...

Egy olyan jelenetet látott maga előtt, mint a régi filmekben, amikor az egyiptomi rabszolgák a piramist építették: Rabszolgahajcsárok sürgették őket ostorozva, közben még nagyobb munkatempóra ösztökélve.

Ebben a jelenetben viszont nem rengeteg rabszolga volt a pokolban és sok hajcsár, hanem a rengeteg rabszolgát egyetlen ember hajtotta. Annyira gyorsan mozgott közöttük, hogy mindenhol ott volt egyszerre!

Néha hatalmasra nőtt, mint egy óriás, néha összemenve visszazsugorodott majdnem emberméretűre, és úgy cikázott köztük, mint egy villám. Olyan gyorsan püfölte őket, hogy szinte egyszerre ütött mindenkit ugyanazzal az ütéssel újra és újra. Néha egyet ütött csak, de az mégis mindenkit elért. Ki volt festve az arca, mint egy démonnak, és vérben forgó szemekkel ordított a rabszolgákra:

– Táncolni! Gyerünk, táncolni!

Nemcsak ütötte őket, de le is taposta, egyszerűen átgázolt rajtuk. Utat tört a holt lelkek között, és magával rántotta őket. Volt, amelyiken átgyalogolt, némelyiken úgy hatolt át, mintha annak csak ködből állna a teste! Azokon a rabszolgákon egyszerűen áthaladt, azok pedig szertefoszlottak és megsemmisültek!

A többiek kétségbeesve meneteltek előre a semmibe, és közben erőltetetten táncolni próbáltak vagy inkább vonaglottak, mint akiknek komoly fájdalmaik vannak.

Ekkor látta meg Bundle *saját magát* a rabszolgák között!

Te jó ég! Ott volt köztük ő is!

De valamiféle fiatalabbik énje volt az. Ugyanazt a kihízott, apjától örökölt öltönyt viselte, amit annak idején a szalagavatón. Így menetelt köztük a kamasz fiú, és közben visítva sírt, mint egy disznó. Azt kiabálta:

– Mit tettem? Mit tettem, anyaaaa? Sajnálom, anyuciii, ne haragudj! Tudod, hogy szeretlek! Sajnááloo-ho-hooom!

Bundle ekkor riadtan nézett végig álmában a saját testén. Ha ő ott van a menetelők között, akkor *ez* itt ki, aki most nézi ezt az egész jelenetet? – *Ki vagyok én?* – kérdezte saját magától.

Végignézett a testén: Saját magát látta, azaz szintén magát, csak az idősebbik, jelenlegi énjét.

Mindenhol drótok álltak ki és hatoltak be a testébe. Olyan volt, mint az intenzív osztályon feküdni egy kórházban, infúzióra kötve. Több száz infúzióra. Vagy inkább, mint egy számítógép belseje? Túl sok volt a kábel ugyanis ahhoz, hogy ez egy kórház legyen. Drótok és injekciós tűk szúrták és nőttek ki belőle egyszerre. Olyan volt, mint élni és meghalni egy mesterséges pokolban. A fecskendőkben zöld színű folyadék volt. Mindegyikben. Ezt a folyadékot nyomták belé ezer irányból. Közben a drótokban elektromosság zizegett és sercegett. Néha a kábelek körül kék szikrák pattogtak, és a levegőben úszva Clarence felé cikáztak.

Ekkor visszanézett arra az ijesztő, kifestett arcú alakra, aki hajtotta a többieket – és őt magát is fiatal korában. – Eddig az tudomást sem vett őróla, csak a rabszolgáit űzte-gyötörte teljes erőbedobással. Most viszont megállt, és egyedül őt nézte.

Közelebb lépett.

Egyre közelebb jött.

Nem lábakon ment, inkább úgy lebegett oda, mintha a vállainál fogva húzták volna a levegőben lógva... mint egy szárítókötélre csíptetett kabátot vagy inkább madárijesztőt.

Az alak gúnyosan vigyorgott. Olyan és akkora fogak meredeztek a szájából, akár egy aligátoré. Az összes tűhegyesre volt csiszolva, egymáson csikorogtak, ahogy a démon közeledett aljas, állatias módon vigyorogva.

Amikor már teljesen közel ért, ráordított Clarence-re:

– Ezentúl úgy táncolsz, ahogy én fütyülök! Jönnek a lányok, úgyhogy *húzd be a pocakod*, és táncolj te is, te rohadt disznó!...

És ekkor odacsapott neki az ostorral!

Clarence ordítani kezdett a fájdalomtól.

Hosszan... hosszan...

Soha nem érzett még fájdalmat álmában. Azt gondolta, talán nem is lehetséges. De most végül a saját kárán megtudta az igazat erről: ha álmodban fáj, az úgy tud fájni, mintha a pokolban égnél!

Hosszan ordított, és nem bírta abbahagyni.

Hosszan....

hosszan...

Pedig közben már fel is ébredt.

* * *

A metróban volt megint, és azonnal abbahagyta az ordítást, ahogy felfogta, mi történt. Csak elaludt egy pillanatra!

Ez megnyugvással töltötte el. De az nem, hogy milyen világba csöppent vissza:

Ez sem tűnt sokkal jobbnak annál, mint amiről az előbb álmodott.

Az egyik nő gyereke nagyon rossz állapotban volt. A legtöbb itteni utas megúszta sérülés nélkül, de ez a gyerek nem. Rendesen megtépték a zombik. Az anyja csak az utolsó pillanatban tudta kirángatni a kezük közül. Nem volt neki már sok hátra.

Ez az egész nem igazán ébresztett Clarence-ben sem sajnálatot, sem részvétet. Egyszerűen csak idegesítette a nő zokogása és a gyerek nyöszörgése.

Próbálta másra terelni hát a figyelmét, és elkezdett az előbbi rémálmán gondolkozni. Ismerős volt neki az a kifestett arc, ami ahhoz a lidérchez tartozott odalenn, a pokolban. Rájött, hogy látta már korábban a valóvilágban, de vajon hol?

Rájött! Az a fickó igazából egy zenész! Ettől lettek rémálmai! Más biztos nem okozhatta. Semmi rosszat nem csinált, amitől lelkiismeretfurdalása kéne, hogy legyen. Ő csak az igazak útját járja. Az pedig sokszor nehéz, de sosem értelmetlen vagy jogtalan!

Ezt a barmot egy ismert videómegosztó oldalon látta korábban az interneten. Egyszer rákeresett kíváncsiságból arra a kifejezésre, hogy „Táncolj a holtakkal", és ezt a találatot dobta ki rá a kereső:

Egy zenei videoklip volt valami elszállt barom magyar együttestől. A fickó ordítozott benne, mint egy elmebeteg, olyan hangon, mint egy vén boszorkány, az arca pedig démonira volt kifestve. Az egyik kezéből villámokat lőtt minden irányba, a másikban korbácsot tartott, és azzal ütlegelte a rongyokba öltözött, vonagló embereket, néha még a zenekar többi tagját is! Egy pokolnak tűnő helyszínen játszódott a jelenet. Közben iszonyatosan erőszakos gépzene szólt. A videó alatti kommentár szerint ezt a szart „Terror EBM" zenestílusnak hívták. Rabszolgák ezrei rángatóztak olyan ritmusban, mintha a zenére mozognának. Így meneteltek a fickó előtt, azaz alatta, mert hatalmas termetével föléjük tornyosult, akár egy pokolbéli isten. Nagy baromság volt az egész, de jó költségesnek tűnt. Alkalmaztak rá vagy kétezer statisztát!

Maga a dal nem tetszett túlzottan Clarence-nek, inkább a látvány ragadta meg, amiatt nézte csak végig. Még sosem látott ennyire nagyszabású és lenyűgöző látványvilágú pokol-jelenetet. Állítólag a klipet maga az énekes fickó rendezte. Nem tűnt komplettnek, az biztos! Az volt legalábbis a videó alá írt információk között, hogy ő a rendező. Valami Infra Black nevű banda. A zene háttérdallama végül is elég fülbemászó lett volna önmagában, de a fickó ordítozását azon a túlvilági boszorkányhangon Clarence nem bírta elviselni.

Valami olyasmit károgott angolul, hogy „Taposs utat magadnak a pokoli, elektromos dzsungelben, mozgasd a holttestedet a pokol ritmusára!". Őszintén szólva elég ijesztő volt. Nem normálisak az ilyen emberek!

A zenében női hangot is lehetett hallani. Az viszont elég szexi volt. Kár, hogy a csajt nem mutatták, az valószínűleg jobban tetszett volna Clarence-nek, mint az a kifestett faszkalap.

Egy videó alatti hozzászólás szerint ez a sztori írott formában is hamarosan megjelenik. Az énekes „Táncolj a holtakkal" című regénye vagy mije hamarosan megvásárolható lesz. A fickó tehát nemcsak zenész és rendező, de még író is! Hogy rohadna meg!

„Ezek a zenészek azt hiszik, hogy nekik mindent szabad!" – dühöngött Bundle. „Horrorfilm-rendezők, írók, zenészek! Semmirekellők! Mind azt hiszik, hogy joguk van más, gyanútlan, jóravaló embereket ijesztgetni! Megérdemlik, hogy felvegyem mindet a listámra, és bosszút álljak az összesen! Rémálmot okoztak nekem, pedig semmi rosszat nem tettem!"

Míg Clarence gondolkozott, közben a sérült gyerek anyja ölében súlyosan vérezve, reszketve fetrengett még egy darabig... aztán végül meghalt.

Végre abbahagyta a nyöszörgést. Clarence megkönnyebbülten fellélegzett.

Sajnos *túl hangosra* sikeredett a sóhaj, mert többen is rosszallóan ránéztek rájuk. Bocsánatkérően nézett vissza rájuk, és elvörösödve inkább lefelé fordította a tekintetét.

„Sok barom!" – dühöngött. „Miért haragszanak? Őket talán nem zavarta? Most legalább már kussban van a kis szaros! Végre *megdöglött!*" – röhögött magában Bundle. „Na de várjunk csak! Mi?! *Meghalt?*" – Ekkor jutott eszébe, hogy miért is olyan nagy baj ez:

A gyerek máris újra nyöszörögni kezdett anyja ölében, és kinyitotta a szemét, de ezúttal már máshogyan!

Szemei most nem panaszosan és fájdalmasan néztek anyjára, hanem halott tekintettel, tompán, mint egy kitömött állat szemei, amik üvegből vagy műanyagból készültek.

Síron túli hangon hörögni és morogni kezdett, mint egy haldokló veszett kutya, amit az imént ütöttek el, és most az út szélén vergődik. Az anya előbb még zokogott, majd amikor fia meghalt, kétségbeesésében még jobban rákezdett. Most viszont ijedten elhallgatott, és ellökte magától a gyereket!

Az ettől le is esett a metró fekete, rücskös gumival borított padlójára. A nő, ahogy lelökte öléből a fiát, ugyanazzal a mozdulattal fel is ugrott az ülésre guggoló pózba. Maga alá húzta a lábait, és úgy, összekuporodva nézte darabosan mozgó gyerekét, aki épp nekilátott feltápászkodni a padlóról. Az asszony mozdulni sem mert. De azért nem mindenki volt ilyen tehetetlen...

Mások hamarabb kapcsoltak, hogy mi a helyzet!

Egy nagydarab, ötven körüli, részegesnek tűnő asszony felállt a szemközti ülésről, és nemes egyszerűséggel belerúgott a gyerekbe! Az anya ráordított a kövér nőre:

– Hé! Mit csinál, megőrült maga?!

De már késő volt: A nő a gyereket olyan jól eltalálta, hogy az oldalirányban repült vagy két métert, és kifacsart testhelyzetben ért földet, mint egy rongybaba. Néhány másodpercig az utasok pattanásig feszülő idegekkel figyelték, hogy most mi következik. Abban reménykedtek, hogy meghalt. Most ezúttal tényleg.

„A nő jót rúgott rajta! Egy focista is megirigyelhette volna a lábtechnikáját a részeg állatjának!" – Bundle szerint az egyik fiatal lány valószínűleg pont erre gondolt, mert ahogy a földön heverő gyereket nézte, halvány mosoly jelent meg a szája sarkában.

A mosoly sajnos azonban még korai volt... A gyerek ismét tápászkodni kezdett. Azt nem lehetett tudni, hogy újra meghalt-e az előbbi rúgástól, de hogy most megint él, az biztos!

Nagyon is élt, mert elég virgonc volt sajnos! Ezúttal gyorsabban összeszedte magát, mint az előbb! Ahogy felült, máris odakapott a mellette ülő ember lábához, és belemélyesztette a fogait a férfi bokájába. Az erre nagyot ordítva fájdalmában másik, ép lábával belerúgott a kisgyerek arcába, így az átrepült a szemben ülők lábai közé úgy, mint egy véres kis csomag.

A gyereket nem zavarta a dolog, hogy megrúgták; most a másik oldalon egy nőnek harapott bele a lábába. Elkezdte marcangolni a középkorú, gazdagnak tűnő, kicicomázott nő fonnyadt, vézna vádliját.

És ekkor tört ki pánik!

Az utasok felpattantak, és egymást lökdösték. Mindenki elkezdett felugrálni az ülések tetejére, de nem fértek fel olyan sokan, ahányan fel akartak jutni oda, ugyanis korábban nemcsak ültek, de sokan álltak is a metrón. Nem volt mindenki számára hely az üléseken. Ezért újra és újra leesett valaki. Aztán ahogy felkelt az illető a padlóról, megint megpróbált felugrani valamelyik székre, és ő lökött le valakit, aki kiszorult a keskeny helyről.

Mindenki teljesen megőrült. Eszükbe sem jutott, hogy igazából az üléseken sincsenek biztonságban. A gyerek már azért elég nagy és magas volt ahhoz, hogy ott is elérje a lábukat. De ez senkinek nem jutott sajnos eszébe. Mindenki azzal volt elfoglalva, hogy helyet találjon magának odafent a „biztonságban". Az emberek egymás után, nyekkenve zuhantak a padlóra, ahogy lelökdösték egymást. Némelyik azonnal felpattant, és újra próbálkozott, de olyan is akadt, aki a padlón maradt valamelyik testrészét fájlalva. A gyerek eközben már többeket megharapott azok közül, akik a földre estek. Nem nagyon időzött hosszasan senkivel, mindenkinek próbált igazságos módon, egyenlő mértékben adni, akit csak ért. Őrjöngve, morogva összevissza harapdált mindenkit!

Ekkor a zubogó, kavargó forgatagból egy magas ember emelkedett ki, akit eddig Bundle nem is látott.

Már Clarence is egy ülésen állt néhány méterrel közelebb a balhéhoz, mint Nola. A pánik közben valahogy elsodródtak egymásól. Az a rész a vonaton, ahol Nola ült, még nyugodtabb volt. Ő még mindig ült, sérült lábával ugyanis valószínűleg fel sem tudott volna ugrani az ülés tetejére. Körülötte, mivel jó pár méterrel arrébb voltak, szerencsére higgadtabbnak tűnt a légkör. Az emberek ott még nem érezték magukat életveszélyben.

A tömegből kibukkanó magas, hatvan körüli, ősz hajú óriás kantáros gatyát viselt. Úgy nézett ki, mint egy őstermelő. Valószínűleg az is volt. Olyan határozottan ment a gyerek felé, mint aki épp egy megbokrosodott lovat készül elkapni a kantárnál fogva, vagy inkább *lecsapni* puszta ököllel. „A kis szarosnak meg vannak számlálva a percei! Most ki lesz porolva a segge rendesen!" – gondolta Bundle.

De emellett nem értette, miért nem fél attól az öreg, hogy megharapják. Lehet, hogy valamennyire félt, de az biztos, hogy nem látszott rajta.

Odalépett a gyerekhez, és amikor az őt is meg akarta harapni a csuklóján, az öreg egy ügyes mozdulattal mögé nyúlt, és elkapta a kisfiú grabancát a tarkójánál. Lehet, hogy volt tapasztalata harapós kutyákkal vagy akár más vadállatokkal, azaz, hogy hogyan kell biztonságosan hozzájuk nyúlni.

Elkapta a gyereket a ruhájánál fogva, fél kézzel felemelte, és a metró egyik nyitott ablakához lépett vele...

Az öreg arca mindeközben teljesen nyugodt maradt... olyan szinten, mint amikor, mondjuk, kaszálni szokott az ember. Úgy tűnt, hogy ő az *egyetlen* nyugodt ember a kocsiban. Valószínűleg ezért is volt ő az egyetlen alkalmas személy arra, hogy megoldja ezt a helyzetet.

Közben előkerült a gyerek anyja, azaz csak a hangja. Nem látszott, hogy hol van pontosan a még mindig bepánikolt emberek kavargó tömegében, csak a hangját lehetett hallani egy pillanatra. Ugyanaz a hang, aki az előbb a kövér nőre is rákiáltott, most azt sikoltotta:

– Várjon! Neee!

Az öreg egyáltalán nem figyelt rá. Azzal a lendülettel, ahogy az ablakhoz lépett, lehúzta, és úgy kivágta rajta a gyereket, hogy az a metróalagút oldalsó faláról visszapattanva zuhant alá a sínek közé. Épphogy csak nyikkanni volt ideje, és el is tűnt a száguldó metróvonat utasainak szeme elől. Az öreg továbbra is nyugodt arccal csak annyit mondott... valóban vidéki tájszólással, hogy:

– Sájnólom. – Ezzel vissza is ült a helyére, ahonnan felállt. Őt nem merték kitúrni onnan az előbb sem. Jóval magasabb és nagyobb darab volt mindenkinél. És ijesztően nyugodtabb is.

Az emberek ekkor némileg szintén lehiggadva elkezdtek szépen egyenként lekászálódni az ülésekről. Volt, aki ismét sírni kezdett – az ugyanis köztudottan mindig segít –, mások guggoló helyzetben összehúzták magukat. Így biztos sokkal kényelmesebb volt nekik valamiért, vagy ebben a fura ülő embriópózban nagyobb biztonságban érezték magukat. Három ember inkább a gyereket kidobó öreget bámulta. Úgy, mintha egy istent láttak volna emberek között járni... de lehet, hogy egy ördögöt. Azt nem zavarta, hogy bámulják. Kifejezéstelen arccal folytatta az utazást. Szemmel láthatóan őt már nehéz volt bármivel is meglepni. Biztos látott már korábban is ezt-azt itt a fővárosban. Fura népek élnek errefelé...

Mikor az utasok többsége már lekászálódott rögtönzött védelmi bástyájáról, észrevették, hogy bizony jópáran megsérültek közülük.

Sokan a lábukat felemelve fogták vérző bokájukat, vádlijukat, és grimaszoltak a fájdalomtól, mások meg egymást nézték, hogy ki mennyire sérült meg.

Az egyiknek a keze volt sebes, a másiknak a lába. Jó pár ember arcán ült ugyanaz kifejezés, miszerint: „Mi lesz most?" Valaki ekkor egy távolabbi ülésről azt kérdezte:

– Meghúzzam a vészféket?!

Ekkor felállt egy ember a tömegből, és azt válaszolta neki:

– Ne! Eszébe ne jusson! Ha itt rekedünk az alagútban, mindannyiunknak annyi! Senki se húzza meg a vészféket! Hamarosan odaérünk, és kiszállhatunk innen. Maguk pedig, akik megsérültek, menjenek mind a kocsi végébe! – mondta a férfi. Egy egyenruhás rendőr volt az. Elővette szolgálati fegyverét, és ráfogta arra az embercsoportra, ahol a sérültek tartózkodtak. – Mozogjanak! Nyomás! – kiabálta nekik ellentmondást nem tűrő hangon. – Akin harapás okozta sérülés van, az mind menjen a kocsi végébe! Nem bántok senkit, ha engedelmeskednek! Aki viszont nem indul el arrafelé most azonnal, annak vége!

Az egyik nő, akinek két harapás is éktelenkedett a meztelen karján, sírásra hajló, remegő hangon szólalt meg:

– Mit akar csinálni? Halomra lő minket a kocsi végében? Milyen jogon?

– Dehogy! – válaszolta a rendőr. – A gyereknek is eltartott vagy tíz percig, míg meghalt, és csak azután változott át! Maguknak nincsenek annyira komoly sérüléseik. Lehet, hogy napokig is kibírják. Nincs okom bántani magukat. Engedelmeskedjenek, és a biztonság kedvéért különüljenek el a többi utastól!

Úgy tűnt, a sérültek belátták, hogy igaza van. Akin látható harapásnyomok voltak, azok tényleg elindultak rezignáltan a kocsi végébe. Akik addig ott álltak, azok most zavart arckifejezéssel megindultak őket kikerülve a másik irányba, hogy inkább ne legyenek a közelükben.

Innentől kezdve mindenki engedelmes volt. Senki sem támadt, senki nem is halt meg. Inkább mindenki csak a sérüléseit fájlalta, fogták a sebeiket, hogy elállítsák a vérzést.

A szerelvény ekkor hagyta el az alagutat, és már a szabad ég alatt haladva csikorogva, zakatolva közeledni kezdett a végállomáshoz.

Hangjából ítélve jóval gyorsabban ment a megengedettnél, és nehezére esett lelassítani. Nolának eszébe jutott, hogy mi lesz, ha túl gyorsan mennek? Mi lesz velük, ha a szerelvényt csak az ütközője tudja majd megállítani, de nem úgy, ahogy normális esetben kéne egy apró koccanással! Mi van, ha irdatlan becsapódással érkeznek majd meg? Akkor talán mindannyian odavesznek!

Igaza lehetett, amikor azt gondolta, hogy a vezető nem utasításra cselekszik, hanem őt is valószínűleg csak a pánik és az ösztönei hajtják. Valószínűleg egyszerűen csak haza akar jutni, és nem érdekli, hogy kin kell közben átgázolnia!

Az emberek úgy látták, hogy zajaiból és sebességéből ítélve a kocsi talán tényleg nem fog tudni megállni. Iszonyúan csikorgott és visított az egész kóceráj, majd szétesett! Ezeket a kerekeket nem ilyen terhelésre tervezték, az biztos.

Nola látta, hogy már szinte elérték a végállomást, a szerelvény viszont még mindig veszélyesen gyorsan halad! Száguldott, mintha még csak nem is próbálna lassítani.

– Nem fog tudni megállni! – ordította egy hang a tömegben. – Húzzák meg a vészféket! – Erre valami hülye tényleg odaugrott, és meghúzta: Egy ötven körüli üzletember vérző lábszárral. Ő volt a megharapott sérültek egyike. A vészfék jelen esetben semmit sem segített. Szó szerint nem csinált *semmit*. Valószínűleg azért, mert a metrószerelvény már amúgy is teljes gőzerővel fékezett, így nem volt hová fokozni a dolgot. A vészfék sem fékez *jobban*, mint a „hagyományos", mivel a kettő egy és ugyanaz: A vészfék is a fék, csak azt nem a vezető aktiválja, hanem az utasok veszély esetén. A féket pedig a vezető már így is „behúzta" maximumra, mégsem ért semmit. A fékek sajnos egyszerűen csak ennyire voltak képesek, ennél többre nem.

Bár megfordult Nola fejében, hogy nem lehet, hogy ezek a vészfékaktiváló karok egyszerűen nem is működnek? Nem lehet, hogy az utasok kezébe nem is adnak ilyen veszélyes játékszert, hogy bármelyik pillanatban visszaélhessenek vele? Lehet, hogy azért nem történt semmi, mert a vészfék amúgy sem működött soha?

De már nem tudta továbbvinni ezt a gondolatmenetet, mert a szerelvény ebben a pillanatban – sajnos – megérkezett.

Iszonyatos csattanás hallatszott az első kocsi felől, mintha egy fém tárolókonténer robbant volna fel a távolban. Ugyanis a vezetőfülke gyakorlatilag szétrobbant, amikor az első kocsi odaért a sínpár végére, és több mint száz kilométer per órás sebességgel becsapódott az ütközőbe.

Az ütköző elvileg pontosan azért van ott, hogy az ilyen becsapódásokat felfogja, és megvédje az utasokat. Viszont lehet, hogy a kocsi már túl gyorsan száguldott ahhoz, hogy biztonságosan meg lehessen így állítani. Végül is rengeteg megállót kihagyott, és az utolsó megállás óta csak gyorsult és gyorsult. Nehéz lett volna megmondani, mennyivel ment már a végén.

A vezetőfülke ablakai kirobbantak, a vezető pedig valószínűleg az ablakokkal együtt ki is repült, és cafatokra vághatták a szilánkok reptében, de ezt senki sem látta...

Sem az utasok a metrón, sem a megállóban várakozók. Túl nagy volt ahhoz a káosz.

Minden végállomáson várakozó ember a saját életét próbálta menteni, és senki sem állt le bámészkodni. Inkább fejvesztve futásnak eredtek a metró kijárata felé. Le is tapostak kifelé menet néhány jegyellenőrt, akik valamely okból megpróbálták útjukat állni. De a tömeget már nem lehetett megállítani. Akár volt jegyük, akár nem. A szerelvényen lévők nem is tudtak volna megállni, ugyanis *repültek*. Bundle már számított erre az eshetőségre. Egy ideje erősen fogódzkodott, és az utolsó pillanatban elkapta Nola karját is! Néhányan kapaszkodtak csak rendesen, ennyire erősen pedig még kevesebben. Az emberek legjava egyszerűen elrepült a kocsi eleje felé, a néhai vezető irányába. Egyenesen becsapódtak a kocsijuk elejében jajgató sérültek csoportjába, akiket korábban a harapások miatt száműztek oda. Most ismét találkozhattak velük. Sokan, akik túl későn kezdtek el fogódzkodni, vagy szintén nem elég erősen, most a levegőben úszva egymás után törték össze magukat, ahogy repülés közben a kapaszkodó korlátokba verték magukat. Lábak és koponyák törtek, bordák reccsentek.

Az első kocsi, bár már szét volt zúzva az egész eleje, még mindig nem bírt megállapodni: Hátsó része emelkedni kezdett, mert a második kocsi elkezdte felgyűrni maga előtt.

Noláék szerencsére a harmadikban voltak. Az ő kocsijukban jelenleg mindenki azért imádkozott, hogy az övék már ne emelkedjen fel olyan magasra, hogy ki se tudjanak majd szállni belőle ép bőrrel.

Az első kocsi vége és a második eleje az ütközés következtében annyira megemelkedett, hogy hatvanfokos szögben szabályos háromszöget alkottak a talajjal. Az egész szerelvény mozgásban volt, bár most nem úgy, mint egy kerekeken guruló koporsó, hanem mint egy óriáskígyó. Életveszélyesen tekergett az egész szétesőben lévő metrószerelvény. Bizonyos kocsik emelkedésben voltak, a többi zuhanva süllyedt az összetorlódás erejétől, akár egy halálos hullámvasút!

Bár a szerelvény már majdnem teljesen megállt, de végül mégis Noláék kocsija is emelkedni kezdett!

Valami szerencsés hibának köszönhetően azonban az ütközés pillanatában kinyílt néhány ajtó. Pár kevésbé szerencsés utas azonnal ki is zuhant ezeken, amikor még javában mozgott az egész kóceráj. Bundle Nolára ordított a hangzavarban:

– Jöjjön! Ki kell ugranunk azonnal!

Nolának sem kellett kétszer mondani: fájós bokájával amennyire csak tudott, már bicegett is az ajtó felé, hogy kivesse magát a még mindig mozgásban lévő, folyamatosan emelkedő kocsiból.

Ebben a pillanatban a korábban kocsi elejébe zuhant embertömeg hevesen mocorogni kezdett. Rengeteg volt köztük a súlyosan sérült. Bár számítani lehetett rá, hogy nem lesznek ott túl boldogok így összetörve egymás hegyén-hátán, de ez a mostani lendület, amivel kavarogni kezdett a tömeg, látszólag indokolatlan volt. Hörgés és sikoltások hallatszottak, olyan hangok, melyeknek már nem csak a becsapódáskor keletkezett sérülések lehettek az okai.

Kiderült, hogy mi volt a hang forrása: az egyik ember mégis belehalhatott sérüléseibe, mert máris visszatért a halálból!

A zombi őrjöngve szaggatta maga körül a rázúdult, sérült embertömeget!

Felváltva szaggatta két nő nyakát. Az egyiket oldalról, a másiknak hátulról a tarkóját. Már kilátszott azon a részen a hófehér gerince. A zombi egy pillanatra megállt... csámcsogva rágott, és vérben forgó szemmel Bundle-re nézett.

Clarence nem viszonozta, nem „szemezett" vele, mert már ugrott is ki a kocsiból, és erős szorításával Nolát is húzta magával.

A földre érkezés pillanatában mindketten elvesztették az egyensúlyukat, és elestek. A nyitott ajtó már túl magasan volt a perontól ahhoz, hogy biztonságosan ki lehessen szállni. Jó magasról kellett kiugraniuk.

Clarence elesett, de egy kisebb ütést leszámítva, ami az ügyetlen bukfenc közben a vállán érte, szerencséjére más baja nem lett. Nolának sem, de az ugrástól bokája még jobban fájni kezdett. Most már talán egyáltalán nem bír majd ráállni. A többi utas is elhagyta a kocsit, ahogy csak tudta. Senki sem foglalkozott a másikkal.

Az emberek felugráltak a földről, majd azonnal zúdultak is kifelé a kijáratokon minden irányban. Mint egy hangyaboly, amikor egy pattanásos suhanc cigarettázva, bakanccsal a közepébe tapos.

– Arra! – kiabálta Nola bicegő futás közben sápadt arccal, és egy körülbelül kétszáz méterre lévő buszmegálló felé mutatott. Bokája iszonyúan sajgott. Nem is lett volna szabad ráállnia. Már az ájulás kerülgette a fájdalomtól.

Bundle-nek az jutott eszébe, hogy mit akarnak ott csinálni egy buszmegállóban? Hiszen ilyen cirkusz kellős közepén lehet, hogy már semmilyen busz nem jár. Várakozhatnak ott az idők végezetéig, amíg mindenki zombivá nem válik, akkor sem jutnak el innen soha erről a helyről.

A hangosbemondón közben megszólalt valaki... ezúttal nem géphang, hanem egy valódi személy. Egy fiatal férfi remegő hangon így szólt az utasokhoz:

– Kérjük, mindenki őrizze meg a nyugalmát! A buszok nagy része közlekedik! Mindenki térjen haza otthonába, és zárkózzon be! Ismétlem, mindenki térjen haza! Fegyelmezetten szálljanak fel a buszokra! Van elég busz, hogy mindenkinek jusson hely. Ne tapossák le egymást! Kérem, őrizzék meg nyugalmukat, és fegyelmezetten szálljanak fel! Mindenkinek jut... – ismételgette tovább.

Úgy tűnt, kérése nem nagyon érdekli az embereket. A legtöbben a hozzájuk legközelebbi buszra ugrottak fel. Az sem érdekelt sokakat, hogy merre viszi majd őket, a lényeg, hogy el *innen*!

Aztán a végén mégiscsak kissé összeszedettebben, sorokba rendeződve mindenki felszállt valamilyen buszra.

Noláék is feljutottak az utolsó előttire, és pár perc múlva elhagyták Kőbányát.

Hetedik fejezet: Üdv itt, a pokolban!

A buszút sokkal kellemesebben telt, mint a metrón töltött idő. Itt szerencsére nem voltak sérültek, legalábbis olyanok nem, akiket megharapott volna egy zombi.

Az emberek továbbra is ijedtek voltak, de az egész hangulat sokkal elviselhetőbbnek tűnt, mint korábban a metrón.

Néhányan beszédbe elegyedtek, mások inkább kialudni próbálták a feszültséget, de nem mindenkinek sikerült álomba merülni. Noláék is inkább beszélgetéssel töltötték a közel fél órás utat. A doktor tovább mesélt kutatásairól a kómás betegekkel kapcsolatban. Nola is elmondott magáról ezt-azt. Például arról, hogy ott akarta hagyni a munkahelyét, de most már valószínűleg nem is lenne hol felmondania. Azért is, mert ma biztos kirúgták azért, ahogy eljött, de persze azért is, mert *élő ember* nem megy be holnap dolgozni. Szó szerint! *Élő* már nem. Mesélt még elég sokat a férjéről is – Clarence nem túl nagy örömére –, aki állítólag zenész és jelenleg író is, azaz inkább azzal próbál foglalkozni. Nola mondta is a nevét, de Clarence-nek azon kívül, hogy ismerősen csengett, nem mondott sokat. Már elmondás alapján sem volt szimpatikus neki a fickó. Állítólag „nagy agy"!

„Ja persze!" – gondolta magában Bundle nevetve. „Nálam biztos nem nagyobb! Egyébként is ha akkora agy, akkor miért nem ő is gyógyszereken és mondjuk, a rák ellenszerén dolgozik, minek pazarolja baromságokra az idejét?" Ezt persze azért hangosan nem mondta ki. Nolának nem tett semmilyen megjegyzést a témával kapcsolatban, csak szimpatikusan mosolygott mindenre. Akármilyen is a nő férje, Clarence már most biztos volt benne, hogy utálni fogja, ha egyáltalán életben van még. Remélhetőleg *nincs!*

* * *

Amikor huszonnyolc perc múlva végül megérkeztek, Nolának kicsit már ismét jobb volt a lába. Megint rá tudott nehezedni valamennyire, de Clarence azért így is segített neki leszállni.

Mások is szálltak le ennél a megállónál. A környéken viszonylagos nyugalom honolt, pániknak nyoma sem volt. Inkább kihaltnak tűnt a környék.

Nola az egyik onnan is látható ház irányába mutatott:

– Ott lakunk. Kérem, siessünk! Nagyon izgulok, hogy mi van a férjemmel! – A buszról többször is próbálta hívni telefonon, de végig csak kicsöngött, mert Leir nem vette fel a mobilját.

Sietősre fogták a sántikálós, bicegő tempót, és két perc múlva már majdnem elérték a házat. Az egész környék valóban csendes volt és kihalt. Egyetlen ember jött csak feléjük az úton. Nola, úgy tűnt, fel is ismerte az illetőt:

– Istenem! Nézze, doktor! Nem hiszem el! Mégiscsak jól van a férjem! Épp errefelé fut, felénk!

„Hát, *én sem* hiszem el!" – gondolta Clarence. „Hogy rohadna meg ez az alak! Füstmérgezéssel mit futkos ez itt összevissza? Ki ő, nemcsak zenész, író, meg nagy agy, de még maratoni futó is, vagy mi a szar? Hogyhogy nem döglött meg végül a füsttől?!"

Amikor közelebb értek, látszott a férfin, hogy azért még sincs teljesen vasból. Bár elég izmos, inas alkata volt, mégis elég ramatyul festett. Jól megtépázta valami ott, ahonnan elfutott idáig. Csurom víz volt az egész ruhája, és mintha sok helyen még véres is lett volna.

– Nola, várjon! – kiáltott Clarence a nőre. – Ne menjen közel hozzá! Tiszta vér a ruhája!

– Kutya bajom – válaszolta Leirbag fáradtan. – Nyuszi, gyere már ide! – nyújtotta karját felesége irányába. – Mire vársz?

Nola egy pillanatig habozott...

Dr. Clarence Bundle-nek ekkor valami nagyon furcsa érzése támadt. Látta már valahol ezt az embert! Úgy rémlett neki, hogy az az emlék valami nagyon ijesztő dologgal volt kapcsolatos. Erősen ismerősnek tűnt számára a férfi. Arra hasonlított, aki...

– Na, nee! – nyögte ki végül Clarence. – *Maga az*?!

– Igen... gondolom, én én vagyok – válaszolta Leir. – Akármit is jelentsen ez. Ismerjük valahonnan egymást? Nyuszi, arrébb lépnél már attól a fickótól, és idejönnél végre?

– Igen, ismerem magát – válaszolta Clarence tágra nyílt szemekkel. – Maga az a Leirbag Flow! Az Infra Black együttesből!

– Ó, igazán? Tényleg én lennék? – kérdezte gyanakodó hangon Leir. – Nola, légy szíves gyere már ide, mert gyanús nekem ez az alak!

Nola odalépett. Ölelték, csókolták egymást, mint egy szerelmesfilmben.

– Maga az a zenész abból a hülye együttesből! – folytatta Clarence tudomást sem véve az egész jelenetről, és a találkozás megható mivoltáról. – Az, amelyik azt az ijesztő klipet csinálta a pokolról! Halálra rémített vele!

– Köszönöm a bókot, örülök, hogy sikerült – válaszolta Leir félig mosolyogva. – De azért ugye nem fog most egyből nekem esni emiatt? Ma már egy alaknak szétvertem a fejét a patakparton... Ugye nem maga a következő jelentkező? – kérdezte továbbra is mosolyogva. Nem igazán tűnt úgy, hogy félne. Mereven, egyenes tartással állt. A férfi szemében valami fura tűz lobogott, mely némi őrültséget, de óriási elszántságot is tükrözött. Kicsit ijesztő volt. Érződött rajta, hogy valami nem stimmel vele. Bárki érezte volna, hogy így van. Nehéz lett volna megmondani, hogy milyen értelemben nincs rendben a tag. Azaz pozitív, jópofa értelemben nem komplett, mint mondjuk, egy vicces ember vagy egy szórakozott tudós?... Vagy inkább *veszélyes* a szó legrosszabb értelmében, mint mondjuk, egy mániákus sorozatgyilkos? A fickó akár egy igazi pszichopata is lehet! Clarence-nek mindenesetre esze ágában sem volt nyíltan szembeszállni vele. *Egyelőre* legalábbis semmiképp!

– Ugyan! Semmi szükség durváskodásra – vágta rá sietve a „jó" doktor. – Nagy rajongója vagyok! Meg is van az az albuma! – lépett közelebb sietve, és kezet nyújtott Leirnek.

– Igazán? – kérdte az. – És milyen kalóz oldalról töltötte le? – kérdezte anélkül, hogy viszonozta volna a kézfogást.

– Megvettem – válaszolta Clarence őszinte arckifejezéssel.

– Ó! – mosolyodott el Leirbag. – Tehát maga volt az, aki megvette! Maga volt az egyetlen! – Ekkor ő is már kezet nyújtott, és mosolyogva kezet ráztak. – Hát akkor üdvözlöm itt minálunk, szerény királyságomban! – mutatott maga köré a kapu előtti padra, körülötte a galambürülékkel borított betonra, és az egész kissé lecsúszott, de azért kellemes környékre maga mögött. – Üdv itt, a pokolban!

– VÉGE AZ ELSŐ RÉSZNEK –

Epilógus

Clarence látszólag barátságosan viselkedett, de igazából egy pillanatig sem volt szimpatikus neki ez a Leirbag Flow nevű alak. Valójában már akkor felkerült a listájára, amikor vele álmodott. Azt remélni sem merte viszont, hogy találkozhat vele egyszer személyesen. Ilyen lehetőséget nem fog kihagyni, hogy leszámolhasson vele, az biztos!

Végre valaki, aki igazán megérdemli! A nőtől a buszon megtudta, hogy kissé hipochonder az ipse. Ebben a témakörben hála az Ördögnek van már Clarence-nek tapasztalata. Arról tenni fog, hogy a fickónak egy perc nyugta se legyen, és egyetlen pillanatig se érezze magát ezentúl se jól, se biztonságban! Így vagy úgy, de el fogja tőle szedni a nőt, mert közben megkedvelte. Talán még megerőszakolni sem fogja adott esetben.

Megkérte hát Clarence a házaspárt, hogy tartsanak vele. Azt mondta nekik, hogy ez a legjobb, amit tehetnek, ugyanis itt nincsenek biztonságban.

Ő viszont ismer valakit errefelé, akinél egy darabig most sokkal jobb lesz.

Leirnek eleinte nem tetszett az ötlet, de aztán közös megegyezéssel mégis belementek. Clarence nagyon meggyőző tudott lenni, ha akart. Kinézete talán nem volt a legjobb és legmegnyerőbb, de mosolya és fogsora mindenesetre hibátlannak minősült.

Részben igazat mondott egyébként. Valóban volt itt valakije. Még abban is igazat mondott, hogy a patak mögötti egyik kis utcában él az a valaki, aki most elvileg nagyobb biztonságban van ott, mint errefelé a legtöbben.

„Egy kész erőd a háza annak a szemétládának!" – dühöngött magában Clarence.

Ez az illető került fel legelsőnek arra a bizonyos listára annak idején.

Ugyanis *elhagyta* őket!

Őt és az anyját!

Anyja *akkor* kezdte el a pocakjával gúnyolni!

Mindenről ő tehet hát!

Ha a rohadék biztonságban is érezhette magát eddig, annak *innentől* vége!

Clarence most elmegy az öreg Bundle-höz!

Ugyanis a patak mögötti erődítményhez hasonló házban nem más élt, mint Clarence *apja.*

Először leszámol a „vén rohadékkal", aztán elintézi ezt a Leirbaget is.

Utána pedig csak hátradől újdonsült arájával jobbján, és tovább nézi nevetve az emberiség utolsó napjait, amit ő maga okozott!

Mindezt ugyanis *ő maga tervelte ki!*

Dr. Bundle speciális, eredetileg kómára szánt gyógyszerével nemrég megmérgezte a város komplett vízkészletét, és most mindenki fel fog ébredni.

Nemcsak a kómások, de még a holtak is!
Kezdődjék a játék!
A játék... a holtakkal!

GABRIEL WOLF

Játék a holtakkal

Fülszöveg

Játék a holtakkal („Pszichopata apokalipszis" második rész)

Ebben a második részben kiderül, hogy ki okozta a zombiapokalipszist, és miért.
Valamint kezdetét veszi az életveszélyes út az „erődhöz"!

Köszönetnyilvánítás

Az Infra Black együttes "Fun with the Dead",
azaz „Játék a holtakkal" című dala
©2009 Hellektro Holocaust Records

The level of radiation
was jumping up and down
signs of devastation
the power plant has melted down

It was so strange
that you died and I survived
I was the weak one, I was the sick one
but now I rule this fucking wasteland!

I am the God
of this post-apocalyptic nightmare
this planet turned into a playground
I can play with dead bodies
having fun with the dead!

Fun with the dead!
I have lost you but I don't care!
Having fun with your body
fun with the dead!

Fun with the power plant!
I ruined it, I caused this
for you to see
the beauty in death!

Bevezető

– Clarence, vigyázzon! – kiabálta Leir. – Ne engedje közel őket! – Az egyik zombi már majdnem elérte Clarence Bundle-t. Az riadt kiáltással visszahőkölt, és félretáncolva, kissé ügyetlenül kikerülte. – Fogja! – dobott oda neki is egy faágat Leir, aki levágott már egyet magának és Nolának is.

Clarence sután elkapta, és motyogott valami köszönöm félét. Ő is maga elé emelte az ágat a leveles végével előre, ahogyan Leir csinálta korábban, hogy félretolhassa vele a zombikat az útból, vagy legalább megzavarja vele őket valamennyire.

„A rohadék szemmel láthatóan nagyon jól boldogul ebben a világban!" – szitkozódott magában Clarence. „Sokkal jobban, mint kellene. Így sosem fog megdögleni!"

Egy órával ezelőtt indultak el Flow-ék lakásából, és útban az apja erődítményhez hasonló házához, most épp a patakparton futnak ugyanott, ahol Leirnek aznap már „volt szerencséje" egyszer végigmenni.

Indulás előtt viszont még felmentek pihenni egy kicsit a lakásba.

* * *

Miután összetalálkoztak a kapu előtt, beszélgettek ott még pár percet. Szerencsére a környéken sehol nem lehetett élőholtakat látni, így nem érezték veszélyben magukat. Megbeszélték, hogy felmennek pihenni és enni valamit, Leir pedig tesz Nola bokájára egy rögtönzött szorítókötést, hogy jobban rá bírjon nehezedni.

„Ja! Mert még mentős is a rohadék" – gondolta Clarence.

Lifttel mentek fel. A házban nem volt kifejezetten pánik, de minden emeleten kint állt a lakók nagy része a folyosókon. Emelt hangon beszélték a történteket, és hogy vajon mi lenne a legjobb ötlet ebben a krízisben, és mit kellene csinálni. Volt, ahol inkább vitatkoztak, más emeleteken nyugodtabb hangnemben csak az esélyeiket latolgatták. Clarence nem hallotta pontosan, hogy mik hangzanak el, mert ahogy haladt el a lift a különböző emeletek mellett, csak néhány szófoszlány hallatszott be, az is fojtottan.

Majdnem a legfelső emeleten szálltak ki. Bundle nem figyelte, hányadikon. Leirék folyosója üres volt.

Bementek a lakásba. Odabent még mindig iszonyú füstszag terjengett! Clarence el sem tudta képzelni, mekkora füst lehetett itt, ha még mindig ennyire érződik. A falak ugyan nem voltak azért megfeketedve, de így ki kéne festeni a lakást a szag miatt, mert már valószínűleg beleette magát a tapétába is. Nem mintha a világvégén bárkinek is oka lehetne tapétázni vagy tisztasági festést csináltatni otthon! Ezt az egészet ugyanis senki sem fogja rajta kívül túlélni, Clarence meg volt győződve erről.

Flow-ék lakása jóval kisebbnek bizonyult, mint gondolta. Ahhoz képest, hogy ismert zenész a fickó vagy mi, nem veti fel őket túlzottan a pénz. Bár a lakás puritánsága lehetett akár szándékos döntés is részükről. Ugyanis sehol nem voltak benne dísztárgyak. Valahogy nem tűnt otthonosnak. Képek sem lógtak a falakon, ránézésre olyan volt a lakás, mintha két hete laknának itt, és még nem lett volna idejük rendesen berendezkedni. Pedig Clarence tudta, hogy nem így van.

A nő a buszon említette neki, hogy közel tíz éve élnek itt. Miféle emberek ezek? Azt, hogy a férfi nem komplett, korábban is sejtette a hülye videoklipjéből, de most már erősen gyanította, hogy a nő se teljesen normális, ha képes egy ilyen alakkal együtt élni! Ráadásul a lakás nemcsak a dísztárgyak teljes hiánya miatt tűnt furának és ridegnek, de tele volt mindenféle műszaki cikkekkel. Nem úgy, mintha kiraboltak volna egy Media Marktot, hanem inkább úgy, mint amikor egy műszaki cikk mániás hülye televásárolja a lakását mindenféle kütyüvel, mert ezáltal akar jobb fej lenni, vagy ki tudja mi.

Stúdióberendezések is voltak a lakásban – Ezek szerint Leirbag mégis még mindig zenélne titokban? A weboldala szerint évek óta abbahagyta, és jelenleg íróként dolgozik. –, de ami a legfurább benyomást keltette, hogy három számítógép volt a nappaliban és négy monitor. Egy kisebbfajta irodát rendeztek be az idióták a nagyszobában. Clarence még életében nem látott ilyet. Eldöntötte, hogy majd meg is kérdezi valamelyiküket, hogy mit művelnek egyáltalán itthon szabadidejükben.

Most már úgysem léteznek titkok. Akár legális a hobbi, akár nem. Később Clarence megtudta, hogy a fickó valóban dolgozik egy titkos, új zenei projekten, és ahhoz használja a felszerelést, de ekkor még nem mesélt róla. Ha valami illegálisat is csinált volna, többé az sem számítana. Már nincs, akit zavarhatna az ilyesmi – Clarence-en kívül –, mivel hamarosan rendőrség sem lesz. – Ha most még létezik egyáltalán olyan. – Lehet, hogy már most sincs odakint törvény az utcákon, mint ahogy a belvárosban biztos, hogy nem volt, hiszen Bundle saját maga láthatta egy órával korábban, hogy a metró csak úgy emberekbe hajt bele!

Ennek a Flow fickónak látszólag mindenre volt már „worst case scenario" megoldása: Pár pillanattal később, ahogy beléptek az ajtón, máris szedelőzködött. Gyógyszereket kapkodott ki különböző fiókokból. Meglepően gyakorlott mozdulatokkal csinálta. Vajon mióta készülhet már ilyesmire? Közben futtában Nola kezébe nyomott egy botot, hogy arra támaszkodjon. Nem tudni, használta-e korábban bárki is, vagy lesántulásra is tartottak-e otthon ilyen „gyorsmegoldásokat".

Leir sietős mozdulattal beterelte a nappaliba Clarence-t és Nolát. Miközben egyik kezével gyógyszertablettákat számolt egy kis hordozható rekeszbe, a másikkal süteményeket rakott ki egy tálcára. Azt mondta, maga süti őket hobbiból. Bundle-nek már az agyára ment ez az alak. Utálta az ilyen mindenben jó, pedálozó papucsférjeket. Habár a papucsságra még nem látott bizonyítékot, az biztos, hogy Flow nagyon szeretett mindenben megfelelni.

Clarence soha nem akart megfelelni senkinek semmiben, csak saját magának. Anyjának sem akart megfelelni, hiába gyötörte egész gyerekkorában a túlzott elvárásaival. Szerinte a megfelelni akarás, az előzékenység, a kedvesség és a jóság mind a gyengeség jele és bizonyítéka!

Szerinte, ha egy férfi igazán erős, akkor nincs szüksége arra, hogy elfogadják! Sőt, arra sem, hogy értékelje bárki is, hogy mit tesz és mikor.

Egy férfi tudjon szembe úszni az árral! – Bár ő nem tudott úszni, de akkor is. – Clarence szerint, ha egy férfi igazán szeret, akkor képes alaposan megverni a feleségét, ha szükség van rá. Néha mindenkinek szüksége van egy jókora pofonra. A nőknek pláne! Aki a nők kívánságait lesi, az eleve vesztes. Szerinte ugyanezért számított mindenki más is vesztesnek, akinek például gyereke volt. Ő nem fog azért gyereket csinálni, hogy utána egy alacsonyabb intelligenciával rendelkező, buta embert szolgáljon húsz éven át, amíg majd az is szerez magának saját műveltséget! Clarence számára a gyereknevelés puszta időpazarlás volt. Felnőttek értelmetlen, ostoba gagyogása ugyanolyan ostoba gyerekeikhez! Örömmel látta, hogy Flow-éknak legalább gyerekeik már nincsenek. Egy plusz pontot megelőlegezett ezért a Leirbag nevű fickónak az eddigi körülbelül ezernégyszáz mínuszpont mellé.

Leir közben telepakolt egy nagyobb méretű sporttáskát magának, és egy kisebbet Nola számára. Sietősen, gyakorlott mozdulatokkal csinálta. Clarence most már biztos volt benne, hogy nem először teszi ezt. Vagy gyakran utaznak – talán a fickó korábbi zenész karrierje miatt –, vagy ez a pszichopata tényleg annyira paranoiás, hogy már évek óta készül minderre! Honnan tudhatta volna? Hiszen Clarence is csak néhány hete találta ki, hogy mit fog csinálni!

Akkor döntötte el ugyanis, hogy mindennek véget vet!

Első fejezet: Az igazság

Anne évek óta flörtölt már vele. Igazából azon kívül, hogy mosolygott rá, és néha megdicsérte, semmilyen jelét nem adta annak, hogy Clarence valóban tetszene neki. Ő mégis biztos volt benne, hogy így van. Hiszen dr. Bundle számított a legintelligensebbnek az egész Semmelweis 2-nél. A kutatási eredményei is felülmúlták munkatársaikét. És nemcsak a jelenlegieknél volt jobb, de még visszamenőleg is vagy ötven évre! Ezt már nem hagyhatta figyelmen kívül a lány! Clarence szerint Anne szerelmes volt belé, csak nem merte kimondani. Talán még saját magának sem ismerte be. Ha nem tetszett volna neki, máskülönben nem mosolygott volna rá annyit. Egyszer még puszit is adott neki a lány, amikor Clarence tavaly véletlenül elszólta magát, hogy születésnapja van. Igaz, csak az arcára adta a puszit, és épp csak egy pillanatig tartott, ő akkor is meg volt győződve róla, hogy *azért az csak tovább tartott* az ilyenkor megszokottnál.

A lány szándékosan flörtölt vele, mert odavolt érte! Nem is csodálta, mert a Comatodexin kifejlesztésével dr. Bundle végleg be fogja írni magát a gyógyszerkutatás történetébe. Sőt, a világtörténelembe is, mert ő jött rá előszőr és kizárólag, hogy mi okozza valójában a kómát, és mivel lehet ezt az állapotot megszüntetni, azaz visszafordítani!

Szerinte tehát Anne odavolt érte, mégis egyik nap azzal állított be, hogy Adam – a primitív melós, akivel évek óta jár – megkérte a kezét. Clarence akkor még nem dühödött rá meg, ugyanis teljesen biztos volt benne, hogy a lány csak azért meséli el a dolgot, mert féltékennyé akarja tenni őt. Esze ágában sem lehet hozzámenni egy ilyen nevetséges alakhoz! A lány azt is mondta, hogy igent fog mondani, de közben úgy mosolygott, hogy Clarence szerint egyértelmű volt részéről a szarkazmus. Másnap érte viszont élete egyik legnagyobb és legrosszabb meglepetése!

Anne az ebédszünetben – ilyenkor sokszor kiengedte hosszú szőke haját, és enyhe túlsúlya ellenére valóban gyönyörű volt – az anyjával beszélt telefonon. Clarence gyakran hallgatózott ilyenkor, ha kollégái beszélgettek. Mindent tudni akart másokról, azt viszont ki nem állhatta, ha *róla* többet tudnak annál, amit ő tudatni akar bárkivel is. Rettegett tőle, hogy visszaélnek olyasmivel, amit esetleg elmond. Pláne, ha kinevetnék! Azt nem bírta volna elviselni.

Tehát ő mindig igyekezett mindenről szűkszavúan nyilatkozni, leginkább önmagáról, azaz az érzéseiről. Mások beszélgetéseit viszont nagy előszeretettel hallgatta ki. Ugyanis, minél többet tudott róluk, annál több információja volt, amit később ellenük használhat majd fel adott esetben.

Figyelmesen hallgatta tehát most is Anne telefonbeszélgetését az édesanyjával.

Egyszerűen nem hitt a fülének, hogy miről beszélnek azok ketten: Az esküvőt tervezték! Közben Anne elő is vett a táskájából egy kinyomtatott kártyát, ami az esküvői meghívó első vázlata volt. Hosszasan mesélte anyjának, hogy milyen gyönyörű lett, és Adam milyen jól bánik a számítógéppel. Igazán profi módon megtervezte!

Dr. Bundle élete legnagyobb csalódását szenvedte el azokban a pillanatokban. Egész rosszul lett! Iszonyúan elkezdett izzadni, és teljesen kivörösödött. Úgy érezte, elájul. Becsapták őt! Az a *rohadt* ribanc! Végül csak a bolondját járatta vele! Sosem szerette őt úgy, ahogy ő a lányt! Tényleg hozzámegy hát ahhoz a retardált, primitív baromhoz!

Clarence életében csak egyszer érezte magát korábban ennyire rosszul, akkor, amikor anyja lejáratta a szalagavató bál napján Debbie Brightman előtt. Egy életre meggyűlölte anyját emiatt. Később őrületbe is kergette érte, aztán kegyetlenül megfojtotta az őrültek házában, ahová szintén ő juttatta.

Eltervezte, hogy megöli Anne-t is.

Sőt, Anne édesanyját is, akivel épp vigyorogva beszélget!

Sőt, a kedves vőlegényt is, aki épp biztos Clarence-en röhög otthon, hogy sikerült ellopnia tőle Anne-t! Mindhárman megdöglenek! Táncolni fognak a holtakkal ők is, mint ahogy Clarence már anyjáról is gondoskodott korábban.

De hogy ölhetne meg egyszerre három embert úgy, hogy ugyanúgy ne derüljön majd ki, mint ahogy anyja meggyilkolását is büntetlenül megúszta korábban? Egyszerre három embert nem kergethet őrületbe! Vagy mégis?

Mi lenne, ha csak az egyiküket ölné meg? Azt, akit a másik kettő a legjobban szeret.

Mi lenne, ha megölné Anne-t? Akkor a másik kettő beleőrülne a fájdalomba!

Nem, ez nem lenne fair! Akkor pont a másik kettő maradna életben, és aztán csak röhögnének Clarence-en egy életen át, hogy megölte a saját szerelmét, ők meg túlélték! Dr. Clarence Bundle-ön senki sem fog nevetni! Többé már nem!

Eldöntötte hát, hogy mindhármat megöli. Nem tehet mást. De ez nem lesz egyszerű. Talán az lesz a legjobb, ha mindenki mást is megöl, és talán még saját magát is. Anne nélkül úgysincs kedve már semmihez. Azt hitte, hogy a ribanc tényleg tiszteli őt és rajong érte. Így viszont már nem lát motivációt rá, hogy folytasson bármit is ebben az életben. Jó ideje csak ez hajtotta ugyanis, hogy Anne egyszer talán majd az övé lesz.

Még olyankor is, amikor otthon holttestekről nézett fotókat az interneten. Anne-t képzelte a helyükre! Néha élve és meztelenül, néha pedig holtan, de ugyanúgy ruha nélkül! Szerette Anne-t. Szerette volna hát holtan is látni, és együtt lenni vele akár úgy is! Vagy kizárólag csak úgy. Egyelőre még ő sem tudta pontosan, mire vágyik.

Azért sem, mert harminckét évesen még szűz volt, így nem sok fogalma lehetett arról, mit tud adni neki egy nő. Legalábbis az nem kellett volna neki, amit egy nő önként adott volna vagy tudott volna neki adni. Ő inkább elvenni akart és büntetni. Csak ez töltötte el izgalommal. Sokszor fantáziált róla, hogy egyszer jól megveri Anne-t. Biztos volt benne, hogy a lánynak is tetszene az ilyesmi. „Egy igazi perverz lotyó lehet otthon" – gondolta Clarence. „Bent a munkahelyen csak játssza a mosolygós jó kislányt. De ki tudja, mi mindenre lehetne hajlandó zárt ajtók mögött, amikor senki sem látja? Lehet, hogy élvezi, ha bántják. Még az is lehet, hogy nem haragudna érte, ha Clarence rendszeresen megütné, ha olyan kedvében van."

És ezt a lehetőséget és jövőképet vették el tőle ezek hárman!

Meg fognak érte dögleni!

Otthon az interneten órákon át kutatott ötletet keresve arra, hogy hogyan végezhetne velük. Eltervezte, hogy kirabolja Anne szüleit, és mindkettejüket megöli, mintha csak betörés közben véletlenül rajtakapták volna a rablót, és a gyilkosságra csak azért lett volna szükség, hogy ne maradjanak tanúk.

De azért két betörés, ami ugyanazt a családot éri, már gyanús lett volna, ha utána meg Anne-ékhez tör be, és őt is megöli Adammel együtt! Ráadásul Clarence-nek fogalma sem volt, hogyan csinálják az ilyesmit, és attól pedig kifejezetten félt, hogy a párok férfi tagjai – Anne jó erőben lévő apja vagy Adam, aki szintén erős, fizikai munkás volt – rajtakapják a behatoláskor, és dulakodásra, esetleg verekedésre kerül majd sor! Az ilyen fizikai megoldásokat tehát rövid úton kizárta.

Ő nem egy primitív dokkmunkás, hogy a puszta kezével vágjon rendet a szemét emberek között! – Még akkor sem, ha egyébként azt is megérdemelnék. – Ő inkább intellektuális megoldást talál, ami méltó hozzá és doktori végzettségéhez.

Pár nap múlva kedvenc weboldalán látott egy képet egy víztárolóban történt balesetről. Valaki beleejtett valami mérgező dolgot egy óriási tartályba, és ha nem veszik észre időben a gondatlanságot, az illető akár több ezer embert is megmérgezhetett volna véletlenül! A felelőst azóta bíróság elé állították, és jelenleg is folyik ellene a tárgyalás, pedig az egész csak baleset volt.

Clarence-é nem baleset lesz!

És őt nem is fogják elkapni.

Mire végez, nem lesz bíróság, ami elítélje, sőt rendőrség sem, akik letartóztathatnák!

Egy mesteri terv kezdett kibontakozni beteg, de zseniális agyában. – Ő csak a zsenialitásának volt tudatában. – Már korábban is sejtette, hogy a Comatodexinnek van egy bizonyos nem kívánt mellékhatása. Mégpedig az, hogy nagy mennyiségben mérgező. Nemcsak felébreszthet valakit a kómából, de nagy dózisban az agyra gyakorolt iszonyú erős hatása miatt meg is öli a beteget. Már maga az alapfunkciója is veszélyes volt, de ez Clarence-et nem érdekelte. Ő mindig is eredményeket akart letenni az asztalra, és nem számított, kin kell átgyalogolnia vagy megölnie a siker érdekében. Igazából nem meggyógyítani akarta a kómásokat, hanem csak látványos eredményt akart, de azt bármilyen áron. Ez a dolog most kapóra jött. Ha majd felébred egy rakás kómás ember, akkor majd senki sem fogja többé levegőnek nézni őt!

Így hát a kutatás közben egyre nyilvánvalóbbá váló nem kívánt mellékhatásokról senkinek nem szólt. Soha, senkinek nem magyarázta el pontosan a szer hatásmechanizmusát. Eleinte arra hivatkozott, hogy még nem végleges, és felesleges lenne bármiről is felelőtlen ígéreteket tennie. Később már szabadalmi és szerzői jogokra hivatkozott inkább, hogy ezért nem mondja el senkinek kutatása részleteit. Anne is csak alapvető dolgokról tudott. A lényeget még vele sem osztotta meg.

Nemcsak azért, hogy nehogy kitudódjon, mire jött rá, és hogy mások ezért esetleg ellopják majd a módszerét, hanem azért is, mert olyan erős volt a szer hatása, hogy komoly veszélyeket hordozott magában.

Túl veszélyesnek bizonyult! Dr. Bundle attól tartott, hogy ha kitudódik, milyen kockázatai vannak a szernek és a kutatásának, azonnal be fogják tiltani, és megvonják tőle a támogatást.

Már a Comatodexin kifejlesztésekor látta, hogy a vegyület sokkal erősebben reagál, mint tervezte. Akkor is sejthető volt, hogy ezzel a módszerrel még az „E1 V1 M1" szinten lévő (legsúlyosabb) kómásokat is vissza fogja tudni hozni az életbe.

Akár olyanokat is, akiket már nem is kellene! És ez adta később az ötletet. Ugyanis a szer nem is igazán a beteg egy adott szervére hatott, vagy olyasmire, mint akár a hormontermelődés. A Comato – rövidítve így nevezték Anne-nel – lényegében úgy hatott, hogy az alany motorikus funkcióit, némely öröklött jellegzetességeit, nagyon erősen berögzült szokásait, továbbá az alapvető életben maradáshoz szükséges ösztönöket a többszörösére növelte.

A jelenség ahhoz hasonlít, mint amikor valaki eltervezi, hogy besétál a tengerbe, és egyszerűen hagyja, hogy elsüllyedjen, mert véget akar vetni az életének. Nos, ez nagyon romantikusan és drámaian hangzik, csak az esetek többségében nem szokott beválni.

Ha „szerencsés" az illető, akkor elragadja egy nagyobb hullám, és messzire besodródva tényleg megfulladhat előbb-utóbb. Vagy egy cápa is elragadhatja, mint a hülye filmekben.

A *valóságban* viszont ez inkább úgy működik, hogy ahogy jelzést kap az agy, hogy életveszély van, ez az ösztön egyszerűen átveszi az irányítást, és magasról tesz rá, hogy az illető mennyire depressziós! Ilyenkor automatikusan kapálózni kezdenek az emberek, és vagy úgy kiúsznak, hogy észre sem veszik, mit csinálnak, vagy addig kapálóznak, amíg előbb-utóbb kimenti őket valaki.

Ezt az önkéntelen reflexet, azaz ösztönt növelte a Comato a többszörösére. A szer olyan veszélyesen heves reakciót okozott az agyban, hogy Clarence már az elején tudta, hogy olyan emberek is vissza fognak jönni a kómából, akiknek nem kellene: azok, akik már annyira súlyos agykárosodást kaptak, hogy nem fognak tudni többé teljes életet élni. Ezek gyakorlatilag saláták, azaz agyatlan „zombik", felesleges hát visszahozni őket. Mégis annak a tudata, hogy ilyesmi lehetséges lehet ezzel a szerrel, további kutatásokra sarkallta. És olyasmire bukkant, amire maga sem hitte volna, hogy képes, akár még maga a fizika sem!

A szer nemcsak a legmélyebb – túl mély – állapotban lévő embereket volt képes visszahozni, de még a holtakat is „felébresztette"!

Második fejezet: A hullaházban

A Semmelweis 2. kutatóállomásnak egy része kórház volt. Azalatt pedig hűtőház húzódott, ahol a kórházban elhunyt emberek testeit tárolták, amíg a rokonok – vagy az állam – intézni nem kezdték az illető temetését. Clarence ellopta Anne belépőkártyáját, ugyanis neki nem volt keresnivalója a hullaházban. Kirúghatták volna, ha engedély nélkül tiltott részlegekbe lép be. A saját kártyáját nem merte volna használni az ajtó nyitásához, de az nem érdekelte többé, hogy Anne-nel történik-e valami.

Akkor is megölné, ha kirúgnák a lányt. Anne-nek tehát már úgyis mindegy.

Clarence belógott kolléganője belépőkártyájával, és meg akarta tudni, igaz-e a teóriája a Comato holttestekre gyakorolt hatásával kapcsolatban. Nagyon kellett sietnie, mert épp ebédidő volt, és habár ilyenkor korábbi megfigyelései szerint harminc-negyven percig senki sem tartózkodott itt, bármikor adódhatott volna valami kellemetlen meglepetés.

Kihúzta tehát az első hűtőfiókot, ami hozzá a legközelebb esett. A fogantyúval bajlódott egy darabig, mert nem tudta, merrefelé nyílik. Végül rájött, hogy úgy a logikus, ha felfelé húzza a kart, mert az ezáltal fogantyúvá válik, amit megfogva már ki tudja húzni az adott fiókot. Az elsőben sajnos nem volt senki!

Kihúzta hát a másodikat is. Ebben már talált egy holttestet! Le volt takarva, de jól látszott, hogy van valaki a lepedő alatt. Gyorsan körülnézett, mielőtt kitakarta volna. Kicsit félt is a látványtól, mert anyján kívül még soha nem látott halottat közvetlen közelről.

Nem jött senki, de egyszer csak távolról köhögést hallott!

Egy pillanatra megijedt, hogy máris visszafelé jönnek az ebédből az itt dolgozók, de az illető (nő) újra köhögött egyet. A hang ekkor már messzebbről jött, és hallatszott, hogy távolodik tőle. Semmi baj, nem felé tart!

Clarence megemberelte hát magát: most vagy soha! Lerántotta a lepedőt a testről. Egy idős, ősz hajú asszony volt. Enyhén túlsúlyos, tele anyajegyekkel. Teljesen meztelen volt. Pár másodpercig bámulta, és nem tudta eldönteni, mit érez a test láttán, de aztán észbe kapott, és előhúzta zsebéből az injekciós tűt, benne 10 ml Comatodexinnel. Zöld színe szinte UV zöldnek tűnt a neonfényben. Clarence lehajolt, és a nő orrán keresztül felszúrta az extra hosszú tűt az agyába. Pontosan oda, ahová korábban már eltervezte. Ha az agy megfelelő pontja pár másodperc alatt elkezdi felszívni a szert, ugyanolyan hatást fog kiváltani, mintha az agy saját maga termelné az „életösztönt". Elvileg működnie kell a dolognak!

De úgy tűnt, nem fog. A nő másodpercekig feküdt, és semmi sem történt. Miközben Clarence csalódottan nézte a holttest passzivitását, akkor vette csak észre, hogy a nő kicsit hasonlít az anyjára. Hasonló volt a haja, hasonlóan is hordta, sőt az arcvonásai is kicsit emlékeztették rá. Ugyanolyan keskeny orr, arisztokratikus arcélek. Ijesztő volt!

Amikor már épp csalódottan vissza akarta húzni rá a lepedőt, a nő hirtelen megmozdult! Éberen felpattant a szeme, úgy, mintha csak egy pillanatra aludt volna el! – Pedig ki tudja, mióta volt már a hullaházban. Sokakat hetekig hűtöttek, mert a rokonok anyagi okokból jó ideig nem tudták elkezdeni intézni a temetést. Voltak köztük hajléktalanok is, akiknek az állam bonyolította a temetését. Az ilyen bürokratikus ügyek akár hónapokig is elhúzódhattak.

A holttest kinyitotta a szemét, és síron túli hangon nyöszörögni kezdett. Szó szerint! Az a hang valahonnan talán máshonnan jött, és nem az élők világából.

Clarence halálra rémült. Legmerészebb álmaiban sem merte képzelni, hogy valóban beválik ez a merész ötlete! Végig komoly esélyt látott arra, hogy az elmélet csak elmélet marad, és a gyakorlatban nem működik majd. Nem is annyira azért óvakodott le ide, hogy valóban felélesszen valakit, inkább csak be akarta bizonyítani magának, hogy valóban nem tud a szer ilyet csinálni. Arra számított, hogy ez már tényleg nem fog működni. De a szer működött! Jobban, mint azt az elején gondolta. Olyannyira, hogy valóban még a holtakat is vissza tudja hozni valamilyen szinten! Na, de milyen szinten?

Clarence úgy gondolta, hogy a filmekben látott zombis jelenetek... na, az mind baromság! Egy holttest nem lenne képes járni, hangokat kiadni és embereket marcangolni. Még ha valamennyire vissza is lehetne hozni valakit, úgy gondolta, hogy az illető teljesen magatehetetlen lesz. Valószínűleg csak fekszik majd, mint egy kómás. Még az is csoda lenne, ha kinyitná egyszer a szemét.

De ez a nő máris kinyitotta! Dr. Bundle egyszerűen nem hitt a szemének. És még hangokat is adott ki magából!

A nő az erősen klóros fertőtlenítőszer szaga ellenére bűzlött. Olyan szaga volt, mint amikor pár hónapja Clarence a hűtőben felejtett egy adag marhahúst, amit steaknek akart elkészíteni. Teljesen megfeledkezett róla, és megromlott. Hetekkel később vette észre, hogy a nyers hús még mindig a hűtőben van, ugyanis vásárláskor másnap elé pakolt, és véletlenül betolta a húst leghátra. Később még többször elé pakolt, és már egyáltalán nem látszott, hogy a hús ott van. A szagára lett csak figyelmes hetekkel később. Iszonyúan bűzlött! Mint a rohadás a mosogató lefolyójában, sőt ez még annál is rosszabb volt.

A lefolyókban főleg csak zsír és vízkő van, valamint poshadt víz, tele baktériumokkal. Valódi nagy mennyiségű rothadó szerves anyag nincs benne túl sok, ha nincs eldugulva. Ez a hús a hűtőben viszont negyven dekányi színtiszta rothadás volt!

Ennek a szaga jutott eszébe, amikor a halkan nyöszörgő nőt nézte. Undorító volt! Pedig a hűtésnek pont az lenne a lényege, hogy megakadályozza a bomlást. Úgy látszott, ez csak legenda, vagy legalábbis a hűtés sem képes a végtelenségig megakadályozni a rothadást, hiszen a hűtőben is megromlik egyszer a friss hús, hiába hűti az ember megfelelő hőmérsékleten.

Az erős fertőtlenítőszer hatására az idős nő erősen bűzlött. Mindkét szeme nyitva volt egy ideje, de ekkor egyik szemével Clarence-re is nézett!

Most látta csak, hogy a másik szeme üvegből van. Amikor még csak felfelé nézett, nem látta, mert ügyesen volt elkészítve a műszem. Alig lehetett különbséget felfedezni közte és az eredeti között.

Most viszont a nőnek holtában csak a valódi bal szeme fordult el. Ránézett Clarence-re, és még jobban nyögött. Egy kicsit a mutatóujja is megrebbent egy pillanatra.

A férfi kezdett pánikba esni. Nem hitte volna, hogy a Comato valóban hatni fog még egy holttestre is. Így legalábbis semmiképp! Azt gondolta, hogy legjobb esetben esetleg produkál valami életfunkciót, de azért mozogni biztos nem fog. *Felkelni* meg aztán végképp nem!

De úgy tűnt, még ő maga is lebecsülte a szer erejét, melyet létrehozott. Ez a vegyület valóban beláthatatlan dolgokat művel! Mit csináljon, ha felkel ez a hulla? Már teljesen pánikba esett, egyszerűen képtelen volt gondolkodni. Az itt dolgozók hamarosan visszajönnek az ebédszünetből! Azt sem tudta, igazából kik azok, mert csak egy-két embert ismert innen, azokat is csak arcról. Mit fognak szólni, ha itt találják őt egy feltámasztott halottal? Mentőt hívnak az asszonyhoz? Vagy inkább rendőrt, hogy megállítsák, ha valóban felkel onnan? Vagy Clarence-re hívnak majd rendőrt, hogy letartóztassa? Ez egyáltalán illegális, amit itt most csinált? Ilyen és ehhez hasonló gondolatok tucatjai viharzottak át amúgy is pattanásig feszült, ideges agyán. Mi egyáltalán a törvénysértés definíciója ilyen esetekben, ha valaki holtakat *próbál* feléleszteni? Hullagyalázás? És mi a törvény arra, ha *sikerül* is neki? Az is hullagyalázás még vagy az már valami más? Lehet, hogy istenkáromlás inkább? De az nem jogi fogalom, maximum az egyház ítélheti el miatta. Az meg kit érdekel? Kapják be az apácák! Clarence sosem volt vallásos.

Bárhogy is, de nem hagyhatja, hogy így találják. Meg kell valahogy újra ölnie a nőt!

Az asszonynak egyre több ujja mozdult meg! Korábban, kutatásai közben úgy vette észre, hogy a szer nemcsak hogy heves reakciókat vált ki, de képes valamilyen szinten reprodukálni is önmagát. Azaz az agyba jutva képes rávenni az agyat, hogy az is termelje, azaz állítsa elő ezt a hormonhoz hasonló vegyületet. Így az agy is elkezd Comatodexint termelni, és a hatás egyre jobban fokozódik. Nem tudta, milyen következményei lehetnek ennek a folyamatnak, csak halvány elképzelései és elméletei voltak róla.

Szerinte egy ilyen test, ami már tele van az anyaggal, hordozóvá is válhat, azaz akár „fertőzni" is képes. Ugyanis ilyenkor már nemcsak az agy, hanem az egész test is tele van vele, mert egyfajta abnormális élet nélküli anyagcsere jön létre, ami a feléledés pillanatában indul el. Olyan, mintha élne, és olyankor ez a mesterséges anyagcsere elkezdi szétárasztani a vegyületet a szervezetben.

A szer természetesen nem vírus, nem élőlény. Olyan szempontból viszont tényleg vírusra hasonlít a hatása, hogy ha a szervezetbe jut, és a szervezet is elkezdi egyre nagyobb mennyiségben gyártani az anyagot, akkor másokkal – vér vagy nyál útján – érintkezve a hordozó a szernek egy kis részét akár át is adhatja. Az átadott anyag a másik testben ugyanúgy termelődni kezd, tehát a folyamat megállíthatatlan. Ugyanúgy, mint a vírusok esetében is az lenne, ha nem lenne ellenszerük. A vírusoknak többnyire van... A Comatodexinnek viszont nincs!

Ha ez a folyamat egyszer elindulna, nem lenne megállás. Erre a szerre nincs ellenszer, mivel azt sem tudja senki – rajta kívül –, hogy mire képes. Sőt, azt se nagyon, hogy egyáltalán létezik! Ő pedig sosem gyártott hozzá ellenszert, mivel nem tételezte fel, hogy az elmélete valóban ennyire kézzelfoghatóan működni fog!

(Ekkor még nem tudta, mire akarná később használni ezt a borzalmas tudást és magát a szert, de már sejtette, hogy nem kómás betegeket fog vele meggyógyítani. Ez a dolog valami sokkal többre érdemes annál!)

Mindeközben a nő, míg Clarence félig sokkos állapotban elkalandozott, most már az egyik vállát is megmozdította. Clarence ugyanúgy reagált, mint annak idején anyjánál is: pánikba esett, és ösztönből cselekedett.

Mindkét kezével megragadta a nő nyakát, és fojtogatni kezdte! Egyszerűen nem jutott jobb eszébe. Egyre jobban szorította az idő, mert hamarosan vissza fognak jönni a hullaház dolgozói. A nő meg egyre jobban éledezik, és a végén tényleg lemászik vagy leesik a fém fiók lapjáról, ami olyan, mint egy hosszú tepsi. Akkor mit csinál majd vele Clarence? Lehet, hogy fel sem bírná emelni a földről. A nő elég nagydarab volt, Clarence pedig sosem sportolt komolyan. Azaz ő próbált, csak sem fogyni, sem erősödnie nem sikerült tőle soha.

Egyre erősebben szorította a nő nyakát. Már nemcsak szorította, de néha még kicsit rázta is az egész testet, hogy *haljon meg végre!* A nő arcán semmilyen változás nem jelent meg a fojtogatás hatására. Nem tűnt úgy, mintha megijedt volna, hogy újból meg kell halnia, és ismét várja odaát a túlvilág. Vagy nem fogta fel, mi történik, vagy egyszerűen nem érzett fájdalmat. És ekkor jutott eszébe Clarence-nek:

Ha nem érez fájdalmat, akkor talán nem is lélegzik! Ő maga sem tudta, milyen szerveket indít be egyáltalán a folyamat. Azt tudta, hogy elképzelhető részleges agyműködés, de hogy mely belső szervek aktivizálódhatnak – ha egyáltalán lenne olyan szerv –, arról fogalma sem volt.

Lehet, hogy ilyen esetben a *tüdő* nem is működik. Vagy legalábbis nem úgy, hogy az illető új élete múlna annak a működésén. Akkor talán nem is tud megfulladni sem! Akkor ő minek fojtogatja itt egyáltalán?!

Pánikszerűen, undorodó arckifejezéssel engedte el a nő nyakát. Hátratántorodott, és tett néhány lépést hátrafelé, a kijárat irányába. Komolyan megfordult az agyában, hogy elrohan. Itt hagyja a feltámadt nőt, és vissza se néz! Szarozzon vele más! Ha megtalálják, majd rájönnek előbb-utóbb, hogy el kell pusztítani.

De nem! Nem hagyhatja itt! Előbb-utóbb rájönnének, hogy mi történt, és a bizonyítékok egyenesen őhozzá vezetnék őket. Habár ujjlenyomatot nem hagyott, mert végig gumikesztyű volt rajta, a szer akkor is ott van a nőben! Ha megtalálják az élőholtat, és sikerül elbánniuk vele – annak ellenére, hogy megfojtani szemmel láthatóan nem lehet –, akkor az első dolguk az lesz, hogy felboncolják, és kiderítsék, mi minden idegen anyag van a szervezetében.

Nemcsak kimutatják majd benne a Comato jelenlétét, de valószínűleg ki is elemzik, és a találmányának is annyi lesz, mert más fogja learatni a babérjait. Ezt nem hagyhatja! Magának kell gondoskodnia hát a testről!

Közben elkezdett felemelkedni a nő felsőteste. Olyan volt, mintha valami lassú görcs húzná össze egyre jobban a hasizmait. Mintha nem is magától akarna felülni, inkább olyan volt, mint egy bábu, amit valaki damillal húz valahonnan. Mintha csak az izmok irányították volna a testét, és nem az agya.

– Istenem, mit tettem? Anya, mit tettem? – gondolta magában Clarence akaratán kívül. Csak úgy ösztönösen bukkantak fel ezek a szavak benne, tudata egy elzárt, szándékosan elfojtott rekeszéből. – Mit keltettem életre?

Mikor eljátszott a gondolattal, hogy eliszkol, hátrébb lépett pár lépést. Már majdnem az ajtónál állt. Nem tudta, mit csináljon. Tett egy újabb lépést hátrafelé, mert egyre ijesztőbb volt a felülni próbáló, halkan nyöszörgő, görcsösen vonagló nő.

Ekkor rálépett valamire. Először megijedt, mert azt hitte, esetleg az durranni fog egy nagyot (ha egy villanykörte az, vagy egy ott felejtett neoncső), vagy hangos robajjal leesik majd emiatt valami (ha egy berendezés zsinórjára taposott rá), a zaj pedig mindenkit idevonz majd!

De amikor ijedten hátranézett, hogy mi került a lába alá, látta, hogy szerencsére csak valami letört fémalkatrész az: úgy nézett ki, mint egy fogantyú, hosszúkás alakú volt, és a vége elvékonyodott. Az ajtó alá lehetett beakasztva. Ezzel támaszthatták ki, amíg ő be nem lépett a helyiségbe. Amikor bejött, észre sem vette, és ahogy kinyitotta az ajtót, valószínűleg kigurult alóla. Mivel a fojtogatással nem érte el a kívánt hatást, így kétségbeesett lépésre szánta el magát:

Felkapta a földről a hegyes végű fémdarabot, és közelebb lépett a nőhöz. Valahogy meg kell ölnie így vagy úgy!

A nőnek már sikerült ülő helyzetbe rángatóznia magát. Megint Clarence-t nézte. Hangosabban kezdett nyögni, és köhögéshez hasonló hangot adott. Talán mégis működik a tüdeje? Akkor miért nem tudta megfojtani? A nő azt krákogta:

– Kehhh... Klll... Cleee...

Olyan volt, mintha azt akarná mondani: Clarence!!

A férfi erre sokkot kapott az ijedtségtől. A nő már amúgy is kicsit hasonlított az anyjára, de most egy pillanatra azt is hitte, hogy ő az! Annyira olyan volt, mintha az ő nevét próbálná kimondani, hogy egy pillanatra elvette a férfi eszét a félelem és a rettegés.

– Anya, neee! – mondta Clarence egyre jobban magasodó hangon. Már nem is a szokásos beszédhangja volt ez. Ez annál vékonyabban, gyermekibben szólt, valami ösztönös belső hang tört fel belőle, mint amikor rémálom gyötri az embert, és álmában beszél. Majdnem olyan volt Clarence hangja, mint régen, gyerekkorában. Nem tudta irányítani, mit mond, egyszerűen kibuktak belőle a szavak: – Anya, hagyj békén! Te már nem élsz! Nem engedlek ki a kórházból! A holtak közt a helyed! – mondta helyette a gyerekhang.

Már maga sem tudta, hogy kihez beszél: valóban az anyjához vagy egy idegen öregasszonyhoz, aki bántani akarja. Közelebb lépett a hörgő élőhalotthoz, és egyik kezével visszalökte a ráncos, anyajegyekkel borított, meztelen testet a tálcára, ahonnan az felült az imént. Clarence fél kezével teljes erejéből lefelé szorította, a másik kezében szorongatott fém tárgy hegyét pedig határozottan belevágta a nő szemébe, amilyen erősen csak bírta! Abba a szemébe, amelyik üvegből volt. Valahogy a másikba nem bírta volna belevágni. Nem akarta, hogy kipukkadjon a szemgolyó, és esetleg az arcába vagy szájába fröccsenjen belőle a lé.

Az üvegszemen viszont nem tudott átszúrni! A fém tárgy hegye megakadt az üvegszem és a szemüreg csontja között. Nem bírta mélyebbre szúrni a fogantyút, hogy az agyba hatolva ismét megölje vele a nőt. Egyszerűen megakadt, és nem akart továbbmenni!

Ezért most inkább elkezdte a fogantyút kifelé rángatni a nő szemgödréből. A harmadik próbálkozásra végre sikerült is kiszabadítania.

A nő közben már a karjait is mozgatni kezdte. Jobb kezével többször is az ő mellkasa felé kapott, mintha meg akarná karmolni vagy megragadni őt a ruhájánál fogva. Clarence tényleg nem fogta fel, kivel hadakozik. De már nem is érdekelte: – Anya, meg kell halnod! Nem jöhetsz vissza! – mondta neki még mindig magas, kétségbeesett hangon.

A nő viszont nem hallgatott a szép szóra. Azért sem, mert nem az volt, akinek Clarence rettegéstől lázas, elborult agya érzékelte. És azért sem, mert nem élt, és nem fogott fel semmit a környezetéből. Már csak alapvető ingerek és ösztönök hajtották, mint akár az életben maradás...
...melyhez az egyik legalapvetőbb dolog, ami szükséges...
...az evés!

A nő nem tudta megragadni dr. Bundle mellkasán a ruhát, azaz fehér munkaköpenyét, de sikerült megragadnia a férfi kezét, miután az nagy nehezen kihúzta a fogantyút a nő szemgödréből. Ahogy elkapta Clarence csuklóját, elementáris erővel a szájához rántotta, és beleharapott a kézfejébe!

A férfi felsikoltott. Erre egyáltalán nem számított, hogy a nő valóban rátámad! Olyan csak a hülye filmekben van! Minden erejét összeszedve újra lecsapott az acélfogantyúval, a hegyes végével lefelé. Bele egyenesen a nő másik, ép szemébe.

De nem találta el! Annyira sajgott a keze a harapástól – ideje sem volt megnézni, mennyire súlyos a seb –, hogy a fájdalomtól és a sokktól nem volt képes rendesen célozni. Körülbelül két centivel elvétette a szúrást, és hangos koppanással a fém tálcába szúrt a nő feje helyett!

Már másodszor okozott ezáltal túl nagy zajt. Előbb a sikoltás, most meg ez!

„Valaki most már ide fog jönni, még akkor is, ha le sem járt az ebédideje!" – De ez csak agyának egy hátsó szegletében fogalmazódott meg. Nem volt teljesen magánál, és azt sem fogta fel, mit csinál igazából. Ezért sem tudott elég hatékonyan cselekedni. Már az előbb is mellé szúrt, most meg elkalandozott. Nem figyelt rá, hogy mi történik.

A nő ugyanis most valóban elkapta a mellkasán a ruhát, és elkezdte Clarence-t lefelé húzni magára, mintha szeretkezni akarna vele!

A férfi, ahogy egyre közelebb került az arca a meztelen, bűzlő női testhez, az undortól és az ijedtségtől rángatózni és ugrálni kezdett, mint egy bakkecske, hogy eressze már el őt. Maga sem tudta többé, hogy kivel hadakozik, de abban biztos volt, hogy nem akart ráfeküdni a meztelen öregasszonyra! A nő nagyon erősen szorította, mintha az élete függne tőle. – Talán így is volt. – Az asszony csak nem eresztette, Clarence pedig egyre csak húzta, rángatta magát ki a kezei közül, hogy kiszabaduljon.

Sikerült hátrébb lépnie, mivel akármilyen síron túli erő is hajtotta a holttestet, mégiscsak Clarence volt a nagyobb darab és remélhetőleg erősebb is. Sikerült hátrébb küzdenie magát, de a nő jött vele! Nem eresztette!

Abban a pillanatban, amikor Clarence hátralépett, a nőt is magával húzta. Felemelkedett a tepsiből, és magával rántva Clarence-t, mindketten a földre estek. Clarence ismét sikoltott egyet, majd ügyetlenül a földre zuhant. Már sírt félelmében, de észre sem vette. Dőltek a könnyei, és nedves arca olyan volt, mint egy hisztis kis kölyöké. Annyira pánikban esett, hogy azt sem tudta, hogyan kellene szerencsésebben esnie. Ügyetlenül elbotlott, mint egy kisfiú az első korcsolyázása alkalmával, és félig a seggére, félig a hátára érkezett. A nő meg egyenesen rá!

A meztelen test rajta feküdt, és egyre közelebb tornászta magát Clarence nyakához! Ő mindkét kezével hadakozott már. Mindenáron azon igyekezett, hogy ellökje az anyját – ő annak látta legtöbbször –, vagy legalább távol tartsa magától, még akkor is, ha teljesen nem is sikerülne megszabadulni tőle.

Aztán eszébe jutott a fogantyú! Még mindig a kezében szorongatta olyan görcsösen, hogy az már belevájódott a tenyerébe. Erről a fájdalomról jutott újra eszébe, hogy a fogantyú még nála van. Most ismét felfelé szúrt vele a nő ép szeme felé. Minden akaratát és maradék ép eszét összeszedte, hogy ezúttal sikerüljön. – Gyerünk, te hájas disznó! – szidta magát félőrült állapotban. – Meg tudod csinálni!

És végre betalált a megfelelő helyre: felszúrta a nő fejét alulról, mint a saslikot! A hegyes végű fogantyú mélyen belevájódott a nő szemüregébe. Jó mélyen, bele az agyába! A férfi diadalittasan nyögött egyet. Nevetés akart lenni eredetileg, de inkább fuldokló, bugyogó köhögésnek hangzott. Ugyanis tele volt a szája! De mivel?

Hát a nő szétrepedt szemgolyójából kitoccsanó kocsonyás, zselés állagú anyaggal, ami még most is folyt és potyogott belőle, véres nyálszerű szálakat húzva a szemgödör és Clarence szája között!

A nő teste abban a pillanatban elernyedt, amikor az agyába hatolt a fémtárgy. Sikerült tehát mégis megölnie. Csak közben telement az egész szája azzal az undorító, alvadt véres, megrohadt kocsonyával!

Lelökte magáról a nőt, és öklendezve köpködni kezdett. Már maga sem tudta, hogy köpköd vagy inkább hány, orrán-száján jött minden. Sőt, a szeméből is, mert továbbra is könnyezett. Az előbb a sírástól, most már inkább a rosszulléttől és az öklendezéstől.

Eltartott vagy egy percig, míg sikerült kicsit összeszednie magát. Akármi is az, amiből most az előbb lenyelt egy kisebb, zselészerűen sűrű, sós, földes ízű kortyot, már úgysem fogja tudni kihányni. Most már úgyis mindegy! Ha nem fertőzte meg az öngerjesztő, megállíthatatlan Comatodexin, akkor majd talán a hullamérgezés fog végezni vele. Vagy ha nem a lenyelt mocsok, akkor majd az elfertőződött harapás öli meg. Neki már úgyis mindegy! Ezen majd ráér később gondolkozni. Most viszont azonnal cselekednie kell. Ha csak egy hangyányi esélye is van arra, hogy ezt az egészet túlélje, akkor jól fog még jönni, hogy magánál volt, és ésszerűen cselekedett.

Cselekednie kell!

Elsőre sikerült felemelnie a nőt a földről! Maga is meglepődött rajta, hogy milyen könnyen ment. A félelem és a pánik megsokszorozta az erejét. Vagy lehet, hogy ez volt az igazi Clarence, aki erős, és nem az a kisfiú, aki az iskolában állítólag mindig mindent beleadott? Lehet, hogy anyjának mégis igaza volt abban, hogy nem tesz eleget? Igazából többre képes, mint gondolná? Akár le is tudott volna fogyni, ha igazán komolyan megpróbálta volna csak egyszer is?

Ledobta a nagydarab nő holttestét a fémtálcára, ahonnan az imént leesett. Csattant egy undorítót a meztelen, öregasszony, ahogy leérkezett a hideg fémlapra. Clarence már nem ért rá ilyenekkel foglalkozni. Számára az undorító fogalma réges-rég új szintekre emelkedett akkor, amikor telement a szája azzal a szarral, és még nyelt is belőle egy „jóízűt"! Úgy érezte, soha többé nem fog hányni, mert ennél semmi sem undorítóbb. Egy pillanatra eszébe jutott, amikor gyerekkorában képes volt finom szendvicsektől elhányni magát ebéd közben. Tényleg nagyon el lehetett kényeztetve!

Anyjának egy kicsit tényleg igaza volt! Az *ócska, vén ribancnak!*

Ekkor már ismét régi önmaga gondolta mindezt, és bár teljesen zilált állapotban volt lelkileg és fizikailag egyaránt, mégis tudta, mit kell tennie: Sietős mozdulatokkal felkapta azt a lepedőt a földről, amit a nőről emelt fel korábban, és ami leesett, amikor a nő felült. Letörölte vele arcáról a hányást és a könnyeket. Ugyanazzal a mocskos ronggyal megtisztogatta nagyjából a nőt is, hogy ne legyen annyira égbekiáltó, hogy mi történt vele. A két sérülést a szemgödreiben már nem fogja tudni helyrehozni, na meg a kifolyt szemét sem varázsolhatja vissza, de talán jó ideig nem veszik majd észre, ha legalább annyira rendbe rakja, amennyire lehetséges. Addig majd csak kitalál valamit!

Miután a nőt nagyjából letörölte a lepedővel, a padlóról is sietve, de azért elég alaposan feltörölte a kisebb hányásfoltot, a lecsöpögött vért és szemgolyó-kocsonyát. Ekkor megint majdnem elokádta magát, mert ahogy a lepedővel törölte padlót, az tolta maga előtt a nyers tojásfehérjeszerű szutykot, és Clarence-nek eszébe jutott az íze! Kicsit földes volt, mint a kenyérpenész, és enyhén savanykás, mint egy öregember pállott lábszaga egy kis megrohadt camembert sajttal megpakolva. És Clarence ebből nyelt egy jókorát!

Gyorsan elfojtotta a hányingert, és visszanyelte a félig már feltörekvő savanyú okádékot. Minden erejét összeszedve megemberelte magát. A nőt is olyan könnyedén felkapta, sőt képes volt még egy zombit is megölni – az elsőt a világon –, nehogy már egy kis hányinger legyőzze!

És tényleg nem győzte le. Akkor gyerekkorában nem sikerült úrrá lennie rajta, de most ezen is győzedelmeskedett! A lepedőt többször összehajtva, hogy a kosz mindig belülre kerüljön, végül sikeresen feltörölte a nyúlós mocskot a padlóról.

Miközben négykézláb vért izzadt, hogy ne hagyjon nyomokat, és szép munkát végezzen, észrevett az egyik alsó polcon egy összehajtott, üres nejlonszatyrot. Kivette onnan, és belerakta a véres lepedőt. Kinyitott több fiókot, és ötödjére végre talált az egyikben egy tiszta lepedőt! Gyorsan letakarta vele a nőt, és óvatosan visszatolta fiókot a helyére. A reklámszatyrot a kezében tartva hátrálni kezdett a fióktól, és ide-oda kapkodta a fejét, hogy nem hagyott-e valahol nyomot maga után. Úgy tűnt, nem. Közben a fogantyút is beleejtette a táskába, mert nem volt kedve már azt is megpucolni. Gondolta, majd találnak valami más szemetet, amivel kitámasztják az ajtót! Ez már igazán nem nagy dolog, nem fog feltűnni.

A hűtőhelyiségben nagyjából tényleg rendet rakott, de magát nem tudta rendbe hozni. Borzasztóan nézhetett ki. Ruhája is mocskos volt, és haja is égnek állt. – Még az a kevés is, ami maradt neki.

Végigóvakodott a folyosókon egészen a kijáratig. Szerencsére nem volt senki, akivel szemtől szembe összetalálkozott volna. Inkább csak távoli hangokat hallott. A kijáratnál viszont ott állt az őr!

Halálra rémült, hogy nem fog tudni elmenni mellette, és kiderül, hogy mi történt! Végignézett magán egy pillanatra, és tényleg merő mocsok volt az egész fehér köpenye. Így nem jut ki innen! Visszahúzódott a folyosósarkon, és töprengett, hogy mit csináljon. Aztán alaposabban meglesve már látta, hogy az őr valójában háttal áll neki, és azért áll a kijáratnál, mert épp beszél a nyilvános, pénzbedobós telefonon. Valakivel éppen vitatkozott, és szinte biztos, hogy nem fogja észrevenni, ha Clarence óvatosan ellopakodik mögötte.

Meg is közelítette, és az őr tényleg nem vett róla tudomást, hogy valaki sunyin feléje közelít. Tényleg vitatkozott valakivel:
– Megmondtam már, hogy megyek, amikor tudok, anya! Hagyj végre békén ezzel! És ne beszélj így Suzy-ról! Tudod, hogy ő egyáltalán nem olyan!

„Részvétem, öregem" – gondolta magában Clarence, ahogy ellépett az őr mögött, és óvatosan kinyitva az ajtót kilépett a parkolóba, majd finoman behúzta maga mögött az ajtót. „Tudom, milyenek az anyák. Én is megöltem az enyémet... Most már másodszor!"

Harmadik fejezet:
Álmodj a holtakkal!

Clarence végül sikeresen hazajutott. Normális esetben ilyenkor az ember fáradtan beesik az ágyba vagy elmegy zuhanyozni, és fellélegzik, hogy végre megnyugodhat.

Clarence viszont nem tudott megnyugodni. Nyomós oka volt rá, hogy idegeskedjen. Egész pontosan három is:

Az első, hogy megrongált egy holttestet a hullaházban, és ezt valószínűleg észre fogják venni. Nem tudta, hogy ez a törvény szerint mennyire súlyos bűncselekménynek vagy vétségnek számít, de az biztos, hogy gratulálni éppen nem fognak neki hozzá.

A második, hogy egy zombiharapás éktelenkedett a jobb kézfeje külső élén. Bár nem volt túl mély a seb, és nem látszott nagyon, de ahhoz elég mélynek bizonyult, hogy vér serkent belőle. Tehát, ha mérgezést okozhatott a harapás, akkor ő biztosan kapott is! Vajon hogyan fog rá hatni a Comatodexin mérgezés, ha bejutott a véráramába?

A harmadik, hogy lenyelt egy jókora korty szemgolyó-folyadékot, ami egy Comato-mérgezett holttestből származott. Hiába próbálta kihányni, nem valószínű, hogy azzal „sterilizálta" volna a gyomrát. Vagy így, vagy úgy, de valószínűleg már mérgezést kapott. A Comato nagy mennyiségben mérgező és halálos. Kis mennyiségben viszont nem tudta ő maga sem, hogy mit okoz az élő – egészséges – szervezetben.

Mindenesetre először betelefonált a munkahelyére, hogy rosszul lett, és haza kellett jönnie. Azt mondta, csak egy enyhe kis gyomorrontás és émelygés, másnapra valószínűleg el fog múlni, és elvileg holnap már megy dolgozni.

Az első dologban tulajdonképpen nem is hazudott, mivel másnak is lett volna gyomorrontása a helyében, ha egy hulla szemgolyójának rothadó, földízű kocsonyáját nyelte volna le! A második dologban viszont hazudott, mert fogalma sem volt, hogy bemegy-e holnap. Akár meg is halhat bármelyik percben, az sem biztos, hogy megéri-e *egyáltalán* a másnapot!

Elvileg a laborban, ha vért vesz magától, ki tudná mutatni a Comato koncentrációját a vérében. Ha a következményeit nem is tudja teljesen, de legalább azt meg tudná saccolni, hogy mekkora lehet a veszély. Ilyen állapotban viszont nem mehet vissza! Merő mocsok volt az egész ruhája, a kezén is még vérzett kicsit a harapás nyoma, remegett a keze is, és úgy izzadt, mint még soha. Nem tudta eldönteni, hogy a melegtől – nyár eleje volt ekkor –, a félelemtől, vagy akár már a mérgezéstől. Ezek ugyanis lehetnének is akár a kezdeti tünetek! Lehet, hogy hamarosan meghal? Valóban meg sem éri a holnapot?

Órákig ült a nappaliban úgy, ahogy volt: koszosan, izzadtan. Még a klímát sem kapcsolta be, eszébe sem jutott. Azon gondolkodott, hogy mennyi ideje lehet hátra, és hogy tehetne-e esetleg mégis valamit. De úgy érezte, esélye sincs. Már túl késő! Tehát csak ült ott a nappaliban, és rettegett órákon át. Lassan ráesteledett.

Ekkor már nemcsak félt, de a sötétedéssel együtt rájött a halálfélelem is! Egyre jobban izzadt, és kalapált a szíve. Nem tudta eldönteni, hogy mérgezéses tünetei vannak-e máris, és attól van ennyire rosszul, és az okozná ezt a félelmet? Vagy lehet, hogy csak attól fél, hogy nagyobb baja lesz, és egyszerűen pánikrohama van?

Gondolta, hogy ha nem a mérgezéstől van rosszul, hanem csak pánikol, akkor elvileg a nyugalom helyrebillentheti. Ha mérgezése van, azon nem fog segíteni a nyugalom sem. Akkor már úgyis mindegy, mert a Comatónak nincs ellenszere!

Bement hát a hálóba, és lefeküdt úgy, ahogy volt, véresen és mocskosan, leizzadva. Minden idegszálával arra koncentrált, hogy megnyugodjon. Még meditálni is megpróbált. Hogy az mekkora baromság!

Korábban, miután megölte az anyját, rendszeresen rémálmai voltak miatta, sokáig nem tudott aludni. A vén ribanc még halála után sem hagyta őt békén! Ha már életében nem gyötörhette tovább, gyötörte hát halála után az álmain keresztül! Clarence próbált egy időben altatót szedni, hogy mélyebben aludjon. Ez valamennyire be is vált, és végre kevesebbet álmodott. Az altató viszont annyira fejbe vágta mindig, hogy este valóban nagyon mélyen elaludt, de sajnos túl mélyen! Másnap egyszerűen nem bírt magához térni. Volt, hogy munka közben többször is elaludt, és már kezdtek rá ferde szemmel nézni odabent a munkahelyén. Továbbá dolgozni sem tudott annyira hatékonyan, mert állandóan elbóbiskolt fontos – bár kicsit unalmas – számítások közben.

Az altató tehát borzalmas dolognak bizonyult.

Lehet, hogy éjszaka tényleg segít aludni, de sajnos nappal is! Erről a megoldásról tehát le kellett mondania. Amikor Anne látta, hogy milyen komoly gondjai vannak az alvással – mivel már harmadszor aludt el bent –, ő javasolta a meditációs tanfolyamot. Eleinte nem akart nemet mondani az ötletre, mert imponálni akart a lánynak. Nem akart „rossz fejnek" tűnni. Látszólag nagyon hálás volt a tanácsért, és jó ötletnek tartotta a dolgot. Valójában viszont már az első pillanatban bánta, hogy igent mondott arra a marhaságra!

Hónapokig járt a tanfolyamra, mert tényleg kezdett kíváncsi lenni rá, hogy hová tart az egész, de három hónapnyi unalom és kókadozás után a tanfolyamon már ki merte jelenteni, hogy a világon sehová nem tart! Puszta szemfényvesztés volt az egész, rajta legalábbis nem segített.

Ez jutott eszébe pánikroham közben, hogy fel kellene idéznie a tanfolyamon tanultakat, hátha sikerülne kicsit ellazulnia, és akár el is aludni. Ha meg kell halnia, talán jobb is, ha álmában történik. Lehet, hogy úgy nem lesz olyan szörnyű. Ha viszont túléli, akkor az alvás biztos jót fog tenni.

Annyira belemélyedt a meditációs tanfolyamról maga elé vetített emlékeibe, és a kisebb idegesítő dolgokba, amivel járt az egész, hogy észre sem vette, de közben megnyugodott attól, hogy egy kis ideig másra tudott végre koncentrálni. Elnyomta az álom...

* * *

Borzalmas álmai voltak. Főleg anyjáról. Anyja egy koporsó méretű tepsiben feküdt az otthoni sütőjükből félig kihúzva – ami álmában szintén óriási volt –, Clarence pedig meztelen testét UV zöld színű olívaolajjal kenegette, mint egy grillcsirkét, hogy jó pirosra süljön. Anyja közben csábosan nézte őt, mellbimbói az égnek meredtek az izgalomtól. Egyik szeme üvegből volt, és nem mozgott. A másik szeme viszont körbe-körbe forgott, mint egy játékmackónak, amit ráznak. Anyja nem tudott valamiért rendesen beszélni, csak olyanokat köhögött, hogy:
– Klll... Cleerr... – Közben kocsonyás vér bugyogott a szájából, végigfolyva meztelen nyakán, végig a ráncos mellein az ágaskodó mellbimbókkal, le a tepsibe, amiben feküdt. A tepsi, habár Clarence még be sem tolta a sütőbe, máris tűzforró volt. Amikor a véres váladék leért a forró fémre, egyből sercegni és füstölni kezdett. A füst azonnal megcsapta Clarence orrát. Tulajdonképpen egész kellemes szaga volt. Olyan, mint a köménymagos, sült sertéshúsé, amit anyja készített gyerekkorában. Erre megjött Clarence étvágya, és egy evőkanállal bele is mert a vörös szaftba, ami anyja körül mindenhol fortyogott már a tepsiben. Párszor ráfújt, hogy nehogy megégesse a vele a száját, és megkóstolta. Erősen sós volt. Biztos elsózta véletlenül. Affenébe! Pedig milyen finom lenne egyébként!
Arra ébredt, hogy öklendezik. Ugyanakkor egyszerre éhes is volt, mivel evés nélkül feküdt le. Ki kellene mennie a hűtőhöz legalább pár falatot enni. Biztos emiatt álmodik ilyen őrültségeket. Ki kellene menni...
El is indult, de nem jutott ki, mert a konyhában megtorpant. Anyja ott feküdt az ebédlőasztalon! Nem volt rajta ruha. Sőt, nem is élt! Oszlásnak indult holtteste pucéran feküdt az ebédlőasztal közepén. Clarence közelebb lépett hozzá, és a kezében lévő nejlonszatyorból véres kilincseket vett elő egymás után. Fogantyúkat. Anyja rothadásban lévő teteme mosolygott. Annyira vigyorgott fiára, hogy hatalmasra nyitotta a száját örömében. Olyan nagyra, hogy *igen sok minden* belefért volna abba! Akár egymás mellé több is!
Clarence el is kezdett kilincseket – egyre többet és többet – elhelyezni a szájába, mert úgy érezte, ezzel megold valamit. Egymás után rakta őket. Valahogy pont belepasszoltak. Jó érzés volt mindent a helyére tenni végre! Minden kerüljön a maga helyére pontosan, és még időben!
Kíváncsi volt, mennyi fog beleférni. Anyja közben kommentálta az egészet, de a sok kilincstől már még kevésbé tudott beszélni:
– Csi'áld rendehen dráhám! Nem adh bele mindent! Te'él bele még többet!
Már így is sok véres kilincs lógott ki anyja szájából, de Clarence próbált még párat belehelyezni. Tett ide-oda még egy-kettőt, ahol látott még egy apró kis helyet.
– Rendehen csináld! Ez nem elég dráhám! Dugj bele még többet! Te'él egy nagyot oda *lentre* is! Dugj meg rendehen! Dugj meeeg!

Clarence megint felébredt, és újra öklendezett. Már megint egy átkozott rémálom! Úgy látszik, visszaaludt az előbb. Teljesen azt hitte, hogy valóság volt! Rázta a hideg. A félelemtől és az undortól is, az álom utóhatásaként, de valószínűleg lázas is volt. Nem tudta tovább legyőzni a hányingert. Túl erősen tört már felfelé a gyomra tartalma. Nagy nehezen felkönyökölt, és oldalra fordult, hogy felkel, de nem bírt! Fekve, könyöklő helyzetben odaokádott az ágy melletti szőnyegre. Telehányta az egészet. Annyi mocsok volt a szőnyegen, hogy egy része már le is folyt róla, és sötét csíkokban lassan befolydogált az ágy alá.

„Fel kellene takarítani" – gondolta magában. Aztán visszafeküdt egy pillanatra, hogy összegyűjtse az erejét.

Végül szerencsére sikerült is! Már sokkal jobban volt.

Felkelt, és felállt.

A munkahelyén állt éppen.

Mindenki őt nézte. Anne is és Adam is.

Mrs. Bundle, azaz Clarence anyja is ott dolgozott. Kedvesen mosolyogtak rá mindannyian. Aztán Anne nevetni kezdett, csábosan, mint egy gyönyörű nevető angyal. Clarence anyja is kuncogni kezdett. Próbálta elfojtani, de nem sikerült neki, úgyhogy ő is nevetésben tört ki. Clarence rájött, hogy az anyja, aki ott áll, igazából inkább Anne anyja. Ők hárman nevettek és szórakoztak rajta! Clarence meztelen volt és kicsi, mint egy gyerek. Olyan kicsi, mint egy kisfiú hidegvízben ráncosra töpörödött nemiszerve. És annyira kövér volt, hogy a hasa egész a padlóig leért. Fütykösét nem is látta, sőt még a térdeit sem!

Próbálta arrébb vonszolni magát, mint egy kövér, undorító meztelencsiga, de nem tudta! A padló nem csúszott eléggé. Ahogy megpróbált arrébb araszolni tőlük, hogy már ne nevessenek vagy legalább ne hallja őket, csúnyán horzsolta a hasát a padló. De azért csak tolta magát rendületlenül előre. Nagyon émelygett már a fájdalomtól, és égett is hasa a súrlódástól, ugyanis a padló mindenütt fekete csiszolópapírral volt bevonva! Ezen próbált meg csúszni, mert felállni nem bírt a sok hájtól. Véresre horzsolta a hatalmas pocakot és a mellbimbóit. Nemcsak vérzett, de már a bőr is hámlott a testéről, mintha nyúznák. Hosszú csíkokban szakadt le a bőr először csak a hasáról, aztán az arcáról is.

Azok hárman mindeközben egyre hangosabban és gátlástalanabbul nevettek rajta. Adam már könnyezett a röhögéstől. Anne sírt. Anne anyja is sírt, de csak az egyik szemével. A másik ugyanis üvegből készült. Abból nem jött semmi. Pedig bele is volt szúrva valami hegyes dolog. Csoda, hogy nem pukkadt ki, hogy kilőjön belőle a takonyállagú folyadék. Clarence belegondolt, milyen lehet az üvegszem íze, ha kidurran, mint egy villanykörte, amire rátaposnak! Durr!!!

...Erre felriadt!

Arra ébredt, hogy már reggel van. Sütött a nap odakint, erősen betűzött a nappaliba is, és döglesztő meleg lett tőle az egész lakásban. Éjszaka lefekvés előtt elfelejtette bekapcsolni a klímát, így reggelre teljesen bepállott a levegő. Egyszerre párás volt, meleg, és bűzlött az egész szoba.

– Mi az, ami *ennyire* iszonyatosan büdös? – dünnyögött magában közben már felülve az ágyban. És akkor látta meg a hányást az ágy mellett: zöldes színe volt!

Valahogy számított valami ilyesmire, úgyhogy nem lepte meg nagyon a dolog. A hasa most is nagyon fájt. Ezért is fájt már álmában is. Tényleg égett, mintha savtúltengése lenne. A hányingere viszont reggelre azóta már jobb lett. Lehet, hogy csak az éhségtől érezte annyira rosszul magát lefekvés előtt. Kiment hát a konyhába – ezúttal valóban – , és evett pár falatot.

Negyedik fejezet: Mérgezés

Ezután egy hosszú, nehéz korszak következett Clarence életében. Mindössze pár hétig tartott, de neki éveknek tűnt.

A „kísérlet" másnapján bement dolgozni, és titokban a WC-n vért vett magától. Pár óra múlva sikerült is kielemeznie a vérmintát. Sajnos valóban talált nyomokban Comatodexint benne. Bár nem volt olyan nagy mennyiség! Talán mégis megússza? Ennél többet nem sikerült kiderítenie, mert több hónapot vett volna igénybe, ha elkezdi kutatni a Comato enyhe mérgezéskor jelentkező mellékhatásait.

Sajnos így saját csapdájába esett bele, ugyanis korábban egyáltalán nem érdekelték a mellékhatások, és hogy hosszútávon milyen ártalmas hatásai lehetnek a betegekre nézve. Ő csak eredményeket akart felesleges sallangok nélkül. Most viszont már belátta, hogy jobb lett volna azzal is foglalkozni! Akkor legalább most tudná, mi vár rá. Így viszont még nagyjából is hónapokig tartana kideríteni. Neki viszont lehet, hogy csak hetei vagy napjai vannak hátra.

Ezért hát nem is kezdett már kutatásba ezzel kapcsolatban. Hosszú időn át rettegéssel teltek napjai. Félt tőle, hogy mikor veszik észre a hullaházban megrongált holttestet, és vajon mennyi idő alatt érnek el hozzá? Továbbá attól, hogy mit művel a szervezetében a Comatodexin hetek óta. Fura, de az első borzalmas éjszaka után nem lett már rosszabbul. Néha enyhe hányingerrel küzdött, de más konkrét tünete a félelmen kívül nem volt. Nem igazán könnyebbült meg ettől, mert biztosra vette, hogy súlyos állapotban van. Ahhoz túl régóta foglalkozott már a szerrel, hogy ne félt volna tőle halálosan. Szomorú beletörődéssel konstatálta magában, hogy neki már lőttek. Így tényleg mindennek vége volt számára.

Már korábban is így érezte, mivel ha Anne nem lehet az övé, akkor élnie sincs értelme többé.

Így viszont, hogy ő tényleg meg fog halni, már nemcsak szeretett volna véget vetni mások életének, de muszáj is volt. – Ő így érezte.

Egyszerűen nem tehetett mást!

Ha neki meg kell halnia, akkor haljon meg mindenki, aki megérdemli! Ennyit még azért megtehet életében az igazság jegyében. Ő az utolsó igaz ember a Földön, és eszerint is fog távozni innen! Magával viszi tehát azokat, akik megérdemlik!

Anne-t és családját biztosan, mert nem jó emberek. Hiszen belőle is bolondot csináltak. Viszont három embert egyszerre nagyon nehéz lenne eltenni láb alól. Így betegen, haldokolva meg pláne!

„Akkor viszont vesszen *tényleg* az összes!" – döntötte el magában igazságosan. Ha nem lehet megbüntetni három embert egyszerre, aki megérdemli, akkor vesszen el inkább minden és mindenki velük együtt! A bűn nem maradhat büntetés nélkül!

Eszébe jutott az a hír, amit az interneten olvasott korábban arról a bizonyos balesetről a vízműveknél. Véletlenül majdnem méreg került a lakosság ivóvízellátmányába. Véletlenül történt, és aztán meg is úszták. Mi lenne, ha most egy kis Comatodexin kerülne bele, de *nem* véletlenül? Mondjuk, épp csak annyi, amennyi összesen van neki? Körülbelül két liter! Vajon be lehetne ezt juttatni egy víztárolóhoz, hogy beleöntse, és mindenkit megmérgezzen? Akkor legalább érezné mindenki, hogy ő hogy érzi most magát! Nem kellene egyedül szenvednie igazságtalanul. Végtére is úgy az igazságos, hogy ha egy jó ember szenved, akkor más is tanulja meg, milyen az! Szenvedjenek ők is, ha neki már muszáj! – Clarence Bundle logikája eddigre már teljesen kifacsarodott, de ő ennek nem volt tudatában. Lehet, hogy részben az enyhe Comatodexin mérgezés miatt is, de korábbi beteg gondolkodása végleg átfordult valami még rosszabba, még veszélyesebbe.

Elkezdte keresni az interneten, hogy hogyan juthat be egy víztárolóhoz... egy olyan nagyhoz, ahonnan az ivóvíz talán mindenhová eljuthat a városban. Kiderítette, hogy melyik víztorony a felelős konkrétan az ő kerületük ellátásáért. Időközben titokban hazahozta a projekt teljes készletét, azaz a két liter Comatodexint. Amúgy is elzárva tartotta, és mások nem tudták, pontosan mikor, mennyit használ belőle. Egy ideig remélhetőleg észre sem veszik, hogy nincs már ott semmi.

Csak azt nem tudta, hogyan jusson majd be a víztoronyba.

Először arra gondolt, hogy ottani munkásnak adja ki magát, de el sem tudta képzelni, hogy honnan szerezhetne ottani munkaruhát. Ahhoz valószínűleg el kellene jutnia az öltözőjükig, hogy akár lophasson egyet. De már a kapun sem jutna be! Még ha bent esetleg el is ütné a dolgot annyival, hogy ma kezdett itt dolgozni, és még új itt – hogy a többiek ne gyanakodjanak –, a kapunál azt azért csak tudják, hogy nagyjából kik dolgoznak ott, és az idegenektől biztos kérnek valamilyen azonosító okmányt, hogy megtudják, milyen ügyben jött.

Ki az, akit viszont kötelesek beengedni?

Talán az adóhatóságot! Ez már jobbnak tűnt. De az a baj, hogy nem tudta, pontosan mivel és hogyan szokták magukat azonosítani az adóellenőrök. Ehhez lehet, hogy kellene valamilyen igazolvány. Talán tudna egyet hamisítani számítógéppel, és otthon kinyomtatni, de sajnos fogalma sem volt, milyennek kellene lennie. Nem talált rá – érthető okokból – sablonokat az interneten, hogy milyen egy adóellenőr igazolványa. Ez tehát túl kockázatos! Rövid úton lebukna vele.

Aztán eszébe jutott a közegészségügy! Az talán nem ennyire konkrét, mint egy szúrópróbaszerű adóellenőrzés, azaz például egy boltban egy pénztárgép-ellenőrzés.

Sokféle egészségügyi előírás és ellenőrzés létezhet. Annyi, hogy akár *ő maga is kitalálhatna* egyet, és fel sem tűnne senkinek, hogy nincs olyan!

Eldöntötte, hogy felhívja az ÁNTSZ ügyfélszolgálatát, és megpróbál kicsikarni tőlük valami kis információt, hogy milyen jellegű vizsgálatok léteznek.

De nem sikerült! Felhívta az ügyfélszolgálatot, de nem volt elérhető még a menürendszere sem. Anélkül, hogy bárkit kapcsoltak volna, azt mondta be az automata, hogy technikai okok miatt legalább két napig nem elérhetőek, és elnézést kérnek az okozott problémákért. Akinek fontos és sürgős elintéznivalója van, az fáradjon be személyesen valamelyik kirendeltségükre. Ez pont kapóra jön!

Van tehát két napja rá, hogy odamenjen a víztoronyhoz, közegészségügyi ellenőrnek mondja magát, és bevigye magával a Comatót! Még ha nem is fognak neki száz százalékig hinni, hogy mi járatban van, felhívni úgysem tudják az ÁNTSZ-t, mert nincs ügyfélszolgálat! Személyesen csak nem mennek már el megkérdezni, csak mert egy irodakukac odamegy okoskodni egy órára, és körülnéz! Mást úgysem fog tenni. *Látszólag.*

Bár volt a dolognak kockázata, de úgy érezte, ez már megér egy pokoli misét!

Elővette az egyik tiszta, de olcsó öltönyét. Ilyesmit hordanak a valódi hivatalnokok is. Rendes, de olcsó. Vagy nem rendes, de *akkor is* olcsó.

Elkezdett gépelni egy oldalt egy teljesen légből kapott egészségügyi ellenőrzés részleteiről. Mindenféle általa kitalált szakszavakkal részletezte, hogy hihető is legyen, továbbá ne is értsék pontosan, hogy miről van szó. Olyanokat írt bele, hogy a „vízkészlet fluktuációs összetevőinek vizsgálata a lakosság hosszútávú egészségének szempontjából", továbbá „karcinológiai internális V2-es típusú bevizsgálás és kockázatcsökkentés". Egyiknek sem volt semmi értelme, de szerinte viszonylag jól hangzott.

Eredetileg meg akarta írni a teljes felhatalmazását, amit majd felmutat a kapunál, de rájött, hogy ennyi minden sületlenséget egyszerűen nem képes kitalálni, ráadásul azt sem tudta, mennyire kellene hosszúnak lennie. Úgy döntött, minél hosszabb, annál jobb! Azaz annál *rosszabb* lesz a *portás* számára. Ha odavisz egy nagy paksamétát, valószínűleg zavarba jönnek, és el sem akarják majd az egészet olvasni.

Elkezdett kotorni otthon, és saját kutatásaiból összegyűjtött egy csokorra való kémia képletekkel teleírt papírt. Egy három centi vastag stószt készített belőlük. Annyi kémia volt bennük – főleg képletek –, hogy ebből biztos, hogy egyetlen szót sem fognak érteni. Így, ebben az összekevert formában még ő maga sem értette.

Másnap reggel valóban felvette az olcsó öltönyt, és odament hóna alatt a nagy paksamétával, másik kezében aktatáskával, benne egy fémcsőben a két liter Comato és néhány apróbb szerszám szükség esetére.

Hamar odatalált, és egyszerűen határozott lépésekkel bement a portára, ahol egy fiatal lány ült. Clarence próbálta szakszerűen elmagyarázni neki a nemlétező ellenőrzést, azaz, hogy milyen ügyben jött. A lány közben egyre furcsábban nézett rá. Úgy tűnt, baj lesz, és nem hisz neki!

Clarence ekkor gyorsan taktikát váltott, és azt mondta a lánynak, hogy nézze meg az anyagot ő maga. Kiterítette elé a nagy halom papírt. Természetesen az egyetlen szót sem értett az egészből. – Nem is lett volna mit. – Így most végre meggyőzte egy kicsit a lányt az ügy „komolysága". Clarence azt is mondta a fiatal teremtésnek, hogy ha nem hisz neki, hogy honnan küldték, akkor hívja fel őket a hivatalos számon. Ezzel nagyot kockáztatott! Ugyanis az ÁNTSZ-nek esetleg lehet olyan száma is, ami nem a lakosság számára van fenntartva, hanem egyfajta „forró drót" hivatalos ügyekre.

Ettől függetlenül Clarence úgy érezte, muszáj kockáztatnia, mert máshogy nem jut be az épületbe. Erősködött, hogy hívja fel a lány Clarence feletteseit az ÁNTSZ-nél. Az ráállt a dologra, és kelletlenül tárcsázni kezdett egy számot, amit a számítógépéből nézett ki. Úgy tűnt, kicseng!

Clarence-t szörnyen elkezdte verni a víz. Mi van, ha felveszik? Lehet, hogy csak a lakossági ügyfélszolgálat nem elérhető, de az összes többi igen? Ha most elkapják, mi lesz vele? Azonnal lecsukják? Rájönnek majd rögtön, hogy mit tervezett? Előzetes letartóztatásban fog végül meghalni egy börtöncellában, mikor végül majd a mérgezése már odáig súlyosbodik?

Ekkor a lány letette a telefont. Azt mondta, nem veszik fel, hanem valami előre rögzített üzenet azt mondja, hogy technikai okok miatt most nem lehet hívni őket. Ezek szerint nem csengett ki, csak az üzenetet hallgatta eddig, azt, amit korábban már ő is hallott! Akkor ez azt jelenti, hogy neki sincs más száma, mint amit ő otthonról hívott, vagy ha van, akkor azt sem veszik fel két napig.

A portás lány azt mondta, hogy menjen csak fel. Az osztályvezető úr irodája a másodikon van. Vele beszélje meg Clarence az ügyet.

Ő megköszönte, és sietősen megindult a lépcső felé.

Bejutott hát az épületbe! A portán legalábbis átjutott.

Látszólag ment, amerre a lány mutatta, a lépcsőnél viszont megállt, és óvatosan elkezdett visszafordulni, mielőtt felment volna.

Hátranézett.

A portáslány már nem őt figyelte, hanem a számítógépén pötyögött valamit. Clarence gyorsan körbenézett, hogy milyen kiírásokat lát. Igazából arra vonatkozóan nem látott egyet sem, hogy merre lehetnek a dolgozók öltözői. Volt viszont egy ajtó a folyosó végén, amin a tábla azt mondta: „Idegeneknek belépni tilos!". Újra kockáztatott hát, és nem ment fel a lépcsőn, hanem odasietett az ajtóhoz, és óvatosan benyitott. Az ajtó nyitva volt.

Belépett, és csendben becsukta maga mögött. Egy újabb folyosóra érkezett, de most már tilosban járt. A folyosón kiégőben volt a neon. Pislákolt a fény. Zavarta a szemét, és alig látott, de azért csak haladt előre szapora léptekkel. Több ajtó mellett is elment. Voltak köztük jelöletlenek, tűzcsapok beüvegezett szekrényajtói, továbbá női- és férfimosdóké, a rajtuk látható szimbólumokból ítélve. Utána végre az öltözők következtek!

Benyitott gyorsan a férfiöltözőbe, és remélte, hogy itt sem talál senkit. Habár nem is találkozott szemtől szemben senkivel, de a zuhanyzóban sajnos épp voltak. Egy munkás fütyörészett odabent. Bűzlött az egész öltöző az izzadságszagtól és az olcsó tusfürdőtől. A fickó elöl hagyta a munkaruháját. Végigfutott Clarence agyán, hogy azonnal ellopja, de aztán rájött, hogy ez túl kockázatos. Így két perc alatt lebukna, ahogy kijön az illető a zuhany alól. Biztos, hogy cirkuszt csinálna.

Inkább nekilátott, és óvatosan, csendben felfeszített egy lezárt szekrényt a csavarhúzóval, amit az aktatáskájában hozott magával.

Bár nagy volt rá az esély, hogy nem munkaruhát talál majd a szekrényben, hanem utcait – ha a tulajdonosa épp dolgozik –, de most ismét szerencséje volt! Valóban munkaruhát talált. Nem késlekedett hát, azonnal átöltözött. A ruha sajnos kicsinek bizonyult rá, de azért még ráment valahogy. Elég hülyén nézett ki, de talán, ha nem nézik túl közelről, nem fog feltűnni nekik. Öltönyét és táskáját berakta a szekrénybe, és nekilátott visszaakasztani a zárnyelvet, hogy a szekrény újra zárva legyen. Volt már gyakorlata az ilyesmiben. A postaládájukkal jó sokat babrált régebben bizonyos okokból kifolyólag. Most hasznát vette annak a tudásnak. A csavarhúzóval könnyedén visszapattintotta a zár nyelvét. Kicsit hasonlított is az olcsó, elavult szerkezet arra, ami otthon a mai napig a postaládájukon van. Azaz most már csak *ládáján*, egyesszámban!

A férfi a zuhanyzóban ekkor elzárta a vizet! Mindjárt kijön!

Clarence ijedtében felugrott a padról, és kisietett az öltözőből. Becsukta maga mögött az ajtót. A cipőjét inkább odakint kötötte meg a folyosón. Mindent a szekrényben hagyott, csak a fémcsövet hozta most magával. A csövet otthon találta az egyik szekrényben. Azt sem tudta, igazából honnan való. Talán még régen egy vízszerelő hagyhatta ott, mert kicserélt valamit, és megmaradt a munka végén ez a levágott csődarab. Valami burkolatszerűség volt. Pont elég hosszúnak és szélesnek tűnt a cső ahhoz, hogy a műanyagtartály beleférjen, benne a Comatodexinnel. Ha útközben valahogy megállítják, azt mondja majd, hogy szerelni megy, és ezt a csövet kell valahová behegesztenie. Annyi cső volt mindenfelé, hogy náluk a csőszerelés mindennapos kellett, hogy legyen.

Valóban nem keltett feltűnést, és bejárta a létesítmény nagy részét anélkül, hogy bárki megszólította volna. Több tartályt is megnézett magának. Sajnos nem tudta kitalálni, hogy melyik mire szolgált, és honnan hová ment belőlük a víz, úgyhogy jobb ötlete nem lévén, találomra felmászott egy óriási tartályhoz, amit csak egy hosszú fémlétrán lehetett elérni. A körülbelül négy méter magas tartály színültig volt töltve vízzel. Fentről az egész saját tartálya tartalmát beleöntötte.

Visszasietett az öltözőbe, és visszaöltözött eredeti ruhájába.

Igazából semmilyen nyoma nem volt annak, hogy ott járt, csak a feltört szekrény – amit lehet, hogy észre sem vesznek, mert elég ügyesen visszapattintotta a zárat a csavarhúzóval –, és a portáslánnyal történt beszélgetés. Neki viszont kifelé azt mondta, hogy az osztályvezető urat nem találta a helyén, és visszajön pár nap múlva.

Így talán nem fogják annyira firtatni, hogy miért volt itt, ha úgyis visszajön hamarosan. Majd megkérdezik tőle, ha visszajön.

Persze nem ment vissza soha többé.

Ötödik fejezet: Cserbenhagyás

Másnap bement dolgozni pontban 7 óra 50-re, mint ahogy máskor is szokott, és előre röhögött magában, hogy mi lesz ebből az egészből. Most végre életében talán először ő fog röhögni másokon!

Anne vigyorogva fogadta. Megkérdezte, hogy aludt, mert ő borzalmasan. Biztos megint buliztak Adammel a hétvégén. Szánalmasak!

Clarence mondta, hogy ő jól aludt, mert mindig időben fekszik le. Anne erre nyalizni kezdett neki, hogy milyen jól csinálja, és milyen okos.

– Ja persze! Mintha ez számítana! Akkor miért ahhoz a tetűhöz megy hozzá?

Már előre röhögött magában, hogy mikor kezdődik el a cirkusz. Igazából nem tudta megjósolni sem. Ő arra számított, hogy pár nap, talán hetek múlva hallani majd először a mérgezésekről.

De nagyon meg kellett lepődnie, ugyanis már aznap hazafelé a metrón abban a nagy melegben, amikor Nolával találkozott, elindult a balhé ott az alagútban! Hogy miért pont ott, és hogy lehet, hogy ilyen hamar, azt el sem tudta képzelni. Igazából még maga sem tudta, hogy mit okozott. Azt azért gondolta, hogy ilyen iszonyatos mennyiség a Comatodexinből súlyos mérgezéseket fog okozni. A nőnek a hullaházban végül csak tíz millilitert adott be, és már attól feltámadt. A tartályba két litert töltött, annak a mennyiségnek a *kétszázszorosát*!!

Azzal a mennyiséggel elvileg kétszáz embert fel lehetne támasztani. Vagy *megölni*, ha még élnek!

Mivel hullák nem nagyon szoktak otthon vezetékes vizet inni, ezért nyilván az élő emberek itták. Viszont a szer annyira mérgező, hogy biztosan azonnal bele is haltak. Aki pedig ebbe belehal... nos, onnantól már bármi elképzelhető!

A szer reprodukálja magát, azaz nem is a szer, hanem az agyalapi mirigy termelni kezdi saját maga is ugyanazt az anyagot. Tehát a mérgezés és a túladagolás csak tovább fokozódik.

A mérgezés után a halálból – mivel ez a szer bárkit feltámaszt – az áldozatok *elvileg* vissza is jönnek egyből. Viszont ez most már kiderült azóta, hogy nemcsak elmélet, hanem a *gyakorlatban* is valóban így van.

Sikerült tehát a terve! Mindenki meg fog halni vele együtt! Ha már neki mennie kell, menjen hát más is! Így az igazságos.

Menjen Anne, Felicia – Anne anyja – és a tetves Adam, a nagy számítógépzseni, aki „olyan gyönyörű meghívókat tervez"! Menjen ez a rohadt Leirbag is velük együtt! Nolának viszont *nem* fogja engedni, hogy vezetékes vizet igyon. Vele más tervei voltak, mert megkedvelte a nőt. Még akkor is, ha ennek az idiótának a felesége. Már úgysem sokáig. Clarence tenni fog róla.

* * *

Még ültek hármasban Leirbagék lakásában egy darabig.

Dr. Bundle ekkor kérdezett rá, hogy tulajdonképpen mit csinálnak itt, és miért alakították át szinte már irodává a nappalijukat? Leir ekkor mesélte el az új projektjét, amin dolgozik, azaz egy új együttesen, új lemezen. Clarence-t nem érdekelte az egész, de azért udvariasan meghallgatta.

Ő is elmondta nekik, hogy miért ajánlotta fel, hogy jöjjenek vele.

A Rákos-patak mögötti kis utcában apja lakik – akit egész életében gyűlölt, de nekik ezt bizonyos okokból nem mondta el –, és egy erődítményszintű házban él. Ha valahol biztonságban lesznek, akkor az ott lesz!

Háromméteres betonfalak veszik körül a nagy kertet. Vaskapu zárja el a bejáratot. Az apja növényeket termeszt, és hatalmas pincéje van tele palackozott vízzel és élelmiszerrel.

– Kissé óvatos az öreg – mondta Clarence mosolyogva. Magában viszont egy paranoiás pszichopatának tartotta a vén barmot. Az a palackozott víz a pincéjében pedig jól fog még jönni neki és Nolának. Leirbag meg igya a rohadt csapvizet!

Miután kifújták magukat, mindannyian szedelőzködni kezdtek, hogy útnak indulhassanak. Nem kellett végül is messzire menni, tehát nem is az útra kellett sok minden, hanem amiatt, hogy nem tudták, meddig maradnak majd ott. Clarence-nek volt egy olyan sejtése, hogy nem sokáig, de ezt nem kötötte az orrukra.

Leir fegyvereket keresett a lakásban, vagy bármit, ami annak használható. Volt egy kis szekrény a konyhájukban, amiben mindenféle szerszámokat tartottak.

Először egy fűrész akadt Leir kezébe. Félredobta.

Aztán egy kalapács. Ezen egy pillanatig elgondolkodott... aztán ezt is félredobta. Arra gondolt, hogy túl rövid. Túl közel kellene engednie magához az élőholtakat ahhoz, hogy használni tudja ellenük. Túl veszélyes!

Kés sok volt a konyhában, de ugyanezért nem vett magához egyet sem. Most egy fogó került a kezébe, majd egy másik. Ezek is a padlón kötöttek ki a többi mellett.

Végül egy kisbalta, övre csatolható tokkal. Na, ez igen! Felegyenesedett, és felcsatolta az övére.

– Miért pont az? – kérdezte Nola. – A többi nem jó? Azokat nem visszük?

– Túl rövidek. Veszélyes lenne őket ilyen közel engedni – felelte Leir. – Hidd el, jobb, ha nem dulakodsz velük!

– A kisbalta is rövid – kötözködött Clarence. – Ha elég közel ér egy, hogy fejbe vághassa, akkor a kalapács is lehetne olyan jó.

– Nem akarom őket fejbe vágni. Á... inkább majd megmutatom! Induljunk! – Már lépett is ki az ajtón, és vitte magával az egyik sporttáskát.

Lementek a lifttel, és ugyanazon az úton elindultak a patakparton lévő futópálya felé, ahol Leir aznap kocogott és „fürdött egy kicsit" korábban.

Az utca továbbra is kihalt volt. Sőt, lefelé menet már a házban is tökéletes csend honolt. Nem hallották a korábban folyosókról beszűrődő veszekedéseket a lakók részéről, és emelt hangon történő okfejtéseiket a történtekkel kapcsolatban.

„Valószínűleg mindenki behúzódott a lakásába, és várják a nagy semmit" – gondolta Clarence. „Végül is mást úgyse nagyon tehetnek. Igyanak egy kis csapvizet, az szokott segíteni az idegességen" – vigyorgott magában.

Odaértek a futópályához, ami pont a patakpart mellett húzódott. Sajnos muszáj volt rajta végigmenni, mert nagyon nagy kerülőt kellett volna tenni visszafelé a főtéren keresztül ahhoz, hogy más úton menjenek. Most már veszélyes lenne visszamenni arra. Ha valahol, akkor ott sok ember lehet, vagy azóta akár sok zombi is.

Clarence még sosem járt errefelé – amikor régebben meglátogatta apját, nem ilyen irányból jött –, de hallotta, hogy mi történt itt egy órával korábban, és kerülő ide vagy oda, nem igazán akaródzott neki erre jönni. Más választása viszont nem volt.

Mikor odaértek az útelágazáshoz, mindhárman megálltak, és hitetlenkedve nézték a futópályát...

Tele volt zombikkal!

Valószínűleg azért is volt olyan kihalt a környék, mert mindenki meghalt, és aztán feltámadva valamiért mindannyian ide jöttek! Vagy legalábbis nagyon sokan. El sem tudták képzelni, mi vonzza őket, de tény, hogy máshol az egész környéken egyet sem láttak korábban.

„Lehet, hogy mégis vissza kellene mennünk a buszmegálló felé" – gondolta Clarence –, „amerre nagyobb kerülővel ugyanúgy eljuthatunk apám házához. Bár az igaz, hogy annak már egy órája, hogy a tér üres volt. Lehet, hogy ott azóta még ennél is többen vannak!" Így hát inkább nem szólt semmit. „Már sehol sem biztonságos. Máshol se jobb! Így legalább hamarabb odaérünk, ha a rövidebb úton megyünk. Vagy nem... ha közben mindannyian meghalunk itt, akkor biztos nem."

A legközelebbi zombi még vagy ötven méterre volt tőlük. Leir nem sokat vacakolt: Végleg eldöntve ezzel a kérdést, hogy biztos erre menjenek-e, odafutott a legközelebbi nagy fához, ami körülbelül tíz méterre volt, és az övéről lelógó tokból kirántva gyors mozdulatokkal elkezdte csépelni baltával az egyik nagyobb ágat. Sikerült is levágnia. Láthatóan jó erőben volt. Levágott egy másikat is.

„Mi a francot csinál ez?" – értetlenkedett magában Clarence. „Tutajt épít, hogy átkeljünk az egy méter széles patakon?"

Leir eddigre már levágott egy harmadik ágat is, és mindhármat felnyalábolva visszasietett hozzájuk.

Nola kezébe adott egyet. A nő kicsit ügyetlenül tudta csak megfogni, mivel másik kezében még mindig azt a botot tartotta, amit Leir a lakásban adott neki. Valószínűleg tényleg jó ötlet volt, mert a szorítókötéssel és a bottal együtt valóban sokkal jobban járt. Ha bicegve is, de már egyedül tudott menni, ráadásul sietős tempóban is akár. Viszont a botra szüksége volt. Így csak fél kézzel tudta megfogni a faágat. Beakasztotta a hóna alá, és alkarból tartotta, mint egy lovon ülő lovag a dárdáját. Clarence most látta csak, hogy milyen izmos karja van a nőnek. Ettől még vonzóbbnak kezdte látni. Olyan volt, mint egy harcos amazon!

Leir Clarence-nek is nyújtott egy ágat.

– Mit csináljak vele? – kérdezte az.

– Tartsa távol őket bármi áron! Nincs értelme közelről viaskodni velük – mondta Leir. – Higgye el, nem érdemes. Vagy legalábbis nagyon nehéz. Egyszerre ennyivel biztos nem bírunk el!

– Nem, köszönöm – utasította el Bundle. – Nem hiszem, hogy ez segítene. Csak lelassítana a mozgásban. – Igazából gőze nem volt, hogy így van-e, de derogált neki egy ilyen fickótól bármit is elfogadni. Ötleteket és szellemi segítséget meg aztán pláne!

– Ahogy gondolja – válaszolta Leir. Látszólag nem vette rossz néven a visszautasítást. A kisbaltát visszaakasztotta az övére, és a két faágat dárdaként maga elé tartva megindult előttük. – Induljunk! Később csak még rosszabb lesz! Amikor egy órája itt jártam, még csak egyetlen egy volt! Valami idevonzza őket!

Mindhárman megindultak hát előre. Igaz, hogy Clarence-nek így nem akadt fegyvere, de végül is a másik kettőnek sem! Az a kisbalta Clarence szerint is tényleg túl rövid volt, faággal viszont még annyira sem mennek majd az ostobák!

A hozzájuk korábban ötven méterre lévő legközelebbi zombi most már csak tíz méterre járt. Egy nő volt az. Legalábbis régen. Középkorú, őszes, rövid hajú nő, és valamilyen egyenruhát vagy munkaruhát viselt, mint egy illatszerbolti eladó. Pontosabban kék köpenyt. Bár a színéből nem sok látszott, mert merő vér volt az egész. Leir a nő felé sietett. A két faágat maga elé tartva elébe ment, egyre gyorsabban, a végén már futott. Mielőtt odaért volna, oldalról kicselezte a botorkáló nőt, és elkezdte tolni a két faág lombos végeivel. Úgy tűnt, ez egy kicsit tényleg megzavarja a nőt, mert elkezdett támolyogva hadakozni a levelekkel. Nem igazán fogta fel, hogy mi az, és mit kellene csinálnia vele. Leir pillanatnyi zavarodottságát kihasználva tolta és tolta. A végén a sérült arcú nő – közelebbről már látszott, hogy innen származott a rengeteg vér a ruháján – megbotlott a futópálya szélénél, és hátraesett. Nagyot nyekkent a földön, majd a meredek lejtőn gurulni kezdett egészen a patakig. A végén csobbant egy nagyot, amikor beleérkezett.

Közben még több zombi jutott a közelükbe; most már nemcsak előttük, de mögöttük is voltak!

Clarence-be belehasított a gondolat, hogy *eljött a vég!*

Innen nem jutnak ki élve!

Leir ekkor már visszafelé futott hozzájuk, de odaérve nem állt meg, hanem elfutva mellettük mögéjük sietett.

– Menjetek! – kiabálta Nolának. Háttal állt nekik, és visszafelé lépdelt. Felkészült rá, hogy visszatartsa a hátulról jövőket, ha úgy alakul, mert abból az irányból most már egyértelműen többen jöttek.

Ekkor kínkeserves harc vette kezdetét.

Clarence ügyetlenül, bizonytalanul lépdelt ide-oda, néha még visszafelé is. Minden irányból jöttek! Bár a zombik nem voltak gyorsak, inkább csak tántorogva járt mindegyik, de ha egyszerre több a közvetlen közelükbe került volna, el tudta képzelni, mi várt volna rájuk! Már az az öregasszony a hullaházban is iszonyú erős volt. Ezek között pedig nagyobb darab férfiak is akadtak, és majdnem mind fiatalok! – Mármint testileg erősebbek lehettek azok, akik jó erőben lévő *fiatalként* haltak meg.

Nola meglepően harcias volt neméhez és méretéhez képest. Lökdöste őket amennyire tudta, még sántítva, bicegve is. Egy férfit már neki is sikerült lelöknie az út melletti lejtőn.

– Clarence, vigyázzon! – kiabálta Leir. – Ne engedje őket közel! – Az egyik zombi már majdnem elérte Clarence-t úgy, hogy az észre sem vette. A doktor riadt kiáltással visszahőkölt, és félretáncolva, kissé ügyetlenül kikerülte. – Fogja! – dobta oda neki az egyik faágát Leir, amit korábban Bundle makacsul nem akart elfogadni.

Clarence sután elkapta, és motyogott valami köszönöm-félét. Ő is maga elé emelte az ágat a leveles végével előre, hogy félretolhassa vele az élőholtakat az útból, vagy legalább megzavarja vele őket valamennyire, ahogy azt Leir és Nola is tették korábban.

A faág valóban jó ötlet volt, be kellett, hogy lássa. Addig lökdösött vele egy idősebb nőt – Úgy érezte, neki ez a sorsa, hogy egész életében anyakarakterekkel kell harcolnia! –, hogy az nagy nehezen végre elvesztette az egyensúlyát, és megbillent. Elesett az is az út szélén, de sajnos nem gurult le a lejtőn. Megkapaszkodott a fűben.

– Mindegy – gondolta Clarence –, ott is jó lesz. Bele fog telni a vénasszonynak pár másodpercébe, mire visszamászik onnan az útra.

Clarence végre tovább tudott menni. Nola is eljött a nő mellett, viszont az egyre kijjebb mászott. Már majdnem az úton volt megint!

Leir még mindig háttal állt nekik, és mivel egyedül két zombit tartott vissza saját megmaradt faágával, így nem volt ideje hátranézni.

A nő még kijjebb mászott... már az utat kaparta a keze!

Leir vakon lépkedett hátrafelé. Látszólag pont a kezei közé!

„El fogja kapni Leirt!" – kiabálta magában Clarence, de egy hangot sem tudott kinyögni. „Még egy lépés, és elkapja a bokáját!!" Már a száján volt, hogy odakiált neki, hogy vigyázzon, és nézzen maga mögé...

...de meggondolta magát.

„Ragadja csak el a zombi!" – gondolta Clarence. „Rántsa magával bele a patakba! Talán most majd nem éli túl a fürdést úgy, mint ahogy ma már korábban egyszer sikerült. Pláne nem fogja, ha az a kettő, akiket most még nagy nehezen távol tart, majd szintén egyből utánaerednek! Hárommal nem fog tudni elbánni!"

Így hát Clarence nem szólt, és oldalazva, egyúttal közben előrefelé is tekingetve figyelte a szeme sarkából a fejleményeket. Nem fordult oda teljesen egy pillanatra sem, nehogy Nola meglássa, hogy ő már időben észrevette a bajt.

„Hadd higgye, hogy véletlenül halt meg a férje! Clarence Bundle biztos, hogy nem szól egy szót sem! Ő aztán nem avatkozik bele mások dolgába. Még akkor sem, ha emiatt fog most Leir meghalni! *Nem lesz kár érte.*"

Így hát Bundle haladt tovább, és nem figyelmeztette őket. De azért várakozva leste a szeme sarkából, hogy mikor fogja meg a nő Leir bokáját, és mikor harap bele!

Már csak egy lépés!

– VÉGE A MÁSODIK RÉSZNEK –

GABRIEL WOLF

WOLF

Élet a holtakkal

Fülszöveg

Élet a holtakkal („Pszichopata apokalipszis" harmadik rész)

Ebben a harmadik részben kiderül, hogy ki az igazi hős!

Köszönetnyilvánítás

Köszönök mindent a feleségemnek és önmagamnak. Ugyanis már csak ketten vagyunk ezen az egész világon. Ketten maradtunk a véleményünkkel, ketten az elveinkkel. Már senkink sincs. Soha nem is volt senki, aki valójában megértett volna minket.

Ha álomvilágban élsz, magányosan élsz, de életed inkább lesz még így is igazi és tartalmas, mint azoké, akik nyitott szemmel járnak, s mégsem látnak semmit. Néha a magányos, szegény álmodozó a leggazdagabb. Mert ő legalább álmaiban s lelkében gazdag.

Bevezető

„El fogja kapni Leirt!" – kiabálta magában Clarence, de egy hangot sem tudott kinyögni. „Még egy lépés, és elkapja a bokáját!!" Már a száján volt, hogy odakiált neki: Vigyázzon, és nézzen maga mögé!...
...de meggondolta magát.
„Ragadja csak el a nő!" – gondolta Clarence. „Rántsa magával bele a patakba! Talán most majd nem éli túl a fürdést úgy, mint ahogy ma már korábban egyszer sikerült. Pláne nem fogja, ha az a kettő, akiket most még nagy nehezen távol tart, majd szintén egyből utánaerednek! Hárommal nem fog tudni elbánni!"

Így hát Clarence nem szólt, és oldalazva, egyúttal közben előrefelé is tekingetve figyelte a szeme sarkából a fejleményeket. Nem fordult oda teljesen egy pillanatra sem, nehogy Nola meglássa, hogy ő már időben észrevette a bajt.

„Hadd higgye, hogy véletlenül halt meg a férje! Clarence Bundle biztos, hogy nem szól egy szót sem! Ő aztán nem avatkozik bele mások dolgába. Még akkor sem, ha emiatt fog most Leir meghalni! *Nem lesz kár érte.*"

Így hát Bundle haladt tovább, és nem figyelmeztette őket. De azért várakozva leste a szeme sarkából, hogy mikor fogja meg a nő Leir bokáját, és mikor harap bele!

Már csak egy lépés!

– Leir, vigyázz! – sikoltotta Nola halálra váltan, mert az utolsó pillanatban, éppen, amikor aggódva hátranézett a férjére, hogy az hogy bírja a harcot, akkor vette észre a Leir felé kúszó nőt. Ha ő nem szól rá, férje egyszerűen átesett volna rajta. Csoda, hogy még észrevette! Mintha Nola megérezte volna, hogy Leir bajban van.

„Affrancba!" – gondolta Bundle. „Pedig milyen jó lett volna, hogyha már *most* megdöglik ez a fickó! Akkor most egy gonddal kevesebb lenne."

Leir az utolsó pillanatban hátrakapta a fejét a sikolyra, és felrántotta a lábát. Így épphogy elkerülte a fertőző harapást! De ijedtében túl gyorsan húzta fel a térdét, és megbotlott, elvesztette az egyensúlyát, és elesett!

A zombik, akikkel eddig viaskodott, most pillanatnyi tehetetlenségét kihasználva előreiramodtak, hogy végre megragadják. Leir olyan szerencsétlenül vágódott el, hogy a felé kúszó nő görcsös ujjai már csak centikre hadonásztak az arcától! Azonnal arrébb is gurult, hogy nehogy elérje. A nőtől így kicsit távolabb került, de a két felé közelítő zombi most már olyan közel volt hozzá, hogy szinte felette álltak!

Leir közben elejtette kezéből a lovagi dárdaként használt faágat, és élete utolsó másodpercében védtelenül, háton fekve várta a halált, ami egyszerre három irányból is közelített felé!

– Leir!!! – Bokasérülésével mit sem törődve Nola anyatigrisként rontott a férje fölé tornyosuló zombikra. Néhány lépéssel ott termett, és közben a faágat megfordítva, most a másik végével előre (ahol baltával levágták, és ezáltal hegyesre faragták) bökdösni, szurkálni kezdte őket.

„Affrancba!" – szitkozódott ismét Bundle. „Muszáj segítenem, mert különben még gyanút fognak!" – Ő is odaindult sietős léptekkel. Bár tudott volna *ennél* gyorsabban is menni, de *nem akart*. Ő is követte azért Nola példáját, és faága hegyes végével támadni kezdte a két élőholtat. Nola közben teljes erőből nekirontott az egyiknek, és rögtönzött dárdája hegyével gyomorba szúrta. Sajnos az nem pusztult el ettől. Még úgy is egyre közelebb akart jönni, hogy közben a faág gyomormagasságban mindkét oldalon kiállt belőle. Ahogy nyomakodott egyre előrébb, Nola pedig nem akarta elengedni a zombi testében megakadt egyetlen fegyverét, a halott úgy húzta magát görcsösen előre, mint amikor saslikot készít az ember, és húsdarabokat húz nyársra. A zombi hörögve, karjaival csapkodva egyre jobban felszúrta magát, csak hogy közelebb kerülhessen a magukat védeni próbáló emberekhez.

Nola ekkor már látta, hogy nincs értelme ragaszkodnia dárdájához. A zombi eddigre annyira mélyen ráhúzta magát, hogy közelebb volt a védekező emberekhez és az ág lombos végéhez, mint a másikhoz, ahol felszúródott rá. Habár a lombos vég túl vastag volt ahhoz, hogy azon is átküzdje magát, és ott úgyis végleg elakadt volna, de úgy már akkor is veszélyes közelségbe került volna hozzájuk!

A nőnek el kellett tehát engednie az ágat, és lemondania egyetlen fegyveréről. El is engedte, sőt lökött is rajta egyet, hogy az élőholt végre távolabb kerüljön tőlük!

Az ekkor valóban hátratántorodott, meg is dőlt egy pillanatra... de nem esett el. Nem tudott, ugyanis a hátából már olyan hosszan kiállt a dárda, hogy nem tudott tőle elesni. Az ág úgy funkcionált, mint egy biciklitámasztó: nem hagyta eldőlni a kapálózó holtat. Hegyes vége beakadt a fűbe, majd amikor a zombi megdőlve csapkodni kezdett a karjaival, a mozgás hatására egyre mélyebbre szúródott a hegye a talajba. Az élőholt teljesen elakadt. Ha megölni nem is sikerült, de legalább jó időre mozgásképtelenné tették!

Clarence közben még mindig szurkálta és lökdöste saját ellenfelét. Neki még nem sikerült megállítania, de talán nem is igazán adott bele ahhoz mindent. *Valahogy* nem akarta annyira megmenteni Leirt. Inkább csak azért csinálta az egészet, hogy ne mondhassák később, hogy ő nem vette ki a részét a harcból. De azért azzal, hogy távol tartotta tőle az egyiket, így is hagyott Leirnek egy kis időt, hogy az összeszedje magát, és esélye legyen a túlélésre.

Leir közben még egyszer oldalra fordult a talajon, hogy a felé kúszó nőtől megfelelő távolságba kerüljön, de az oda is utána jött! Fogait csattogtatva mászott egyre közelebb, olyan arckifejezéssel, mintha mosolyogna. Valószínűleg csak az öntudatlan, éhes vicsorgás torzította el halott arcát, de egy kísérteties pillanatra Leirnek valóban eszébe jutott, hogy a nő örül, hogy mindjárt beleharaphat!

Már majdnem elérte őt a „mosolygó" vénasszony!

„Miért nem vágtam még néhány ágat?" – jutott Leir eszébe kétségbeesetten. „Akkor talán most lenne mivel távol tartanom! Vághattam volna még párat a baltával... Tényleg: *a balta!*"

Odakapott övére csatolt fegyveréhez, de a tok üres volt! Estében valahogy kihullott a balta az övre akasztható tartóból. Ekkorra a nő olyan közel ért hozzá, hogy már meg is tudta volna ragadni. Nyúlt is oda egyből, hogy elkapja őt, és beleharapjon. – Segítsetek! – kiáltotta Leir az utolsó pillanatban.

Nola nem tudott igazán segíteni, mert elvesztette egyetlen fegyverét, így dr. Bundle-ön volt a sor:

A doktor dárdáját magasan feje fölé lendítve lecsapott! Beledöfte az ág hegyes végét a földön kúszó nő tarkójába. Az ág alul kibukkanó vége belefúródott a viszonylag puha tulajba, egyszerűen odaszegezte a nőt a földhöz, mint egy bogarat!

Nola közben lelökte a másik zombit a lejtőn, akivel Clarence – látszólag – nem bírt, aztán odabicegett a férjéhez, és felsegítette a földről. Clarence némi haragot és csalódottságot érzett, mivel dárdájával szívesebben szúrta volna át inkább a földön fekvő Leir mellkasát. De ennek sajnos *még* nem jött el az ideje.

Közben már közel voltak a hídhoz, ahonnan a kis utcákon keresztül eljuthatnak majd Clarence apjának házáig. Leir is erre gondolhatott, miközben feltápászkodott, ugyanis elkiáltotta magát:

– Fussunk! Nem engedhetjük még egyszer ilyen közel őket! Clarence, mutassa az utat!

Első fejezet: Az erőd

Átrohanva a hídon, ahol még a patakparton tolongó zombik vethettek rájuk egy utolsó pillantást, befutottak a kanyargós, szűk mellékutcákba, és végre eltűntek a szemük elől. Itt már sokkal nyugodtabb volt a helyzet. Mindhárman fellélegeztek. Valóban a patakpart környéke vonzhatta őket valamiért, mert ahogy egy utcával távolabb értek, máris alig láttak egyet is! Ezt a keveset pedig könnyen kikerülték biztonságos távolságból: Minden alkalommal átmentek inkább az utca túloldalára, ha az ő oldalukon épp botladozott egy.

Clarence mutatta az utat, és mondta, hogy mikor merre kanyarodjanak. Borzasztó zilált állapotban volt: Verte a víz, öltönye is több helyen kirepedt, hátán, vállán és az egyik könyökén is. Nem volt kicsi neki, hanem egyszerűen csak nem arra tervezték, hogy az ember dárdákkal gladiátorszerű harcokat folytasson benne élőholtak ellen. Na meg Clarence túlsúlyos is volt ugye. Mindig úgy érezte, hogy az összes ruha feszül rajta. Némelyik öltönyéből direkt egy számmal nagyobbat vett emiatt, sőt olyan is, amit csináltatott. Azt egy kicsit bővebbre és kényelmesebbre szabatta, hogy ne legyen olyan passzos. Mégis minden úgy állt rajta, hogy majd' szétrepedt, ha mozdulnia kellett valamerre. Gyerekkora óta tartott tőle, hogy egyszer még mások szeme láttára szét fog szakadni rajta a ruha, mert annyira kövér. Nos, most bebizonyosodott, hogy félelmei nem voltak teljesen alaptalanok, úgyhogy legalább az a tudat megnyugtathatta, hogy végig igaza volt ebben is. Ám ez jelenleg csekély vigaszt nyújtott számára.

Szégyenkezve próbálta a zakó anyagát kicsit összehúzni a vállán, hogy a nő nehogy meglássa: Clarence olyan egy kövér disznó, hogy leszakad róla a ruha, ha csak moccani is próbál. Igyekezett megigazgatni magán, hogy ne látsszanak annyira a repedések. Talán inkább le is kellett volna vennie, mert csak zavarta a mozgásban... Éppen ezen gyötrődött magában, hogy mit csináljon, amikor...

Végre megérkeztek az „erődhöz"!

Leir és Nola elképedve nézték a kerítést, azaz falat, ugyanis Clarence nem túlzott: egy körülbelül hárommáteres betonfal vette körül a birtokot! Kívülről nem is látszott, hogy mi van a falon túl, házat sem láttak odakintről.

A szűk kis utcában olyan magasra ért a betonfal teteje, hogy nem lehetett elég távol menni ahhoz, hogy az ember belásson felette a kertbe. Ezért még a ház tetejét sem látták. Olyan volt, mintha odaát egy másik világ lenne, amiről semmi mást nem lehet tudni, csak azt, hogy ott talán jobb az élet. Majdnem, mint egykor Németországban, a Berlini Fal esetében, csak akkor a túloldalon rosszabb volt a helyzet... most viszont inkább *halálos*.

A fal felett mindössze néhány lámpaoszlop-szerűség csúcsa látszott, más nem. Reflektorok lettek volna rajtuk? Olyanok, mint amilyeneket az ember futballmeccseken lát a stadion sarkaiban? Kintről nézve olyan érzésük támadt, hogy talán nem is *ház* lehet a túloldalon, hanem inkább egy sportpálya. Flow-ék egymásra néztek, és valószínűleg mindketten ugyanerre gondoltak.

– Jöjjenek csak – találta ki Bundle, hogy épp min jár az eszük: – Kicsit fura az öreg, de itt tényleg nagyobb biztonságban leszünk!

A hatalmas betonfal mellett haladva elérték a kaput. Ez egy tömör, fémből készült zsilipszerűség volt, amit oldalra húzott el a tulajdonos – vagy az automata rendszer. – A bejárat is inkább olyan volt, mint egy üzemé, ahová kisebb teherautók és furgonok hajtanak be, és nem olyan, mint egy családi ház nagykapuja.

Oldalt nem volt név látható a kaputelefonon, csupán egyetlen gomb volt rajta, alatta néhány réssel a hangszóró számára. Clarence megnyomta egyszer a gombot, és elengedte. Láthatóan ismerte már valamennyire a járást.

Sajnos azonban a hangszóróból nem jött válasz. A kapu sem nyílt ki. Pedig ideje lett volna már bejutniuk! Habár az utcán nem volt sok zombi, csak négy lézengett céltalanul, ennyi idő alatt viszont az összes észrevette őket, és elkezdtek feléjük tántorogni. Ha mind a négyen odaérnek hozzájuk, akkor komoly bajban lesznek!

Közben már egy ötödik is tápászkodott!

Ebben az utcában több holttest is feküdt az út mentén. Az egyiknek teljesen szét volt roncsolva a feje, két másiknak pedig még hiányzott is. Vagy természetes halált haltak valamilyen balesetben, ami ilyen sérüléseket okoz, és ezért eleve fel sem tudtak támadni haláluk után, vagy zombiként intézte el így őket valaki. Más utcákban nem láttak ilyet, de nem is volt idejük megvitatni mindezt, mert az élőholtak kezdtek egyre közelebb érni hozzájuk!

Amelyik az imént kezdett csak talpra állni, egy kislány volt. Először mocorogni kezdett, aztán felemelte félig letépett arcát a véres porból, és rájuk nézett. Ajkai és orrának egy része hiányzott, mintha leszakították volna. Korábban, amikor befordultak az utcába, ez a gyerek még mozdulatlanul feküdt, arccal lefelé a porban. Nola még meg is nézte magának, és elképzelte, milyen gyönyörű kislány lehetett életében. Most viszont már nem az. Sem kislány, sem gyönyörű! Szemei és szája tele volt vérmocskos homokkal. Nem is biztos, hogy egyáltalán látta őket...

De sajnos igen! Először kicsit más irányba nézett ugyan, de aztán tökéletesen beirányozva magát feléjük fordult, és lábra állt!

Leir azt gondolta, még nincs olyan nagy a baj. Eltart vagy tíz másodpercig, amíg eléri őket, mivel mindegyik zombi elég lassú. Vagy ha még hamarabb oda is ér hozzájuk, *egy gyerekkel* már csak elbánnak hárman!

– Ajjaj! – tört elő Nolából a kétségbeesés.

– Mi a baj? – kérdezte Leir.

– Láttunk már egy ilyet a metrón – válaszolta.

– Zombit?

– Gyerekzombit. Iszonyú gyors volt! Sokkal rosszabb, mint a felnőtt fajta! Szinte száguldott, mint egy veszett kutya, aki bosszúra szomjazik! Ha ez is olyan, akkor nagy szarban vagyunk!

Úgy tűnt, Clarence is egyetért Nolával, mert remegett a hangja, miközben újra megnyomva a gombot, beleszólt a kaputelefonba:

– *Mi lesz már, Apa?! Nyisd ki ezt a rohadt kaput!*

Ekkor reccsenés hallatszott a hangszóróból. Majd még egy. De még mindig nem jött válasz. Clarence folytatta:

– Apa, hallasz? Clarence vagyok! Nyisd már ki!

Újabb reccsenés..., majd valaki beleszólt:

– Clarence, tényleg te vagy? Megharaptak? Van rajtad sérülés?

Közben a kislány már talpon volt, majd futásnak eredt! Egyenesen feléjük!

Leir előrántotta övéből a baltát, és a feje fölé emelve a gyerek felé indult.

– Vigyázz! – sikoltotta felesége aggódóan. – Nagyon gyors! Ne menj oda! Nem bírsz el vele egyedül! Leir nem hallgatott rá. Határozott, gyors léptekkel haladt a gyerek felé. Az viszont *száguldott* Leir irányába! Úgy látszott, összecsapnak majd, mint két lovag a középkorban. Normális esetben, ha két élő emberről lett volna szó, nevetségesnek tűnt volna az egész, ahogy egy nyolcévesforma szőke kislány nyári ruhácskában vészjóslóan egy száznyolcvan centis, izmos, felnőtt férfi ellen rohamra indul. De ez nem számított normális esetnek, hisz az *egész világ* nem volt többé normális.

Közben a kapu halk szisszenéssel elkezdett félrehúzódni. De nem lett volna már idejük becsusszanni a keletkezett résen. A kislány túl gyorsan szaladt, és rohamosan közeledett! Valóban jól gondolta hát Leir, hogy nincs más választásuk: inkább szándékosan száll szembe vele egyedül, minthogy egyszerre mindhármukra rontson rá a gyerek kiszámíthatatlanul, hogy aztán azt se tudják, kire támad rá először!

Clarence gyorsan megiramodva belépett a kapun, és kezét Nola felé nyújtotta:

– Jöjjön, nem maradhat ott kint!

– Nem hagyhatom itt! – válaszolta a nő halálra vált arccal.

Clarence nem tudta, mit válaszoljon erre. Szíve szerint gondolkodás nélkül, kíméletlen erővel maga után rántotta volna a nőt, mert egyáltalán nem érdekelte, hogy akkor mi történne a férjével odakint egyedül. Azért nem tette csak meg, mert tudta, hogy Nola ezt sosem bocsátaná meg neki. Így inkább zakóujjával letörölte homlokáról az izzadtságot, és nem válaszolt semmit. De nem is lépett ki újra a kapun. Odabent várt inkább. Annyit még a nő sem ért neki, hogy meghaljon érte.

Ekkor találkozott össze Leir a kislánnyal! A férfi az utolsó pillanatban felemelte jobb lábát, és a gyerek nemes egyszerűséggel arccal beleszaladt Leir cipőtalpába! Olyan lendülettel futott neki, hogy egyből hanyatt esett. Feje koppant is egyet a betonon, de nem úgy tűnt, hogy nagyon fájna neki, vagy legalábbis egy ideje biztos nem érzett fájdalmat. Egyből kezdett is újra talpra kecmeregni, valóban ijesztően hasonló módon ahhoz, amit korábban Noláék láttak a metrón.

Leir nem várta meg udvariasan, amíg a gyermek feláll, hogy felkészüljön a „második menetre", sőt nem is szaladt oda segíteni neki. Helyette inkább:

A baltával, melyet eddig vészjóslóan felemelve tartott, most lesújtott! A gyerek fejét célozta meg, de elvétette! A balta hegye tíz centivel a kislány sérült arca mellett nagyot csendült a betonon! Leir fájdalmasat grimaszolt. A balta a kemény, átvághatatlan felszínbe ütközve valószínűleg visszarúgott, és a becsapódás ereje visszafutott a balta nyelén keresztül egészen a férfi vállízületéig. Olyan érzés lehetett, mintha saját magát ütötte volna vállon a balta nyelével. A kislány fektében egyből a hang irányába fordult, ahol csattant a fém a betonon.

– Ezek szerint a zombik nemcsak látnak, de hallanak is, most már mindannyian biztosak voltak benne.

Azonban a gyerek figyelmét csak egy pillanatra vonta el a zaj, mert máris visszakapta a fejét Leir irányába. Kinyitotta a száját, és kaffogó hangokat adott ki, mint egy haldokló kutya. Leir nem várta meg, hogy még egyszer felkeljen! Nem akart újra a baltára hagyatkozni, mert félt, hogy ismét elvéti. Ráadásul ki is csorbulhatott az éle és a hegye, amikor a betonra csapott vele. Így lehet, hogy már nem sikerült volna szétvágnia a gyerek fejét. Ezért most inkább a hagyományos „börtönmódszereket" részesítette előnyben: tiszta erőből rátaposott a kislány arcára!

Nola tátott szájjal nézte az eseményeket. Nem is igazán tudta eldönteni, mit gondoljon. Azt, hogy hihetetlen, hogy a férje ilyen kegyetlenségre is képes, hogy agyontaposson egy gyereket... vagy inkább azt, hogy az *egyedül is* képes elbánni egy olyan síron túli, őrjítően veszélyes lénnyel, amelyik a metrón perceken át tehetetlen rettegésben tudott tartani vagy ötven embert?

Férje valószínűleg pont magasról tett rá, hogy ki mit gondol róla e pillanatban: Többször nagy lendülettel beletaposott a gyerek képébe. A negyedik alkalommal fel is ugrott egy kicsit a levegőbe, és felhúzta a jobb térdét mellmagasságig. Így zuhant vissza, majd becsapódáskor kirúgott a lábával, és akkorát taposott a pici, szőke fürtöcskékkel borított fejre, hogy az „sajnos" kettészakadt! – Van ilyen!

Közben már a többi zombi is kezdett vészesen közeledni, úgyhogy Leir, kilépve a pépes masszából – ami azelőtt egy fej volt –, sietősen a kapuhoz „tocsogott", és beoldalazott a Bundle által szűkre hagyott résen keresztül a kertbe. Nolát is húzta magával.

Clarence kimeredt szemekkel nézte Leirt, miközben a kapu becsukódott végre utánuk. Leir látván a másik döbbent arckifejezését, mindössze ennyivel kommentálta a történteket:

– Amúgy sem vagyok nagy gyerekpárti. – Nola ekkor egy pillanatra elmosolyodott. Nem bírta megállni. Még ilyen borzalmas körülmények között is... férje mindig tudott mondani valami hülyeséget, amin röhögnie kellett. Persze csak azért nevetett volna, mert tisztában volt vele, hogy Leir csak viccel. Imádta érte, hogy ilyen. Nyilván csak azért mondta, hogy oldja a feszültséget. Egy ilyen helyzetben végül is mi mást tehet az ember? Sírjon rajta, hogy egy gyermek meghalt? Nem ő ölte meg! Már akkor halott volt, amikor ők befordultak ebbe az utcába! Nola tudta jól, hogy Leir nem tehetett mást. Ha nem állítja meg azt a gyerektestbe bújt kis ördögöt, már talán mindhárman fertőző harapásoktól szenvednének!

Clarence egy enyhe mosolyt erőltetve magára inkább nem válaszolt semmit. Azért sem, mert magában azt gondolta:

„Micsoda egy állat! Ez tényleg egy igazi pszichopata! *Én* bezzeg sosem bántanék egy gyereket!"

Második fejezet: A „nagy depresszió"

Hosszú és nehéz korszak kezdődött el mindannyiuk életében. Az erődből, valóban úgy tűnt, hogy nem nagyon van hová menni. Odakint óráról-órára egyre rosszabb lehetett a helyzet. Bundle-nek igaza volt abban, hogy jelenleg egy ilyen helyen nagyobb biztonságban vannak, mint bárhol máshol.

Clarence apját Zack Bundle-nek hívták. Egyedül élt a nagy házban. Első pillanattól kezdve szimpatikus volt a házaspárnak, nem is értették, miért él magányosan, elzárva a világtól. Nem nagyon hasonlítottak egymásra a fiával. Clarence kövérkés, kopaszodó, szemüveges, vörös hajú ember volt. Zack pedig egy ötvenes évei vége felé járó, őszülő szőke hajú, izmos, sportos alkatú, bajuszos, jóképű férfi. – Később megtudták tőle, hogy egész pontosan ötvenhét éves, tehát valóban nagyon jól tartotta magát.

Leir attól félt, hogy mogorva alak lehet az, aki így egyedül él egy ilyen erődítményszintű házban, de tévedett. Zack humoros alkat volt, velük is, fiával is gyakran viccelődött. Annak ez szemmel láthatóan nem igazán volt ínyére. Habár udvariasan és tisztelettudóan viselkedett apjával, nemigen reagált a vicceire, és nem mosolygott, ha az ilyen hangot ütött meg vele. Pedig apja tényleg jó humorú, barátságos ember volt, Clarence mégsem vette a lapot. Apja egyébként vele is kedvesen bánt. Legrosszabb esetben elsütött egy-két ártalmatlan pocakos viccet a fiáról, de ennél messzebb azért nem ment. Clarence elég rosszkedvű volt innentől kezdve, és ritkán szólalt meg.

* * *

Eltelt két nap.

A házban sok szoba volt. Egész pontosan hét. Mindenkinek jutott hely bőven, jól elfértek. Tulajdonképpen még akár kellemesen is érezhették volna magukat... ha mondjuk, nyaralni jönnek ide, és nem a világvége eseményei sodorják véletlenül erre őket.

Az erődben nem sok kapcsolatuk volt a külvilággal. Nola rákérdezett, hogy van-e számítógép és internetkapcsolat a házban. Kiderült, hogy van, de nem működik. Zacknek volt internet-előfizetése, mégsem lehetett rákapcsolódni. Az óta a bizonyos hétfői nap óta teljesen elment az internet. Még a környékbeli időnként felbukkanó, ingyenes Wifi hotspot-okra sem lehetett rákapcsolódni, az elmúlt napok során még azok is eltűntek.

Eltelt egy újabb nap.

A TV volt az egyetlen információforrásuk. Az azért egyelőre még működött. Bár a csatornák nagy része elment – köztük sajnos az összes magyar adó is –, néhány külföldi csatorna még üzemelt, és bár nem sok műsor volt napközben, az esti híradó mindennap jelentkezett, és abból azért jutottak néha valami új, használható információhoz.

A hírekből megtudták, hogy Magyarországon kezdődött el az egész jelenség, azaz „a járvány" – így emlegették. – Azt mondták, hogy Budapestről indult, a belvárosból. Sem az okát, sem a pontos helyét nem ismerték annak, hogy hogyan és miért kezdődött el a végzetes láncreakció.

A belvárosban vált a legrosszabbá a helyzet. A munkahelyeken és mindenhol máshol is megállt az élet. Napok óta nem volt hajlandó senki dolgozni menni. A tömegközlekedés szintén leállt. Autóval sem járt senki.

A híradóban mutattak külső felvételeket, de még a legbátrabb operatőrök sem mertek kimerészkedni, hogy személyesen, saját kezűleg videóra vegyenek valamit. A hírekben bemutatott felvételek kizárólag térfigyelő és biztonsági kameráktól származtak, amelyek bankok előtereiben és ATM automatáknál működtek. Nagyon rossz minőségű, fekete-fehér, hang nélküli felvételek voltak. Azt azért mégis ki lehetett venni belőlük, hogy mi történik:

Semmi jó.

Pontosan azt látták történni mindenhol, amit korábban Nola és Clarence a metróban is látott: teljes káosz uralkodott mindenütt! Sok helyen holtak üldözték, tépték, ölték az élőket. Másutt már túl voltak mindezen, és csak lézengő zombik járkáltak mindenfelé. A járvány már azóta nemcsak Magyarország teljes területére terjedt ki, de egész Eurázsiára is.

A híradó szerint az európaiak atomcsapástól tartanak, ugyanis az Egyesült Államokra még nem terjedt ki a járvány. Attól féltek, hogy azok önvédelemből megsemmisítő csapást mérhetnek Eurázsiára, hogy ne terjedhessen át hozzájuk a fertőzés. Ezeket a híreszteléseket az Államok nem erősítette meg, de sajnos *nem is tagadta*.

A TV-ben látott felvételeken nem csupán lézengő holtakat, de fosztogatókat is elég gyakran lehetett látni. Ugyanis még ha a legtöbb ember be is zárkózott otthonába, és ki sem dugta onnan az orrát, *fosztogatni* azért páran csak előjöttek! A legundorítóbb az volt, hogy nem kizárólag élelmiszert loptak a boltokból, de műszaki cikkeket, értéktárgyakat, sőt még ékszereket is! Úgy tűnt, az emberiségnek nemcsak egészség és biztonság szempontjából voltak végnapjai ezek, de erkölcsileg is.

„Viselkedésükkel az emberek nem csupán teljes lealjasulásukat bizonyítják, de buta optimizmusukat is – gondolta Nola. „Ugyanis minek bárkinek ékszer, ha már nem lesz hová felvenni? Mire jók a több százezer forintos mobiltelefonok, ha úgysincs már térerő hozzájuk, sem pedig internet? Talán azt gondolják, hogy ez az egész krízis egyszer majd úgyis véget ér. Vagy megoldja a kormány előbb-utóbb, vagy ha az nem, akkor a hadsereg. Ha nem is a miénk, akkor egy másik országé." De Nola erre nem sok esélyt látott, mivel már a többi ország is ugyanettől a problémától szenvedett. Amelyik meg nem, az akár Magyarországnak is támadhat önvédelemből. „Ha valaha is túléljük ezt..." – gondolta szomorúan, „ékszert jó ideig akkor sem lesz kedve senkinek hordani. Örülünk, ha enni lesz kedvünk, és ha lesz is majd mit."

Nekik is szűkösek voltak a készleteik, azt viszont el sem tudták képzelni, hogy mások hogyan boldogulnak odakint.

Zack tanácsára vezetékes vizet egyáltalán nem használtak. Palackozott vizet ittak csak, amiből nagy mennyiség volt a pincében. Fürdéshez esővizet használtak, amit Zack évek óta gyűjtött egy erre a célra kialakított saját vízvezeték-rendszer segítségével. Enni csak a pincében található konzerveket ették, vagy csak olyasmit, ami a kertben termett.

Nola válogatás nélkül mindenfélét evett. Leir inkább Zack veteményesének és gyümölcsfáinak termését élvezte. Amióta negyven kilót fogyott és vitaminokat szedett, valamiért nagyon megszerette a gyümölcsöket is. Nemcsak testileg változott a fogyás alatt, de az ízlése is az ételeket illetően. Néha nem is kívánt mást, csak gyümölcsöt. Most is már napok óta elvolt palackozott vízen és a kertben szedett almán. Néha zöldséget is fogyasztott mellé „köretnek". Sem élelmiszert, sem innivalót nem hoztak be kintről. Igazából nem is volt szükségük másra, azaz olyasmire, ami a birtokon eleve ne lett volna meg amúgy is. Leirnek viszont fogyóban voltak a gyógyszerei. Ez az egy dolog már a közeljövőre nézve is gondot jelentett. A többiek nem szedtek gyógyszereket, még Zack sem, Leir viszont jó sokat betegeskedett az utóbbi években, és nem volt túl sok kedve hozzá, hogy valamelyik problémája folytatódjon vagy újrakezdődjön.

Előbb-utóbb ki kell majd menniük valahonnan gyógyszereket szerezni. Nemcsak Leirnek, de a többieknek is. Lázcsillapítót, fájdalomcsillapítót, antibiotikumot, fertőtlenítőszert... Ilyesmi sajnos nem volt a házban. Zack azt mondta, nem igazán betegeskedő típus, és neki ritkán van szüksége ilyesmire.

Legalábbis eddig...

Harmadnap ugyanis az öreg rosszul lett vacsora közben. Fejfájásra és hányingerre panaszkodott. Később hányt is. Valószínűleg hőemelkedése is volt, de mivel sosem tartott otthon gyógyszert, így nem tudott mit bevenni rá, és kínjában inkább korán nyugovóra tért, hátha majd az alvástól jobban lesz.

Így, hogy Zack rosszul érezte magát, még rosszabb kedve lett mindenkinek. Főleg Clarence-nek, aki egy ideje már szintén nem volt túl jó bőrben. Annak ellenére, hogy nem igazán vette a lapot apja viccelődéseire, úgy tűnt, mégis nagyon szeretheti. Könnybe is lábadt a szeme, amikor apja elment aznap korán lefeküdni, tényleg nagyon aggódhatott érte szegény.

Mindannyiukra rátelepedett a kilátástalanság és a céltalanság lélekromboló érzése. Eleinte olyanokat mondogattak, hogy „Kimegyek a kertbe zöldségért... bár nem mintha lenne értelme.", vagy „Mindjárt kezdődik a híradó. Bár, nem mintha lenne miért megnézni.". Kezdetben inkább csak vicceltek ilyenekkel, de ahogy teltek a napok, egyre inkább úgy érezték, hogy tudat alatt már előre megjósolták azt, ami majd be fog következni: a céltalanság miatti levertség és szorongás kezdte elvenni az életkedvüket.

Ugyanis az ember csak akkor lehet boldog, ha célja van. Nekik pedig egyelőre nem volt, és úgy látták, talán nem is lesz soha többé.

Habár Leir szénája már azelőtt sem állt túl jól céljaival kapcsolatban, de azért mégiscsak állt legalább valahogy. Lehet, hogy a zenélésnek már nem sok értelmét látta, az írás pedig még gyerekcipőben járt, mégis legalább csinált valamit azon kívül, hogy eszik és alszik. Aggasztotta, hogy fogyóban vannak a gyógyszerei. De azzal nyugtatta magát, hogy egyik betegsége sem halálos. Ha elfogynak a gyógyszerek, kihúzhatja nélkülük akár hónapokig is, sőt egy kis szerencsével akár évekig! Talán szenvedni fog nélkülük... talán úgy fog szenvedni, mint egy kutya, de akkor is legalább élni fog! Amibe nem hal bele, az erősebbé teszi. Ezt mondogatta magának, hátha akkor nem érzi majd a félelem mardosó kínját, ami már napról napra egyre jobban kezdte felemészteni.

Az is aggasztotta, hogy Clarence nagyon maga alatt van. Nem tudta pontosan, mi lehet a baja – a világban zajló eseményeken kívül persze, mert azok mindenkit nyomasztottak –, de Bundle tényleg nagyon szűkszavú lett az utóbbi időben. Válaszolni sem volt hajlandó szívesen. Új témákba pedig egyáltalán nem is kezdett bele.

Nola sem szerette a munkahelyét, de némely alkalommal már visszasírta. Mindig is dolgozott. Így eleinte még élvezte is a semmittevést, de aztán rájött, hogy hosszútávon ennek nem lesz jó vége. Minél több ideje volt gondolkozni, annál több ideje lett aggódni és félni is. Még életében nem félt ennyit korábban. Pedig akadtak húzós korszakaik bőven, akkor mégsem volt soha annyi ideje agyalni az egészen, mint most. Ott tartott, hogy nemcsak attól fél, hogy lebombázza őket Amerika, de már attól is, hogy mi van, ha a zombik egyszer mégis átjutnak valahogy azon a betonfalon? Nem mintha azok a dögök olyan jók lettek volna falmászásban, de félelmei kezdtek irreális méreteket ölteni, pusztán attól, hogy volt ideje őket szellemileg kidolgozni és alaposan végiggondolni. Az is sokszor felmerült benne, hogy mi lesz, ha nem a zombik, hanem az élők fognak egyszer majd betörni hozzájuk, hogy mindenüket elvegyék, és erőszakkal kitúrják, elűzzék őket innen. Mi lesz, ha már olyan kevés ember lesz a Földön, hogy képesek lesznek majd egy pohár tiszta vízért vagy kukoricakonzervért is ölre menni?

Most pedig mindennek a tetejébe még az is aggasztani kezdte, hogy mi lehet szegény Zackkel. Az utóbbi napokban nagyon megkedvelte az idős férfit. Attól tartott, hogy ha Zack valami fertőzést kapott, akkor gyógyszerek nélkül komoly baja is lehet. Arra gondolni sem mert, mi lesz, ha szervi baja van, és esetleg orvoshoz vagy akár kórházba kéne vinni. Azaz, hogy egész pontosak legyünk, *gondolt* ő már arra is. Főleg ilyeneken járt az esze ugyanis napok óta: csak a legrosszabbakon. Az sem töltötte el különösebb örömmel, hogy férje gyógyszerei is fogyóban vannak, és Clarence is nagyon levert, valamint nem is néz ki túl jól. Mi van, ha Zack és fia is betegek mind a ketten? Lehet, hogy azoknál is így kezdődött, akik most az utcán lézengenek *holtan*?

És mi lesz velük, ha az öreg meghal?

Zack igazi kis önműködő ökoszisztémát alakított itt ki magának. Egyedül ő tudta, mi hogyan működik. Nélküle nem lettek volna képesek használni a berendezéseket.

Korábban ugyanis Zack mérnök volt. Mezőgazdasági öntözőrendszereket és melegházakat tervezett. Napelemekkel is foglalkozott, és azok növénytermesztésben való felhasználásával, valamint önműködő rendszerek napenergiával történő működtetésével. Ezért volt ilyen a háza is. Clarence túlzott azzal kapcsolatban, hogy az öreg túl óvatos. Ez neki inkább szakmai gyakorlat és hobbi volt, hogy saját házát és kertjét is ilyenre alakította. Zack korán nyugdíjba kényszerült egy üzemi baleset miatt. Egy melegház fűtőrendszeréből kitörő gőz elkapta a mellkasát, és károsodott a tüdeje. Alapvetően jó erőben és állapotban volt, de azóta nem bírta elviselni a párás, nehéz levegőt. A gőz maradandó kárt okozott a tüdejében, ezért már nem bírt párás melegházakban dolgozni, azok korszerűsítésével foglalkozni.

Kapott érte annyi kártérítést, hogy bőven megélt belőle, de azóta így egyedül élt itt, és már csak otthon, hobbiból dolgozgatott ilyen kütyükön.

Mind a hatalmas kertjéhez tartozó öntözőrendszert, mind a házban használt esővízgyűjtőt és lefolyórendszert úgy tervezte meg, hogy ő könnyedén tudja használni. Az fel sem merült benne közben, hogy másnak is szüksége lehet arra, hogy kezelje a berendezéseket, ha vele történne valami. Hiszen egyedül élt. Ki más használhatta volna? Ezért leírást sem készített semmihez, és feliratok sem voltak a gombok és karok alatt. A többiek azt sem tudták például, hogy a tetőn kialakított vízgyűjtőt hogyan kell eső idején felnyitni, és hogyan lehet leengedni belőle vizet a fürdéshez. A rendszer egy része árammal működött, gombokkal és elektromos vezérléssel, a többi pedig mechanikus szerkezetekkel, amihez fizikai erő kellett, hogy valaki képes legyen teljesen lehúzni a megfelelő kart vagy átfordítani a másik állásba.

A vezérlő – Zack így hívta –, ami korábban a ház előző tulajdonosánál még elvileg hálószoba volt, most a rengeteg világító leddel és digitális kijelzőkkel úgy nézett ki, mint egy science fiction film díszlete. Bizonyos részei pedig úgy, mint egy régi gőzmozdony vezetőfülkéje: karokkal, nyomásmérőkkel, szelepekkel és kacskaringós csövekkel.

Ezért is aggasztotta Nolát, hogy mi lesz velük, ha Zackkel történik valami. Ők nem fogják tudni nélküle kezelni ezeket a bonyolult berendezéseket.

Szerencsére Zack másnap reggelre kicsit jobban lett, úgyhogy Nola aggodalma is csökkent egyelőre. Pontosabban visszatért arra a szintre, ahol előtte tartott: egész nap levert volt és rosszkedvű. De legalább Zack miatt most épp nem kellett aggódnia.

Habár a négy ember hangulata nem volt túl vidám, azért alapvetően békességben és a körülményekhez képest kellemesen teltek napjaik.

Egészen addig, amíg betolakodók nem érkeztek.

Harmadik fejezet: Betolakodók

A negyedik napon megszólalt a kaputelefon.

– Ne vegyétek fel! – rohant oda Clarence kiabálva.

– Miért? – kérdezte Nola. – Nem tudhatjuk, ki az. És ha segítség érkezett? Lehet, hogy katonák azok, és kivisznek innen mindannyiunkat. Vagy az is lehet, hogy egy hozzánk hasonló ember, akinek segítségre van szüksége. Meg kell hallgatnunk legalább, hogy ki az és mit akar.

– Semmit nem *kell* meghallgatnunk – mondta Clarence dühösen. – Igen, lehet, hogy egy segítségre szoruló, de az is lehet, hogy egy manipulatív gazember, aki el akar szedni mindent, amink csak van! Vagy akár meg is akar ölni mindannyiunkat! Lehet, hogy többen is vannak, és fegyverrel jöttek!

– Ugyan már, fiam, ne beszélj marhaságokat – szólt közbe Zack. Habár a férfi egy kicsit jobban nézett ki, mint tegnap este, azért most sem volt túl jó bőrben. Ettől függetlenül tartotta magát, és nem panaszkodott, még annyit sem, mint előző nap. – Ha meg akarnának támadni, bedobnának pár Molotov-koktélt, és szépen kifüstölnének minket innen vagy ránk gyújtanák az egész házat. Még ha az emberek nem is mernek sehová autóval menni, benzint meg üres üveget azért még találni. Miért csöngetnének be udvariasan, ha gyilkolni jöttek volna? Hiszen...

– Pontosan azért! – vágott közbe Clarence türelmetlenül. – Azért, csöngetnek, hogy ne gondolj rá, mit akarnak valójában! Ismerem a fajtájukat!

– Felveszem – jelentette ki Leir. – Zacknek igaza van. Ha be akarnak jönni, úgysem tudjuk sokáig megakadályozni őket benne. Ha viszont segíteni tudnak, arra nagy szükségünk van. – Végignézett a többieken. Zacknek és Nolának nem volt ellenvetése. Clarence durcás arccal leült. Grimaszolt, akár egy sértődött gyerek. Azóta, hogy ide megérkeztek, tulajdonképpen végig ilyen volt. Az a felfuvalkodott hólyag, aki közölte Leirrel, hogy nagy rajongója, és rámenősen kezet nyújtott neki, valahogy nyomtalanul eltűnt az utóbbi napokban.

Leir felvette a kaputelefont, és beleszólt...

* * *

Kiderült, hogy két szomszéd család csengetett be. Az egyiknek elfogyott az ennivalója, és éhezni kezdtek, a másik család segítséget keresve indult útnak, mert lányuk súlyos cukorbeteg, és fogyóban volt az inzulinjuk.

Az "éhező" család egy ötvenes házaspár volt, Tom és Ingrid, továbbá Ingrid hetven feletti, idős édesapja, Jonathan. A másik család a negyven körüli Jim, és felesége, Ruth volt, továbbá cukorbeteg, tizennyolc éves kamaszlányuk, Emma. Jim és Ruth vékony, sportos alkatú emberek voltak. Szőke hajú lányuk viszont enyhén túlsúlyos. Szülei szerint a cukorbetegség miatt.

Zack megengedte a két családnak, hogy ők is maradjanak. A házban volt még három üres szoba.

A családok kedves, jóravaló emberekből álltak. Bár Jonathan, a nyugdíjazott egykori katonatiszt elég idegesítő tudott néha lenni. Szeretett parancsokat osztogatni úgy, hogy azt sem tudta, miről mond véleményt, vagy mibe szól bele. De azért alapvetően nem tűnt rossz embernek ő sem.

Leir barátkozott össze először valakivel a két családból. Jókat beszélgetett esténként Tommal, az idősödő angol nyelvtanárral. Leir gyakran kérdezgette őt a szakmájáról; szemmel láthatóan érdekelte a téma. Néha magáról a tanításról is kérdezte, de legtöbbször inkább csak az angol nyelvtanról. Tomnak imponált a férfi őszinte érdeklődése, és ő is kérdezgette arról, hogy miről ír, azaz írt, mielőtt a járvány elkezdődött. Leir mesélt a már eddig elkészült regényeiről, és a jövőben megírandókról is, "melyek már sosem jelennek meg" – tette többnyire hozzá szomorúan.

Leir már korábban is gyakran beszélgetett a többiekkel. Akkor inkább Zackkel társalgott. Kérdezgette a házban található kütyük működési elvéről és használatáról. Érdekelte és szórakoztatta ez a téma is. Zack szívesen mesélt ezekről, örült neki, hogy van valaki legalább, akit érdekel mindez. Saját fiával nem nagyon beszélgetett ilyesmiről, mert az nem igen érdeklődött a téma iránt.

Sőt, más téma iránt se nagyon.

Az volt a fura, hogy Zack a jelek szerint jobban kijött Leirrel, mint a saját fiával. Lehet, hogy Leir valamiféle pót apafigurát látott az öregben, mert annak idején ő sem jött ki túl jól saját apjával, akárcsak Clarence. Esténként jókat beszélgettek az öreggel vacsora közben, ami Leir számára többnyire saját maga által készített sült almából és a kertben szedett paradicsomból állt, az öreg pedig konzerveket evett, amiket többnyire Clarence bontott ki neki kedvesen. Amióta viszont Zack gyengélkedett – az óta az első rosszullét óta sajnos továbbra sem jött rendbe teljesen –, elmaradtak már késő éjszakába nyúló beszélgetéseik.

Nola Ruth-szal barátkozott össze. Korban és mentalitásra is hasonlítottak. Mindketten szókimondóak, értelmesek és jó humorúak voltak. Ingrid (Tom felesége) nem igazán tűnt barátkozós típusnak, viccelődősnek meg pláne nem. Többnyire faarccal ült egymagában, és nem szólt senkihez. Állandó haragban állt a világgal. Konkrét oka nem lehetett egyikükre sem neheztelni, ő egyszerűen csak így dolgozta fel mindazt, ami a világban történt: magába fordult.

Clarence korábbi passzivitása most egyre inkább ellenségeskedésbe ment át. Úgy tűnt, zavarják az újonnan érkezett emberek. Nyíltan nemigen szólt hozzájuk, de néha elejtett bizonyos megjegyzéseket. Vacsoránál például, ahol majdnem mindenki konzerveket fogyasztott, voltak néha olyan elszólásai, hogy „Több is maradhatott volna nekünk, ha...", és hogy „Így elég hamar elfogy majd minden, de akkor már *ugye* késő lesz". A legtöbben nem is hallották ezeket a megjegyzéseit, mert annyira csak az orra alatt mormogott. Ruth viszont hallotta, és egyre nagyobb ellenszenvet táplált a férfi iránt. Meg is mondta lányának, Emmának, hogy ne menjen a férfi közelébe, mert annak a *szeme sem áll jól!* Sunyi, irigy, tetű alak!

Emma viszont tizennyolc éves kamasz lévén szeretett ellentmondani. Néha csak a hecc kedvéért, néha pedig túlzott kíváncsiságából adódóan is, mert szerette inkább saját maga megtapasztalni a dolgokat. Nem szívelte, ha más mondta meg neki előre, hogy mikor mit csináljon, és hogy miből származik majd biztosan baja. Utálta a „vészmadárkodást", a vészmadarakat meg pláne! Emma szerint anyja volt az egyik legnagyobb vészmadár a világon. Apját imádta, de anyját nagyon tudta utálni néha! *Néha* majdnem mindig! Ezért tehát szándékosan, csak azért is keresni kezdte Clarence társaságát. Sőt! Néha még kicsit kacérkodott is vele, hogy zavarba hozza!

Sikerült is neki, mert a férfi gyakran elpirult attól, amiket mondott neki. Néha még akkor is elpirult Clay – ő így hívta –, ha Emma egyszerűen csak bejött a helyiségbe. Az incselkedést és ártatlan flörtölést leszámítva egyébként a lány kedves volt Clarence-szel. Nem akart ő semmi rosszat, és egy kicsit valóban imponált is neki a férfi intelligenciája és választékos beszéde. De persze leginkább mégiscsak azért kereste a társaságát, hogy anyját idegesítse. Ruth szeme pedig valóban szikrákat szórt, ha Emmát a férfi társaságában látta.

Habár Clarence-t sokszor zavarba hozták a lány megnyilvánulásai, ő is kedves volt vele. Mással nem is nagyon beszélgetett az elmúlt napokban. Ruth-t ez szemmel láthatóan rendkívüli módon idegesítette. Többször rászólt lányára, hogy ne álljon szóba azzal az alakkal, de lánya egyáltalán nem hallgatott rá.

Egyszer Ruth még Clarence előtt is rászólt. Az mosolyogva hallgatta, amíg Ruth a lányával perlekedik, gyakorlatilag *őróla*. A művelt férfi nem szólt bele a család belső vitáiba, akár sértő volt őrá nézve, akár nem.

Ettől függetlenül továbbra is rendszeresen beszélgetett a lánnyal. Úgy tűnt, tulajdonképpen jól megvannak. A többiekkel sem Clarence, sem Emma nem beszélgetett sokat. Clarence-nek azonban volt egyszer egy elég különös beszélgetése Leirrel vacsora közben:

Leir épp Tommal beszélgetett a regényírás rejtelmeiről, és Tom megemlítette, hogy ő is próbálkozott egy időben írással, de ötletek híján félbehagyta a megírandó könyvét. Leir kapásból mondott neki négy lehetséges vonalat, amerre elindulhatott volna az ötlettel, és folytathatta volna. Tom megdöbbenten hallgatta, hogy Leirnek mennyire vág az agya, és milyen játszi könnyedséggel talál ki olyan fordulatokat, melyekhez hasonlót ő csak *nagy íróktól* olvasott korábban. Kicsit irigykedett is a nála tíz évvel fiatalabb férfira. Ő csak ellesni próbálta annak idején az ilyen írói eszközöket és trükköket, de neki sosem sikerült használnia vagy elsajátítania őket. Leírnek valaminéle veleszületett érzéke lehetett az ilyen dolgokhoz. Épp utolsó regényéről mesélt, amin a járvány kitörésekor pillanatnyilag dolgozott, amikor Clarence közbeszólt:

– Mit mondtál, Flow, mi is volt a címe ennek a folyamatban lévő regénynek?

– Táncolj a holtakkal – válaszolta Leir. – Miért kérded? Csak nem te is írni próbáltál a kutatásaid mellett?

– Nem, nem – válaszolta Clarence kissé zavartan. – Csak beugrott, hogy láttam azt a videoklipedet, aminek rémlik, hogy ugyanez volt a címe. Egy videó alatti kommentárban, ha jól emlékszem, azt írták, hogy a klipben látható jelenet alapján regény készül, és hamarosan meg is jelenik. Ez lett volna az a könyv? Pont azon dolgoztál?

– Igen, valóban ez. De miért kérded? Azt hittem, téged nem érdekel a fikció. A horror meg pláne nem.

– Általában tényleg nem, de mondtam, hogy rajongója vagyok a zenédnek. Kíváncsi vagyok, milyen könyv született volna abból a jó kis dalból – felelte Clarence mosolyogva. Látszólag őszintén érdeklődött a dolog iránt, mégis volt valami fura a viselkedésében. A többiek is abbahagyták a beszélgetést, és most már őket figyelték. Kíváncsiak voltak, hová fut ki az egész dialógus.

– Nos, ezt a sztorit már valószínűleg sosem olvashatod el, doktor úr – mosolyodott el szomorkásan Leir. – De azért jólesik, hogy érdeklődsz. A történet egy posztapokaliptikus horrorsztori lett volna, tudod zombikkal, meg ilyenekkel. Bár az efféle könyvek szerintem biztos távol álltak tőled. Mármint akkor, amikor még nem is léteztek a valóságban, nincs igazam? Vagy azért te is olvastál néha ilyesmiket?

– Néha azért igen, persze! Kérlek, folytasd! – erősködött Clarence. A többiek érdeklődve figyelték, hogy vajon mire kíváncsi ennyire.

– Rendben. Szóval posztapokaliptikus, világvégesztori zombikkal. Manapság ez elég divatos téma. Mármint az volt, mielőtt tényleg bekövetkezett volna a valóságban is. Az emberiség időnként valahogy megérzi a vesztét, ti nem így gondoljátok? – nézett végig a többieken. Azok ezen, úgy tűnt, elgondolkoztak egy pár pillanatra. Néhányan abba is hagyták az evést, és csak szomorúan meredtek inkább maguk elé. Ruth szemében könny csillant. – Tehát ez egy tipikus zombiregény lett volna, viszont lett volna benne egy csavar! Ezek a könyvek többnyire a gusztustalankodásra mennek csak rá, tudjátok: „kiloccsan a zombi agya", „A zombi szétpukkadó szeméből belefolyik a kocsonya az ember szájába, aki épp alatta fekszik tehetetlenül.", meg ilyenek. Nos, az én könyvemben lett volna valami kis extra. Igazából ennél húszszor több extrát is pakoltam volna bele, de annak idején már megtanultam a zenélés kapcsán, hogy ha eladható dolgot akarok kreálni, akkor nem árt inkább visszafogni magam. Ami nálam „ami a csövön kifér", az mások számára többnyire sajnos kicsit sok szokott lenni. Úgyhogy csak egyetlen ötletemet akartam komolyan beleszőni, az pedig az lett volna, hogy egy pszichopata gyilkos garázdálkodik a zombikkal teli világban!

– Miféle gyilkos? – kérdezte Clarence. Elkezdett izzadni a homloka, de nem törölte meg. Annyira meredten figyelte Leirt, hogy az már kezdett zavarba jönni a dologtól, de azért csak folytatta:

– Egy alattomos elmebetegről szólt volna a sztori. Nem elég, hogy az embereknek már amúgy is mindennap életveszélyes szituációkkal

– 118 –

kell szembenézniük... gondoljatok csak bele! ...hanem a gyilkos még tovább tizedelte volna a soraikat! Ilyet én még könyvben nem olvastam eddig, úgyhogy gondoltam, ez még izgalmasabbá tenné ezt az egyébként jó, de már kissé unalmassá váló műfajt. A fickó sorra eltette volna láb alól a pozitív szereplőket, korábban pedig a saját anyját is megölte. A pszichopata gyilkos neve mindenki számára...

– És hogyan találtad ki ezt az egészet? – vágott közbe sietve és udvariatlanul Clarence.

– Nincs benne semmi misztikum. Sokat olvasok, és elkezdtem unni a műfajban állandóan visszaköszönő kliséket. Felötlött bennem, hogy bele lehetne rakni még valamit, amitől újra izgalmas lehetne a dolog. De miért kérded? Ennyire tetszik az ötlet? Vagy inkább ennyire rossz? Szerinted bukás lett volna a regény?

– Nos, valóban meglehetősen érdekesnek találom ezt az egészet – válaszolta Clarence. Elpirult. Még jobban is, mint más napokon Emma incselkedő beszólásai miatt. – De ne mondd már nekem, Flow, hogy egyszerűen csak úgy kitaláltad ezt a történetet! Nem hiszem el! – Valóban volt a hangjában valami furcsa. A többiek már az elején is érezték. Bár nehéz lett volna megállapítani, hogy rajongás-e a dolog oka, vagy inkább minden áron bele akar-e kötni a másikba. Némelyiküknek kezdett olyan érzése támadni, mintha Bundle vádolná valamiért Leirt.

– Pedig ezek a dolgok így születnek – válaszolta Leir kicsit már türelmetlenül. – Az ember leül, és írni kezd valamiről, amit jó ötletnek tart. Kb. ennyi az egész, nem több. – Hangja kicsit bosszús volt, de a mondat végén hamiskásan elmosolyodott.

– Fura egy ötleteid vannak neked, Flow. – Clarence-nek volt a tekintetében valami ijesztő, valami fenyegető. Máskor sem szólította Leirt a keresztnevén, sőt senki mást sem, Emmán kívül. Inkább a hangsúly volt fenyegető. Ekkor felállt, és közölte, hogy elmegy lefeküdni. Előtte még udvariasan jó éjt kívánt mindenkinek, Emmának még intett is, aztán valóban otthagyta a társaságot.

A többiek nem kérdeztek rá, hogy miért akart ennyire tudni erről a befejezetlen regényről. Arra gondoltak, hogy nem kedveli az író fickót, és csak kötözködni akart vele egy kicsit. Gondolták, nincs ki mind a négy kereke a dokinak, és amúgy sincs most jól. Amióta a többiek itt voltak, Clarence végig nem tűnt túl egészségesnek. Gyakran nézett ki úgy, mintha hőemelkedése lenne. Egyszer Emma még hideg borogatást is tett a fejére, hogy jobban legyen. Ettől az persze erősen zavarba jött, de azért nagyon megköszönte.

Ruth tekintete lángolt mérgében, amikor azt kellett látnia, hogy lánya borogatást tesz az ellenszenves, tokás alak homlokára, sőt még közben rövid ideig *simogatta* is a fejét szeretettel! Ki nem állhatta, ha a lánya Bundle közelében tartózkodik. Elhatározta, hogy így vagy úgy, de rá fogja venni Emmát, hogy hagyja abba ezt a gyerekes viselkedést. Biztos volt benne, hogy a lány csak azért keresi a férfi társaságát, hogy őt idegesítse!

Nem értette, mit láthatna egyáltalán egy csinos fiatal nő egy ilyen alakban. Dupla tokával rendelkezett, borzalmas vörös hajjal, ami ráadásul még erősen ritkult is, és rossz arcú is volt. Na meg sunyi pofájú is, mint egy vörös róka! Biztosan értelmes ember – Végül is kutatóorvos vagy mi. Ha az egyáltalán igaz! –, de akkor is ellenszenves, alattomos alak! A szeme sem áll jól! Ruth többször is látta, hogy Emmát „úgy" méregeti. Nem elég, hogy sunyi, de még egy vén kéjenc is! Harminckét éves, meglett ember létére egy tizennyolc éves gyereket nézeget?! Ki hallott már olyat? Nolának is panaszkodott a dologról. A nő azt felelte neki, hogy szerinte félreérti a helyzetet. Dr. Bundle rendes ember, vele mindig is úgy bánt. Ruth ekkor kicsit lehiggadt, de azért teljesen akkor sem volt képes megnyugodni az üggyel kapcsolatban.

Nemsokkal ezután viszont már *nem is tudott* többé foglalkozni vele, mert ő és Jonathan is megbetegedtek.

Negyedik fejezet: Járvány

Sajnos a jelek szerint valóban „lógott valami a levegőben", és nemcsak a rájuk leselkedő veszély a külvilág miatt, de szó szerint valamilyen fertőzés is! Nem lehetett tudni, mi okozza. Pedig az „erőd" lakói minden lehetséges óvintézkedést megtettek és betartottak biztonságuk érdekében. Bár volt vezetékes víz a házban, de azt már a kezdetektől fogva hanyagolták. Az óriási pincében nagy mennyiségű palackozott víz volt felhalmozva. Jutott bőven mindenkinek.

Enni is csak konzerveket ettek, a gyümölcsöket pedig a kertből hozták.

A konzervek már többévesek voltak, tehát biztos, hogy nem a közelmúltban gyártották őket. Úgy gondolták, nem lehet bennük semmi olyasmi, ami mostanában odakint a világban betegséget okoz. Azoknak elvileg nem lehetett bajuk.

Azért sem, mert habár Leir nem evett belőlük – ő inkább gyümölcsökön élt, mint egy őrült remete –, Nola viszont *állandóan* fogyasztott konzerveket, és *mégsem* volt semmi baja. Zack arra gyanakodott, hogy sajnos lehet, hogy a levegőben is van abból, ami a zombi-járványt okozza. Ha így van, akkor az ellen semmit sem tehetnek. Ez a ház nem abból a célból épült, hogy hermetikusan elzárkózzon a külvilág elől. Az egész önellátó rendszert ő inkább csak hobbiból hozta létre. Nem voltak vele olyan tervei, hogy járvány esetén bármit is megelőzzön vagy kirekesszen odakintről. Ez a dolog újra rányomta a bélyegét mindenki hangulatára.

Ekkor már kivétel nélkül mindenki rosszkedvű volt. Az egyébként vicces és vidám természetű Zack sem humorizált akkoriban. Ha szeretett volna, sem tudott volna, mert sajnos ő volt a legrosszabb állapotban. Ő lett először rosszul annak idején. Azóta is hőemelkedéssel küzdött szinte megállás nélkül, gyakran pedig az egekbe szökött a láza. Érezhető volt a homlokán, de sajnos mérni nem tudták, mert Zack még lázmérőt sem tartott otthon. Rendszeresen hányingere volt, és hányt is. Keveset evett, és kilókat fogyott az elmúlt két hét során. Szemmel láthatóan nagyon rossz bőrben volt, de az öreg nem panaszkodott. Elfogadta a helyzetet. Clarence ekkor már sokkal kedvesebben bánt vele, mindenki számára egyértelművé vált, hogy mennyire sajnálja az apját, és hogy annak ellenére, hogy a humoruk nincs közös nevezőn – mert Clarence-nek igazából nincs is –, azért valahol mélyen mégiscsak nagyon szeretheti az öreget.

Utána a nyugdíjas Jonathan, Ingrid apja is megbetegedett. Korábbi állandóan parancsolgató modora és határozottsága elhalványodott és megfogyatkozott. Neki is hasonló tünetei voltak, mint Zacknek. Úgy tűnt, az idősebbekre van a legrosszabb hatással ez a járvány. Azért is gondolta így mindenki, mert a két legidősebb ember volt a legbetegebb. Ráadásul ők kapták el először. Utána lett csak beteg Ruth, aki a harmadik legidősebb volt az erődben. Clarence is végig betegeskedett, de azért nem annyira, mint ők hárman.

Emma, Leir és Nola voltak a legjobb állapotban. Úgy gondolták tehát, hogy a fiatalabb szervezet jobban ellenáll a dolognak, akármi is legyen az.

A két idős embert többnyire Nola és Ingrid ápolta, valamint sokszor Clarence is. Bár nem orvosdoktor volt, de azért értett sok minden ahhoz kapcsolódó témához, hiszen gyógyszerek fejlesztésével foglalkozott. Sokat tudott a betegségekről. Gyógyszerek nélkül azonban nem mentek sokra, még az ő segítségével sem.

Leir, Jim és Tom a kertben dolgoztak, gyümölcsöt szedtek, zöldséget pucoltak. Karbantartották azt, amit csak tudtak, bár ilyen kevés idő alatt alig tanulhattak meg valamit is az öntözőberendezésről, a napelemekről és a házat áthálózó különleges, esővizet szállító vízvezetékrendszerről.

A zombikról is ők hárman gondoskodtak. Bár azóta, hogy a két család megérkezett, nem hagyták el a kertet. Nem lett volna miért, ugyanis a TV-ből már a maradék adók kilencven százaléka is eltűnt. Nem voltak foghatók, vagy nem sugároztak többé semmilyen adást.

A végén már összesen csak három csatornát fogtak. Ebből kettőn kizárólag ismételt sorozatokat játszottak. Az is lehet, hogy ezeket hónapokkal előre beprogramozták, és senki nem felügyelte őket. Lehet, hogy ezért sugároztak még mindig, mert valahol elfelejtették lekapcsolni a gépeket, és megállítani a lejátszást. A harmadik csatornán még mentek néha esti hírek, de már ott is alig. Amennyit pedig megtudtak belőle, az bőven elég volt ahhoz, hogy ne akarjanak kimenni innen. Az emberi civilizáció, mint olyan, lassan *megszűnt létezni* odakint.

Amerika végül nem bombázta le Európát, sem Ázsiát. Azért sem, mert már felesleges lett volna: a vírus végül hozzájuk is elért. Az egész emberi civilizáció egyértelműen a vége felé járt.

Amikor először szembesültek mindezzel az egyik utolsó híradóban, az erődben meghúzódó kis társaságból néhányan sírva fakadtak. Olyan is akadt, aki már a sírásnak sem látta értelmét. Inkább csak tette, amit tehetett: *túlélt* egyik napról a másikra. Egyébnek úgysincs értelme egy ilyen helyzetben. Ha az ember hisztériázik, csak tovább nehezíti a saját helyzetét, és közelebb hozza az amúgy is közeledő rossz végkifejletet.

Leir és két új barátja tették hát a dolgukat a kertben, ahogy csak tudták. Ha kellett, gondoskodtak a zombikról is zokszó nélkül.

Néha fennakadt egy-egy a kertkapu külsején. Olyankor egész éjjel zörgött, és aludni sem lehetett tőle. Ilyen esetekben reggel kimentek elintézni az illetőt: agyoncsapták valamivel, és aztán pár méterrel arrébb vitték az utcán, hogy a szaga ne jöjjön be a kertbe. Kiderült, hogy már korábban is ezért voltak holttestek az út szélén, amikor a Flow házaspár és Clarence ide jöttek. Azokat Zack intézte el teljesen egyedül. – Nem volt semmi az öreg! Leir nagyon megkedvelte és tisztelte őt.

De nem csak így gyűlt meg a bajuk a zombikkal. Volt ugyanis egy rés a kerítésen, azaz a falon. A beton megrepedt egy bizonyos részen, mert amikor készült, száradás közben valószínűleg nem tartották elég nedvesen, és egy körülbelül húszcentis rés keletkezett a két fal találkozásánál, a kert dél-keleti sarkában. Ahhoz túl szűk volt, hogy bárki élő ember – vagy holt – bemásszon rajta. Ahhoz viszont elég széles, hogy az ostoba Emma titokban és elővigyázatlanul kifelé nézelődjön a résen keresztül, és rendszeresen ott ácsorogjon bámészkodva. Az volt az egyetlen kilátás a kinti világra, és a kamaszlány nagyon vágyott rá, hogy kimehessen. Hiányoztak neki egykori barátai, akikkel bulizni járt. Lehet, hogy azok már nem is éltek. Emma nemcsak óvatlan volt, de nagyon makacs is. Szülei szigorúan megtiltották neki, hogy odamenjen, mert habár a zombik bejönni nem tudtak a résen, előfordult már, hogy benyúltak rajta, ha a bentlakók közül arra járt valaki.

Egyik nap, ebéd közben sikoltozásra kapták fel a fejüket. Mivel Emma nem volt a házban, és előtte már többször szólongatták sikertelenül, így mindenki egyből tudta, hogy megint történt valami a szeleburdi lánnyal!

Clarence futott ki elsőnek a házból, utána Jim, Emma apja, Leir és Tom is, hogy segítsenek a feltehetően bajba jutott lánynak.

A nők a házban maradtak. Nola felkapta Zack régi katonai távcsövét, és megnézte vele, hogy mi is folyik pontosan ott, a kert végében. Közben a férfiak már futottak arra, de ők még talán nem látták, mi történik. Nola a távcsővel már igen:

Igazuk volt, valóban ott kapták el a lányt a résnél! Pontosan ezért intették óva tőle, hogy odamenjen! Mindenki tudta, és félt tőle, hogy előbb-utóbb ez fog történni. Több kéz is benyúlt egyszerre a résen, és a lány jobb karját szorították. Két kéz a kézfejét, kettő az alkarját fogta. Ő kétségbeesetten visszafelé próbálta küzdeni magát, hogy megszabaduljon tőlük, hisztérikusan rángatta a testét minden irányba, de a holtak nem eresztették! Egyszerre négyen voltak. Emmának esélye sem nyílt arra, hogy kiszabaduljon a kezük közül.

Mialatt a férfiak futottak odafelé, a zombik már addig is egyre kijjebb rántották a lány kezét a résen át. Már csak másodpercek voltak hátra, hogy kihúzzák annyira, hogy bele is haraphassanak! Emma egész testét nem tudták volna kicibálni a szűk hasadékon keresztül, de hogy egy-két másodpercen belül cafatokra szaggatják a karján a húst, ha sikerül még egy kicsit kijjebb erőszakolniuk, az biztos!

Mire a három férfi odaért, a zombik már annyira kihúzták magukhoz a lány kezét a falon túlra, hogy az őt cibáló holtak karja többé nem is látszott a benti oldalon. Emma kézfeje már csak centikre volt a réstől, hogy azon át kibukkanjon a túloldalon, és mohón rágni kezdhessék a holtak.

Clarence már futtában javaslatot tett:

– *Le kell vágnunk* a karját!

– Megőrültél? – kiabálta zihálva Jim. – Nincs az az isten! Kell lennie más megoldásnak.

– Nincs más választásunk! – felelte Clarence. – Inkább hagynád meghalni a lányodat? – Közben már lassított is le, hogy visszamenjen a házba valamilyen vágószerszámért.

Jim hallani sem akart ilyen megoldásról. Odarohant a lányhoz, és elkapta a szabad karját. Leir és Tom is csatlakoztak hozzá: hárman húzták visszafelé egyszerre. Odakintről viszont négy zombi rángatta kifelé! Nem sok esélyük volt rá, hogy megnyerjék ezt a „kötélhúzást".

Clarence már jött is vissza a házból a kisbaltával, melyet Leir korábban az övére szerelve hordott: – Tartsátok jól a lányt, hogy ne mozogjon! Nem szeretnék mellé ütni! Nehogy a nyakát találjam el! Nem a fejét akarom levágni.

– Neee! – kiabálta Emma halálra vált arccal. Már amúgy is falfehér volt a zombikkal való viaskodástól, de most még jobban megijedt.

– Hozzá ne nyúlj a lányomhoz azzal a szarral, te elmebeteg! – ordította Jim. – Segíts inkább húzni! Nem bírunk velük!

Clarence megtorpant. Nem tudta, mit csináljon.

Levágja a lány karját az apja engedélye ellenére is?

Vagy inkább hagyja, hogy kirántsák a zombik a falon túlra, és könyékig csontig rágják? A zombik karját nem vághatja le, mert az övék már nem látszik ezen az oldalon. Emma karja tehát az egyetlen kapocs köztük, ami hozzáférhető! Azt lehet csak levágni, hogy megszakadjon végre az összeköttetés. Clarence úgy nézte a dolgot, mint egy matematikai egyenletet. És ilyen eredményre jutott. De azért azzal is tisztában volt, hogy Jim az előbb megtiltotta neki, hogy használja a baltát.

Elviselhetetlenül dobolt egy ér Clarence halántékán.

Úgy érezte, menten agyvérzést kap!

Nem tudta eldönteni, melyik lenne a jobb döntés...

Levágja vagy ne?

Ha levágja, azzal szinte biztos, hogy megmenti Emma életét. Viszont akkor lehet, hogy Jim nekitámad dühében.

Ha nem vágja le, lehet, hogy Emma holnapra már halott lesz a harapások okozta vérveszteségtől és a fertőzéstől.

Ekkor Leir kiabálta túl a férfiak erőlködő nyögéseinek és a lány riadt sikoltozásának hangzavarát:

– Clarence, vedd át a helyem, és add oda azt a baltát! *Kimegyek* hozzájuk!

Bundle halálra váltan engedelmeskedett. El sem tudta képzelni, mit akar a másik. Képes kimenni négy zombi ellen egymaga? Valóban kockáztatná az életét ezért a lányért?

– Ne hülyéskedj, Leir! – kiabált rá Jim. – Széttépnek odakint! Segíts... inkább... visszahúzni! – Alig bírt már beszélni az erőlködéstől. Szegény lányt majd' széttépték, annyira próbálták visszarángatni, hogy megmentsék. Csoda, hogy a karja nem szakadt még le! Emma jajveszékelt is fájdalmában. De mivel az ijedtségtől már előtte is sikoltozott, így nem lehetett megmondani, milyen állapotban van a karja, és hogy melyik sikoltás okozója fájdalom és melyiké rémület. Krémszínű alapon piros virágokkal díszített nyári ruhája eddigre több helyen elszakadt. Emiatt időnként rángatás közben fedetlenné váltak a lány keblei. Clarence meg is bámulta, nem bírta levenni róla a szemét. Jellemző módon a többiek viszont észre sem vették. Ők nem nőként néztek rá, hanem megmentendő gyerekként vagy legalábbis társukként, aki bajba jutott.

– Valakinek muszáj kimenni! – kiabálta Leir, és elengedte a lányt, majd futásnak eredt. Odarohant Clarence-hez, kivette a baltát a bután bambuló férfi kezéből, és a többiek felé lökte. – Segíts nekik húzni! Vedd át a helyem! – Aztán berohant a házba. Jim fejében megfordult egy pillanatra, hogy Leir egyszerűen faképnél hagyta őket, de valóban azért ment be, amiért gondolta: „Ez tényleg kinyitja a kaput!"

Az halk szisszenéssel el is kezdett félrehúzódni.

– Ez a hülye még ránk hozza a többit! – kiabálta Clarence. – Mondjátok meg neki, hogy zárja vissza!

De senki sem szólt rá Leirre. Az pedig, ahogy újra előbukkant a házból, már rohant is ki egyenesen az utcára. Egy percig sem tétovázott, hogy biztos jó ötlet-e kimenni négy vagy talán még annál is több zombi közé. Kirohant, és eltűnt a három férfi és a nők szeme elől, akik szintén kint álltak már a ház előtt, és nem tudták eldönteni, kinek segítsenek: Menjenek ki ők is vagy inkább húzzák mindannyian Emmát?

Jim, Tom és most már Clarence is húzták közben a lányt, azaz tartották, hogy ha kiszabadítani nem is képesek, de legalább a zombik ne tudják kihúzni a kezét a falon túlra. Nem látták, mi történik odakint. A háromméteres betonfal annyira elzárta őket a külvilágtól, hogy még a kinti házak teteje sem látszott odabentről. Leirről sem tudták, hogy mit csinálhat azóta, hogy kilépett a kapun.

Egyszer csak erősen megrándult Emma karja! Úgy látszik, Leir odakint nekik rontott!

De sajnos továbbra is ugyanolyan erősen húzták kifelé. Nem enyhült a szorításuk! Lehet, hogy Leirt máris elkapták? Mindössze ennyit tudott csak tenni ellenük, hogy meglökte valamelyiket, a többiek pedig azonnal lerohanták? Ilyen sokan lennének már az utcán, ott a résnél?

Ekkor újra megrándult Emma karja!

Az egyik zombi talán elengedhette, mert egy kicsit végre gyengült az erő, amivel kifelé húzták. Ezek szerint az egyikük inkább Leirre támadt a nehezen megkaparintható lány helyett. Vagy lehet, hogy az írónak máris sikerült megölnie valamelyiket? A három férfi most már kicsit jobban boldogult. Végre volt esélyük rá, hogy ellenálljanak a három élőholt fáradhatatlan erejének. Teljesen kiszabadítani valószínűleg még így sem bírták volna Emma karját, de legalább most már biztosabban meg tudták tartani, hogy ne csússzon ki még jobban a résen át. Erejük viszont rohamosan fogyott. A holtaké sajnos nem! Kétségbeesetten tartották hát továbbra is a lányt, aki csak nem hagyta abba a sikoltozást. Idegtépő volt! Clarence már úgy érezte, izomláza van, annyit húzta, és olyan erővel. Pedig még csak pár másodperce szállt be ő is tartani.

Ekkor ismét megremegett a lány karja, sőt inkább meglódult! Egy pillanatra abba is maradt a húzás; most inkább úgy tűnt, mintha meglökték volna odakintről. Mindhárom férfi visszatántorodott egy lépést, Clarence majdnem hanyatt is esett. Talán két zombi is elengedte most Emmát, mert már alig éreztek ellenállást!

– Húzzátok meg jó erősen, és tartsátok! – kiabált rá Jim a másik kettőre. Azok nagy nehezen vissza tudták annyira küzdeni kötélhúzásuk tárgyát, hogy az utolsó zombi (most már látszott is, hogy tényleg csak egy maradt) koszos ingujja megjelent a résen keresztül! Jim odaugrott a foszladozó, mocskos alkarhoz, és ököllel püfölni kezdte. Az minden ütésbe erősen beleremegett, de mégsem engedte el zsákmányát! Jim ekkor már rugdosta is. Lendületből, tiszta erőből rúgott egyet-egyet a lányát satuként fogva tartó engesztelhetetlen karon. Az, először úgy tűnt, még ezt is ki fogja bírni, majd a harmadik rúgásra egyszer csak reccsent egy nagyot! Fura hangja volt, mint amikor egy száraz ág törik ketté. Nem is hitték, hogy ilyen hangot ad egy emberi kartörés. De az még így rossz szögben álló könyökkel sem eresztette Emmát!

...Aztán végül...

...egyszer csak meglazult a szorítása! Lehet, hogy a töréskor elszakadt valami ín vagy ideg a zombi könyökénél, mert végre nem bírta már olyan erősen tartani!

Egyre csak csúszott és csúszott a keze végig Emma karján.

Az alkarja helyett már csak a csuklóját fogta...

aztán a kézfejét...

...már csak az ujjait...

...és végül *elengedte!*

A támadó vissza is húzta a törött végtagját a résen keresztül, és csend lett.

Emma zokogva a földre rogyott. Egyszerre a fájdalomtól is, mert annyira keményen megrángatták mindkét oldalról, egyszerre pedig a sokktól is. Talán még a szégyentől is.

– Leir! – kiabálta Tom a fal túloldalára. – Egyben vagy?

Nem jött válasz.

Jim felsegítette a lányát, és sietve összébb húzta rajta a ruhát. Ő csak most vette észre, hogy majdhogynem félmeztelen már egy ideje. Mind a négyen megindultak sietős léptekkel a kapu felé. Emmát inkább vonszolták, mintsem hogy a saját lábán ment volna. Nem igazán volt magánál. Jim közben azon gondolkodott, hogy akár látni fogják Leirt odakint, akár nem, mindenképp be kell csukniuk a kaput! Ha az író eltűnt, akkor sem hagyhatják tárva nyitva órákon keresztül, hogy hátha visszajön egyszer! Ki kell zárniuk. Kizárni és cserbenhagyni azt az embert, aki saját életének kockáztatásával – talán feláldozásával – épp most mentette meg szeretett lánya életét.

Nem mehetnek ki még megkeresni sem. Túl veszélyes! Azt sem tudják, hányan vannak már ezek azóta odakint! Zack és Jonathan fekvőbetegek, és Clarence is jó ideje rosszul van, állandó hőemelkedéssel küzd. Ő és Tom viszont semmire sem mennének a kinti állapotok között! Ketten egy egész világ ellen, ami tele van zombikkal... egy olyan ember után kutatva, aki talán *már régen* halott. Épp meg akarta kérdezni Tomot, hogy szerinte mi legyen, ha nem találják Leirt odakint...

...De ekkor az végszóra *megjelent* a kapuban!

Merő vér volt a férfi egész ruhája. Por és fű borította, ami jól bele is ragadt a vérbe. Sokszor meghempereghetett odakint a mocsokban ahhoz, hogy ilyen eredményt érjen el! A balta már nem volt a kezében. Bal karja élettelenül lógott törzse mellett. Mikor jobban megnézték, látták, hogy Leir eltörte a kezét... nyílt töréssel ráadásul! Kikandikált a fehér csontszilánk csúcsa, ahogy átszúrta alkarján a bőrt.

Az író támolyogva lépett be a kertbe, és lihegve csak ennyit mondott:

– Csukjátok be a kaput. És tömjétek már be azt a rohadt rést holnap. Mondtam, hogy baj lesz belőle!

Jim átöltelte, és közben meg is tartotta, hogy el ne essen.

– Köszönöm, hogy megmentetted a lányomat! – sírta hálásan.

Ötödik fejezet: Hősök

Jonathan kicsit jobban érezte magát, és segített helyretenni a csontot Leir karjában. A hadseregnél megtanultak ellátni ilyen sérüléseket. Rögtönöztek egy hevenyészett sínt a töréshez, és lemosták a sebet, amennyire lehetett. Azonban fertőtleníteni sajnos semmivel sem tudták rendesen. Aggasztotta is őket ez a dolog meglehetősen. Mindenki Leirt ünnepelte hősies tette miatt. Az szegény nem sokat fogott fel az egészből, mert a fájdalomtól nem teljesen volt magánál. Fájdalomcsillapító nélkül egy nyílt törés helyrerántása nem éppen kellemes délutáni időtöltés, még akkor sem, ha ünneplik közben vagy akár vörös szőnyeget terítenek a lába elé. Vannak az ember életében olyan pillanatok, amikor már egy lottófőnyereménynek sem tudna örülni. Amikor csak olyan alapvető fogalmak lebegnek a szeme előtt, mint élet és halál, fájdalom és megkönnyebbülés, eszméleténél maradni, és azt elvesztve hagyni, hogy csak csússzon lefelé... engedni a folyamatosan ráboruló sötétségnek, hogy inkább az irányítson.

Leir életében ez volt az a pillanat. Szenvedett, mint a kutya, de azért próbálta valahogy tartani magát... hogy le ne forduljon a székről. Mindenáron el akarta terelni a figyelmét az elviselhetetlen fájdalomról, ezért nyögve és jajveszékelve, két ordítás között igyekezett „hasznosan hozzájárulni" a többiek beszélgetéséhez. De így azért nem könnyű persze kommunikálni. Leir próbált érveket felhozni, és megvédeni Clarence-t...

A többiek ugyanis mindeközben nyíltan támadták szavaikkal a doktort – főleg Emma, amikor végre magához tért hisztériás rohamából – amiatt, hogy az le akarta vágni a karját. Minek vágta volna le? Hiszen végül sikerült kiszabadítaniuk! „Jó, de milyen áron?", válaszolta erre Clarence. „Így meg Leir karja tört el!" Bundle azzal is érvelt, azaz védte magát, hogy senki sem láthatta előre, hogy Leir sikerrel jár. Meg is halhatott volna odakint. Jó esély volt rá, hogy Emma csak úgy szabadulhat meg, ha elveszti a karját. Ne őt okolják miatta. A lány magának csinálta a bajt. Mindenki mondta neki, hogy ne menjen a rés közelébe, még ő is!

Ez részben valóban igaz volt, de akkor is mindenki haragudott rá, és ezentúl nagyon kimért lett a viszony közte és az erőd lakói között. Már Emma sem volt vele jóban. Leir sajnálta egy kicsit, mert szerinte nem akart a fickó rosszat, csak elhamarkodott döntést hozott. Próbálta valamennyire megenyhíteni a többieket – két öklendezés között, mivel a kartörés sokkolóan éles, hasogató fájdalma erős hányingert okozott neki –, de nem hallgattak rá. Mindenki Clarence ellen fordult. A levegőben kézzelfoghatóvá vált a feszültség, és órákon át nem is javult semmit a hangulat.

Ráadásul nem az volt az egyetlen problémájuk, hogy Clarence-re haragudni kell. A járvány okozta betegség még jobban elhatalmasodott rajtuk. Másnapra Jimen is elkezdődtek a tünetek. Jonathan újra rosszabbul lett aznap délután, miután segített Leir karját sínbe rakni. Zack pedig már tegnap óta *haldoklott*. Nem lehettek teljesen biztosak benne, mert egyikük sem volt orvos, de ahogy Zack festett... eléggé valószínűnek tűnt, hogy nem éri meg a jövő hetet. Talán még a másnapot sem!

Elhatározták hát, hogy nincs más választásuk, be kell menniük a városközpontba gyógyszerekért. Bár, ha valóban a zombijárvány vagy egy ahhoz kapcsolódó dolog okozza ezeket a tüneteket, akkor úgysem fognak rá megoldást találni. Ha viszont mégiscsak valami átlagos fertőzés, akkor akár még ki is gyógyulhatnak belőle mindannyian.

Nemcsak a lázat okozó betegségre kellett volna megoldást találniuk, de már Emma inzulinja is csak egy napra volt elegendő. Leir gyógyszerei napok óta elfogytak. Sem vérnyomáscsökkentője nem maradt, sem allergiagyógyszere. Törött karja mellé még az orra is facsart egész álló nap. Mindkét szeme enyhén be volt duzzadva az allergiától. Habár ő (még) nem szenvedett halálos betegségben, akkor is borzalmas volt úgy élni, hogy alig kap levegőt, és mindene viszket. A vérnyomása is aggasztotta, mert gyógyszer nélkül képes volt az egekbe szökni, ha stressz érte. Mostanában pedig aztán *érte* elég sok! Próbáljon meg valaki a zombiapokalipszis kellős közepén megnyugodni, lehiggadni... kicsit meditálgatni, hátha enyhül a nyomás! Hát nem fog!

Leir vérnyomása gyógyszer nélkül kétszer is elérte – annak idején, amikor még mérte –, a mások számára halálos értéket, és csak Isten a tudója, hogy akkor miért élte túl. Tehát, ha nem találnak hamarosan gyógyszereket, előbb-utóbb *mindannyiuknak annyi lesz* ezért vagy azért.

Így hát mindenki, aki képesnek érezte rá magát, szedelőzködni kezdett, hogy kora délután útra keljenek. Nem tudták, mi vár rájuk, de nem maradt más választásuk, ha élni akartak. Zack haldoklott, Jonathan sem volt abban az állapotban, hogy segíthetett volna. Ugyanilyen rosszul volt már Ruth is. Tegnap este óta Jim is.

Így tehát jobb híján először is Leir volt az, aki törött karja ellenére útra kelt, aztán Clarence, akit mindenki utált, Emma, aki valószínűleg nem sokat fog tudni segíteni, mert fiatal, gyenge és ijedős, továbbá Ingrid, aki eddig soha semmiben nem bizonyult segítőkésznek, sem pedig barátságosnak... végül pedig Tom, aki bár egyelőre jól volt, de tanárember lévén nem valószínű, hogy a zombikkal folytatott harcban látványos mutatványokra lesz majd képes. Nola a négy beteggel maradt, mivel nem hagyhatták őket teljesen magukra.

A ház melletti szerszámoskamrában Tom talált egy csorba, de azért még használható fejszét. Korábban a Flow házaspár elmesélte a többieknek, hogy hogyan tartották maguktól távol faágakkal az élőholtakat ott a pataknál. Mivel csak egyetlen lőfegyver állt rendelkezésükre – Jonathan régi tiszti pisztolya, amiben már csak két golyó volt –, így megint a faágas módszer használatára kényszerültek. Állt a hatalmas kert végében egy betegségtől haldokló barackfa. „Annak már úgyis kicsöngettek", ahogy Leir mondta. Zack egy ideje ki akarta vágni, de idős ember lévén régóta halogatta ezt a fárasztó munkát.

Most Leir instrukcióit követve Tom erről a beteg fáról vágott le ágakat. Ezúttal többet vágtak, mint egykor a patakparton. Mindenkinek kettőt-kettőt, azaz Leirnek csak egyet, mert törött karját egyáltalán nem tudta használni.

Korán ebédeltek, és rögtön utána útnak is indultak. A kerület legnagyobb gyógyszertárát célozták meg. Clarence-en kívül – aki a belvárosban lakott –, mindenki tudta, hol van a gyógyszertár. Ha mások még nem fosztották ki teljesen, akkor biztosan találnak Emmának inzulint, Leirnek vérnyomáscsökkentőt és allergiagyógyszert, a többieknek pedig dr. Bundle megpróbál majd ott helyben kiagyalni valamit vegyészi ismeretei alapján. Ezért mehetett csak velük még úgy is, hogy mindenki utálta, és hogy azt sem tudta, hová tartanak pontosan. Azt mondta, vannak ötletei, hogy mit lehetne tenni a járvány ellen. Ha az egész zombi-járvány ellen nem is, de az ellen talán igen, ami a lakókat kínozza az erődben. Eleinte nem akarták engedni, mert nem bíztak benne többé, de az kérlelni kezdte őket. Nagyon aggódott apja miatt, és kérte, hogy engedjék őt is segíteni. Végül aztán belementek, mert tényleg nagyon őszintének tűnt. Megsajnálták, és megengedték, hogy csatlakozzon.

Mikor a többiek kiléptek a kapun, Nola önkéntelenül könnyezni kezdett. Bár nem volt messze a gyógyszertár, körülbelül tizenöt perc gyalog, de akkor is, amióta itt vannak, még egyszer sem hagyták el az erődöt. Nem volt már sem TV-adás, sem híradó. El sem tudták képzelni, mi lehet odakint! Nola úgy érezte, lehet, hogy soha többé nem látja őket viszont! A férjét sem! De egyszerűen akkor sem mondhatta neki, hogy ne menjen, hiszen nagy szükségük volt rá. Leir leleményességével már korábban is emberéleteket mentett. Nem lett volna fair a többiekre nézve, ha pont ő marad otthon. Szükségük volt egy hősre... Bár most, ebben a pillanatban Nolának is nagy szüksége lett volna egyre...

„Az én hősöm" – gondolta magában büszkén, még intenzívebben könnyezve. Ő is velük mehetett volna akár, hogy ne szakadjon el a férjétől, de nem tehette. Valakinek figyelnie kellett a négy beteg emberre, és ápolni őket. Nola volt az egyetlen, aki rendelkezett tapasztalattal betegápolás terén. Férje miatt, mert amikor Leir annak idején súlyos állapotban volt, nem engedhették meg maguknak, hogy ápolót fogadjanak. A többiek amúgy sem lettek volna alkalmasak ápolói szerepre, hiszen Ingrid egy szeretetlen, hideg teremtés, akiben szinte semmi empátia nincs, Emma túl felelőtlen, Tomra pedig egészséges, életerős férfi lévén az úton van nagyobb szükség. Így hát Nola húzta a rövidebbet, és neki kellett otthon maradnia a betegekkel. Bár a „rövidebb" ebben az esetben nem biztos, hogy valóban az volt.

Még az is lehet, hogy Nola lesz az egyetlen, aki túléli a napot, és a többiek sosem térnek vissza.

Ahogy ezen gondolkodott pulóvere ujjával a könnyeit törölgetve...

...megszólalt a kaputelefon!

Nola halálra rémült.

„Lehet, hogy idegenek?! Pont *most*, amikor senki sincs vele itthon, csak alvó, lázas betegek?"

Aztán eszébe jutott, hogy Leirnek is igaza volt, amikor felvette a kaputelefont annak idején. Jobb, ha inkább ő is felveszi... Úgysem nagyon tehet mást.

Kiderült, hogy csak Emma az! Az ostoba lány otthon hagyta az utolsó adag inzulinját. Szégyenkezve beoldalgott érte a hálószobájába, és már szaladt is újra a többiek után.

Nola „főnővér" visszatért hát hideg borogatásokat készíteni, mert mind a négy ember ismét lázas volt. Az emeleti fürdőszobában kendőket tartott a hideg víz alá. Aggasztotta, hogy hogyan fog bírni négy beteggel egyszerre. Etetni és borogatni is kellett őket. Zack sajnos már annyira rosszul érezte magát, hogy egyáltalán nem bírt felkelni. Őt még ágytálazni is kellett. *Ágytál* konkrétan nem volt a házban, csak egy ahhoz hasonló edényt talált Clarence korábban a pincében. Ezt használták azóta, hogy ennyire leromlott Zack állapota. Nola attól tartott, hogy Jonathan, Jim és Ruth is ennyire le fognak majd betegedni, és bizony félt tőle, hogy ez már az *előtt* be fog következni, hogy a többiek visszaérnek.

Ha... visszaérnek!

Mi lesz, ha nem jönnek vissza soha többé?

Mihez kezd majd egyedül itt, a világvégén?

És nemcsak távol a belvárostól, de *szó szerint* a világvégén.

Itt nemcsak elzárva van a világtól, de *nincs is világ*, ahová innen már visszamehetne.

Ha ez a négy ember meghal itt mellette, a többiek pedig nem térnek vissza, akkor magára marad! Egyedül talán az *egész világon*!

Kétségbeesésében ismét megindultak a könnyei. Nem akart sírni, de nem tudott semmit tenni ellene. Nem is sírt igazából, nem hüppögött vagy szipogott, csak pakolta egymás után a rongyokat a csap alá, és csavarta ki belőlük a hideg víz feleslegét.

A víz bő sugárban zubogott a kendőkből kicsavarás közben. Így folytak Nola könnyei is végig csinos kis arcán: mintha kicsavarták volna. Pontosan úgy is érezte magát szegény.

Nem tudott szabadulni a gondolattól, hogy mi lesz, ha egyedül marad. Kezdett pánikba esni...

Forogni kezdett körülötte a világ, és úgy érezte, menten elájul. Ugyanúgy, mint ahogy korábban a metrón történt, abban a borzalmas hőségben.

Ekkor azonban csörömpölést hallott odalentről, a teraszról!

„Te jó ég!" – gondolta rémülten. „Ki lehet az? A betegek fekszenek, épp az imént voltam bent náluk, a többiek pedig vagy húsz perce elmentek! Már Emma sem jöhetett vissza még egyszer... olyan messziről. Hogy juthatott be bárki vagy bármi a kertbe a bezárt vaskapun keresztül? Na de *biztos*, hogy Emma bezárta maga után? Lehet, hogy a kertkapu már közel *fél órája* nyitva van?! Úristen, Emma! *Mit tettél*, te lány?!"

* * *

Leirék már vagy tíz perce gyalogoltak. Eddig meglepően kevés ellenállásba ütköztek. Odakint a kis utcákban igazából nem volt sokkal rosszabb a helyzet, mint korábban. Csak két zombi jött túl közel. Azokat addig lökdösték faágakkal, amíg az egyik begurult az út szélén az árokba. A másik elesett. Azt Tom fejbe verte a baltájával, amit a szerszámoskamrában talált. A faágak levágásakor egészen belejött a használatába. Még csak nem is ütött mellé, mint Leir annak idején a kislánynál. Lehet, hogy Tom ebben még ügyesebb is volt nála! Ki hitte volna egy tanáremberről?

A patakpartra érve sajnos ugyanaz a látvány fogadta őket, mint hetekkel ezelőtt. Sőt, most még rosszabb volt a helyzet! Nyüzsögtek az élőholtak a víz közelében! Több százan lehettek! De lehet, hogy *több ezren*! A parton és a vízben is gázoltak sokan. Az erődből érkezett kis csapat beállt egy dús lombú bokor mögé, hogy a patak menti óriási tömeg meg ne lássa őket.

– A víz vonzza őket! – bukott elő Bundle-ből, majd zavartan nyelt egyet. Lehet, hogy eredetileg nem hangosan akarta ezt kimondani.

– Miért vonzaná őket? – kérdezte Tom.

– Nem tudom, de mi más van itt a pataknál, magán a *patakon* kívül? Miért nem gondoltunk erre korábban, Flow? – kérdezte Clarence.

– Nem tudom én sem, de tényleg igazad lehet! Itt nincs semmi más, csak párás, nehéz levegő és maga a víz. A levegő pedig nem nagyon érdekli őket. Egyszer még az elején percekig fojtogattam egyet víz alatt, és egyáltalán nem úgy tűnt, mintha légszomja lenne. Akkor viszont kizárásos alapon tényleg magával a vízzel lehet kapcsolatos! Nem tudom, de tovább kell mennünk. Nem maradhatunk ki olyan sokáig, hogy ránk esteledjen!

Hatalmas kerülőt tettek keleti irányban Pécel felé. A Rákos-patakot nem „kerülhették ki", ugyanis a városközpont a nagy gyógyszertárral a patakon túl volt, kénytelenek lesznek hát átkelni rajta valahol, hogy átjussanak a megfelelő oldalra. Ettől függetlenül próbálták elkerülni azt a részt, ahol annak idején olyan keservesen harcolták végig magukat az erőd felé. Nem akartak a korábbi körülbelül tíz zombi helyett most kétezerrel megküzdeni!

Leirnek az volt az elmélete, hogy talán nincsenek mindenhol ilyen sokan a patak partján, és lehet, hogy máshol át tudnának kelni rajta harc nélkül is. Szerinte ez a rengeteg zombi nem más, mint az egykor itt élő lakosság! Ez volt a legsűrűbben lakott része az egész kerületnek, és ha a zombikat valóban a víz vonzza, akkor haláluk után elvileg egyből a lakásukhoz legközelebb eső vízhez mentek. Az pedig pontosan ez a szakasza volt a pataknak. Miért mennének ennél messzebbre, ha pusztán ösztönből cselekszenek?

Máshol viszont, ahol a patak mentén nem lakik szinte senki, ott lehet, hogy alig találnak majd valakit a víz közelében. Ez utóbbi elmélet alapján – mellyel a többiek is egyetértettek – indultak el a Rákos-patak mentén kelet felé, bokrokon keresztül, fák mögött bujkálva, fától-fáig lopakodva, hogy a zombiktól hemzsegő részeken se keltsenek feltűnést.

Mikor már húsz perce haladtak nagy nehezen, dacolva a faágakkal és tüskékkel – de legalább emiatt növények takarásában –, észrevették, hogy valóban ritkul a holtak sokasága a víz mentén! Bevált tehát a terv.

Ha elég ideig haladnak kelet felé, előbb-utóbb át fognak tudni menni egy hídon, vagy akár átgázolhatnak a sekély patakon is.

Igazuk volt! Néhány újabb perc gyaloglás után végre találtak egy nyugalmasabb részt, ahol már elő mertek jönni a bokrok közül... De lehet, hogy még így is túl korán tették!

Abban a pillanatban, hogy kiléptek, egy kisfiú rohant feléjük! És sajnos nem *élő* gyerek volt.

– Tom, készítsd a baltát! – kiabálta Leir, és futni kezdett a gyerek felé, épp úgy, mint annak idején. Most viszont törött karral tette mindezt...

...és fegyvertelen volt!

Így legfeljebb fele olyan jónak számítottak az esélyei, mint akkor.

Tom egyből utánaindult, de még sosem szállt így harcba zombikkal szemtől szembe. Nem lehetett tudni, képes lesz-e egyáltalán Leirnek segíteni.

Ráadásul két felnőtt élőholt is kibukkant közben a fák közül, akik már egy ideje mögöttük jöhettek, ők pedig észre sem vették őket!

– VÉGE A HARMADIK RÉSZNEK –

GABRIEL WOLF

Halál a holtakkal

Fülszöveg

Halál a holtakkal („Pszichopata apokalipszis" negyedik rész)

Ebben a negyedik részben eljön a végső leszámolás ideje.
Több leszámolásé is!
Kiderül, ki az igazi „Gonosz"!
Az is, hogy ki az igazi pszichopata!

Első fejezet: Hősök II.

Nola csörömpölést hallott odalentről, a teraszról...
Pánikszerűen végigpásztázta a fürdőszobát, hogy mit használhatna fegyvernek. De nem volt ott semmi! Csak törülközők és szappanok. Ezekkel semmire sem megy!

Még azt sem tudta, mi ellen kellene fegyvert szereznie. Lehet, hogy idegenek törtek be a házba, de az is lehet, hogy a kapu végig nyitva volt, és egyszerre több zombi tolong már a teraszon! De még akár valami kóbor kutya is lehet, vagy macska esetleg.

Végül is egy macska még azon a húszcentis résen is beférhet, amin keresztül Emmát elkapták a múltkor.

Igen, akkor biztos csak egy macska! Leverhetett valamit a teraszon, miután bemászott a repedésen.

„Szegény cica biztos éhes!" – gondolta Nola szórakozottan. „Sajnos, cicuskám, tej, az nincs itthon, nem is tudom, mit adhatnék akkor neked... Na de várjunk csak!" – kapott Nola a fejéhez. „Azt a rést még aznap betömték! Teletömték hulladékkal meg rongyokkal. A pincéből felhoztak még egy régi gerendát is, ami régen, a ház építésekor maradhatott meg. A végén azzal támasztották meg az egész betömött rést. Ott aztán élő ember nem jön már be! De holt sem! És sajnos macska sem!"

Nola nem tudta, ki vagy mi lehet az akkor a teraszon. Óvatosan kisettenkedett a fürdőszobából. Akármi is az, de látnia kell! Tudnia kell, hogy mivel vagy kikkel áll szemben!

Óvatosan lépkedett a lépcső felé, hogy onnan majd hasra ereszkedve lelessen a földszintre. Ha ott az ember elég mélyre lehajol, le lehet látni a korlát rácsai között közvetlenül a kinti teraszra. Így is tett. A korlátba kapaszkodva lassan, óvatosan térdre ereszkedett, majd fekvőtámaszban leengedte magát a padlóra.

Nagyon lassan kellett csinálnia, mert a lépcső és a körülötte lévő rész fából volt. Jó nagyokat tudott nyikordulni néha, ha az ember hirtelen mozdulatot tett. Félt, hogy meghallják odalent, ha már bejöttek esetleg a házba!

Igazából nem is emlékezett rá, hogy becsukta-e egyáltalán a teraszra vezető ajtót. A masszív kertkapu mindig is olyan biztonságosnak tűnt számukra, hogy sosem csináltak belőle nagy ügyet, hogy nyitva hagyták-e a ház ajtaját, vagy sem. Csak sötétedéskor csukták be, ha már kezdett hideg lenni odakint.

Nola így, hason fekve végre valóban lelátott az alsó szintre. Büszke volt magára ügyességéért, hogy hangtalanul sikerült odafeküdnie, mint egy igazi titkos ügynöknek! Akár egy hősnek egy izgalmas mozifilmben! De mielőtt még tovább ragadhatta volna a fantáziája, akkor vette csak észre, hogy milyen borzalmas látvány tárul elé odalent!

* * *

– Gyere mögöttem! – kiabálta Leir Tomnak. – Megpróbálom ledönteni a lábáról! Vágd fejbe, ha elesett! – Így is tettek: abban a pillanatban, hogy összetalálkoztak, Leir ismét jól irányzottan pofán rúgta a kölyköt. Ez valamiért tényleg jól ment neki, pedig korábban sosem szerette a focit, és embereket sem rugdosott meg soha.

Ahogy a gyerek elesett, Tom odasietett, hogy adjon neki, de most ő is elhibázta! Nem csoda, mert ezek a gyermekzombik hihetetlenül gyorsak. Össze-vissza fickándoznak, szinte képtelenség eltalálni őket. Futás közben is csak azért volt lehetséges, mert úgy legalább egy irányba haladt!

Leir rátaposott a gyerek nyakára. – Próbáld újra!

Tom újra meglendítette a baltát, és lecsapott. Ezúttal sokkal ügyesebben. Szépen kettévágta vele a gyerek fejét, mint egy dinnyét!

Egy pillanatra Tom és Leir megállt szusszanni egyet... egymásra mosolyogtak, hogy sikerült... aztán ijedten ráébredtek, hogy a többieket meg ott hagyták! Azonnal futásnak is eredtek, vissza a barátaik felé.

Azok már közben az egyik őket követő zombit sikeresen belökdösték faágaikkal a patakba. Az éppen a vízből próbált feltápászkodni, hogy visszakapaszkodhasson hozzájuk a lejtőn, de úgy látszott, onnan már nem fog tudni visszamászni.

A másikkal viszont nagyon nehezen bírtak. Az ugyanis elkapta Emma ruháját – szegénynek valamiért gyakran lett ez a sorsa –, és a zombi oda akarta cibálni magához „harapástávolságba". Ingrid próbálta a holtat távolabb lökni a faágával, de nem sikerült neki. Valószínűleg nem volt elég erős hozzá, hogy eltolja a viszonylag nagydarab férfitestet.

„De hol van Bundle?!" – kiabálta magában Tom. Észre is vette. Épp térden állva egy bokor tövében sietős mozdulatokkal kotort a hátizsákjában, melyet a házból hozott magával. Meg is találta, amit keresett: Előhúzta a táskából *Jonathan pisztolyát!*

– Ne! – kiabált rá Leir. – Túl hangos! Idevonzol vele még többet! – Leir ugyanazzal a lendülettel, ahogy a többiek felé futott, egyszerűen nekirohant a zombinak, hogy végre leszedje valahogy Emmáról. Sikerült is magával sodornia, de sajnos túl nagy volt a lendület! Mindketten gurulni kezdtek lefelé a lejtőn, egyenesen bele a patakba! Csak Leir és a zombi, pontosan úgy, mint annak idején!

* * *

Nola elé borzalmas látvány tárult, amikor lenézett:

Öt élőholt állt odalent teraszon, és az üvegajtón keresztül befelé bámultak a házba! Úgy látszik, Nola jól emlékezett, és tényleg kattanásig behúzta maga után a lenti ajtót, mert az szerencsére most is csukva volt. A zombik valószínűleg feldöntöttek néhány üres üveget a teraszon, és azok csörömpöltek, ahogy elgurultak, és összetörtek. Üvegszilánkokat látott a lábuknál. Nola felismerte a borosüveg darabjait, amit Tom iszogatott előző éjjel. Annak a zaja keltette hát fel a figyelmét, ahogy összetört. Még szerencse, hogy meghallotta, és nem ment le gyanútlanul az alsó szintre! Ha azok meglátták volna őt az üvegen keresztül, azonnal ütni is kezdték volna az ajtót, és még a végén beszakították volna!

„Hála a jó Istennek, hogy iszol néha, Tom!" – sóhajtott fel Nola mosolyogva. „Lehet, hogy az életemet mentetted meg azzal, hogy otthagytad azt a borosüveget! De... ugye *tényleg* nem képesek bejönni? Azért jó erős ám egy olyan üvegajtó! Nem fognak tudni csak úgy átsétálni rajta! Még szerencse, hogy becsuktam!"

De amikor már valóban kezdett volna megnyugodni, az egyik zombi erősen rázni kezdte lent az ajtót, majd csatlakozott hozzá a másik négy is!

Nola úgy érezte, eljött a vég. Be fogják törni! Ő pedig beszorult ide! A házból nincs más kijárat! Az emeleti ablakok túl magasan vannak. Belehalna, ha kiugrana valamelyiken. És amúgy is mire menne vele? Nem tudja, milyen állapotok vannak a kertben. Ha nyitva maradt a kapu, bejöhettek akár ötvenen is! Semmi értelme a kerten át menekülnie bárhová is. Azon keresztül nem jut ki.

Halálra váltan feküdt a padlón, és meg sem mert mozdulni, nehogy zajt keltsen, vagy észrevegyék a teraszról, hogy mozgás van a lépcső tetején. Már így is elég erőszakosan rázták a terasz üvegajtaját. Nola el sem tudta képzelni, mi hajtja őket. A házban nem láthattak semmilyen mozgást! Mind a négy beteg az emeleten feküdt, a földszinten sem tartózkodott senki. Miért akartak hát mindenáron annyira bejönni? Mit láttak odabent?

De Nolának már nem maradt több ideje erről gondolkodni, mert azok odalent óriási csörömpöléssel *áttörték az üveget!* Mind az öten egyszerre tolongtak befelé a nappaliba!

Ketten átestek az ajtó maradványain, mert csak az üveget verték ki belőle, a kerete továbbra is a helyén maradt. A két zombi, amelyik átesett rajta, egy rendőregyenruhás férfi és – amikor Nola meglátta, azt hitte, menten elhányja magát! – egy teljesen pucér terhes nő volt! A rendőr arccal előre zuhant bele az üvegszilánkokba. A nő is hasonlóan esett, de neki a terhes pocak tompította az esést. Teljes súlyával ráesett a gyerekére!

A nőben valami nagyot reccsent. Vagy egy bordája tört el, vagy alatta az üvegszilánkok ropogtak, de az is lehet, hogy a hasában lévő gyereknek tört el több csontja! Nola akaratlanul felszisszent ennek láttán és hallatán. Egyszerűen nem bírta megállni! Jobb kezével azonnal szájához kapott. Nem tudta, nem hallották-e meg. Úgy tűnt, nem, mivel a zombik most, hogy végre bejutottak, kicsit már nyugodtabb tempóban kóvályogtak odalent a nappaliban.

– 136 –

„Talán mégsem keresnek konkrétan a házban senkit és semmit, egyszerűen csak ösztönösen be akartak jönni valamiért. Lehet, hogy ez még életükből maradt vissza" – gondolta Nola. „Úgy érzik, hogy idebent jobb, mint kint. Habár talán maguk sem tudják, hogy konkrétan miért. Lehet, hogy csak maradtak bennük ilyen ösztönök korábbi életükből. Elképzelhető, hogy nem is vagyok akkora veszélyben" – gondolta reménykedve. „Ezek szerint talán nem akarnak feltétlenül feljönni az emeletre. Végül is nem tudhatják, hogy idefent lehet-e bármi olyan, ami lent ne lenne meg ugyanúgy. Ha 'lakóházba bejövő' ösztönük maradt is, 'emeletre felmenő' már csak nincs! Minek jönnének fel? Én ugyan meg nem mozdulok! Rajtam nem fog múlni. A betegek úgyis alszanak. Ha kell, órákon át fekszem itt! Hátha megunják, és egy idő után kitámolyognak a kertbe. Akkor megpróbálom majd valahogy eltorlaszolni utánuk az ajtót!"

A három talpon maradt zombi már elimbolygott valamerre az alsó szinten. A rendőr most kelt fel. Tele volt üvegszilánkokkal az egész mellkasa és az arca is. Az egyik szemét kiszúrta egy hosszú szilánk. Még most is kiállt a fejéből. Ő is elindult valamerre az alsó szinten, és kilépett Nola látóteréből. Talán a konyha felé tartott.

A nő is felkelt. „Te jó ég!" – sikoltotta Nola magában hangtalanul. A nőből is kiállt egy óriási szilánk, de neki a hasából! Ez adta akkor azt a roppanó hangot: beletört egy körülbelül harminccentis üvegdarab, és szétvágta az egész pocakját! Egy gyerekkéz lógott ki belőle a frissen nyitott seben keresztül! Mikor Nola meglátta azt a megkékült, véres, itt-ott megfeketedett bébikart, ahogy himbálózva fityeg kifelé a nyíláson, azt hitte, el fog ájulni az undortól.

De ez még semmi sem volt! Amikor a gyerek kidugta a kezét – ugyanis *mozgott!* –, a rothadás miatti gázképződéssel keletkezett túlnyomás böfögésszerű hanggal távozott a nő hasüregéből.

„Istenem, csak ezt ne! Nem akarom érezni a szagát!" – imádkozott magában Nola. „Csak ne jöjjön fel ide az a szag! Istenem, add, hogy ne kelljen éreznem!" Sajnos azonban a fizika törvényei nem ismernek sem kegyelmet, sem könyörületet. A nő hasából rengeteg gáz távozott, és mivel az könnyebb a levegőnél, így sajnos felfelé szállt. Nola pedig a felső szinten lapult, így egy jókora adagot *telibe* kapott belőle.

„Úristen! Ezt nem bírom ki!" – ordította magában, mindkét kezét a szájára tapasztva, mintha azzal vissza tudná tartani a hányást. Ha elokádja magát, azt biztos, hogy meg fogják hallani odalent! Minden erejével koncentrált rá, hogy ne érezze... ne is figyeljen oda az egészre... hogy kizárja tudatából azt, amit érzékszervei akaratlanul is érzékelnek és tudatnak az agyával...

De *akkor is* olyan szaga volt a gáznak, mint a világ *legborzalmasabb fingásának!* Ami egy elevenen rothadó testből jött ki ráadásul! Valami olyasmire számított, hogy ürülékszaga lesz, mint egy nyilvános WC-nek, de ez még annál is sokkolóbban hatott. Ez *édes* volt! Mint a mézzel kevert véres hasmenés egy bélbeteg ember után a WC kagylóban.

Nola *nem akart* ilyen hasonlatokra gondolni. *Semmire* sem akart gondolni, csak arra, hogy ne hányjon! Egy pillanatig úgy tűnt, ez még akár sikerülni is fog, mert annyira lesokkolta az egész jelenet és a szag, hogy szinte elfelejtett rosszul lenni. Egész odáig húzta, és hősiesen tartotta vissza gyomrának tartalmát, amíg meg nem látta, hogy...

...ki – azaz inkább *mi* – esett most ki a nő hasából! Ráadásul úgy, hogy az a padlóra toccsanó dög még egyből *mászni* is kezdett! Ez túl sok volt! Nola nem bírta elviselni a meglévő szagot, és egyszerre még a „gyerek" látványát is. Az már messze nem volt gyerek, ami ott a földön partra vetett halként fickándozott és fetrengett!

Az egész csak egy félig megrohadt, szétmállott valami volt, mégis mozgott! Kúszott, pedig még rendes kezei sem voltak! Úgy nézett ki, mint egy fekete, félig szétrohadt polip, aminek emberi feje van, és közben váladékot köp magából minden irányban. Kukacok mászkáltak a hátán, sőt valószínűleg még a bőre alatt is! Hullámzott tőlük a nyálkás kis felsőtest felszíne, mintha mindjárt ki akarna fakadni, akár egy megfeketedett pattanás. *Nyüzsöghettek* a férgek a bőre alatt!

Ez a látvány már mindent felülmúlt! Nola szeme könnybe lábadt, és elöklendte magát, de *jó hangosan!* Olyan hangosan, hogy még életében nem hányt akkorát, ami most felfelé törekedett belőle. Még a torka is belefájdult az érzésbe.

Végül azért csak nem jött ki semmi, ez még csak az előszele lehetett annak, ami ki tudna jönni, ha ez így megy tovább. De már ettől elöntötték szemét a könnyek. Pánikszerűen le is törölte pulóvere ujjával, mert muszáj volt látnia, mi folyik odalent! Még akkor is, ha nem akarja látni. *Nagyon* nem akarja látni!

Ismét befogta a száját, hogy ne sikítson, és ne is hányjon. Ez a módszer az előbb mintha segített volna egy kicsit. Lehet, hogy csak pszichésen, de akkor is!

Félve lenézett, hogy meghallották-e. Annyira azért biztos nem volt hangos az a kis öklendés.

Vagy igen?

Sajnos *igen!* A terhes nő és a gyerek is egy az egyben *őt nézték!* Közben a rendőr is visszajött a konyhából, és már az is felfelé bámult az egy darab épen maradt szemével. Mindhárman elindultak az emeletre vezető lépcső irányába!

Második fejezet: Hősök III.

Leirt egy már korábbról jól ismert érzés köszöntötte:

Az, amikor az ember a nyári melegből váratlanul belezuhan, és nyakig elmerül a sokkolóan hideg vízben! Mind a ketten egyszerre estek bele a zombival, akit Leir magával rántott. Akkorát csobbantak, hogy a víz magasra fröcskölve még Bundle-ékat is majdnem beterítette odafent az úton.

Most így másodszor már nem lepte meg Leirt annyira a hideg víz okozta sokk. A múltkor olyan váratlanul érte, hogy még azt is elfelejtette egy pillanatra, hogy hol van.

Azért, mert akkor még nem tudta, hogy mire számítson. Most így másodszor már hamarabb túltette magát a meglepetésen. Azonnal kapcsolt, hogy fel kell állnia a vízből. Arrébb kell mennie pár lépést, hogy távolabb kerüljön a zombitól, ha nem akar ezzel is perceken keresztül a patakban birkózni.

Fel is pattant, és arrébb ment...

...Azaz csak *volna!*

Mert sajnos nem vette számításba, hogy a vízben nem olyan könnyű csak úgy arrébb szökkenni, mint odakint a szárazon! A patak medre iszapos volt, süppedt és ragadt is. A pataknak pedig meglepően erős volt a sodrása.

Ahogy arrébb lépett, bal lába alaposan beleragadt a süppedős iszapba, a jobb pedig megcsúszott egy meder alján lévő nagyobb, csúszós kövön, és oldalra dőlve elesett, vissza a hideg vízbe! Leir megint a víz alatt találta magát. Nem volt mély, csak derékig ért, de ha így beleesik az ember, akkor azért át tud csapni a feje felett a hullám, még akkor is, ha ez csak egy patak. Érezte, ahogy nehéz függönyként zárul össze felette a víz felszíne, és egyből eltompulnak a külvilág hangjai, majd el is halnak. Csak a folyó zúgását hallotta.

Lesüllyedt egészen a meder aljáig, és jól beütötte a hátát egy kiálló kőbe. Talán pont abba, amelyiken megcsúszott. Reflexből azonnal kinyitotta a szemét a fájdalom hatására, és meglátta odalentről, a víz torzító felszínén keresztül, hogy mi történik odafent a levegőn:

A zombi már talpon volt, és felette állt! Vagy épp arra várt, hogy kijöjjön a víz alól, vagy épp le akart hajolni, hogy kihúzza őt onnan. Leir ijedtében moccanni sem mert, és ott maradt a víz alatt. Nem is igen tudott volna még elmászni sem odalent valamerre, mert bal lába még mindig mélyen az iszapba volt ragadva. Csapdába került hát!

Nem tudta eldönteni, fel merjen-e bukkanni, vagy sem. Viszont semmilyen többletlevegőt nem szívott a tüdejébe ahhoz, hogy azt visszatartva víz alatt töltsön bármennyi időt is. A patakmeder alján kapott ütéstől pedig, ami a hátán érte, még az a kis szusz is majdnem teljesen távozott a tüdejéből, ami épp benne volt.

Leir már lassan kezdett is fuldokolni odalent, de a víztükör annyira torzított, hogy alulról nézve egyszerűen nem tudta megállapítani, milyen messzire van a felette álló élőholt, és milyen pózban van éppen! Mit csináljon? Bukkanjon fel egyenesen a karjaiba? Vagy esetleg pont a kitátott szájába? Ha ő megpróbálna feljönni a víz alól, az lehet, hogy abban a pillanatban egyből bele is harapna a vállába vagy akár az arcába! De hát fulladjon meg inkább idelent?

Meddig tudja egyáltalán visszatartani a levegőt?

Mikor is mérte utoljára stopperrel? Talán gyerekkorában? Akkoriban szórakoztak ilyesmivel az osztálytársaival.

Most vajon jobban menne annál? ...már ha szívott volna magába elég levegőt lemerülés előtt?

Leir kezdte elveszteni az eszméletét. Zavarossá váltak a gondolatai. A világ odafent, a víztükör felett sötétedni kezdett. Olyan volt, mintha esteledne.

Valahogy Leirnek mégsem akaródzott kijönnie a víz alól. A fulladásos halál sem taszította annyira, mint hogy felbukkanva egy zombi azonnal letépje, mondjuk, a fél arcát, és aztán hullamérgezésbe haljon bele napokkal később. Vagy akár magába a zombivírusba.

Ez lenne hát a vég itt és most?...

Ekkor azonban oldalirányból valami belendült felette a „képbe". A felette álló alak pedig abban a pillanatban eltűnt!

Leir azonnal felbukkant a víz alól, és miközben fuldokolva köhögte, hányta ki magából a benyelt-belélegzett patakvizet, próbálta felmérni, mi történt, és hová tűnt a fölé tornyosuló alak.

Addig valóban a zombi állt felette, de Tom utánuk rohanva lebukdácsolt a vízhez, és baltájával oldalról még épp időben fejbe vágta! A hulla most a parton feküdt. A balta még a fejében volt. Nem mozgott. Tom a keskeny, körülbelül két méter széles patak másik partján állt előregörnyedve, a térdein támaszkodva. Zihált és fújtatott. De közben mosolygott. Büszke volt magára. Lehetett is!

Leir feltápászkodott a derékig érő patakban, és még mindig köhögte ki magából a félrenyelt vizet. Tom odanyújtotta neki a kezét.

Mikor Leir is oda akarta nyújtani neki a sajátját, akkor vette csak észre, hogy nem bírja megmozdítani! Fuldoklás közben még arról is megfeledkezett, hogy el van törve!

A hideg víz eddig csillapította ugyanis a fájdalmat, de most egyre erősebben lüktetni kezdett az egész. Most már akarattal sem tudta volna figyelmen kívül hagyni.

Azért is fokozódott egyre jobban a fájdalom, mert meglazult a karján a kötés, ami a kezdetleges sínt tartotta a helyén. Megcsavarodott valahogy gurulás közben, és most inkább csak feszítette a sérülést ahelyett, hogy egyenesben tartotta volna. Kezdte érezni, ahogy a csont ismét szétnyílik, és a két szilánkos végű darab eltávolodik egymástól odabent a húsában.

Máris kezdett átvérezni a kötés. Sürgősen el kellett hagynia hát a patakot, és rendbe tenni valahogy a karját.

Leir gyorsan odanyújtotta ép kezét Tomnak, majd barátja segítségével kimászott a vízből.

Visszakapaszkodtak az útra, és rendezték soraikat. Clarence végül szerencsére nem sütötte el a fegyvert, mert ideje sem volt rá. Leir még időben ledöntötte a zombit a lábáról.

Ha az a fegyver elsül, lehet, hogy nemcsak a zombinak, de mindannyiuknak lőttek!

Egy akkora zajra, mint egy pisztoly dördülése, nagyon sokan ide jöhettek volna. Sosem jutottak volna el a gyógyszertárig, haza meg végképp nem! Ezt azóta már Bundle is beláthatta, mert kivörösödött arccal visszarakta a pisztolyt a táskába.

A többiek segítettek visszarögzíteni Leir kötését, és az ismét egyenesen tartotta a karját. Ez kicsit enyhített a fájdalmán. A vérzés is elállt egyelőre.

Emmának csak a ruháját szaggatták meg. Más baja nem volt.

A többiek még ennyi sérülést sem szenvedtek el.

A környék most csendes volt. Csak a patak halk csobogását lehetett hallani. Annak ellenére, hogy milyen szörnyűségek történtek itt az utolsó pár percben, a partnak ez a szakasza azért tényleg egy nyugalmasabb rész volt. A távolban kóválygott néhány zombi, de azok olyan messziről valószínűleg nem látták őket.

Óvatosan átkeltek egy közeli hídon a túlpartra, és elindultak végre eredeti céljuk, a városközpont felé. Jó nagy kerülőt tettek azzal, hogy idáig eljöttek a fák között osonva, de máshol képtelenség lett volna átkelni a patakon, ahol még ezrével tolongtak zombik a partján.

Átérve a túloldalra több utcányira eltávolodtak a víztől, és mellékutcákon haladva mentek a patak folyási irányával párhuzamosan. Ezzel némileg kockáztatták, hogy el fognak térni előbb-utóbb az adott útiránytól, de még mindig jobb volt kicsit arrébb kilyukadni majd a végén, mint a vízparton tolongani több ezer élőholt között.

Egy idő után igen kanyargós, rövid mellékutcák következtek. Ezek labirintusában bolyongva folyamatosan azt saccolgatták, hogy mikor mennyire haladhatnak párhuzamosan a vízzel. Leir szerencsére elég jó irányérzékkel rendelkezett, és még akkor is érezte, hogy merre kéne menni, amikor a többiek már feladták a találgatást. Nem volt könnyű így haladni, és tartani egy adott irányt, de továbbra is a lehető legmesszebb akartak maradni a pataktól. Így ugyanis komoly esélyük volt rá, hogy zavartalanul oda is érnek egyszer a központba.

Mivel útközben látták, hogy milyen kihaltak ezek a mellékutcák, és szinte nem is találkoztak zombikkal, így már egyértelmű volt, hogy bevált korábbi tervük: A holtak valóban vízközelben tartózkodtak a legtöbben! Ha attól eltávolodik az ember, akkor onnantól már viszonylag gyorsan és zavartalanul lehet haladni.

A mellékutcákban lézengő élőholtak olyan rossz állapotban voltak, hogy már támadni sem maradt kedvük. Amelyik aktívabbnak tűnt, azt inkább nagy ívben kikerülték, és egyszerűen átmentek a túloldalra. Ez a módszer már annak idején is jól bevált, amikor először mentek az erődbe hármasban.

Tíz perc gyaloglás után végre beértek a városközpontba!

Emma ekkor ismerte csak be, hogy amikor a zombi a ruháját rángatta a patakparton, közben ő elejthette valahogy az utolsó adag inzulint! Azóta ugyanis nem találja. Nincs egyik zsebében sem.

A többiek szidni kezdték, hogy miért nem szólt. Megkereshették volna! Ő azt válaszolta, hogy szégyellte magát, hogy milyen ügyetlen. Nem akarta, hogy már megint vele legyen baj.

Most viszont kezd szédülni. Ezért is szólt róla végül mégis, mert nem érzi jól magát. Már be kellett volna adnia a következő adagot!

Leir sem volt túl fényesen. Az, hogy a karja úgy sajgott, mintha újra eltörött volna, egy dolog, de az ő gyógyszere – a vérnyomáscsökkentő – *már napok* óta elfogyott. El sem merte képzelni, mennyi lehet a vérnyomása gyógyszer nélkül ennyi stressz hatására. Csak reménykedett benne, hogy nem fog agyvérzést kapni. Neki is nagy szüksége lenne már gyógyszerre, de inkább nem akarta ezzel is tovább fokozni a feszültséget, így nem szólt róla a többieknek.

Végre odaértek a főtérre, ahol a gyógyszertár volt. Szerencsére senki sem lézengett a környéken, úgyhogy már indultak is a patikához, hogy odabent összeszedjék, amit kell. Valamiért az itteni boltokban nem látszott nyoma komoly fosztogatásnak. A kirakatok többsége is még a helyén volt.

Lehet, hogy ennyire jólnevelt a lakosság, hogy csak azt vették el, amire mindenképp szükségük volt? De sajnos az is lehet, hogy olyan gyorsan meghalt mindenki a járványtól, hogy még fosztogatni sem maradt idejük!

A gyógyszertárhoz érve Ingrid épp már lépett volna oda, hogy kinyissa az ajtót, amikor mindannyian meglátták, hogy ez nem biztos, hogy olyan jó ötlet!

Odabent ugyanis zombik lézengtek! Valószínűleg bent érte őket a halál, és nem tudtak kijönni. Volt köztük, amelyik fehér köpenyt viselt. Azok lehettek még életük során az eladók. A többiek pedig egykori vevőik lehettek. Elég vaskos, nehezen nyíló ajtaja volt a patikának, így nem csoda, hogy nem tudtak kijönni rajta. Kitörni puszta kézzel nem nagyon sikerülhetett volna nekik a vastag üveget. Annyi eszük pedig általában nincs, hogy szándékosan lenyomják a kilincset. Leirék legalábbis még nem láttak olyan zombit, amelyik kilincset vagy bármilyen mást eszközt tudott volna használni. Valószínűleg a hullák egy darabig esetlenül lökdösték odabentről a nehéz ajtót, aztán feladták.

– Most mit csináljunk? – kérdezte Emma. – Hogy hozzunk ki onnan gyógyszereket? Nem érzem jól magam – mondta panaszos hangon. De ez most nem csak a szokásos kamaszos nyafogás volt. Mindannyian hallották a hangján, hogy a lányt az ájulás kerülgeti.

– Mit érzel, drágám? – kérdezte Tom.

– Szédülök és homályosan látok.

– Máris a *cukra* az – nézett Tom aggódó arccal. – Muszáj inzulint szereznünk! Így vagy úgy, de be kell mennünk oda!

* * *

Mindhárom zombi felfelé tartott Nolához az emeletre!

A rendőr ment elöl, a meztelen nő követte a szétnyílt hasával, mögöttük pedig az az undorító kis *dolog* vonszolta magát, kitartóan kapaszkodva felfelé egymás után a lépcsőfokokra! Hihetetlen, hogy képes volt mászni, hisz még használható kezekkel sem rendelkezett!

Nola lassan, óvatosan tápászkodni kezdett. Abban reménykedett, hogy talán csak az öklendezés hangját hallották, és az keltette fel a figyelmüket, de azért őt magát, azaz a hang forrását még nem látták meg.

Ha nagyon halkan áll fel, még az is lehet, hogy úgy el fog tudni szépen, csendben iszkolni innen, hogy azok észre sem veszik!

Ekkor már térdelő helyzetben volt. Lassan, egymás után maga alá húzta mindkét lábát, és elkezdett felegyenesedni. Óvatosan csinálta, hogy ne csapjon semmilyen zajt. Attól rettegett, hogy nehogy megreccsenjen a térde vagy akár a deszkák a lába alatt. Úgy tűnt, eddig nagyon jól csinálja, mert már majdnem álló helyzetben volt, és idáig még semmi sem reccsent vagy nyikordult meg körülötte. Sikerült síri csendben már majdnem teljesen kiegyenesednie! Kis híján elmosolyodott örömében, de akkor látta meg, hogy *sokkal nagyobb* a baj, mint hitte!

Miközben még a padlón feküdt, a zombik odalentről feléje, az emeleti padló irányába néztek. Nola remélte, hogy csak azért, mert abból az irányból hallották a hangot. Mivel elég sötét volt odafent, így először azt gondolta, hogy konkrétan talán nem látnak semmit az emeleten, csak találomra indultak el. Most viszont, hogy Nola felállt, a zombik már más irányba néztek: nemcsak úgy általában az emelet irányába, hanem *konkrétan őrá!*

A holtak szemükkel végig követték a mozdulatsort, ahogy felállt! Valóban őt nézték, és nemcsak elindultak felfelé céltalanul, hanem *érte jönnek!*

Nola futásnak eredt!

Végigrohant a folyosón, hogy pár méter előnyre tegyen szert velük szemben. Azok még mindig a lépcsőn botladoztak.

Nola odaért a folyosó végén a T alakú elágazáshoz.

Most merre menjen?! Visszafelé nem tud, mert a folyosó túl szűk! Még *egyetlen* zombi mellett sem tudna úgy elmenni, hogy az közben ne kapja el! Három mellett meg pláne nem! Csak belerohanna a karjukba! Visszafelé nem mehet hát, csak előre! De merre?

Balra Zack szobája van, jobbra pedig a vendégszobák. Ott fekszik Jim, Ruth és Jonathan. Kérjen tőlük segítséget? Kezdjen el kiabálni?

Nem lenne értelme! Annyira rosszul vannak, hogy ki sem tudnának jönni, nemhogy még segíteni is neki!

Nola arra gondolt, hogy inkább csöndben elbújik itt a folyosón egy szekrénybe, akkor talán üldözői elmennek majd egy idő után!

Nem! Ezt nem teheti meg. Minden beteg hálószobájának az ajtaja tárva-nyitva van! A zombik találomra be fognak menni valakihez, és széttépik. Ha tehát ő elbújik, azzal valaki mást halálra ítél!

Hárommal viszont Nola egymaga nem tud elbánni, fegyver nélkül talán még eggyel sem! Kiugrani sincs értelme valamelyik emeleti ablakból. Valószínűleg nyakát törné odalent! Vagy „legjobb" esetben csak a lába törne el, aztán törött lábbal feküdne, és ölbe tett kézzel várná, amíg a kertben mind az ötven zombi lassan körülveszi, és közelebb jön hozzá... majd még közelebb...

Ebbe bele sem mert gondolni! Kirázta tőle a hideg. Nem ugorhat hát ki csak úgy egy ablakon!

Ekkor ért fel a rendőr a lépcső tetejére. Már látta Nolát a folyosó végén, és egyből meg is indult felé csoszogva!

Nolának csak másodpercei voltak hátra ahhoz, hogy vagy meghozza élete legrosszabb döntését, vagy a legjobbat, ami egyben a legnehezebb is lesz.

Mit tegyen hát? *Száguldottak* a gondolatai. Mások előtt egy ilyen életveszélyes helyzetben lehet, hogy lepereg az egész életük. Neki most arra nem volt ideje, mert eshetőségek és lehetséges végkimenetelek egész sora cikázott villámként az agyában:

Elbújni nem bújhat el, mert mást fognak találomra megölni helyette.

Ha kiugrik itt egy emeleti ablakon, akkor meg lábát töri, és a kertben tolongó tömeg egyből megrohamozza.

Ha visszamegy a lépcső irányába, akkor viszont pont a karjukba szalad!

Nincs tehát kiút!

Kelepcébe került!

Magát pedig azért nem szívesen áldozná fel csak úgy abban reménykedve, hogy talán akkor a többieket már nem bántják, és békésen távoznak. Erre szinte nulla volt az esély.

Ha Nola kiabálni kezdene, akkor meg valószínűleg még többen bejönnek majd a kertből, a betegek pedig, még ha fel is ébrednek, nem valószínű, hogy segíteni tudnának harcolni ellenük!

Ilyen körülmények között egyszerűen nincs innen kiút!

„Mi marad tehát az egyetlen opció?" – Nola szíve kalapált, gondolatai úgy cikáztak, mint még soha azelőtt. Élete utolsó másodperceiben próbált értelmes, igazságos és erkölcsös megoldást találni. Nem volt könnyű, sőt inkább *lehetetlen*. „Mi marad az *egyetlen* opció?"

Akármennyire is nem akarta, végül csak kimondta magában:

„A megoldás az, hogy valakinek *ma itt meg kell halnia!* Valamivel le kell foglalnom a három zombit, ha meg akarom menteni a többieket és saját magamat is! De mi mással foglalhatnám le őket, mint az evéssel? Más nem érdekli őket! Valakit hát oda kell vetnem nekik, és fel kell áldoznom! Nincs más választásom! Egyvalakit a halálba küldök azért, hogy a többieket megmentsem! A többség érdekét kell szem előtt tartanom."

Most megint úgy érezte magát, mint azokban a filmekben, amikor a hősnek világrengető ügyekről kell döntenie, és ő ítéli meg, hogy ki a jó ember s ki nem. Olyankor egy pillanat alatt feláldozzák a rossz fiút, aki szökött bűnöző vagy esetleg halálraítélt gyilkos... mert *érte* úgysem kár. Hatástalanítsa ő a bombát! Hisz ő senkinek sem fog hiányozni. Ráadásul így mindenki más megmenekül! Jöhet a „happy end"!

De Nola most mihez kezdjen? Itt nincs rossz fiú! Itt most nem lesz happy end, mert itt *mindenkiért* kár! Áldozza fel saját magát, és egyszerűen álljon eléjük? Miután őt már széttépték, valószínűleg akkor is ugyanúgy továbbmennek majd! Valaki akkor is meghal még itt az emeleten! Sőt, lehet, hogy mindenki! A betegek még ellenállni sem fognak tudni!

Tehát muszáj lesz feláldoznia *egy*valakit, hogy ő és a többiek legalább túléljék. Ez a verzió jár a legkevesebb veszteséggel. Még akkor is, ha kegyetlenség.

De melyikük haljon meg?

Áldozza fel Ruth-t, akivel olyan jól összebarátkozott? Ő is csak negyvenéves, még hosszú élet állna előtte! Ráadásul ő a legkevésbé beteg. Vele *nem* teheti ezt!

Legyen inkább Jim? De hisz gyereke van! Emmának szüksége van apára! És ő sincs annyira rosszul, még túlélheti!

Akkor Jonathan lesz az! Ő már nagyon idős, és rossz állapotban van. Valószínűleg úgyis meghalna egy-két napon belül.

Ő lesz az tehát!

Már épp indult volna jobb felé, hogy berohanjon Jonathan szobájába maga után vezetve az egyre csak közeledő zombikat. Azóta a másik kettő is felért a felső szintre, és már csak négy méterre voltak tőle!

Nola ekkor az utolsó pillanatban jött rá, hogy nem futhat jobbra! Abban a szárnyban a három vendégszoba *közvetlenül* egymás mellett van. Jonathan szobája van középen. Ha Nola arra vezeti őket, és megölik az öreget, akkor akár jobbra mennek Jonathan kivégzése után, akár balra, Jimet vagy Ruth-t is meg fogják találni a szomszédos szobában! Ha Jonathant áldozza fel, legalább még egy ember oda fog veszni! De lehet, hogy egyikük sem éli túl ott, a jobboldali szárnyban!

A rendőr már nyújtotta a karját, hogy elkapja Nola vállát, de az az utolsó pillanatban *döntött*, és rohanni kezdett bal felé, Zack szobája irányába. Nola rájött, hogy *Zacket* kell feláldoznia, hogy ő túlélhesse. És azért, hogy talán a másik három ember is túlélje ezt a napot! Ha elidőznek Zackkel, amíg széttépik, talán ő addig ki tud surranni a szobából, és letámogatja valahogy a másik három embert innen az emeletről. Aztán hogy onnan hogyan tovább, azt ő sem tudta. De le kell valahogy jutniuk innen, a biztos halálból!

Szegény Zackért viszont most érkezik el a halál. Épp Nola hozza rá ebben a pillanatban szándékosan! Már futtában sírva fakadt. Azonnal folyni kezdtek a könnyei, mintha csak egy csapot nyitott volna meg. A legszomorúbb csapot a világon, melyből csak sós víz folyik, akár a tenger.

– Annyira sajnálom, Zack! – zokogta Nola futás közben. – Ne haragudj, kérlek!

Berohant a folyosó végén a nyitott ajtón, és megállt a szoba közepén. A zombik követték. Botladoztak utána a folyosón kérlelhetetlenül, megállíthatatlanul. Nolának még volt pár méter előnye velük szemben, így maradt néhány másodperce töprengeni azon, hogy mit csináljon.

A szobában állva látta, hogy Zack mélyen alszik. Egy pillanatra megfordult a fejében, hogy talán már nem is él. Akkor nem ő hozta volna rá a halált! De *sajnos* még élt! A mellkasa egy másodpercre megemelkedett, aztán visszasüllyedt. Így tényleg ő lesz a gyilkosa! Elviselhetetlen volt számára ez a tudat. Tényleg nagyon megkedvelte ezt az embert. És Leir is kedveli. Ő sem fog örülni, hogy őt választotta, és hagyta meghalni! Mit fog Leir szólni mindehhez? Meg fogja gyűlölni a feleségét, hogy az megölette a barátját! Azt, aki apja helyett apja volt! Gyűlölni fogja! És azonnal el is hagyja örökre!

De miközben ezen kesergett, rájött, hogy inkább azon kellene gondolkoznia, hogy ő hogyan jut ki innen élve! Még az sem biztos, hogy neki sikerül valaha. Ha ő sem jut ki, akkor aztán Leir nem fog tudni veszekedni vele!

A szoba csak egy ablakkal rendelkezett, és a kiugrás lehetőségét már korábban elvetette. És csupán egyetlen ajtó volt, ahol ő is bejött, azon pedig másodperceken belül három zombi fog őt keresve betódulni! Egyetlen lehetősége maradt csak: el kell bújnia, de azonnal!

Abban reménykedett, hogy a zombik nem képesek beazonosítani, azaz felismerni az embereket. Nekik teljesen mindegy, hogy kit kezdenek marcangolni. Őket valószínűleg csak az érdekli, hogy éljen az illető. Zack, szegény még él. Ha bejönnek ide, Nolát nem látják többé sehol, és csak az ágyban fekvő Zacket találják helyette, akkor valószínűleg egyenesen felé mennek majd. Nem fogják Nolát keresni, ha elbújik. Annyi eszük úgysem lehet, hogy keressenek valakit vagy felfogják, hogy az a személy, akit eddig üldöztek, valószínűleg továbbra is itt van, csak most rejtőzik! Tehát Nola most elbújik, és később, amíg azok Zacket szaggatják, ő óvatosan előmerészkedik rejtekéről, és átrohan a folyosó másik végébe, hogy valahogy levigye onnan az embereket!

De hová bújhatna itt? Egy felnőtt embernek már nem olyan könnyű csak úgy elrejtőzni, mint egy kisgyereknek. Nem fog csak úgy *bárhová* beférni.

„A szekrény!" – jutott eszébe. „Zacknek jó nagy ruhásszekrénye van, akkora, mint egy gardrób! Abba beállhatok, és megvárhatom, amíg tiszta lesz annyira a levegő, hogy kilopakodhassak a szobából!"

Odarohant hát azonnal a szekrényhez, és megrántotta az ajtaját, hogy kinyissa... de az zárva volt!

Zack zárva tartja a ruhásszekrényét? Biztos a vendégek miatt, akik már hetek óta itt vannak. Nola pánikba esve rántott rajta még jónéhányat, de azzal sem ment semmire. Kétségbeesetten körülnézett a szobában:

„Merre lehet a kulcs? Hogyan jussak be így a szekrénybe? Nincs időm megkeresni!" – Közben már hallotta, hogy a rendőr körülbelül két lépésre van a szobától! Már hallotta, ahogy a mögöttük mászó gyerek puha neszezéssel húzza magát végig a padlószőnyegen.

Itt vannak!

„Eljött hát értem a halál!"

Harmadik fejezet: Hősök IV.

Tom és Ingrid leültették Emmát egy padra szemben a gyógyszertárral. Látszott a lányon, hogy az ájulás szélén van. Nagyon rosszul nézett ki.

– Mit csináljunk most? – kérdezte Leir a többieket. – Hogyan menjünk így be mindannyian? Emma így nem tarthat velünk, mert azonnal elkapják. Vagy ha nem, akkor is elszédülhet, összeesik és egy pillanat alatt életveszélybe kerül. Ha nem a cukorbetegségtől, akkor az odasereglő zombiktól. Ilyen állapotban nem tud nekünk segíteni, ráadásul le is lassít, ha állandóan rá kell figyelnünk harc közben. Tehát ő nem jöhet velünk. De akkor viszont valakinek itt kéne maradnia vele, nem?

– Maradjatok kint mindannyian. Bemegyek *én* egyedül – jelentette ki bátran Tom. – Én vagyok a legjobb erőben. Talán van valami esélyem. Ha egyedül megyek be, remélhetőleg nem keltek akkora feltűnést, és észrevétlenül kihozhatok úgy gyógyszereket, hogy nekik még csak fel sem fog tűnni.

– De azt sem tudod, mit hozz ki! – kötött bele Bundle.

– Egy ampulla inzulint még azért felismerek – válaszolta Tom sértődötten. – Rá van írva, vagy nem?

– Azt is tudod, hol keresd? A gyógyszerészek nem ABC sorrendben tartják ám a gyógyszereket! Nem az „i" betűnél fogod megtalálni. Ez annál sokkal bonyolultabb. Bemegyek én! – ajánlkozott hősiesen Clarence. – Én eligazodom odabent. Megtalálom a megfelelő gyógyszereket, és keresek még másmilyeneket is, amelyek hasznosak lehetnek apám betegsége ellen, és akár a többiek részére is, a fertőzésre!

– Arról szó sem lehet! – fröcsögött Ingrid a gyűlölettől. Nem bízom benned!

– Kérlek, engedjétek, hogy bizonyítsak! – mondta Clarence szánalomra méltó arckifejezéssel. – Sokat hibáztam. Tudom, hogy bőven van mit jóvátennem. De most csak a jó szándék vezérel! Segíteni akarok! – Kérdőn Emmára nézett, mintha az ő beleegyezését várná. De az rá sem nézett. A földet bámulta. Szegény olyan rosszul volt már, hogy se nem hallott, se nem látott. Bár az is lehet, hogy még mindig ennyire haragudott Clarence-re, amiért az majdnem levágta a karját.

Mivel Emma nem nyilatkozott, így a többiek döntöttek helyette is:

– Rendben – monda Ingrid.

– Menjen akkor ő – mondta Tom is beleegyezően.

Leir nem kommentálta a dolgot. Törött karja megint annyira lüktetett és sajgott, hogy örült, ha egyáltalán állni tud. Jó, hogy Clarence felajánlkozott, mert ő nemhogy bemenni nem tudott volna így, de még abban sem volt biztos, hogy idekint képes lesz-e öntudatánál maradva megvárni őt *ájulás nélkül.*

Leir is lerogyott a padra Emma mellé. Tom és Ingrid is leültek.

– Aztán nehogy meglógj a cuccal a hátsó kijáraton, Clarence! – szólt Leir Bundle után fáradtan mosolyogva.

– Nem fogok, Flow! Bízhattok bennem! Emma, tarts ki! Hozom máris az inzulint! – szólt vissza Clarence.

Emma nem felelt. Úgy tűnt, tényleg nincs teljesen tisztában azzal, hogy ki kivel is van pillanatnyilag. És azzal sem, hogy mi történik. Csoda, hogy még a padig képes volt elvonszolni magát.

Clarence odaért a gyógyszertár ajtajához. Óvatosan kinyitotta, és a mozdulat közben le is guggolt. Onnan négykézlábra ereszkedett, és halkan belopakodott az ajtón. Elég komikusan nézett ki a nagydarab kopaszodó férfi, amint öltönyben, négykézláb „gyógyszertárba megy". De abban igaza volt, hogy még ha éppen felé is fordulnak a zombik, amikor ő beslisszol a bejáratnál lévő pult takarásában, azok csak az ajtót fogják látni a pult felett, ahogy egy pillanatra megmozdul. Nekik egy ajtó

– 147 –

semmit sem mond. Az nem élőlény. Ha viszont egy ember fejét pillantják meg, aki épp most lép be hozzájuk, azonnal odasereglenének, az biztos!

Igaza volt tehát Bundle-nek, hogy a lehető legalacsonyabban próbált besurranni, talán így tényleg nem veszik majd észre.

Miután bejutott, látták, hogy esetlen, túlsúlyos testét lassan guggoló helyzetbe tornássza, felnyúl a kilincsért, és lassan becsukja maga után az ajtót. Ismét négykézlábra ereszkedett, és elkezdett befelé mászni a gyógyszertárba két olyan polcsor között, ahol nem volt egy zombi sem. Pár pillanat múlva el is tűnt barátai szeme elől.

– Azért ez igazán bátor dolog tőle – mondta Tom. – Megvallom őszintén, hogy én az előbb leginkább korrektségből mondtam, hogy bemegyek egyedül... de rohadtul nem örültem volna, ha *ti valóban* be is engedtek! Nem is tudom, be mertem-e volna menni *egyedül* azok közé! Nem semmi fickó ez a Bundle. Tényleg lehet, hogy kezd megváltozni. A végén még hős lesz itt belőle!

– Kiből? – kérdezte egy hang *a hátuk mögül.*

Mind négyen megfordultak, még Emma is. Az ijedtségtől most még ő is kicsit magához tért.

Egy körülbelül Emma-korabeli lány állt mögöttük. Annyira belefeledkeztek, hogy ki menjen be a gyógyszertárba, továbbá sérüléseikbe és aggodalmaikba, hogy észre sem vették, hogy valaki egyszerűen odasétált hozzájuk a téren, és már egy ideje a hátuk mögött áll!

A lány rövid barna hajú, átlagosan vékony alkatú és kifejezetten szép arcú volt. Hátán egy lefűrészelt csövű vadászpuskát hordott odaszíjazva. Jobb karján a dzseki ujját valaki letépte.

„Ezzel meg mi történt?" – találgatta Leir. „A zombik tépázták meg az ő ruháját is ugyanúgy, mint Emmáét? Vagy ő maga tépte le a kabátja ujját, hogy könnyebben mozgassa a karját? De vajon miért? Milyen mozdulathoz? Talán... *lövöldözéshez.*" – gondolta Leir ijedten. Afféle benyomást keltett a lány, mint egy posztapokaliptikus regényben a tipikus „vagány főszereplőcsaj". Pont úgy nézett ki, mint amilyenekről Leir könyveket írt korábban.

– Kiből lesz hős? – ismételte meg a lány a kérdést.

– Csak egy barátunkról beszélgetünk éppen, aki odahaza van – hazudta Leir. Nem akarta megmondani, hogy miért ülnek itt. Ha a lány nem látta Clarence-t bemenni, akkor nem tudhatta, hogy van velük még egy személy. Ez még jól jöhet. Ha támadó szándékkal jött ide hozzájuk, akkor Clarence még segíthet. Majd akkor, ha egyáltalán képes lesz egyedül túlélni azt a kis kalandot odabent!

A lány megkerülve a padot Leirék háta mögül most átjött eléjük. Közelebb jött hozzájuk, de megállt tőlük tisztes távolságban, körülbelül két méterre. Közben kihúzta a tokjából a puskát. Nem célzott rájuk, csak leengedve lógatta maga mellett. Igazából nem is volt szükség arra, hogy rájuk fogja. Önmagában az, hogy elővette, már éppen eléggé fenyegetésnek tűnt!

– Kik vagytok? – kérdezte. – És miért ücsörögtök itt ilyen ráérősen? Engem *Sybilnek* hívnak.

* * *

Nolának már csak körülbelül két másodperce maradt arra, hogy beugorjon valahová, mielőtt a holtak belépnek a szobába!

A szekrénybe már nem jut be. Vaskos tölgyfaszekrény volt. Kulcs nélkül, puszta kézzel nem tudja kinyitni az ajtaját! Döntött hát, nincs más választása:

Néhány lépéssel az ágynál termett, és hasra vágva magát gyorsan alábújt.

Épp behúzta a lábát is az ágy alá, amikor megjelent a rendőr az ajtóban. Nola imádkozni kezdett magában:

„Istenem, ha létezel, add, hogy ne lássanak meg! Nehogy megérezzék a szagomat! Add, hogy valami csoda folytán Zacket se vegyék észre! Talán a fekvő, beteg emberek nem is érdeklik őket... Hátha elvesztik az érdeklődésüket, és kimennek! Istenem, add, hogy így legyen!"

De Isten ezúttal nem segített.

A halott rendőr egyenesen az ágy felé jött, utána máris tolakodott be mögötte a meztelen nő hullája, és az is sietősen, éhesen dülöngélt az ágy felé. Két másodperccel később már ott is álltak, és Nola érezte maga felett, ahogy ránehezednek az ágyra!

Nyögést hallott... Zack felébredt!

„Istenem, szegény Zack!" – gondolta magában. Újból eleredtek a könnyei ott az ágy alatt kuporogva a porban.

A zombik azonnal tépni kezdték szegény embert! Marcangolták. Nola az ágy alatt is hallotta, ahogy csattognak a fogaik, sőt azt is, ahogy a hús szakad! Undorító volt! Látta maga mellett az ágy alól, ahogy a két zombi esetlenül egy helyben topog zabálás közben. Mindkettőnek vér borította a lábait. A nőn cipő sem volt.

Zack csak egyet nyögött még az elején, de aztán elhallgatott.

„Hál' Istennek!" – zokogta magában Nola hang nélkül, szájára tapasztott kézzel. „Szegény, drága Zack! Talán egyből olyan ponton harapták meg, hogy azonnal vége is lett. Fájdalom nélkül halhatott meg, és akkor talán nem szenvedett sokat." És azért is hálát adott, mert ha Zack ordítozni kezd, akkor felébresztette volna a folyosó végén a másik három beteget. Akkor azok is valószínűleg kiabálni kezdenek, és kérdezgetni kezdik, hogy mi történt odaát Zacknél. Az viszont már felverte, és idevonzotta volna a kertből az összes élőholtat, és soha senki nem jutna ki innen élve!

„Akkor talán mégis szerencsém lesz" – gondolta Nola, miközben hallgatta, ahogy fél méterrel felette Zack csurom véres, még láztól gőzölgő testét szaggatják. „Talán kijutok innen. Lehet, hogy mindannyian kijutunk. Talán szerencsénk lesz."

Erre a végszóra *csúszott be* a szobába a „gyerek"!

Az is az ágy felé kúszott. Mászni nem is igazán tudott, mert nem voltak hagyományos értelemben vett *kezei*. Inkább a hasán húzta magát, mint egy vízi állat, ami partra mászva semmi egyébre nem képes a kúszáson kívül. A gyermek esetlenül lökdöste magát előre csökött, puha, polipkarokhoz hasonló végtagjaival. Minden lökésre csattant egyet a parkettán. Ha Nola lehunyta volna könnyes szemeit, talán képzelhette volna, hogy csak egy hal vergődik a szoba padlóján.

De nem hunyta le!

Ugyanis ekkor jött rá, hogy *most fog meghalni!*

A gyerek végig a földön kúszott. Nem tudott volna felmászni Zackhez az ágyra, hogy ő is lakmározzon belőle.

„Akkor viszont hová siet ennyire? De hiszen ez nem akar felmászni Zackhez!" – Nola rájött, hogy mivel a gyerek az ő szemmagasságában, a padlón csúszott be a szobába, így már az *első pillanattól kezdve látta* őt ott az ágy alatt, és most *egyenesen felé* tart!

„Ez tudja, hogy itt vagyok! Lát engem, és *értem* jön! Be akar jönni hozzám az ágy alá!"

* * *

– Miért ücsörögtök itt ilyen ráérősen? – kérdezte Sybil. – Nem tűnt még fel, hogy itt a világvége?

– De igen – válaszolta Leir –, csak leültünk kicsit galambokat etetni a térre. Ő Tom, Ingrid és Emma. Én pedig Leir vagyok – nyújtott kezet anélkül, hogy ültéből felemelkedett volna. Inkább nem állt fel. Túl fáradt is volt, és most amúgy sem esett volna jól neki, ha fél méterről arcon lövik egy vadászpuskával. Tartott tőle ugyanis, hogy ha felállna, azt a csaj fenyegetésnek vehetné. Így inkább csak ülve udvariaskodott és humorizált, hogy oldja kicsit a feszültséget.

– Üdv – válaszolta Sybil, de nem lépett közelebb, és nem viszonozta sem a kézfogást, sem a viccelődő hangnemet. Így hát Leir is leengedte ép kezét, és tovább igazgatta vele a kötést a másikon. – De most komolyan, miért ültök itt? – erősködött a lány. Annyira azért már nem tűnt ellenségesnek. Habár a fegyvert továbbra sem tette vissza a tokjába, odasétált a mellettük lévő padhoz, és ő is leült. A puskát az ölébe fektette. Sajnos pont a rossz vége nézett Leirék felé.

– Egy barátunkat várjuk – felelte Leir tömören. Úgy gondolta, jobb, ha teljesen azért nem veszi hülyére a posztapokaliptikus regényhősnőt. A végén még begorombul. Végül is akárki lehet. Például egy pszichopata, aki szórakozásból beleköt emberekbe, aztán lepuffantja őket. Ki tartóztatná le érte itt? Vagy bárhol máshol? *Manapság* már senki!

– A gyógyszertárban van? – kérdezte Sybil. – Régóta bent lehet.

– Ja. Hosszú a sor – válaszolta Leir. – Sokan állnak előtte.

A lány eleinte úgy ült le, hogy csak maga elé nézett, de most feléjük fordult.

– Csak viccelek – helyesbített Leir. – Ne haragudj. Ha ideges vagyok, sokszor reagálok így.

– Miért vagy ideges? – kérdezte Sybil.

– Azért ideges, mert mindjárt pofán lősz minket a puskáddal! – szólalt meg dühösen Emma.

– Ja, ez? – nézett Sybil a puskára. – Bocs. Csak nyomta már a hátam, azért vettem ki a tokból. – Letette most inkább maga mellé a padra.

Ekkor végre feloldódott kicsit a hangulat. Tom hangosat sóhajtott.

Lehet, hogy a lány tényleg nem akart semmi rosszat, csak rosszul fogtak neki a társalgásnak.

– Miért ment be a barátotok egyedül a gyógyszertárba? Egy rakás zombi tolong odabent.

– Úgy gondoltuk – kezdte Tom –, hogy egyedül több esélye van. Így talán nem veszik majd észre, és ki tud hozni ezt-azt. Mi amúgy sem tudnánk most harcolni. Mindannyian kivagyunk, mint a kutya. Talán harc nélkül, ésszel most többre megyünk. Kidolgoztunk hát egy ilyen stratégiát, ami lényegében annyi, hogy mi most itt ülünk kint, ő meg odabent van egyedül.

– Kiváló stratégia. Nektek. Ugyanis van eszetek, hogy kint maradtatok – válaszolta Sybil kissé szemtelenül. – Neki viszont nincs sok. Bár bátor faszi lehet, hogy így bemert oda menni egyedül. Egy *igazi hős* lehet a haverotok!

Negyedik fejezet:
Leszámolás Bundle-lal

– Errefelé laktok? – kérdezősködött tovább Sybil.
– Igen. És te? – kérdezett vissza Tom most már kicsit felbátorodva.
– Én nem – felelt Sybil. – A belvárosból jöttem. Gyalogolok már egy ideje. Keresek itt valakit. Úgy hívják, hogy Bundle, dr. Clarence Bundle. Nem ismeritek esetleg?
– Nem!! – mondták ki szinte egyszerre mind a négyen odafordulva. „A fenébe! Ezt nem kellett volna!" – hallgattak el azonnal mindannyian. Rossz reflex volt. Túl hamar rávágták. Semmiképp nem kellett volna egyszerre válaszolniuk! És pláne nem olyan határozottan. Ennél feltűnőbben már nem is csinálhatták volna!
Azért tagadták le mind a négyen, hogy velük van, mert mindenkinek ugyanaz jutott eszébe: akármiért is keresi Bundle-t ez a fegyveres lány, jobb, ha egyelőre nem tud róla, hogy itt van a környéken. Ők most Bundle-re vannak utalva. Épp nekik szerez gyógyszert! Ráadásul az otthoniaknak is. Itt is, otthon is négy-négy ember élete függhet most tőle. Nem engedhetik, hogy a lány bántsa, akármit is tett az vele korábban!
Emma küzdötte le először közös elszólásuk miatti zavarát. Talán azért is, mert hasonló korban volt, mint Sybil. Gondolta, talán ő megüthet vele valamiféle közös hangot. Óvatosan feltett hát neki egy kérdést:
– Mondd csak, miért keresed ezt a Bundle-t? Talán a rokonod?
– A gyilkosom!

* * *

A gyerek egyenesen Nola felé kúszott! Esze ágában sem volt felmászni Zack ágyára, hogy lakmározhasson belőle a többiekkel. Ő látta, hogy Nola az ágy alatt van, így egyenesen felé vonszolta magát! A kétségbeesett nőnek már szinte eszét vette a félelem ott az ágy alatt kuporogva. Nem tud hová menekülni! Ki sem tud mászni onnan, mert a Zacket marcangoló két zombi lábai börtönrácsként állják el az útját! Ki sem fért volna köztük úgy, hogy közben ne kelljen mindkettő lábát félrelöknie. Nem mert volna még hozzájuk *érni* sem. Azonnal elkapták volna, ha megérinti őket! Így hát nem mert moccanni, és maradt szépen ott, ahol van. A gyerek viszont már egyre közelebb ért!

Nolának jobb ötlete nem lévén, nagy nehezen hátára fordult a szűk helyen, és megfordulva úgy helyezkedett, hogy a lába nézzen kifelé. Térdeit felhúzta a mellkasához, és még kisebbre összekuporodott.

A gyerek ekkor már az ágynál volt! Azonnal nyúlt is be alá egyik megfeketedett, uszonyszerű végtagjával. Közelebb húzta magát Nolához, s közben halk kerregő hangot adott, mintha csak nyugtatni akarná áldozatát, hogy maradjon veszteg, mert nem fog annyira fájni!

Nola csak erre a pillanatra várt, hogy elég közel jöjjön. Mellkasáig felhúzott jobb lábával váratlanul kirúgott, teljes erőből bele a gyerek fejébe!

Az a rúgástól kigurult, kicsúszott az ágy alól, és a szemközti falnak csapódva koppant egy nagyot, majd leesett a padlóra. Azonnal elernyedt.

„Ez aaaaz!" – ordította diadalmasan magában Nola. Nem is értette, *miért* félt tőle annyira. Mégiscsak egy újszülött volt! (Azaz lett volna, ha valaha megszületik). Nola tudhatta volna, hogy nem lesz nehéz elbánni vele! Ennek már annyi! Most jól megkapta a magáét a rohadt kis szaros!

De a fal mellett fekvő kitekert testhelyzetű „baba" most újra megmozdult! Az előbb a hátára esett, és most nagyon nehezére esett visszafordulni. Olyan volt, mint egy esetlen kis ékszerteknős. (Csak ez rothadó fekete poliplábakkal rendelkezett, emberi arca, bőre alatt pedig kilószámra nyüzsögtek a férgek!) Egy darabig rángatózva, tehetetlenül vergődött a hátán fekve. De aztán addig billegett ide-oda, amíg sikerült végül újra hasra fordulnia.

Hasra érkezvén csattant egy nagyot a nemrég felviaszolt, fényes parkettán, ahogy mellső végtagjai odacsapódtak a padlóhoz.

Újra mászni kezdett Nola felé. A csöppség nem adta fel!

– Hogy érted azt, hogy a gyilkosod? – kérdezte Emma Sybiltől. – Nekem nem tűnsz halottnak vagy zombinak.

– Csak ő hisz halottnak – válaszolta Sybil enyhén elmosolyodva. Majd újra elkomorult. – Bundle is és én is a belvárosban voltunk egy metróaluljáróban. Mindketten egy lesántult nőnek segítettünk, mert nem bírt egyedül menni. Akkor kezdődött el a zombiapokalipszis. Talán ott és akkor a világon először! El akartunk menekülni onnan, és beszállni mindhárman a metróba. Ők ketten még épphogy be tudtak szállni. Én is be akartam, de az a rohadt szarházi Bundle megragadott a ruhámnál fogva, és az utolsó pillanatban visszalökött! Vissza a zombik közé! Azonnal éreztem, hogy nyakon harapnak. Két helyen is! Ekkor ment el a metró... Az volt az egyetlen szerencsém, hogy vastag sálat viselten. Jó, tudom, hogy nyár végén mi a fenének sálat hordani, meg ilyenek... de a legújabb divat szerint csak az számít, hogy... na mindegy! Szóval éreztem a harapásokat, és fájtak is, de a fogaik nem szakították át a sál anyagát. Nagy nehezen kitéptem magam a kezeik közül, de a dulakodás közben leestem a peronról.

Szerencsére egyedül voltam odalent a sínek között, ugyanis azokat a zombikat, akik előtte ott lent tolongtak, mind elütötte az a metró, amivel Bundle-ék elmenekültek. A peronon őrjöngő zombik pedig inkább csak azokkal foglalkoztak, akik már amúgy is a közvetlen közelükben voltak. Engem futni hagytak. Észre sem vették, hogy leestem, és eltűntem.

Berohantam hát a sötét alagútba. Úgy voltam vele, hogy inkább üssön el engem is egy metró, mint hogy visszamásszak oda a peronra! De végül nem jött több szerelvény. Jó sokáig kóboroltam ott a sötétben...

Több megállót is elhagyva, kilométereken keresztül gyalogoltam az alagútban. Azért, mert a következő megállóban sem tudtam felmászni a peronra. Ott is hasonló helyzet várt! Tele volt őrjöngő zombikkal az egész hely! Ott szerencsére nem láttam senkit a sínek között, így legörnyedve óvatosan, hogy a peronról se vehessenek észre, végigfutottam a falhoz lapulva a megálló mellett, és a végén ismét bevettem magam a sötétségbe.

A következő megállónál is ugyanez történt. De az arra következőnél végre nyugalom és csend honolt. Csupán üres volt, és vészjóslóan kihalt minden, de legalább zombit nem láttam sehol.

Felmásztam hát, és felmentem az utcára. Addigra már beesteledett. Nagy nehezen hazajutottam apához, de addigra már ő is meghalt a víztől...

– A mitől? – kérdezte Leir.

– Hát a víztől. Ti nem tudtatok? A csapvíz okozza! Abban van a vírus! Apa éppen teát főzött, és a csapból engedett vizet a kannába. Ezt a rohadt vírust még a forralás sem nyírja ki! Épp teát ivott, amikor meghalt. És sajnos vissza is jött nemsokára. Le kellett lőnöm a saját vadászpuskájával! – bicentett a padon fekvő fegyver irányába. – Mivel nincsenek barátaim és rokonaim sem, úgy döntöttem, megkeresem a gyilkos gazembert, aki meg akart ölni. Régóta jövök már utána. Talán több hete is. Kicsit elvesztettem az időérzékemet menet közben. Gyalog jöttem, mert vezetni nem tudok, tömegközlekedés pedig már jó ideje nincs.

– Miért errefelé keresed? – kérdezte Emma.

– Az a nő mondta, hogy erre akar jönni, akinek én és Bundle segítettünk. Ő mondta, hogy errefelé lakik a férjével. Azért is jövök utánuk, mert a nő sincs biztonságban vele! Ez a Bundle nem normális! Figyelmeztetni akarom *Nolát!*

E név hallatára mind a négyen ismét odakapták a fejüket. Sybil pedig erre ugyanolyan meglepődötten nézett vissza rájuk. *Rájött,* hogy tudják, kiről van szó! Akkor már az előbb is tudták... Azért bámultak rá olyan furán Bundle nevének hallatán!

– Ki vele! – emelte fel Sybil a hangját. – Hol vannak? Hol van Bundle?

– Nézd... – kezdte Leir –, nem akartalak félrevezetni, de Bundle velünk van. Kérlek, mielőtt bármit is tennél, meg kell értened, hogy...

És „mint akit emlegetnek", *ekkor* lépett ki Bundle a gyógyszertárból!

A gyerek újra mászni kezdett az ágy felé! Nola kétségbeesésében nem tudott mit csinálni, megint felhúzta hát a jobb lábát, és újabb rúgásra készülve mozdulatlanul várt. Közben majd' kiugrott a szíve a helyéről! Mi lesz, ha most nem találja el? Mi lesz, ha véletlenül az egyik zombi lábába rúg bele? Azzal kirúghatná az élőholt alól a lábát, és az hasra vágódva szintén elkezdene bemászni hozzá az ágy alá! Akkor neki bizony annyi lenne! De nem kellett sokáig várnia a rúgással. A gyerek ezúttal türelmetlenebbül és gyorsabban közeledett! Annyira sietett, hogy szinte fókaszerűen hullámzott a kis teste, ahogy mellső uszonyaival csapkodva hajtotta magát előre a padlón. Lehet, hogy nem is türelmetlen volt, hanem inkább *dühös*? Most nem kerregett, hanem sziszegett. Véres nyálat köpködött, miközben kiadta ezt a hangot. A kiköpködött kis sűrű tócsákban jól láthatóan férgek tekeregtek.

Ahogy a bébi egyre közelebb ért, egy pillanatra lelassított, mert nem fért át a Zack testénél topogó, csámcsogó két zombi lábai között. Aztán az egyik arrébb lépett, és a gyerek máris mászott-vonszolta magát befelé az ágy alá Nolához!

Az nem várt egy másodpercig sem: ismét rúgott rajta egy jókorát! Megismétlődött az előbbi jelenet. Szerencsére újból sikerült eltalálnia a gyereket, és az most is a fal tövében kötött ki, miután lepattant róla. Ismét a hátára érkezett. Ezúttal viszont rosszabbul járt, mint az előbb: Az egyik hátsó végtagja – normális esetben lába – leszakadt a becsapódáskor. Halvány, sötétkékes-lilás nyúlós kocsonya folyt a végtag után megmaradt kis csonkból. De a gyerek nem törődött a sérülésével. Most már bosszúra szomjazott! Úgy sziszegett ott háton fekve, mint egy vipera! Rövid billegés után ismét a hasára fordult, és újra mászni kezdett. Rendületlenül húzta magát előre. Hiába hiányzott egyik hátsó végtagja, azt már korábban sem használta az előrehaladáshoz.

„Így nem fogom tudni megállítani!" – sikoltotta magában Nola már hisztériás állapotban. „Miért nem pusztul el? *Miért nincs már ennek vége?*"

* * *

Bundle lihegve állt a gyógyszertár előtt, ahonnan az előbb lépett ki. Bal kezével lassan, csendesen húzta be maga mögött az ajtót, jobb kezében sporttáskáját tartotta mellmagasságban magához ölelve. A táskán már messziről látszott, hogy jól meg van tömve. – Remélhetőleg gyógyszerekkel. – Bundle nagyon ügyes lehetett, mert a zombik egyáltalán nem követték az utcára! Továbbra is ugyanabban a mélabús, lassú tempóban kódorogtak odabent.

Bundle, mielőtt még egyet is lépett volna feléjük, megpillantotta a padon ülő lányt.

– Sybil?! – kérdezte kigúvadt szemekkel, hitetlenkedve. Habár eddig is izzadt, most még inkább verni kezdte a víz. Arcán egyszerre meglepett és fájdalmas arckifejezés ült. Válla meg volt sérülve. Vér borította ott az egész összefércelt zakót (amit Nola javított meg neki korábban). Talán meg is harapták Bundle-t odabent.

Sybil, ahogy meglátta, felpattant, és kezébe kapta apja puskáját! Bundle-re célzott, de még nem húzta meg a ravaszt.

– Azt hitted, megöltél, mi? – kiabálta a lány Bundle-nek.

Az nem válaszolt, csak állt ott, mint akit tetten értek.

Leir három társával együtt felállt a padról, de nem tudták eldönteni, mit csináljanak, vagy hogy csináljanak-e egyáltalán valamit. Mindenki a „leszámolást" figyelte. Egyetértettek a lánnyal, ha igazat mondott, de akkor sem hagyhatják, hogy megölje Bundle-t. Még szükségük lehet rá a gyógyszerek miatt. Talán ő az egyetlen, aki segíthet!

A doktor ekkor lassan, még mindig ugyanazzal a rettegő arckifejezéssel a lányra mutatott. Vagy mégsem őrá?

Leir megfordult, mert rájött, hogy Clarence nem Sybilre mutat, hanem *mögé!*

Abból az irányból, a patak felől zombik hatalmas serege közeledett feléjük! Több százan is lehettek! Olyan csendben jöttek, hogy egyikük sem hallotta a menetelésüket. Vagy talán Sybil kiabálása nyomta el a zajukat. Az első már vészesen közel járt a puskával fenyegetőző lányhoz! Hát ezért volt Bundle arca annyira rémült, amikor kilépett. Mert ő már látta, mire jött ki!

Leir hörrent egyet, ahogy szembesült vele, hogy egy egész csorda közeledik feléjük. Utána a többiek egymás után jajdultak fel a látványtól. A végén még Sybil is megfordult, és inkább a zombiseregre fogta most a puskát. Úgy hallották, egyből lőtt is egyet, mert fegyver dördült. Ám egy zombi sem esett el. Tovább közeledtek feléjük! „Ennyire rosszul bánik a lány azzal a puskával?" – gondolták a többiek.

És ekkor Sybil elesett. Vér folyt a fejéből! Egy lyukon keresztül.

Valaki fejbe lőtte!

Újabb dörrenés!

Elesett egy zombi a téren.

Az, amelyik a legközelebb volt hozzájuk, és az előbb már majdnem elérte Sybilt.

Most ezzel nyertek néhány másodpercet, mert a többi még messzebb járt.

Ekkor már mindannyian tudták, hogy ki lőtt mind a két esetben:

Bundle tette! Bal kezében, amelyikkel háta mögött behúzta maga után az ajtót, végig ott volt Jonathan fegyvere! Leir el akarta venni tőle a patakparton, mert felelőtlen módon majdnem felesleges zajt csapott vele. De Bundle hallani sem akart arról, hogy átadja. Azt mondta, biztonságban érzi magát tőle. Akkor is nála volt, amikor bement a gyógyszertárba. Megígérte, hogy nem fogja használni, mert tudja, hogy hangos. Most mégis használta. Lelőtte Sybilt, és a legközelebb álló zombit is az utolsó két golyóval. Már futott is Leirék felé, és eldobta a kiürült, régi katonai pisztolyt. Zihálva kiabálta:

– Sajnálom! Nem tehettem mást! Láttátok, hogy le akart lőni az a lány! Ki a fene volt az egyáltalán? Ti tudjátok?

– Te is nagyon jól tudod, rohadék! – kiabált Ingrid. – A nevén nevezted!

– Erre most nincs idő! – ordította Leir. – Menekülnünk kell! Irány az erőd! Bármi áron!

* * *

Nola belátta, hogy nincs értelme rugdosnia a gyereket. Persze okozott azért a dolog némi elégtételt neki, de akkor sem csinálhatja ezt a végtelenségig. Úgy gondolta, nem fogja tudni így elpusztítani, még akkor sem, ha le is szakad még egy-két undorító, uszonyszerű végtagja. Ráadásul a mellette topogó, zabáló zombik előbb-utóbb észre fogják venni, hogy valaki van az ágy alatt! Pláne, hogy ha a „nő" gyereke percenkét kirepül onnan, mert valaki fallabdát játszik vele.

Ezért Nola inkább taktikát váltott. Az ágy alatt vergődve a szűk helyen nagy nehezen leküzdötte magáról a pulóvert.

A koszban fetrengve visszafordult korábbi testhelyzetébe. Most kezeit előre nyújtva várta az érkező „csöppséget".

Vállainál fogva, kifeszítve tartotta a pulóvert maga előtt.

„Gyere a mamihoz! ...te kis féreg!" – sziszegte magában.

A gyerek lendületesen döcögött felé, ahogy megmaradt három végtagjával fáradhatatlanul lökte és lökte magát előre.

Amikor megint odaért, és elkezdett bemászni az ágy alá...

...Nola egy *villámgyors* mozdulattal elkapta a pulóverrel!

Rátekerte a dögre a ruhadarabot amennyire csak tudta, mindkét kezével szorosan megragadta, és maga alá gyűrte a csecsemőt, hogy az mozdulni se bírjon. Nola teljes súlyával ráfeküdt, és megpróbálta kiszorítani belőle a lelket!

Az élőholt bébi iszonyúan bűzlött! Undorító volt a tapintása! Sajnos nem mindenhol sikerült bebugyolálnia a pulóverbe, és bizonyos helyeken Nola meztelen karja hozzáért a gyerek sikamlós, rothadó bőréhez. Egyáltalán nem is volt valódi bőr jellege. Tapintásra olyannak tűnt, mint a puding „bőre", ami meg szokott száradni az édesség tetején. Nolának eszébe jutott, hogy milyen lenne, ha csokiillata lenne a gyereknek? Vagy vanília? *Émelyítően* édes vaníliakrém... tele férgekkel, melyek nyüzsögnek a puding bőre alatt! És ő belekanalazna!

Ismét rájött a hányinger. Közben teljes erejét beleadva nemcsak rajta feküdt, de mindkét kezével szorította is a gyereket két oldalról, hogy vagy megfulladjon, vagy összetörjenek a csontjai. Azt sem tudta, hogy a csecsemő melyik testrészét szorítja, mert a kis test teljesen bele volt tekeredve a ruhába.

Egyszer csak az összetekert batyu mélyén reccsent valami, és a csöppség végre valahára elernyedt!

Nola azonnal eltolta magától, amilyen messzire csak tudta. Nem merte kidobni az ágy alól, pedig azt szerette volna. Mégsem merte, nehogy az anyja észrevegye, hogy Nola miatt épp most halt meg *másodszor* a gyermeke! Nola csak pár centivel tudta arrébb tolni a szánalmas kis csomagot. Sötét színű vér folydogált belőle, mely már teljesen eláztatta a pulóver anyagát.

Nola hányingerrel küszködve sírva feküdt az ágy alatt. Már fejfájást is kapott.

Sokáig feküdt így. És sokáig nem is változott semmi.

A gyerek nem mozdult. Újfajta hangokat nem hallott. A két zombi ugyanúgy csámcsogott. Jól telezabálták magukat szegény Zackből! A betegek sem adták jelét a folyosó másik végén, hogy felébredtek volna. Milyen jó nekik, hogy édesdeden alhatnak az ágyukban! Nola odalentről sem hallott újabb zajokat.

Nagyon sok idő telt el. Talán több óra is. Nola általában nem hordott órát, és nem tudta, mennyi lehet most az idő. Lehet, hogy ez a két élőholt örökké itt marad? Azt sem tudta, meddig képesek enni. Lehet, hogy hetekig itt fognak ácsorogni?! Ezek végül is sosem alszanak, vagy igen? Hogyan fog így kijutni innen?

Lehet, hogy végül így hal meg?

Egyszerűen az ágy alatt fekve szomjan hal?

A végén már vajon annyira éhes lesz, hogy el kell kezdenie önkívületi állapotban port enni az ágy alól?

Vagy leharapni a saját nyelvét? Mennyire lehet rugalmas az emberi nyelv nyersen? Le lehet vajon harapni egyáltalán? Milyen íze lehet? De hogyan is érezhetné az ízét, ha már nem lesz nyelve?

Utána pedig majd egyenként az ujjai következnek? Ha jó erősen az ujjperceknél harap, akkor vajon el tudja távolítani őket kés nélkül is?

Vagy inkább... megegye majd a gyereket?

Na, azt nem! Megint öklendett egyet. Borzalmasan érezte magát. De leginkább fáradtnak. És a feje is még jobban fájt. Egy pillanatra lehunyta a szemét. Talán el is aludt.

Monoton módon telt az idő. Már azt sem tudta, mikor van ébren és mikor alszik...

Lehet, hogy hetek teltek már el? Most épp a hátán feküdt, és valóban elaludhatott, mert legutóbb még hason volt. Álmában fordulhatott meg.

Vajon mennyi ideig szunyókált?

Lehet, hogy több napon keresztül fel sem ébredt a kimerültség miatt?

Lehet, hogy időközben saját túlélése érdekében mégis megette a gyereket? Valamit ennie kellett, mert különben már biztos, hogy nem élne.

El akarta fordítani a fejét, hogy megnézze, ott van-e még a csomagocska mellette...

De nem volt rá képes. Nem merte megnézni.

Túlzottan is félt attól, amivel szembesülni fog, ha arra fordítja a fejét. Ha az a pulóver már üres...

Inkább nem is akarja megtudni... soha...

* * *

Nola egyszer csak zajokat és csörömpölést hallott odalentről! Utána több hatalmas dörrenést, mintha valaki puskával lövöldözne!

– Nolaaa! – kiabálta Leir a földszintről. Leir volt az!

„Ez az ő hangja!! Hát visszajött!"

* * *

Egész hajnalig harcoltak a zombikkal. Leirnek sikerült lelőnie néhányat a Sybil által elejtett vadászpuskával. – Bundle-nek nem adtak többé fegyvert a kezébe. – Végül azért nem volt olyan sok zombi a kertben, ahogy Nola gondolta. De ahhoz éppen elegen, hogy a kifáradt csapat ne bírjon velük el egykönnyen.

A kapu valóban végig tárva-nyitva állt! Szerencsére azt azonnal bezárták, ahogy bejöttek, tehát több legalább már nem jutott be.

Leir az utolsó két puskagolyót arra használta el, hogy lelője a két lakmározó dögöt, akik még akkor is Zack testét és belsőszerveit cincálták, amikor ő odaért. Miután lelőtte őket, akkor szólalt csak meg Nola az ágy alól kisírt szemekkel, hogy még életben van, és Leir ne lőjön lefelé, az ágy irányába, mert ő alatta van!

Nola borzalmas állapotban mászott elő. Egész testében remegett, és holtsápadt volt. Leir alig ismert rá.

Szerencsére nem sérült meg, csak idegileg volt teljesen kikészülve. Kiderült, hogy mindössze néhány órát töltött az ágy alatt, de közben többször elnyomta az álom a kimerültségtől, és ezért tűnt neki olyan hosszúnak az ott töltött idő. Na meg a halálfélelem is összezavarja az ember időérzékét.

A gyereket természetesen nem ette meg.

– A drága kasmír pulóverednek aztán lőttek. Azt már nem igen érdemes kimosni sem – viccelődött vele Leir.

Nola imádta érte, hogy ilyen! Összeölelkeztek, és perceken át csak álltak és szorították egymást. Mintha évek óta nem találkoztak volna.

Egy kicsit mindketten úgy is érezték.

Itt a világvégén néha az órák már éveknek tűnnek.

* * *

Aznap senki sem feküdt le aludni. Szerencsétlenek próbálták rendbe rakni a helyet, ahol éltek. Nem sok sikerrel. A kapu működött, és a holttesteket is kihordták. De Zack meghalt. Bundle zokogott, amikor meglátta... azt, ami még legalábbis megmaradt belőle. A ház üvegajtaja is ripityára volt törve. Így már ki sem lehetett fűteni rendesen a házat éjszakánként.

Pedig ilyenkor ősz elején már bizony hidegek tudnak lenni az esték. Reggelig dolgoztak. Pakolták a holttesteket. Zacket eltemették a kertben. Utána összesöpörték a teraszon az üvegszilánkokat, majd a nappaliban is, Bundle-t pedig bezárták a szerszámoskamrába, mert nem bíztak benne. A kamrának jó erős vasajtaja volt, majdnem olyan erős, mint a kertkapu. Onnan nem fog tudni kijönni!

Már útközben is felmerült, hogy vissza se engedjék magukkal ide az erődbe, de végül úgy szavaztak, hogy mégiscsak jöjjön vissza, és maradjon, *ameddig nekik* szükségük van rá. A fickó vegyész vagy mi. Még ha gyilkos is, csak kitalál valami gyógymódot arra a vírusra, ami megtámadta a lakókat, és *őt magát* is! Ha másokért nem is, de legalább saját életben maradásáért találnia kell valamilyen ellenszert! Ő sem akarhat meghalni. Végül is egy rakás gyógyszert hoztak haza. Csak jut már ezzel a hatalmas készlettel valamire!

Ugyanakkor féltek is Bundle-től. Ráadásul a férfit valószínűleg meg is harapták a gyógyszertárban. Merő vér volt az egész válla, és végig fájdalmas arccal grimaszolt, amikor hazafelé gyalogoltak. Tagadta a dolgot, de a többiek szerint megharapták. Valószínűleg át fog változni előbb-utóbb! Ezért is zárták be egyelőre, mert már túl sok szempontból volt veszélyes. Na meg persze *utálták* is. Mindannyian.

Virradatig még maradt pár óra, addig leültek fáradtan beszélgetni egy kicsit, hogy mi tévők legyenek. Nola vetette fel elsőnek, hogy menjenek el innen. Gyógyszerekben legalább egy időre nem szenvedtek hiányt. Leirnek volt vérnyomáscsökkentője és allergiagyógyszere is. Bundle fertőtlenítőt is talált Leir törött, néha még továbbra is vérző karjára.

Emmának ismét volt inzulinja, amiből egy adagot hazafelé egyszer megpihenve be is tudott végre adni magának. A betegeknek is hoztak gyógyszereket. Jim és Ruth valóban máris mintha pár óra alatt kezdett volna jobban lenni a lázcsillapítóktól és antibiotikumoktól.

Épp arról beszélgettek, hogy máshol mit ennének és innának? Honnan szereznének ennivalót, és hogyan tisztálkodnának, ha egyszer mérgező a csapvíz?

Tom ekkor vette csak észre, hogy Emma nincs köztük. Arra gondolt, talán megint annál a résnél van az a buta lány! Vagy talán fent van a szüleinél?

Leir azt mondta, megnézi, és el is indult megkeresni.

Kiment a kertbe, egyenesen a kert végébe, hogy ellenőrizze, nincs-e megint a résnél. Remélte, hogy nem kezdte el kibontogatni a beletömött szemetet és rongyokat, hogy megint kilásson! Ha igen, akkor *olyat* kap tőle, hogy nem áll meg a lábán! Lehet, hogy nem az ő lánya, de akkor is lehet, hogy most lekever neki egy jó nagyot!

A karja is miatta tört el! És most megint folytatja tovább ugyanazt a marhaságot?! Leir már úgy felhergelte magát ezen a dolgon, hogy talán tényleg képes lett volna felpofozni Emmát, ha megint a tiltott helyen találja.

De a lány nem volt ott.

A betömött rés érintetlennek tűnt! Visszament hát a házba, és felment az emeletre a betegekhez. Benézett Jimhez, aztán Ruth-hoz is. Emma a szüleinél sem volt!

Benézett Jonathanhoz is. Ott sem találta, de valami fura dolog tűnt fel Leirnek az öreg szobájában: Az éjjeliszekrényen ott hevert Jonathan tiszti pisztolya!

Akkor nem ez volt Bundle-nél? Leir látta, amikor Clarence eldobta azt a téren, miután kiürült! Az ott is maradt, tehát ez nem lehet ugyanaz a fegyver. Fura... Bár most már mindegy is. Ez úgysem változtat semmit a történteken. Az a Sybil nevű lány halott. Bundle orvul, hátulról lelőtte. Valószínűleg sosem tudják már meg, hogyan történt valójában mindaz, ami miatt Sybil bosszút akart állni a doktoron.

Leir azért persze megkérdezte róla Nolát itthon. Felesége viszont csak annyit tudott, ami korábban már amúgy is sejthető volt: Eleinte valóban velük tartott a lány, és segített. De azt Nola sem látta, hogy az utolsó pillanatban hogyan és miért szakadt le tőlük. Bundle azt mondta, elragadta a tömeg, és ő elhitte neki.

Tehát nem tudni, hogy Bundle valóban belökött-e szándékosan egy ártatlant a zombik közé. Ebből kifolyólag azt sem tudni, hogy ott a téren vajon mennyire volt joga rálőni Sybilre. Mennyire lehetett az önvédelem és mennyire *szándékos, orvul elkövetett gyilkosság*?

És honnan volt egyáltalán fegyvere hozzá?

Végül is mindegy az már! Sybil halott, a pisztoly pedig üresen ott maradt a téren. Ezen nem lehet változtatni.

Leir a kezében forgatva nézegette Jonathan fegyverét.

Azon gondolkodott, hogy ezek szerint Bundle találhatott a pincében egy ehhez nagyon hasonló pisztolyt. Talán pont ott, ahol azt a sporttáskát is találta. Lehet, hogy abban hevert. Talán az Zack pisztolya volt.

Most már úgysem számít. Ez nem változtat semmin.

Leir azért a biztonság kedvéért magához vette a fegyvert.

Emma eltűnése ugyanis rossz előjel volt. Leirnek támadt egy olyan érzése, hogy ezen a napon még valami borzalmas fog történni. Nem árt, ha fegyver is lesz nála.

Jonathan most úgysem veszi sok hasznát. Betűzte a pisztolyt hátul a nadrágjába, és lement a földszintre, hogy tovább keresse a lányt.

Sehol sem látta. Megint kiment a kertbe, és jobban körülnézve akkor látta meg:

A szerszámoskamra ajtajáról hiányzott a lakat! Az a buta lány valószínűleg levette, és bement meglátogatni Bundle-t!

Leir agya forrt a méregtől:

„Hogy lehet ilyen hülye és felelőtlen? Micsoda ostoba egy liba! Csak úgy bemegy hozzá?! Az az ember veszélyes! Egy gyilkos!"

Kihúzta az övéből a régi pisztolyt, és benyitott.

Odabent a szerszámoskamrában viszont olyan jelenet fogadta, amire soha életében nem számított volna!

* * *

Azok ketten *szeretkeztek* ott bent!

Nehéz lett volna pontosan kivenni, hogy mi történik, mert a körte kiégőben volt, és alig adott már ki magából valamit is, mást nem, csak egy kis halvány, sárgás színű derengést.

De azért a lényeg így is látszott:

Ott helyben a szerszámoskamra mocskos, poros padlóján fekve, ezek egymásnak estek, mint két kamasz!

Bundle pucéran, izzadt testtel feküdt Emmán, aki szintén meztelenül, szétvetett lábakkal hevert alatta! Bundle épp „gyors tempót diktált". Erősen lihegett, és épp nagy iramban mozgott az alfele, amikor Leir rájuk nyitott!

Azok ebből semmit sem vettek észre. *Meg sem hallották*, hogy bejött valaki hozzájuk, annyira el voltak merülve a dologban. De *szó szerint*!

„Fúj!" – gondolta Leir. „Egy harminckét éves, kövér, kopaszodó fickó egy helyes tizennyolc éves lánnyal?!"

Egy másodpercig félszegen ácsorgott még ott, hogy kimenjen-e vagy inkább rájuk szóljon. Aztán úgy döntött, rájuk szól! A lány mégiscsak nemrég múlt kiskorú! Mit szólnának a szülei, ha ők nyitottak volna be? Úgy döntött, közbe kell avatkoznia:

– Bundle! Szállj le róla! Mi a fenét képzeltek ti ketten egyáltalán?! Meghülyültetek?!

– He? – fordult meg Bundle leizzadt arccal. Tekintetéből zavarodottság sugárzott. Nehéz volt megmondani róla ott a félhomályban, a padlón négykézláb állva, hogy a szexuális izgalomtól nézett olyan furán vagy rosszul volt-e. Úgy tűnt, lehet, hogy nincs is teljesen magánál.

Nehézkes mozdulatokkal lekászálódott a lányról, és...

Leir...

...akkor látta csak meg...

...hogy *igazából* mi történt!!

– Te jó Isten! – kiáltott Leir Bundle-re. – *Megölted*?!

A lány hosszú, szőke haja, amit egy ideje már lófarokban hordott, most a szájába volt tömve! Clarence teletömte a szerencsétlen lány száját hajjal, hogy az megfulladjon!

– Uramisten! – remegett meg Leir hangja, és azonnal könnybe lábadt a szeme.

Emma szemei is könnyesek voltak, ahogy ott feküdt. De az ő könnyei már megszáradtak. Vastag csíkokban száradt rá az arcán lefolyt nedvesség az összekeveredett szemfestékkel, amit reggelente kent magára, hogy „csinos legyen". Sminkelés után mindig ragyogtak a szemei, mert gyönyörűnek érezte magát. Szemei most fátyolosak voltak és tompák, mint egy kitömött állaté. Már nem csillogott bennük élet, és öröm sem. Soha többé nem is fog.

Leir egyszerűen nem hitte el, amit lát!

Saját haját megetetve vele fojtotta meg Bundle a lányt! Aztán megerőszakolta a holttestet! Vagy az is lehet, hogy maga alá teperte, és erőszak közben ölte meg, mert az ellenállni próbált. Már mindegy is volt, nem számított!

– Maradj ott! – kiabált rá Leir, előrántva a nála lévő pisztolyt.

– Ne lőj! – válaszolt Bundle. Kezdett kicsit kitisztulni a tekintete. – Nem tehettem mást! Anne magának kereste a bajt!... akarom mondani: Emma! Miért kacérkodott állandóan? Most megkapta a magáét! Én az igazak útját járom! Valakinek rendet kell tenni néha, ha a szükség úgy hozza! Nem mondhatod, hogy nincs igazam!

– Mi a francról beszélsz? – kiabált vele Leir. – Ki az az *Anne*? Minek az útját járod, *te beteg állat*? Megöltél egy tizennyolc éves gyereket! Ezért megkapod a magadét! Lehet, hogy Sybilt megölted, lehet, hogy most Emmát is megölted, de hogy ebből a kurva fészerből nem mész ki élve, abban biztos lehetsz! Most véget vetek az ámokfutásodnak, ha addig élek is! De előbb ki vele: Ki az az *Anne*? Válaszolj! Azt is megölted?

– Hát azt nem tudom – válaszolta Bundle mosolyogva. Tényleg úgy tűnt, hogy nincs teljesen magánál. Lázasnak látszott. Leir most látta, ahogy a másik felállt, és megállt tőle két lépésre, hogy két seb is van rajta! Mivel nem volt rajta ruha, most végre szemügyre vehette a vállsérülését, amiről eddig az mélyen hallgatott. Jókora harapás éktelenkedett rajta, amiről azt állította, hogy csak azért véres, mert kifelé futtában nekirohant egy zombinak a gyógyszertárban, és arról ragadt csak át őrá. Őt állítólag nem harapta meg senki!

Hazudott! Megharapták! De ami még furább volt, hogy a lábszárán is látszott egy jókora harapásnyom, de az már majdnem teljesen begyógyult!

– Mi a franc vagy te? – hitetlenkedett Leir. – Mikor haraptak meg a lábadon? Hogy maradtál egyáltalán idáig életben?

– Úgy, hogy én okoztam az egészet – vigyorgott Clarence, és úgy, ahogy volt, meztelenül leült a mocskos földre Emma holtteste mellé.

– Te tényleg nem vagy magadnál – mondta Leir utálattal a hangjában.

– Valóban nem teljesen – helyeselt Clarence. – Elég magas lázam lehet. Sajnálom a lányt. Nézd, nem akartam megölni, bár abban akkor is igazam van, hogy magának kereste a bajt. Hisz te is tudod, milyen volt! Emlékszel, mit művelt azzal a rohadt réssel is? Miatta tört el a karod, ember! Vagy nem emlékszel? Sajnálom, hogy meghalt, de nem voltam felelősségem teljes tudatában. Mondom: magas lázam van. Korábban is volt ilyenkor... ugyanis valóban nem először haraptak meg. Igazából ez a mai már a *harmadik* ilyen eset, HA-HA! Elhiszed, Flow? Először akkor történt, amikor feltaláltam a Comatodexint, és kipróbáltam a hatását. Akkor támadt fel az első zombi a hullaházban... A *világon az első*!

– Elmész te a francba! – hitetlenkedett Leir. – Egyetlen szavadat sem hiszem! – Már majdnem meghúzta a ravaszt, de aztán mégsem... Pedig eldöntötte, hogy nem engedi ki innen élve ezt a szemétládát! Már legalább két embert megölt teljesen ok nélkül. Lehet, hogy annál *még többet is*!

– Várj! – Clarence megérezte, hogy a másik mire készül. – Ne ölj meg! Csak én tudok segíteni! Én találtam fel a szert, ami ezt az egészet okozta! De talán még nem késő! Meg tudom találni az ellenszert is, ha segítetek nekem! Valóban megváltoztam! Már nem az az ember vagyok, aki régen voltam. Emmát sem akartam bántani, de azt sem tudtam, mit teszek! Magas lázam van, értsd meg! Így még a bíróság sem ítélne el. *Nem voltam felelős a tetteimért!* Nekem nem börtön kell vagy hóhér, hanem csak lázcsillapító! Legalább hallgass meg! Aztán dönts belátásod szerint!

– Rendben, igazad van – egyezett bele Leir. – Hallgatlak, Bundle. Ráérek, nem megyek sehová. Tőlem diskurálhatunk itt a világ végéig is. Hisz azon már úgyis túl vagyunk. Senki nem siet sehová. Halljuk tehát, ki mindenkit öltél még meg? Ki az az Anne?

– Anne a menyasszonyom volt. Őt sosem bántottam. Valaki ellopta tőlem: egy Adam nevű gonosztevő. Szinte beleőrültem a fájdalomba, amikor ez történt. Az a rohadék elragadta, pedig a lány végig engem szeretett! Anne-t sosem bántottam, és még ha eszembe is jutott ilyesmi, végül úgysem tettem volna meg!

– A francokat nem bántottad volna! Láttam a pofádat, amikor lelőtted Sybilt! A többiek nem, mert a zombikat nézték, de *én* láttalak! És azt is, hogy mit tettél! Vigyorogva lőtted le! És közben azt tátogtad, „Táncolj a holtakkal, ribanc"! Tudok szájról olvasni, és láttam, hogy ezt suttogod! Sybil azt mondta, korábban is így búcsúztál tőle, amikor meg akartad ölni a metróban. Egyébként is, mi ez a baromság? Ez az *én* regényem címe volt, amin a járvány kitörésekor dolgoztam!

– *Tőlem* kérdezed, hogy mi ez? – vigyorgott Clarence. – Ne játszd a hülyét, Flow! Most már *te is* lehetsz őszinte, ha engem is erre szólítasz fel! Így az igazságos, nem? Elő a farbával! Te pontosan tudtad, hogy ez lesz! Honnan tudsz mindent előre? Jós vagy, vagy mi a franc? Az álmaimba is beférkőztél korábban! Miféle képességed van neked? Ki vagy te, Leirbag Flow?

– Te tényleg nem vagy normális – jelentette ki Leir rezignáltan. – Mit láttam én előre?!

– Ezt az egészet! – erősködött Clarence. – Te mindent pontosan tudtál előre. Te vagy az, aki a hülyét játszod, és végig a bolondját járattad velünk! Hisz erről írtad a regényt is! Előre tudtad, hogy mi fog történni! A *mi történetünket* írtad meg *előre*! Hogyan csinálod? Taníts meg rá! Légy a mesterem! Én senkinek sem mondom el! Maradhat a mi kis titkunk, ha te is hallgatsz az enyémekről! – kacsintott rá Clarence. – Apropó! Mondd csak, honnan tudtad, hogy *mit mondtam anyámnak*, amikor megöltem?

– Őt is megölted? – hüledezett Leir. – Te jóságos Isten!

– Ne játszd nekem itt a hülyét – folytatta Clarence egyre dühösebben. – Tudtad te, hogy mit mondtam neki, és azt is tudtad, hogy én ki vagyok! Hiszen erről írtad a regényedet! Amikor a hülye könyveidről beszélgettetek a vén iszákos Tommal, én már akkor rákérdeztem, hogy miféle gyilkosról írtál abban a szar ponyvában? Te azt válaszoltad, hogy „a pszichopata gyilkos neve mindenki számára..." És akkor közbevágtam! Nem akartam, hogy kimondd a nevem, *te szemétláda*! Képes lettél volna bemártani a többiek előtt! Majdnem elárultál!

– Mi? Azt hiszed, a te nevedet akartam mondani?

– Igen! „A gyilkos neve mindenki számára *egyértelmű*, hogy nem más, mint Clarence Bundle!" Ezt akartad mondani! Vagy nem?!

– Én azt akartam mondani, hogy a pszichopata gyilkos neve mindenki számára végig *TITOK marad* a regényben, mert egyszer sem hangzik el! Ezt egyfajta misztikumnak szántam az olvasók számára, amelynek a magyarázata csak a sokadik regényben derült volna ki. Vagy még talán akkor sem! Valójában még ki sem találtam a nevét az

– 167 –

első rész írása közben. *Te őrült, te meg magadra vetted?* Azt hitted, rólad írtam könyvet? Hogy tehettem volna? Soha nem hittem volna, hogy ilyen aljasságokra vagy képes, te beteg fasz! Ha tudtam volna *bármit is* ebből előre, már rég lelőttelek volna, mint egy kutyát!

– Én vagyok a beteg? Te meg összetapostál egy gyereket, mielőtt beléptünk azon az istenverte kapun erre az elátkozott helyre!

– De az már *nem élt,* baszd meg! Egy zombit állítottam meg, mert a baltával előtte elhibáztam az ütést! Mindannyiunkat megharapott volna, ha nem állítom meg valahogy! Még a kapun is berohanhatott volna mellettünk a résen! Ti mondtátok, hogy milyen veszélyes volt az a másik korábban a metrón! Láthattátok, hogy milyenek a zombigyerekek! Ki állította volna meg, ha én nem teszem? Talán te? Mr. Futóbajnok a lógó sörhasával?

– Mindegy, akkor sem hiszek neked. Én legalább őszinte vagyok, és az igazak útját járom – vitatkozott Clarence. – Anyámat megbüntettem, mert kínzott gyerekkoromban. A többieket pedig azért mérgeztem meg, mert egyik sem volt egyenes ember! Nincs joguk másokat bántani! Maguknak csinálták a bajt! Tőlem csak azt kapták, amit Istentől is kapnának, ha még létezne.

– *Megmérgezted „a többieket"*?! Kiket mérgeztél te meeeg?! – ordított vele Leir.

– Apámat azért, mert állandóan az én káromra humorizált. Gyerekkoromban is elhagyott minket. Ruth-t azért, mert nem hagyta, hogy Emma barátkozzon velem. Jonathant azért, mert rohadtul idegesítő volt a parancsolgatása. Jimet pedig azért, mert elmebetegnek nevezett, és ezzel lejáratott Emma előtt!

Leirnek remegni kezdett az ujja a ravaszon. Egyszerűen nem hitte el, amit hall.

– Hogyan csináltad? – kérdezte.

– Egyszer a kertben észrevettem, hogy van egy nagy orgonabokor a nyugati fal mellett. Azt nagyon szeretik a kőrisbogarak. A kőrisbogár kiszárítva és összetörve bizony *erősen mérgező.* Kijártam oda mindennap, és leszedegettem őket. A pincében volt egy melegvizet szállító cső. Mindig arra tettem fel a dobozt, amibe aznap összegyűjtöttem a bogarakat. Másnapra szépen elpusztultak, és kiszáradtak a melegtől. Szárazon aztán összemorzsoltam őket, és beleraktam egy sótartóba, valódi sóval összekeverve. Két sótartó volt. Az egyik mindig az asztalon volt, a másik mindig nálam. Nem tűnt fel, hogy milyen készségesen nyitom ki mindig apám konzerveit, aztán még meg is sózom neki? He-he! Ravasz trükk, mi? És az, hogy néha másokét is előzékenyen én sóztam meg? Nos, nem az eredeti sótartót használtam olyankor, hanem a sajátomat, benne a kőrisbogárporos, mérgezett sóval.

– Nolának is adtál, te szemét? – Leir kezdett izzadni az idegességtől. És most már a rettegéstől is! Szíve úgy vert, hogy majd' kiugrott a mellkasából. Sőt, most akár a nyakán keresztül is ki tudott volna! Keze egyre jobban remegett, és erősen viszketett az ujja azon a ravaszon.

– Nyugi, a nejednek nem adtam! Őt kedvelem. Neked viszont akartam adni, Flow! *Rengeteget* akartam adni! Hogy hányszor, de hányszor szerettem volna! Hogy *miért kell neked* állandóan gyümölcsöt zabálnod, mint egy állatnak?! Arra senki sem rak sót, hogy rohadnál meg! Gondolom tudtad, hogy méreg van benne, mi? Tudtad az egészet

– 168 –

előre, mint ahogy az összes többi eseményt is. Miért hazudsz akkor róla? Miért nem mondod el az igazat? Csak nekem! Csak most az egyszer, jó? Nem adom tovább senkinek!

– Mi az ellenszere annak a szarnak? – kiabálta Leir válasz helyett.

– Igazából nem tudom. Csak azt tudom, hogy erősen mérgező. Talán kiheverik egy idő után, ha nem kapnak utánpótlást belőle. Tényleg nem tudom, de nem is nagyon érdekel. Örülök, hogy apám így vagy úgy, de *végre* megdöglött! Hálás vagyok érte a kis feleségednek, hogy az öreg nyakára vitte azt a két zombit!! Kiváló munkát végzett a kicsike! Majd meg is köszönöm annak a gyönyörűségnek!

– Nem fogsz te már köszöngetni senkinek! – emelte vissza ismét szemmagasságba Leir a fáradtságtól kicsit lejjebb engedett fegyverét. Most újra biztos kézzel tartotta.

– Ne csináld! – mondta Clarence. – Én tudok segíteni. Gyártok ellenszert az egész zombi-járványra! Mindössze annyit kérek cserébe, hogy add nekem Nolát! Meglátod, nem vagyok én olyan rossz ember. Vele sem fogok rosszul bánni! A szexben sem vagyok erőszakos. Egy-két pofon néha kijár a nőknek, de ígérem, annál nagyobb baja sosem lesz mellettem! Tényleg sokat változtam. Add nekem őt, és taníts meg a képességedre! Ha tanítványoddá fogadsz, megígérem, hogy én is mindenben hasznodra leszek ezentúl!

– Még gondolkodom rajta – felelte Leir sokatmondó arckifejezéssel. – Mit is mondtál? Milyen utat is jársz te?

– Az igazak útját! – felelte Clarence készségesen. – Mindig az igazakét, barátom!

– Akkor én meg a másikat! – vágta rá Leir, és *meghúzta a ravaszt!* Mellkason lőtte Clarence-t, és az egyből elvágódott. Teste ironikus módon pont Emma holtteste mellé esett, akit az imént ő ölt meg. Egymás mellett feküdtek holtan a „szerelmesek", mint egy groteszk Rómeó és Júlia-jelenetben.

– Táncolj a holtakkal, te dagadt disznó! – kiabálta Leir. – Akármit is jelentsen ez a faszság!

Leir közelebb lépett a halott Bundle-höz.

Az mozdulatlanul feküdt. Valóban halott volt, nem csak tettette.

Leir azért mindenesetre még egyet belelőtt.

Pont a szíve közepébe!

– VÉGE –

Epilógus
Ember az alagútban

Leir elmondta a többieknek, hogy mi történt. Senki sem okolta érte, hogy lelőtte Bundle-t. Igazából gratuláltak neki, hogy végre megállította. Csak azt sajnálták, hogy nem tette meg valamelyikük már korábban. Leir is *csak ezt* sajnálta.

Jim és Ruth egész nap zokogva siratták a lányukat. De azért tudták, hogy a gyász nem fogja megmenteni őket jelenlegi szorult helyzetükből, és hamarosan enniük sem lesz mit. Így hát minden lelki erejüket összeszedve kénytelenek voltak egyelőre lányuk emléke és a múlt helyett inkább a jövőre koncentrálni:

Mindenki egyetértett abban, hogy elmennek innen. Túl sok rossz emlék fűzte már őket ehhez a helyhez. Túl sok ember is halt itt meg. Zack, Emma és Clarence. – Ez utóbbi szerencsére! – Emmát is eltemették másnap Zack mellé. Bundle testéhez viszont nem nyúltak hozzá. Ott hagyták, ahogy volt: pucéran a szerszámoskamrában. Még rá is lakatolták a vasajtót újra, ha esetleg fel találna támadni. Unatkozzon bent pár száz évig... vagy ameddig csak egy zombi képes „elélni".

Persze Bundle feltámadására esély sem volt, hiszen már egy napja feküdt odabent holtan. Ilyen sok idő elteltével még soha egyetlen ember sem jött vissza a halálból.

Végül tehát nem volt értelme itt maradniuk az erődben. A pincéből elfogyott a palackozott víz, és az élelmiszer nagy része is. A történtek után már amúgy sem mertek enni vagy inni bármit is, ami a házban volt. Nem tudhatták, mi mindent mérgezett még meg az az állat!

Kifűteni sem bírták a házat, amióta összetört a terasz ajtaja. Éjszaka már túl hideg volt így szeptember elején. Az öntözőrendszert és a vízvezetéket sem tudták kezelni. Túl bonyolult volt az egész. Zack halálával sajnos értelmetlenné vált hát az itt maradás.

Leir tanácsára másnap összeszedelőzködtek, és elindultak gyalog a belváros felé.

Az író azt mondta nekik, hogy Clarence véletlenül elszólta magát valamiről, mielőtt lelőtte: Azt mondta, a belvárosban találnak majd valamit, ami nagyon fontos lehet a túlélésük szempontjából. Leir ezzel kapcsolatban viszont nem mondott igazat. Ezt nem Clarence mondta, erről ő álmodott folyamatosan már egy ideje, de nem tudta, hogyan is mondhatná meg barátainak úgy, hogy azok ne nézzék teljesen hülyének miatta.

Ugyanis Leir nem mondott Clarence-nek *mindenről* igazat.

Azt a regényt *valóban* nem *csak úgy* találta ki. Clarence jól sejtette! Habár a gyilkos nevét tényleg nem tudta, és ezért is nem írta volna bele a regénybe, de egyet s mást azért *mégis* tudott...

Voltak ugyanis különös álmai, melyekben előre látott bizonyos, még be nem következett eseményeket.

Sok mindent látott:

Látta, hogy lesz egy ember, aki elhozza majd a világvégét.

Látta, hogy az az ember korábban megölt egy idős asszonyt, és azt is, hogy később a gyilkos több-kevesebb sikerrel mások életére is tör.

Leir azt is látta, hogy ide kell jönniük az erődbe, mert itt talán változtathat egyszer a sorson, és lesz alkalma megállítania a gyilkost. Ezért is csatlakoztak Bundle-höz még az elején. Arra számított, hogy Clarence segítségével előbb-utóbb majd itt találkozik a gyilkossal.

De azt ő sem tudta, hogy maga *Bundle* az!

Azt is megálmodta, hogy egyszer el kell még menniük a főtérre, mert ott találkozni fognak egy fontos személlyel. Leir azt gondolta, talán az az illető lesz a gyilkos. De amikor Bundle orvul lelőtte Sybilt, Leir már sejtette, hogy nem a lány, hanem Bundle volt az mindvégig! Még akkor sem tudta biztosan, csak sejtette.

Sajnos csak találgatta a gyilkos kilétét egészen a végéig, amíg az be nem vallotta magától. Leir megállította volna, ha tudja!

Sőt, egyszer régen már *meg is próbálta...*

Gyakorlatilag akaratlanul...

Amikor a patakparton ült és meditált még az első zombival való dulakodás után, a halálközeli élmény valamit átkattintott Leir agyában. Onnantól képessé vált valamire, amit még ő maga sem tudott pontosan hová tenni. Akkor, meditáció közben képes volt rátámadni a gyilkosra! Nem fizikailag, hanem mentálisan, a szellem erejével. Nem tudta, hogyan csinálja, és hogy valóban árt-e vele neki egyáltalán... Azt sem tudta, kicsoda az illető. Csak abban volt biztos, hogy meg kell állítania. Ott, akkor majdnem sikerült is azon a bizonyos másik síkon vagy dimenzióban, aminek Leir még a nevét sem tudta. Erre gondolhatott korábban Clarence, amikor azt említette, hogy rémálma volt Leirrel a metrón. Jó kis álom lehetett! Sajnos *csak* egy rémálom volt! Leir meg akarta állítani vele. De örökre!

Egy ideje nemcsak a gyilkosról álmodott, de a megoldásról is. Nem tudta pontosan, hogyan lehetne véget vetni ennek az egész zombiapokalipszisnek, de arról álmodott többször is, amióta itt voltak, hogy el kell jutniuk a belvárosba.

Vissza ugyanoda, ahol az egész elkezdődött!

Le a metróaluljáróba...

...onnan pedig az alagútba.

Oda, ahonnan az első élőholtak előjöttek!

Ugyanis ott az alagútban lakik valaki. Vagy legalábbis valahol ott tartózkodik.

Egy nagyon veszélyes ember.

Talán nem is teljesen ember. Leir sem találkozott vele még soha, csak álmodott róla már többször is.

Mindössze annyit tudott az illetőről, hogy „Abe"-nek hívják, és hogy van benne valami nem evilági.

A többieknek ilyen őrültségnek hangzó dolgokat csak nem mesélhetett el! Még saját felesége sem tudott ezekről.

A többieknek tehát inkább úgy mondta, hogy Clarence kotyogott ki véletlenül ezt-azt lázas hablatyolása közben. Kénytelen volt hazudni nekik.

Már egy ideje csinálta, mert sajnos nem jutott jobb eszébe.

Otthonában – amikor Clarence feljött hozzájuk – az a rengeteg berendezés sem egy *új együtteshez* vagy lemezhez kellett. Hazudott róla Clarence-nek, és sajnos még szegény feleségének is. Egyébként más dologban sosem hazudott Nolának, de ebben az egyben egyszerűen muszáj volt, mert még ő sem hitt volna neki.

A berendezéseket arra használta, hogy saját álmait kutassa, értelmezze, továbbá annak valószínűségét kiderítse, hogy mennyire lehet valóság az, amikről álmodni szokott. Fényt akart deríteni bizonyos felfoghatatlan metafizikai, már-már teológiai kérdésekre.

Az egyik saját maga által kifejlesztett – vagy legalábbis átalakított – berendezés segítségével hallotta meg először Abe hangját. Később már álmában is megjelent a férfi, és azon a síkon kommunikálni is tudott vele! Vagy csak képzelte volna az egészet? Remélte, hogy nem! Mert ha Abe valóban létezik, akkor Leir valami olyat fedezett fel, ami mellett lehet, hogy még Newton gravitációs törvénye is eltörpül!

Ha viszont az egész csak képzelgés, akkor Leir sajnos komplett őrült. Ezért sem mert hát senkinek mesélni Abe Ywolfról. Még Nolának sem.

Ha elmondja nekik, hogy szerinte Abe pontosan ott lakik, ahol ez az egész elkezdődött, ott az *alagútban*... akkor valószínűleg nemhogy nem tartanak vele, de még ki is közösítenék. Hacsak magára nem hagyják egyedül! Leir tudta jól, hogy hogyan hangzana mindez mások számára. *Neki is* pont olyan rosszul hangzott.

De néha nem foghatjuk be a fülünket csak azért, mert az igazság nem úgy hangzik, ahogy nekünk tetszene!

Meggyőzte tehát a többieket, hogy hagyják ott az erődöt, és induljanak el vele a belvárosba. Talán ott választ kapnak sok mindenre, és találhatnak megoldást. Nem volt benne biztos, hogy valóban létezik-e az az ember ott az alagútban.

Lehet, hogy Leir csak egy pszichopata, akinek skizofrén téveszméi és értelmetlen látomásai vannak? Sokáig ő is azt hitte?

De akkor hogyan tudta a patak partján ülve meditációval szándékosan elérni Clarence-t? Honnan látott előre dolgokat? Honnan tudta, hogy Clarence megölte az anyját? Még a regényébe is beleírta volna! És honnan tudta Bundle, hogy Leir különös dolgokra képes? Ennyire azért nem volt őrült a doktor. És Leir sem. Vagy mégis?

Majd ott az alagútban kiderül! Talán az is, hogy Leir miért betegeskedett olyan sokat korábban, és mi volt az a rengeteg furcsa esemény, ami vele történt. Alvajárás, koncentrációs zavarok...stb... Oda kell hát menniük! Abe segíteni fog! Ő az egyetlen, aki talán mindenre tudja a választ.

A többiek reménykedtek benne, hogy találnak valami megoldást, ha nem is a világvégére, de legalább saját kilátástalan helyzetükre. Ők csak *remélték*, Leir viszont egy idő után *teljesen biztos* volt abban, hogy a belvárosban várja őket valami. Hogy ki vagy mi, arra azért nem mert volna megesküdni, de arra igen, hogy oda kell menniük.

Nehéz út vár rájuk odáig!

Leir nem lett volna képes eljutni oda egyedül, keresztül a városon, törött karral zombik ezrein verekedve végig magát.

Új barátaival viszont már látott rá esélyt, hogy sikerülhet.

Sőt, *tudta.*

Ugyanis *azt is megálmodta, hogy együtt el fognak jutni oda!*

Epilógus II.
Egy új isten

Clarence Bundle mosolyogva ült fel a szerszámoskamra padlóján. Leir nagy hibát követett el, hogy nem a fejébe lőtt! Bár lehet, hogy azzal sem ért volna többet. Igazat mondott ugyanis neki: valóban harmadszor harapták már meg a gyógyszertárban! Először a hullaházban történt, de azt kiheverte. Olyan minimális volt abban a nőben a Comatodexin szint, hogy Clarence nem kapott tőle komoly fertőzést. Kigyógyult belőle, mint egy súlyosabb fajta influenzából.

Másodszor akkor harapták meg, amikor azt a rohadt Flow-t mentette meg a mezőn. Amikor átszúrta az öregasszony tarkóját a dárdájával, hogy megmentse azt a faszkalapot – kizárólag Nola kedvéért –, az a halott nő reflexből lábszáron harapta! Túl közel állt a fejéhez, amikor a nyakát átdöfte. A nőnek még épp volt annyi mozgástere, hogy odaszögezett nyakkal is megharaphassa Bundle lábát.

Noláék nem látták, de így történt! Azért volt végig rosszul itt az erődben, mert akkor második alkalommal már jóval nagyobb adag Comatót kapott! De neki akkor sem voltak *olyan* mérgezéses tünetei, mint itt a többieknek! Kőrisbogár-mérgezése biztos nem! Azt a barmok csak hitték, hogy neki is ugyanaz a baja. Clarence akkoriban hordta ki éppen lábon a második zombiharapását. Amiatt volt állandó hőemelkedése és láza!

Amikor harmadszorra harapták meg a gyógyszertárban, már meg se kottyant neki. Hiszen ezért is ment be! Nem bátorságból! Ugyan már! Ki hisz ilyen baromságokban, mint az önzetlenség és a hősiesség? Hősök nem léteznek!

Bundle azért ment be, mert tudta, hogy már nem nagyon árthatnak neki. Egy-két valódi gyógyszert is összeszedett nekik, de valójában azért ment be, hogy mérgeket szerezzen! Ami még a kőrisbogárpornál is hatékonyabb. Valami folyékonyat, amit beleinjekciózhat Leir átkozott gyümölcseibe!

Az idióták odakint meg azt hitték Clarence-re várva, hogy olyan ügyes, hogy észrevétlenül ki tud cselezni tizenöt zombit? Ugyan már, hogy tehette volna? Sehogy!

Úgy úszta csak meg, hogy azok eleve rá sem támadtak! A második harapáskor már olyan adag Comato került Clarence szervezetébe, mint amennyi bármilyen átlagos zombi szervezetében van. Az élőholtak *közülük valóként* azonosították, és nem is akarták bántani! Őt magát is meglepte, hogy kifelé menet miért harapta meg mégis az az utolsó ott az ajtónál! Talán akkor még nem áradt belőle olyan intenzíven a Comato ereje, mint most!

Clarence mellizmai megfeszítésével kinyomta mellkasából a két pisztolygolyót. Szépen elő is bújtak, mint tavasszal a virágok. A töltények leestek, majd pattogva gurultak el a padlón. Kiesésük után kicsurgott némi zöld színű folyadék is a mellkasán lévő lyukakból. A sűrű zöld lé lecsöpögött a koszos padlóra.

– Ez jó! Már egy vagyok vele! – nevetett Bundle. – Odáig fokozódott bennem a koncentrációja, hogy eggyé váltam a Comatóval! Vér helyett is az folyik bennem! Ez a hús már nem élő hús! A holt húst pedig nem lehet megölni! Egy vagyok a Comatóval, egy vagyok a holtakkal! A zombik sem bántanak többé, mert ők az én gyermekeim. Mindet én alkottam, és ők ezt valahol, mélyen tudják. Ha eddig nem is, most *így* már érezni fogják, hogy ki vagyok.

Én vagyok az atyjuk s teremtőjük, és ezentúl engedelmeskedni fognak nekem!

Nem tudom, mit tudsz rólam még, Leirbag Flow, de utánatok megyek, és kiszedem belőled! Ha kell, harapófogóval, a belső szerveiddel együtt! Ha kell, a gyermekeimmel tépetem ki belőled az igazságot!

Köszönöm, hogy rám lőttél, te seggfej! Legalább nem magamnak kellett kipróbálnom! Tudtam, hogy előbb-utóbb ez lesz! A tripla adag Comato most már olyan irreális szintre fokozta az életösztönömet, életenergiámat és immunrendszeremet, hogy ebben az abnormális állapotban nem fognak rajtam többé a szar, hagyományos fegyvereitek! Ez a hús már nem élő hús. A holt húst pedig nem lehet megölni!

Talán, ha fejbe lőttél volna inkább!... De lehet, hogy még akkor sem! Ki tudja?

Akkor esetleg valóban meghaltam volna. Lehet, hogy egy kicsit így is halott vagyok már.

Tudod mit? Legyen hát! Legyen neked is igazad, Leirbag Flow... most még egyszer, utoljára!

Vegyük úgy, hogy sikerült megölnöd!

Akkor hát dr. Clarence Bundle-nek örökre vége van.

Ha már nem fogadtál el tanítványodnak, legyen *neked* ezentúl új mestered!

Ez egy új élet! Új lehetőségekkel, új képességekkel! Egy új kor, új teremtés, egy új isten!

Innentől *nekem* kedvez a szerencse!

Köszöntsétek új isteneteket, ti elcseszett, rothadó világ szánalmas lakói!

Rettegjetek, amikor a bosszú istene érkezik gyermekeivel!

Féljétek nevem alázattal!

A semmi újra létezik, s tetteimet figyeli!

A hang újra létezik, s engem hallgat reszketve!

Mindenki lapul, ha közeledik...

Comato, a Kegyetlen!

A néhai Clarence egyetlen ökölcsapással kiszakította maga előtt a lelakatolt szerszámoskamra vasajtaját, és kilépett a szabadba.

Comato elindult, s kezdetét vette a vég.

Epilógus III.

Szerelmesek

– Adam, drágám, hogy állsz azokkal a meghívókkal? Tudom, hogy a legutóbbi verzió csak azért nem sikerült jól, mert pont akkor fogyott ki a színes patron a nyomtatódban. Tele volt üres csíkokkal a nyomtatható üdvözlőkártya. De megpróbáltad azóta még egyszer utántölteni a patront? Ugye nem mondtál le végleg a dologról, hogy sikerülhet? Az első verzió annyira szép lett! Még bent a munkahelyemen is mutogattam. Csak azon meg a szöveg volt tele helyesírási hibákkal. Most már tökéletes lenne, ha a nyomtatód is tenné a dolgát. Hogy döntöttél hát? Megint megpróbálkozol az újratöltéssel vagy inkább lemennél új patront venni?

– Anne...

– Jó, jó, tudom, hogy az utántöltés olcsóbb! Nem akarom, hogy kiadásokba verd magad miattam. *Miattunk.*

– Te is tudod, hogy nem erről van szó... Nézd...

– De akkor most nyomtat már rendesen az a vacak, vagy nem? Adam, azt mondtad, meg tudod csinálni a meghívókat te magad is, és nem kell megfizetnünk hozzá valami drága reklámgrafikust vagy nyomdát! Azt mondtad, képes vagy rá. *Megígérted!* Miért hagysz cserben, Adam? Azt hittem, gyönyörű lesz a meghívó. És az esküvő is!

– Anne, *fejezd már be*!! Elegem van az állandó nyaggatásodból ezzel a hülye meghívóval kapcsolatban! Nincs többé szükség meghívóra! Ugyanis nem lesz *semmilyen* esküvő! Fogd már fel! Nyisd ki végre a szemed, te buta liba! Nézz ki az ablakon! A világnak annyi! Vége van! Odakint az utcán nyüzsögnek a holtak! Hogy akarsz így megházasodni?! Nemhogy a templomig, de még az utca túloldalára sem jutnánk át élve! És ki adna össze minket? Egy pap... hullája? Lehet, hogy már egy sem él a Földön!

– Akkor is *így illik*! Anyuék szerint is!

– Anne... anyádról már két hete nem hallottunk. Azóta nincs is vonalas telefonösszeköttetés az egész városban. Sőt, utána még a térerő is eltűnt. Elérni nem tudjuk, és mostanra anyád akár már halott is lehet. Kit érdekel hát a véleménye?

– Nem igaz, hogy halott! Hogy mondhatsz ilyet? Ho-o-ogy mondhatsz i-i-ilye-e-t? – zokogta Anne.

Adam ekkor odalépett hozzá, és átölelte.

– Ne haragudj, drágám. Nem a te hibád ez az egész. Sajnálom, hogy türelmetlen voltam, és felemeltem a hangom. De kérlek, ébredj fel ebből az álomvilágból. Ne kergess gyerekes, kislányos fantáziákat. Nem valószínű, hogy mi valaha is hivatalosan össze fogunk házasodni. Lehet, hogy már nem lenne hol megtennünk. De ne aggódj, én akkor is szeretlek. Mindig szeretni foglak.

– Én is téged, Adam! – szorította most még erősebben őt a lány. – Tényleg nagyon sokan vannak már odakint? – tette hozzá remegő hangon, könnyes szemekkel. – Én napok óta nem merek kinézni az ablakon.

– Rengetegen. Talán jobb is, ha te nem nézed meg.

– Megtennéd, hogy kinézel most is? Hátha kicsit már kevesebben vannak. Az azért megnyugtatna.

– Persze, drágám. De ne nagyon reménykedj. Legutóbb három órával ezelőtt néztem ki. Nem valószínű, hogy azóta túl sok minden történt volna pozitív értelemben.

– Jó, jó, de akkor is. Kérlek, nézz ki! Tudni akarom, hogy mi van odakint. Hogy mi *vár ránk.*

– Rendben. De ne aggódj, ez egy nagyon erős téglaház. Odalent vastag tölgyfaajtó védi a bejáratot. Nem fognak tudni bejutni. A zombik nem elég erősek ahhoz. És jó sok élelmiszert felhalmoztunk. Egyelőre nem kell kimennünk innen, és veszélyben sem vagyunk.

– Tudom. De azért légyszi, nézz ki egy pillanatra. Mindig abban reménykedem, hogy egyszer csak eltűnnek, és már nem lesz kint senki. Talán a hadsereg kiirtja őket. Vagy csak megunják az ácsorgást, és elmennek valami más helyre. Egy másik országba vagy ki tudja, hová.

– Jól van – egyezett bele Adam, és az ablakhoz ment. Óvatosan résnyire húzta a sötétítőfüggönyt, és kikémelt. Anne azt látta, hogy vőlegénye szeme elkerekedik attól, amivel most odakint szembesül. De nem tudta, hogy a csodálkozástól vagy inkább a félelemtől vág olyan arcot.

– Mi van, mit látsz? Mondd már!

– Mi a fene... – Adam alig tudott megszólalni. – Az ott nem...? Nem a...?

– Mi? Adam, nyögd már ki! Mi látsz?

– Nem mit, hanem kit! Az ott nem a kollégád? Tudod, az a Bundle! Clay Bundle!

– Clay itt van?! – indult oda Anne is az ablakhoz.

– Ne! – kiáltott rá Adam. – Ne gyere közelebb! A fickóval valami nincs rendjén. Valami *nagyon* nincs!

– Ó, te jó ég! – torpant meg a lány. – Meghalt szegény? Ő is már közülük való? Clay zombi lett?

– Őszintén szólva, fogalmam sincs... Valami olyasmi. De lehet, hogy még náluk is rosszabb. Borzalmasan néz ki a fickó! Anne...

– Igen?

– Clay barátod... vagy legalábbis, ami maradt belőle... felfelé néz az emelet irányába. *Minket* néz *itt*, az emeleten, mintha látná, hogy itt állok a résnyire nyitott sötétítőfüggöny mögött!

– De hát ő a barátom! Ha minket néz, akkor nem lehet zombi! Azok céltalanul kóborolnak, és nem érdekli őket semmi. Ha minket keres, akkor él, és továbbra is értelmes lény! Lehet, hogy csak megsérült! Engedjük fel!

– Anne!

– Mi van már megint? Mit vacakolsz ennyit?! Menj a kaputelefonhoz, és engedd fel!

– *Ide az* az alak csak a holttestemen át fog feljönni! Ez már nem az a Clarence Bundle, akit te ismertél. Valami baj van vele..., és mintha...

– Mi?!

– Mintha a holtak hallgatnának rá! Nem bántják! Az előbb intett nekik, és engedelmeskedtek! Most utat nyitnak előtte! Úristen!

– Mi a baj? Mit csinál?

– Megindult a kapunk felé! Fel akar jönni! És a holtak is követik! Mind az ezren!

Utószó

Abe (az ember az alagútban) történetéről Gabriel Wolf: Kellünk a sötétségnek című könyvében olvashat.

Együttes harcukról pedig, ahol már vállvetve küzd majd Leir és Abe a világvége, a pusztulás és „Comato, a kegyetlen" ellen...
Gabriel Wolf: Új világ című könyvében olvashat, ami 2022-2023-ban várható!

A feledés fátyla

Fülszöveg

Elképzelhető, hogy vannak olyan emberek a Földön, akik nem közülünk valók. Talán azért, mert nem ebből az időből és korból származnak. Az is lehet, hogy nem is a mi világunkból. Bizonyos személyeket nem lehet felismerni, nem lehet beazonosítani. Még akkor sem jut eszünkbe, hogy kicsoda az illető, ha korábban már találkoztunk vele. Nola Darxley ügynök az FBI-tól egy ilyen ügyben nyomoz. A szálak pedig a nemzetközi hírű Fátyol Alapítványhoz vezetnek. Vajon mi áll a közismert jótékonysági intézmény mögött? A keresztényi jóindulat? Vagy inkább a Gonosz?

Ez a regény Gabriel Wolf „Kellünk a sötétségnek" című regényének második kiadása extrákkal: új írói előszóval, valamint egy harmadik epilógussal.

Az, hogy miért kapott a könyv ebben a második kiadásban új címet, borítót és ismertetőt, kiderül a könyvben található előszóból.

GABRIEL WOLF

WOLF

A legsötétebb
szabadság ura

Fülszöveg

A legsötétebb szabadság ura ("Kellünk a sötétségnek" első rész)

"Ki törődik a szegényekkel és a gyengékkel?
Senki!
Ki törődik azzal, ha egy hajléktalan megbetegszik vagy akár meg is hal?
Senki!
Ki állhat ellen a seregüknek?
Senki!"

Ezek a vezetőjük szavai, egy karizmatikus, meggyőző személyé, aki egyben manipulatív és gonosz is.
Hívei Abe-nek hívják, mások ősi nevén, Abrielnek.
Azt mondják, természetfeletti képességei vannak...
Segítségével a hajléktalanok felemelkednek a város legsötétebb bugyraiból, elfeledett alagútjaiból: a csatornákból, melyek az emberek mocskával vannak elárasztva. Seregük felemelkedik és háborút indít a "fenti világ" ellen. Olyan háborút, melyet még soha senki sem látott, s álmodni sem mert volna róla! Ezúttal visszafizetnek mindenért! Megbüntetik a város úgynevezett "jóérzésű, istenfélő" lakosait!

Nola Darxley, az FBI különleges ügynöke Abe nyomába ered. Vissza akarja vinni a gyilkos manipulátort az Egyesült Államokba. Ám, amikor találkoznak, olyasmi történik, amire egyikük sem számított volna: Valami elindul köztük, és kezdetét veszi egy véres, romantikus horrortörténet...
...egy utazás világokon, dimenziókon, s korokon át.
Keresztül fényen és sötétségen.

Köszönetnyilvánítás

A Finnugor együttes „Darkness Needs Us",
azaz „Kellünk a sötétségnek" című dala
©2004 Hammerheart Records

dying culture on this cursed planet
frozen, forgotten dreams of sadness
you're digging your grave of madness
falling asleep to the nothingness

you've already killed your idols
you've nothing to do with faith anymore
the candle blew out at the end of the tunnel
only fear remained in this cave of worms

slimy bloody guts on the face
it looks like the former human race
your mind became a hideaway for demons
false philosophical movements feeding the curse

rotten flesh, sick yellow eyeholes
impending doom is knocking on your door
this is disease, fiery pain, buried end
grub-eaten universe, days of the dead

our magic can heal and ease the pain
our magic can kill and incite to hate
even if only darkness remained for us
we rule it, we are one, 'cause darkness needs us!

Háttértörténet

Ez az írás a képzelet műve. Habár a történet Magyarországon játszódik, ez nem az a Magyarország, amit mi ismerünk. Ez egy alternatív verziója az általunk ismert világnak, ahol...

1970-ben egy sikkasztással kapcsolatos országos méretű botrányt követően végül csődbe ment a MÁB, azaz a Magyar Állami Bank. Ez az esemény kisebb, egymást követő gazdasági válságok mondhatni lavináját indította el, mivel addig az ország legnagyobb befektetéseit és a lakosság lekötött betéteinek 98%-át is a MÁB kezelte. A két évig tartó gazdasági válságban egymás után szűntek meg a munkahelyek, a forint majdnem teljesen elvesztette az értékét. A magyar lakosság több mint 87%-a elvesztette az állását. Rengeteg volt a beteg és a hajléktalan országszerte.

1972-ben az USA akkori miniszterelnöke, Dwight Johnson Perkins épp némileg szorult helyzetben volt. Akkoriban egy egyházak ellen hozott népszerűtlen döntése miatt népszavazás volt ellene folyamatban, hogy vonják meg tőle a bizalmat, és idő előtt távolítsák el miniszterelnöki posztjából. Perkins, amikor tudomást szerzett a Magyarországon kialakult krízishelyzetről, kapva kapott az alkalmon, és óriási támogatást ajánlott a bajba jutott kis európai országnak. Sokak szerint valójában nagyon jó ember volt (van, aki azóta szinte szentként emlegeti), de bizonyos források azt is rebesgették akkoriban, hogy az egész látványos „Teréz anya" akció csupán politikai népszerűsködés és kampányolás volt, semmi több.

A végeredmény szempontjából végül is majdnem mindegy, hogy valójában mi vezérelte akkor Perkins elnököt.

A lényeg, hogy Magyarország olyan komoly támogatást kapott, hogy az összegből DJP néven (az Amerikai Elnök nevének kezdőbetűivel) bankok egész láncát nyitották meg az országban. Mindegyiket kezdőtőkével látták el, és ezáltal az elvesztett befektetések és betétek után is némileg kárpótolva lettek a károsultak. Hamarosan helyreállt az ország széthullott gazdasága, és a régi munkahelyek új európai elvárásokhoz való felzárkóztatása mellett a Magyar Állam még új munkahelyeket is tudott teremteni.

Amerika segítségéért Magyarország 1972-ben hivatalos nemzeti ünneppé nyilvánította június 3-át, és Perkins napnak nevezte el.

1972 után, mivel a magyarok megmentőjükként tekintettek az Egyesült Államokra, rohamosan elterjedt az angol nevek használata Magyarországon. Ezek egyrészt divatba is jöttek, másrészt a magyarok hálából és tiszteletből is elkezdték angol nevekre kereszteltetni újszülött gyermekeiket.

1974-re semmilyen újszülöttnek nem adtak többé magyar nevet, sokan pedig, akik még a régi rendszerben születtek, nevet változtattak, és szintén angolra cserélték a régit.

Felmerülhet a kérdés, hogy vajon mennyire lenne jó egy ilyen Magyarországon élni?

Boldogabbak lennénk?

A most következő regény által – habár valójában nem erről szól, és semmi köze a politikához vagy a történelemhez – mégis nyerhetünk egy kis bepillantást ebbe a másik világba.

Első fejezet: Ember az alagútban

FBI Főhadiszállás, Washington D.C., Amerikai Egyesült Államok
1997. szeptember 2., 8 óra 28 perc

– Darxley ügynök, jöjjön be.
– Igen, uram.
– Üljön le. Ez lehet, hogy hosszú lesz.
– Köszönöm, ezredes.
– Az anyagában azt látom, hogy két éve van velünk.
– Így van, uram.
– Magyarországról került ide, ugye? De ez nyilván nem áthelyezés
volt. Akkor hogy is történt ez pontosan?
– Tavalyelőtt, amikor a híres, FBI által keresett Éjféli Fojtogató nevű
sorozatgyilkos Magyarországra menekült, én voltam az, akinek a
Magyar Rendőrség segítségével végül sikerült őt elfognia. Az ügyben
tanúsított hősies hozzáállásomért és kimagasló teljesítményemért,
továbbá, mivel anyanyelvi szinten beszélem az angolt, az FBI akkori
főnöke, az ön édesapja, felajánlott egy itteni különleges ügynöki
pozíciót. Én pedig elfogadtam, uram.
– Ja? Maga volt az, aki végül elkapta? Igen, emlékszem rá, hogy
milyen messzire szökött az a szemétláda, de már nem emlékeztem,
hogy pontosan milyen körülmények között fogták el végül. Igen, most,
hogy mondja, már rémlik az egész történet. Elnézést, hogy nem
ismertem fel elsőre. Pedig maga híres lett amiatt, hogy megoldotta az
ügyet. Arra jól emlékszem persze, hogy apám milyen elismerően szólt
arról az ifjú tehetségről, aki elfogta annak idején a Fojtogatót. Csak
valahogy nem kapcsoltam össze, hogy az *maga* volt.
– Igazán nem számít, uram. Nem várom el, hogy ünnepeljenek. Már
az önmagában elég elismerés volt számomra, hogy felajánlották ezt az
állást. Egyébként részvétem az édesapja miatt. Nagyon tiszteltem őt.
– Köszönöm, Nola. Én is... Nem volt könnyű átvenni a helyét. Azért
sem, mert a szónak abban az értelmében soha nem is léphetek a
helyébe. Tudja, vannak olyan férfiak és nők ezen a világon, akik valóban
pótolhatatlanok. Bizonyos emberek életük során példamutatásukkal
olyan magas mércét tesznek fel mások számára, hogy annak csak
megpróbálhat az ember megfelelni, valóban el is érni azt a szintet
viszont talán lehetetlen. Vannak, akiket csak követhetünk, de soha nem
érhetünk utol. Apám is ilyen ember volt. Én inkább tehát a saját
módszereim szerint irányítom az FBI-t, nem próbálok mindenáron apám
helyébe lépni. Úgysem menne. De az ő erkölcsi példamutatását
követem, ahol csak tudom.
– Szerintem jól csinálja, uram. ...Már ha nem haragszik az
észrevételért.
– Köszönöm, hadnagy! ...Mármint *ügynök*! Elnézést. Látja, nem
könnyű csak úgy váltani! Azért is volt nehéz átvennem apám pozícióját,
mert a hadsereg azért egy egész más világ. Még mindig szokom ezt az
új környezetet... Szóval mint ahogy azt ön is tudja, két évvel ezelőtt még
nem voltam itt, kérem tehát, nézze el nekem, hogy nem ismerem az ügy

minden részletét. Hadd gratuláljak akkor én is így utólag kiváló teljesítményéhez! Jó, hogy egy ilyen kivételes nyomozót, azaz ügynököt tudhatunk köreinkben. Viszont sajnos lehet, hogy már nem sokáig...

– Úgy érti...?

– Ne ijedjen meg, nem bocsátjuk el. Különleges megbízatást kap. Mondja, mennyire rendezkedett be itt?

– Itt, az irodában?

– Itt, az Egyesült Államokban.

– Nos, tavaly férjhez mentem...

– Sajnálom, akkor ez a megbízás lehet, hogy gondot fog okozni önnek.

– Nem igazán, uram. Két hónappal ezelőtt ugyanis elváltam. Pillanatnyilag semmi nem köt helyileg sehová.

– Ez jó hír! Mármint a válás. Már megbocsátson... Úgy értem, a *megbízás szempontjából* legalábbis jó, hogy nincs többé elkötelezve!

– Semmi gond, uram. Valóban jó hír a válás. Nekem minden szempontból az. Szívesen hazalátogatok. Miről van szó? Mi történt Magyarországon, és mi köze az FBI-nak a dologhoz?

– Fura egy ügy. Nem tudunk önnél alkalmasabbat rá, ugyanis mindkét nyelvet beszéli, és mindkét helyen dolgozott már. Gyilkosság történt Magyarország fővárosában, Budapesten, a belvárosban. Megöltek valakit egy metróalagútban.

– Mármint *aluljáróban*, uram?

– Nem. Jól hallotta: metróalagútban. Az áldozat amerikai állampolgár volt, Joel Worthingtonnak hívták. Véletlenül ragadt ott Magyarországon, ugyanis valami amerikai filmet forgattak Budapesten. Az illető statiszta volt. A forgatás véget érte után viszont nem tudott hazajönni ide. Valami probléma adódott a vízumával. Ezt az itteni rokonaitól tudtuk meg. Már közel egy éve tartott az ügye, és ezalatt Worthington hajléktalanná vált ott, Budapesten. Szomorú egy ügy... és fura is, hogy hogy történhet ilyesmi egyáltalán. Ami a gyilkost illeti... nos, az még ennél is szokatlanabb. Maga a gyilkos is hajléktalan. Legalábbis így kerültek állítólag mindketten oda a helyszínre, ahol az eset történt: a rendőrség szerint a metróalagútban csöveztek... *illegálisan*, mivel ugye életveszélyes és tilos ott tartózkodni. Karbantartó munkások voltak szemtanúi a gyilkosságnak. Már korábban is láttak ott hajléktalanokat, de mivel azok még a munkásoknál is jobban ismerik az alagútrendszert, így hamar eltűntek, és nem tudták elkapni vagy elzavarni őket. A gyilkos, mióta elfogták, nem hajlandó vallomást tenni. Nem igazán kommunikál senkivel. Folyékonyan beszél magyarul és angolul, de azt mondják, fura magyar akcentusa van, és szerintük eredetileg inkább amerikai származású lehet. Ezért akarják ránk bízni az ügyet, mert tudtukkal mind az áldozat, mind a gyilkos amerikai állampolgárok. A gyilkos esetében ők is csak találgatnak, ugyanis nincsenek semmilyen papírjai. Azonosítani sem tudták. Sem a magyar, sem a nemzetközi rendőrségi nyilvántartásban nem szerepelnek az ujjlenyomatai. Korábban soha sem volt letartóztatva. Azt olvastam az anyagában, hogy maga, Darxley ügynök, nyelvésznek, írásszakértőnek és történésznek tanult eredetileg, mielőtt csatlakozott a rendőrséghez. Jól mondom?

– Nem egészen, uram. Nyelvtanár voltam. Hobbiból grafológiával is foglalkoztam. Azon a területen igazából nincs is végzettségem. Már kértem őket, hogy javítsák ki...

– Nem fontos, most ne törődjön ezzel. Igazából még nem tudjuk, van-e jelentősége egyáltalán. De így vagy úgy, esetleg segíthet a tudása annak megítélésében, hogy kicsoda a fickó és hová valósi. Ezt ugyanis nem volt hajlandó elárulni nekik. Még a nevét sem.

– Habár az ilyesmi valóban nem szakterületem, de természetesen megteszem, uram, amit tudok.

– Szerintem már az is elég lesz, Nola. Bízom magában. A feladata tehát, hogy megállapítsa valamilyen módon, hogy a gyilkos milyen nemzetiségű, és ha valóban amerikai, akkor hozza ide hozzánk, és intézze el a kiadatásával kapcsolatos ügyeket. Induljon is! Holnap reggelre foglaltattunk önnek repülőjegyet. Addig hazamehet. Mármint oda, ahol jelenleg lakik. Próbáljon valamennyit előre pihenni, mert az időeltolódás miatt elég kimerült lesz. ...Ó, és Nola!

– Igen, uram?

– Vigyázzon azzal az alakkal! Azt mondják, nagyon veszélyes, és a gyilkosságot sem gondatlanságból vagy felindulásból követte el. Valami mélyebb oka volt a dolognak. De az is lehet, hogy nincs semmilyen valódi ok. Szerintük ugyanis az az ember nem normális.

– *Egyikük sem* az, uram. Egyik sem az.

V. Kerületi Rendőrkapitányság, Budapest, Magyarország
1997. szeptember 3., 15 óra 13 perc

Nola egy kényelmetlen műanyag széken ült és várt. Valóban nagyon kimerültnek érezte magát, ahogy főnöke már előre megmondta.

Pedig megpróbálta megfogadni az ezredes tanácsát, mégsem sikerült „előre" aludnia. Egy veszélyesnek ígérkező letartóztatásra vagy rajtaütésre egy FBI-ügynök vihet magával például nagyobb mennyiségű lőszert. Készülhet jó előre egy olyan szituációra. Van, amit viszont nem lehet *előre* bepótolni, hogy *később* majd ne hiányozzon. Gyakran mondanak ilyeneket az emberek, és elméletileg van is értelme, mégsem lehet megvalósítani. Ki az, aki előre tud pihenni? Ez olyan, mint amikor egy dohányzó ember előre tudja, hogy majd órákig nem fog tudni rágyújtani munka közben. Elszívhat előre akár egy teljes doboz cigarettát is, akkor is hiányozni fog majd a nap folyamán, ha nem gyújthat rá. Sőt! Nola esetében, amikor ő próbált meg így „előre" többet dohányozni, akkor később *annál jobban* hiányzott neki! A *cigaretta* szerencsére többé már nem fog... mivel házassága alatt sikerült végleg leszoknia róla. Talán csak ez az egy előnye volt annak a rövid házasságnak. Sok mindenről le kellett szoknia az alatt az egy év alatt. Még a boldogságról is...

Előre dohányozni tehát nincs értelme. Előre *aludni*? Talán... ha menne..., de nem megy, ha az ember ideges, mert azt sem tudja, hol lesz másnap, és milyen elmebeteggel kell majd szembenéznie azon az ismeretlen helyen.

Fáradtan ért hát „haza" a repülővel, azaz első hazájába, ahol született. Magyarországon hat órával előbbre tartottak, ezért olyan volt, mintha abból a nyolc órából, amit végig kellett volna aludnia, hat eleve meg sem történt volna.

„Végül is nem baj" – gondolta Nola. „Úgyis egész délután és éjszaka csak fel-alá járkáltam az idegességtől. Nem kár azokért az órákért, ha meg sem történtek!"

Csak ült és gondolkodott. Mást egyelőre úgysem tehetett. Furcsa érzések kavarogtak benne. Végül is hazatért, hiszen ebben az országban látta meg a napvilágot huszonhárom évvel ezelőtt. Korábban viszont nem hitte, hogy valaha is vissza fog térni. Nem kötötte már ide semmi. Megszerette az ottani életet az Államokban, nem érezte sürgetőnek tehát, hogy visszajöjjön Magyarországra. Rokonokkal sem rendelkezett itt, de máshol sem, mivel árva volt.

Egy órával a repülő megérkezése után fáradtan, zsongó fejjel kivett egy szobát egy drága, belvárosi hotelben. – Korábban, magyarországi fizetésből ezt nem engedhette volna meg magának. Ezért sem vágyott annyira vissza ide, mert a magyar életszínvonalhoz képest odakint azért jól élt. – Ahogy felment a szobájába, legszívesebben egyből le is feküdt volna aludni, de sajnos nem tehette.

Fél órán belül ugyanis már jelenése is volt itt, az V. Kerületi Rendőrkapitányságon, ahol az elkövetőt őrizték. Pihenni tehát egyáltalán nem volt ideje, és egyenesen idejött a szállodából.

Amikor leültették ide, nem mondtak neki túl sokat, csak azt, hogy várjon, hamarosan bemehet a kihallgatóba.

Így hát várt.

Szokatlan volt ismét magyar nyelvet hallani maga körül. Ez az egy azért nagyon hiányzott neki. Már két éve nem hallott élő magyar beszédet odaát az Egyesült Államokban. Csak hírekben figyelte, hogy hátha mondanak valamit Magyarországról is. Ott-tartózkodása során sosem említették. Talán jobb is. Nem szívesen értesült volna olyanról, hogy mondjuk, forradalom tört ki odahaza, vagy háború. Ha jobban belegondolt, talán nem is akart annyira hallani Magyarországról. A híradóban ritkán közölnek örömhírt. Ha mégis, azt is már csak azért csinálják, hogy enyhítsék az addigi rémhírek nézőkre gyakorolt sokkoló hatását. Például: „Ma végre született egy cerkófmajom az állatkertben!" Ilyen és ehhez hasonló baromságokat mondanak be időnként örömhír címszó alatt! Először is, kit érdekel, hogy hány majom *születik*, amikor előző nap, mondjuk, *kétezer ember halt meg* erőszakos bűncselekményben? Továbbá, miért nem engednek inkább szabadon párat azok közül a szerencsétlen majmok közül? Lehet, hogy az nagyobb hír lenne... a majmok számára is.

Nola negyedóra várakozás után meglátta, hogy nyílik a kihallgató ajtaja. Egy magas, vékony, szőke hajú férfi jött ki rajta. Odalépett Nolához és kezet nyújtott neki. A férfi tájékoztatta, hogy ő vezeti a nyomozást a gyilkossági ügyben. Miután személyesen is elmondta Darxley ügynöknek majdnem ugyanazt, amit korábban az FBI főnöke már dióhéjban felvázolt, intett, hogy kövesse őt a kihallgatóba.

Szemmel láthatóan a nyomozó is fáradt volt, nemcsak ő. Véreres szemeivel hunyorgott a kimerültségtől, nyakkendője pedig olyan csúnyán volt meglazítva, mintha idegesen le akarta volna tépni magáról korábban: Ugyanis hiányzott az ingéről a legfelső gomb. Nola kiváló megfigyelő lévén egyből észrevette.

„Jó kis napja lehet a fickónak, ha ennyire fojtogatta már a nyakkendője" – gondolta magában.

Mielőtt beléptek volna az ajtón, a nyomozó sietve elmondta Nolának, hogy az elkövetőből egy árva szót sem tudtak eddig kiszedni. Még a nevét sem. Furán beszél, és szerintük talán nem is magyar. Lehet, hogy ő is amerikai, mint az a fickó, akit megölt. Nagyon elegük van az ügyből, mert a pasas teljesen passzív. Még a kirendelt ügyvéddel sem volt hajlandó szóba állni, pedig az saját érdeke lett volna. Szerinte nem is érti teljesen, amiket kérdeznek tőle. Vagy csak tényleg nem komplett az ipse és azért viselkedik így.

Nola bólintott és belépett a nyomozó után a kihallgatóba.

Azonnal erős szag csapta meg az orrát. Nem is szag, inkább bűz! Amolyan klasszikus hajléktalanszag. Nem is értette a lány, hogy rabosítás után miért nem rakták valamennyire rendbe a fickót. – Később megtudta, hogy azért, mert abban sem volt közreműködő, és egyszerűen nem bírtak vele fizikailag.

Nola végignézett a férfin, és egyből feltűnt neki, hogy a külsejével nem stimmel valami. Ugyanis egyáltalán nem látszott hajléktalannak. Eredetileg jól öltözött lehetett, csak szakadt és mocskos volt a ruházata. Csipkés, régimódi inget viselt, kicsit olyat, mint amiket kosztümös filmekben látni. Eredetileg fehér színű lehetett, most inkább szürke és vörös volt a kosztól és a rászáradt alvadt vértől. Nadrágja is passzolt az ing régies, kosztümszerű stílusához: fekete, hímzésekkel díszített, régimódi bársonynadrág volt. Ez még a mocsok ellenére is látszott rajta.

A férfi rezignáltan ült a műanyag széken, és mereven maga elé nézett, mintha elmélkedne valamin. Kezei elöl össze voltak bilincselve, a bilincset pedig az asztalba csavarozott erős acélkarikához láncolták. Most, hogy Nola kicsit jobban megnézte, már biztos volt benne, hogy nem lehet hajléktalan. Ahhoz túl jó megjelenésű! A kosz ellenére is.

Jóképű férfi volt, Nolánál körülbelül húsz évvel idősebb, negyven körüli, körszakállas, derékig érő, hosszú sötétbarna hajú, szürke szemű. Magas homlokát és karakteres, arisztokratikus orrát intelligenciát sugalló tekintete tette még megnyerőbbé. Semmi jele nem volt alkoholizmusnak az arcán, pedig a lány kevés olyan hajléktalant látott még életében, aki ne ivott volna, azaz, aki ilyen egészségesnek és értelmesnek tűnt, mint ez a férfi. Nemcsak, hogy nem látszott iszákosnak, de inkább sportember benyomását keltette volna, ha tisztább és ápoltabb. Jó nagydarab volt. Lehetett akár száz kiló is, vagy még több. Izmai – vállai, karjai és mellkasa legalábbis látszott még ingen keresztül is – dagadoztak a ruha alatt. Egy pillanatra az jutott Nola eszébe, hogy a fickó kicsit olyan, mint egy nőknek szóló, romantikus regény borítóján a „kockahasú" pasi, akit csak a külseje miatt tettek rá a borítóra: hosszú haj, izmos mellkas, tökéletes arcvonások, igéző tekintet, félig szétnyitott fehér ing, hogy látsszon a hasizom. Bár ennek nem volt szétnyitva az inge, de Nola azért el tudta képzelni, mi lehet a „csomagolás" alatt. Valószínűleg nem szégyell nyáron strandra járni...

„Bár fura, hogy ilyesmik jutnak most eszembe egyáltalán" – gondolta magában a lány. Tényleg kicsit olyan volt a fickó, mint azokon a könyvborítókon a tipikus „jó pasi". Azt leszámítva, hogy ez itt bűzlött, mint egy csöves, és pont olyan koszos is volt, ráadásul még tetőtől-talpig alvadt vér is borította a ruháját.

A férfi oldalra fordította a fejét, és rájuk nézett. Először rosszkedvűen a nyomozóra, majd Nolára. Jól megnézte magának a lányt. Az ifjú Darxley ügynök huszonhárom éves volt. A férfi ámulattal nézte Nola derékig érő fekete haját, mandulavágású, sötét szemeit – mintha részben ázsiai származású lenne –, közepes magasságú, vékony, izmos alkatát és különleges szépségét: Szív alakú arca volt, hangsúlyos arccsontjai és nőies, törékeny álla. Nem olyan átlagos szépségnek tűnt, amelyik, ha megszólal, akár kiábrándítóan buta módon, közönségesen is viselkedhet. Ő inkább „elegánsan" volt szép, mint egy hercegnő, aki álruhában jár a pórnép között. Talán erre gondolt a megbilincselt férfi is, mert ahogy ránézett, elkerekedett a szeme. Aztán meg is szólalt:

– Te vagy az, Nola?!

Második fejezet: Tükörvilág

V. Kerületi Rendőrkapitányság, Budapest, Magyarország
1997. szeptember 3., 15 óra 28 perc

A fickó látszólag felismerte Nolát! A lány teljesen meglepődött ezen. Az egy dolog, hogy a nevét esetleg tudhatta, hiszen megmondhatták neki, hogy idejön valaki az FBI-tól. Közölhették vele, hogy hogy hívják azt az ügynököt, aki ideutazik, hogy beszéljen vele. De hogy minek mondták volna el neki, azt a lány nem tudta és eléggé furcsállta. Nem vakrandira jött végül is, hanem egy gyanúsítottat kikérdezni!

Így nem is értette, hogy miért mondtak volna róla bármit is az elkövetőnek. Az ilyesmi nem szokás. Bár jobban belegondolva, talán nem az itteni rendőrség tájékoztatta erről a férfit. Az ugyanis nemcsak a nevét mondta ki, hanem látszólag az arcát is felismerte. Fényképet azért már csak nem mutattak neki róla! Ezt a lehetőséget tehát elvetette.

Nola soha életében nem látta ezt a férfit, hacsak nem valóban egy romantikus regény borítóján – kosz és vér nélkül. – Bár ez nem volt valószínű, ugyanis Nola soha nem olvasott olyan szemetet. A másik dolog: Ha csak a lány látta volna a férfit egy képen, akkor az nem ismerte volna fel őt.

Így hát, Nola visszakérdezett:

– Látott már engem valahol korábban? Én nem ismerem önt.

– ...Nem. Én sem ismerem önt. Elnézést. Csak nagyon hasonlít valakire, akit ismertem egykor.

– És őt is ugyanígy hívták? – érdeklődött tovább Nola gyanakvóan.
– Ez nem egy kimondottan gyakori név.

– Nem, őt nem így hívták. Csak talán hallhattam valahol ezt a nevet. Esetleg az itteni nyomozók említették, hogy majd érkezik. Elnézést, elsőre összekevertem valakivel – mondta a férfi, és elfordította a tekintetét. Ismét maga elé nézett, de most már nem kifejezéstelenül. Zaklatottnak tűnt. A mellkasa most szemmel láthatóan hosszabban és intenzívebben emelkedett és süllyedt. Még ha nem is adott ki magából egy hangot sem, és az arca sem árult el érzelmeket – nagy önfegyelme lehetett –, mégis úgy tűnt, hogy csendben sóhajtott néhányat. Szomorúan talán, régi emlékeket felidézve? Ki tudja? Valóban furán beszélt. *Tényleg* furán. Nola nem halott még ilyenfajta akcentust. Az itteni hülyék – ezt már előre sejtette – közelébe sem jártak a valóságnak. Ez nem amerikai – vagy „amerikás magyar" – akcentus volt. Azt, hogy pontosan micsoda, Nola sem tudta, pedig tényleg szeretett nyelvekkel, tájszólásokkal, helyi kiejtésbeli eltérésekkel foglalkozni. Főleg hobbiból csinálta, de eléggé értett is hozzá. A férfinak nem akcentusa volt. Ő inkább úgy gondolta, hogy régiesen beszél. Bár eddig nem használt régies kifejezéseket, azonban a mód, ahogy a szavakat formálta, tényleg nem volt hétköznapi és nem is a mai korba illő. Valószínűleg tényleg nem Magyarországon született, de hogy akkor hol, arról Darxley ügynöknek fogalma sem volt.

Nola először meg akarta tudni, hol hallotta a férfi a nevét, ugyanis – jobban belegondolva – valóban nem tűnt valószínűnek, hogy itt előre megmondták volna neki név szerint, hogy ki érkezik majd az FBI-tól. A fickó tényleg ismerhette őt valahonnan. Egy ilyen ritka nevet nem találhatott ki csak úgy véletlenül. De úgy döntött, inkább későbbre hagyja ezt a kérdést. Lehet, hogy menet közben amúgy is kiderülnek dolgok, akár erről is.

– Úgy hallom, nem hajlandó vallomást tenni – mondta Nola a férfinak, miközben leült vele szemben. A nyomozó is visszaült saját székére. – Még a hivatalból kirendelt védővel sem állt szóba. Miért?

– Mert nincs értelme magyarázkodni – felelte a megbilincselt férfi. – Itt annál sokkal nagyobb dolgokról van szó, mint hogy leálljunk jogokról és törvényekről vitatkozni. Amit tettem, az szükséges volt, mindannyiunk érdeke.

– *Mindannyiuk* érdeke? Kiknek az érdeke? A hajléktalanoké? – kérdezte Nola értetlenül.

– Az *emberiségé*.

– Értem – válaszolta Nola. Ekkor már egyértelműen igazat adott főnökének. Azaz nemcsak neki, de saját magának is: a férfi valóban nem normális. A beteg ilyenkor úgy érzi, hogy valami felsőbb hatalomnak engedelmeskedik vagy nagyobb célt szolgálnak tettei, és nem tartozik senkinek számadással. A rendőrségnek legalábbis nem, csak annak a hatalomnak, aki neki parancsol. Darxley ügynök találkozott már ilyen esettel korábban: általában skizofrénia a viselkedés oka. Más esetekben az ilyen elvakult hozzáállás valamiféle szektás agymosás végeredménye szokott lenni. Kíváncsi volt rá, most melyikről lehet szó.

– Nekik nem magyarázkodtam – folytatta váratlanul a férfi. – De *önnek* elmondom. Tudom, hogy *önben*... elnézést... úgy *érzem*, önben megbízhatok.

Paranoid skizofrénia... gondolta magában Nola. A férfi folyamatosan retteg, hogy követi valaki, vagy akár ártani akarnak neki. Állandóan elméleteket gyárt arról, hogy kik a barátai és kik az ellenségei. Neki most épp szerencséje van, mert pont beleesett abba a „szórásba", amikor a férfi abban a hangulatban van, hogy barátokat vél felfedezni és felismerni maga körül. Bár, ha csak az őrület sugallja neki, hogy benne megbízhat, akkor kérdés, hogy a *nevét* honnan tudta? Lehet, hogy nem csak a paranoia készteti arra, hogy őt szimpatikusnak lássa? Talán komolyabb oka is van?

– Örülök, hogy így érez – válaszolta tehát Nola. Gondolta, előbb-utóbb majd csak kinyögi, honnan ismerheti őt. – Valóban megbízhat bennem. – Bár ez nyilván őszintétlenül hangzik, de inkább maradjunk a szerepnél, gondolta. – Elmondaná, mi történt? Kérem, hogy tényleg az igazat mondja. Miért ölte meg azt az embert? De mindenekelőtt... ki maga? Zavarja, ha mindezt leírom? Jelentést kell írnom az ügyről. – Nem zavar. Írjon csak. Sajnos úgysem megy vele sokra – válaszolta a férfi. Fenyegetően hangzott, amit mondott, de tekintete egyáltalán nem tűnt barátságtalannak. Kedvesen nézett Nolára, mintha valóban ismerte volna. A lány egy pillanatra beleborzongott abba a tekintetbe. Az biztos, hogy valami nem stimmel vele, de hogy pontosan mi... – a súlyos paranoid skizofrénián kívül –, azt még nem tudta volna ennyiből megmondani.

Nola elővette táskájából a jegyzetfüzetét, és írni kezdett. Leírta a dátumot és az időpontot, valamint a helyszínt is. „Hát ez nem sok" – gondolta. Körülbelül ennyit tudott ugyanis eddig, vagy ennél nem sokkal többet.

– Rendben. Folytathatja. Hallgatom, uram – mondta, és egyből vissza is fordította tekintetét a jegyzetfüzetre. Jobban esett neki inkább a papírra nézni, mert zavarba ejtőnek találta azt, ahogy a férfi vizslatja őt. Úgy érezte, valahogy többet mond az a tekintet, mint amit az adott szituáció megkövetelne vagy indokolhatna. Egyelőre inkább nem akart ránézni, ha nem muszáj.

– Miről akar hallani? – kérdezte a férfi.

– Kezdjük, mondjuk, a nevével. Hogy hívják?

– Abe – felelte tömören.

– Mint az Ábel, angolul becézve?

– Engem senki sem becéz – válaszolta a férfi. Nola már látta, hogy neki sem lesz könnyű dolga vele. Még így sem, hogy vele legalább hajlandó szóba állni. Türelmesnek kell tehát lennie vele, nehogy neki is megkukuljon itt, mint valami szegény dilis gyerek, és a végén besüljön emiatt az egész próbálkozás.

– Akkor úgy kérdem, minek a rövidítése ez? Ábel?

– Abriel.

– Értem. Köszönöm, Abe. Gondolom, szólíthatom így. Vezetékneve?

– Nem tudom, mit jelent ez a szó.

– A másik neve, családneve, uram!

– Ywolf... – hallgatott el néhány másodpercre – ...báró.

Ekkor a Nola mellett ülő nyomozó horkantott egy nagyot! Kis híján hangosan elröhögte magát. A lány rosszallóan ránézett, hogy uralkodjon magán. Ha udvariatlanok a férfival, biztos, hogy nem lesz hajlandó többet elárulni... még az igazságról sem.

A nyomozónak sikerült összeszednie magát. Valószínűleg azért ő is találkozott már hasonló esetekkel, és tudta, hogy nem jó ötlet felhergelni egy ilyen alakot. Még akkor sem, ha meg van bilincselve. Látva „Abe" termetét és izmait, Nola nem volt biztos abban, hogy ha a férfi *úgy istenigazából* megindulna valamerre, meddig tartana ki az a vékony lánc! Lehet, hogy körülbelül... semeddig!

– Értem – mondta Nola tárgyilagosan. Neki sikerült megállnia, hogy semmilyen érzelemmel ne reagálja le az eddig elhangzottakat. Főleg a

„báró" szót. Azért az már elég abszurdan hangzik a mai világban! Ha egyáltalán használja még valaki a történészeken kívül...

– Elmondaná nekem, Abe, hogy miért ölte meg azt az embert? Tagadnia úgysincs értelme, hiszen több szemtanú is látta. Ezt a rendőrség „tettenérésnek" hívja, nem tudom, tudta-e.

– Nem tudtam, de nem tagadom. Nem lenne értelme.

– Rendben, tehát akkor miért ölte meg?

– Azért, mert a *nyitáshoz* vér kell. A kapuhoz.

Nola ekkor már látta, hogy baráti viszony és szimpátia ide vagy oda, de értelmes információt ő sem fog tudni kiszedni ebből a férfiból!

„Szerencsétlen súlyos beteg lehet. Kár érte! Pedig tényleg nagyon jó külsejű" – gondolta magában. Sokra vihette volna ilyen adottságokkal. Az jutott eszébe, hogy talán ő is színész lehetett valójában... Mármint a való világban, amikor még tudta, hogy kicsoda és milyen világban él, mielőtt még elsúlyosbodott rajta az esetlegesen lappangó elmebetegség. Lehet, hogy mindketten színészek voltak, és a korábban hallottakkal ellentétben nem *egy* statiszta ragadt itt a forgatás után, hanem igazából kettő. A fickó külseje passzolna a történtek egy ilyen verziójához. Nemcsak arcvonásai és testalkata, de ruházata miatt is. Az ugyanis valóban inkább egy kosztümös filmbe illett volna, mintsem egy metró alagútjába 1997-ben... hajléktalanok közé meg végképp nem! Nola úgy döntött, inkább nem feszegeti ezt a „vérre nyíló misztikus kapu" baromságot. Úgysem vezetne sehová. Inkább megpróbál valami értelmeset kicsikarni belőle:

– Mondja, Abe, ön színész? Vagy az volt korábban?

– *Komédiás*? – kérdezett vissza az sértődötten. – Valami vásári mulattató? Ezt komolyan kérdi? Az én családom nemesekből állt!

A lány feltételezte, hogy a fickó gondolatban eggyé válhatott az általa korábban játszott szereppel. Megesik néha... olyan színészeknél, akik hajlamosak az elmebajra. Mármint az, hogy összekeverik a szerepet a valósággal. Mivel úgy látszott, a színész-témával nem jut előbbre, így hát visszatért inkább a kapura:

– Elnézést, nem sértésnek szántam. Mondja, milyen kaput akart kinyitni? Ott a metróalagútban nincsenek kapuk, csak szerelőfolyosóknak vannak itt-ott ajtajai. Vagy nem jól mondom?

– Nem olyan kaput – válaszolta Abe. – A *tükröt*. A tükör mindenütt ott van.

– Értem – próbált meg Nola komoly arccal helyeselni. Gondolta, mondja inkább el a magáét, akármilyen őrültség is! Hátha lesz közte véletlenül használható információ is. – Mesélne akkor a „tükörről"? Hogyan lehet kinyitni? Hová akart rajta keresztül eljutni?

– Nem mondhatom el, hogyan nyílik! – vonta össze Abe karakteres, sűrű szemöldökét. – Ne akarja tudni! Veszélybe sodornám vele.

– Ahogy gondolja. És hová akart eljutni?

– Vissza akartam menni a múltba, hogy rendbe tegyem a...

– Jéézusom!! – fakadt ki ingerülten a Nola mellett ülő nyomozó. – Hölgyem, ezt most tényleg mind leírja? Nem látja, hogy csak hülyíti magát? Ezt a szart már nem gondolhatja ő sem komolyan! Öreg, fejezd már be! Örülök, hogy megeredt végre a nyelved, de ne rabold többé az időnket ilyen agyatlan humorizálással!

– Mondtam, hogy nem vagyok komédiás – válaszolta Abe komolyan. Valóban úgy tűnt, hogy nem kenyere a viccelődés. – Az igazat mondom, ahogy a hölgy kérte. Arra pedig...
– Ja, persze! – vágott közbe a nyomozó szinte kiabálva, félig már felállva a székéről. – Na, tudod, kivel szórakozz, te barom!
– Fogja be, és üljön vissza! – szólt rá a lány erőteljesen. – Hagyja szóhoz jutni, és ne sértegesse! – Nem mintha annyira védeni akarta volna a fickót, de abban már most biztos volt, hogy sértegetéssel és hitetlenkedéssel nem fognak ennél többet kiszedni belőle. Inkább mesélje csak el végig a képzeletbeli sztoriját, akkor legalább mondhat akár olyat is, ami valóban megtörtént, és segíthet nekik az ügy lezárásában.
A nyomozó kelletlenül visszaült. Mintha mondani akart volna valamit... aztán sértődötten forgatva szemeit legyintett egyet, hátradőlt a műanyag székben, és karba fonta a kezét.
– Ne haragudjon, Abe. Kérem, folytassa. Ha ezek szerint azt nem is mondja el, hogyan nyílik ez a bizonyos kapu, kérem, legalább azt árulja el, hogy mi ez az egész história? Érti, mire gondolok? Hogyan kezdődött? Azaz hol és mikor?
– Hogy hol... azt talán el sem tudnám magyarázni olyan világban élőknek, akik tudományát ennyire kötik a fizika törvényei. Hogy mikor? Nagyon... nagyon régen kezdődött az már.
– Sok évvel ezelőtt? – kérdezte Nola.
– Nem – válaszolta Abe. – Amikor a klánnal építeni kezdtük az alagutakat, még nem voltak évek. Akkor még senki sem mérte az idő múlását. Vagy legalábbis nem így, mint most itt, ebben a korban, önöknél.
– Értem – válaszolta Nola. Próbálta tartani magát. Ugyanis már kezdett a feje belefájdulni ebbe az egészbe. Nemcsak kimerültnek érezte magát kialvatlansága miatt, de a pasas is kezdett tényleg nagyon fárasztó lenni... most már az ő számára is. Tulajdonképpen megértette a nyomozót, hogy miért kelt ki magából az előbb. Ki tudja, az már hány órán át próbálta korábban eredménytelenül faggatni. – Tehát ezek szerint akkor még nem létezett időszámítás. Körülbelül kétezer éve kezdődött tehát ez a történet? – folytatta a lány érdeklődést mutatva... bár nehezére esett. Inkább érezte magát az elmúlt percekben kezdő pszichiáternek, mint tapasztalt nyomozónak.
– Én sem tudom pontosan – mondta Abe. Egy pillanatra eltűnődött. Úgy tűnt, számol magában egy darabig. – Mondjuk inkább úgy, hogy körülbelül *négyezer éve*.
– Ön akkor *ezek szerint* négyezer éves? – itt már volt azért némi él Nola hangjában. Egy kicsit valóban szerette volna kiugrasztani a nyulat a bokorból. Kíváncsi volt, hogy vajon a férfi valóban ki fogja mondani a választ erre a kérdésre anélkül, hogy éreznė, mekkora őrültséget állít?
– Negyvenéves vagyok – felelte Abe meglepő módon. – Attól függ, hogyan számoljuk. Körülbelül négyezer éve születtem, de nem éltem végig azokat az éveket úgy, mint gondolná. Nem töltök mindenhol, minden korban ugyanannyi időt. Az önök korában is csak nemrég óta vagyok...

Abe ekkor hosszas mesébe kezdett. Elmondta, amit a másik kettő hallani akart. Bár ne mondta volna! Tömény őrültség volt ugyanis az egész. Nola véleménye szerint szegény férfi valóban súlyos elmebeteg lehetett. Habár Darxley ügynök nem volt pszichiáter, még kezdő sem, de ezt bárki más is látta volna a helyében.

A férfi arról mesélt, hogy itteni időszámítás szerint körülbelül négyezer éve született egy másik univerzumban. Tehát nemcsak, hogy nem ebben az időben, de nem is ebben a világban, amelyben ők élnek! Eredetileg ősi nevén Abrielnek hívták. Később a középkorban, ahol sokáig élt, bárói rangot kapott. Egy öreg nemesember fiául fogadta, mivel Abe-nek nem voltak rokonai – azokban a korokban legalábbis. – Ennél a résznél használta újra a „klán" kifejezést. Azt mondta, ekkor már ő volt az „Ywolf Klán" legutolsó élő tagja. Addigra mindenki más több ezer éve meghalt. Úgy is nevezte őket, hogy az „Aconitum Gyermekei".

Abe egy valóságtól erősen elrugaszkodott, a valós történelemnek és a fizika törvényeinek pedig teljesen ellentmondó históriát adott nekik elő. Még egy skizofrénhez képest is! Nola hallott már ezt-azt életében, de ilyen sztorit még fantáziafilmben sem látott korábban soha. Ennek a férfinek hatalmas képzelőereje lehet! Talán nem is színésznek, hanem inkább írónak kellett volna mennie, amikor szegény még beszámíthatónak minősült. Lehet, hogy valójában az is volt, mármint író. Végül is nem lehet tudni! Ilyen történetet mindenesetre nem talál ki könnyedén akárki, még egy őrült sem.

Abe azt mondta, hogy az Ywolf Klán régen, az akkori korban ismert fogalomnak számított. Az „Aconitum Gyermekei" viszont titkos és tiltott kifejezés volt mindig is. Ne használják ők se mások előtt, mert bajuk eshet miatta! Ezt a nevet csak a titkos nemzetség tagjai és azok leszármazottai használták. Abe elmondta, hogy ezek az emberek körülbelül négyezer évvel ezelőtt alagutakat építettek...

Nola először arra gondolt, hogy Abe-nek az a kényszerképzete támadt, hogy ő ásta ki hajléktalan társaival azokat a metróalagutakat, amelyekben éltek. Talán pont ebbe is őrült bele szegény, hogy tehetséges, esetleg ígéretes színész létére föld alatt, mocsokban, nincstelenként kellett tengetnie napjait. Talán annyira megviselték az ottani borzalmas körülmények, hogy beleőrült a szenvedésbe, az éhezésbe és a nyomorba. Kitalálhatott egy valóságtól teljesen elrugaszkodott történetet, egy mesét, hogy inkább ott éljen: a saját maga által kitalált kis világban, ahol jobban érzi magát. Szívesebben élt ott boldogságban, egy *új valóságban*", mint a borzalmas régiben, melynek igazságát nem akarta már tovább sem elhinni, sem elfogadni. Még akkor is, ha ezért cserébe oda kellett adnia józan ítélőképességét és eszét is.

Lehet, hogy ez inspirálta erre a nem hétköznapi mese kitalálására, ami még akár érdekes is lett volna, ha nem úgy végződik a fantáziadús történet, hogy a végén a főszereplő ok nélkül megöl valakit az epilógusban. A lány tehát arra gondolt, hogy nyilvánvalóan a föld alatt építettek alagutakat – mármint építettek *volna*, ha valaha megtörtént volna az egész.

Abe azonban elmondta, hogy nem a föld alatt építettek átjárókat és alagutakat, hanem a *csillagok* között! Az Ywolf Klán tagjai képesek voltak átlépni a tükrön. *Bármilyen tükrön.* – Mert „az mindenhol ott van".

– Úgy használták a tükröket, mint a kapukat, amelyek más dimenziókra nyílnak. Az Ywolf Klán tudott utazni csillagok között időszámításunk előtt már kétezer évvel is. Semmilyen csillaghajóra nem volt ehhez szükségük. Sőt, gépekre sem! Mindössze a gondolat erejével tették mindezt. Abe úgy hívta ezt a képességet, azaz erőt, hogy az „Aconit Erő". (K-val ejtette.)

Hogy tovább könnyítsék az utazást más dimenziókba és távoli csillagokra, „alagutakat" kezdtek építeni köztük. Hogy ez pontosan hogyan lenne lehetséges fizikailag vagy akár tudományosan, azt Nola elképzelni sem tudta, de inkább nem is akarta és rá sem kérdezett. Abe elmondása szerint ezek az alagutak olyanok voltak a csillagok és a dimenziók között, mint akár az erek az emberi testben.

Ezek az erek információt szállítottak a gondolat erejével, a fény sebességénél is jóval gyorsabban. Abe azt mondta, hogy ezek a csatornák egy elfeledett, ősi nyelven szállítottak információt: szöveget, képet, hangot, sőt gondolatokat is. Ezt az ősi nyelvet úgy hívtak: „Álomnyelv".

A báró állításai szerint, habár az Álomnyelv már feledésbe merült, továbbá senki sem használja és nem is emlékeznek rá, hogy valaha létezett volna... ennek ellenére az alagútrendszer a mai napig fizikailag, kézzelfoghatóan létezik odaát, a túloldalon.

Manapság mégsem tud már erről senki, mert nem emlékeznek rá, hogy át lehet lépni a tükrön. Ezért nem tudják a mai emberek többé használni ezt a kommunikációs rendszert.

Senki *a világon* nem emlékszik...

...Kivéve Abe-et, mivel ő nem *ebből a világból* való.

Miután befejezte a történetet, azt mondta Nolának és a nyomozónak, hogy... gondoljanak bele, de őszintén!...

Emlékezzenek...

Amikor otthon tükörbe néztek, nem hallottak esetleg néha hangokat a túloldaláról? Nem tapasztaltak olyankor semmi szokatlant? Ha nem, ... *egész biztos*, hogy nem?

– Próbálják meg *felidézni a múltat*... – mondta a férfi szuggesztíven. Nola kezdett kényelmetlenül elálmosodni. Azaz túlságosan is kezdte kényelmesen érezni magát, és ez feszélyezte.

– Nem hallottak valamit... a tükör mögül, ami beszédnek, kántálásnak tűnt valamilyen ősi, ismeretlen nyelven?

Valamit, ami úgy szól...

...mint a riadt, felrebbenő madarak károgása, rikoltozása?

...vagy mint ahogy fekete fellegek között, tomboló viharban süvít a szél?

...ahogy az eső szakadatlanul esik tovább két pusztító villámlás között, amikor pedig már végre csend lenne?

...vagy akár, amikor kettészakad az ég, s egy mező közepén álló magányos, villámsújtotta fa lombkoronáján táncolnak a lángok?

Hallották-e már azt... amikor a *lángok dalolnak*?

Nem hallottak valamilyen pulzáló, szuggesztív, primitív ritmust odaátról?

Ha esetleg igen, akkor a hang valójában az Álomnyelv volt, melyen a klán holt lelkei szóltak önökhöz. Lehet, hogy közölni akartak önökkel valamit. A holtak ugyanis mindannyiunkat *látnak és hallanak*. Van, akihez szólnak is a Tükörvilágból, ahhoz, aki arra érdemes és képes *igazából* hallani.

A dobolás pedig nem volt más, mint a lelkek véres rítusainak ritmusa... azaz a vér dobolása az erekben.

Vér az erekben, akár az emberi testben...

Behálóznak mindent...

...az alagutak s csatornák a csillagok között.

Talán már hallották a dobolást...

Ugyanis még a mai napig is átszűrődnek néha odaátról...

...a „Vér Galaxis" hangjai.

Harmadik fejezet:
Egy megújult valóság

Ekkor aztán véget ért a kihallgatás! Vagy legalábbis Nola véget vetett neki. Elege lett az egészből! Nem mutatta jelét semmilyen módon, de komolyan kezdett kiborulni és rosszul lenni. Azt sem tudta eldönteni, mi baja van: Le kéne feküdnie aludni? Vagy inkább émelyeg? Bárhogy is, de *valami nagyon* nem stimmel! A mellette ülő nyomozó is holtsápadt volt. Nola úgy érezte magát, mint aki beütötte a fejét, és még nem biztos benne, hogy elesik a szédülés és a világ forgása miatt, vagy inkább hányni fog a fejsérüléstől.

A fickó komplett őrült! És nemcsak simán dilis, hanem ráadásul gyilkos is, aki szuggesztíven és látszólag olyan őszinte hittel és bizonyossággal adja elő magát, hogy az már ijesztő. Pláne annak tudatában az, hogy miket állít!

Ez a dolog nem csak egy gyermekien ártatlan vagy akár ijesztgetésre szánt rémmese volt, ugyanis ez már a valósággal kezdett keveredni. Azzal, amiben Nola is élt, és ő nem akart egy ilyen valóságban élni! Nem akart ilyenekről hallani! Még akkor sem, ha mindez igaz. De hát hogy is lehetne az? Ugyan már!

Normális esetben a lányt nem borították ki az ilyenek, de ez a fickó valahogy más volt. Nem olyan, mint akikkel eddig valaha is találkozott. Nem tudta eldönteni, mit gondoljon róla. Tudta, hogy sajnálnia kellene a betegsége miatt, vagy legalábbis semlegesnek maradnia munkájából kifolyólag, de úgy érezte, nem lesz képes rá. Ezúttal nem! Abe valahogy többnek bizonyult egy átlagos elmebetegnél. *Túl* meggyőző volt! Túl hiteles.

Az elmebetegek sokszor ellentmondanak önmaguknak. Állítanak dolgokat, aztán meggondolják magukat, mert a következő pillanatban máris az ellenkezője tűnik igazabbnak vagy valamilyen beteges okból kifolyólag akár „hasznosabbnak". Néha ellenségnek hisznek valakit, utána viszont inkább szövetkezni akarnak vele.

Abe nem gondolta meg magát semmiről. Mindent úgy adott elő, hogy tulajdonképpen végig következetes maradt, és a maga beteges módján még logikus is. Ez pedig ijesztő.

A lánynak később rossz álmai kezdtek lenni ettől az egész őrültségtől.

Még töltött pár napot a szállodában, mielőtt visszaindult, ugyanis heves, koraőszi viharok dúltak az egész országban, és emiatt legközelebb valószínűleg csak három nap múlva indul repülő a tengerentúlra.

Nolának minden éjszaka rémálmai voltak. Tükrökről, más dimenziókról, nem evilági lények véres rítusairól... vérről... rengeteg folyt-hömpölygött belőle mindegyik álomban! Álmaiban „Álomnyelven" is beszélt, melyet maga sem értett, de valamiért mégis tudta, mikor mit mond. Olyan érzés volt, mintha ő maga is tudna valahol mélyen ezen a nyelven, de már csak ösztönös szinten. Ráadásul ébredéskor még azt a kicsit is mindig elfelejtette.

Többször magáról a férfiről is álmodott. Ezt találta az egyik legijesztőbbnek az egészben, ugyanis az kétszer annyi idős volt, mint ő, gyilkolt is, ráadásul súlyos elmebetegnek tűnt. Még csak szimpatikusnak sem mondta volna! Mégis erotikus álmai voltak vele. Többször álmodott olyat, hogy nem evilági helyeken, idegen bolygókon, sőt néha még az űrben is repülnek, sosem létező szárnyas lények hátán utaznak, teljes világokat és korokat maguk mögött hagyva.

Nemcsak éjjel, de nappal sem érezte jól magát. Nem voltak túl jó állapotban az idegei, és nem értette ennek a pontos okát. Talán az hatott rá ilyen deprimálóan, hogy visszajött szülőhazájába... Lehet, hogy ez jobban felkavarta, mint ahogy azt előre sejthette volna. Az is lehet, hogy még mindig hiányzott neki az az alvás terén nélkülözött hat óra, de tény, hogy ramatyul érezte magát és nagyon fáradtnak. Olyan volt, mintha éjszaka nem is aludt volna egyáltalán. Reggel nem érezte legalábbis, hogy pihent. Vagy nem pihentette az alvás megfelelőképpen, vagy nem aludt elég mélyen. Ébren is érzett furcsa dolgokat, néha mintha még hallucinált is volna.

Amikor este, fogmosáskor tükörbe nézett, és amikor reggel kisminkelte magát, kétszer is hallott valamit. Nem tudta megállapítani, honnan és mit, abban sem volt biztos, hallott-e bármit is egyáltalán. Úgy gondolta, hogy csak a kialvatlanságtól lázban égő agya játszik vele ilyen gonosz módon.

„Még a végén én is bekattanok, mint az a pasas" – mondta magában utolsó reggel a szállodában, miközben épp a fürdőszobatükörben nézte magát. Előtte látta a napilapban, hogy mától végre ismét közlekednek repülőjáratok Amerikába. Fürdőköpenyben volt még. Nézte ábrázatát a tükörben, és elborzadt a látványtól: „Nagyanyám ilyet hányt tegnap!" – kommentálta saját külsejét a lány. Ha azért ennyire nem is tűnt vészesnek az állapota, valóban táskásak voltak a szemei, és olyan véreresek, mintha minimum súlyos allergiája lenne. Pedig nem volt.

Nem értette, mi van rá itt ilyen rossz hatással. Azt az Abe-et azóta szerencsére nem látta. Amit hivatalból tennie kellett, azt nélküle is el tudta intézni. A férfi származása továbbra sem volt egyértelmű. Az FBI-nál ő azt az utasítást kapta, hogy ha a gyilkos valóban szintén amerikai állampolgár, akárcsak az áldozat, akkor vigye vissza magával az Államokba. Ott fogják majd bíróság elé állítani és elítélni.

Azonban Abe kiejtése, továbbá nyelvhasználata alapján ugyanannyira lehetett magyar is, mint akár amerikai. Igaz, hogy folyékonyan beszélt magyarul, de annyira másképp hangsúlyozott és ejtett bizonyos szavakat, hogy Nola valóban úgy érezte, ez a férfinél inkább tanult nyelv lehet. Ráadásul a hosszasan taglalt, őrült sztorija közben angol szavakat is használt. Abe a „Vér Galaxis" kifejezést például eredetileg „Gore Galaxy"-nek mondta. (Csak Nola egyből lefordította magában magyarra.) A ruházata is inkább arra utalt, hogy ismerhette az áldozatot, és esetleg ő is eredetileg statiszta vagy színész volt, mintsem egy őrült időutazó báró történelem előtti korokból, aki misztikus kapukat képes megnyitni pusztán a gondolat erejével! Ha képes lett volna rá, akkor miért nem tűnt el a kihallgatóból? Nyilvánvaló, hogy gyermeteg butaság az egész!

„Az FBI csak arra adott nekem utasítást, hogy vigyem vissza, *ha* amerikai állampolgár. Arra viszont nem, hogy ha képtelenség lesz kideríteni, hogy az-e!" – töprengett Nola.

„Vagy mi van akkor" – nevetett fel magában –, „ha még csak nem is *ebből* a világból származik? Akkor hová vigye? Vissza 'a tükör mögé', hogy ott állítsák bíróság elé?"

Jobb ötlete nem lévén, úgy döntött, elviszi az FBI-nak. Ők csak többre mennek vele, mint itt, a Magyar Rendőrség. Azért az FBI látott már egyet s mást!

Darxley ügynök előre félt a férfival töltendő közös repülőúttól. Normális esetben egymaga is el tudott volna hozni bármilyen bűnözőt, fegyverrel, megbilincselt állapotban. De ez a fickó legalább kétszer annyi súlyú volt, mint ő, és – bár állva még nem látta – vagy egy fejjel magasabb is lehetett nála. Ha máshogy nem, pusztán termetével és erejével fölé kerekedhetne útközben a repülőn... és hogy azután még mi mindent csinálhatna, annak csak Isten a megmondhatója! Vagy talán még ő sem! Ha valóban igaz annak akárcsak a tizede is, amiket a fickó összehordott, akkor biztos, hogy nem. Akkor Isten biztos nem hallott még Abe Ywolf báróról, inkább a másik fickó tudhat többet róla *odalent* – bár Nola nem hitt egyikükben sem.

„Lehet, hogy ha ez az Abe elszabadulna, puszta kézzel kiherélne valakit a gépen, és a vérrel csak úgy a semmiből kanyarítana magának egy dimenziókaput?" – töprengett Nola. „Na ne! Már tényleg nem vagyok magamnál. Nekem is kezd az agyamra menni a hülye sztorija! Valóban inkább írónak kellett volna mennie a pasasnak, ahelyett, hogy először filmstatisztának áll, utána meg metróalagutakban hajléktalanokat öl!"

A végén Nola megbeszélte az V. kerületi rendőrfőnökkel, hogy adjanak mellé két jól megtermett embert. Az FBI fizeti az oda-vissza repülőútjukat. – Magyarok esetében ezt mindig tisztázni kell, mert különben nemet mondanak, mivel nincs rá pénz. Így viszont szerencsére belementek a dologba.

A repülőút a lány előzetes félelmei ellenére jórészt eseménytelenül telt. Abe egyszer sem szólalt meg az úton. Viszont amikor felszállás előtt a repülőtéren meglátta Nolát, felcsillant a férfi szeme. Más jelét nem adta annak, hogy érdekelné a lány bármilyen szempontból is. Akkor legalábbis még nem.

A tízórás út alatt – amit Nola már első alkalommal is halálra unt – a férfi főként rezzenéstelen arccal nézett maga elé. A két kísérő, akiket melléjük adtak, pedig úgy unták magukat, hogy többször is el is aludtak.

Odakint, ha nagy viharok már nem is dúltak – mert akkor a gép most sem indult volna el –, az eső azért még mindig esett végig az egész úton. Annyira békés volt a hangulat, hogy a monoton gépzaj és az eső odakintről halkan beszűrődő hangja mindenkit elálmosított. Még Nola is azon kapta magát néha, hogy elszundít egy-egy pillanatra. Habár nem lett volna szabad, azért néha ő is „elbólintott", ahogy mondani szokták.

Abe, úgy tűnt, nem álmos. Furcsa módon ő volt az egyetlen az egész gépen, aki eddig végig ébren maradt. Vagy nagyon sokat aludt „előre" az előzetes letartóztatásban, vagy hatalmas volt az önfegyelme. Mindenesetre ő ellen tudott állni a kísértésnek, hogy lehunyja kicsit a szemét, és pihenjen ebben a kellemes... monoton... álmosító környezetben....

Abe olyan éber volt, mintha sosem lett volna szüksége alvásra. „Lehet, hogy valóban nincs rá szüksége?" – Nolában ez az eshetőség is felmerült a tíz órás út alatt, mert *gondolkodni*, azt aztán bőven volt ideje! Sajnos túl sokat is.

Épp mindenki megint elbóbiskolt és sajnos Nola is, amikor felriadt egy zajra! Valószínűleg csak villámlott egyet odakint. Már csak a dörgés visszhangját hallotta. Jó nagy lehetett, mintha az *égbolt nyílt volna meg!* Mire teljesen felébredt és magához tért, már ismét csendesebb volt minden. Ismét halk eső- és gépzajt lehetett csak hallani.

Körülnézett, és látta, hogy tényleg mindenki alszik. Abe persze nem. Igazán szerencséjük van, hogy a fickó nem az a pattogós fajta, mint akinek koffeinmérgezése van! Már miszlikbe szabdalhatta volna az utasokat, ugyanis jó sok alkalma lett volna rá, hogy elszabaduljon! Ennél sokkal jobban kellene figyelniük a férfire!

Nola a kialvatlanságtól nem tudott rendesen őrködni. A két kísérő viszont szerinte inkább csak hanyag volt. Ilyen megbízatás alkalmával nem illik – sőt *tilos* – aludni utazás közben.

Furcsa volt az egész. Mintha a gépre álomkór zuhant volna! Valamiért senki sem bírt huzamosabb ideig ébren maradni.

Ekkor adta a férfi másodszor jelét annak, hogy érdeklődik Nola iránt:

A lány épp kifelé bámult az ablakon, és azon gondolkodott, mit keres ő itt egyáltalán. Miért akart annak idején mindenáron rendőr lenni? Nem lett volna jobb egyszerűen csak grafológusnak menni, és macskakaparásszerű írásokat silabizálni egész nap? Akkor, mondjuk, igaz, hogy nem találkozhatott volna ilyen emberekkel...

És az *milyen jó* is lett volna! Mennyivel kevesebb gondja lenne most!

Éppen ezen gondolkozott, amikor az ablakból, amin kifelé nézett, egy villám fényében egy pillanatra visszatükröződött, hogy a mögötte ülő Abe pont őt nézi! Azaz az is épp kinézett az ablakon, és a tükröződésben összetalálkozott a tekintetük. Egyértelműen látni vélte a villanásban, hogy a férfi *őt* nézi! Pislogás nélkül, feszülten figyelte őt... azzal a tekintettel, amibe Nola már korábban is beleborzongott ott a kihallgatóban!

Ekkor, most először azóta, hogy „ismerte" a férfit, Abe elmosolyodott és mintha súgott volna valamit neki. Nem hallott semmit, csak látta a tükröződésben, ahogy a férfi ajkai szavakat formálnak... egymás után.

Hosszan, kedvesen mosolyogva, komolyan beszélt, mintha egy fontos, hasznos üzenetet adna át, vagy akár szerelmes verset szavalna neki. Mintha valami síron túli, ősi bölcsességet akarna ezáltal megosztani vele. Valami olyasmit, hogy:

> *„Felidézve múltat*, már létezik jövő
> *keringésbe visszatér* az éltető erő.
> A fagyott Nap kihűlve zúdul le
> *egy megújult valóság* tárul fel.*
>
> *Megnyílik az égbolt*
> asztrális hatalmam láttán,
> megszólít a Hold:
> lunáris erőm tiéd ezután!"

Nola hátrakapta a fejét...

...de valószínűleg csak álmodta az egészet.

A férfi *nem őt* nézte az ablak tükröződésében. Sem most, sem az előbb.

Ugyanis végül ő is elaludt. „Mégis szokott hát csinálni ilyet!" – gondolta Nola. „Mégiscsak ember."

Aludt. Legalábbis most, az úton eddig először, csukott szemmel ült, és fejével sem az ő irányába volt fordulva, hanem előre és kissé lefelé. Nem úgy nézett ki, mintha egy másodperccel azelőtt még verset szavalt volna őrültségekről... fura módon ismerős dolgokról...

Voltak köztük ugyanis szavak, amelyek Nola számára valamiért ismerősen csengtek. De már nem emlékezett, melyek voltak azok.

De hát úgyis csak álmodta az egészet! Hiszen a férfi alszik!

„Milyen nyugodtan alszik..." – gondolta Nola. „Mintha még soha semmi rosszat nem tett volna életében. Most olyan ártatlannak tűnik..."

Így, hogy aludt, már nem állt fenn annak a veszélye, hogy a férfi visszanéz rá azzal a fura tekintetével, és majd megint jól zavarba hozza őt. Úgyhogy *most végre* jobban szemügyre tudta venni a vonásait. Jobban megnézhette magának az arcát.

Tényleg *nagyon* jóképű volt!

Amióta végül rendbe szedték és megfürdették, sokkal jobban nézett ki.

Egy kicsit *túl jól* is... Sajnos!

Negyedik fejezet:
Keringésbe visszatér...

Nola Darxley különleges ügynök otthona, Washington D.C.,
Amerikai Egyesült Államok
2017. szeptember 2., 8 óra 28 perc,
Húsz évvel később...

Nola soha nem felejtette el Abe-et az elmúlt húsz év alatt.
Több okból sem.
Először is azért nem, mert néha még álmodott vele a mai napig is.
Már nagyon ritkán, de néha még azért előfordult. Azok az álmok néha
zavarosak és nyugtalanítóak voltak, néha pedig zavarba ejtően intimek
és erotikusak. Nola pszichiáterhez és csoportterápiára is járt miattuk egy
időben, mert egyszerűen nem tudott tőlük szabadulni.

Egyik sem segített. Néhány év múlva azonban maguktól elkezdtek
ritkulni az ilyen esetek, és elmaradozni ezek a kellemetlen, felkavaró
álmok. Egy idő után azért csak sikerült valamennyire túltennie magát az
egészen, még ha teljesen nem is.

Közben újra férjhez ment, és tíz éven át boldog házasságban éltek,
vagy legalábbis többnyire. A fickó sajnos elég unalmasnak bizonyult, de
legalább *megbízhatónak* és *könnyen kezelhetőnek* is... Jó
tulajdonságok voltak ezek egyáltalán? Nos, valószínűleg igen, mert
különben Nola már hamarabb elhagyta volna. Tíz év után viszont ettől a
második férjétől is elvált.

Nemcsak álmai miatt jutott időnként Nola eszébe az a fura, őrült báró
húsz évvel korábbról, de a történet miatt is, amit az régen elmondott
neki... Neki és annak a nyomozónak, akinek már a nevére sem
emlékszik.

Sőt, amiatt még inkább nem tudta elfelejteni Abe-et, amit az a
repülőn mondott *kizárólag őneki* titokban, amíg mindenki más aludt.

Minél többször idézte fel a nő azokat a sorokat, annál inkább úgy
érezte, hogy az az egész nem álom volt! Nola, habár elég gazdag
fantáziával rendelkezett, ilyen sorokat egymaga valószínűleg nem tudott
volna kitalálni. Valaki mástól kellett, hogy hallja őket. Akkor viszont
valóban nem álmodott! Sokszor eszébe jutottak a repülőn hallott – azaz
szájról olvasott – szavak, bár szó szerint sosem tudta felidézni azt a
vershez hasonló passzust.

Mindössze két versszakra emlékezett az egészből. Azoknak is csak
töredékére, zavarosan és hiányosan. A harmadik versszak húsz év alatt
egyszer sem jutott eszébe! Pedig sokszor gondolt rá. Úgy érezte, az volt
a legfontosabb rész, és hogy még tetszett is neki! Valamiért érzéseket
váltott ki belőle, de egyszerűen nem tudta felidézni! Egyszer sem.

A legszomorúbb dolog, ami miatt nehezére esett elfelejteni a férfit,
az volt, hogy Abe, bebörtönzését követően, néhány nappal később
gyanús körülmények között eltűnt. Valószínűleg megölték a börtönben.

Mivel az egykori, Magyarországon elkövetett gyilkosság egyértelmű
volt, kilétét pedig sosem sikerült tisztázni, így végül a férfit az Egyesült

Államokban szándékos emberölésért negyven év letöltendő szabadságvesztésre ítélték. Elég nagy érdeklődést keltett annak idején az ügy, még az újságok is írtak róla. A fickó olyanokat mondott a börtönben, hogy azt néhány napilap sikerhajhász módon egyből le is közölte. Többnyire nem lehetett érteni, miket üzent Abe az olvasóknak, mert nagyon elvontak és furcsák voltak azok a sorok. Nola úgy emlékezett, olyasmiket mondott az újságoknak is, mint amiket ő is hallott tőle korábban a repülőn. Mégsem emlékezett már a pontos szavakra.

Valószínűleg jó pár embernél kiverte a biztosítékot fegyenctársai között is, mert aznap, amikor nyoma veszett, nagy cirkusz volt odabent a börtönben.

A sajtó már amúgy is celebet csinált a férfiből különcsége miatt, így egy ilyen hírt aztán végképp nem tudtak és nem is akartak visszatartani, hogy eltűnt.

Abe tehát benne lehetett már néhány rab bögyében. Valószínűleg irritálta őket az extravagáns csodabogár, ugyanis rászálltak szegényre. *Sokan.* Gyakorlatilag lincshangulat alakult ki mindössze néhány nap leforgása alatt. Az lett a vége, hogy egyik reggel az étkezdében tíz fegyenc támadt rá egyszerre különböző titokban fabrikált szúróeszközökkel, volt olyan is, aki csak pusztakézzel ment neki.

Abe súlyosan megsérülhetett, talán meg is halt. Nem tudta senki, végül mi lett vele.

Csak azt tudták, hogy mit hagyott maga után: *tíz holttestet!*

Képes volt *egymaga* elintézni tíz bivalyerős, a börtönben egész nap súlyzózó, kihegyezett fogkefékkel és egyéb szúrószerszámokkal felfegyverkezett vadbarmot! Mind a tízet megölte! Neki pedig a kavarodás közben nyoma veszett.

Hogy hogyan volt képes fényes nappal köddé válni egy jól őrzött börtön étkezdéjéből, az teljes rejtély! Örökre eltűnt ugyanis! Senki sem hallott róla onnantól, teljes húsz éven át.

Nola épp rá gondolt ezen a reggelen is fogmosás közben, amikor tükörbe nézett. Elgondolkodott rajta, hogy bizony már negyvenhárom éves. Sok idő telt el azóta. Habár ahhoz képest ő nem változott túl sokat. Nem hízott el például, gyereket sem szült, ami elintézhette volna az alakját. Nem nézett ki öregnek sem saját véleménye szerint, inkább csak érettebb volt, de azért még mindig régi önmaga.

A férfi most hatvan lenne, ha még élne. Vajon így is tetszene ő Abe-nek, negyvenhárom évesen? Tetszett egyáltalán a férfinak valaha is? Mi lett volna, ha valóban egymásba szeretnek, mint ahogy álmaiban?

De mint más alkalmakkor is, most is elhessegette ezt a fura gondolatot. Semmi értelme ilyenekre gondolnia! Már úgysem él! Akárhány támadóját vitte is magával a túlvilágra – vagy ahová menni akart –, azt akkor sem élhette túl, ahogy az a tíz ember rátámadt.

Ahogy Nola a tükörbe nézve erre gondolt, megint érezte és hallotta azt a lüktetést, ami évek óta gyötörte már. Megint fájni kezdett a feje. Egy ér lüktethetett a halántékán. Szinte hallotta is, ahogy pulzál. Valószínűleg migrén lehet. De sebaj! Egy Advil majd elmulasztja most is, mint mindig, amikor így reggeltájt megtámadja ez a fájdalom. Vagy lehet, hogy nem is migrén ez, hanem inkább abba fájdul bele a feje, hogy eszébe jut Abe értelmetlen halála? Ez az, ami nem hagyja nyugodni?

Nola szerint ugyanis egyszerűen eltették az útból. Valószínűleg egy elítélt végül leszúrta valahogy, és a korrupt börtönigazgató alkut kötött a sajtóval vagy a TV-vel, hogy egyikük se mondja el az igazat. Biztos lefizették a hallgatásáért cserébe. Inkább beadtak a népnek egy hülye mesét arról, hogy eltűnt, mint a kámfor! Ez így sokkal érdekesebb volt. Így még évekig lehetett csámcsogni rajta. Ha valahogy mégis életben maradt, akkor már rég felbukkant volna valahol valamiért. Nem az a típus volt, akit az ember nem vesz észre. Vagy megölt volna megint valakit a szegény őrült, vagy ki tudja még, mi másra lett volna képes. De az biztos, hogy ennyi év alatt hallottak volna róla *valamit*.

Nola bekapcsolta a TV-t, és megnézte a reggeli híreket. Mindig megnézte indulás előtt. Azóta viszont végképp, amióta rendszeresen szülőhazáját emlegették benne.

Valamiféle magyarországi forradalomról beszéltek. De annyira zavaros volt az egész história, hogy nem értette pontosan, mi a jó ég folyik ott most abban az országban. Az biztos, hogy semmi jó!

A hírekben gyilkosságokról beszéltek, tömegpszichózisról. Valamiféle éjszakai támadásokról, valamilyen szegény emberekkel kapcsolatban... – Hajléktalanok? ...vagy valami olyasmi. – Nem lehetett pontosan érteni, úgy tűnt, valahogy a fordítás által mindig elvész a dolog lényege. Angolul nézte a híreket a CNN-en, mert magyar adókat nem lehetett fogni náluk.

Mindig valami forradalmat emlegettek vagy ahhoz hasonlót és a forradalom vezérét, valamilyen diktátort vagy szektavezetőt.

Néhány hete, amióta elkezdődött az egész, Nola munka közben is sokszor a reggeli híreken gondolkozott. Nem tudta eldönteni, hogy miért nem emlékszik soha az ezzel a témával kapcsolatban elhangzottakra. Olyankor még túl álmos, és egyszerűen kimegy a fejéből? Vagy tényleg annyira érthetetlenül foglalják össze az eseményeket, hogy pont a lényeg nem jön át?

Vagy talán csak ő fél megérteni, hogy mit akarnak mondani a TV-ben? Lehet, hogy a hírek felsorolása után, pár perccel később elfojtja magában tudat alatt ezeket az emlékeket? Mert talán van valami, amivel nem akar szembenézni odaát, a tengerentúlon?

Eldöntötte, hogy most kivételesen tényleg nagyon odafigyel!

Ma reggel másképp lesz! Most nem fog elfelejteni semmit! Még mindig hallotta a lüktetést az agyában, de nem volt kedve Advil után kutatni a fiókban. A kávétól önmagában is sokszor elmúlt a fejfájása.

Direkt leült hát, és egy hatalmas adag feketekávét kezdett szürcsölgetni, hogy ha csak most is kelt fel, akkor se bóbiskolhasson vissza, még véletlenül se!

Figyelmesen hallgatta a híreket, és végre elérkezett az a blokk, amiben a magyar eseményeket tárgyalták!

Egy vallási vezetőről beszéltek. – Nola most valahogy végre jobban értette az elhangzottakat! – Egy vezérről beszéltek, aki a szegényeket manipulálja. A szegényeket és a hajléktalanokat. Embereket uszít egymás ellen, és Magyarországon jelenleg hatványaira nőtt az erőszakos bűncselekmények, rablások, kegyetlenkedések száma. Főleg éjszaka. Világvége-hangulat uralkodott az egész országban! A hírblokkban többször elmondták, hogy senki se menjen mostanában Magyarországra, mert fokozottan veszélyes! Hajléktalanok tartják rettegésben a lakosságot, és a legtöbb család már el sem meri hagyni az otthonát.

Az egész jelenséget egyvalakinek köszönhették, azaz őt okolták érte.

Ekkor mutatták egy pillanatra az illetőt egy néhány másodperces bejátszás erejéig. Oldalról mutatta a kamera, ahogy rongyos tömegekhez szól, és dühösen szónokol valamiről. Eleinte nem lehetett érteni, mit kiabál, mivel rossz minőségű volt a felvétel, de azzal zárta mondandóját, hogy:

„… kelletek a sötétségnek!"

– Te jó Isten! – sikoltott fel Nola a kanapéról felpattanva. Kiejtette a kávésbögrét a kezéből, de miután az leesett és összetört, meg sem nézte, hová folyt belőle a nagy mennyiségű feketekávé. Minden más megszűnt számára létezni, csak a TV képernyőjére koncentrált. Megbabonázta a látvány!

Ugyanis felismerte!

Abe volt az!

Ő beszélt a rongyos tömegekhez!

Őróla beszéltek volna mindvégig?!

És *egyetlen* évet sem öregedett! Ugyanúgy negyvennek tűnt, mint akkor, amikor Nola találkozott vele!

„Most majdnem egyidősek vagyunk!" – gondolta egy rövid, őrjítő pillanatig. Maga sem tudta, miért számít ez, és egyáltalán miért jutott eszébe.

„Oda kell mennem!" – Azonnal ezt kezdte érezni magában visszafojthatatlanul, ellenállhatatlanul. „Bármi is vár 'otthon', de oda kell mennem! Meg kell tudnom, ki ő, és miért csinálja mindezt! Miért tette azokat a dolgokat már húsz évvel ezelőtt is? Tudnom kell! Ha szükséges, meg is állítom!" – gondolta részben szomorúan, részben eltökélten.

Talán valahol mélyen, belül szerette ezt az embert, bár maga sem tudta, miért...

És most a végletekig meg is rázta, hogy újra viszontláthatta akár csak egy pillanatra is...

Mégis eldöntötte, hogy amennyiben úgy alakul, és ha nincs más választása, akkor le fogja lőni, ha nem tudja másképp megállítani. Meg kell tenni, amit meg kell tenni. Ha nem is önmagáért...

...akkor, ahogy *pont Abe* mondta egyszer:

Az emberiségért!

Meg kell állítania a Gonoszt!

Ahogy kimondta ezt magában, még erősebbé vált a lüktetés a fejében. Mégiscsak be kellett volna vennie azt az Advilt! Máskor már rég bevette volna ilyen erős fejfájásnál. Nagy hiba volt eddig halogatni! Úgy érezte, menten elájul.

Amikor viszont lépett volna már a konyhaszekrényhez, hogy pánikszerűen megkeresse a gyógyszert a fiókban, úgy érezte, mintha a lüktető fejfájás okozta kín egyben fel is ébresztené őt és egy fátylat emelne fel a szeme elől! Talán a feledés fátylát...

Mintha kitisztult volna a látása és a gondolkodása is.

Akárha leomlott volna tudata előtt egy fal, ami már régóta eltakart előle bizonyos dolgokat vagy akár a *teljes* igazságot is!

Most eszébe jutott szóról-szóra, hogy mit mondott neki Abe a repülőn!

Az első két versszak is...

...de ezúttal még az utolsó is!

Így szólt az a titkos harmadik rész, amit még egyszer sem tudott húsz év alatt felidézni:

Így lesz világtalannak világa,
ez lesz végtelennek vége
Szerelmünk otthona új lét kora,
a halál sem szakíthat el tőled, Nola!

Nola ekkorra már tudta, hogy nem a fejfájástól hallott lüktetést a fejében. Nem is egy ér pulzált a halántékán...

A ritmikus dobolás a fürdőszobából jött.

A tükörből. Azaz...

...mögüle.

Elindult a fürdőszoba felé.

Közben felidézte a múltat, s már tudta, hogy létezik jövő.

A fájdalom tovatűnt, s keringésébe visszatért az éltető erő.

A fagyott Nap kihűlve zúdul le.

Így lesz a világtalan nincstelennek világa,

s a végtelennek hitt világnak örökre vége.

Amikor a vég eljő, Abe megnyitja az égboltot...

A Hold és a sötétség erejével pedig a Poklot...

egy megújult valóság tárul fel a régi helyén...

beköszönt az új lét kora a tükör tengelyén.

Nola már emlékezett rá, hogy honnan ismerte őt a férfi.

Ezeket a sorokat Abe neki írta egykoron.

Valahol messze innen...

Nagyon régen...

Ott...

...ahol a holt nem járhat,

élő nem halhat,

s alvót nem ébreszt fel a virradat,
...ahol a lángok dalolnak.

Nola már tudta, mit kell tennie.
Bement a fürdőszobába...
...és a tükörhöz lépett.

– VÉGE AZ ELSŐ RÉSZNEK –

GABRIEL WOLF

A hajléktalanok felemelkedése

Fülszöveg

A hajléktalanok felemelkedése („Kellünk a sötétségnek" második rész)

„Ki törődik a szegényekkel és a gyengékkel?
Senki!
Ki törődik azzal, ha egy hajléktalan megbetegszik vagy akár meg is hal?
Senki!
Ki állhat ellen a seregüknek?
Senki!"

Ebben a második részben kiderül, hogy mihez kezdett Nola a tükörrel.
Bepillantást nyerünk abba, hogy mi lehet az igazi valóság.
Belép a képbe Steve, a hajléktalan.
Továbbá Ecker, akit az FBI Nola után küld.

Köszönetnyilvánítás

A Finnugor együttes „Nola" című dala
©2006 Finsterniis Records

rothadó homály, fekete űr
mélységes mély álomba űz
árnyaktól hemzseg a lelkem
a múltba tekintve megnyugvást nem leltem

Éjféli virág, fekete szűz
felperzselő alkonyi tűz
angyali démon a lelke
megtaláltam, égi jelet követve

Megigézve elvérzek
az öröm oltárán
áhítattal átlépek
az őrület határán

Megnyílik az égbolt
asztrális hatalmam láttán
megszólít a Hold:
„lunáris erőm tiéd ezután!"

Felidézve múltat, már létezik jövő
keringésbe visszatér az éltető erő
a fagyott Nap kihűlve zúdul le
egy megújult valóság tárul fel

Így lesz világtalannak világa
ez lesz végtelennek vége
szerelmünk otthona új lét kora
a halál sem szakíthat el tőled, Nola!

Első fejezet: Ájulás

– Hölgyem! Hölgyem, jól van?

– I...i-igen.

– Elájult?

– Neem... Dehogy... Csak elaludtam, azt hiszem.

– Hozzak valamit önnek? Ne hívjak orvost?

– Nem. Tényleg jól vagyok. De azért köszönöm. Majd iszom egy kávét.

– Nos... rendben, ahogy gondolja. Azért szóljon, ha szüksége van valamire. Itt ülök nem messze a recepción. Hallani fogom, ha szól.

– Nem lesz rá szükség, de azért kedves öntől, köszönöm.

A férfi guggoló testhelyzetből felállt, és elindult a folyosón, majd pár méter után eltűnt a kanyarban. Nola hallotta, ahogy onnan pár lépésre aztán leül. Nyikordult egyet alatta a szék.

A nő egyedül találta magát. A körülötte lévő szobákban és termekben mindenhol emberek voltak, kihallatszott a beszédük. Mindenki a saját feladatával törődött. Dolgoztak. Munkaidő volt. Nolát meglepte, hogy magyarul beszélnek körülötte. Évek óta nem hallott már embereket magyarul társalogni. A TV-híradón kívül máshol legalábbis nem. Akkor hallhatta csak húsz év után ismét anyanyelvét, amikor mostanában Magyarországot kezdték emlegetni a hírekben, és néha mutattak riportokat ottani lakosokkal is. Olyankor az eredeti hang volt hallható, és angolul feliratkozták. De *itt* hogyhogy mindenki magyarul beszél? A recepciós is úgy szólongatta, és a szobákból is magyar beszéd szűrődött ki.

„Te jó ég, hol a fenében vagyok egyáltalán?" – rezzent össze rémülten. Most jutott el a tudatáig, hogy fogalma sincs, hol van és mit keres itt! Egy folyosón ül valamiféle hivatalban. Az előbb valószínűleg elaludt, a recepciós meg azt hitte, hogy rosszul lett vagy elájult. Miért nem emlékszik rá, hogy hol van? Valóban elvesztette volna az eszméletét?

És miért hord egy recepciós rendőregyenruhát?

Akkor ezek szerint egy rendőrségen van! Tehát ez nem a munkahelye az FBI-nál, ahová reggel bemenni készült, amikor a TV-t nézte. Itt egyébként is mindenki magyarul beszél! Lehet, hogy rosszul lett, és önkívületi állapotban eljött a Magyar Nagykövetségre? Miért tette volna? Az vagy egy órányira van a lakásától kocsival. Mi dolga lenne ott?

Dehát hol máshol lenne? Washingtonban nincs más hely, ahol ennyien tudnának magyarul.

Megdörzsölte a halántékát, mert ájulás vagy sem, de tényleg nem érezte magát túl fényesen. Azért valamennyire már kitisztult a feje, és megpróbálta józanul végiggondolni a helyzetét.

Először is az előbb még otthon volt. Nem sokkal reggel 8 óra után. Épp munkába készülődött. Fájt a feje.

Nagy adag kávét ivott. Bekapcsolta a TV-t, hogy megnézze a híreket. (Miközben gondolkodott, most két rendőr sétált el előtte. Udvariasan biccentettek felé köszönésképpen. Ő is viszonozta.)

Nézte otthon a TV-ben a híreket arról a magyarországi dologról, ami már régóta aggasztja. És nemcsak őt, de az egész világot. Miről is beszéltek pontosan? (De fura egyenruhájuk volt ezeknek a rendőröknek!) ...Valami forradalomról. Szegényekről beszéltek a TV-ben, meg valami diktátorról vagy kiről. (Hol máshol beszél még mindenki magyarul, hacsak nem Washingtonban a Magyar Nagykövetségen?)

Már hetek óta emlegetik ezt a válságot Magyarországon. Nola mindig esküdözött is, hogy majd rendesen odafigyel, de egyszerűen képtelen volt megjegyezni belőle a lényeget. (*De ismerős* ez a folyosó!... Ő már járt itt korábban. De az valamikor nagyon régen volt. Mikor is?)

Aztán valahogy a fejfájástól vagy talán a kávétól, de jobban megértette, hogy mit mondanak a hírekben. Hetek óta akkor először. (Biztos, hogy járt már itt!)

Mutatták is a TV-ben azt az alakot, aki a zavargásokért felelős...

„De hisz *Abe* volt az!!" – kiáltott fel magában hangtalanul. Közben fel is ugrott ültő helyéből, de aztán megszédült egy pillanatra, és meg kellett fogódzkodnia. Ezért inkább visszaült, mielőtt elesik.

Most már sokkal többre emlékezett. Valamiért elindult a fürdőszobába a tükör felé, mintha tudta volna, mit kell tennie, de most nem emlékezett, hogy ott végül mit csinált.

Legközelebb pedig itt tért magához.

De *hol van* az az „itt"?

Ismét felállt. Most már kicsit jobban érezte magát és kevésbé szédült, de nem igazán tudta, merre induljon el. Hiszen azt sem tudja, hol van és miképp került ide. Megint visszaült hát.

„Kihallgató".

Ez volt a szemben lévő ajtóra írva.

„Igen, ez valóban egy rendőrség" – konstatálta. „Ezt már eddig is sejtettem. Nagykövetségeken nincsenek kihallgatószobák. De miért magyarul van kiírva?"

És ekkor jött rá végre, hogy mi történik:
Magyarországon van!
Amikor erre ráeszmélt, majdnem elájult a sokktól.

Az nem lehet! Az előbb még otthon volt Washingtonban! Magyarországra még repülővel is tíz óra az út! Csak észrevette volna, ha repülőre száll! De azt is, ha valaki akarata ellenére cibálja fel egyre. Még ha el is kábították volna, tíz óra alatt szinte bárminek kimegy a hatása a szervezetből, és már a repülőút közben magához tért volna!

Egyébként is, ha akarata ellenére elrabolta volna valaki, akkor miért hagyta itt egyedül? Ráadásul egy rendőrségen? Hogyan cipelte volna be ide ájultan?

Nem! Ennek semmi értelme.

Reggel is egyedül volt, most is egyedül van. Valahogy egyedül jött hát ide! ...De elképzelni sem tudta, hogy hogyan.

Ahogy közben egyre alaposabban körülnézett, rájött, hogy nemcsak ideutazásának körülményei őrjítően rejtélyesek, de az is, hogy hol van most egyáltalán. Ez nemcsak, hogy *Magyarország*, de ráadásul egy *bizonyos* helyszín, ahol...

Minél többször nézte meg a folyosó részleteit, annál inkább biztos volt benne, hogy *járt már itt* korábban!

Váratlanul éles zaj rázta fel a töprengésből.

Csengett a telefon a recepción. Bár nem látta, de hallotta, hogy valaki felveszi. Valószínűleg ugyanaz, aki az előbb itt volt és kérdezgette. Felismerte a hangjáról. A férfi azt mondta a telefonba:

– Tessék! V. kerületi Rendőrkapitányság, recepció. Miben segíthetek?

„Tehát tényleg ez az a hely!" – Nola, habár ült, mindkét kezével meg kellett kapaszkodnia a műanyag szék ülőkéjébe, hogy le ne forduljon róla ájultan.

Húsz évvel ezelőtt járt itt, '97-ben, amikor Abe kihallgatása miatt hívták ide. Most már biztos, hogy ez az a hely, hiszen az előbb hallhatta a saját fülével! Tényleg Magyarországon van Budapesten, az ötödik kerületben!

Elképzelni sem tudta, mit keres itt és hogyan került ide. Ismét felugrott, de nem indult el semerre. Merre menjen? Megkérdezze a recepción, hogy mikor látták őt ide bejönni? Nem fogják hülyének nézni? *De!*

És mi van, ha nem is látták bejönni? *Miért ne* látták volna? *Valahogy* csak bejött, nem? Csak nem a föld alól bújt elő!

Szórakozottan a járólapokat kezdte vizsgálni a folyosón. Olcsó, fekete-fehér, pepita mintás kő, hasonló ahhoz, ami a kórházakban is volt régen Magyarországon... azaz *itt*. Most már nem az USA-ban van!

A föld alól biztos nem ugrott csak úgy elő. Fájdalmas lett volna ezen a kövön keresztül... De persze ez nevetséges. Nem is tudta, miért jutott egyáltalán eszébe. Biztos, hogy látták bejönni az épületbe. Meg kellene kérdeznie, hogy mikor érkezett. Ha arra hivatkozna, hogy nagyon lekötötték a munkájával kapcsolatos napi teendők, akkor talán elhinnék, hogy nem figyelt és nem emlékszik, mikor lépett be a kapun.

Már épp indult volna a recepció felé, hogy megkérdezze... Aztán megint visszaült. Minek kérdezze meg, hogy mióta van itt? Nem mindegy? És ha húsz perce? Vagy ha huszonhét órája? Nem tökmindegy? Akkor sem fogja tudni, hogy hogyan repült át a tengeren úgy, hogy észre sem vette.

Miért is volt itt húsz évvel ezelőtt? Abe-et hallgatták ki azzal a magas, szőke nyomozóval, akinek már nem emlékszik a nevére. Egyáltalán bemutatkozott neki az a fickó annak idején? Most, hogy belegondolt, majdnem biztos volt benne, hogy nem. Fura, hogy egy kihallgatás során kimaradhat egyáltalán ilyesmi. Be sem mutatkozott volna neki a nyomozó? Akkor hogyan tudott vele egyáltalán kommunikálni? Hogyan szólította? Na mindegy...

Tehát Abe-et hallgatták ki. Húsz éve történt. Akkor látta őt először. Milyen régen volt már, te jóságos Isten!

Egy pillanatra szörnyű érzés kerítette hatalmába. Mi van, ha onnantól kezdve az *egész* élete csak egy álom volt?! Mi van, ha *sosem* ment el innen?

Lehet, hogy még most is csak huszonhárom éves? Lehet, hogy most hallgatta ki a férfit először 1997-ben, és leült kicsit a folyosón összeszedni magát, miután rosszul lett a kihallgatás közben?

Az nem lehet! Mindenre emlékszik! Húsz év rengeteg idő! Emlékszik a második házasságára... aztán arra, hogy hogyan ment az is tönkre. Emlékszik egy csomó ügyére az FBI-nál. Charlesra, a Kibertéri Gyilkosra és a virtuális kivetítőire, melyekkel sokakat halálos balesetbe kergetett. De egy csomó más elkövetőre is, akiket üldözött az évek során. Magánéleti problémák... újra visszaszokott a cigarettára... aztán nagy nehezen hál' Istennek megint leállt vele. *Ennyi mindent* nem álmodhatott csak úgy pár perc alatt egy váróban!

De valóban olyan sok lenne ez a néhány emlék? Ennél azért több dolog is történik húsz év alatt, nem? Történt is! Hát persze, hogy történt. Akkor *miért* nem jut eszébe most hirtelen semmi más?!

Ismét felugrott, és közben már a sírás kerülgette a kétségbeeséstől. Annyira egyedül érezte magát! Pedig csak három-négy perce ébredt fel – vagy tért magához –, mégis úgy tűnt neki, mintha már hetek óta vívódna itt magában teljesen egyedül. Még abban sem volt biztos, hogy hány éves. Ezt találta a legőrjítőbbnek az egészben.

Jobb ötlete nem lévén, mindkét kezét alaposan megnézte. Először tenyereit, majd megfordítva a két kézfejét is.

„Ezek egy huszonhárom éves lány kezei lennének?

Nem. Inkább negyvenhárom. Akkor jó!"

Megnyugodott egy kicsit. Akkor mégiscsak minden úgy történt, ahogy emlékszik, csak azt kell kiderítenie, hogy ki és miért hozta ide, mert hogy nem önszántából jött, az biztos! Arra már csak emlékezne!

Most tényleg elindult a recepció felé, ugyanis rájött, mit fog csinálni! Ha azt nem is kérdezi meg, hogy mikor látták bejönni ide... mert akkor lehet, hogy orvost hívnának hozzá – vagy mentőt –, de talán így is megtudhat valamit.

A sarkon befordulva pontosan ott látta meg a recepciót a folyosón, ahogy húsz év távlatából halványan emlékezett rá. A recepcióval szemben lévő kis váróban ültek néhányan a székeken, de szemmel láthatóan kevés ember volt az egész rendőrségen.

Nola odament a recepcióshoz:

– Elnézést. Nincs egy napilapja véletlenül?

– Sajnálom, nincs. Munka közben nem olvashatunk. Jobban van már? Másban nem segíthetek?

– Nem, köszönöm – mondta Nola csalódottan. Mielőtt másfelé indult volna (bár ötlete sem volt, hogy merre), körülnézett a váróban. Az egyik ülésen ott hagyott valaki egy napilapot! Sietősen megindult felé! ...aztán inkább kicsit visszafogta magát. Nem akarta, hogy teljesen hülyének nézzék. A recepciós már így is furán nézett rá. Nyugodt tempóban odasétált hát az újsághoz, és felvette.

Örült neki, hogy mégis talált egyet, de most, hogy a kezében volt, valahogy nem mert odanézni az újság felső sarkába.

Ugyanis a *dátum* miatt kérdezte meg a recepcióst, hogy nincs-e nála ilyesmi. Mégis, hogy nézett volna ki, ha megkérdezi, „milyen évet írunk"? Majdnem olyan rosszul, mintha azt kérdezte volna, hogy mikor és kivel látták ide bejönni. Egy napilapból viszont gyanakvást keltő kérdések nélkül is megtudhatja a pontos dátumot.

De miért akarta megtudni a dátumot? Hiszen 2017 van, vagy nem? Mi más lenne? Az előbb még annyi volt.

Na igen, de az előbb még Washingtonban tartózkodott, most meg Magyarországon! Ha a hely nem stimmel, akkor ki mondta, hogy a dátum pedig majd fog?

Ha képes volt egy szempillantás alatt az USA-ból Magyarországon teremni, ami normális esetben legalább tíz órát vesz igénybe repülővel, akkor biztos, hogy az utolsó emlékei óta legalább tíz óra eltelt. De az is lehet, hogy akár napok is! De vajon hány?

Lehet, hogy valaki elrabolta és hetekig fogságban tartotta, majd a végén itt hagyta? Vajon mennyi idő telt el?

Félve... lassan... felemelte az újságot.

Közben elrebegett egy rövid imát.

Habár nem volt vallásos, de ez a helyzet most megért egy próbát, hogy hátha mégis annak kéne lennie.

Megnézte az újságot. Nem a jobb felső sarokban volt a dátum, ahol kereste.

Akkor a másikban lesz...

És akkor tényleg meglátta:

1997. szeptember 2.!

Második fejezet: Valóság?

Nola azt hitte, rosszul lát! Újra és újra megnézte az újságon a dátumot, mert egyszerűen nem hitte el. Egyszer le is engedte, és újra felemelte, hátha akkor majd mást fog „mutatni", akár egy meghibásodott kijelző. De nem! Ez bizony 1997. Vagy csak nyomdahiba. Na, de ekkora? Itt nem 2000 helyett írtak 0200-t, hanem 2017 helyett 1997-et! Három számjegyet is elgépeltek volna az évszámban?

Odament a recepcióshoz, és nehezen kontrollált, remegő hangon újra megszólította:

– Elnézést, nem tudja véletlenül, hogy ez a mai napilap-e?

– Á, látom végül mégis talált egyet – válaszolt az mosolyogva. – Mutassa csak! – Megnézte a címlapsztorit az elején. – Azt hiszem, igen. A metrón láttam, hogy ezt olvassa valaki. Igen, biztos, hogy ez a mai. Hiszen a dátum is stimmel rajta, vagy nem? – kérdezte még mindig mosolyogva, de ezúttal kicsit összeráncolta a homlokát zavarában.

– Ja, tényleg! – mondta Nola elvörösödve. – De buta vagyok, el is felejtettem, hogy rá van írva. Köszönöm.

Mielőtt a férfi újra megkérdezhette volna, hogy jól van-e, a nő gyorsan sarkon fordult, és elindult visszafelé a kihallgatószoba irányába.

Az újságot még egyszer megnézte a biztonság kedvéért, aztán amikor visszaért a székekhez, letette az egyikre, de ő nem ült vissza.

Egyszerűen nem tudta felfogni, hogy lehet ez az egész valóság? Nem tűnik álomnak. De akkor hogyan jött vissza húsz évet az időben? Ráadásul át a tengeren?

Újra megnézte a kezeit. Mi van, ha egyszerűen nem jól látja őket, és mégis még mindig huszonhárom éves? Úgy érezte, menten megőrül! Már azon gondolkozott, hogy vajon a neonvilágítás elég erős-e ahhoz, hogy valaki ebben a fényben megállapíthassa a saját korát a kezei alapján... Aztán arra gondolt, megkérdezi a recepcióst, hogy hány évesnek látszik, ugyanis... az nem totál hülye kérdés és nem fognak rohammentőt sem hívni hozzá... Ja!

Kezdett kicsit hányingere lenni és szédülni ettől az egésztől. Pont mellette volt a női mosdó ajtaja, szemben a kihallgatóval. Benyitott... és azon gondolkozott, hogy egy fülkébe menjen kiadni magából a reggelijét vagy inkább megpróbálja megmosni az arcát a mosdónál? Talán előbb megmossa az arcát, aztán megnézi magát a...

– De hisz ott a tükör! – szólalt meg félhangosan. – Hogy én milyen hülye vagyok! Tényleg hívhatnának akár mentőt is. Nem vagyok magamnál.

Odalépett a tükör elé, és ezúttal habozás nélkül belenézett.

Negyvenhárómnak látszott! Ugyanúgy, mint aznap reggel, ami az utolsó emléke volt, mielőtt itt találta magát.

Sarkon fordult, és kirohant az újságért. *Jól* bevágta maga mögött az ajtót! Egy pillanatra eszébe is jutott, hogy nem kellene jelenetet csinálnia, mert tényleg fel fog tűnni valakinek, hogy valami nagyon nincs rendben vele.

Felvette az újságot, és visszament a mosdóba. Most már óvatosabban bánt az ajtóval.

Oda állt a tükör elé.

Úgy érezte, hogy ha egyszerre szembesül a két ellentétes ténnyel, miszerint 1997 van, mégis negyvenhárom éves, akkor majd minden a helyére kerül, és megérti, mi folyik itt.

Vagy nem.

Felváltva nézte hát a dátumot az újságban és arcképét a tükörben:

„Negyvenhárom éves vagyok.

1997 van.

Most is negyvenhárom éves vagyok.

Tényleg 1997 van!"

Aztán megismételte még egyszer, de semmi sem történt. Semmit sem értett meg jobban. Valóban mindkét tény valóságnak tűnt. Egyszerre is, és külön-külön is. Basszus!

Tényleg húsz évvel idősebb volt egy húsz évvel korábbi helyszínen és időpontban! Akkor talán tényleg nem képzeli az egészet. Lemondóan leeresztette az újságot és el is engedte. Az leesett a kőre a mosdóban. Ott is hagyta, ahol van, és kiment vissza a folyosóra.

„Tehát a dátum stimmel" – állapította meg magában. „Akkor viszont ez tényleg ugyanaz a nap, mint amikor itt jártam. Ó, te jó ég..."

Rájött, hogy ha ez ugyanaz a nap, akkor ilyen elven... ebben a pillanatban... akár ő, Nola Darxley most ott is ülhet a kihallgatóban a nyomozóval és *Abe*-bel!

Hiszen, ha ez ugyanaz a nap, akkor *ő* is itt van! Vagy majd csak lesz? Azt sem tudta, hány óra van most...

A folyosóról nem lehetett belátni a kihallgatóba, de az az eszement ötlete támadt, hogy odalép és egyszerűen bekopog. Vajon ki fog majd ajtót nyitni? Lehet, hogy saját húsz évvel ezelőtti énje lesz az? Vagy a szőke nyomozó? És az majd meglepődik, hogy miért van itt két Darxley ügynök az FBI-tól? Bár a koruk húsz évvel eltér ugye. Talán a nyomozó majd a saját anyjának nézi őt. Ez tényleg őrület! Ennek az egésznek nem lesz jó vége! Vagy elájul, vagy tényleg kényszerzubbonyban viszik ma el innen, akárhol is van és akárhová is képzeli magát, mert hogy ez nem a valóság, az biztos!

Ha úgysem a valóság, akkor viszont minek vacakoljon kopogással? Egyszerűen benyit, és kész! Majd legfeljebb köszön húsz évvel ezelőtti énjének, és akkor talán majd szertefoszlik ez a lázálom, és felébred! Igen, ez lesz a jó megoldás! Fel kell végre ébrednie ebből!

Odalépett a kihallgató ajtajához, és lassan... félve lenyomta a kilincset... Az ajtó nem volt bezárva... Így hát lassan benyitott... és elképzelni sem tudta, milyen látvány fogadja majd odabent...

Hát valóban meglepő volt, az biztos!

– Nola?! – kérdezte odabent Abe.

A férfi ott ült egyedül, és ugyanúgy nézett ki, mint húsz évvel azelőtt! Nolának könnybe lábadt a szeme. Részben talán örömében is, mert most, hogy meglátta, rájött, hogy örül a találkozásnak. Részben kétségbeesésében is, mert így, hogy még mindig itt van, és nem ébredt fel, már tudta, hogy nem álmodik.

– Te vagy az? – szólította meg őt ismét a férfi. – Miért nem válaszolsz? Mi a baj? Miért sírsz?

– Én vagyok – válaszolta a nő remegő hangon. – Hogy mi a baj? Hát... azt nehéz lenne elmondani. Úgysem hinnéd el.

– Alábecsülsz – válaszolta Abe mosolyogva. Fura volt így viszontlátni. Semmit sem változott. De hogy is változhatott volna, hiszen megint 1997 van! Újra! Vagy *még mindig*? Nola nem bírta felfogni ezt az egészet. Abe ugyanolyan koszos és tetőtől talpig véres volt most is. Azaz megint... még mindig.

– Nem emlékszem, hogy hogyan kerültem ide – bukott ki Nolából. Valami érthetetlen okból úgy érezte, megbízhat a férfiban, vagy legalábbis az biztos meg fogja őt érteni. Hiszen *ő is őrült vagy mi*! Csak tapasztalt ő is hasonlót. Most már Nola sem normális. Végre most legalább majd megértik egymást.

– De engem megismersz? – kérdezte Abe anélkül, hogy kicsit is furábban nézett volna a nőre. Lehet, hogy ő tényleg értette, miről lehet szó?

– Igen – felelte Nola. – Találkoztunk itt. De én úgy emlékszem, hogy ez húsz évvel korábban történt.

– Nem csodálom – mondta Abe. – Körülbelül egy órával ezelőtt sétáltál ki ugyanis azon az ajtón vagy húsz évvel fiatalabb kiadásban – intett megbilincselt kezével az ajtó felé, azaz inkább csak próbált, mert a lánc nem sok mozgásteret hagyott neki.

– Láttál *engem*? *Ma*? *Itt*? – kérdezte a nő hüledezve.

– Sőt, ki is hallgattál. Elég sápadtnak tűntél, amikor kimentél innen. Végül jobban lettél azért, ugye? Vissza tudsz emlékezni?

– Te mi a jó Istenről beszélsz? Hogy emlékezhetnék rá? Az valaki más volt! Vagy nem?

– Sajnos nem. Nézd, tudom, hogy nehéz ezt most megérteni. Én csak azt nem értem, hogy *te* miért nem érted. Ha sikerült átjönnöd *rajta*, akkor értened kellene, hogy miért vagy itt.

– *Min* sikerült átjönnöm?

– A kapun. A tükrön. Hát tényleg nem emlékszel, hogyan jöttél ide, és miért?

– A hogyanra nem – válaszolta Nola, erővel kényszerítve magát, hogy megnyugodjon. Talán, ha ésszerűen elbeszélgetnek (már ha a férfivel ez egyáltalán lehetséges), akkor talán majd rájön, mi történik itt.

– Arra viszont emlékszem, miért akartam elmenni hozzád. Meg akartalak állítani! Valami borzalmas dolgot teszel, Abe! Abba kell ezt hagynod! Hallod, amit mondok?! – emelte fel a hangját.

– Mire gondolsz? Itt ülök, és meg sem mozdulok.

– Azokkal a hajléktalanokkal! A lakosság ellen uszítod őket! Abba kell hagynod! Manipulálod az embereket, és háborút, forradalmat szítasz!

– *Én*? Mikor?! Én ilyenről nem tudok. Kérlek, mondj el mindent, amit tudsz. Hátha rájövök, miről van szó.

Nola megenyhült, amikor látta a férfi arcán, hogy őszintén nem érti, miről beszél, és segíteni akar, hogy tisztázzák a helyzetet. Leült, és gyorsan elmondta neki, hogy mit látott a TV-ben 2017-ben, mielőtt eltűnt a lakásából. Abe meglepődött, de annyira azért nem, mint a nő várta.

– Akkor hát nem sikerült végül – hajtotta le Abe a fejét szomorúan.

– Ide hallgass! Akkor vissza kell menned 2017-be! Tényleg meg kell állítanod engem ott, ahogy eredetileg ma reggel el is döntötted! Bár most, hogy tudom, mi lesz húsz év múlva, talán ezúttal másképp csinálok majd mindent, és talán nem is lesz rá szükséged, hogy megállíts a jövőben. Nem tudom, hogyan fogok eljutni 2017-be, hogy ezúttal másképp cselekedjek, de végül is legutóbb is sikerült, hiszen te mondtad, hogy ott láttál a TV-ben. Az utazás nekem még mindig nem könnyű. Sosem számított annak. Ebben mindig is *te* voltál a jobb.

– Hogy micsoda? Miben vagyok *én* jobb?

– Nem számít! Úgy tűnik, erre a részére sem emlékszel. Kár lenne most belemenni. Nincs erre időnk! Bármikor bejöhetnek értem, hogy visszavigyenek az előzetes letartóztatásba. Épp arra várok. Nem maradhatsz itt!

– De hát hová mehetnék egyáltalán? Ez nem az én hazám! Nem is az én időm. – Nola, amikor ezt kimondta, úgy érezte, valami rossz science fiction filmbe csöppent, és a földönkívüli főszereplő épp földi szerelmének magyaráz arról, hogy normális esetben hol kéne most lennie...

– Vissza kell menned ugyanoda! – szakította félbe Abe a gondolatmenetét. – Most, hogy átadtad az információt, már máshogy fogom alakítani a dolgokat. Neked viszont nincs itt keresnivalód. Csak bajba kerülnél. Irataid sincsenek ebben a korban, vagy legalábbis nem ilyen életkorral, amiben most jársz. Menj vissza a tükörhöz, ahonnan kiléptél! Menj vissza 2017-be!

– De nem tudom, hogyan kell! Úgy érted, onnan jöttem ki? Egy tükörből? De hogyan?

– Az égre! Te tényleg nem emlékszel! Akkor segíts kiszabadulnom! Most azonnal! Vigyél a legközelebbi tükörhöz! Együtt sikerülhet! El kell tűnnöd innen!

Nola megdermedt ennek hallatán. Mégis mit kér tőle ez az ember? Ő az FBI-nak dolgozik! Engedjen el egy gyilkost előzetes letartóztatásból? Bár itt '97-ben senki sem jönne rá, hogy ő szabadította ki. Hiszen húsz évvel fiatalabb énje eddigre már visszament a szállodába pihenni. Szemtanúk is látták, ahogy felmegy a szobájába. Akkor hát mi tartja vissza? Talán a jóérzés? Az erkölcs?

Ugyanakkor itt sem akart ragadni. Nem itt volt a helye, ebben az időben. A férfi pedig talán tényleg képes segíteni neki hazajutni, hiszen éppen ma tudta meg, hogy Abe valójában nem is őrült. Legalábbis annyira nem, mint régen gondolta. Valóban igazat beszél... Hihet neki. Valamennyire... Hiszen tényleg létezhetnek ezek a dimenziókapuk. *Máskülönben* hogy lehetne ő most itt?

Akkor talán a többi dolog is igaz, és tényleg az emberiség érdekében tette mindazt, amit tett.

– Jól van – mondta ki végül a nő. – Végigtapogatta magát, hogy mi van egyáltalán nála. Arra emlékezett, hogy reggel, indulás előtt még nem vette magához a fegyverét. Azt csak akkor szokta, amikor kilép az ajtón. A bilincse viszont már az övén volt. Akkor a kulcs is nála lesz! Meg is találta a zsebében. Odalépett a férfihez:

– Próbáljuk meg ezzel. – Odanyúlt Abe kezéhez, hogy az asztalhoz láncolt bilincs zárának lyukába illessze a kulcsát. Nem volt benne biztos, hogy jó lesz bele, de azért gondolta, megér egy próbát. Mikor azonban a kulccsal közelített, megtorpant egy pillanatra...

Biztos, hogy jó ötlet ez? Mi lesz, ha amikor elengedi a férfit, az ráugrik, mint egy elszabadult fenevad?

Nem. Már percek óta beszélget vele, és nemcsak barátságos, de egyértelmű, hogy segíteni akar. Ráadásul Nola húsz éve vár arra, hogy megtudja, mi ez az egész história! *Most már* nem hátrál meg! Bedugta hát a kulcsot a bilincs zárába, és elfordította...

Azaz próbálta, de *nem ment!*

– Ez nem jó bele – mondta Abe. Közben a folyosóról lépések hallatszottak! Máris jönnek érte?

„Mi lesz, ha itt találnak?" – gondolta Nola pánikba esve, és újra és újra megpróbálta kinyitni a bilincset a nem hozzáillő kulccsal, de most sem sikerült!

– Állj hátrébb! – szólt rá a férfi. Felpattant, marokra fogta az őt tartó láncot, és húzni kezdte felfelé.

Ebben a pillanatban pontosan az játszódott le Darxley ügynök szeme előtt, amin annak idején gondolkozott a kihallgatás alatt:

Amikor a másik nyomozó gúnyolódott Abe-bel, Nolában felmerült a kérdés, hogy meddig tartana ki a férfi lánca, ha úgy istenigazából megindulna valamerre? Tekintve, hogy van vagy százkilencven centi magas és százhúsz kiló tömör izom, iszonyú ereje lehet! Ráadásul aki olyan megszállottan hisz valamiben, mint ő, az még rendkívüli testi adottságok nélkül is képes néha megmagyarázhatatlan erőkifejtésre.

A lépések időközben már még közelebbről kopogtak a folyosó kövén!

– Nem tudom, mit akarsz csinálni – mondta Nola sürgetően –, de siess!

– Kitépem – felelte Abe nemes egyszerűséggel.

A kezén hagyományos rendőrségi bilincs volt, melynek láncán középen egy másik, kicsit vastagabb láncot fűztek át. Az a lánc egy acélkarikában végződött, amit a szintén fém asztalba csavaroztak. Habár egyik lánc sem volt nagyon vastag, de ezeket *acélból* csinálják! Az asztal is fémből készült és a karika is, amit belecsavaroztak. Emberfeletti fizikai erő ide vagy oda, de akkor is...

– Nem fogod tudni kitépni. *Képtelenség* – mondta ki hangosan a nő, amit gondolt.

– Ne hitetlenkedj. Az nem fog segíteni. – Most, hogy a férfi erőlködött, Nola látta, hogy tényleg félelmetes izmai vannak. Ez már ülve is látszott rajta ruhán keresztül. De most, hogy háta ívbe feszült, és minden izmát megfeszítette... Nolának valahogy Tarzan jutott róla eszébe, amikor az aligátorral birkózott abban a régi, híres jelenetben. Csak azzal a különbséggel, hogy az aligátor nem acélból volt.

A lépések ekkor már közvetlenül az ajtó elől hallatszottak.

„Ideértek!" – rettegett magában a nő. „Mi fog most történni velem? Vagy inkább mindkettőnkkel? Hát, most majd kiderül. Már úgyis késő!"

De ebben a pillanatban a lépések távolodni kezdtek... Ezek szerint nem ide jöttek a kihallgatóba. Még lehet néhány percük, mielőtt tényleg eljönnek Abe-ért!

– Gyerünk! Adj bele mindent! Sikerülni fog! Tudom, hogy képes vagy rá! – kezdte most már Nola is biztatni. Gondolta, ha ez tényleg segít neki, akkor rajta nem fog múlni.

És Darxley ügynök nem hitt a szemének! Ebben a pillanatban a asztalba csavarozott vaskos acélkarika szemmel láthatóan ovális formájúvá kezdett nyúlni, ahogy a férfi emberfeletti erővel húzta maga felé! Abe a szeme láttára hajlított meg egy tömör acél karikát!

„Ez nem lehet igaz!" – gondolta magában Nola. Nem merte hangosan kimondani, nehogy megint rossz irányba befolyásolja vele a férfit. Akkor a végén még nem sikerül. „De ez akkor sem lehetséges! Egy ilyen acélkarika meghajlításához lehet, hogy több mint ezer kilóra is szükség lenne! Vagy akár *több ezerre*? Nincs a *világon* ember, aki képes lenne ilyen erőkifejtésre! Hogy lehetséges ez?"

– Úgy... hogy én... nem *erről a világról* jöttem – mondta ki Abe nagy nehezen erőlködés közben a választ.

– Te *olvasol* a gondolataimban?! – kérdezte a nő ijedten és meglepetten egyszerre.

De már nem volt idő válaszolni, mert az asztalba csavarozott masszív acélkarika csengő-bongó hangot adva elpattant! Ugyanabban a pillanatban pedig a bilincs több láncszeme is! Ez az ember nem egyszerűen erős volt. Az, amit csinált, már a fizika törvényeinek mondott ellent!

Abe nem lepődött meg saját teljesítményén. Nem állt le beszélgetni róla és dicséretet sem várt. Ahogy kiszabadult, Nola felé nyújtotta a kezét:

– Gyere! El kell tűnnünk! Most azonnal!

Nola félénken odanyújtotta neki a kezét. Habár FBI-ügynök volt, továbbá felnőtt ember, meg minden... nem volt ijedős típus, de mi van, ha ezzel az erővel a férfi összeroppantja majd a kezét, mint egy hidraulikus prés? Még sosem ért a férfihez ezelőtt. A kezét meg pláne nem fogta meg. Miért is tette volna? Az elkövetőket az FBI bilincsben vezeti és nem *kézen fogva*. Mi lesz, ha Abe egyből péppé zúzza a kezét?

De nem történt ilyesmi. Gyengéden fogta meg. Tenyere meglepően puha tapintású volt. Puhább, mint az *övé*, az biztos. Felmerült benne, hogy vajon a férfi használ-e valamilyen kézápolót, de ez kissé nevetséges gondolat volt az adott helyzetben. Majdnem felnevetett ezen egy pillanatra. Valahogy mindig olyan idétlennek érezte magát a férfi közelében! Mint egy kamaszlány, aki azt sem tudja, nevessen vagy inkább elpiruljon. Így hát a kézápolókról most inkább nem kezdett hosszas okfejtésbe.

Miközben fogta a kezét, Abe odalépett az ajtóhoz. Résnyire nyitotta, és kikémlelt.

– Hol van a legközelebbi tükör? – kérdezte sürgetően.

– Szemben, a mosdóban.

– Akkor jó. Az nincs messze. Gyere! – húzta maga után, és lassan, kinyitotta maga előtt az ajtót.

„Te magasságos Isten, mi lesz, ha meglátnak minket itt a folyosón?!" – rettegett Nola. „Abe-nek egy merő vér az egész ruhája, én pedig most csak egy idegen vagyok itt, aki normális esetben nem is tartózkodhatna az épületben! Abe ráadásul még szökésben is van! Nemcsak kérdéseket fognak feltenni, de lehet, hogy ezt nem is ússzuk meg élve! Le fognak lőni minket kérdés nélkül! Talán mindkettőnket!" Nola ismerte a dörgést. Szökésben lévő bűnözőt, aki fegyvertelenül is veszélyes, bizony van, hogy lepuffantanak. Nem egyszer előfordult már. Kérdés, hogy őt minek néznék most ebben a pillanatban? A férfi túszának vagy inkább a *segítőtársának*?

Átsietve a folyosó túloldalára, Abe már nyitotta is a férfimosdó ajtaját, ami közvetlenül a női mellett volt, ahol Nola korábban az újságot hagyta a padlón. A férfi már lépett is be, és húzta őt is maga után. A folyosón ez alatt a röpke három-négy másodperc alatt nem futottak össze senkivel. Na de kérdés, hogy...

– Mennyi ideig fog ez tartani? – mondta ki hangosan Nola a kérdést.

– Mi van, ha *ránk nyit* valaki? – Fura volt ezt így kimondani, de nem tudta sietségében jobban megfogalmazni, akármilyen kétértelműen is hangzott.

– Nem tudom. Most ne ezzel foglalkozz. Csak tedd, amit mondok, és akkor van rá esély, hogy hazajutsz innen.

– De mi lesz *veled* utána, ha nekem sikerül eltűnnöm innen? Te is velem jössz?

– Nem tehetem. Dolgom van itt. Elfelejtetted? Meg kell akadályoznom, hogy megtörténjen az, amit te már láttál a jövőben.

– De mihez kezdesz majd? Le fognak lőni, ha meglátják, hogy kiszabadultál! Vissza kell menned a kihallgatóba! Vissza tudod hajlítani azt a karikát úgy, hogy ne látsszon, hogy elpattant?

– Nem sok értelme lenne – emelte fel Abe a kezeit, Nola felé mutatva csuklóit. A nőnek most jutott eszébe, hogy a bilincs lánca is elszakadt. Több láncszem hiányzik belőle. Nem lehet már csak úgy „visszahajlítani". – Valahogy majd kijutok én is! Ne velem törődj most. Nincs sok időnk. Állj oda a tükörhöz – tolta maga előtt gyengéden, de határozottan –, és hunyd le a szemed.

– Mit akarsz csinálni? – kérdezte a nyomozónő félelemmel a hangjában. Nem is tudta, hogy fél-e vagy inkább csak nagyon zavarban van.

– Én semmit. Te fogod csinálni. Én csak segítek, mint ahogy te is segítettél a bilincsnél.

– *Én*?

– Ki más? Szerinted miért tudtam eltépni azt az acélkarikát és a láncot?

– Mert valamiféle *varázsló* vagy? Meg őrült is?

– Nem egészen. A te biztatásod segített. Eltéptem korábban a láncot, amikor húsz éve voltál itt?

– Nem.

– Mert nem segítettél. Most viszont igen. Együtt sokkal többre vagyunk képesek.

– Akkor tényleg ismerjük egymást?

– Igen. Nagyon régóta. Majd egyszer elmesélem. Vagy talán neked is eszedbe jut majd előbb-utóbb. Hunyd le a szemed.

Nola most már engedelmeskedett. Lehunyta a szemeit. Jobb ötlete úgysem volt. Tényleg rettegett tőle, hogy mi lesz, ha itt találják őket. El akart menni ebből a korból, vissza haza, és ez volt rá az egyetlen esélye.

Akármit is akart csinálni a férfi, Nola megpróbált engedelmeskedni. ...A józan ész határain belül legalábbis.

Abe ekkor a nő vállára helyezte a kezét.

Nola beleborzongott ebbe. Nem tudta volna megmondani, hogy jó vagy rossz értelemben, de most is azt érezte, mint amikor az előbb megfogta a kezét. Volt valami az érintésében, amit nem tudott volna szavakkal kifejezni. Valami, ami „csak neki szólt"? Bármilyen furán is hangzana, nem tudta volna megfelelőbben körülírni ezt az érzést.

– Van olyan dal vagy vers, amit manapság nagyon szeretsz? Ami nagy hatással van rád? Mi a kedvenc számod? – kérdezte a férfi.

– Te most hülyéskedsz velem? – nyitotta ki Nola a szemét. – Mi ez? Első randevú? Hogy jön *ez* most ide?

– Csukd vissza a szemed, és *ne kételkedj.* – Ahogy ezt Abe kimondta, Nolán álmosság vett erőt. Ahhoz hasonló, melyet húsz éve érzett a kihallgatás során. A férfinek valóban van valamilyen szuggesztív hatalma mások felett. Nemcsak meggyőző erő az, amivel néha beszél, de valami több is annál! Talán képesség...

Darxley ügynök annak idején teljes erejével próbált ellenállni ennek, most viszont úgy döntött, máshogy kell hozzáállnia. Ha eddig bízott a férfiben – végül is tényleg nem ártott neki semmivel –, akkor tovább kell mennie ezen az úton, és valóban nem szabad kételkednie, ahogy ő is mondta. Engedett hát a késztetésnek...

És akkor teljesen megnyugodott. Szinte félálomba merült, olyan nyugalom szállt rá, amikor válaszolt:

– Nincs kedvenc számom. Nem igazán van időm manapság zenét hallgatni.

– Az nagy kár. Régen pedig nagyon szeretted. És verseket olvasni? Arra van időd?

Nola ismét nemmel akart felelni, de aztán támadt egy fura ötlete. Habár verseket manapság nem olvasott, egy azért mégis akadt, ami kapásból eszébe jutott és valóban nagy hatással volt rá.

– Húsz éve... azaz néhány nap múlva ezután. Ne haragudj, de még mindig nem fogom fel ezt az egészet... Szóval a kihallgatás után pár nappal mondtál nekem egy versrészletet a repülőn, amikor Amerikába vittelek két kísérővel.

– Hogy szólt az a vers?

– Azzal a sorral lett vége, hogy „a halál sem szakíthat el tőled, Nola". Az nagyon nagy hatással volt rám. Sosem felejtettem el.

– Igen, azt neked írtam. A dallamára is emlékszel?

– A dallamára?

– Igen. Az nemcsak egy vers, hanem egy dal. Eléneklem neked. Figyelj alaposan. Hagyd, hogy elragadjon a fantáziád. Gondolj az otthonodra, ahonnan ide jöttél.

Idézd fel a fürdőszobád minden részletét. Idézd fel a benne található tükör minden apró részletét. A keretét például, ha van, és hogy miket tartasz a tükör alatt. Csak hagyd, hogy elragadjon az érzés. Érezd, hogy kilépsz ebből a világból. Érezd, hogy *ez nem a valóság*!

Harmadik fejezet:
Az igazi valóság

Ekkor Abe dúdolni kezdett. A szöveget nem énekelte, csak a dallamot. Egyedülállóan szép hangja volt! Senkiéhez sem hasonlított. De talán jobb is. Ugyanis mindenkiénél szebben szólt. Nola véleménye szerint legalábbis. Mély hangja volt, bársonyos és telt. Ahogy dúdolt, mintha egyenesen a lelkéből szóltak volna a hangok.

A dallam olyan volt, mint egy szimfonikus mű és egy népdal keveréke. Nola most megértette, mire gondolt a férfi. Valóban sajnálta már, hogy régóta nem hallgat zenét. Most jött rá, hogy mennyire hiányzott neki. Bár ilyen zenét máshol nem hallhatott volna. Talán értelme sem lett volna ilyesmit keresnie egy lemezboltban vagy a rádióban...

De nem akart ilyen hétköznapi gondolatokkal foglalkozni. Ha ki akar jutni ebből a szorult helyzetből, meg kell próbálnia engedelmeskedni és átadni magát ennek az érzésnek.

Igazából nem gondolt semmire, csak a dallamra, hogy milyen gyönyörű. Aztán ahogy Abe is mondta, a washingtoni lakására. A fürdőszobára és a tükörre.

Kerete nincs, de fényképeket szokott mellé tűzni. Igaz, hogy amióta másodszor is elvált, nem nagyon készülnek róla közös képek senkivel. Csak magáról vannak képei szebb tájakon és városokban, ahová munkája miatt jutott el az évek során. Elég szomorú, magányos egy kollekció. Gondolt is rá korábban, hogy inkább leszedje őket, de nem volt szíve megtenni.

Ezeket a képeket idézte fel egymás után. Valóban ennyi lenne? Csak gondolnia kell rá, és ott terem? Nem nevetséges ez egy kicsit?

– Ne kételkedj... – ismételte Abe abbahagyva a dúdolást egy pillanatra.

„Ez tényleg olvas a gondolataimban!" – ijedt meg a nő. De most már mindegy. Megpróbál nem kételkedni. Jelen esetben nem árthat vele senkinek.

Újra átadta magát az érzésnek, és felidézte a washingtoni lakást. A tükröt, amihez elindult azelőtt, hogy itt találta magát Magyarországon... A dallam eközben teljesen elvarázsolta...

Színes képek jelentek meg előtte. Olyan élénk színekkel, amilyeneket sosem látott. Az emberi szem talán nem is lenne rá képes. Úgy érezte, virágokkal borított mezők felett repül. Teljes mezők voltak tele sárga virágokkal, aztán lilákkal, vörösekkel. Száguldva repült felettük. Vagy legalábbis úgy látta mindezt, mintha egy repülőben ülne, és onnan bámulná maga alatt a csodálatos tájakat. Azok pedig nemcsak váltakoztak, de néha egybe is olvadtak. Időnként eggyé vált az összes, aztán újra elkülönültek... mindig kicsit másképp, más sorrendben látta őket, mint az előbb.

A mezők után tengerek következtek. Egész közelről látta őket. Mintha egy óriási madár hátán, zuhanórepülésben közelítette volna meg a víz felszínét. Próbált belenézni a víztükörbe, hátha megpillantja magát benne. Tudni akarta, mi igaz ebből az egészből, és valóban itt jár-e most? Talán a tükröződésből kiderül!

Vajon mit fog látni benne? Egy fiatalabb énjét? Egy jóval idősebbet? Vagy csak egy szellemszerű fényjelenséget, mint talán valakinek a lelke? De lehet, hogy egy rút, idegen lény néz majd vissza rá a víz tükröző felszínéről?

De csak egy elsuhanó árnyat látott. Nem tudott semmit kivenni belőle. A víz alatt viszont egy pillanatra még halakat is látott úszni! Egy óriási hal kisebb halakat üldözött hatalmas sebességgel. Teljesen fekete volt az az óriási bestia. De lehet, hogy csak az árnyékok miatt tűnt annak, mert nagyon mélyen úszott. Szegény apró halaknak szemmel láthatóan nem sok esélyük volt elmenekülni előle. Közben Nola érezte a tenger sós, kissé dohos szagát. Az alga és más nyálkás tengeri növények penészre emlékeztető, földes aromáját, ami nem éppen a legillatosabb. De más, kellemesebb szagokkal keveredve már egészen más, hangulatos benyomást tud kelteni. Az élővilág szagát érezte a tengerben.

Az *élet* szagát.

Olyan közel repült a víztükörhöz, hogy szinte meg tudta volna szagolni közvetlen közelről is a vizet, hogy az megnedvesítse az orra hegyét.

De nem csak mezőket és tengereket látott maga alatt. Időnként felfelé repülve felhőket is megcsodálhatott maga körül. Könnyedén cikázott néha köztük, mint a gyermekláncfű esernyő alakú magja, ha alákap a szél. Néha pedig olyan szélsebesen, mintha megelevenedett villám lenne. Kezdett ráébredni, hogy Abe-nek igaza volt: valóban nem az a valóság, amit a rendőrség mosdójában látott és tapasztalt. Ugyanis „idekint" – valahogy nem jutott eszébe megfelelőbb szó rá – az ember érezni kezdi az igazi valóságot, azt, ami tényleg *számít*. Itt még az idő is máshogy telik. Talán nem is telik, mert nincs is!

Aztán eszébe jutott, hogy mit képzelődik itt, mint egy buta diáklány? Magyarországon van! Egy rendőrségen! Ahol lehet, hogy mindjárt rájuk is lőnek, ha sokat tökölnek még itt a WC-ben álmodozva, egymás kezét fogva, mint a kamasz szerelmesek!

És ekkor... az egész illúzió – vagy látomás? – *szertefoszlott*!

Nola összerezzent, és kinyitotta a szemét:

– Nem megy – mondta elkeseredetten. – Ne haragudj. – Abe is abbahagyta az éneklést.

– Semmi baj – válaszolta. – Ez egy hosszú folyamat. Nem lehet csak úgy erőszakkal felgyorsítani. Számítottam rá, hogy ez fog történni, de adott esetben így lett volna a legegyszerűbb.

Közben megint lépéseket hallottak. Nola pulzusa az egekbe szökött! Már szinte hallotta, ahogy benyitnak a kihallgatóba, és ordítozni kezdenek, hogy eltűnt a fogoly, és mindenhol *azonnali hatállyal* kezdjék el keresni!

Aztán ezek a lépések is elhalkultak. Nem a kihallgatóba mentek hát ezek az emberek sem!

Abe közben már levette a nő válláról a kezét, és most komolyan maga elé nézve töprengett valamin.

– Nincs valami más ötleted? – kérdezte a nő. – Sietnünk kell! Ezek akár a kihallgatóba is mehettek volna. A következők már talán oda mennek!

– De, van még egy. De bíznod kell bennem. Ne ijedj meg.

– Rendben. Mit kell tennem?

– Gyere ide hozzám.

– Mármint közelebb? – Nola közben odament hallgatózni az ajtóhoz. Most körülbelül két méterre állt a férfitől.

– Igen, teljesen közel. – Abe kinyújtotta érte ismét a kezét, ahogy korábban a kihallgatóban is tette. De akkor azért, hogy kövesse, most viszont *innen* nem volt hová menniük. Mit akarhat? Csak nem akar *bizalmaskodni vele* vagy ilyesmi?

Nola közelebb lépett hát, de karnyújtásnyira megállt a férfi előtt. Félszegen megfogta a kinyújtott kezet. Nem tudta pontosan, mit vár tőle a férfi. De máris kiderült: Abe húzni kezdte maga felé.

– Mit...? – „akarsz csinálni", akarta Nola kérdezni, de nem tudta befejezni a mondatot!

A férfi ugyanis magához húzta, és forrón megcsókolta!

Nola először ellen akart állni! Vergődni akart. Sőt, még a Rendőrtiszti Főiskolán tanultak is eszébe jutottak azzal kapcsolatban, hogy mit tegyünk, ha valaki magához ránt minket, és lefog. Felmerült benne az ágyékon rúgás lehetősége... térddel. De aztán rájött, hogy nem tud gondolkodni. És nem is akar!

Az érzés most jóval erősebben kólintotta fejbe, mint a dal közben. Máris valahol „odaát" találta magát. Ott, ahol... aminek még a nevét sem tudta volna megfogalmazni. Ismét olyan képek kezdtek peregni előtte, amiket nemrég látott. Varázslatos tájak, színek kavalkája, olyan érzés, mintha lebegne. Nemcsak érezte, de látta is mindezt lelki szemeivel. Talán annál többel is, mert tényleg valóságnak érezte. Néha valódibb valóságnak, mint azt, ahol most fizikailag állt épp egy véres ruhájú – bár meglepően jóképű – őrülttel csókolózva.

Nola közben tudata hátsó szegletében érzékelte, hogy Abe felemeli az ő jobb kezét, másik kezével pedig finoman a derekánál fogva tolni kezdi őt, akár egy lassú tánclépéssel egy bálon: oldalirányban arrébb lépett vele. A nő nem értette, miért csinálja ezt. Valóban táncolni akar vele? Ez tényleg teljesen megőrült?

De nem. A tükörhöz lépett vele, és felemelt kezét finoman tenyérrel kifelé fordítva rányomta arra a tükörre, amivel Nola korábban sikertelenül próbálkozott. A nő nem látta mindezt, csak érezte. A csók hatása annyira magával ragadta, hogy képtelen volt kinyitni a szemét és visszatérni a valóságba. Nem is akart már.

Érezte, hogy a tükör hideg felszíne melegedni kezd a keze alatt. Nemcsak melegedni, de mintha talán olvadni is! Fodrozódni kezdett, mint egy tó felszíne, ha követ dobnak bele.

És ekkor történt meg!

De nem az utazás, amire Nola számított...

Hanem a baj, amitől rettegett!

Valaki benyitott a férfimosdóba! Civilben volt, de valószínűleg rendőr lehetett. Ötvenes, pocakos, bajuszos férfi. Tipikus nyomozó. Elkerekedett szemmel meredt rájuk, hogy mit csinálnak itt.

– Hogy szabadult el...? – nyögte ki a férfi nagy nehezen. Ezek szerint vagy egyenesen a kihallgatóból jött, (és ők *meg sem hallották!*) vagy legalábbis tudott róla, hogy ki ez a fogoly! Nola hátrált egy lépést, és el sem tudta képzelni, mi lesz most. Vetett meg egy pillantást a tükör irányába, amin az előbb ott volt a keze. Vajon fodrozódik-e még a felszíne? Vajon a „nyomozó" is észreveszi? Mit fog akkor szólni hozzá?

De nem látott a tükrön semmi különöset, és a rendőr sem ezzel volt elfoglalva, hanem épp a fegyveréért nyúlt!

Abe egy pillanatig sem késlekedett! Odaugrott hozzá, és elkapta a férfi karját, mielőtt az előránthatta volna a fegyvert. A pocakos nyomozó ordítani próbált, de Abe nem engedte. Másik kezével ugyanis befogta a férfi száját. Dulakodni kezdtek. Abe magasabb volt a másiknál és jóval erősebbnek tűnt – pláne azóta, hogy kiderült, az acélt is képes meghajlítani. – Az ötvenes nyomozónak esélye sem volt a „piaci láncszakító" ellen (ez a vicces kifejezés Abe esetében szó szerint igaznak bizonyult).

– Mit akarsz csinálni vele?! – kérdezte Nola emelt hangon, félig már sikoltva. – Nem bánthatod!

– Sajnálom... – nyögte Abe az erőlködéstől. Annak ellenére, hogy erősebbnek tűnt a másiknál, látszott, hogy az is jól megszorongatja őt. Emberére talált benne. Nehezére esett a beszéd. – A te módszered most nem fog működni... – folytatta Abe keservesen –, de legalább megpróbáltuk... Most már... többen is fognak jönni! Csak az én módszeremre van idő!

– Miről beszélsz?! Mi az *én* módszerem? – kérdezte Nola kétségbeesve. – És mi a tiéd?

Abe közben kiverte ellenfele kezéből a fegyvert, melyet az közben mégis előhúzott valahogy. A fekete revolver hangosat csattant a kövön, majd súrlódó, csikorgó hangot adva becsúszott valamelyik WC fülkébe az ajtaja alatt. A férfi egyre hevesebben küzdött Abe ellen. Az, úgy tűnt, már nem fogja tudni sokáig lefogni, és előbb-utóbb döntenie kell, mihez kezd a másikkal. A báró nagy nehezen ismét megszólalt dulakodás közben:

– A te módszered a boldogság... az enyém... a... fájdalom... a rettegés... és a vér!

Megragadta a férfit, és óriási erővel falhoz csapta! Hihetetlen volt, hogy még ennyi erő maradt benne a dulakodás után. Talán nem is adott bele eddig apait-anyait. Lehet, hogy azon töprengett, van-e más út. De végül úgy dönthetett, hogy nincs:

Akár egy medve egy gyanútlan turistát, aki rossz ösvényre tévedt, épp olyan meglepetésszerűen és elementáris erővel vágta oda! A férfi feje iszonyatosat koppant a csempézett falon! Vagyis inkább reccsent!

Nola röviden felsikoltott, aztán a szája elé kapta a kezét. Azt sem tudta, mit gondoljon ebben a pillanatban. Örüljön, hogy Abe győzött? Bármiért is drukkolt magában eddig, de a halálát biztos nem kívánta annak az embernek!

A férfinek betört a feje a falon. Ahogy reccsent a koponyája, ugyanabban a pillanatban dőlni is kezdett a vér a fejéből. Abe ekkor már fogást váltott, és nem a száját fogta be, hanem a nyakánál tartotta. A levegőben! Fél kézzel tartotta maga előtt a legalább száz kilós, pocakos férfit, körülbelül tíz centire a földtől. A nyomozó fejéből dőlt a vér hátul, ahogy mélyen berepedt a falba ütközéstől. Ennek ellenére még magánál volt. Rettegő arccal szavakat próbált formálni...

– Engedd el! – tört ki ekkor Nolából, ami most végre megfogalmazódott benne. Akármi is történik majd velük, nem hagyhatja, hogy Abe egy ártatlant megöljön (ismét!). Keresni kezdte az elejtett revolvert a padlón. Még nem tudta, mihez fog kezdeni vele, de mindenesetre indításnak rá akarta fogni a Abe-re, hogy az abbahagyja, amit csinál.

Az viszont nem várta meg, amíg ő esetleg négykézláb végigcsúszkál a most már véres, síkos kövön, hogy megtalálja a fegyvert.

Helyette inkább ismét a falba verte a rendőr fejét.

– Fordulj el! – mondta Abe. – Te nem állhatod az ilyesmit.

– Még jó, hogy nem! Rendőr vagyok, te állat! – kiabálta Nola most már megtalálva hangját s régi önmagát. – Azonnal hagyd ezt abba! Megállni!

De ekkor már késő volt. A férfi feje újra becsapódott a falba, és még tovább nyílt rajta a repedés. A következő ütésre pedig – Abe úgy bánt vele, mint egy rongybabával – már csak nedves toccsanás hallatszott, amikor a csempébe ütközött a feje.

Nolának eleredtek a könnyei. Közben a gyomra is felfordult. Nem tudta felfogni, hogyan képes valaki ilyet tenni! Abe úgy csapta agyon a rendőrt, azaz csapta szét fejét a falon, mint egy veszett kutyának, amit muszáj valahogy ártalmatlanná tenni. Egy percig sem gondolkozott, semmi kétely nem látszott rajta, sajnálat pedig végképp nem.

A nőt már nem érdekelte a fegyver. Odarohant hozzá, és ütni kezdte:

– Hogy tehetted? Miféle ember vagy te? Gyilkos! Egy ártatlant öltél meg! – kiabálta dühödten és egyszerre már sírva is.

Abe-et nem nagyon zavarták Nola ütései. Talán azért sem, mert nem képzett rendőrként ütötte a megfelelő, begyakorolt helyeken, hogy harcképtelenné tegyen egy támadót. Most az egyszerű nő volt az, aki cselekedett benne. A tehetetlen nő, aki csak ki akarja adni a mérgét.

A férfi ledobta a földre az elernyedt holttestet, és miközben bal kezével Nolát tartotta kicsit távolabb magától, védekezve azért valamennyire az ütésektől, jobb kezével a falról lefelé folyó agytörmelékkel dúsított vért kezdte maszatolni. Vagy szét akarta kenni, hogy nagyobb foltot képezzen a falon, mint valami őrült festő, de az is lehet, hogy valami ábrát rajzolt a mozdulatokkal. Nola nem látta pontosan, hogy mit csinálhat. És mást sem, mert épp dührohama volt, és a szeme csordulásig telt könnyekkel.

Abe ekkor ugyanazzal a bal kezével, mellyel eddig távol tartotta magától a fúriaként dühöngő nyomozónőt, most megragadta és ismét magához rántotta. Nolában egyértelművé vált, hogy ez a férfi valóban őrült. Megint meg akarja csókolni mindezek után?!

De nem ez történt. Abe elkapta Nola kezét és összemaszatolta vérrel, melyet a falról „szedett" az imént.

Megint felemelte a nő kezét, ahogy korábban a tánclépés közben csinálta, és ismét a tükörre nyomta. Most viszont úgy, hogy ezúttal még véres is volt a halott nyomozó „falfestménye" által.

– Sajnálom – mondta Abe.

Nola válaszolni akart, de már nem tudott.

Tótágast állt vele a világ!

Most látta is azt, amit korábban csak érzett: A tükör felszíne valóban fodrozódott!

Aztán elsötétült körülötte a világ…

Negyedik fejezet: Steve

Steve-et elhagyta a felesége.

És bánatában sajnos inni kezdett. Bár néha már akkor is ivott, amikor még együtt voltak Vivienne-nel. Csak néha? Lehet, hogy inkább gyakran. Túl gyakran. A nőt pedig irritálta, amikor „úgy" ment haza. Egyik este a felesége azt mondta, elhagyja, ha nem vet véget az ivászatnak. Meg is tette és elhagyta, csak előtte még összejött egy kollégájával.

Steve egyedül maradt, és még inkább ivott. Most már nemcsak ivott, de kőkemény alkoholizálásba kezdett. Másban nem igazán talált többé örömöt. Igaz, hogy annyira az ivásban sem, de legalább addig nem gondolkozott, amíg délutánonként otthon önkívületben feküdt a földön.

Néha már az is elég, ha az embernek nem kell gondolkoznia. Ilyen az ember ugyanis: mindössze annyira képes értelmes célra használni a gondolkodás képességét és az állatokénál magasabb intelligenciáját, hogy elfojtja mindezt valami szerrel, hogy lehetőleg ne is működjön. Ezért kapta ugyanis Istentől – ha az létezik.

Ilyen gondolatai támadtak Steve-nek, amikor épp magánál volt. Bár akkoriban ez nem minősült gyakori állapotnak. Sokszor olyannyira belefeledkezett a padlón való fekvésbe, hogy fel se ébredt másnap délutánig. Bizony nehéz így dolgozni járni...

Azaz nem nehéz, mert végül is az ember bemehet, ha már egyszer észhez tért, viszont nehéz úgy *megtartani* egy állást, ha az ember így áll hozzá! Erre Steve akkor jött rá, amikor főnöke egyszer közölte vele, hogy nem kell többé bejönnie. Ugyanis neki nem kell olyan munkaerő, aki bűzlik a piától, és vagy másnaposan jön be, vagy még mindig félrészegen. Steve pénzügyi-informatikai vonalon dolgozott... *addig.* Utána többé már nem.

Az a baj, hogy Steve hajlamos volt többet inni, ha „baj érte". A kirúgás pedig sajnos ebbe a kategóriába esik. Ahelyett, hogy kicsit összeszedte volna magát, hogy találjon egy másik állást, inkább még jobban inni kezdett.

„Még jobban?" – kérdezhetné valaki.

Igen! Mindig lehet még jobban inni, egész addig, míg bele nem döglik az ember. Steve ekkor már elég jó úton járt efelé.

Nem is próbált meg állást keresni. Ivott inkább helyette. Úgyis volt pénze rá a bankban! Amíg el nem fogyott...

Aztán már nem volt piára sem, meg lakbérre sem. Ki is dobták a lakásból egy hónap múlva, és az utcára került. Hát igen. Van, aki sosem tanul. Ahhoz ugyanis gondolkodni kell. Attól viszont van, aki fél. Inkább iszik, hogy ne kelljen félnie. A részegek sosem félnek. Néha még a haláltól sem.

Steve sem félt különösebben, pedig egy híd alatt ült hajléktalanul.

Miért is félt volna?

Mert nincs felesége?

Minek? Hogy veszekedjen vele?

Vagy mert nincs lakása?

Minek? Fizesse csak állandóan a lakbért azoknak a rohadt piócáknak?

Vagy mert állása sincs?

Minek? Hogy csak a feleségére és a lakásra költse az egész fizetését? Hisz neki egyik sincs már!

Vagy mert itt hideg van a híd alatt?

Na, ez, mondjuk, már egy nyomósabb ok!

„Erre viszont itt van ez a kis drágaság" – nézett szeretettel a kezében tartott borosüvegre. Meg is húzta rendesen. Egyből szétáradt benne az a kellemes meleg. „Nem olyan rossz élet ez!" – gondolta magában. „Így legalább azt csinálok, amit akarok. Nem csesztet senki! Iszom, ha úgy tartja kedvem. Sőt! Még a pia is *ingyen* van!"

Ha keresete nem is volt, de azért annyit minden nap kapott „ajándékba", azaz sikerült összekoldulnia, hogy a napi bor meglegyen. Kenyérre is tellett belőle. Mást nagyon nem is kívánt. Úgyis az ital volt a lényeg. Magasról szart mindenre. Szó szerint! Ugyanis idekint a „valódi világban" még ezzel kapcsolatban sincsenek szabályok. Az ember oda és az arra piszkít, amire épp kedve van.

„Nem olyan rossz élet ez!" – ismételte. „Bár lehet, hogy *más* nem tudna így élni? Nem is akarna? 'Más' akkor kapja be!"

Konkrétan Vivienne-re gondolt. A nő már azon vinnyogni kezdett, ha barna bőrcipőből nem talált barna talpút a boltban, csak fekete talpút.

„Már ennyi elég volt a kényes szukájának, hogy vonyítani kezdjen!" – röhögött fel Steve. Rajta jelenleg cipő sem volt. Valahol biztos ott hevert a közelben, de nem emlékezett rá pontosan, hogy mikor és miért vette le.

„Talán szarba léptem vele... vagy én magam szartam rá... ki tudja?... Nekem akkor most teljesen barna a cipőm!" – rötyögött megint... majd lassan álomba merült.

* * *

Másnap átfagyva, hasogató fejjel ébredt. Minden tagja fájt. A veséje majd' leszakadt. Felfázhatott éjjel a hideg betonon. Egyből a bor jutott eszébe, ugyanis az a fájdalomra és a gyulladásra is jó. Felfázásra néha szintén nagyon hatásos. És minden másra. Nyúlt is az üveg után, de az üresen hevert mellette.

„Nem mehet ez így tovább!" – merült fel benne. „Ki kell jutnom ebből az állapotból. Így előbb-utóbb kinyírom magam."

Eldöntötte, hogy összeszedi magát, és segítséget kér. Valakitől. Valahogy.

Steve számításai szerint szeptember harmadika van ma, még ősz eleje, és még majdnem nyári meleg. Most még lehetett a szabadban aludni. Habár már így is jól fel tud fázni az ember, mint ahogy valószínűleg most neki is sikerült, de ha bejönnek a hidegebb idők, akár meg is halhat majd idekint.

Most még a Duna vize is egész kellemes hőmérsékletű volt itt a híd alatt. Mocskos, de legalább nem hideg. Megmosakodott kicsit a koszos, zöld vízben. Nem kell végül is sterilnek lennie, elég, ha a fürdés után már nem bűzlik annyira.

Megkereste a cipőit, és úgy döntött, megpróbál valahol segítséget kérni egy hajléktalanszállón vagy szociális osztályon.

De az is lehet, hogy a nap végén megint egy híd alatt végzi majd részegen. Nos, arra tényleg van némi esély... de azért nem akart ennyire előre szaladni. Már az is valami, hogy a szándék megvan benne a jóra. Tovább készülődött tehát, és próbálta rendbe szedni magát.

Bár fogalma sem volt, hol van a környéken hajléktalanszálló, ha egyáltalán van. Az ember ugyanis nem megtervezetten válik hajléktalanná, hogy már előre tudná, melyik hajléktalanszállóban *kíván* majd éjjel „megszállni".

...Mint amikor nyaralni megy az ember, és jegyzeteket készít arról, hogy melyik nap melyik hotelben alszik majd. Ez nem erről szól!

Az ember nem azért kerül ilyen helyzetbe, mert mindent olyan jól megtervez, hanem azért, mert semmit! Még azt sem, hogy élni akar-e egyáltalán.

Steve nem áltatta magát hülyeségekkel. Tudta ő jól, hogy ezen a szinten már az ivás is öngyilkosság. Csak maximum lassabb valamivel, mint egy pisztolygolyó.

De meghalni azért ő sem akart. Ezért is döntötte el, hogy most már tényleg tesz valamit. Sajnos majdnem mindennap így ébredt, hogy „most már tényleg", aztán mégsem lett belőle semmi.

Eddig legalábbis!

Na, de *majd most!* Most már tényleg!

Felkelt, és elindult hát a javulás útján. Megint.

Tudta, hogy 2017-ben, Magyarországon nem könnyű segélyt vagy állami támogatást szerezni. Pláne akkor, ha az ember egy iszákos semmirekellő. De ő azért reménykedett. Talán lesz valaki, aki meghallgatja.

Reménykedni azért lehet.

Ötödik fejezet: ...És, Ecker!

Nola az incidens után otthon találta magát. Otthon az Egyesült Államokban, otthon 2017-ben.

Amikor megérkezett, a fürdőszobában tért magához a zuhanykabin előtti szőnyegen. Számított rá, hogy az ébredés pillanatában megint nem fogja túl jól érezni magát, ezért az enyhe rosszullét így a visszaút után már nem érte akkora sokként, mint első alkalommal. Nagy nehezen feltápászkodott, odament a TV-hez, és bekapcsolta. Látni akarta, hogy történt-e valami változás ebben a korban annak hatására, amiket elmondott a múltban Abe-nek. Gondolta, ez a leggyorsabb módja, hogy kiderítse. Már ha épp megy valahol híradó a TV-ben, és elkap egy aktuális hírt a magyarországi eseményekkel kapcsolatban.

Igen, még mindig a reggeli híradó ment azzal a hírblokkal, melyet az előtt nézett, hogy eltűnt ebből a korból és országból. Megint ugyanarról a magyarországi helyzetről beszéltek, mint előzőleg. Tehát semmi sem változott!

„Na de várjunk csak!" – vonta össze Nola a szemöldökét. Igen, valóban ugyanolyan híreket mondtak be, de nem *ugyanazokat!* „Ez meg hogy lehet? Akkor mégiscsak történt valami változás? Abe tényleg másképp csinált valamit a múltban?"

Sajnos nem úgy tűnt... Ugyanolyan képeket mutattak a TV-ben, mint amilyeneket Nola előzőleg látott. De ezek akkor sem ugyanazok a felvételek voltak és nem is olyan sorrendben.

– Ó, a francba! – fakadt ki belőle. Ugyanis a képernyő alján, ahol egy csíkban tőzsdei árfolyamok és más hírek főcímei futottak, oda volt írva a mai dátum is:

„2017. szeptember 3."

Igaz, ugyanoda érkezett vissza, de *nem ugyanakkor!*

Egy nappal elcsúszott ugyanis! Szeptember harmadika volt most másodika helyett. Elvesztett egy napot valahol az időben és térben vagy ki tudja, hol. Tegnap ezek szerint be sem ment dolgozni?! Ezt aztán kellemes lesz kimagyarázni katonatiszt-szinten szigorú főnökének... azaz nem is csak katonatiszt „szintű" a szigora, mert az ezredes valóban az is volt, mielőtt átvette apjától az FBI irányítását.

Ebből baj lesz! Nem fog tudni elszámolni vele, hogy hol volt előző nap. Az FBI pedig nem szereti a megbízhatatlanokat. Semmi rendbontást nem tűr. Az ezredes meg pláne nem! Nola így könnyen az utcán találhatja magát, ha ilyeneket csinál. A végén még hajléktalan lesz belőle!

Na jó, azért ennyire talán még nem vészes a helyzet. Most először fordult ilyen elő. Ezért még talán nem kap komoly büntetést.

És *azért* mit fog kapni, ha majd megtudják, hogy mindezek után még egy hét szabadságot is ki akar venni?

Ugyanis nem tér el eredeti elhatározásától! Valóban odautazik Magyarországra. Még ha valamivel többet is tudott meg fura múltbéli látogatása során, a lényeg továbbra is ugyanaz maradt: meg kell állítania Abe-et itt, 2017-ben. Sajnos ugyanis nem változtak a dolgok! Ugyanolyan híreket mondtak most is, mint tegnap.

Átverte volna őt a férfi a múltban? Egyáltalán tényleg megtörtént az az egész? Nem lehet, hogy csak elájult a fürdőszobában, és átaludt egy napot? Sajnos még akár erre is van esély. De a lényegen ez sem változtat: Meg kell találnia Abe-et ott a tengerentúlon, hátha jobb belátásra tudja bírni. Ő végül is ismeri valamennyire. Talán tudna hatni is rá.

Ha nem tud, akkor viszont azért kell odamennie, hogy megállítsa. Nem hagyhatja, hogy ártatlanokat bántson. – Még többet!

Ha ez az egész valóban megtörtént, és előző nap a múltban járt, akkor a férfi talán csak a bolondját járatta vele. Lehet, hogy esze ágában sem volt változtatni a dolgokon, csak le akarta rázni. Haragudott Abe-re emiatt. Ki sem tudta volna mondani, hogy mennyire. Sértve érezte magát, akár egy kamaszlány, akit felcsinálnak, aztán ellöknek, mert már nem kell. Na jó, az ő esetében csak egy csók volt, de akkor is!

Odautazik, és elkapja a grabancát annak a szarházinak! Nem fog vele egy ilyen alak szórakozni! „Elszakítod az acélláncot? A pisztolygolyó elől te sem fogsz tudni elugrani!" – gondolta Nola. Legalábbis remélte, hogy nem tud!

Ott a mosdóban Abe tényleg megölte volna azt a nyomozót? Megint megölt egy ártatlant? Biztos, hogy megtörtént az az egész? És Nola pedig nem állította meg? Most sem?

De hát hogy tehette volna? Nem volt nála fegyver, és a férfi több mint kétszer akkora. Továbbá ki tudja, hányszor erősebb őnála? Kelt volna birokra vele? Az a nagydarab nyomozó is sokra ment ellene! Széttörték a fejét, mint egy malacperselyt hó elején, ha késik a fizetés! Nem segíthetett tehát rajta. Még abban sem volt biztos, hogy megállította volna-e Abe-et, ha képes rá. Ki tudja, mi minden információ van még a férfi birtokában? Ő ismeri az ilyen dimenziókapu dolgokat, és ha igaz, amiket mondott... ha tényleg számtalanszor utazott már az időben, akkor lehet, hogy tényleg tudja, hová tart a világ, és talán tehet ellene valamit, hogy ne legyen... vége? Erről lenne szó valójában? A világvégéről?

Nola nem volt benne biztos. Semmiben sem volt az. Még abban sem, hogy valóban találkozott-e vele előző nap.

Egy dologban viszont igen: nem megy be dolgozni a héten! Valahogy elkéredzkedik és elutazik Magyarországra.

Eszébe jutott, hogy kolléganője korábban javasolt neki egy trükköt olyan esetekre, amikor hirtelen pár nap szabadságra lenne szüksége, de nem akarja megmondani, hogy mire kell neki. Azt mondta, „hivatkozz ilyenkor női bajokra". Arra ugyanis senki sem kérdez vissza. Neki állítólag ez nagyon bevált az előző munkahelyén. Ilyen ügyekben a nők tapintatosak akarnak lenni egymással, a férfiak meg vissza sem mernek kérdezni. Kolléganője azt mondta, hogy ha komolyabb az ügy, és több napra van szüksége, akkor hivatkozzon egy „női bajok miatti rutinműtétre". Az már elég komolynak hangzik ahhoz, hogy egy hétig kitarthasson miatta az előre be nem jelentett szabadság, de annyira mégsem, hogy nagyon bele akarjanak kérdezni a dologba.

Kollégájuk, aki a szabadságokat intézi odabent, hál' Istennek férfi, tehát ha betelefonál, valószínűleg tényleg nem fog merni rákérdezni, miről van szó. A férfiak rettegnek ettől a témától, hogy nehogy hülyeséget mondjanak. Már csak azért is, mert valóban meg sem tudják különböztetni a női méhet... a hím darázstól!

Betelefonált hát, és előadta a kis meséjét a női bajokkal kapcsolatos rutinműtétről. Meglepően jól működött a dolog. Christopher Ecker eleinte vissza sem kérdezett a dologra. Nola azt is mondta neki, hogy Magyarországra megy műtétre.

Chris ekkor már visszakérdezett, hogy miért, hisz akkor az FBI nem fedezi az orvosi beavatkozás társadalombiztosítási részét. Nola azt felelte, hogy régről ismeri az orvost, és az baráti alapon csinálja a műtétet, mert egy osztályba járt a lányával.

Sajnos Chris azért nem volt hülye. Rákérdezett ekkor, hogy miért csak most szól erről az egészről? Nem tudta előre, hogy műtéte lesz?

Nola azt mondta, hogy eredetileg csak a jövő hónapban műtötték volna, de sajnos nem volt túl jól előző éjjel – „tudod, Chris..., női bajok..." –, és előbbre kellett hoznia az időpontot.

Ez bejött! Chris nem kérdezett többet, hallani sem akart további részletekről. Úgysem tudott volna velük mihez kezdeni. Csak sok sikert és gyógyulást kívánt neki. Nola nyert hát egy hetet! Na de mire? Ez itt a kérdés!

„Az majd kiderül!" – gondolta kissé aggódva. A lényeg, hogy megszerezte a kimenőt, és egyelőre még a főnökével sem kellett szembenéznie miatta. „Na, az kínos lesz!" De most még nem akart ezzel foglalkozni...

Inkább felment az internetre repülőjegyet venni.

Aztán csomagolni kezdett. Most nem fog a tükrön keresztül közlekedni, hanem inkább repülővel megy. Ugyanis fogalma sem volt, legutóbb hogyan csinálta, és amúgy sem merte volna még egyszer megpróbálni, hiszen azt sem tudná, hol lyukadna ki... akár térben, akár időben!

A repülő, az legalább megbízható! A jó öreg repülő! Az aztán nem kóvályog el semerre!

Csak *lezuhan*, mint a kő!...

Na és akkor mi van? Nola látott már rosszabbat is egy zuhanó repülőnél... reggel... a tükörben... amikor korán kellett kelnie.

– Ecker, maga beszélt Darxley ügynökkel?
– Igen, ezredes!
– És mit mondott az előbb, milyen indokokra hivatkozva vett ki Darxley egy *teljes* hét szabadságot *pont most*, amikor ennyi ügyön dolgozunk egyszerre?
– Ööö... női b-b-ajokra hivatkozott..., uram.
– Mifélékre?
– Hát nem tudom, uram, én nem értek hozzá.
– De mit mondott Darxley *konkrétan*? Gondolkozzon már, Christopher!
– Azt hiszem, semmit, uram. Csak olyan szavakat használt, hogy műtét... meg női bajok... meg ehhez hasonlók.
– De mégis mire gondolhatott? Nyögje már ki, ember! Nem érek rá egész nap!
– Hát én nem vagyok biztos benne, uram. Talán valami menstruációs dolgokra, meg ilyenek. Biztos a méhére...
– A *méhére*?
– Ööö... nem igazán tudom, uram. Én nem vagyok nős. Nincs gyerekem sem. Nem láttam még petefészket meg szülészeti ultrahangot vagy mit.
– De *embert* látott már, maga barom?! Olyat, amelyik hazudik?
– Igen, ezredes ...uram!
– Akkor jó, mert Nola rászedte magát. *Ravasz* egy nő az, én mondom magának!
– De hogy szedett volna rá, uram? Nem lehet valóban szüksége akár egy műtétre? Bár igaz, nem láttam még...
– Mit nem látott még?! *Engem* lát most, ahogy itt ülök? Akkor jó! Fogja már be, és gondolkozzon, Ecker! Ez itt az FBI, nem egy romantikus regény ötödik fejezete! Itt nem finomkodunk, hanem kérdezünk! Nem tetszik nekem ez az ügy. Darxley az egyik legjobb ügynökünk. Ez a viselkedés nem vall rá. Szerintem belekeveredett valamibe. De az is lehet, hogy egy ügyben megint a saját feje után megy. Volt már rá példa, ugye.
– Igen, uram. Tudja tavaly nyáron például, amikor...
– Fogja már be! Nem vagyok kíváncsi a nyári élményeire a fogyitáborban, Ecker!
– Elnézést, ezredes úr. Mi a parancsa?
– Ez nem a hadsereg! Szedje össze magát, fiam! Mondtam már korábban, hogy ne szólítson ezredesnek. Darxley-val kapcsolatban pedig... küldjön utána valakit! Tudni akarok róla, hogy hová megy. Ha szaglászik valaki után, aki után nem kellene, én tudni akarok róla. Ha önbíráskodni akar valamilyen ügyben, arról is. Sőt, arról is, ha tényleg kiműtteti a nő a prosztatafészkét vagy miét... Ecker, ne röhögjön! Ezek komoly dolgok... Szóval akkor majd intézünk neki innen az USA-ból valami támogatást a műtétjéhez. De szerintem nem erről lesz itt szó! Most menjen, fiam! Küldjön tehát utána egy embert... És, Ecker!
– Igen, uram?
– Valami kemény legényt küldjön utána.

– Gondolja, hogy ellenáll majd, uram?

– *Kinek*, maga marha?! Csak megfigyelni megy utána az ügynökünk! Arról beszélek, hogy Magyarországon most durva állapotok vannak. Veszélyes odamenni. Olyat küldjön, aki tényleg képes vigyázni magára. Csodálom, hogy Darxley egyáltalán odament.

– Nem biztos, hogy könnyű feladat lesz találnom valakit most, uram. Jelenleg szinte mindenki dolgozik valamilyen ügyön. Alig van szabad emberünk. És mindegyikük nő.

– Hát ez fantasztikus! Nincs egyetlen jó erőben lévő férfi, aki pofán tud verni odaát egy-két hajléktalant, ha kekeckednének?

– Nos, hogy őszinte legyek, uram... én... éppen el tudnék...

– Maga? Van magának egyáltalán fegyverviselési engedélye, fiam?

– Van, uram. Díjnyertes céllövő vagyok, uram.

– Hol? A vidámparkban? Na jó, csak viccelek. Akar maga menni, Christopher?

– Azt nem mondanám, uram, de biztosíthatom, képes vagyok kezelni a helyzetet! Végül is én baltáztam el az ügyet. Kérem, adjon lehetőséget, hogy korrigáljam!

– Ezt már szeretem, Chris! Díjazom ezt a hozzáállást! Rendben, akkor menjen.

– Igen, uram. Máris kezdem intézni az utamat.

– ...És, Ecker!

– Igen, uram?

– Nehogy aztán lelője nekem Darxley-t, vagy ilyesmi! Felfogta egyáltalán, mi a dolga?

– Igen, uram! Csak megfigyelni megyek! És rendesen pofán vágom a hajléktalanokat, ha kekeckednek!

– Az nagyon helyes! Lehet, hogy mégis csak van magának itt jövője, fiam!

– Köszönöm, uram! Indulok is, amint sikerült repülőjegyet foglalnom!

Steve sikeresen összekoldult egy buszjegyre valót az aluljáróban. Ugyanis kiderült, hogy ebben a kerületben egyáltalán nincs hajléktalanszálló. A metrórendőrök mondták neki ott, ahonnan kizavarták kéregetésért.

„A rohadékok!" – Bár legalább útbaigazították, már az is valami...

Busszal eljutott az ötödik kerületbe. Olyan éhes volt, hogy majd' megveszett. Így józanul valahogy sokkal jobban érezte az éhséget. Na meg a szomjúságot is! Már alig várta, hogy benyakaljon egy kis bort. Az majd segít!

Bár, ha már idáig eljutott józanul, akkor talán nem kéne elrontani. Most minden jobbra fordulhatna. Végre végleges változás történhetne az életében.

Egy óra múlva megtalálta a hajléktalanszállót, de sajnos nem mehetett be. Nem engedték. Azt mondták, tele vannak, és nincs több ágy. Máshol kell próbálkoznia.

Odakint viszont épp ételosztás volt egy ablaknál, és hosszú sor állt ennivalóra várva. Meglepte Steve-et, hogy milyen külsejű emberek vannak a sorban. Volt köztük olyan, aki nemhogy nem látszott hajléktalannak, de még talán szegénynek se!

„Mennyire pofátlanok már az emberek manapság?! Idejön a BMW-jével ingyen virsliért vagy mi?"

Mindegy. Ő most biztos nem csinál botrányt. Majd az elküldi az ilyen potyázókat, aki a kaját osztja... ha akarja.

Beállt hát a sor végére. Olyan hosszú volt a sor, hogy úgy érezte, éhen döglik, mire odajut az ablakhoz. De egyelőre nem akadt jobb ötlete, mint kivárni az előtte állókat. Talán majd tényleg elzavarnak egy-két embert, akinek nem lenne joga itt állni, mert látszik rajta, hogy kőgazdag, és akkor ő is hamarabb sorra kerül.

A Steve előtt álló két ember biztos nem szenvedett a gazdagság terheitől. Ők klasszikus csöveseknek tűntek. A férfi egy negyven körüli, rekedt, mély hangú, ősz hajú ürge volt, aki már szétitta és szétbagózta a hangját. Na meg az agyát is. Talán ebbe is őszült bele.

A mellette álló nő hatvan körülinek látszott. Még a férfinél is rosszabbul nézett ki. Az is lehet, hogy nem is volt hatvanéves, hanem ugyanúgy csak negyven, mint a társa. „Ezeknél a csöveseknél nem lehet tudni." – gondolta Steve. Ő ugyanis nem tartotta magát csövesnek. Ő csak egy szerencsétlen típus, aki épp rossz passzban van. Nála ez a dolog nem lesz hosszútávú!

– Itt szart se kapunk! – mondta a hatvan körüli nő. – Elfogy, mire odaérünk az elejére. A múltkor is így jártam.

– Ja! Így jártál! Nem jársz te már sehova. Örülsz, ha állni tudsz. Állandóan iszol – válaszolta a férfi a szemét forgatva.

– Te beszélsz, te részeges? Megint kritizálsz! De *arra* viszont bezzeg jó vagyok neked, mi? Aztán meg csak kritizálsz utána!

„Fúj!" – gondolta magában Steve. „Ezek most épp a szexuális életüket tárgyalják?" – Az biztos, hogy ő nem akar ezek közé tartozni. Mellesleg elég érdekes fogalmaik vannak arról, hogy ki a részeges. Úgy látszik, náluk ennek a dolognak egész más szintjei és rangjai vannak, mint a normális embereknél.

– Én inkább elmegyek hozzá! – folytatta a nő.

– Kihez? – kérdezte a barátja.

– Ahhoz az Abe-hez, akiről beszélnek! Állítólag nagyon gazdag. És ő segít. És meghallgat.

– Egy szart! Senki se hallgat meg. Nehogy már elhidd! Az, aki ilyeneket mondott neked, kamuzott. Ez csak valami trükk. A kormány újabb húzása. Újabb összeesküvés!

– Te és a kormányod, Peter. Te tényleg megkattantál ott a seregben. Mindenhol összeesküvést látsz! Nincs ebben semmi ilyesmi! Szent ember az, én mondom!

– Szent ember a kócos tököm! Az ujja köré csavar, aztán majd az is csak *azt* akarja, meglásd! Csak behülyítene téged. Nem bánna veled úgy, mint egy királynővel, ahogy én teszem! Ő csak kihasználna! Csak a tested kéne neki.

– Én ugyan nem hagynám! Engem senki sem használhat kénye-kedvére, mint egy játékszert!

„Mi az Úristenről beszélnek ezek?" – hüledezett Steve. „Tényleg azt hiszik, hogy ez a nő vonzó? Ki akarná *ezt* elcsábítani? Élő ember nem találná vonzónak. De még egy halott se." – Hallgatni is rossz volt ezt a párbeszédet, de sajnos nem tudta nem hallani. A másik kettő olyan hangosan magyarázott, hogy valószínűleg az egész sor önkéntelenül őket hallgatta. Ő is kénytelen volt, ha valaha sorra akart kerülni, és nem akart éhesen „hazamenni"... a híd alá.

– Pedig szent ember! – erősködött a nő. – Olyat is tud, mint a Lázár vagy ki.

– Milyen Lázár?

– Az, aki feltámasztotta az embereket!

– Az Jézus volt, te iszákos vén liba! Lázárt támasztották fel.

– Akkor az. Nem tök mindegy? Az az Abe is csinálja.

– Mit csinál? Dehogy csinál! Miről beszélsz? Csak valami ingyen konyhája van, meg munkát is ad állítólag. Bár szerintem nem tud. Senki sem tud. És nem is akar. Ki adna nekünk munkát, ne viccelj már! Könnyebb a lábukat belénk törölniük! Ez csak trükk. A kormány találta ki ezt is.

– Hát én pedig azt hallottam! – erősködött a „királynő". – Képes feltámasztani a holtakat. Igen, így hallottam.

– Melyik iszákostól?

– Azzal neked ne legyen gondod, Peter. Te úgyis csak *azt* akarod. Te sem vagy különb. Nehogy azt hidd, hogy nem tudom, min jártatod az eszed állandóan! Azt is észrevettem ám, hogy iszol! Láttam rajtad reggel is. Most is bűzlesz az alkoholtól!

„Ezek tényleg itt tartanak, hogy még mindig azt bizonygatják, hogy nem isznak?" – Steve legalább már ezen a tagadó fázison túl volt egy ideje. Ezeknek, úgy tűnik, évtizedek alatt sem sikerült. Steve nem szívesen állt szóba ezekkel az emberekkel, de nem bírta megállni:

– Hol lehet megtalálni azt az embert? – vágott közbe az épületes párbeszédbe.

– Kit? – kérdezett vissza értetlenül a nő. Most, hogy megfordult, Steve látta a szemén, hogy most is be van nyomva rendesen. Eldöntötte magában, hogy ő bizony tényleg kiszáll ebből a körből, és nem akarja így végezni, mint ezek ketten itt.

– Azt az Abe-et, akit az előbb emlegetett.

– Meghalt talán valakije jóember? Fel akarja támasztatni? Igazán sajnálom...

– Nem – felelte Steve. Már kicsit bánta is, hogy megszólalt. – Munkát kérnék tőle. Az előbb azt mondta, hogy van, akinek tud adni.

– Ja? Hát én azt nem tudhatom. Mi közöm nekem ahhoz?

– Az előbb mondta!

– Ja... hát lehet. Valami olyat hallottam. Kőbányán lakik. A fiam adta oda a pasas névjegyét... Várjon csak... – elkezdett kotorászni a mocskos ruhájában. – Látja? – húzott elő egy összegyűrt, taknyos vászonzsebkendő mellől egy meggyűrt névjegyszerűséget. – Én mondtam, hogy létezik! Maga meg nem hitte el! Azt mondja ez az alak itt nekem, hogy nem is létezik – fordult oda Peterhez.

– Nem is azt mondta, csak a címét kérdezte, te iszákos! – veszekedett vele az.

– Megnézhetem? – nyújtotta Steve a névjegy után a kezét.

– Ha akarja... – Odaadta a nő neki a névjegyet, és visszafordult. Szemmel láthatóan nem is érdekelte tovább az egész téma. Megint veszekedni kezdett azon Peterrel, hogy ha itt végeztek, és megkapták a fejadagjukat, akkor a férfi majd megint csak *azt* akarja ebéd után. Steve komolyan kezdett már rosszul lenni ettől a témától. Ennyiszer még ő sem akarta *azt* Vivienne-nel annak idején. Pedig az még nőnek is nézett ki... néha. Viszont örült, hogy odaadták neki a névjegyet. Alaposan megnézte. Az volt ráírva:

„Fátyol Alapítvány. Abriel Ywolf tiszteletes segít a bajban."

A kártya hátulján telefonszám és cím is szerepelt – valóban kőbányai. – Továbbá egy fénykép is volt a férfiról. Fehér öltönyt viselt rajta. Pap létére nem hordott reverendát, sem keresztet a nyakában. Úgy nézett ki, mint egy milliomos. Öltöny, hosszú, hátrabrillantinozott haj, vékony körszakáll. Kezében szivar.

– Hát akármekkora kókler és hamiskártyás is ez az ürge – gondolta Steve –, ugyanis, hogy *nem pap*, az tuti... de legalább tényleg gazdagnak látszik. Akkor talán tud valami munkát adni egy alkesznak is. Ha már olyan rohadtul segíteni akar... nekem segíthet! Én megteszek neki bármit! Ha kell, le is puffantok valakit egy sikátorban, csak ne kelljen így végeznem, mint ezeknek itt ketten.

Hatodik fejezet:
Közeleg az alkony

Steve-nek erősen meggyűlt a baja ezzel a kőbányai projekttel. Nagyjából tudta ugyanis, hogy hol van a cím, ahová el akart jutni, de azt is, hogy ahhoz már nem lesz elég egy buszjegy. Először metróval kell mennie, aztán még busszal is. Korábban egy darab jegyre valót is nehezen koldult össze, most pedig mindjárt kettőért küzdhet. Ráadásul az a szerény leves, amit a hajléktalanszálló előtt adtak, fél fogára sem volt elég.

Egész délután az utcán ácsorgott, hátha valaki megszánja végre, és ad egy rendes összeget. Már lassan sötétedni kezdett, de még mindig csak szűkösen volt meg a pénz, és tényleg egyre jobban gyötörte az éhség. Végül mindenképp vennie kellett valami ennivalót.

Azután viszont már megint csak *egy* jegyre maradt pénze. Megpróbálhatott volna lógni a buszon, de manapság már nem nagyon lehet jegy nélkül utazni. Bizonyos járatokra fel sem engedik az embert, ha felszálláskor nem mutatja fel a jegyét. A metróba meg le sem engedik anélkül.

Így lassan ráesteledett, mire meglett a pénz. Így valószínűleg már be sem engedik majd annál az alapítványnál. Lehet, hogy ott kell valahol töltenie az éjszakát az épület előtt. Piára sem maradt pénze. De kezdte nem érdekelni a dolog. Valahogy most nem vágyott már annyira az ivásra. Azok után, hogy látta, milyenek az igazi hajléktalanok, kezdett észhez térni és egyre jobban akarni, hogy ő ne jusson olyan sorsra. Azaz pontosabban, hogy kikerüljön ebből az egészből.

Ha kell, ott éjszakázik hát, de kideríti, mi igaz ebből a szent ember baromságból. Bár neki nem egy szentre vagy angyalra van szüksége, hanem egy emberre, aki hajlandó munkát adni neki. Vagy lehet, hogy arra tényleg csak egy szent lenne hajlandó az ő esetében?

Már a buszon ült Kőbányán, amikor sötétedni kezdett. A vezető ekkor bemondta, hogy innentől nem áll meg több helyen. Mindenki szálljon le a következő megállónál, mert kocsiszínbe megy. Figyelmeztette az utasokat, hogy ilyenkor már fokozottan veszélyes az utcán tartózkodni.

„De kedves tőle akkor, hogy kirak minket és itt hagy a francba!" – gondolta Steve. De nem tudta, miért ilyen veszélyes ez a hely. Lehet, hogy ezért sem áll már meg a busz több megállónál? Ennyire rossz lenne ez a környék? És neki meg *pont* ide kellett jönnie?

Az egyik utas hőbörögni kezdett azon, hogy eddig egy megállóval tovább ment a busz. Most hívnia kell egy taxit vagy egy rokont, aki elviszi innen kocsival. Az emberek szemmel láthatóan igen nyugtalanok voltak.

Steve-re is kezdett átragadni a félelem, bár nem tudta az okát, csak azt érezte, hogy valami nem stimmel. Felmerült benne, hogy megkérdezi az utasokat, mi folyik itt, és tulajdonképpen mitől tartanak, de aztán úgy döntött, nem lenne sok értelme. Már így is ferde szemmel néztek rá felszállása óta. Pedig véleménye szerint amióta megmosdott, már nem volt azért olyan vészes a külseje, de a szaga még továbbra is elég ordenáré lehetett. Talán ez volt az oka, hogy őmellé nem ült le senki.

Mire eljutott odáig, hogy inkább mégis megpróbál megkérdezni valakit, megállt a busz, és már el is kezdtek leszállni róla az emberek. Legtöbben heves gesztikulálások közepette azonnal telefonálni kezdtek. Taxikat és rokonokat hívtak, hogy gyorsan jöjjenek értük, és vigyék őket innen. Néhányan pedig sietős léptekkel megindultak erre-arra. Valószínűleg ők amúgy is errefelé laktak, vagy csak nem volt kit felhívniuk, mint ahogy Steve-nek sem.

Megfordult a fejében a kérdés, hogy ha lenne nála mobil, vajon most felhívná Vivienne-t? De úgy gondolta, hogy nem. Sőt, biztos! Inkább lőjék le a helybéli gengszterek – vagy akiktől mindenki tart itt –, mint hogy azzal a ribanccal még egyszer beszélnie kelljen a közeljövőben! Pláne megkérnie valamire! Inkább vigye el a Kőbányai Hasfelmetsző – ha van olyan –, és húzza keresztül Steve beleit egy nokedliszaggatón! Bár most, hogy belegondolt, a „Hasfelmetsző" Vivienne-t is elvihetné! Lehet, hogy Steve-nek mégis fel kéne hívnia valahogy? Idehívná, hogy súlyos bajban van, aztán ő elhúzna, mire a nő ideér! Ez végül is egyáltalán nem olyan rossz ötlet. Aztán belátta, hogy később is eljátszhat valami hasonlót. Előbb saját magát kellene biztonságba helyeznie. Közben volt, akiért máris eljöttek kocsival. Azok valószínűleg a közelben laktak, és hamar ideértek. Egyre kevesebb ember maradt a megállóban. Steve úgy döntött, elindul gyalog. Megkérhetett volna valakit, hogy vigyék el őt is, de öblös szagára való tekintettel úgyis biztos, hogy nemet mondtak volna.

Amikor elindult az út mentén, Steve még egyszer visszanézett a megállóban maradt embercsoportra. Volt, akin a megkönnyebbülés jeleit látta. „Végre elhúzott a büdös pasas" – gondolhatták magukban. A többiek inkább aggódó arccal néztek utána, mint akik úgy érzik, rossz döntést hozott, hogy gyalog indul el egymagában.

„Akkor vittetek volna el engem is, rohadékok!" – gondolta Steve. Senki sem ajánlotta fel, hogy elviszi. Akkor meg minek sajnálkoznak itt neki? Tud ő magára vigyázni. Lehet, hogy inkább a Kőbányai Fojtogatónak lenne oka tartani valamitől. Steve majd jól seggbe rúgja. Meg a Hasfelmetszőt is!

Bár attól függetlenül, hogy próbálta viccre venni a dolgot, azért érzett némi félelmet. Elvégre most nem volt részeg, ami félelmet nem ismerő, legyőzhetetlen harcossá teszi az embert.

Már szinte teljesen besötétedett. Nyolc óra körül lehetett. Steve csak találgatott, mivel nem volt órája.

Mármint volt, csak már nem volt az övé! Egyik éjszaka ugyanis valaki aljas módon ellopta róla, míg ő aludt. Hogy rohadna meg, aki képes egy hajléktalant meglopni!

Még a külvárosban is vannak ilyen szintű emberek! Pedig ott jó a közbiztonság, és a hajléktalanokat sem zargatja senki. Még a rendőrök sem. Ezért sem ment be eddig a belvárosba, mert ott állítólag nem ilyen rózsás a helyzet. Valószínűleg itt Kőbányán sem, bár gyerekkora óta nem járt itt. Nem tudta pontosan, milyen itt a helyzet akármilyen szempontból is.

Az rémlett neki, hogy itt sosem volt a legjobb a közbiztonság, de arra azért nem számított, hogy az emberek olyan szinten rettegnek, hogy már egy buszmegállóban sem mernek pár percnél tovább ácsorogni. Gyalog elmenni a következőig meg pláne nem.

Steve kezdte már bánni, hogy ennyire nincs képben az elmúlt hetekben történt eseményekkel kapcsolatban. Lehet, hogy történt valami azóta, amiről ő nem is tud? Kitört volna a zombijárvány, ő meg csak naivan sétál itt egyedül, és majd mindjárt előtolongnak a fák közül az élőholtak a sötétből?

Na jó, ez persze röhejes. Ilyen hülyeségek sosem fognak történni. Először is nem volt még vaksötét, és a lámpák is világítottak az út mentén. Másodszor pedig, ha lenne valamilyen nagy járvány, az emberek inkább csak kidöglenének tőle, és kész. Nem kelnének fel az ágyból, hogy másokat riogassanak csoszogva!

Ettől függetlenül azért jó lett volna tudni, hogy mi folyik a nagyvilágban odakint. Odakint? Most már *idekint...* ahol most éppen sétál és lakik.

Mi lehet hát a baj itt, ezen a környéken? Steve korábban sem volt nagy TV-néző. A híradót sem nézte. De azért bent a munkahelyén a kollégák elmondásaiból mindig kiszűrte, amit tudnia kell. Amióta viszont hajléktalan, már nincsenek meg a kollégái, hogy tájékoztassák.

Azaz megvannak még valahol, *élnek még* – sajnos –, csak ő többé nem dolgozik velük – szerencsére. – Steve utált már bizonyos embereket. Úgy alles zusammen mindenkit.

Amióta az utcán él, igazából senkivel sem kommunikált az utóbbi hetekben. Eddig viszonylag nyugisan élte önpusztító életét: Nappal koldult, délután felé pedig elkezdett vedelni. Ez a kellemes időtöltés pedig kitartott egész másnap reggelig... vagy aktívan kortyolgatva, vagy passzívan egy árokban fekve. Nem volt túl boldog, de legalább nem cseszegette senki.

Lehet, hogy itt majd fogják? Elképzelni sem tudta, hogy mitől tartottak az emberek ott a megállóban.

Ismét nyilallni kezdett a veséje. Tényleg felfázott az éjszaka, és fájt, mint a fene. Hugyoznia is kellett már rendesen. Lehet, hogy félre is áll, gondolta...

De aztán mégis továbbment. Még úgysem kell annyira!

Hát igen... Steve szerette kissé halogatni a dolgokat. Talán ezért is tartott az életében ott, ahol.

Már jó ideje gyalogolt egyedül az úton. Kihalt volt a környék. Autók, úgy tűnt, nem nagyon járnak errefelé. Itt-ott felugató kutyákon kívül nem hallott semmit.

Távoli füst szagát érezte.

„Valaki avart éget" – gondolta. „Tulajdonképpen, basszus, egész kellemes itt! Még a végén lehet, hogy ideköltözöm! A bútorokkal legalább most nem lesz gondom. Csak ne kéne ilyen istentelenül hugyoznom!"

Végre meglátta a távolban a következő buszmegállót. Már nem volt messze. Jó fél órát gyalogolt, és közben teljesen besötétedett.

Ahogy közelebb ért a megállóhoz, látta, hogy egy fiatalember várakozik ott magányosan. Megfordult a fejében, hogy odamenjen hozzá, és szóljon neki arról, hogy a buszok már nem fognak itt megállni. Legalábbis az biztos nem állt meg itt, amelyikről őt letessékelték.

Aztán úgy döntött, szarik rá. Ki ő? Egy egyszemélyes önjelölt útinform? Mindenkinek beszámol róla, hogy mikor hol állnak meg a buszok? Egyébként is, miért segítene másoknak?

Neki ki segít?

Na jó, néha dobnak neki aprópénzt, de tájékoztatni őt sem szokta senki semmiről. Ezért sem tudta például, hogy miért retteg itt mindenki a sötétedéstől.

Steve odakint a külvárosban, ha épp nem koldult, akkor részegen hortyogott valahol. Ott nem volt afféle „csöves társasági élet", ahol megbeszélték volna a nap híreit. Ilyesmi persze nyilván nem is létezik, de hajléktalanszállók azért vannak. Itt viszont van olyan, hogy többen csöveznek egyszerre, és akkor legalább megosztják azt, amijük van. Legalábbis az információikat.

Odaérve a buszmegállóhoz Steve azon kezdett gondolkozni, hogy eredetileg merre is akart menni innen.

Épp balra indult volna az útkereszteződésnél, amikor emberek jelentek meg szemben, messze az úton. Steve hunyorogva próbálta kivenni, hogy mit is lát pontosan. Sötét volt, ráadásul messze is jártak még, de a jelek szerint egy csomó ember közeledett feléjük az úttest közepén.

– Mi van itt? Felvonulás? – fordult Steve a buszmegállóban álló fiatalemberhez. Az nem figyelt sem rá, sem másfelé. Fejhallgató volt rajta, és valami szar ricsajt hallgatott. Csukott szemmel állt, és elmélyülten bólogatott a „gyönyörű" melódiákra. Valószínűleg épp nem Vivaldit hallgatott, mert vállig ért a haja, bőrdzsekijén pedig pentagramos felvarrók díszelegtek. A Négy évszakban egyébként se nagyon fordul elő 180 BPM tempójú death metal dob – amennyire Steve a fejhallgatóból kiszűrődő zajból meg tudta saccolni az iszonyatos pokoli kalapálás sebességét.

Az előbb a tömeg még olyan távol volt tőlük, hogy ruházatukat és arcukat nem lehetett a buszmegállóból kivenni. Árnyaknak tűntek csupán, ahogy egymás mellett lassan, de határozottan közeledtek.

Most viszont egy kicsit közelebb érve már látni lehetett egy-két részletet abból, hogy mifélék lehetnek.

– Ajjaj! – szólalt meg ismét Steve. – Itt baj lesz! – Végül is nem voltak sokan. Talán tizenöt-húsz ember lehetett csak. Nem a számuk hatott ijesztően, hanem az, amit Steve már ilyen távolságból is ki tudott hámozni a látványból:

Valamiféle hosszú, fegyvernek látszó tárgyak voltak náluk! Steve úgy látta, és nem hitt a szemének, hogy az egyiknél egy olyan bozótvágókés-szerűség van, azaz „machete"! Azt lóbálta ide-oda.

Egy másiknál hosszú nyelű fejsze volt.

„Te jó Isten!"

Volt egy baseballütős is köztük. Amennyire ilyen távolságból ki lehetett venni, az ütő talán még szögekkel is ki volt verve, mint a zombis horrorfilmekben. Steve el sem tudta képzelni, hogy a való életben miért csinálna valaki magának ilyen fegyvert, és miért hordaná magánál.

Odalépett a metál zenét hallgató sráchoz, és megütögette a vállát.

Erre az összerezzent és kinyitotta a szemét. Dühös és kicsit ijedt arckifejezéssel levette a fejéről a fejhallgatót.

– Nincs pénzem. Nem tudok segíteni – mondta, és már vette is volna vissza a fejhallgatót.

– Várj! – szólt rá Steve. – Nem pénzt akarok. Odanézz! – mutatott a közeledő embercsoportra. – Te tudod, kik ezek? Valami környékbeli skinheadek, vagy kik? Nem kéne elhúznunk innen?

– Á! – mondta unottan a srác. – Kit érdekel? Szokott lenni itt néha koncert a művházban. Biztos oda mennek.

– Szöges baseball ütővel? És *bozótvágóval*?!

– Talán filmet forgatnak valahol. Öreg, én itt lakom már tizennyolc éve. Majd elmennek, aztán annyi. Kár parázni. – Ekkor tényleg visszavette a fejhallgatót. Ő valóban nem parázott. Tett az egészre.

Steve megint megütögette a vállát, mert a srác megfordult, hogy ne is zavarják. Inkább a fákat nézte volna mögöttük.

– Mi van már?! – fordult vissza még dühösebben.

– Idefigyelj, fiam! – ütött meg határozottabb hangnemet Steve. – Nem maradhatsz itt. Az előző megállóban, ahol én leszálltam, azt mondták, hogy itt meg sem állnak már a buszok. Az emberek féltek valamitől. Taxikat meg rokonokat hívtak telefonon. Van itt valami ezen a környéken. Én nem maradok szem előtt, az biztos. Te se tedd, mert megjárod!

– Most akkor fenyegetsz, öreg? Szállj már le rólam! Húzz a gecibe! Nem érdekel, mitől fosnak az emberek! Biztos megint felvitték a tej árát. Nem érdekel a politika. Nem igaz, hogy már itt sem hallgathatok zenét! – Visszavette a fejhallgatót, és sértődötten más irányba nézett.

Steve-nek megfordult a fejében, hogy harmadszorra is rászól, de a tömeg már egyre közelebb ért. Lassan olyan közel, hogy észrevehették volna őket, ahogy itt állnak. Igaz, kettejüknek előnyük volt a közeledőkkel szemben, mert ha odafentről világítottak is valamennyire az utcai lámpák, Steve és a srác a megálló fedett részének árnyékában álltak. Korábban a buszváró oldalfalai is világítottak, azaz a üvegek mögött neonnal voltak megvilágítva a reklámok, de azokat a környékbeli vandálok – talán pont ezek, akik most közelednek – már kitörték. Ők ketten tehát majdnem teljes sötétben álltak itt.

A közelgő emberek viszont néha utcai lámpák alatt haladtak el, és így folyamatosan közelebb érve egyre több részlet látszott belőlük.

Ha Steve-ék kivárják, hogy még közelebb érjenek, előbb-utóbb már azok is látni fogják őket, hiába van itt sötétebb!

Feléledt Steve-ben az életösztön, sőt jóindulatán és segíteni akarásán is felülkerekedett. Nem szívesen élt volna azzal a tudattal, hogy hagyta, hogy a helybéli skinheadek péppé verjék ezt a kölyköt, de a srác egyszerűen nem hallgatott rá! Még mennyire részletesen kéne elmondania neki, hogy talán veszélyes itt maradnia?

Bár végül is ki tudja? Lehet, hogy tényleg csak Steve az, aki „parázik"? Végül is a srác lakik itt! Ő csak tudja már, mi a dörgés erre! Lehet, hogy a helybéli koncertekre tényleg ilyen szerelésben járnak manapság? Kamufegyverekkel, melyek nem is igaziak? Lehet, hogy ő is csak egy műanyag fejszét látott az előbb annak a fickónak a kezében? Ez lenne most a divat?

Egy pillanatra megfordult a fejében, hogy kivárja, amíg ideérnek, és akkor majd kiderül. De ekkor olyan erővel szorult össze gyomra, hogy rájött, neki *itt nincs* maradása. Pucolnia kell innen, amíg teheti! Életösztöne és jó megérzései nem egy szituációból kihúzták már az idők során. Sosem súgtak neki haszontalan dolgokat. Most is hallgatott hát rájuk, és sietős, kocogó tempóban befutott a buszmegálló mögötti fák közé. Közben majdnem pofára esett, mert a sötétben nem látta, hogy árok is van az út mentén. Szerencsére az utolsó pillanatban még épp sikerült átugrania. Ha nem veszi észre, lehet, hogy egyből bokáját törte volna!

Beállt egy fa mögé a sötétben, és várta, hogy elmenjenek a skinheadek. Közben egyre jobban kellett vizelnie, de most már késő volt! Nincs ideje ezzel foglalkozni! Itt most baj lesz!

Bár lehet, hogy egy rocker srácot tényleg nem fognak bántani. Ez szinte biztos, ezért is döntött úgy, hogy otthagyja. A fiú valószínűleg nincs veszélyben. A más fajúakat a nácik viszont nem igazán kedvelik. Sőt! Van még egy csoport, akiket nem szívelnek vagy legalábbis szeretik elgyepálni őket: azok pedig a hajléktalanok!

– 249 –

Steve most már nem volt olyan mocskos, de azért rendesen bűzlött. Ha a közelükbe kerülne, ő már nem biztos, hogy olyan jól megúszná, mint ez a walkmanes rocker gyerek.

A csőcselék egyre közelebb ért, és Steve már látta, hogy nemcsak annál a három embernél van fegyver, akiknél a leghamarabb kiszúrta a távolból, hanem szinte mindegyiknél! Kések voltak náluk és kisebb szúrófegyverek. Csavarhúzók például, de az egyiknél mintha még egy vésőt is látott volna. Egy másik embernél egy kiesett – vagy kiszerelt – bicikli-lánckerék volt. Markolatnak szigszalagot tekertek rajta körbe, hogy ne sértse a kezet.

Lehet, hogy együtt szedtek szét egy bringát, mert a másiknál pedig, aki mellette ment, biciklilánc volt. Ökle köré tekerve fogta az egyik végét. A másik végét a földön húzta maga után. A lánc idegesítő karistoló hangot adott a betonon. A náci barma valamiért biztos élvezte ezt a zajt.

Viszont most, hogy kicsit közelebb értek és már jobban kivehetőek voltak, Steve rájött, hogy ezek nem skinheadek! Egyik sem volt kopasz! Nem hordtak bomber dzsekit, és bakancsot sem látott egyiken sem. Vagy a skinheadek már nem ilyen cuccokat hordanak manapság? Steve nem volt benne biztos.

Gyerekkorában még ilyet hordtak, amikor ő futott előlük! Nem mintha konkrét okuk lett volna őt bántatni, de jobb elhúzni, ha kezd melegedni a lábunk alatt a talaj. Ezért is inalt be most is egy fa mögé, bátorság ide vagy oda. Jobb gyáván sokáig élni, mint akcióhősként korán dögleni meg.

Akármit is hordjanak manapság a skinheadek, elvileg akkor is kopaszoknak kéne lenniük, de ezek egyike sem volt az. Viszont mindegyik szakadt volt. Sőt, koszos!

„Mik ezek? Hajléktalanok?!" – gondolta Steve a fa mögött megbújva. Ahogy közeledett a közel húsz fős társaság, egyre biztosabb volt benne, hogy azok. „Ezek bizony csövesek. Na de baltával? Meg biciklilánccal? Mi a jó Isten folyik itt?! Lehet, hogy tényleg valami filmforgatásra mennek, és a srácnak volt igaza? Tényleg! Mi lehet most vele?" – jutott eszébe. Habár sötét volt, valamennyire azért belátott a buszmegállóba. Amikor a vandálok kitörték a neonokat az üvegfalakban, a plakátokat is kiszaggatták belőlük. Kellőképpen szellős volt most tehát ahhoz, hogy minden irányból be lehessen látni.

A srác továbbra is bólogatott a zenére, amit hallgatott. Nem is foglalkozott vele, hogy milyen társaság közeledik, és hány méterre lehetnek még tőle. Azóta is úgy állt, mint amikor Steve-től elfordult: Háttal az úttestnek, és a fákat bámulta a megálló kivert falain keresztül. Pont arra nézett, ahol nagyjából Steve állt, de nem vette őt észre. Lehet, hogy a szeme is csukva volt zenehallgatás közben.

Steve érezte, hogy nagy baj lesz. Most már semmit sem tehet! Túl sokan vannak a fegyveres csövesek. Még ha lenne is nála valami fegyverféleség, akkor sem próbálná meg a srácot kihozni onnan. Azért is, mert azok húszan vannak, és azért is, mert Steve gyáva, mint a szar. Ez van.

„Lehet, hogy csak elmennek mellette és békén hagyják!" – gondolta. „Bár nem ezt mondják mindig a horrorfilmekben? Nem erre szoktak az amerikaiak valami olyasmit mondani, hogy 'famous last words', azaz híres utolsó szavak? Na jó, ez nem egy hülye horrorfilm! Akárhová is mennek ezek a pszichopaták, akkor is létezik azért rendőrség. Nem verhetnek csak úgy halálra valakit ok nélkül. Biztos csak valami filmforgatás lesz a közelben."

Steve nézte a csoportot, ahogy már csak tíz méterre vannak a buszmegállótól. Pár másodperc, és odaérnek! Ne kiáltson oda a srácnak, hogy tűnjön onnan a francba?

Minek? Meg sem hallaná a hülye zenéjétől! Ő meg csak magára hozná a bajt!

Így hát inkább csendben maradt.

Mint ahogy ők is!

Ez volt ugyanis a legszokatlanabb és legijesztőbb talán az egész jelenetben:

Egyik sem szólalt meg. Síri csendben vonultak. Csak a fegyvereiket lóbálták meg néha ide-oda. Steve ebből is tudta, hogy ezek nem huligánok. Azok ugyanis hangoskodnak.

Részegen ordítoznak, humorizálnak, hazafias dalokat énekelnek. Ja! Mert az baromi hazafias dolog, ha ok nélkül ártatlan embereket vernek össze az utcán.

Ezek a felfegyverkezett csövesek viszont csendben voltak. Nem *osontak* azért, vagy ilyesmi... nem próbáltak meg settenkedni. Hiszen nyíltan végig az út közepén haladtak! Nem próbálták azt a benyomást kelteni, hogy félnivalójuk lehet bármitől is. Ugyanakkor nem is kérkedtek különösebben a „hatalmukkal", mint azok a huligánok, akik valószínűleg pont ezért ordítoznak már kilométerekkel előre, hogy mutassák, ki jön, és mindenki fusson előlük, akinek kedves az élete. Ezek itt senkit nem akartak előre elkergetni. De vajon miért?

Mire készülnek? Lehet, hogy ez csak valami csendes demonstráció? Miféle demonstráció az ilyen? Mit akarhat valaki bozótvágóval demonstrálni? Hogy sok a gyom Kőbányán, vagy mi?

És mit demonstrál az ember baltával, a másik meg szöges baseballütővel? Erre Steven-nek már ötlete sem volt.

A csövesek ekkor lelassítottak a buszmegálló mellett.

„Bassza meg!" – szitkozódott Steve kétségbeesetten. Bárcsak így lenne ötöse a lottón! Érezte, hogy ez lesz! Tudta, hogy úgyis megállnak! Tudta, hogy nem fognak csak úgy békésen elhaladni a srác mellett!

Egy idős nő vált ki a tömegből. Egy kicsit hasonlított arra, aki ma Steve előtt állt ételosztásnál a sorban. De nem lehetett az, ez annál idősebb volt.

A nőnek nem ült semmilyen kifejezés az arcán. Steve azt gondolta, hogy ismeri a fiatalembert, és ezért indult meg felé. Bár a nő vonásain nem látszott felismerésnek a legcsekélyebb jele sem. A buszmegállótól pár méterre is volt egy utcai lámpa, annak a fényében az úttesten álló fegyveres banda most kivehetőbbé vált, ezért is látta Steve valamennyire a nő arcát. Már ha egyáltalán arcnak volt nevezhető az a vizenyős, letargikus tekintetű, duzzadt szemű, puffadt ábrázat, ami a súlyos alkoholistákra jellemző.

A nő komótosan odasétált a fiúhoz...

Steve kicsit lehiggadt, mert mindegyikük nyugodtan viselkedett. Nem tettek fenyegető mozdulatokat, és továbbra sem kiabáltak. Talán mégiscsak színészek, vagy ilyesmi, és az asszony útbaigazítást kér.

„Jaj de jó! Pedig már úgy megijedtem!" – gondolta.

A fiú még mindig háttal állt nekik. Annyira a zenére figyelt és arra bólogatott, hogy csak nézett bambán a fák felé, és fogalma sem volt róla, hogy egy rakás ember áll mögötte.

Steve már várta, hogy a nő megütögeti a srác vállát, és kérdez tőle valamit, de nem tett ilyet. Ehelyett amikor mögé lépett...

...egy pillanattal később...

...a srácnak elkerekedett a szeme.

Felnyögött... olyan módon, mint amikor kiszalad az ember tüdejéből minden levegő. Arckifejezéséből ítélve sikoltani próbált, de nem tudott. Darabos mozdulatokkal elkezdett megfordulni. A nő továbbra is kifejezéstelen arccal hátrébb lépett mögüle.

Ahogy a srác megfordult, Steve akkor látta meg, hogy miért vágott olyan képet! A fiú bőrdzsekis hátából egy csavarhúzó nyele állt ki!

Steve majdnem felordított ijedtében! Elképzelte, hogy bántani fogják, de azért ilyesmire gondolni sem mert! Sosem hitte, hogy ilyennek valaha is szemtanúja lesz. Az ember hall és lát dolgokat filmekben, de mindig úgy érzi, hogy vele sosem történik meg, és sosem fog ilyet élőben megtapasztalni. Oda kellett kapnia a kezét a szája elé, hogy ne ordítson hangosan. Így is olyan intenzíven szuszogott, hogy félt, hogy már azt is meghallják!

A fiú fordultában odakapott fejhallgatójához, és leverte a fejéről. Az leesett, és most az övére akasztott walkmanről lógva a fiú cipője magasságában himbálózott a zsinórjánál fogva.

Miután a fiú megfordult, most dülöngélve állt a csürhével szemben... Szólni sem tudott, mert valószínűleg a tüdejét érte a szúrás, és már amúgy sem volt teljesen magánál.

Senki nem szólt egy szót sem, csak álltak egymással szemben szótlanul...

A fiú...

És húsz leendő gyilkosa...

Steve hallotta, ahogy a még mozgásban lévő, olcsó műanyag fejhallgató lengés közben súrolja a betont:

„Krrrrrrr... krrrrr... krr"

Majd megállt az is...

Egy másodpercre csend lett...

...a fiú életének utolsó pillanatában.

És azok az úttestről akkor *megindultak* felé!

Steve-en elemi rettegés lett úrrá. Remegő kezével olyan erősen szorította a fa törzsét, hogy csoda, hogy nem tépte le a fa kérgét. Arra gondolt, hogy elrohan hátrafelé, be a fák közé, de félt, hogy meghallanák, ahogy csörtet. Még a végén utána jönnének! Így legalább nem tudják, hogy itt van. Behunyta a szemét, hogy akkor legalább ne lássa, hogy mit csinálnak a fiúval. De nem bírta nem nézni! Tudnia kellett, hogy mi fog történni. Azért is, mert ha végeztek vele – már így is csoda, hogy egyelőre még élt –, ki tudja, utána merre indulnak majd el! Talán pont őfelé!

A csövesek felemelt karokkal többen beléptek a buszváró fedele alá...

Odaléptek a fiúhoz, és öklükkel és a kezükben lévő szúró- és vágóeszközökkel lesújtottak rá. Újra és újra! Meglincseltek egy ártatlan kamaszgyereket!

A fiú elesett.

Azok pedig ott már nemcsak verték és rugdosták, ahogy a földön feküdt, de vagdosták és szurkodták is késekkel és kisebb bökőfegyverekkel.

„Rohadt szemetek!" – gondolta Steve. „Mi bajuk van ezeknek?! A fiúnak esélye sem volt ellenük. Pláne így, hogy először hátba szúrta az az alattomos, vén kurva!" – Közben már a könnyei is folyni kezdtek. Sőt, nem bírta tovább visszatartani, és be is vizelt a rettegéstől. Beleengedte az egészet a gatyájába. Szánalmasnak érezte magát és védtelennek, mint egy gyerek. Alig mert kinézni a fa mögül, de azért újra és újra kikémlelt. Tudni akarta, mi történik. Nézte hát tovább.

A fiút összevissza szurkálták eközben. Valószínűleg rég nem élt már.

De ekkor mégis jött egy elhaló jajkiáltás az irányából.

Még *mindig* élne?

Ekkor jött oda már a *baltás ember* is...

Lesújtott rá! Többször is. Egymás után vagy *hatszor*!

És akkor vége volt...

Utána álltak még ott pár percig. Steve azt gondolta, sosem mennek már el. Nem beszélt egyikük sem. Csak álltak ott, mint akik gyászolnak...

Gyászolták egy fiú halálát.

Vagy talán azt, hogy ők ezek után már soha nem mehetnek a mennyországba.

Aztán pár perc múlva megelevenedtek, és ugyanolyan csendben és szó nélkül, ahogy érkeztek, visszamentek az úttestre, és folytatták útjukat tovább, ugyanabba az irányba.

Steve még mindig halálra váltan, átázott gatyában reszketett a fa mögött.

„Miért nem jöttél te is velem, te kis hülye?!" – ordította magában hangtalanul sírva. „Én mondtam! Mondtam, hogy baj lesz!" Látta, hogy a csőcselék lassacskán eltűnik a szeme elől. Mivel őt valóban nem látták meg, így ő megúszta...

Térdre esett ott a fa mögött, és zokogásban tört ki. Könnyei és taknya is folyt egyszerre, annyira kontrollálatlanul sírt. Mint egy hisztis gyerek. Próbálta visszafogni magát, hogy nehogy a végén meghallják, ha megint erre jönne valaki... De nem nagyon tudott lecsillapodni.

Így reszketett öt-tíz percig, majd nagy nehezen összeszedte magát. Ugyanis az jutott eszébe, hogy...

„Mi lesz, ha ezek visszajönnek, ha mára már kimulatták magukat? Vagy mi lesz, ha többen is érkeznek még ugyanabból az irányból?" – Nem várhatta meg őket. Azonnal el kell húznia innen!

Előóvakodott hát a fák közül, közben ismét majdnem beesve ugyanabba az árokba. Átugrotta, kirohant az útra, és alaposan körülnézett.

„De jó lenne most egy rohadt távcső!" – gondolta. „Akkor talán jó messzire ellátnék, és kiderülne, valóban nem jön-e valamelyik irányból még egy ilyen tetves banda!"

Már épp futásnak eredt volna a keresztutcába, ahol a Fátyol Alapítvány épülete van valahol... de megtorpant.

Mi lesz, ha még több ilyen lincselő csöves-különítménnyel fut össze? Hányszor bújjon el még előlük? Valahogy hívnia kell a rendőrséget! Már a halott srác miatt is!

De nem volt nála egy fillér sem. Telefonkártya meg pláne nem, amivel ma már a legtöbb utcai telefon működni szokott. Legalább pénzt kéne szereznie, hátha mégis talál valahol egy pénzbedobósat.

Aztán rájött, honnan szerezhetne: a hulla zsebéből!

Erre a gondolatra elszégyellte magát. Hogy juthat egyáltalán ilyen eszébe?

Miért? Kell annak még a pénz valamire? Egy kamasznak lehet a zsebében akár több ezer forint zsebpénz is! Ő annyit napok alatt se keresne meg koldulással. Ráadásul abból telefonálni is tudna. Az élete múlhat rajta!

Muszáj megtennie hát! Eddig nem mert közelebb menni a buszmegálló fedett részéhez, ahol a test feküdt. Az előbb, ahogy kirohant a fák közül, azonnal futni kezdett az úton. De most megtorpant, és inkább visszafordult. Biztos volt benne, hogy a fiú már nem él. Segíteni úgysem lehet rajta. Akkor viszont a pénzét sem fogja tudni mire használni, ha van nála.

Lassan odaóvakodott tehát a megállóhoz. Nehezen tudta magát rávenni, de benézett a fedett részre.

Gondolta, hogy szörnyű látvány fogadja majd odabent, de erre még ő sem számított! Minden csupa vér volt! A megmaradt falak is, a pad és a padló is. A fiú pedig nem, hogy nem élt, de darabokban volt! Az a baltás a végén jól elintézte. Steve alig tudta megállapítani, hogy mit lát egyáltalán maga előtt. A vér egyértelmű volt, de hogy mi hová esett és most hol hevert pontosan, azt meg sem tudta volna mondani! Ilyen undorítót még életében nem látott. A filmekben is sokkoló tud lenni a sok vér meg a levágott testrészek, de így a valóságban sokkal rosszabb volt. Azért is, mert az a valami nem is igazán tűnt már embernek. Olyan benyomást keltett, mintha egy hússzállító teherautó járt volna erre, és a kanyarban kiesett volna belőle néhány sertéscsülök. Habár akkor nem lett volna ilyen véres itt minden, de akkor is. Pusztán húsnak tűnt az egész, és nem egy egykori emberi lénynek. A fiú *feje* például meg sem volt! Hová lett? Bár Steve örült neki, hogy legalább azt nem kell látnia, de akkor is...

Lehet, hogy *elvitték* magukkal?

A fiú törzse volt még a legfelismerhetőbb állapotban.

Úgy döntött, ha már eddig elmerészkedett, akkor tényleg megnézi, mi van a zsebében. Hátha segíthet... magán is, meg a rendőrségnek is, hogy megtalálhassák azokat az állatokat.

Leguggolt hát. Nem is tudta, hogy nyúljon hozzá a testhez. Mindkét karja hiányzott és a feje is. Az egyik lába is térdtől lefelé. Úgy szeretett volna benyúlni a nadrágzsebébe, hogy ne legyen véres tőle a keze.

Na de egyáltalán... jó ötlet hozzányúlni? Mi van, ha majd őt fogják gyanúsítani ezzel az egésszel? Nem követ el azzal máris bűncselekményt, ha hozzányúl a testhez? Nem volt benne biztos.

És ha hozzáér, nem hagy majd rajta DNS-t meg ilyen szarokat, amiket a krimikben mondanak?

Hát... még ha hagy is. Akkor nem az övé lesz az egyetlen, az biztos! Voltak itt vagy nyolcan a fedél alatt, akik darabokra vágták a fiút. Nem lesz majd könnyű eligazodniuk a nyomokon.

Mindegy... nem szarozott tovább. Belenyúlt a torzó zsebébe, és kész!

De az üres volt!

Belenyúlt a másikba is.

De az is!

Még elöl a kis „gyufazsebbe" is beleerőltette kukacként tekergetve a mutatóujját.

De ott sem volt semmi!

„Bassza meg! Miért nem adnak neked zsebpénzt a hülye szüleid?!" – dühöngött magában. „Szemetek! Miféle ember az ilyen szülő?" – Bár valójában nem is a szülőkre haragudott, csak már nem tudta min levezetni a dühét. A történtek miatt még mindig sokkos állapotban volt.

„Közben *csak sikerült* összevéreznem a rohadt kezemet is! Meg se tudom mosni sehol! Most akkor mi a faszt csináljak?! Töröljem a gatyámba azt is? Aztán így állítsak be holnap reggel az alapítványhoz?! 'Üzleties megjelenésű, megnyerő modorú, önmagára adó, önmagát időnként összehugyozó, agilis sorozatgyilkos véres ruhában munkát keres?' "

Felállt, és elindult hát szitkozódva, lógó orral a Fátyol Alapítvány utcájába. Legalábbis ő úgy számolta, hogy arrafelé lesz. Elkeserítette a fiú halála. Az is, hogy feleslegesen nyúlt hozzá. Nem is kellett volna! Most majd talán még emiatt is bajba kerül!

Lehajtott fejjel ment...

...de azért annyira nem, hogy ne kapja fel öt másodpercenként a rettegéstől, hogy nem közeledik-e újabb gyilkos csőcselék valamelyik irányból!

Perceken át gyalogolt már, de szerencsére nem látott újabb bandát a környéken. Viszont látott valami talán még *annál is* rosszabbat az út kellős közepén!

– VÉGE A MÁSODIK RÉSZNEK –

GABRIEL WOLF

Az elmúlás ősi fészke

Fülszöveg

Az elmúlás ősi fészke („Kellünk a sötétségnek" harmadik rész)

„Ki törődik a szegényekkel és a gyengékkel?
Senki!
Ki törődik azzal, ha egy hajléktalan megbetegszik vagy akár meg is hal?
Senki!
Ki állhat ellen a seregüknek?
Senki!"

Ebben a harmadik részben kiderül, hogy...
- mit talált Steve az úttesten,
- hogy jutott ki Abe húsz éve a letartóztatásból,
- mire képes Ecker, ha kekeckednek vele,
- hová tűnt az a bizonyos holttest,
valamint, hogy mi az az „Elmúlás Fészke"!

Köszönetnyilvánítás

A Finnugor együttes „Cosmic Nest of Decay",
azaz „Az elmúlás ősi fészke" című dala
©2003 Adipocere Records

messze járok, sírhant alatt hálok
nem élek bár álmodom, a bomlás lett ágyasom
hajnali harmat cseppje csillan rothadt avaron
a föld beszívva azt, engem táplál gazdagon
tölgyfák gyökere fejemnek támasza
férgek éhe testemnek vígasza!

a bomlás mely egykor megölt ostobán
ma életben tart, s nevetek csupán!

holt lelkek sóhaja lelkem óhaja,
mint eltitkolt, gonosz irodalom
ez maradt nékem csupán: e kozmikus birodalom!

nem élek de álmodom
a halál kaszával őrködik síromon
lelkem kihunyt csillag odalenn
sötét verem lakhelyem
hol a napfény színtelen
végtelen alagút a mélybe, itt élem napjaim
a rothadás ősi fészke, láva cseppek egem napjai

...de ma elhoztam néktek a tudást, mely a sírból fogant
férgek ura jött el hintaján, tűzzel hajtott ördög fogat
jutalmatok, mit magammal hozék e napon
a holtaké volt, s most az élőknek adom!

lelkem csepp volt egykor a rothadt sár tengerében
bomlott testem hevert Földanya tenyerében
ám álmomból felkélve most hatalmam a tudás
sírból fogant, átadom nektek: íme az elmúlás!

Első fejezet: Kellünk a sötétségnek

Steve percek óta gyalogolt már a majdnem teljes sötétségben. Bár az út mentén álltak gyéren világító utcai lámpák, de így is rémisztő volt a hely. Pláne azok után, amiket korábban látott! Szerencsére azóta nem találkozott újabb gyilkos bandával. Viszont most meglátott valami talán *annál is rosszabbat* az út kellős közepén.

Azt, ami korábban eltűnt a buszmegállóból:

A kamasz fiú *levágott fejét!*

Steve-ben megfagyott a vér. Azt hitte, nem jól lát.

A fej az úttest közepén „állt" a záróvonalon, azaz függőlegesen helyezték oda a nyakára. Úgy nézett ki, mint egy ember, akit nyakig elnyelt az aszfalt.

Steve pánikba esett, és azonnal nézelődni kezdett minden irányba, hogy nincs-e a közelben az, aki odatette!

Úgy látta, nincs.

De vajon biztos, hogy nincs? Miért hagyták itt így ideállítva? *Neki* hagyták volna itt? És egyébként is hogy került ide, erre az útra?

Steve látta, hogy a csöves banda melyik irányba távozott a buszmegállóból. Abba, amerről ő eredetileg érkezett. Most pedig arra az útra merőlegesen halad bal kéz felé. Senkit nem látott erre jönni korábban. Ezek szerint rosszul látta volna? Lehet, hogy mégis jött valaki közülük errefelé is?

Ezentúl még jobban kell figyelnie! Lehet, hogy szórakoznak vele!

Talán valaki szándékosan leszakadt tőlük, hogy a fák között haladva kövesse őt és titokban elébe vágjon! Talán *mégiscsak* látták őt a megállóból, amikor elrejtőzött előlük, és szándékosan játszották el, hogy észre sem veszik, azért, hogy később szórakozhassanak vele, és őt is megöljék vagy a halálba kergessék!

Steve-en ismét erőt vett az elemi rettegés. Legszívesebben azonnal ismét elbújt volna...

...de nem lett volna értelme. Ha már korábban is felfedezték, akkor akár most is épp figyelhetik. Nincs értelme elbújnia. Előbb-utóbb elő kéne jönnie rejtekéből, és akkor ugyanúgy követné őt az illető tovább.

Megállt egy pillanatra, és kétségbeesetten szuszogott. A sírás szélén volt. Veséje megint nyilallni kezdett a felfázástól. Szomjúság is kínozta, éhség is, és fázott az elázott nadrágjában. Ugyanis még mindig nem száradt meg azóta, hogy félelmében összevizelte magát.

Arra gondolt, hogyha nem neki hagyták itt a levágott fejet az út közepén, akkor úgysem számít, hogy megnézi-e vagy sem. Ha viszont *kimondottan neki* hagyták itt, akkor úgyszintén mindegy, hogy megnézie. Hiszen akkor már úgyis tudják, hogy itt van!

Megindult hát ismét, és tett pár lépést a fej irányába, de megállt előtte egy méterrel. Merő vér volt az egész és körülötte is tócsában állt az úttesten. Ugyanis még mindig szivárgott a nyakcsonkból a mézszerűen sötét, már alvadásnak indult vér.

A fejnek csukva voltak a szemei. Steve legalább nem látta a tekintetét. Nem látta benne a halált és a rettegést. Látott viszont valami mást:

Egy darab papír lógott a levágott fej szájából. Valami szöveg volt rajta. Még egy méterről is látta, mert nagy betűkkel írták rá. Legalábbis azt a részét, ami kilátszott a szájból. Vagy csak egy szó volt a papíron, vagy a leghosszabb sor utolsó szava látszott csak ki. Ezeket a betűket látta odaírva:

„...TEVE"

Steve-re ismét rátört a vizelési inger. Pedig az előbb még nem is kellett neki. Úgy érezte, ismét be fog hugyozni a félelemtől, ugyanis *az ő neve is* erre a négy betűre végződik!

Ezek tényleg tudták, hogy erre jön? Neki hagytak üzenetet?!

„Most már mindegy" – gondolta lemondóan. „Ezek meg fognak ölni. Megnézem hát, mi áll rajta."

Közelebb lépett, lehajolt, és óvatosan kihúzta a fej szájából az üzenetet. Undorítóan nyálas és véres volt a papír. A szöveg egy része már el is mosódott rajta, de azért kivehető volt az utcai lámpa fényében. Ez állt rajta:

„Ez az üzenet
a sírból fogant,
mert üzen a sír,
amikor sír az éj:
Miért nem védtél meg, Steve?
Csak szólnod kellett volna!
Miért nem segítettél?
Cserbenhagytál!
Ki is raboltál!
Te leszel hát a következő, STEVE!
Miattad haltam meg!
Most TE fogsz meghalni
énmiattam!
Én már a sötétben állok.
Odaát, ahol
sír az éj.
Gyere te is!
Kellünk a sötétségnek!"

Steve nem hitt a szemének. Mi a szar ez? Honnan tudják ezek az ő nevét? Kik ezek? Mi történik itt?! Elejtette a papírt. Hisztérikus állapotban volt a félelemtől. Legszívesebben nevetni kezdett volna, mert annyira abszurdnak és hihetetlennek tűnt ez az egész. Magában már halkan kuncogott is kicsit. Úgy érezte, menten megőrül. Ez az egész nem lehet igaz! Meg sem történik! Ez csak egy rossz álom.

De aztán *egyből* abbahagyta a vihorászást, amikor ismét a lábai előtti fejre nézett:

Annak ugyanis felpattantak a szemhéjai, és egyenesen Steve-re nézett!

Szemgolyói vérben forogtak. Szó szerint!

Mindkét szeméből, nemsokkal azután, hogy kinyitotta őket, sűrű vér kezdett bugyogni!

Ekkor a száját is kinyitotta, és sikoltani kezdett:

„Ááááááááááááááááááááááááááááááááá!!!"

Steve is sikoltott vele együtt, és futásnak eredt!

Rohant és rohant perceken keresztül.

Még sokáig hallotta maga mögött a fiú sikolyát...
A holtak hangját...
A sötétség sírását...
Pokoli bölcsőjéből felsírt érte az éj,
hazavárta őt, mert Steve kellett a sötétségnek...

Második fejezet: Ördögi kör

Nolának sikerült elcsípnie egy gyorsabb repülőjáratot, amelyik átszállás nélkül, közvetlenül Magyarországra ment. Így már délután fél hatra odaért.

Magán a repülőn is és a reptéren is nagyon kevés volt az ember. Tehát valóban igaznak tűnt mindaz, amit a hírekben a zavargásokról lehetett hallani. Ezzel rajta kívül már mindenki más tisztában is volt a jelek szerint, és senki se nagyon akart Magyarországra látogatni.

Ennek a pangásnak Nola eleinte csak előnyét látta, mert legalább gyorsabban haladt, és nem volt sehol tolongás. Még ott sem, ahol az országba érkezéskor a repülőtér mellett kocsit bérelt. Pedig az ilyen helyeken tapasztalatai szerint általában sorállás szokott lenni.

Első útja azonnal az ötödik kerületbe vitte, a rendőrkapitányságra. Azt még nem tudta, hogy hogyan fogja Abe-et megtalálni ebben a korban, azaz 2017-ben, de egy dologban biztos volt: meg akarta tudni, hogy mi történt húsz évvel ezelőtt!

Valóban ott járt volna akkor... azaz ma reggel? Valóban segített Abe-nek – ha fizikailag nem is, de a biztatásával – kiszabadulni a bilincsből? Utána tényleg megölte azt a nyomozót? És mi lett Abe-bel, miután Nola eltűnt onnan? Hogyhogy így is ugyanaz volt a hírekben, mint az időutazása előtt? Hiszen Abe most is a tömegekhez szólt. Nem változott semmi! Talán pont azért, mert nem is volt semmiféle múltbéli látogatás, és nem is beszélt vele akkor? Meg kell tudnia az igazat!

Pár perccel hat óra előtt ért oda a kapitányságra. Addigra onnan már majdnem mindenki hazament. Elmondta a recepciósnak, hogy az FBI-tól jött, és egy húsz évvel ezelőtti ügyre kíváncsi.

Húsz éve ugyanis itt járt, és kihallgatott egy férfit. Nem ment bele az ügy részleteibe, csak annyit mondott, hogy a recepciós képes legyen őt elirányítani az alapján a megfelelő helyre. Továbbá csak azokról tett érintőlegesen említést, amelyek az első látogatása alkalmával, huszonhárom évesen történtek. A ma reggeli „titkos látogatásáról" nem szólt egy szót sem.

A recepciós nem tudott segíteni, de elküldte az irattárba. Azt mondta, Dorothy, az irattáros még bent van. Gyakran túlórázik.

A pepita járólapos folyosón – melyet most már sokadszorra látott – balra fordulva és végighaladva rajta megtalálta az irattárat. Kopogást követően benyitott.

Odabent egy középkorú, ötven körüli, szemüveges nő ült melírozott göndör hajjal, erősen kisminkelve. Tipikus több gyerekes családanya volt, talán már nagymama is. A helyiségben állt a füst. A nő előtt hamutartó volt tele cigarettacsikkekkel. Pedig munkahelyeken és közintézményekben tilos a dohányzás már Magyarországon is, ezt Nola konkrétan tudta. De úgy tűnt, a nőt ez nem igazán érdekli. A hivatali ügyintézőknek ugyanis van egy olyan szintje, amikor annyi dolguk és gondjuk van, és annyira komoly ügyeket intéznek, hogy már nem vonatkoznak rájuk a halandók szabályai. Legalábbis ők ezt hiszik.

Miután Nola kitörölte szeméből a füst okozta könnyeket, bemutatkozott és elmondta a nőnek, hogy melyik ügyre kíváncsi. Majd kikérte az összes létező ahhoz kapcsolódó iratot.

Dorothy hamarosan meg is találta őket. Addigra még két szál cigarettát sikerült elszívnia, az előző szál végével meggyújtva a következőt. Emlékezett is az ügyre. Már akkor is itt dolgozott.

1997.09.02

Abriel Ywolf

Nolára nem emlékezett, mert nem találkoztak – szerencsére egyik alkalommal sem –, de arra igen, hogy ez volt az egyik legfurább ügy az általa itt töltött harminc év alatt. Két okból is:

Először is azon a napon eltűnt egy nyomozó. Felvétel is volt róla, és látták is, hogy munkába jött aznap reggel, de senki sem látta, hogy valaha is elhagyta volna az épületet. Nyomtalanul eltűnt. Ötvenkét éves volt. Két gyermek apja.

Sokak szerint maffialeszámolás lehetett. Valószínűleg túl messzire jutott egy szervezett bűnözéssel kapcsolatos ügyben. Aznap elfelejthetett kijelentkezni, és csak úgy kisétált az épületből. Aztán ahogy kilépett, lehet, hogy elrabolták és elhallgattatták valahol. Bár azt senki sem tudta, hogy miért nem szerepel a felvételeken, ahogy épp hagyja el az épületet. Áramkimaradásra gyanakodtak – de lehet, hogy szándékosan okozta valaki. – Mindenesetre egy rövid időre biztos, hogy leállt a felvevő. Bárki is tette, de nyomtalanul eltüntette a nyomozót és a bizonyítékokat is utána. A családja már eltemette azóta üres koporsóban.

Ywolf pedig, aki őrizetben volt aznap, saját lábán távozott. Érte jött az ügyvédje, és valami bonyolult – külföldi állampolgársággal kapcsolatos – jogi indokra hivatkozva meggyőzte a rendőröket, hogy szabálytalanul járnak el, és ügyfelét jogtalanul tartják itt. Szabadlábra helyezték hát, és Ywolf ügyvédjével együtt elhagyta az épületet.

Mindenki úgy emlékezett, hogy minden szabályosan zajlott... ám, amikor hónapokkal később egy Carl nevű fiatal nyomozó elővette az anyagot, és megnézte az aznap készült biztonsági felvételeket, kiderült, hogy több probléma is van velük. Nemcsak az nem volt rajta sehol a filmen, ahogy az eltűnt nyomozó elhagyja az épületet, de az sem, ahogy Ywolf ügyvédje távozik! A felvételen Abriel Ywolf egyedül hagyta el a rendőrséget. *Senki* sem volt vele!

Nola megkérdezte Dorothy-t, hogy miért nem mentek soha a férfi után? Miért nem fogták el akkor újra?

A nő azt felelte, hogy szerinte az akkori rendőrfőnök szándékosan eltussolta az ügyet. A papírok szerint ugyanis szabályosan jártak el. Minden papírt megfelelően töltöttek ki aznap. Utólag pedig Dorothy szerint már nagyon kínos lett volna azt mondani, hogy „vissza az egész, mert mégsem úgy történt!"

A felvétel sajnos úgysem bizonyít semmit, mivel aznap más probléma is volt a biztonsági kamerákkal. Ha a nyomozó távozását sem rögzítette a rendszer, akkor talán az ügyvéd távozása is valahogy rendszerhiba miatt maradt le.

Nola tehát most a saját fülével is hallhatta, hogy *valóban* megtörtént az egész! Azaz *biztos*, hogy ez alkalommal nem úgy ment ki innen Abe, mint régen, amikor ő még huszonhárom évesen járt itt.

Valóban Abe juttatta ki akkor innen Nolát is a férfimosóból és a rendőrségről. A nyomozót is megölte, csak nem találták meg a testét. Nola elképzelni sem tudta, hogy hogyan tüntetett el Abe egy százhúsz kilós férfit egy olyan bezárt WC-ből, ahol még az ablak is olyan kicsi, hogy egy gyerek sem férne ki rajta. Ráadásul hatalmas vérfolt volt a falon, ahová Abe odaverte a fickó fejét. A padló is csúszott a vértől. Utána meg egyszerűen *békésen kisétált* innen egymagában, és senki meg sem állította?

Tehát e szerint a változat szerint Nola sosem vitte vissza Abe-et magával Amerikába. Nem ítélték ott el és nem is ölték meg, azaz nem tűnt el a börtön étkezdéjéből. Abe végig itt volt Magyarországon!

Hogyhogy Nola mégis az előző verzióra emlékszik, amit annak idején átélt, és erre pedig nem, amit a nő most elmondott neki? Ezek szerint, ha az ember változtat a múlton, akkor visszatérve a jelenbe ő nem fog emlékezni, hogy miként jutott el a világ a mostani állapotához? Csak az fog emlékezni, aki *meg is élte* az egészet? Végül is talán logikus. Ha ő csak azt a változatot élte meg, amikor Abe börtönbe került, akkor miért emlékezne máshogyan?

Vagy mi van akkor, ha az, hogy Abe végig itt élt Magyarországon, lehet, hogy nem is egyfajta „új verziója" a valóságnak, amit az ő időutazása okozott, hanem mindvégig ez volt inkább az *eredeti*?!

Egyáltalán van ennek értelme? Nehéz dolog ez az időutazás és science fiction téma, de mit csináljon, ha egyszer vele, Nola Darxley-val ez az, ami megtörtént? Neki *ez* a valóság, még ha hihetetlen is!

Bárhogy is, de kell, hogy legyen arra magyarázat, hogy tegnap reggel, amikor Abe-et a hírekben látta a tömeg előtt szónokolni, nem úgy tűnt, mintha két napja érkezett volna meg idegenként a semmiből! Egy időutazó, aki eltűnt húsz évvel ezelőtt egy amerikai börtönből, hogy aztán itt kerüljön elő egy gyors időugrással, nem tudott volna ezen a helyen olyan hamar akkora hatalomra szert tenni, hogy már tömegek legyenek kíváncsiak a mondandójára. Végig itt kellett tehát élnie húsz éven át, hogy karriert csináljon, és hatalmat szerezzen. Akkor hát ezt a verziót látta már Nola tegnap is a TV-ben!

Az előtt, hogy *visszament volna* az időben?!
De az hogy lehet? Mi volt előbb? A tyúk vagy a tojás?
Darxley ügynök most megpróbálta logikusan sorra venni a tényeket:
1 - Abe 2017-ben manipulátor/diktátorként látható a TV-ben.
2 - Nola visszamegy az időben, hogy változtasson ezen. Konkrétan úgy, hogy ott a múltban megbeszéli Abe-bel, hogy rossz irányba tart, és próbáljon meg változtatni a dolgok alakulásán. Eddig oké.
3 - Nem tudni, hogy Abe meg akarja-e fogadni vagy meg tudja-e fogadni egyáltalán ezt a tanácsot, azt pedig szintén nem, hogy lehet-e *egyáltalán* változtatni a jövőn. Itt már kicsit kezd bizonytalanná válni a történet.
4 - Visszatérve 2017-be Nola azt látja, hogy Abe pontosan olyan, mint azelőtt. Így is diktátorra vált. Viszont lehet, hogy nem azért, mert Nola rábeszélése süket fülekre talált a múltban, hanem pont ellenkezőleg *azért*, mert Nola ott volt? Ő *okozta* volna az egészet? Lehet, hogy nem is lett volna szabad ott és akkor beszélnie vele, mert ezzel ő maga indított el a történelemben valami lavinaszerű láncreakciót, ami végül ide vezetett?

Ez a nagy kérdés!
Tehát Abe mindenképp ilyenné vált volna, és Nola kísérlete a változtatásra egyszerűen kudarcot vallott?
Vagy Abe azért vált ilyenné, mert Nola segített kiszabadítani, a férfi elmenekült, később pedig karriert csinált Magyarországon? Viszont, ha ez a második a helyes válasz, *akkor hogy lehet*, hogy Nola már az előtt is ilyennek látta, hogy visszament volna változtatni?
A változtatás *előtt* is meg volt változva a történelem, vagy mi?
Ez olyan, mintha Nola már az előtt okozott volna valamit, hogy egyáltalán megtette!
Úgy vélte, ez egy ördögi kör, azaz egyfajta paradoxon:
Egyszerre nincs az egésznek semmi értelme, és egyszerre teljesen hihető és logikus is, mivel szemmel láthatóak a következményei. Tehát akár hihető, akár nem, *akkor is megtörtént!*
Bár úgy volt vele, hogy ezekre a kérdésekre lehet, hogy nem egy Rendőrtiszti Főiskolai végzettséggel és nyelvtanári diplomával kellene megpróbálni válaszolni. Lehet, hogy inkább egy elméleti fizikust kellene megkérdeznie erről az egészről.
Szomorúan konstatálta, hogy habár sok mindent megtudott, mégsem tudott meg eleget; sem ahhoz, hogy kiderüljön, mi történt valójában előző nap, sem ahhoz, hogy önmagát ne érezze őrültnek. Korábban azért érzett így, mert azt hitte, meg sem történt az egész, most pedig azért, mert már tudta, hogy megtörtént, de nem tudta eldönteni, melyik az igazi valóság, és ő melyikben él most. Épphogy megtudta

volna a válaszokat ahhoz, hogy tisztázza magában a dolgokat, máris újabb kérdések merültek fel. Úgy döntött, ha már itt nem jut ennél többre, akkor megkeresi Abe-et, és így vagy úgy, de kiszedi belőle a hiányzó információkat.

Megkérdezte az irattárost, hogy tud-e valamit azóta a férfiról, hogy az húsz éve távozott innen? Nem tudja-e a lakcímét? Sajnos nem tudta. Azt mondta, hogy annak idején parancsba adták nekik, hogy ne bolygassák ezt az ügyet. A rendőrfőnök azt mondta, hogy aki kutakodni mer ezzel kapcsolatban, az az állásával játszik. Így hát senki sem mert foglalkozni vele a továbbiakban.

Nola elköszönt Dorothy-tól, és kiment a recepcióhoz, hogy ott is kijelentkezzen. A recepcióst viszont nem találta a helyén...

Harmadik fejezet: Bezárva

A recepciós az épület bejárati ajtajánál állt, és az üvegen keresztül kifelé nézett az utcára. Mikor Nola odaért hozzá, megszólította a férfit:
– Elnézést! Elhagynám az épületet. Alá szeretném írni a...
De a férfi a szavába vágott:
– Nem biztos, hogy valaha is elmegy innen, hölgyem... – mondta, elállva előtte a kijáratot. Nola összerezzent. Fenyegeti őt ez a férfi? De aztán a recepciós máris folytatta, és kiderült, hogy nem így értette a dolgot: – Lehet, hogy egyikünk sem megy már el innen. Bajban vagyunk!
Nola is odament mellé az ajtóhoz, és kinézett.

Lent, a rendőrség lépcsői előtt sötét alakok ácsorogtak. Kiverhették az utcai lámpát, mert csak a körvonalaik látszottak. Darxley ügynök nyolc főt számolt meg. Nem látszott belőlük túl sok, de az igen, hogy fel vannak fegyverkezve!

Háromnál lőfegyver volt: kettőnél puska, egynél pedig pisztoly. A másik ötnél pedig baseballütők és kések. A fából készült ütők nem látszottak jól a sötétben, de a lőfegyverek és késpengék fémje néha megcsillant a távolabbról gyéren idevilágító utcai lámpák fényében.
– Kik ezek? – kérdezte Nola értetlenül. Még csak meg sem volt ideje igazán ijedni, mert annyira abszurdnak tűnt ez a szituáció. – Bűnözők? Vagy a maffia? Kik mernek megtámadni egy rendőrséget? – Közben alaposan megnézte őket, amennyire így a sötétben lehetséges volt. Rezzenéstelenül álltak odalent mind a nyolcan, mint a viaszbábok. Csak a kezükben tartott baseballütőket lóbálták meg néha. Azok is, akiknek lőfegyver vagy kés volt a kezében, néha megmozdították saját fegyverüket. Ezért is csillant meg némelyik. Lehet, hogy direkt csinálták ezt, hogy mutassák, fegyver van náluk.
„Talán csak ránk akarnak ijeszteni" – gondolta Nola. „Lehet, hogy csak szórakoznak velünk, aztán majd elmennek."
– Mégis mit gondol, kik ezek?! – kérdezte a recepciós felindultan. – Hát a csövesek! Már senki sincs tőlük biztonságban. A rendőrségek sem. Tudtam, hogy nem kéne ma bejönnöm, a rohadt életbe! A nejem is mondta, hogy ne jöjjek! Úgy látszik, már lőfegyvereik is vannak. Innen nem jutunk ki élve, hölgyem! – panaszkodott a férfi a sírás szélén.

Barry-nek hívták. Ez állt az ingzsebére csíptetett kis névkártyán. Ismerős volt Nolának a férfi... Most jött rá, hogy ez *ugyanaz* az ember, aki húsz éve megkérdezte tőle, hogy jól van-e! Akkor harminc körül járhatott, most ötven körül. Nagyon sokat változott azóta. Fogyott is, meg is kopaszodott, de biztos, hogy ő volt az. Annak idején nagyon kedvesnek és segítőkésznek bizonyult. Nola megsajnálta, hogy ennyire meg van ijedve. De ettől függetlenül szerinte teljesen túlreagálta a helyzetet. Meg is mondta neki:

– Ne viccelen már! Ez csak nyolc ember. Hogyan merne ennyi ember megtámadni egy kapitányságot? Hívja vissza telefonon az itt dolgozókat, és azok majd szétcsapnak köztük!

– De mégis hogyan hívjak fel bárkit? – kérdezte Barry. – Ez egy megerősített falú épület. A hátsó fogda miatt csinálták ilyenre. A vastag falak miatt itt sosem volt térerő a mobilokhoz. A vezetékes telefon és az internet pedig tíz perce elment. Azért is álltam fel a helyemről, hogy utánanézzek, mi van. És akkor láttam meg, hogy mi folyik odakint! Nem tudunk segítséget hívni, értse meg!

– Ne essen pánikba – próbálta Nola csitítani. – Hányan vannak még az épületben?

– Senki! Csak mi ketten!!

– Ember! Nyugodjon már meg! Maga összevissza beszél! Hisz az irattáros is itt van még. Épp tőle jövök!

– Ja? Még Dorothy is bent van? Azt hittem, elment már. Akkor hárman vagyunk. Tényleg félek, de azért higgye el, nem beszélek összevissza. Láttam én már ezt-azt negyvenkilenc év alatt! Mondom, rajtunk kívül nincs más az épületben!

– Értem. Nálam van fegyver – mutatta meg Nola a sajátját. – Magánál is van?

– Nincs! – válaszolta a Barry kétségbeesetten. – Még rendőrtiszti főiskolát sem végeztem.

– De hisz rendőregyenruha van magán!

– Egy ismerős segített bejutnom ebbe az állásba. Úgy volt, hogy csak ideiglenesen, amíg el nem végzem a főiskolát.

– Ahhoz képest jó régóta itt van – bukott ki Nolából.

– Honnan tudja, hogy mióta dolgozom itt? – vonta kérdőre Barry. Egy pillanatra még a hüppögést is abbahagyta.

– Jártam már itt, még régen... húsz éve.

– És *ennyire* megjegyzett *engem* magának? Húsz éve emlékszik rám?

– Nos... ő... biztos szimpatikusnak találtam. Nézze, nincs most erre időnk! Van az épületben fegyverraktár, nem? Akkor hozunk magának és Dorothy-nak is egy-egy pisztolyt. A kintieknek is csak három lőfegyvere van, látja? – Darxley ügynök a homlokát az üveghez nyomta. Nehezen tudott bármit is megfelelően kivenni a kinti látványból, mert sötét is volt, és az ablakon is vastagon állt a kosz. Belül megpróbálta a zsebkendőjével letörölni egy foltban, de kiderült, hogy a kosz nagy része sajnos kívül van. Így most sem látott ki jobban.

– Igen, van fegyverraktár – mondta Barry –, de nem fogunk tudni bejutni oda. Az szintén megerősített helyiség. És csak az ügyeletesnek és a rendőrfőnöknek van hozzá kulcsa. Őket meg nem tudjuk elérni.

– Affrancba! – szakadt ki most már Nolából is. Megértette, hogy a férfi miért pánikol. Sajnos ugyanis lehet, hogy igaza van. Egy szál

pisztollyal három fegyveres és további öt, késekkel és baseballütőkkel felfegyverkezett ember ellen... nem sok esélyük van. – De hát mit akarnak ezek egyáltalán? – kérdezte. – Én Amerikában élek, és csak ma jöttem haza. Szinte semmit sem tudok az itteni helyzetről.
– Én sem tudom, hogy igazából mi ez az egész. Állítólag mindenhol ez van az országban. De főleg itt a fővárosban. Embereket terrorizálnak, rabolnak, gyilkolnak. Más intézményeket is megtámadtak már. Tegnapelőtt egy rádió épületét rohamozták meg, és megöltek két ismert műsorvezetőt. Én be sem akartam ma jönni! Mások se nagyon, de a főnök kirúgással fenyegette azokat, akik most akartak szabadságot kivenni. Ezért vagyok csak itt.
– Van hátsó kijárata az épületnek?
– Viccel? – nevetett fel Barry. – Ha lenne, már nem beszélgetnénk itt! Rég elhúztam volna, mint a vadlibák! Ablakok sincsenek, ahol kimászhatnánk, mivel az összes ablakon erős vasrács van. Ez a hely egy rohadt betonkoporsó! Be vagyunk zárva ide, hölgyem!
Közben Dorothy is kijött hátulról, az irattárból. Nola és a férfi megfordult. Barry odament az idősebb nőhöz, és elmondta neki az eseményeket. A nő leült, és egyből sírva is fakadt.
„Hát vele nem sokra megyünk, azt hiszem" – töprengett Nola gondterhelten. Épp feléjük fordulva hallgatta, ahogy Barry csitítani és nyugtatni próbálja a nőt, amikor koppanásokat hallott a háta mögött lévő bejárati ajtó felől. „Te jó Isten! Be akar jönni valamelyikük?! De minek kopogtat?" – Nola a fegyveréhez kapva azonnal megpördült!
De nem állt senki odakint a vaskos üvegajtó előtt. Továbbra is lent a lépcsők előtt álltak a sötétben. Már arra gondolt, hogy csak képzelte az egészet, de ekkor újabb koppanás hallatszott. Most viszont, hogy pont a bejáratot figyelte, látta is a hang forrását: éppen egy kavics pattant le az ajtóról.
– Mi a szart csinálnak? – kérdezte Barry, Dorothy mellett guggolva, miközben a nőt vigasztalta. Úgy tűnt, fogytán van a férfi türelme. Pedig már eddig se volt neki sok.
– Kavicsokkal dobálják az ajtót – felelte Nola.
– Be fogják törni az üveget! – zokogta Dorothy magából kikelve.
– Nem hiszem. Ezek csak kavicsok – mondta Nola. Szerintem csak ránk akarnak ijeszteni. De az is lehet, hogy azért csinálják, mert ki akarnak hívni minket. Azt hiszem... kimegyek – döntötte el.
– Eszébe ne jusson! – kiabált rá Barry. – Kicsalják, úgy tűnik, hogy csak állnak ott, és nem tesznek semmit, aztán majd egyszerre megrohanják! Hallottam már ilyeneket!
– Lehet, hogy valóban így lesz. De maga szerint, ha akarnának, nem tudnának bármikor bejönni ezen az ajtón? Még csak be sincs zárva!
Kopp! – Ismét lepattant egy kavics az ajtóról.
– Kimegyek – mondta Nola.
– Ne tegye! – kiáltott rá most Dorothy. – Nem hallotta Barry-t az előbb, maga buta liba?! Meg fogják ölni, ha kimegy azon az ajtón!
– Ha nem megyek, akkor viszont *mindannyiunkat* – engedte el a sértést Nola a füle mellett. – Ha nem reagálunk, úgy dönthetnek, hogy megrohamozzák az épületet. Akkor tényleg nem lesz esélyünk ellenük. Ha viszont megelőzöm és kimegyek önszántamból, talán szót érthetek velük. Legalább időt nyerek maguknak. Legrosszabb esetben

lepuffantok egy párat, és kevesebben jönnek majd be ide. Nekem nincs jobb ötletem. *És maguknak*?

Barry és Dorothy ezúttal nem válaszoltak. Hallgatásuk beleegyezést jelentett.

Így Nola előhúzott fegyverrel az ajtóhoz lépett...

Lassan elkezdte kinyitni...

Több kavicsot most nem dobtak. Valószínűleg tényleg azt akarták, hogy kimenjen valaki...

Nola lassan nyitotta kifelé az ajtót, és figyelte odakint a sötétben a lépcső alján álló embereket. Egyik sem mozdult. Nola kereste tekintetével azt a hármat, amelyiknél lőfegyver van. Ha mégis megindulnának felé, vagy célzásra emelnék a fegyverüket, azonnal tüzet nyit rájuk! Egyet vagy kettőt valószínűleg le fog tudni lőni még idejében. Bár ebben a sötétben nem igazán lehetett biztos benne. Ráadásul akárhogy kereste, nem találta tekintetével a harmadik fegyverest, akinél a pisztolynak kéne lennie.

Ekkorra nyitotta ki teljesen az ajtót.

Lassan kilépett...

Csend volt a környéken. Valahonnan messziről, alig hallhatóan egy autóriasztó vijjogott. Továbbá lövések is dördültek valahol a távolban. Ezek szerint nem csak ő van most szorult helyzetben.

Továbbra sem mozdult az előtte álló nyolc ember. Olyan csendben ácsorogtak ott, hogy még a lélegzetüket sem hallotta.

– Mit akarnak itt? – kérdezte Nola határozott hangon. Nehezére esett, ugyanis egész testében remegett. De azért képes volt úrrá lenni rajta, és szerinte nem hallották hangján a bizonytalanságot. „Sokra megyek vele" – gondolta. „Legalább bátran döglök meg!" – Újra fel akarta tenni nekik ugyanazt a kérdést, de ezúttal hangosabban. Hátha nem hallotta mindegyikük. De ekkor váratlanul szétváltak, és előre lépett közülük egy, aki eddig hátul állt.

Őnála volt korábban a pisztoly. Most is ott tartotta a jobb kezében, de ezúttal bal keze sem volt üres. Valamit lógatott benne. Nola nem tudta kivenni pontosan, mi az.

Az alak lendített egyet a karján, és Nola felé dobta azt a valamit!

Darxley ügynökben megfagyott a vér. Egy pillanatra már mozdult is volna, hogy célzásra emelje fegyverét, és megpróbálja lelőni azt az embert a sötétben. Valószínűleg el sem találná.... De aztán a mozdulatból, ahogy a férfi a karját lendítette, Nola látta, hogy nem megdobja őt azzal a dologgal, hanem csak elé akar dobni valamit, mint egy hanyag futár, amikor csomagot hoz az embernek. Végül tehát Nola mégsem emelte lövésre a fegyverét. Nyelt egy nagyot, és lenézett a lába előtt heverő kis csomagra.

Valami fényes, hússzínű dolog volt...

...és megmozdult!

Nola megugrott ijedtében, és majdnem rálőtt arra a mocorgó izére. Azt hitte, hogy valami pokolbéli teremtményt hoztak a „tornácára", hogy az megtámadja őt, de jobban megnézve...

Egy *megnyúzott* kutya volt az!

Talán egy tacskó... és még élt!

Már nyilván haldoklott, de még megremegett néha. Biztos a fájdalomtól. És mintha fázott is volna a szerencsétlen kis nyomorult.

Nem csoda...

Nolát iszonyú undor és hányinger fogta el. Utána pedig elsöprő erejű harag is. Eldöntötte, hogy akárhogy is lesz mostantól kezdve, de ezek a rohadt tetvek ezt nem ússzák meg! Épp el akarta ordítani magát, hogy „fel a kezekkel! Az egész szarházi banda le van tartóztatva!", de ekkor az egyik késes hajléktalan megindult felfelé a lépcsőn!

Aztán egy másik is!

Nola azonnal célzásra emelte fegyverét.

De talán már túl későn! Nemcsak a késesek indultak felé, de ekkor két *fegyverdörrenést* is hallott egymás után!

Ezek rálőttek!

Eltalálták?

Lenézett magára, hogy van-e rajta golyó ütötte seb.

Nem volt!

Ekkor az egyik csöves, amelyiknél a puska volt, holtan esett össze. Aztán a másik is! Azok, akik megindultak a lépcsőn felfelé, most megtorpantak, és hátranéztek arra, akinél a pisztoly volt. Az viszont hátrálni kezdett és aztán futásnak eredt. Még egy fegyverdördülés jött, erre az is lehanyatlott, aki késsel a kezében Nolához legközelebb állt a lépcsőn.

Az egész annyira gyorsan történt, hogy mialatt ő felemelte a fegyverét, és végiggondolta, kire kellene az első golyót elpazarolnia – ugyanis a tárban csak hat golyó volt, a támadók pedig nyolcan –, máris eldördült a három lövés, és a két legveszélyesebb támadó a puskákkal már holtan hevert az utca kövén. A harmadik a késsel meg épp most gurult le a lépcsőn a barátaihoz.

Mikor a csövesek felfogták, hogy hármójukat leszedte valahonnan egy mesterlövész, egy másodperc alatt mindannyian meghátráltak, és rohanni kezdtek egy szűk mellékutca felé... majd odaérve eltűntek a sarkon.

Nola megkönnyebbülten felsóhajtott. Az előbb azt hitte, eljött a vég!

– Ki van ott? – kérdezte aztán. El sem tudta képzelni, ki lőtt rájuk, és ki mentette meg az életét. Talán valamelyik itteni rendőr jött vissza? De kiderült, hogy nem erről van szó:

– *Ecker*?! – kiáltotta örömében. – Hogy kerülsz ide?!

– A főnök küldött utánad! – kiabálta a férfi, miközben közeledett felé leeresztett mesterlövészpuskával a kezében. Bal lábára kicsit sántított.

– Jó kis bajba kevertél azzal a petefészek műtéteddel vagy mivel!

– Ne haragudj! – mondta neki Nola még mindig hangosabban a kelleténél. Azért is, mert félig már sírt örömében, és azért is, mert a férfi az utca túloldaláról jött felé, és még mindig csak az út közepén tartott. Kiabálniuk kellett, hogy hallják egymást. – De hogyan találtad el őket ilyen sötétben?!

– Éjjellátó szemüveg! – mutatott vigyorogva Chris Ecker a fején lévő kütyüre.

Negyedik fejezet: Ecker története

Két órával korábban...

Christopher Eckert bántotta, hogy csalódást okozott főnökének. Nagyon tisztelte az ezredest. Egyben példaképe is volt.

Chris eredetileg a hadseregnél akart karriert csinálni, de egyszer az egyik felettese kiváló eredményei miatt beajánlotta az FBI-nak egy speciális üggyel kapcsolatban. Ott pedig olyan jól teljesített, hogy munkát ajánlottak neki. Ő meg valamiért elfogadta. Talán megfelelni akarásból? Vagy mert titokban attól tartott, hogy ennél többre úgysem viheti? Ki tudja?

Aztán az évek során egyre lejjebb csúszott a bürokrácia süllyesztőjében. Eleinte csak több irodai munkát adtak neki, mert sok volt belőle, és kevés rá az ember. Chris pedig sajnos még jó is volt benne. Ezért egyre több papírmunkát bíztak rá. Azonban az évek során egyszer sem kérdezték meg, hogy ő *szereti-e* ezt csinálni, és hogy eredetileg pályakezdőként erre vágyott-e. Ugyanis nem!

Ő az *akciót* szerette! A fegyvereket! Az izgalmat! A süvítő golyókat minden irányból! Chris kissé őrült volt, de ezt tudta is magáról. Viszont úgy gondolta, hogy amíg nem árt vele senkinek, addig hadd legyen már olyan őrült, amilyen csak lenni akar. Végül is nem fejez le embereket, hogy később a hűtőben tárolja, és apró szeleteket vagdosson belőlük uzsonnára! Akkor viszont meg ne pofázzon bele senki, hogy szereti-e az erőszakot és a fegyvereket, vagy sem!

Bár igaz, hogy *egyszer* valóban lefejezett valakit a Közel-Keleten, de az háború volt, és épp vallattak valakit, hogy adjon fel egy egész terroristacsoportot. *Olyankor* szabad! Egyébként sem evett belőle, csak levágta fejét, aztán fociztak vele egy darabig, hogy lássák a többiek: így jár az, aki nem beszél és a terroristákat segíti. Be is szart mindenki, és tíz vallomás segítségével még aznap elkapták őket! Tehát Chris jó döntést hozott.

Csak ez a „határozott" hozzáállás a magánéletben kicsit nehezebb ügy. Chris a barátnőjével is ezért szakított nemrég, mert a lánynak elege lett a fegyvermániájából. Miért lenne az mánia, ha az ember pisztolyt tart a párnája alatt? Ha egyszer van rá fegyverviselési engedélye, akkor miért ne tehetné? Nem Chris hibája, hogy egyszer elsült éjszaka! Az ember összevissza hadonászik álmában. Pláne akkor, ha van egy enyhe poszttraumatikus háborús stressz szindrómája is. A ravaszt is meghúzhatja az ember, ha épp a párnája alatt van a keze. A lány nem sérült meg, csak sokkolta az eset. Többet nem volt hajlandó Chrisnél aludni. Annyi baj legyen!

Legalább most behozhatja végre maga mellé a puskákat az ágyba! Nem is olyan rossz dolog egyedül élni. Néha egy rakás fegyver jobb társ, mint egy szőke fotómodell. A fotómodell ugyanis nem tudja lerobbantani egy muszlim fejét a helyéről! És nem képes egy páncélautót sem ementálira lyuggatni 3,29 másodperc alatt! Ha képes lenne, akkor Chris még aznap feleségül is venné, az biztos!

De mivel ez a való világ, így kénytelen beérni az unalmas valódi lányokkal, akik csak panaszkodni tudnak, és félnek a fegyverektől. Egy ideig most jobb is lesz nélkülük. Chris remélte, hogy Magyarországon legalább valagba rúghat majd néhány bekattant hajléktalant! Már alig várta, hogy megpróbálják megfélemlíteni vagy megölni! Előre nevetett rajta, hogy mi lesz akkor! Végül is most még felhatalmazása is van. Az ezredes megmondta neki, hogy vágja pofán azt, aki „kekeckedik"! Akkor viszont *nehogy már* leálljon itt finomkodni!

A repülőn nem érte semmilyen atrocitás. Sajnos! Bár a fegyvereit a raktérben kellett hagynia, de ez igazából korábban sem gátolta meg semmiben. Puszta kézzel is ölt már bizonyos bevetéseken, ha indokolt volt. Titkon abban reménykedett, hogy már az odaúton is belefut valami kisebb problémába. Mondjuk, egy gépeltérítőbe. Vagy akár háromba! Akkor lényegesen jobban élvezte volna az utat. Amikor a légikísérő kiszálláskor megkérdezte, milyennek találta az utat, Chris meg is akarta neki mondani, hogy dögunalom volt az egész... de aztán rájött, hogy csak megsértené vele. Nem értené meg az ő szempontjait.

Az emberek félnek az erőszaktól és az erőszakos bűncselekményektől. Pedig nincs annál jobb! Ugyanis *az ellen már* fel lehet lépni ugyanolyan erővel! Az erőszak feljogosít a válaszerőszakra, és ő bizony ennek élt.

Lehet, hogy bizonyos emberek emiatt még akár pszichopatának is nevezhették volna Chris-t, de ő úgy volt vele, hogy a *bizonyos emberek* akkor bekaphatják! Chris egyébként sem bántott még soha senkit ok nélkül. Nem fog ő csak azért lelkiismeret-furdalást érezni, mert néhány finnyás baromnak fegyveriszonya van.

A reptéren sajnos szintén nem történt atrocitás. Alig lézengtek itt-ott emberek. *Egy* nyomorult csöves sem volt sehol! Nem is értette, miről pofáznak a hírcsatornák náluk az USA-ban már hetek óta? Hol van az a nagy forradalom? Ő szeretné látni! Le is verné egyedül az egészet, ha elég lőszert adnak hozzá!

Főnöke még indulás előtt adott neki egy címet. Egy helybéli rendőrkapitányságét. Ott járt Nola utoljára ebben az országban húsz évvel ezelőtt. A nő mostani állítólagos műtétje, amit eredetileg neki mondott indokként, valószínűleg tényleg kamu, igaza volt az ezredesnek. Lehet, hogy az a kapitányság jó nyom. Úgy döntött, akkor ott is fogja kezdeni...

...Hacsak *valaki meg nem próbálja* állítani útközben. *Erősen* remélte, hogy megpróbálják majd!

Igazából nem tudta, hol érhetné a legtöbb atrocitás. A reptéren visszakapta a sporttáskáját, amiben hozott magával egy-két kisebb eszközt a munkára. Aláírta az ezzel kapcsolatos papírokat, és máris úton volt a belváros felé. Eredetileg taxival akart menni, de aztán rájött, hogy így a végén még *egyből* odaérne! A taxi felveszi itt és lerakja ott. Így minden „jóból" kimarad majd! Inkább metróval és buszokkal tervezte meg az utat. Azok jó sok lepusztult szar helyen megállhatnak útközben. A metróaluljárók például elég veszélyesek tudnak lenni Amerikában. Remélte, itt is legalább olyan rossz a helyzet, hacsak nem *még rosszabb*. A buszokkal kapcsolatban nem volt biztos, hogy jó döntés-e, de azért csak több fog így történni, mint egy rohadt taxiban, ahol csak aranyeret kap az üléstől. Azaz még egyet, mert egyet már kapott otthon az irodai munkától.

Már sötétedett, amikor a tizennyolcadik kerületben buszra szállt a magyar repülőtéren, hogy bemenjen vele az Örs vezér téri metróhoz, ami majd a belvárosba viszi. Jó hosszú, unalmas útnak nézett elébe. Már most, felszálláskor előre idegesítette a félórás semmittevés...

Erre a buszvezető... *hát nem bemondta*, hogy biztonsági okokból nem fog megállni minden megállónál?!

Chris azt hitte, rosszul hall!

A vezető azt mondta először magyarul, aztán angolul, hogy mivel már sötétedik, ezért csak olyan helyeken áll majd meg, ahol hosszan belátható a környék minden irányban. A BKV ugyanis nem fizet neki veszélyességi pótlékot, és nem vállalja, hogy egy olyan megállóban, ahol van hely elbújni, megálláskor esetleg majd lesből megrohamozzák a buszt a hajléktalanok.

Chris úgy érezte, itt már *haladéktalanul* közbe kell avatkoznia, mert ez tarthatatlan! A repülőn is eleget kellett tűrnie, itt viszont ez már túlmegy minden határon! Felkelt a helyéről, és odament a vezetőhöz. A fickó nem sokat tudott angolul, de Ecker ügynök akkor is elmondta neki a következőket:

Ő az FBI-tól jött, és egy hírhedt bűnözőt keres. Az illető bármelyik megállónál felszállhat, tehát fokozottan figyeljen a vezető, hogy még *véletlenül se* hagyjon ki egyetlen megállót sem! *Mindenhol* meg kell állnia. Ha megáll, akkor is *jó pár* percig időzzön tétlenül a megállóban, hogy a gyanúsítottnak adott esetben *bőven* legyen ideje felszállni. Megmondta a vezetőnek, hogy ez az FBI utasítása, és ne akadályozza az eljárást, mert akkor kénytelen lesz letartóztatni. A férfi nagy nehezen ráállt a dologra, és megígérte, hogy mindenhol meg fog állni.

Chris visszaült hát a helyére... és nehezen tudta megállni, hogy ne vigyorogjon fülig érő szájjal!

Végre kezdte magát jól érezni! Hosszú évek óta most először! Még az is lehet, hogy a végén ideköltözik! Egyáltalán nem rossz hely ez a Budapest. A helybéliek is kedvesek és kifejezetten szeretetre méltóak, csak meg kell találni velük a közös hangot. Vagy ha nem megy, akkor letartóztatással kell őket fenyegetni. Abból minden barom ért!

Chris látta jobb oldalon az ablakból, hogy egy megálló közeledik. Innen nem tudta kivenni, hogy vannak-e a megállóban, de kíváncsian várta, hogy a vezető tényleg megáll-e majd. Örömmel konstatálta, hogy a fickó komolyan vette a letartóztatással való fenyegetést, ugyanis szépen lehúzódott az út szélére, és megállt. Bár egy teremtett lélek sem volt sehol. Ilyenkor azért nyilván nem lenne köteles megállni a sofőr, hiszen senki sem szándékozik felszállni. Mégis megállt, tehát Chris elérte, amit akart. Így most végre bármelyik megállóban *lerohanhatják* őket!

A busz körülbelül két perces várakozást követően becsukta az ajtókat. Chris kicsit elhamarkodottnak érezte ezt a tempót, de azért nem szólt. Nem akart telhetetlennek tűnni. A sofőrnél sem akarta továbbfeszíteni a húrt. A fickót már így is olyan szinten verte a víz a félelemtől, hogy a hátán elkezdett nemcsak inge, de már a zakója is átázni. Az utasok is hőbörögni kezdtek, hogy miért állnak meg egy üres megállóban. Szerintük ugyanis ez túl veszélyes. Szerencsére azonban egy idő után abbahagyták az óbégatást, és a busz már haladt is a következő megálló felé.

Amikor közeledett, mindenki látta az ablakokból, hogy a megállóban nem égnek a lámpák. Teljesen sötét volt. A huligánok kiverhették a neonokat. Valamilyen alak vagy alakok álltak a megállóban. Amikor már majdnem odaért a busz, egy negyvenes férfi felkiáltott, hogy a vezető ne álljon meg. Az erre idegesen hátranézett, de nem válaszolt semmit. Ömlött a víz az arcáról. Szemlátomást nem kezelte túl jól a stresszt. Chris viszont igen, úgyhogy felállt, hogy segítsen neki. Nem akart végül is kitolni az ürgével, csak eleinte nem vette figyelembe, hogy „kérése" miatt a sofőr esetleg összetűzésbe keveredik majd az utasokkal.

Chris odament a sofőrhöz és megkérte, hogy a gyengébbek kedvéért fordítsa le, amit mond. A vezető szót fogadott és tolmácsolta a hangosbemondón Ecker ügynök utasokhoz intézett szavait. Chris azt mondta nekik, hogy az FBI-tól jött Amerikából – felmutatta nekik a jelvényét –, és egy nemzetközi bűnözőt keres. Az FBI-nak oka van feltételezni, hogy az elkövető itt, ezen a vonalon fog felszállni valahol egy buszra. Ezért minden megállóban meg kell állniuk, akár tetszik ez az utasoknak, akár nem. Aki ellenszegül vagy a többieket arra buzdítja, hogy hátráltassák az FBI nyomozását, az könnyen a nemzetközi bíróságon találhatja magát, és komoly börtönbüntetésre számíthat. Aki viszont segíti az ő munkáját, azt az FBI lehet, hogy majd megjutalmazza.

Chris néha mondott ilyen baromságokat. Az európai országokban kajálták ezt a szart. Filmekben ugyanis mindenféle misztikus dolgot láttak már az FBI ügyeiről, és sokkal többet tételeztek fel róla általában jó és rossz értelemben, mint kellene. Persze az egészből szinte semmi nem volt igaz. Habár a nyomozást valóban nem szabad akadályozniuk civileknek, de ez most nem egy hivatalos nyomozás, amit csinál, hanem csak a belvárosba tart megfigyelni egy kollégáját. Ráadásul nem is itt kellene azt tennie, de mindegy... Jutalmat meg pláne nem osztogat az FBI senkinek. Ja! Majd biztos átutalnak nekik PayPal-en ötezer forintot, mert nagyon bátrak voltak!

Ettől függetlenül megint bejött a dolog. Ez mindig beválik az ehhez hasonló kis országokban. Néhány ember, aki eddig hőbörgött, most végre befogta, és ők is csatlakoztak a sofőrhöz a „hogyan izzadjunk minél többet szó nélkül" című versenyben. A többiek, akik eddig nyugodtak voltak, innentől fogva még boldognak is tűntek a lehetséges jutalom fényében. Chris tehát látta, hogy megint jó munkát végzett. Hiszen így most már nemcsak ő boldog, de sokan mások is. Örült, ha a közérdeket szolgálhatta.

Tehát most már mindenki szó nélkül tűrte, hogy ismét elkezdjen lehúzódni a busz ennél a megállónál is. Bár valóban kissé baljós volt így kivilágítatlanul, de bizonyos kockázatokat bizony vállalni kell, ha FBI nyomozás folyik.

Mikor megállt a busz, Chris óvatosan kicipzárazta a táskáját, és belenyúlt, hogy szükség esetén elővegyen valamit. Ám, amikor kinyíltak ajtók, nagy csalódás érte!

A buszmegállóban csak egy terhes nő állt babakocsival! Távolról valószínűleg a nagy hasa és a babakocsi miatt nem látszott jól, hogy hányan állnak a megállóban. A nő elég rémültnek tűnt. Valószínűleg elszaladt vele az idő, amíg a gyerekét tologatta ide-oda, és eredetileg biztosan nem akart ő így sötétedés után hazamenni. Chris előzékenyen leugrott a buszról, és fél kézzel felvette a babakocsit a „hóna alá". A nő ettől, úgy tűnt, még jobban halálra rémült, ugyanis Chris *elég* nagydarab srác. Százkilencven centi magas és úgy száznegyven kiló. Van azért persze pocak is – erre utalt az ezredes szarkasztikusan a fogyitábor említésével –, de Chris véleménye szerint azért „van ott izom rendesen".

A nő nem feltétlenül örült, hogy egy ork méretű alak „elragadta" a gyerekét, de aztán megnyugodott, amikor látta, hogy a férfi óvatosan bánik vele, és csak segített beemelni a buszba. Meg is köszönte neki utána, de Chris nem értett belőle semmit. Odavetett egy gyors „you're welcome"-ot válaszként, és intett a vezetőnek, hogy haladjanak már, mert itt biztos nem történik olyan, amire az FBI – azaz Chris – vágyik.

Útközben újabb percek teltek el, és Chris-t elkezdte idegesíteni, hogy ez a folyamatos meg-megállás eléggé megnyújtja az utazás idejét. Azért az eredeti küldetésével is foglalkoznia kellene, és nem biztos, hogy jó lesz, ha nagyon elmarad Nola mögött. Akkor talán már nem fog a nyomába érni, és a nő kereket old. Az ezredes akkor biztos, hogy nem lesz boldog.

A buszon kicsit oldottabb lett a hangulat, amióta felszállt a nő a gyerekkel. Némely utas gügyögni is kezdett a babához. Ecker sosem értette, ilyenkor miért csinálják ezt. Azért sem, mert neki nem volt még gyereke, és nem tudta, konkrétan hogyan kell bánni vele. És azért is, mert hallott olyanról, hogy már nagyon kicsi korban is tanítani lehet nekik dolgokat, ha az ember kitartóan foglalkozik a témával. Chris nem értette, hogy hol jó az a gyereknek, ha már ilyen kis korban értelmetlenül gagyognak hozzá? Akkor majd hamarabb megtanul összevissza beszélni, vagy mi? Nem, nem! Chris nem így közelítené meg a kérdést, ha neki gyereke lenne. Ő már szinte születése napjától fegyverek képeit mutatná neki. Így remélhetőleg vágyni is kezdene rá, hogy kövesse apja hivatását, továbbá úgy akár már a babakocsiban is meg tudná különböztetni a fegyverek típusait *szükséghelyzetben*!

Ötödik fejezet: Kekeckedés

Egy újabb megálló következett, és Chris eldöntötte, hogy nem húzhatja tovább az időt. Ha itt sem történik semmi érdekes, akkor szomorúan, de meg kell mondania a vezetőnek, hogy az ezutáni megállókban már nem kell megállnia. Így is sok plusz időt töltött ezzel az egésszel. Nem akarta kockáztatni, hogy Nolának nyoma vesszen, és túl nagy előnyre tegyen szert vele szemben.

Közeledtek ahhoz az útkereszteződéshez, aminek a sarkán a következő megálló volt, és Chris már messziről elkeseredetten látta, hogy itt sem fog történni semmi. Itt most nem voltak kiverve a neonok a megálló fedett részének falaiból. Volt fény, és jól láthatóan kongott az egész hely az ürességtől. Igencsak kiábrándítónak bizonyult eddig ez a mai nap.

A busz odagurult az útpadkához. Megállt, és sziszegve kinyitotta az ajtókat. A vezető most nem tűnt olyan halálra rémültnek. Itt valószínűleg amúgy is megállt volna, mert a megálló is jól ki volt világítva, és egyszerre négy irányba is el lehetett látni az útkereszteződés miatt.

De még milyen jól el lehetett látni! Chris ugyanis jobb kéz felé embereket pillantott meg körülbelül száz méterre az övékre merőleges utcában! Mintha dulakodtak volna, de a sötét miatt nem tudta pontosan kivenni. Elő is vette táskájából az éjjellátó szemüveget, és intett a sofőrnek, hogy egyelőre gondolni se merjen rá, hogy továbbmegy. Az dühösen hátradőlt a székében, és cigarettát vett elő. Rágyújtott, és durcásan kifelé fújta a füstöt a mellette lévő kis ablakon. Bár Chris biztos volt benne, hogy tömegközlekedési eszközökön *tilos* dohányozni még ezen az isten háta mögötti Magyarországon is, ám úgy döntött, ezúttal *elnézi* ezt a kis botlást a sofőrnek stresszes helyzetére való tekintettel.

Most az éjjellátó szemüveggel már jól látta, mi történik abban az utcában. Valami lincselés vagy mi! Micsoda szerencse! Chris rég örült ennyire. Mosolyogni is kezdett, miközben a távcsőbe nézett. A sofőr ezt félreérthette, és megkérdezte:

– Látom, minden rendben. Akkor mehetünk már végre?

– Nem! – válaszolta Ecker ügynök. – Annak örültem csak, hogy látom az elkövetőt!

– Ebben a vaksötétben? Én azt sem látom, hányan vannak ott. Maga hogyan ismert fel közülük bárkit is?

– Ez éjjellátó szemüveg.

– Ja! Értem. Megnézhetem?

Chris fejében megfordult, hogy ez nem jó ötlet. A sofőr netalán rossz következtetéseket vonna le a látványból, és a végén még megijedne. Aztán rájött, hogy előbb-utóbb úgyis meg fog ijedni. Akkor inkább előbb szembesüljön a dologgal, mint utóbb. Odaadta neki hát a szemüveget.

A vezető először azt se tudta, merre nézzen, de Chris segítőkészen odanyúlt és odafordította a távcsövet a dulakodó emberek irányába. A sofőr ekkor meglátva, hogy mi folyik ott valójában, elfojtott sikolyt hallatott.

Vagy kilenc embert látott a járdán, ahogy botokkal ütlegelnek másik kettőt. Az áldozat egy idős házaspár lehetett. Bár már nem voltak könnyen felismerhetőek a sok vér miatt.

– El kell tűnnünk innen, de azonnal! – kiabálta a sofőr. Ennek hallatán az utasok is kezdtek pánikba esni.

– Nem lehet! – kiabált rá Ecker. – Mondom, hogy köztük van az, akit el kell kapnom!

– Melyik az? – kérdezte kétségbeesve a vezető.

– Az, amelyiknél *a bot van!*

– Mindegyiknél bot van, maga barom!

– Na látja! Az egyikük az! Le kell tartóztatnom. Megvárjuk, hogy idejöjjenek. Ne aggódjon, tudom kezelni a helyzetet. Pisztoly van nálam. Náluk csak botok vannak.

A sofőr ennek hallatán kicsit visszavett, de azért így sem tűnt halálosan nyugodtnak. Tovább feszegette hát a kérdést:

– Egyébként is miféle bűnözőről beszél maga? Ezek elcseszett hajléktalanok! Nem terroristák, vagy ilyesmi!

– Nos igen... Beépült közéjük az elkövető!

– Azt nem a rendőrök szoktak? Azt mondta, bűnöző!

– Régen ő is az FBI-nál volt, de mikor beépült, átállt az ő oldalukra. Van ilyen.

– Minek épül be egy rendőr hajléktalanok közé? Hátha fényt tud deríteni rá, hogy ki mennyit koldul naponta és mennyit piál?

– Ez szervezett bűnözés, maga azt nem értheti! Egyébként is, ne kérdezzen már annyit! – Chris kezdett ideges lenni. Nemcsak a sofőr kérdései miatt, de amiatt is, hogy miután laposra döngölték az idős házaspár holttestét, lehet, hogy elmennek onnan a gyilkosok, és nem fogja tudni elkapni őket. A házaspáron sajnos biztos, hogy nem segíthet. Valószínűleg már akkor halottak voltak, amikor megállt a busz. Akkor viszont legalább annyit hadd tegyen, hogy elkapja a tetteseket!

Felmerült benne, hogy le kéne szállnia a buszról, és odamenni hozzájuk, hogy intézkedjen. De a buszvezető akkor valószínűleg rendesen beletaposna, és itt hagyná őt a francba! Rájött, hogy nem fog tudni odamenni hozzájuk. Azok pedig lehet, hogy elmennek onnan, ha végeztek. Így hát kimondta az egyetlen lehetséges megoldást:

– Dudáljon rájuk!

– Mi?! Megőrült?! Még a végén idejönnek!

– Nagyon helyes. Pont ez a célunk.

– Maga tényleg nem normális! Veszélybe sodor vagy húsz embert itt mögöttünk és engem is!

– Mondom, hogy kezelem a helyzetet. Maga is látta, hogy csak botok vannak náluk.

– Uramisten! Mi a francnak jöttem ma dolgozni?! – kérdezte magától hangosan a vezető, és reszkető kézzel röviden meg*pöccintette* a dudát egy pillanatra. Ennek hatására rövid, elhaló dudaszó hallatszott a környéken. Chris közben nézte a csöveseket az éjjellátóval. Kíváncsi volt, mit reagálnak majd erre. Úgy látta...

...sajnos semmit!

– Nyomja már meg rendesen! – szólt rá Chris a vezetőre. – Nem is hallották!

A vezető láthatóan dühösebb lett, mint amennyire félt, mert rátenyerelt a dudára, és erőből nyomta vagy négy másodpercen keresztül.

– Ez igen! – dicsérte Ecker ügynök. – Így kell ezt! Látja, hogy képes rá?

Az egyik hajléktalan abbahagyta egy pillanatra a holttestek ütlegelését, és feléjük nézett. Chris odahajolva félrelökte a sofőr kezét a dudáról, és most ő nyomta meg. Röviden vagy ötször egymás után rávert ököllel. Gyorsan megint szeméhez emelte a távcsövet, és várta a reakciót.

„Nem semmi, hogy milyen pofátlan népség ez!" – gondolta magában. Ugyanis még az a csöves is, aki az előbb feléjük nézett, most visszafordult korábbi elfoglaltságához, és újra mindannyian beletemetkeztek az ütlegelésbe.

– Rendben. Ezek nem fognak idejönni – mondta megnyugodva a vezető.

– Tényleg nem.

– Akkor mehetünk már végre? – kérdezte a sofőr bizakodva. Kicsit, óvatosan el is mosolyodott közben, hogy neki lett igaza.

– Nem – felelte Chris. – Ha nem jönnek ide, *majd mi* megyünk oda! Indítson, és kanyarodjon be abba az utcába!

– Mi?! Elment az esze? Nem térhetek le a kijelölt útról! Ki fognak rúgni maga miatt!

– Még mindig jobb, mint nemzetközi bíróság elé állni hazaárulás vádjával! – fenyegette meg Chris. – Na, indítson már! – Tény, hogy a hazaárulásnak a világon semmi köze nincs ahhoz, hogy valaki hátráltat egy nyomozást, de ez most úgysem számított. A lényeg, hogy valami nagyon ijesztővel kellett Chris-nek előrukkolnia, hogy a buszvezető ismét megfelelően motiválva érezze magát. Hatott a dolog, ugyanis a sofőr becsukta az ajtókat, és elindult.

A busz lassan bekanyarodott jobb kéz felé, és csigatempóban közeledni kezdett a botokkal hadonászó emberek felé.

„Ez az!" – örült magában Chris. – Menjen egész közel – utasította a sofőrt. – Amikor odaérünk, leszállok letartóztatni a bűnelkövetőt!

– És hogyan fogja kiszedni a többi nyolc közül? Majd megkéri, hogy lépjen elő, és adja fel magát?

– Az ne a maga gondja legyen. Megvan a képesítésem az ilyen helyzetek kezelésére.

– Hát maga tudja, de az biztos, hogy én elhúzok innen a rákba, ha leszállt, és maga miatt esetleg mi is veszélybe kerülünk!

– Nem fog. Ugyanis ha megállt, szépen ideadja nekem a slusszkulcsot.

A fickónak ennek hallatán remegni kezdett a szája széle. Úgy tűnt, tényleg nagyon meg van ijedve. Időközben közelebb gurultak a csőcselékhez, és már majdnem ott voltak.

– Ne aggódjon – veregette meg barátságosan Chris a vezető vállát biztatásképp. Kicsit túl erősre sikeredett, mert a másik majdnem ráesett a kormányra. Ettől függetlenül talán hatott a dolog, mert a fickó végül mégsem sírta el magát. Most inkább a gyomrát fogta, ahol a kormány belevágott az előbb.

Odaértek a csőcselék mellé, és megállt a busz.

– Nyissa ki az ajtót, és kérem a kulcsot! – tartotta a kezét Chris. – A férfi kelletlenül engedelmeskedett. – Ne engedje fel őket ide, kérem! – tette hozzá ismét sírásra hajló hangon.

– Ne aggódjon, az FBI ura a helyzetnek – mondta Chris, és kezében a sporttáskával zsebre tette a kulcsokat, majd leszállt a buszról.

Néhány csöves ekkorra már abbahagyta a véres holttestek gyalázását, és a busz felé fordultak. Chris örömmel vette, hogy nem szándékoznak megfutamodni. Letette a kezében lévő táskát, ugyanis most nem lesz szüksége rá, csak nem akarta a buszon hagyni, hogy az utasok hozzányúljanak. Végül is ezek a csövesek fegyvertelenek. A botokat Chris jóindulatúan nem vette annak. Úgy fair tehát, ha ő sem használ ellenük fegyvert. Az ugyanis rendőri túlkapás lenne! A védekezés mértéke nem haladhatja meg a támadását.

Üres kézzel feléjük sétált. Közben előhúzta az FBI igazolványát, és odamutatta nekik.

– Hölgyeim és uraim! Kérem, mindannyian tegyék le, ami a kezükben van, aztán álljanak sorba, és készítsék elő az irataikat. Le vannak tartóztatva. – Ezt az egy mondatot megtanulta korábban Chris magyarul, mielőtt idejött volna, és ennek egy-két variációját. Borzalmas akcentussal mondta mindezt, de azért valószínűleg érthető volt. Nem mintha az lett volna vele a célja, hogy megértsék. Úgyis tudta, hogy szarnak majd az egészre.

– Ne menjen közelebb! – kiabálta utána a sofőr a buszból hisztérikus hangon. – Vigyázzon! Agyonütik, ha még egy lépést tesz! – A sofőr azóta valamiért sokkal jobban aggódott Chris testi épségéért, amióta nála volt a slusszkulcs.

Chris-nek jólesett a törődés, de nem végezhetett fél munkát. Már közel volt hozzájuk, azok viszont még mindig nem nagyon akarták megadni magukat. Még az irataikat sem készítették elő. Csupa vér volt mindegyik, és a pépesre verést abbahagyva most csak szótlanul álltak. Már mindegyikük Chris felé volt fordulva, de egyelőre meg sem mozdultak, csak nézték őt kiszámíthatatlan, vizenyős, alkoholista tekintettel. Nehéz volt megállapítani, hogy józanok-e egyáltalán, és hogy mi hajtja őket ebben az egészben, amit idáig csináltak.

Ecker ügynök azon volt, hogy újra felszólítja őket, de erre már nem maradt ideje. Az egyik hajléktalan meglódult felé, és feje fölé emelte a kezében tartott botot!

– Ellenáll! – kiabálta Chris a buszvezetőnek. – Maga is látja, ugye? Tanúm van rá!

Ekkor ért oda hozzá a csöves. Teljes erővel lefelé sújtott a bottal, és már kis híján szét is zúzta vele az FBI-ügynök koponyáját, de Chris sokkal gyorsabb volt, mint ahogy azt mások gondolták volna hatalmas termetéből kiindulva! Az utolsó pillanatban oldalra lépett, és így a halálos csapás vagy harminc centivel elkerülte! Mielőtt a támadó felfoghatta volna, hogy nem talált az ütése, már mással kellett törődnie:

Azzal, hogy talán nem fog többé levegőt venni!

Chris ugyanis olyan erővel vágta torkon tenyéréllel, mikor félrelépett előle, hogy a mocskos alaknak valószínűleg összetört az ádámcsutkája. Kiejtette kezéből a botot, és térde esve, köhögve fuldokolt az úttesten. Először négykézlábra esett, majd az oldalára. Tátogott és vergődött, mint egy ebihal a kiszáradt tómeder alján. Nehéz volt megállapítani, hogy túléli-e majd ezt a sérülést. Nem mintha bárki aggódott volna érte.

Amikor az utasok a buszból látták ezt a jelenetet, mindenki felpattant a helyéről! Tolongva az ablakokhoz ugrottak, és egymást lökdösve nézték az eseményeket. A buszvezető sem vészmadárkodott már a továbbiakban. Úgy látta, az „FBI" talán mégis képes lesz kezelni a helyzetet.

Ekkor viszont egyszerre hárman rohantak rá Chris-re! A valóságban ugyanis nem egyenként érkeznek, mint a filmekben, hogy a főszereplő igazságosan, szép sorjában megmérkőzhessen velük. Egyszerre hárman futottak felé felemelt botokkal. Nem kiabáltak közben semmit, csak elszántan, haraggal a szemükben rohantak az irányába. Chris számára egyértelmű volt, hogy ezek is ellenállnak a letartóztatásnak. Mivel az előbb egy másodpercre visszapillantott a busz felé, látta, hogy mindenki a jelenetet nézi. Elég szemtanúja van hát arra, hogy ezek hárman egy FBI-ügynöknek próbálnak éppen botokkal súlyos testi sértést okozni. Joga van hát megvédenie magát. És nála még bot sincs, nemhogy lőfegyver.

Amikor az első odaért hozzá, az most oldalirányból próbálta meg „elkaszálni" a botjával, mivel látta, hogy az előtte próbálkozó felülről vágott oda, és az FBI-ügynök egyszerűen félreállt a bot útjából. Abban bízott, hogyha oldalról suhint *nagy ívben*, akkor a férfi nem lesz képes elugrani a nagy testével.

Chris *nem is akart* elugrani. Helyette inkább felemelte a térdét egy gyors mozdulattal! Thai boksz edzéseken pontosan az ilyen helyzetek miatt edzik a sípcsontjukat. Nemcsak, hogy botot tudnak törni rajta, de rúgni is szoktak vele, hogy direkt eltörjenek dolgokat. Például baseballütők nyelét!

A csöves olyan erővel ütött felé, hogy az normális esetben csontot tört volna. Most viszont a csont erősebbnek bizonyult. Ugyanis évek óta volt már edzve erre délutánonként. A bot ártalmatlanul kettétört Chris sípcsontján. Hosszabbik vége, amelyik most letörött, elrepült. A másik vége pedig, amelyik a támadó kezében volt, az ütés erejétől kiesett a kezéből.

– Azt a rohadt...! Láttad ezt? – kiáltott fel egy fickó a buszban.

A hatalmas ütés azért persze fájdalmat okozott Chris-nek, de már hozzá volt szokva edzéseken az ilyenekhez. Leengedte a lábát, és ugyanazzal a mozdulattal előrelendült és elkapta a fickó nyakát. Magához rántotta, aztán tovább is lökte olyan erővel, hogy az arccal előre nekirohant a busz oldalának. Iszonyatosat dörrent a feje a hatalmas jármű oldalán, és ájultan zuhant oda a busz mellé. De lehet, hogy holtan. A másik két gyilkos huligán is már Chris közvetlen közelében volt. Az egyik azonnal ütött is felé a botjával, de ez az ütés nem sikerült olyan erősre, mint az előző kettő. Chris ezt gyorsan felmérve, az utolsó pillanatban elkapta a bot végét, és kitépte a férfi kezéből: elvette tőle. Utána pedig lendületből olyat vert vele a másik oldalon álló férfi kezére, hogy annak kirepült a kezéből a sajátja. Nemcsak a botja repült el, de kis híján az ujjai is, ugyanis több ujja eltörhetett egy ekkora ütéstől.

A sérült kezű gyilkos térdre esett a fájdalomtól, és hasához szorította lüktető, vérző kezét. Két ujja nyílt töréssel eltört az ütéstől, a vérző sebekből kiálltak a fehér kis ujjcsontok. Talán, ha lett volna esze, és nem támadott volna meg egy FBI-ügynököt, akkor most nem itt tartana!

A másik, aki szintén bot nélkül maradt, most hátrálni kezdett, és visszalépett, hogy beálljon a többi hat ember közé. Azok viszont nem várták ezt meg, helyette nekilódultak mind a hatan egyszerre, hogy meglincseljék Chris-t!

Ecker még kezében tartotta azt a botot, amit az előbb elvett az egyiküktől, és ekkor iszonyatos pusztításba kezdett vele!

Mégsem hagyhatta, hogy meglincseljék! Nem tud többé ügyelni rá, hogy csak harcképtelenné tegye őket. Ezt már a buszból bámuló utasok is jól láthatták. Innentől „sajnos" kesztyű nélkül kellett folytatnia, és később senki sem vetheti a szemére, hogy nem vigyázott a letartóztatandó tettesek testi épségére. Azok ugyanis hatan voltak ellene! Ilyenkor, többszörös túlerő esetén sajnos már lehetetlen megmondani, hogy mi számít túlkapásnak!

Az elsőt Chris szemből torkon szúrta a botjával. Nem volt kihegyezve a bot, de így is szanaszét törte vele a fickó gigáját, az biztos. Egy nő közben viszont lábon verte Eckert egy vékony, de nagyon kemény bottal. Kegyetlenül eltalálta sajnos! És nem a sípcsontján, ami edzve volt erre, hanem a *térdén*. Egy ideig biztos sántítani fog emiatt. Válaszként az ütés közben előrehajolt nőt Chris úgy tarkón vágta bottal, hogy az ájultan esett össze. Lehet, hogy nyakát is törte a csapás erejétől.

Közben Chris elvett egy másik botot valakitől, ami ki is volt hegyezve. Ezt döfte bele egy felé ugró férfi hasába. Az a lendülettől úgy szúrta fel magát véletlenül a botra, hogy esélye sem volt hátralépni előle.

A férfi most a hasába fúródott dárdával az oldalára esett, és fetrengeni kezdett. Mivel Chris fegyvere így benne maradt a fickóban, ismét pusztakézzel maradt a többiek ellen. Hajcsomókat tépett ki tövestül, bordákat és állkapcsokat tört, kettőnek a térdét és a könyökét is. Ő is benézett azért sajnos egy-két botütést, de azért mindvégig talpon maradt.

Mindössze néhány másodperc telt el, és Chris nyolc földön heverő ember felett állt egyedül. Az az egy, aki korábban bot nélkül maradt, időközben elfutott.

Vége volt hát a harcnak.

Chris odasántikált az idős pár holttestéhez. Valóban nem éltek már. Nem tudott volna rajtuk segíteni akkor sem, ha azonnal kiugrik a buszból. Visszament tehát felszállni. Előbb azonban még rúgott egyet-kettőt azokon, akik szerencsésebben megúszták az ütközetet, hogy ne kószáljanak el egyhamar semerre:

– Ezt az ezredes küldi! – vágta pofán az egyiket, aki még térden állt.

– És azt üzeni, hogy nem kekeckedünk az FBI-jal! Vegyék úgy, hogy mind le vannak tartóztatva!

Felvette a sporttáskáját a lépcső mellől, és sántikálva visszaszállt a buszra.

– Mehetünk – adta vissza a kulcsot a vezetőnek.

– És a gyanúsított? Azt nem hozza magával? Azt mondta, letartóztatja!

– Sajnos tévedtem! Mégsem volt köztük.

Ecker ügynök azt mondta a vezetőnek, hogy kérje meg az utasokat magyarul, hogy hívják ki a rendőrséget, és vigyék el a sérült csöveseket. Legalábbis amelyiket még fel tudják vakarni az aszfaltról. Most már nem lesz nehéz dolguk velük. Egy nő felhívta a rendőrséget, és gesztikulálva mesélni kezdte nekik a telefonban, hogy mit látott. Valószínűleg majd kijönnek tehát, és elintézik, amit kell.

Chris ezután már nem akarta, hogy többször megálljon a busz. Nem volt rajta komoly sérülés, de azért egy darabig kicsit sántítani fog. Így jutott el végül az Örs vezér térre. Onnan pedig metróval az ötödik kerületbe. A cím alapján viszonylag hamar megtalálta a kapitányságot.

Odaérve már messziről látta, hogy emberek állnak a bejáratnál.

Chris behúzódott egy kapualjba, és az éjjellátóval felmérte a helyzetet. Azt látta, hogy valaki lassan kinyitja az ajtót, és kijön az épületből. A rendőrség előtti lépcsőknél pedig egy kisebb horda állt lent az illetőre várva! Ahhoz hasonló csőcselék, akikhez Chris-nek már volt szerencséje. Ezeknél viszont lőfegyverek voltak! Ráadásul most tudta csak kivenni az épp kilépő ember vonásait.

Egy nő volt az: *Nola!*

Azonnal elkezdte kipakolni sporttáskájából a mesterlövészpuskájának darabjait, majd a hadseregben begyakorolt mozdulatokkal pár másodperc alatt összeszerelte. Nem volt könnyű ezt a fegyvert áthoznia repülővel való utazásakor a határon. Nem értették, kire akar távcsöves puskával lődözni itt Magyarországon, de ő megmondta, hogy államtitok, nem is akarják tudni, nehogy nekik lenne belőle bajuk. A repülőtéri rendőrségnek szerencsére több esze van, mint egy átlagos, elmebeteg hajléktalannak, ezért szerencséjükre ők nem álltak le Ecker ügynökkel „kekeckedni", és átengedték az ellenőrzőponton.

Chris most rácsatlakoztatta a speciális, erre a célra gyártatott éjjellátó távcsövét a puskára, és belenézett. Ekkor látta meg, hogy az egyik fegyveres odahajít valamit Nolának, utána pedig elkezdtek felmenni hozzá a lépcsőn! Chris egyből tüzet nyitott rájuk, és hármat leszedett. Többet is szeretett volna, de azok elinaltak egy sikátorban. Amikor elindult a nő felé, és odakiabált neki, meglepődött rajta, hogy Nola mennyire megörült neki. Azt hitte, haragudni fog, hogy utánaküldték kémkedni. Megtehette volna, hogy még az után sem fedi fel magát, hogy lelőtte kolléganője támadóit, de nem akart szórakozni vele, hogy az még jobban megijedjen attól, hogy követik, és egy idegen lövöldöz rá összevissza a sötétből. Valójában kedvelték egymást Darxley-val. Chrisnek egy kicsit még tetszett is. Ha fel kell most fednie magát, akkor felfedi, és kész! Akkor is tud rá vigyázni és szemmel tartani, ha vele tart. Az ezredes érdekes módon ezzel az eshetőséggel nem is számolt, hogy mi lenne, ha egyszerűen csak csatlakozna hozzá(?!).

„Hiába, az öreg nem éppen társasági ember" – gondolta Chris. „Fel sem merül benne, hogy szép szóval is el lehet intézni valamit. Nem kell mindig azonnal durvulni! Nem is kérdez, csak egyből verekszik meg lő!" – nevetett magában.

Bementek Nolával az épületbe elköszönni. Chris adott egy pisztolyt Barry-nek, hogy meg tudják védeni magukat Dorothy-val. Azok ketten el is indultak hazafelé.

Nola és Chris pedig elindultak együtt Kőbányára. Időközben ugyanis Nolának eszébe jutott egy fontos részlet:

Reggel, amikor még otthon nézte a híreket Washingtonban, a híradóban, amiben Abe-et mutatták, látott egy feliratot a kép alján. Oda volt írva a helyszín, azaz az intézmény neve, ahol a felvétel készült: „Fátyol Alapítvány"

Nola ezt elmondta Chris-nek, az pedig szerencsére hallott már erről a buszon, a csövesekkel való kis incidense után. A buszvezető – akivel a végén állítólag már egész jól összehaverkodott – arról a fickóról mesélt neki, aki talán ezért az egész dologért felelős ennél a bizonyos alapítványnál. Chris megkérdezte tőle, hol van ez helyileg. Akkor mondták meg neki.

Nola is elmondta, amiket megtudott. Persze az időutazásos részét nem, továbbá azt sem, hogy mi van köztük Abe-bel. – Hiszen maga sem tudta, hogy van-e valami egyáltalán. – De annyit elmondott, hogy a fickó húsz évvel ezelőtt valószínűleg valami trükkel megszökött innen a kapitányságról, ahol gyilkosságért tartották előzetesben. Neki kellett volna visszavinnie Amerikába, de ez nem történt meg. Valami jogi hercehurca miatt kiengedték, feltehetően ok nélkül, és valószínűleg azóta is keveri a bajt.

– Keveri a bajt?! – Chris ennél többet nem is akart tudni.

Egyértelmű, hogy a fickó *kekeckedős* típus.

Neki ennyi elég. Elképzelte, mi lesz, ha az az Abriel ellenáll majd a letartóztatásnak... Állítólag magas, jó erőben lévő férfi.

Chris *erősen remélte*, hogy ellen fog állni!

Hatodik fejezet: A Fátyol Alapítvány

Beszálltak Nola bérelt kis autójába. Chris nehezen fért be, de azért valahogy beszuszakolta magát. Nola vezetett. Mikor elindultak, Darxley megkérdezte a férfit, hogy ő miért nem bérelt autót. Szörnyű állapotok dúlnak jelenleg ebben az országban, és veszélyes lehet tömegközlekedéssel utazni. Chris csak annyit felelt sokat sejtetően mosolyogva, hogy „ebben *valóban* lehet valami".

A férfi megnézte okostelefonján, hogy pontosan hol van ez az alapítvány, és hogy jól mondta-e korábban a buszvezető. A Google egyből kidobta a találatot. Be is táplálták a címet a bérelt autó GPS készülékébe.

Chris ekkor kérdezte meg azt, ami már utazása kezdete óta foglalkoztatta:

– Mondd, mit keresel itt valójában? És mi volt az a mese arról a műtétről? Miért pazarlod erre az ügyre a szabadságodat?

– Azért, mert saját szakállamra vagyok itt. Annak idején én hallgattam ki ezt az embert. És közvetlenül azután szökött meg valahogy. Én is felelősnek érzem magam amiatt, hogy most szabadlábon van. Akkor meg pláne, ha valóban őmiatta történnek ezek a gyilkosságok az országban. Akkor még azok miatt is felelős lehetek.

– Ugyan már, drágám! Dehogy vagy te felelős! A világ másik végén laksz! Mit tudhattad te, hogy mindez idő alatt mit művel ez itt?

– Talán sejtenem és éreznem kellett volna. Tudod, sok megmagyarázhatatlan dolog van ezzel az egész üggyel kapcsolatban... Amolyan misztikus módon.

– Nekem *azt* ne is mondd, kérlek! Tudod, hogy én abban nem hiszek. Én a golyók számában hiszek. Továbbá csak az érdekel, hogy ha helyzet van, akkor merre célozzak, és hányszor húzzam meg a ravaszt.

– Nem élhetsz ennyire szemellenzővel – korholta Nola. – Vannak a világon nálunk nagyobb erők is, melyekről fogalmunk sincs. Ez a fickó, azaz Abe például úgy tűnt el onnan a kapitányságról, hogy a papírok szerint az ügyvédje vitte ki, de a biztonsági kamerák felvételein senki sem volt vele, amikor távozott! Még az is lehet, hogy beleszuggerálta a rendőrökbe, hogy van vele egy ügyvéd, de az illető talán soha nem is létezett!

– Hát, én is találkoztam már olyan ügyvédekkel, hogy azt kívántam, bárcsak soha ne is létezek volna – nevetett Chris. – Egyébként meg mióta vagytok ezzel az „Abe" gyerekkel ilyen becéző viszonyban? Én úgy tudtam, Abrielnek hívják vagy minek.

– Nekem így mutatkozott be, amikor kihallgattam – vörösödött el a nő.

– *Jó pasi*, mi? – kérdezte nevetve Chris.

– Hagyjál már a hülyeségeddel! – nevetett Nola is vele együtt. – Egyébként *jó*. De nem ez a lényeg. Tényleg fura dolgok történnek körülötte.

– Oké. Eltűnt az ügyvédje. Vagy soha nem is volt. Nagy hipnotizőr a krapek szabadidejében. És még?

– Más is eltűnt aznap a kapitányságról: egy nyomozó.

– És mi bizonyítja, hogy van összefüggés a két eltűnés között?

– Valójában semmi. Megérzés – köszörülte meg a torkát Nola. – Ezért is jöttem ide az FBI tudta és felhatalmazása nélkül. Kevés van a kezemben, de érzem, hogy sokkal több is van a háttérben. Egyébként van még más is.

– Éspedig?

– A fickó húsz évvel ezelőtt pontosan úgy nézett ki, mint most. Mintha nem öregedett volna egy percet sem.

– Botox! – mosolygott Chris. – Szerinted csak nálunk az USA-ban használják?

– Te tényleg semmit nem tudsz komolyan venni – korholta a nő.

– Szerintem meg te vagy az, aki túl komolyan veszed ezt az ügyet. Ez csak valami *kókler*! Kitrükközte magát a sittről, aztán felfújatta a pofáját szilikonnal, meg ilyenekkel. Na és? Láttunk már ilyet, vagy nem?

– De. De látod, hogy miért jöttem saját szakállamra? Most már akkor érted.

– Végül is igen. Mert bizonyosságot akarsz. Ki akarod deríteni, hogy mi az igazság.

– Pontosan! Örülök, hogy itt vagy, Chris. Így most kicsit kevésbé érzem magam őrültnek.

– Nem vagy őrült, Nola. Te vagy a legjózanabb ember és legjobb ügynök, akit ismerek.

– Nahát... A végén még zavarba hozol.

– Tényleg is... van félnivalóm ettől az Abe-től? Vetélytársam lehet a neked való udvarlásban?

– Azt hittem, Angie-vel jársz – mondta Nola.

– Á, annak már vége. Véletlenül eldurrant a fegyverem egyik éjjel, és berágott miatta.

– Ha egy mód van rá, kímélj meg a mocskos részleteitől annak, hogy mikor durransz el.

– Nem! Úgy értem, szó szerint! A szolgálati fegyverem durrant el!

– Te *lövöldözöl* a barátnőidre?

– Dehogyis! A párnám alatt volt! Szeretem, ha kéznél van.

– Miért is nem lep ez meg?

– Jó, tudom! Fegyvermániás vagyok. Angie-nek is elege lett belőle.

– Lehetnél azért ennél rosszabb is.

– Mint egy hipnotizőr, akinek botox meg szilikon van a seggében?

– Fejezd már be! – nevetett Nola.

– Na jó, de most komolyan... Ugye nem *estél bele*, vagy ilyesmi?

– Dehogy! Neeem!... – egy pillanatra elgondolkodott. – Remélem, nem. Annyira nem lehetek hülye.

– Az valóban nem lenne szerencsés – értett egyet Chris. – Ha valóban Abriel okozza ezt a mostani válságos helyzetet, akkor ez körülbelül olyan lenne, mint annak idején beleszeretni Bin Ladenbe.

Nola rájött, hogy Chris-nek sajnos igaza van. Még annál is jobban, mint gondolná. Gyakran volt vele egyébként ez a helyzet. Christopher okosabb, mint hinné, csak kicsit éretlen még. Harmincnégy éves létére olyan, mint egy tizennyolc éves kamasz. Azaz inkább olyan, mint két magas tizennyolc éves kamasz egymás mellé állítva, ugyanis pont *akkora!*

– Jól emlékszem, hogy Angie fotómodell? – váltott témát Nola, hogy hanyagolják végre az ő szerelmi életét.

– Igen.

– Nem az előző csajod is az volt?

– De igen. Miért kérded?

– *Honnan* akasztasz le ilyeneket?

– Jóképű vagyok... Á, nem! Csak viccelek. Az öcsém fényképész. Modelleket szokott fotózni.

– Ja értem. És mivel fogod meg őket?

– Igazából buknak az FBI igazolványra.

– Igen? Akkor ti, férfiak szerencsések vagytok. Nálunk ez sajnos nem működik. Tőlem a pasik először általában rettegnek, ha megtudják, mi a munkám. Utána meg halálra idegesíti őket a dolog, mert féltenek. Két házasságom is ráment. Az első válásom alatt például...

– *Vigyázz!!!*

Nola az utolsó pillanatban kapta félre a kormányt.

– Mi volt az, egy őz?! – kérdezte Nola ijedten. – Eltrafáltam?

– Nem! Csak megint egy olyan rohadék közülük! Egy csöves botorkált az út szélén. Még időben kikerültük szerintem.

– Vissza kell mennünk – mondta Darxley. – Lehet, hogy megsérült.

– És? Kit érdekel? Ezek gyilkosok! És egyik se normális! Ha baja lett, hát örülj, hogy eggyel kevesebb van. Ezek már gyakorlatilag háborús állapotok! Ne foglalkozz vele!

– Ne viccelj már! Az FBI-nak dolgozunk. Mi nem önbíráskodunk. Ez egyébként sem háború! *Még*. Remélem. Nem is biztos, hogy mindegyik ellenséges. – Nola rükvercbe tette a kocsit. – Ha nekünk akar támadni, akkor még mindig itt hagyhatjuk. De legalább nézzük meg, mi lett vele. Ez a minimum.

– Oké. De ha *kekeckedik,* én pofán fogom verni, már most szólok!

– Semmi gond, én nem állítalak meg.

Visszaértek a földön fekvő emberhez. Az épp felfelé tápászkodott. Úgy tűnt, talán nem esett baja, valószínűleg csak félreugrott az útból, mert a kocsi túl közel ment el mellette.

– Majdnem elütöttek, maguk barmok! – szólalt meg.

– Elnézést! – kiabált ki Nola miközben engedte lefelé az ablakot. – Nem esett baja?

– Azt hiszem, nem.

– Tudunk segíteni valamiben? – Nola úgy gondolta, ez a legkevesebb azután, hogy majdnem átment a pasason.

– Hát... nem tudják merre van a Fátyol Alapítvány? Kicsit elkeveredtem.

– Mi is oda tartunk. A térképünk szerint, ha itt végigmegy ezen az úton, fél kilométerre lesz egy elágazás. Ott forduljon balra, aztán...

– Odanézz! – vágott közbe Chris, és az útra mutatott a hátuk mögött. Emberek közeledtek feléjük.

Sokan.

Ezúttal *tényleg* sokan. Körülbelül hatvan-hetven ember. Késekkel, botokkal és mindenféle házilag készített vagy hulladékból átalakított fegyverekkel.

– Te jó Isten! Vigyenek magukkal! Ezek *csövesek!*

– Mit sopánkodik? – kérdezte Nola a hajléktalan férfit. – Maga is az!

– De nem *közülük való!*

– Mit magyaráz? – kérdezte Chris. Nola lefordította neki angolra. – Szerintem se valószínű, hogy közéjük tartozna – mondta Chris. – Akikkel én találkoztam, azok nem is beszéltek. A tieid ott a rendőrségnél igen? – Nem – gondolt bele Nola. – Rendben! Szálljon be. De vigyázzon, mikor mit csinál! Az FBI-nak dolgozunk!

– Hála Istennek! – mondta a férfi beszállás közben. – Akkor már nem is kell elmennem a rendőrségre. Megöltek egy fiút innen nem messze, egy buszmegállóban... aztán a feje...

– Higgye el sokakat megöltek ma – válaszolta Nola. – Ez már majdnem háborús állapot – ismételte meg Chris szavait ő is. – Mi is csoda, hogy itt vagyunk most. Mi van a fiú fejével?

– Semmi... – jött zavarba a férfi. – Köszönöm, hogy felvettek. Steve vagyok.

– Én Darxley ügynök vagyok, ő pedig Ecker ügynök. Ő nem tud magyarul.

Közben nem vették észre, hogy már túl közel van a tömeg hozzájuk!

Többen futásnak eredtek, és azonnal dobálni kezdték a kocsit mindennel, ami csak a kezükben volt, vagy amit az útról fel tudtak venni.

– Indíts máár!! – kiabált Chris. – Ezek elevenen felfalnak!

Nola beletaposott a gázba. Ekkor a legelső hajléktalan, aki a leggyorsabb volt, már beérte a kocsit, és ráugrott hátul a csomagtartóra. De amikor Nola gázt adott, a fickó lepördült onnan, és nagyot nyekkent az úttesten.

Kőzápor érkezett a kocsira! Volt, aki a botját vágta hozzájuk. Egy ember utánuk hajította még a bicikliláncát is.

Ekkor a levegőben feléjük suhogó és végül óriási csattanással becsapódó acéllánctól *betört* a kocsi hátsó ablaka! Szilánkeső zúdult a hátsóülésen ülő Steve nyakába.

– Aztarohadt! – sikoltotta Steve. – Nyomja már neki, hölgyem! Ne totojázzon annyit!

Nola ennél jobban nem tudta volna nyomni. Egy vacak kis bérelt autó volt, és nem egy gyorsulási verseny leendő győztese. Ekkor azonban már felgyorsult annyira a kocsi, hogy rendesen maguk mögött tudják hagyni a csőcseléket. Nola be is fordult a következő sarkon, ott, amiről épp Steve-nek magyarázott, amikor még csak útba akarta igazítani.

– A franc egye meg! – kiabált Darxley. – Ezek tönkretették az egész kocsit! Betörték a hátsó ablakot, és egy rakás horpadás lehet rajta a kövektől. Mi a szarból fogom ezt mind kifizetni?! Még csak nem is az én autóm! Már amúgy is rosszul állok, és még kevesebb fizetést is kapok a hónapban az egy hetes szabadság miatt... hacsak ki nem rúgnak e miatt az egész miatt.

– Ne aggódj! – nyugtatta Chris. – Nem a te hibád volt, hogy megdobálták a kocsit. Nem te okoztad a kárt. Két tanúd is van rá. Majd betudjuk útiköltségnek az FBI-nál.

– De szabadságon nincs fizetett útiköltség! – folytatta Nola még mindig emelt hangon, kétségbeesetten. – Én nem hivatalosan vagyok itt, elfelejtetted?

– De én igen! Engem a főnök küldött. Majd azt mondjuk, hogy én vezettem. Steve, ugye maga is látta, hogy végig én vezettem? Nola, fordítsd le neki. – Nola lefordította.

– Én most is úgy látom, hogy maga vezet – bólintott Steve. – De ez nem biztos, hogy mérvadó, mivel elég komoly alkoholelvonási tüneteim vannak és lázam is lehet felfázás miatt – mosolygott a férfi fáradt, fényes szemekkel, mint aki valóban nincs jól.

– Kösz – mondta Nola némileg megenyhülve. – Mindkettőtöknek!

– Messze van innen az alapítvány? – kérdezte Steve.

– Nem. Csak pár utcányira – felelte a nő. – Maga miért megy oda?

– Hát... segítségért. Munkáért meg menedékért a csőcselék elől. És maguk?

– A *csőcselék elől*? Pont *oda* megy?

– Hogy érti? – kérdezte Steve.

– Hát nem tudja, miket mondanak manapság a hírekben?

– De! Mindennap nézem a híd alatt. Mégis honnan tudnám? Nincs TV-m. Mit mondanak a hírekben?

– Azt, hogy talán az alapítvány tulajdonosa, Ywolf a felelős ezért az egész mostani helyzetért. Mi ezért megyünk oda. Meg akarjuk tudni az igazat.

– Hát, akkor én is megyek. Inkább döglök meg az FBI oldalán, mint egyedül idekint ezek között a vademberek között.

– Mit mond? – kérdezte Chris Nolától.

– Azt mondtam, hogy... –, és Steve elismételte ugyanazt Chrisnek ezúttal tökéletes angolsággal. Mindketten hátranéztek egy pillanatra a férfire. – Mit néznek? – kérdezte Steve. – Már eddig is értettem, hogy miről beszélnek, csak nem akartam udvariatlanul közbeszólni. Egyébként pedig csak azért, mert nincs hol aludnom, már iskolázatlan is vagyok? Két diplomám van.

– Miért él akkor az utcán? – kérdezte most Chris angolul.

– Rám járt a rúd mostanában. Szar meló, szar házasság, szar akaraterő... válás, alkoholizmus... soroljam?

– Majd talán később – mondta Nola. – Ugyanis megérkeztünk.

Egy óriási birtok bejáratánál álltak meg a kocsival. Így sötétben nehéz volt megállapítani, pontosan mekkora is lehet és meddig tart, de jó nagy földterület tartozott a közepén álló hatalmas épülethez, ezt már így is látták.

Kétszárnyú vaskapu állta útjukat. Nola már épp meg akarta kérdezni, hogy hogy fognak bejutni, amikor a kapu magától elkezdett félrehúzódni előttük. Valószínűleg kamerák vannak mindenhol – bár most így kapásból egyet sem vettek észre a kapu körül –, így bentről biztos látták, hogy érkezett hozzájuk valaki.

– De honnan tudják, hogy kik vagyunk, és „békével jöttünk"? – mondta ki végül Chris azt, amire mindhárman gondoltak. – Hogyhogy csak úgy kinyitották a kaput kérdés nélkül?

– Biztos, hogy be akarunk ide menni? – tette hozzá Steve.

– Én bemegyek – mondta Nola. – Kiszálltok, és inkább megvártok idekint, hátha azok hetvenen ideérnek?

– BEMEGYÜNK! – hangzott az egybehangzó válasz.

Hetedik fejezet: A pokol kapujában

A kapun begurulva odahajtottak a fehér kaviccsal felszórt úton az épülethez, és megálltak előtte. Akkora volt, mint egy szálloda. Leparkoltak, és felmentek a lépcsőn. Chris úgy érezte, mintha épp a pokol kapuján sétálna be önként. Ettől függetlenül nem félt, inkább csak aggasztotta a dolog. Így, hogy nála volt a sporttáska, nem igazán lehetett megijeszteni semmivel. Bár úgy se nagyon, ha üres kézzel, fegyvertelenül ment valahová.

Nola is kicsit úgy érezte magát, mintha az Ördög otthonába sétálna be. El sem tudta képzelni, mi lesz ezek után. Kicsit várta is, hogy ismét találkozzon Abe-bel, de félt is tőle, hogy most hogyan látja majd viszont, és mi fog történni.

Steve nem várt semmit, és jelenleg nem is igazán félt. Ugyanis intenzíven hugyoznia kellett. Már megint. A felfázás bizony nem múlik el egy nap alatt. Pláne gyógyszer nélkül úgy, hogy az ember lázasan, átázott gatyában órákig gyalogol a hidegben.

Odabent is legalább olyan elegáns volt az épület, mint amilyennek kívülről látszott. Világos, majdnem fehér márványoszlopok, csillogó márványpadló, rajta középen világos színű, majdnem fehér szőnyeg.

„Ezt aztán takaríthatják eleget" – gondolta magában Nola. – „Pláne hajléktalan 'ügyfelek' után!"

Bár már későre járt, még mindig voltak a recepción. Egy szép, szőke hajú nő ült a fülkében, és mosolyogva megszólította őket:

– Miben segíthetek?

– A főnökét keressük, Abriel Ywolfot – mondta Nola. – Az FBI-tól jöttünk.

– Nola Darxley ügynökhöz van szerencsém?

– Honnan tudja a nevem? – kérdezte az megrökönyödve.

– Ywolf úr említette, hogy jönni fog.

– És ő honnan tudta? Én nem szóltam neki erről.

– Ezt majd vele kell megbeszélnie, hölgyem.

– Épp azon vagyok. Hol találom? – kérdezte Nola kissé türelmetlenül.

– Jelenleg házon kívül tartózkodik – felelte a recepciós. – A mester reggel tájban érkezik vissza hozzánk. Addig, ha gondolják, itt tölthetik az éjszakát. Vannak vendéglakosztályaink. És önnek miben segíthetek, uram? – nézett Steve-re. Nem volt azért vak. Látta, hogy Steve milyen mocskos, és nem tételezte fel, hogy ő is FBI-ügynök lenne.

– Én... ő... segítségért jöttem. Munkáért, meg ilyenek...

– Értem. A hajléktalanszálló szárnyat bal kéz felé találja, ott majd eligazítják, hogy mik a teendői. Ott kell feliratkozni a programba.

– Nos, én... igazából. Még nem tudom... hogy fel akarok-e egyáltalán *iratkozni* vagy mi –nézett ijedten Noláékra, mint aki segítséget kér. Mindazok alapján, amit azok ketten mondtak neki erről a helyről, nem csoda, hogy nem szívesen szakadt le tőlük, akikben legalább megbízott. Még abban sem volt biztos, hogy itt akar-e egyáltalán maradni, nemhogy egyből fel is iratkozzon valami agymosásprogramra, amivel lehet, hogy bicikliláncos sorozatgyilkost csinálnak belőle.

– Ő igazából velünk van – segítette ki Nola a szorult helyzetből. – Az úr a nyomozásunkat segíti. Nem lehetne, hogy ideiglenesen ő is egy vendégszobában töltse az éjszakát? Holnap is dönthet arról, hogy fel akar-e iratkozni a programjukba, ha a *mester* már visszajött. – Nevetségesen hangzott számára ez a szó, de nem akart udvariatlan lenni. A nő végül is így nevezte Abe-et.

– Persze, megoldható – ment bele a nő továbbra is udvariasan, rezzenéstelen arccal. Bár mosolya most már valamilyen okból nem tűnt annyira természetesnek. Lehet, hogy ez a dolog bizonyos kellemetlenségekkel jár majd a számára. Ennek ellenére belement. Kulcsokat adott nekik három szobához, és megkérdezte, hívjon-e valakit, aki segít felvinni a csomagjaikat.

Tekintve, hogy az összes csomagjuk Chris sporttáskája volt, ami ráadásul valószínűleg fegyverekkel volt dugig tömve, Nola ezt a felajánlást köszönettel elutasította. Steve pedig majdnem hangosan fel is röhögött, amikor a recepciós londinert akart hívni nekik. Számára – tekintve, hogy az előző éjszakát még a híd alatt töltötte – ez a fogadtatás kissé túlzásnak tűnt.

Miközben felfelé mentek, Steve felvetette, hogy jó ötlet-e egyáltalán elszakadniuk, és külön szobában aludniuk? Ugyanis most, hogy már ő is tudja, mi minden lehet a háttérben, elbizonytalanodott azzal kapcsolatban, hogy miféle emberek lehetnek itt ennél az alapítványnál. Mi van, ha éjszaka rájuk törnek, és megpróbálják eltenni őket láb alól?

Chris megnyugtatta, hogy az FBI tudja, hogy ők itt vannak. Azt nem tette hozzá, hogy *minden lépését* azért persze nem figyelik, nehogy még jobban megijessze ezzel a férfit, de azt tényleg tudják, hogy nagyjából milyen szisztéma szerint haladhatnak ebben az ügyben, és milyen helyekre mennének el. Az FBI keresni kezdené őket, ha Chris nem adna bizonyos időközönként életjelet, és nem tenne jelentést a főnökének. Ez viszont tényleg igaz volt.

Ettől függetlenül azért előkotort a sporttáskájából egy kis palack könnygázt, és odaadta Steve-nek, hogy legyen valamije neki is, amivel megvédheti magát adott esetben. Megkérdezte, tudja-e mi ez. Steve ekkor ismét meglepő választ adott. Kiderült, hogy nemcsak tudja, de használt is már ilyet korábban, mivel fegyverviselési engedélye is van.

Azaz régen volt, csak már valószínűleg lejárt. Azelőtt ugyanis, hogy irodai munkát kezdett végezni, biztonsági őrként dolgozott pár évig, és letette hozzá a szükséges vizsgát.

– Jó, de azért csak vigyázzon vele – mondta Chris mosolyogva. – Nehogy reflexből dezodornak nézze reggel, ébredéskor és magára fújja!

– Hát az én szagomon szerintem már az sem segítene – felelte Steve félig mosolyogva, félig inkább enerváltan.

Minden emeleten volt kávé- és csokiautomata. Chris zsebében elég sok aprópénz csörgött, amit akkor kapott, amikor felváltatott egy tízezrest a repülőtéren, hogy buszjegyeket vehessen. Vásárolt mindenkinek néhány csokoládét és dobozos üdítőt vacsorára, aztán elővett a táskájából egy levél lázcsillapítót, és Steve-nek adta. Az hálásan megköszönte, és mindenki elvonult a saját szobájába lefeküdni.

Nyolcadik fejezet: Az elmúlás fészke

Nola olyan mélyen aludt, mint akit fejbe vertek. Őt talán még az sem keltette volna fel, ha valóban bejön éjjel egy kisebb kivégzőosztag, hogy eltegye őt láb alól. Ilyesmi szerencsére azonban nem történt.

Reggel arra ébredt, hogy a szobapincér már húzza szét a függönyöket, hogy napfényt eresszen a szobába. El sem tudta képzelni, hány óra lehet...

„Várjunk csak! Szobapincér?!" – riadt fel Nola a félálomból. „Ez azért mégsem egy szálloda! Akkor ki van ott az ablaknál?" – Megtörölte gyorsan a szemét, hogy álomtól még homályos látása kitisztuljon, és akkor már látta, hogy...

Abe az!

– Hogy jöttél be ide?! – kérdezte Nola emelt hangon a férfitól. – Egyáltalán, hogy vetted a bátorságot, hogy...

– Nyitva volt az ajtó – felelte Abe mosolyogva. – Nagyon álmos lehetettél előző éjszaka, mert be sem zártad. Azt hittem, ébren vagy már. Kopogtattam is, de nem válaszoltál. Ezért jöttem be, mert már aggódtam, hogy valami bajod van.

– Ó! *Milyen* figyelmes... – válaszolta Nola némi éllel a hangjában, bár azért valóban jólesett neki, hogy a férfi aggódott érte. Azon gondolkodott, hogy mivel is kezdje. Legszívesebben elárasztotta volna kérdésekkel, de túl sok volt már ahhoz, hogy egy szuszra eldarálja az összeset. A legnyilvánvalóbbal kezdte tehát:

– Honnan tudtad, hogy jönni fogok? Tegnap a recepciós már számított az érkezésemre.

– Hogy érted? Hiszen nem arról beszéltünk tegnap reggel, azaz húsz éve, hogy meg akarsz állítani? Te mondtad a kihallgatóban, hogy eljössz.

– Ezek szerint *emlékszel* rá? Tényleg *te vagy* az a verzió, aki segített kijutnom onnan a rendőrség WC-jéből?

– Az a *verzió*? Igen én vagyok az, de tudtommal csak egy *verzió* létezik. Nincs „gonosz ikertestvérem", amit itt gyakran látni nálatok TV-filmekben.

– Nem arra gondolok – válaszolta Nola frusztráltan. – Az időutazásra értem. Arra, hogy már akár több verziója is lehet a jelennek... a *valóságnak* vagy minek. Nekem ez az egész túl bonyolult.
– Tudom, ne haragudj. Csak vicceltem.
– Azt hittem, neked nincs humorérzéked.
– Én olyat sosem mondtam. Azt mondtam a kihallgatáson, hogy nem vagyok vásári komédiás. Nem abból élek, hogy mások bohóca legyek. De attól még tudom, mi a humor. Tehát, igen, emlékszem mindenre, ami előző találkozásunkkor történt. A *csókra is* – mosolygott Abe felcsillanó szemekkel, hamiskásan.
– Az aljas húzás volt!
– Sajnálom, de ki kellett próbálnom. Mármint *nem* sajnálom, de elnézést kérek érte. Te is láttad, hogy majdnem sikerült úgy megnyitni a kaput. Sikerült is volna, ha nem nyitnak ránk.
– Tehát ezek szerint *tényleg* megölted azt az embert?
– Kénytelen voltam. Hidd el, én sem élvezem az ilyesmit. Csak én már túlléptem az egyéni érdekek szintjén, és teszem, amit tennem kell az ilyen helyzetekben... az ügy érdekében.
– Ilyet akkor sem tehetsz!
– Akkor sem, ha a *világ* sorsa múlik rajta?
Erre Nola elbizonytalanodott. Erre talán senki sem tudott volna megfelelően válaszolni. Istent leszámítva... ha létezik. De gondolta, erre a témára még később visszatérhetnek. Először a legalapvetőbb kérdéseket akarta tisztázni:
– Ott a rendőrségen nem válaszoltál nekem erre a kérdésre: Olvasol a gondolataimban? Tudnom kell!
– Nem, dehogy. Amikor kimondtam, hogy mire gondolhatsz, igazából csak *kitaláltam*, mert jól ismerlek. Tudom nagyjából, hogy hogyan jár az agyad, de bele azért nem látok. Ha belegondolsz, te is rá fogsz jönni, hogy semmi olyat nem mondtam, amit ne találhatna ki az, aki jól ismeri a másikat.
– Rendben. Tegyük fel, hogy ez így van. És mit csináltál azzal a holttesttel? Hogyan tudtad úgy eltüntetni, hogy húsz éven át sosem találták meg?
– Átlöktem valahová. Biztos helyre.
– Na, ne szórakozz velem! Olyan kicsi volt az ablak abban a WC-ben, hogy egy gyerek sem fért volna át rajta, nemhogy egy százhúsz kilós, kövér ember! Rács is volt az ablakon. Nem löktél te azon ki senkit!
– Ki mondta, hogy az ablakon löktem át? A tükrön keresztül tettem. Az már elég nagy volt hozzá, nem?
– De hová „lökted"? És hogy? Nem azt mondtad, hogy csak vérrel és gyilkossággal tudsz ilyen kaput nyitni? Ugye *mást* már nem öltél meg aznap?
– Ez egy másfajta kapu. Ehhez nem kell vér.
– Mesélj róla. Addig ugyanis nem megyek el innen, amíg *most már végre* meg nem tudok valami többet erről az egészről! Mondd el konkrétan, hogy mi az a hely, és hová lett a test? Most már nem rázol le!
– Eddig sem tettem. A saját érdeked volt, hogy eltűnj onnan. Kérdezz hát. Én ráérek. Legalábbis egyelőre. – Abe elhúzta a sarokban lévő fésülködőasztaltól a széket, és leült rá az ágy lábánál.

A nő csak most mérte végig őt. Egész máshogy festett, mint annak idején véresen és mocskosan a kihallgatóban. De ahhoz képest is, amikor a repülőn már nagyjából rendbe szedve látta. Ahogy most végignézett rajta, eszébe jutott, amit Chris-nek mondott róla, azaz, hogy „tényleg jó pasi". Az *enyhe* kifejezés volt...

Hosszú, sötét haja most hátra volt fogva. Annak idején torzonborz hajléktalanszakáll takarta el arcvonásait. Még a repülőútra is csak nagyjából vágták le neki. Most vékony körszakállat viselt. Végre látni lehetett nemes arcvonásait. Ez a szakáll csak még inkább kihangsúlyozta megnyerő külsejét. Szürke szemei szinte világítottak napbarnított arcához képest. Fehér öltönyben volt és fekete ingben. Úgy nézett ki, mint egy milliomos. Egy olyan milliomos, aki talán a kinézetével vált azzá.

– Rendben. Beszéljünk – felelte Nola, és intett neki körkörös mozdulattal, hogy forduljon meg, mert fel akar öltözni. A nő valahogy kiszolgáltatottnak érezte volna magát úgy, hogy a takaró alól kibújva beszélgessen vele, ami alatt szinte semmit sem visel. Csak egy póló volt rajta és alsónemű. Úgy döntött, felöltözik.

Abe felállt. Megfordította a széket és visszaült rá, ezúttal Nolának háttal.

– Először is mi az a hely, ahová átlökted, és mit csináltál azzal a rengeteg vérrel? – kérdezte a nő öltözés közben.

– Azért nem volt ott olyan „rengeteg" vér. A falat is és a padlót is csempe borította. Levettem a férfi felső ruházatát, és lemostam vízzel az egészet a csempéről. A rongyokat többször kicsavartam egy WC-be. Úgy frissen még könnyen lejön egy fényes felületről. A testet pedig felvettem a vállamra, és bedobtam a tükörbe. Utána pedig a véres ruhákat is.

Nola ezt azért kissé hihetetlennek találta. Megnézte volna, hogyan „vesz fel a vállára" bárki egy százhúsz kilós embert, habár tény, hogy Abe valamiért hihetetlen fizikai erővel rendelkezik. Ha valaki, talán ő valóban képes lehet rá.

– És hová lökted át? A múltba? A jövőbe?

– Nem. A *fészekben* nincs idő. Az a hely kívül áll rajta.

– *Fészek?*

– Csak én hívom így. Nincs valódi neve. Ez egy hely, ahová közvetlenül halálunk után kerülünk. Az Elmúlás Fészke.

– Minden ember odakerül?

– Azt nem tudom, hogy ők odakerülnek-e. Nem vagyok ember... ugye. De hisz te is tudod, hogy máshonnan jöttem.

– Honnan jöttél? Mi a neve a helynek?

– Ezeken az itteni nyelveken nem jelentene semmit az a szó. Ez egy másik bolygó, másik világban és korban. De mi is úgy néztünk ki ott, mint itt az emberek. Bár most már nem „mi", hanem csak én, mert rajtam kívül senki sem él arról a helyről.

– Tehát ez olyasmi, mint amikor a földi vallások szerint mi, emberek átkerülünk a túlvilágra? Átlökted azt a testet a túlvilágra?

– Igen, valami olyasmi. De hogy érted azt, hogy „mi, *emberek*"?

– Én és a többi ember, itt a Föld nevű bolygón! Hahó! Te tényleg ennyire nem érted, hogy ki, hol kicsoda? – kérdezte Nola meglepetten.

– Szerintem *te* nem érted. Tényleg ennyire nem emlékszel?

– Mire?

– Arra, hogy ki vagy, és mióta ismerjük egymást.

– Tényleg nem. Mármint *arra nem*, hogy honnan és mióta ismerjük egymást, ha egyáltalán kellene bármire is emlékeznem ezzel kapcsolatban. De azt *pontosan tudom*, hogy ki vagyok. Miért ne tudnám? Nola Darxley vagyok az FBI-tól, és nincs már túl sok időd, kishaver... ugyanis, ha felöltöztem, le foglak tartóztatni gyilkosságért.

– Sajnálom, Nola. Tudom, hogy nehéz lesz ezt most hallanod, elfogadnod pedig végképp...

...De „Nola Darxley" *nem létezik.*

Ez csak egy kitalált név. Senkit sem hívnak így.

– Mi?! Miről beszélsz? Hogyhogy kitalált? Honnan tudnád te azt?

– Onnan, hogy *én találtam ki.*

– VÉGE A HARMADIK RÉSZNEK –

GABRIEL WOLF

Rothadás a
csillagokon túl

Fülszöveg

Rothadás a csillagokon túlról („Kellünk a sötétségnek" negyedik rész)

„Ki törődik a szegényekkel és a gyengékkel?
Senki!
Ki törődik azzal, ha egy hajléktalan megbetegszik vagy akár meg is hal?
Senki!
Ki állhat ellen a seregüknek?
Senki!"

Ebben a negyedik részben kiderül az igazság...
...*mindenről*!

Első fejezet: Nola fátyla

– Sajnálom. Tudom, hogy nehéz lesz ezt most hallanod. Elfogadnod pedig végképp. De Nola Darxley nem létezik. Ez csak egy kitalált név. Senkit sem hívnak így.

– Mi?! Miről beszélsz? Hogyhogy kitalált? Honnan tudnád te azt?

– Onnan, hogy *én* találtam ki.

– Ide figyelj, engem nem fogsz megszuggerálni, mint azokat a rendőröket húsz évvel ezelőtt. Én pontosan tudom, hogy ki vagyok!

– Igen? Akkor mesélj nekem a gyerekkorodról. Hol születtél? Mit játszottál, mondjuk, tizenkét évesen? Hol volt gyermekként a kedvenc búvóhelyed? Ki volt aztán az első szerelmed?

Nola nevetve válaszolt...

...volna, de...

...rájött, hogy nem tud! *Nem voltak* ugyanis ilyen emlékei!

– Mit csináltál a gondolataimmal? Az emlékeimmel! – Nola a tekintetével keresni kezdte a fegyverét az ágy körül. – Mit tettél velem?! Kitörölted a memóriámat?!

– Dehogy! Nyugodj már meg! Ilyesmire nem vagyok képes. Egyébként sem lehet kitörölni azt, ami nincs. Értsd meg, neked nincsenek olyan emlékeid. Nem itt nőttél fel ezen a helyen. Sosem jutott eszedbe, hogy miért nincsenek rokonaid? Hiszen még szüleid sincsenek!

– Mert árva vagyok! Igazán nem fair, hogy most ezzel hozakodsz elő! Hogy mondhatsz ilyet?!

– Nem vagy árva – válaszolta Abe türelmesen. – Sőt, ember sem vagy.

Nolában minden összezavarodott. Azt sem tudta, mit csináljon... Mégis mihez kezdjen most? Eddig azt hitte, hogy már nagyjából érti a helyzetet és a szituációt. Talán még akár megoldást is találhatna rá előbb-utóbb. Most viszont abban sem volt biztos, hogy kicsoda ő egyáltalán. Már felöltözött, csak a pisztolytáska hiányzott róla, amit indulás előtt utoljára szokott felcsatolni.

A nő kezdett pánikba esni...

Ez az ember manipulálja őt!

Ugyanúgy, mint annak idején a rendőröket!

Hisz a gondolataiban is olvas! *Nem igaz*, hogy nem képes rá! Beletörölhetett hát az emlékeibe. Ki tudja, milyen agykárosodást okozott neki már így is, és még milyet fog, ha nem állítja meg!

Nola odaugrott a pisztolytáskájáért, hogy kirántsa belőle a fegyvert, és ráfogja a férfira!

Ám Abe megérezte vagy meghallotta, ahogy a fegyverhez ugrik, és hirtelen megfordulva felpattant a székéről.

Ő is odaugrott!

De nem a fegyverért...

Nolához ugrott oda, hogy megállítsa.

Megfogta a karját, hogy ne vegye fel a fegyvert.

Magához húzta és átölelte...

A nőben megint szétáradtak azok az érzések, melyek korábban, ott a rendőrség férfimosdójában hatalmukba kerítették. Ha az eszével nem is tudta, mit kellene gondolnia, mire kellene emlékeznie és mit lenne vagy nem lenne szabad éreznie a férfi iránt, az ölelése most akkor is sok mindent a helyére tett... jó értelemben. Nola leengedte a karját, és mégsem nyúlt a fegyverért. Abe szorosan ölelte őt, és nem engedte el. Már érezte, hogy nincs a férfiben semmilyen támadó szándék az ő irányában.

– Ne haragudj – mondta Abe. – Tudom, hogy nagyon nehéz lehet ez neked. De hidd el, neked sosem ártanék. És akarattal soha nem is ártottam eddig sem. Semmit sem tettem azokkal a földi emlékeiddel, amelyekre nem emlékszel. Azok ugyanis valóban nem léteznek. Annyi idősen kerültél ide, amikorról a legelső emlékeid vannak. Hogy könnyebben el tudd képzelni: huszonhárom évesen. Én is azóta vagyok itt. Ezért is kezdtem bele mindabba, amit csinálok. Miattad. Elrontottam valamit. Nem lett volna szabad elhoznom téged onnan, ahol találkoztunk. Te is jönni akartál, de egyikőnk sem tudta, milyen veszélyei lehetnek a dolognak. Az egyik következménye az volt, hogy mindent elfelejtettél azelőttről. Engem is. Tudod, hogy ez viszont *nekem* milyen nehéz azóta? Előtte szerettük egymást. Most pedig úgy nézel rám, mint egy gonosztevőre.

– Az is vagy – tolta el magától a nő. – De most nem nyúlt a fegyveréért. Ehelyett megtörten leroskadt az ágy szélére. Nem tudta már, miről mit gondoljon.

Abe odaült mellé.

– Te embereket ölsz – folytatta Nola. – Akárki is legyek igazából... egy szarvasfejű démon a jövőből vagy akár egy menyasszonyi ruhás denevér a múltból, sőt még ha nem is létezem, mint ahogy állítottad az előbb... itt és most akkor is az vagyok, aminek érzem magam! Mégiscsak negyvenhárom... vagy legalább húsz éve élek itt. Én végigéltem ezt a húsz évet. Az FBI-nak dolgozom, és te az itteni törvények szerint bűnöző vagy. Én életem felét itt éltem le az emberek között, még akkor is, ha igaz az, hogy az első felét valóban nem itt töltöttem.

– Tudom, és sajnálom, hogy ilyen helyzetbe kerültél. Mondom, pontosan ezért kezdtem el próbálkozni azzal, hogy változtassak a történelem alakulásán. Azért, hogy ne kelljen emlékek nélkül élned, azért, hogy ne felejtsd el, hogy ki vagy, és hogy... *irántam* is mit érzel. Az előbb félreértettél. Nem azt mondtam, hogy nem létezel. Csak nem az az igazi neved, amit annak hiszel. Azt csak én találtam ki neked, hogy boldogulj ebben a földi világban. Nagyon is létezel. Jobban, mint bárki. Számomra *mindennél* több vagy! Ezért teszek mindent.

– Ezért csinálod akkor ezt az egészet? *Miattam*? Miattam *gyilkolsz*? Ezt most komolyan mondod?

– Nem. Eredetileg nem így akartam. Sosem akartam ezt.

– Nem hiszek neked! Ezt az egész alapítványt is azért hoztad létre, hogy gyilkológépeket csinálj a nyomorult, hajléktalan emberekből a manipulációs, szuggesztív trükkjeiddel!

– Mi?! Komolyan ezt hiszed? Nézz már körül! Szerinted ez az épület úgy néz ki, mint a sötétség vára? A gonoszság erődje? Épp ellenkezőleg! Én ezt itt mind őszintén csináltam! A szeretet nevében! Hiszen még az alapítványt is *rólad* neveztem el!

– *Rólam*? Miről beszélsz? Mi közöm nekem egy fátyolhoz? Csak nem engem is megöltél már egyszer a múltban, és ugyanolyan merő jóindulatból fekete fátyolban temettél el, valamiféle gyászruhában?

– Dehogy is! Ne légy abszurd! Gondoltam, hogy sok mindenre nem fogsz emlékezni még most sem, úgyhogy *ezt itt* azóta újra leírtam neked emlékezetből, hogy megmutathassam, ha egyszer eljössz majd. Itt van, tessék. – A férfi egy öszehajtott papírt vett elő zakója belső zsebéből. Kihajtogatta és odaadta Nolának. – Olvasd el. Neked írtam. Még régen. Ezért hívják így az alapítványt. Ha magadtól nem jöttél rá, mert nem emlékszel, akkor talán majd az eredeti szöveg alapján beugrik valami. Remélem.

Nola a kezébe vette a papírt. Ez állt rajta:

Nola fátyla

Megnyílva sóhajt fel a megfáradt föld s megremeg
Felkap a szél egy megkopott fátylat, életünk alkonya s Nibiru közeleg
Merengve állnak a tétova árnyak távolba meredve, zokogva
Reményük kiszáradt fátylát viszi a vihar zörögve, kopogva

Nyílnak az égnek s földnek öröknek hitt gátjai
Tovatűnik fény, hit s embernek esztelen vágyai
Eláraszt mindent a félelem fekete, haragos tengere
Könnycsepp csillan szemedben, de rád nézek nevetve:

"Meglásd, virrad még fel új nap!
Nemcsak halál, de csoda is történhet újra
Történt ez már nem egyszer
Éltünk s haltunk ezerszer
Így lesz égnek kéke, földnek melege
Napnak fénye, világnak vége
Egy dolog marad, mi nem halandó:
Szerelmem Irántad, mely örökkévaló."

Felém fordulsz s már te is nevetsz
Egyből tudom, hogy még mindig szeretsz
Van, mi azért jő el újra, mert nem érhet véget
Hisz túl szép ahhoz, hogy igaz legyen
Túl szép ahhoz, hogy vége legyen

Nolának könnybe lábadt a szeme, és megremegett a hangja, amikor megszólalt:

– *Ezt te írtad?*

– Igen. Még nagyon régen. Mármint az eredetit. És emlékezetből írtam le tegnap újra. Neked írtam. Akkor is és most is – mondta Abe szomorúam. – Csak amióta rád borult a feledés fátyla, már nem emlékszel arra, ami köztünk volt. A feledés mindent elvett tőlünk. Tényleg nem emlékszel ránk, ugye, jól mondom?

– Sajnos valóban így van. Pedig tényleg szép ez a vers. Köszönöm, hogy megmutattad – nyújtotta vissza Nola a papírt. Abe visszautasítóan felemelte a kezét, hogy tartsa csak meg. – Tehát akkor miért hoztad létre ezt az alapítványt?

– A szeretetért. Azért, hogy segítsek. Őszintén. – Nola ezt egyszerűen nem tudta elhinni. De azért kíváncsiságból tovább hallgatta a férfit. Az pedig folytatta, és ekkor belekezdett végre részletesen is a történetbe, amire Nola *húsz* teljes éve volt már kíváncsi:

– Mint ahogy korábban is mondtam, én körülbelül négyezer éve születtem egy másik világban. Sokat utaztam. Olyan helyeken jártam életem során, amit te... most legalábbis, hogy nem emlékszel más világokra, el sem tudnál képzelni. Igazából az emberi kifejezések nem is alkalmasak rá, hogy leírjam mindazt. A lényeg, hogy az ősi módszerekkel, a klánnal eleinte csak utazásra használtuk a tükrökön való átlépést. Információszerzésre, arra, hogy megismerjünk más világokat, szövetségeket kössünk, segítsünk egymásnak a technológiai fejlődésben, ha tudunk. Később azonban kiderült, hogy a jó szándék is okozhat rosszat. A népek között egyre több ellentét támadt. Ez eleinte vitákat, később háborúkat eredményezett a dimenziók és világok között. Ekkor váltak üldözötté az Aconitum Gyermekei, akiket korábban említettem. Üldöztek minket, és módszeresen kiirtottak, mert olyan ideákat hirdettünk, melyek túl újszerűnek számítottak. Féltek tőlünk, és egyszerűbb volt megszabadulni tőlünk, mint megpróbálni hinni nekünk. Aztán később, amikor a világok egy mindentől távol eső, kicsiny részében egyedül kóboroltam, és már senki sem emlékezett a világomra, megcsömörlöttem a vándorlástól. Addig választ kerestem.... arra, hogy miért történt minden úgy, ahogy. Miért halt ki az egész népem és miért maradtam teljesen egyedül? Habár választ sosem találtam, de akkor találkoztam *veled*. Egy olyan helyen, ami még nekem is szokatlannak és teljesen újnak tűnt. Egymásba szerettünk. Ismét akartam élni. Sokáig ott maradtunk. Csodálatos volt! Ott nem telt az idő. Ezért nem is tudom megmondani, hogy igazából mióta ismerhetjük egymást, és azt sem, hogy hány évesek vagyunk. Az évek száma egyébként is csak földi fogalom. Valójában semmi értelme nincs az egésznek.

– És miért nem maradtunk ott, ha egyszer olyan jó volt? – kérdezte Nola. Bár nem igazán hitte el ezt az egészet. Még akkor sem, ha sok mindent látott és tapasztalt már azóta, hogy a férfi először mondott neki ilyeneket.

– Azért nem maradhattunk, mert kiderült, hogy az én szervezetem nem bírja azokat a körülményeket és környezeti viszonyokat, amelyek a te világodat jellemezték. Belehaltam volna, ha ott maradok azon a helyen. Az egy teljesen más dimenzió. Ott a fizika összes törvénye máshogy működött. Két választásunk maradt: Vagy eljövök onnan, te pedig ott maradsz, és örökre elválunk, vagy velem jössz. Gondoltuk, hogy ez is kockázatos, de akkor még nem tudtuk konkrétan, hogy milyen szempontból és mennyire. Mivel én biztos, hogy meghaltam volna ott, neked viszont feltehetően jó esélyed volt a túlélésre, ha elhagyod az otthonodat, így egyértelmű volt, hogy neked kell eljönnöd, és nem nekem ottmaradni.

– És onnan jöttünk ide, a Földre? – Nola gondolta, legalább látszólag belemegy a játékba. Legalább akkor kiderül, hogy mi lesz a sztori vége. Arra ugyanis már régóta kíváncsi volt: húsz éve!

– Nem. Előtte még együtt is utaztunk. Sok helyen jártunk. Sok világot láttunk együtt. Szárnyas lényeken repültünk például. Téren és időn kívül. Tényleg nem emlékszel semmire ezekből? Nem is álmodtál soha ilyen utazásokról? Vagy akár ilyen lényekről?

– Nos... – Nola azt hitte, menten elájul. Ugyanis *pontosan* ilyenekről álmodik cirka *két teljes* évtizede! Azóta, hogy a férfit állítólag megölték az amerikai börtönben. *Ezért* járt terápiára is korábban. *Ezért* hitte évtizedeken keresztül magáról, hogy elment az esze! Nem akarta hát tagadni:

– ...Valójában igen, *tényleg* sokszor álmodom ilyesmiről.

Abe-nek erre felderült az arca. Nola még egyszer sem látta ilyennek. Egész más oldaláról mutatkozott meg ebben a pillanatban. Eddig mindig komoly volt és gondterhelt, még akkor is, amikor az előbb viccelt a gonosz ikertestvérével kapcsolatban. Most viszont tele volt élettel, vidámsággal. Úgy nézett, mint egy gyerek, aki tele van várakozással, harci kedvvel, rajongással... az életért. Vagy talán a *szerelméért*?

– Akkor emlékszel? – kérdezte Abe. – Legalább *ezekre*? Valamennyire?

– Talán...

– Akkor még van esély!

– Mire? – kérdezte kicsit ijedten a nő.

– Arra, hogy minden eszedbe jusson! Hogy minden olyan legyen, mint *régen*!

– Nem tudom, akarnám-e azt. Nem tudom, elhihetem-e, hogy régen szerettelek, vagy hogy tudnálak-e valaha így... hogy ilyeneket tettél itt. Nem tudom, én milyen voltam régen, de ha olyan, aki tolerálja az ilyesmit, akkor már megváltoztam ez alatt a földi húsz év alatt. Elveim vannak. Hiszek bizonyos dolgokban. Még akkor is, ha nem igazak. *Nekem* fontos, hogy annak hihessem őket! Hiszek a jóságban, abban, hogy a dolgoknak értelmük van. Abban, hogy megéri jónak lenni, és hogy harcoljunk a gonoszság ellen. Amit te teszel manapság, az *minden*, ami én *nem* vagyok!

– Igen, tudom, milyen vagy. Nem ez alatt a húsz év alatt váltál ilyenné. És tudom, hogy amilyen pedig én vagyok most, az milyennek *látszik*... tudom, hogy rossznak tűnik.

– Miért? Nem az? Nem te vetted rá azokat az embereket odakint, hogy gyilkoljanak, fosztogassanak, rettegésben tartsanak másokat? Tegnap egy *megnyúzott kutyát* dobtak a lábam elé, Abe! Tudod, mi az a kutya, ugye? Én szeretem őket!

– Sajnálom – hajtotta le Abe a fejét. Őszintének tűnt. Olyan volt, mint egy gyerek, aki rossz fát tett a tűzre. Mint aki őszintén sajnálja, és talán valóban nem is tehet semmiről. Nola azt gondolta, talán a férfi fel sem fogja ezt az egészet. Lehet, hogy tényleg „annyira más világban él", hogy neki ez az egész csak egy játék!

– Nem választoltál a kérdésemre – vette fel Nola még inkább a számon kérő anyuka szerepét. – Te vetted rá az embereket mindarra, amit csinálnak, vagy sem?

– Igen, én. Nyilván csak így történhetett.

– Tehát nem tagadod. De miért csináltad mindezt?! Nem azt mondtad, hogy nem is erre hoztad létre itt ezt az egészet? Hát akkor, hogyan fajulhatott minden idáig?

– Úgy, hogy csak a két véglet működik! Földi idő szerint körülbelül húsz éve jöttünk rá, hogy nemcsak én voltam végig veszélyben a te világodban, de te is veszélybe kerültél azzal, hogy elhoztalak a sajátodból! Én fizikailag haltam volna meg ott, ahonnan te származol. A szervezetem nem bírta ki azokat a körülményeket, amelyek abban a dimenzióban megszokottnak számítanak. Te viszont fizikailag szinte bármilyen világban képes vagy élni, de az emlékezeted valamiért kötődött a saját otthonodhoz. Amikor eljöttél onnan, veszélybe került minden, amit addig megéltél, amit addig megtanultál. Ezt akkor még nem tudtuk. Amikor rájöttem, azonnal vissza akartalak vinni! Úgy voltam vele, hogy inkább soha többé ne lehessünk együtt, de nem akartalak szenvedni vagy betegnek látni. Azt akartam, hogy jól légy. Hogy boldog légy, és teljes életet élhess. De sajnos akkor már késő volt. Egy bizonyos pusztító jelenség, amire senki sem tud befolyással lenni, addigra már a te világodhoz is elért. Megsemmisült az otthonod, az egész dimenzió, ahonnan származol. Nem volt hová visszamenned. Emlékeztem erre a dimenzióra és erre a Föld nevű bolygóra. Ezért hoztalak végül ide vissza. Utazásaink közben véletlenül találtunk rá erre a helyre. A mieinkhez képest unalmas, primitív és egyszerű ez a világ, egy dologban mégis hasonlít a tiédhez: abban, hogy itt is van szeretet. Visszahoztalak, mert gondoltam, akkor itt talán otthon érezhetnéd magad. Én nem tudtam, mi a szeretet, amíg veled nem találkoztam. Te tanítottál meg rá. Én ezért szeretlek téged. Mást talán nem is lennék képes, mert nem is tudom, hogyan kell. Én is itt maradtam hát a Földön. Húsz éve utazom oda-vissza, hogy kiderítsem, milyen módon adhatnám vissza az emlékeidet. Csak nekem közben sokszor máshogy telt az idő. Ezért nem öregedtem annyit, mint ennyi idő alatt kellett volna.

– És majd úgy visszatérnek az emlékeim, ha odakint az emberek halomra ölik egymást? Milyen végletekről beszéltél az előbb, hogy csak azok működnek?

– A módszereinkről, amit már ott a rendőrségen is mondtam. Utazásink során megtanultunk dolgokat. Én megtanultam szeretni. Te megtanultál utazni velem. Én előtted nem ismertem a jóságot és a szeretetet. Habár a klánnal olyan szempontból már mi is jószándékúak voltunk, hogy nem akartunk rosszat más népeknek, de önmagában az ártó szándék hiánya még akkor sem szeretet. Azokról az időkről beszélek, amikor elkezdtük építeni az alagutakat. Kutatni akartunk, szövetségeket létrehozni. Csak építő, fejlesztő jellegű terveink voltak, romboló indíttatásaink nem. De ez még messze nem szeretet. A magunk módján kegyetlenek voltunk. Nem ismertük a könyörület fogalmát. A betegeinktől megszabadultunk, ha a többiek számára terhessé váltak. Nem ismertük a megbocsátás fogalmát sem. Ha valaki vétett a többiek ellen, azt megsemmisítettük. Ezért nem is tanultam soha semmi olyat, amikről először tőled hallottam. Mi úgy tudtuk, hogy a dimenziók közti utazás csak vérrel lehetséges. Ezért hívtuk Vér Galaxisnak azt a rendszert, amit kiépítettünk. A betegeink, bűnöseink vérét használtuk a kapuk megnyitásához, akikről úgy éreztük, hogy menniük kell vagy már nincs rájuk szükségünk. Soha nem ismertem más módját az utazásnak. Mi annak idején *együtt* dolgoztuk ki ezeket a módszereket az Ywolf klánnal. Te viszont *egyedül* jöttél rá a másik módszerre. Arra, hogy ugyanezt szeretettel és boldogsággal is el lehet érni.

– Hogyan jöttem rá?

– Nem tudom. Te *más* vagy. Más vagy, mint én, vagy mint az én egykori népem. A saját népedtől is különbözöl. Egyedülálló vagy. Ezért szerettem beléd... már amennyire egy *magamfajta* képes lehet arra. Rájöttél, hogy te is képes vagy kapukat nyitni, és nem kell hozzá vér sem. Senkit sem áldoztál fel hozzá. Elég volt felidézned egy boldog pillanatot, egy helyet, ahol szeretsz vagy akarsz lenni, és már ott is tudtál teremni egy tükör segítségével. Nekem is próbáltad ezt megtanítani, de nekem *sosem* ment. A lényegét értettem, most is értem, valamiért mégsem tudom használni. Ezért hoztam létre ezt az alapítványt. A te utadat s módszereidet akartam követni. Őszinték voltak vele a szándékaim. Azért csináltam, hogy segítsek a rászorulóknak. Azt gondoltam, hogy ha nagy keretek között teszem majd mindezt, olyan keretek között, ami már világméretű, akkor talán az egész világot megváltoztathatom. Akkor talán minden olyanná kezd válni, amilyen te is vagy, és már működni fognak a dolgok azon a módon is. De nem sikerült. Ez nem a megfelelő kor. Talán nem is ez a megfelelő világ minderre.

– Hogy érted ezt? A jó jót szül! Hogyhogy nem sikerült? Ha segítettél embereken, akkor mi az, ami balul sült el? Nem voltak hálásak?

– Nem igazán. Volt néhány verzió, ahol valamennyire igen, de többnyire nem.

– Akkor most *mégis* vannak verziók? Miért tagadtad?!

– Igazat mondtam. Abe-ből csak egy van, amennyire tudom, de ez a világ, amit itt körülöttünk látsz... én ezt már nagyon sokféleképpen megéltem. Habár nem éltem itt végig húsz éven át, hogy „karriert csináljak", ahogy esetleg gondolhattad, de időutazással sok különböző módon kipróbáltam már, hogy mikor sikerül itt valami, és mikor nem. Ezért vannak dolgok, amelyeket mások csak évek alatt tudtak volna elérni itt a Földön, nekem viszont pár nap alatt sikerült. Ha már százszor végigcsinálsz, mondjuk, egy üzleti tárgyalást, mert időutazással visszamész mindig az elejére... a sokadik alkalommal tudod, milyen flottul lefolytatod már, és milyen sikeresen tudsz kijönni belőle a végén? Ismered a másik minden arcrezdülését, hogy mikor mit fog mondani, azt is, hogy mit akar *hallani*... még azt is, hogy mikor fog levegőt venni és milyen hosszan.

– Így tettél szert tehát erre a hatalomra? Üzleti tárgyalásokat bonyolítottál újra és újra visszalépve az időben, hogy legközelebb majd jobban sikerüljön?

– Pontosan.

– Mióta csinálod mindezt?

– Pár hete. Amióta... gondolom, a TV-ben szoktak említeni. Tehát azóta csinálom, amióta a hírekben szó van rólam. Én nem tudom, hogy pontosan mióta. Az idő ilyenkor nagyon zavarossá tud válni. Még nekem is.

– Akkor ezért nem értettem és nem emlékeztem rá soha, hogy mit mondtak rólad a hírekben?

– Hát nézted? Igen, így van! Hiszen állandóan változtattam a történéseken. Minden alkalommal más lett a végkifejlet. Sok dolgot újracsináltam, és minden folyamatosan alakulóban volt. Nem emlékezhetsz arra, ami meg sem történt, hiszen a történelem alakulásának azt a verzióját egy újabb lépéssel áthúztam, és legközelebb megint változtattam, csiszoltam rajta... egész a következő alkalomig. Azért nem értetted és nem emlékeztél rá, mit láttál a TV-ben, mert nem egy konkrét eseményt láttál a hírekben, ami aznap történt, hanem egy olyan múltat, amire nem emlékezhettél, mert már nem is létezett, és egy olyan jelent, amit nem érthettél, hogy milyen események vezettek el odáig.

– Értem. Legalábbis nagyjából. Ez így *sok mindent* megmagyaráz. De egy ekkora épületet nem építhettél fel még akkor sem ennyi idő alatt, ha visszaugrálsz az időben, hogy gyorsabb munkára ösztökéld az építőmunkásokat. Gondolom, azért a fizikának is vannak törvényei.

– Persze. Az *itteni* fizikának vannak. Ezt az épületet nem én építtettem, csak megvettem. Korábban szálloda volt. Csak pár hete az enyém.

– Oké. Térjünk vissza az alapítványra és a dolgok rosszra fordulására. Azt mondod, a jó ügy érdekében hoztad létre ezt az intézményt, és valóban segíteni akartál. Akkor miért fordult rosszra?

– Ez egy nagyon bonyolult téma. Nem biztos, hogy a világról alkotott jelenlegi képeddel ezt meg fogod érteni. Lehet, hogy ez neked már „sok" lesz, hogy úgy mondjam.

– Tudod, mióta *sok* ez nekem? Megmondjam? – kérdezte Nola félig nevetve, félig dühösen. Nem azért volt dühös, mert emiatt is haragudott volna a férfire, egyszerűen csak már ki volt borulva az egésztől. – Azóta sok ez, hogy azt mondtad, Ywolf *báró* a neved! Nekem már *az* sok volt! Akkor szerinted *most* hol tartok azóta? Megmondom őszintén, én sem tudom. Mondd hát el, amit tudsz, vagy legalább azt, ami rám is tartozik. Már úgyis mindegy. Maximum nem értem meg. De meg fogom próbálni.

– És ezt Nola őszintén mondta. Ha nem is értette és hitte el Abe összes állítását, azt mégis érezte, hogy *mindez* már nem lehet kitaláció. Azért sem, mert rengeteg bizonyítékát látta már annak, hogy ez mind igaz: a holttest eltűnését, az irattáros beszámolóját a nemlétező ügyvédről, kézzel fogható, létező rendőrségi dokumentumokat arról a kihallgatásról, amikor Abe pontosan ugyanennyi idős volt *húsz évvel ezelőtt*. Ez utóbbi bizony nem a botox jótékony hatása, mint ahogy azt Chris mondta viccből. Abe *semmit* sem öregedett azóta fizikailag! Ez pedig lehetetlen, hacsak nem vámpír vagy valami ahhoz hasonló szörnyeteg. Továbbá ott voltak még a zavaros hírek a TV-ben, amikre nem lehetett emlékezni, Abe testi ereje, de mindenekelőtt Nola *saját* tükrön keresztül történő utazása is! Ő tehát most már úgy volt vele, hogy rengeteg mindent elhitt, és akár képes lesz majd megérteni az összes paranormális részletet, akár nem, akkor is törekedni fog rá.

– Rendben, megpróbálom elmagyarázni, hogy miért fordult minden rosszra. Bár tényleg nem lesz könnyű megértened, és elég szokatlanul fog hangzani. Ez a dolog nem más, mint a *rothadás*...

Második fejezet:
Rothadás a csillagokon túlról

– Ugye hallottál már arról, hogy az univerzum tágul? – kérdezte Abe.
– Igen, valami science fiction könyvben olvastam róla, azt hiszem. Miért? Hogy jön most ide ez a mese?
– Ez nem mese. Ez egy tudományos tény. Itt, a Földön a huszadik század elején fedezték fel a jelenséget. Később ez vezetett az ősrobbanás elméletének kidolgozásához is. Az szintén igaz. Az összes világ abból keletkezett. Mindegyik, amiben mi ketten is jártunk. Tehát az univerzum sokáig tágult az ősrobbanás után. Itt úgy gondolják, hogy tizennégymilliárd éve kezdődött, de ez attól is függ, hogy ki hogyan számolja. Persze nem az a lényeg, hogy mióta tart, hanem az, hogy még milyen *további* folyományai vannak ennek a dologmak. Ugyanis van valami, amit a földi emberek nem tudnak erről az egészről: az, hogy az univerzum nemcsak tágul, de közben más is történik. Egy léggömböt például szerintg *meddig* lehet fújni, mekkorára?
– Azt akarod mondani, hogy *ki fog durranni* az egész világ? Ugye csak hülyéskedsz?
– Nem így értettem, mármint nem a *durranás* benne a lényeg – mosolygott Abe. – Arra céloztam csak, hogy mindennek megvannak a határai. Nem lehet valamit a végtelenségig növelni. Térben és időben legalábbis nem. Nem fog tehát felrobbanni a Föld vagy a világ, de a tágulásnak sajnos ára van. Az állandó tágulástól... ezt most *tényleg* nehéz lesz elfogadni... de az univerzum... nemcsak ez a földi világ, de az összes többi is... „foszlani" kezdett. Talán a léggömb nem is jó példa. Gondolj inkább egy virágra: Először csak egy bimbó. Utána kinyílik, mint amikor egy pont szétárad több irányba. Ez volt az ősrobbanás. Utána még folyamatosan nyílnak tovább a szirmai. Ez az univerzum tágulása, amiről a földi emberek is tudnak. Majd végül... és ez az, amit ők *sosem* vettek számításba... a virág elkezd elhervadni. Elszárad, elpusztul, elrohad. És ez az univerzummal is így megy. Az ittteniek még nem tudják, de a világuk már jó ideje rothadásnak indult. Foszlani kezdett, meghasadni, több darabra szakadni. Ezért létezik több dimenzió. Ezért is tudtunk elmenni ezekre a helyekre. Már jó ideje hasad a valóság. Az ősrobbanás után először csak több bolygó volt, több galaxis, több naprendszer. Később már továbbhasadva több világ jött létre. Végül pedig a világok is több felé szakadtak, és létrejöttek a párhuzamos dimenziók. A szétszakadás közben elkezdett szerte is foszlani minden: elhervadni, elszáradni, elrohadni. Bizonyos dimenziók megszűnnek létezni, világok tűnnek el. Így tűnt el a tiéd is. Így fog eltűnni ez a világ is itt, a Földön, ahol most vagyunk. Ezért is kell elmennünk innen. De előtte még vissza akartam adni az emlékeidet.
– Értem... nagyjából... És ehhez van akkor köze annak, hogy minden rosszra fordult itt az alapítvánnyal?

– Igen! Tehát érted? Látod, hogy sokkal több vagy egy embernél? Egy FBI-ügynök, akinek eddig hitted magad, sosem tudná ezt sem felfogni, sem elfogadni! – mondta Abe lelkesen. – Egyébként a világok szertefoszlása, rothadása minden világot érint. Ezt is. Még akkor is, ha nem tudnak róla. Bár valahol ezt már itt is érzik, csak még nincsenek rá szavaik.

– Hogy érted ezt? Én sosem éreztem, hogy közelegne a világvége. Nem kezdtem földalatti bunkereket építeni miatta, hogy ásványvizet és konzerveket hordjak oda tonnaszámra. De az ismerőseim sem. Szerintem egyikünk sem érzett ilyesmit. Azok csak sima dilisek, akik ilyeneket csinálnak a Földön. Vagy nem? Ők valóban tudnának erről?

– Valószínűleg nem. Léteznek természetesen mentális betegségek a Földön. Azok, akikre gondolsz, valószínűleg tényleg nem azt sejtik, ami valójában fenyegeti őket. Ezt, amiről én beszélek, minden ember érzi a Földön, csak nem tudatosan. A tudatalatti az, amelyik érzékel bizonyos folyamatokat a világban, olyasmit is, amiről senki sem beszél. A jelenség mégis megmutatkozik, előtűnik előbb-utóbb abban a világban, amelyben élnek. Először gyakran a kultúrájukban bukkan elő. Tudod, mi az a kollektív tudatalatti?

– A tudatalattit igen, de a kollektív fajtájáról még lehet, hogy nem hallottam.

– A tudatalatti ugye az, amivel tudatosan nem vagyunk tisztában, amit nem vagyunk képesek használni, nem tudjuk irányítani, nem is biztos, hogy tudunk a létezéséről és a jelenlétéről. Most akkor képzeld el ezt úgy, hogy mindenkinek van ilyenje. Mindenki tud olyat, amit nem képes kimondani, és csak mélyen, legbelül érez. Ha ez kollektív szintre van emelve, az tudod micsoda?

– Fogalmam sincs. Nem akarok találgatni. Inkább csak mondd meg.

– Ezt hívják jóslatnak. Mindenki érzi, mégsem tudják megfogalmazni. Ezért jelennek meg efféle jóslatok a népek kultúrájában, mert ha szavakkal nem is tudják kimondani, hogy miért közeledne ilyesmi és hogyan, mégis érzik, hogy így van... Előbb-utóbb aztán valaki végül kimondja. A művészek között sok jós van, aki jobban ki tudja vetíteni a tudatalattiját. Ismerek is ilyeneket, de erre majd inkább később térek ki... Tehát a művészek még inkább képesek kimondani azt, amit már az egész nép érez, és előre megjósol. Ezért kell figyelni, hogy mi jelenik meg egy nép kultúrájában. Azt, hogy miről kezdenek fantáziálni, miről szólnak a meséik... vagy akár a rémtörténeteik. Hiszen, ha visszamész akárcsak száz évet... miről szólnak az akkori science fiction regények itt a Földön? A mostani technológiáról! Szerinted az csak mind kitaláció volt? Nem, mert most már létezik is. Ez az a jelenség, amiről beszélek: a kollektív tudatalatti. Az emberek mélyen belül meg tudják „jósolni", hogy mi fog következni, mégsem képesek szavakba önteni. A művészek, az úgynevezett „látnokok" viszont valamennyire képesek rá. Ezért írták meg már régen előre a tengeralattjárót például itt, a földi irodalomban, vagy az űrutazást és a Holdra-szállást. És most sajnos ezért szól annyi történet a világvégéről, az emberiség pusztulásáról... láttál már „zombifilmeket"?

– Nem mondod, hogy az be fog következni?!

– Bizonyos dimenziókban bekövetkezhet akár még az is. Talán itt a Földön is. Ezt én sem tudom. De azt igen, hogy az emberek tudat alatt

érzik a jövőt. Az ilyesmi sosem légből kapott. Ezért ilyen szomorú ez a mai világ. Mert érzik a vesztüket. Ezért ilyen kiábrándult is mindenki.
– Mindenki?
– Nézz körül! Tudod, hány depressziós van a Földön jelenleg? Tudod, hány alkoholista? Szerinted boldogok az emberek? Már akkor sem boldogok, ha mindenük megvan! A gazdagok sem boldogok, mert még többre vágynak! Ezért a végén már drogozni kezdenek, mert a valóságban nem találnak többé elég boldogságot. Az a milliomos, aki minden nőt megkaphat, szintén nem elégedett. Olyankor rájön ugyanis, hogy már nem is a nőket szereti, hanem a férfiakat! Aztán esetleg öngyilkos lesz a végén, mert már az sem boldogítja. Nem láttál még ilyeneket? Hírességek, sztárok esetében? Az emberek sekélyesek, a kultúra hanyatlik. Elfogynak az új ötletek. A régieket kezdik ismételgetni, utánozni, lopni, újracsinálni. Egy film esetében például szerinted hány „remake”-et lehet készíteni? Egyet, kettőt? Ki nézi meg majd a hetediket, ha már három remake-et is látott ugyanarról? Szerinted ez hová vezet? Ezt az emberek is érzik! Elfogynak az ötletek, elfogynak az új benyomások és az új ingerek a világban, ami számukra szórakoztató és érdekes. Minden szertefoszlik, minden a végéhez közelít. Szoktál internetezni ugye?
– Igen, van egy laptopom otthon Washingtonban.
– Nem figyelted meg, hogy mi megy itt, 2017-ben a közösségi oldalakon? Az olyanokon, mint az a Facebook? Az emberek sekélyesek lettek. Önmagukat mutogatják úgynevezett selfie képekkel. Már nem arra törekszenek, hogy fizikailag, személyesen találkozzanak, összetartsanak, és örömet szerezzenek egymásnak szép szavakkal, ajándékokkal és kellemes, közös időtöltéssel. *Arra* ugyanis manapság „nincs idejük”. Ők így magyarázzák, már amelyik képes rá, hogy szavakba öntse. Inkább készít magáról egy felszínes, elhamarkodott képet, és aztán az összes rokona lájkolja, mint hogy személyesen meglátogatnák őt. Szerinted ez ugyanolyan tartalmas, mint a régi, valódi emberi kapcsolatok?
– Nem. Ezt a dolgot én is utálom. De akkor miért csinálják?
– Azért, mert tényleg úgy érzik, hogy nincs idejük másra és többre. Érzik, hogy *fogy az idő*. Mert közeleg a történet vége. Visszatérve a korábbi kérdésedre, melyre tudom, hogy nagyon kíváncsi vagy, és már többször is rákérdeztél: *ezért* fordultak rosszra a dolgok. Én a jóban hittem. Te tanítottál rá. Abban akartam hinni. Eleinte kizárólag az vezérelt. Ezt az alapítványt szeretetből hoztam létre, azért, hogy segítsek. De egy ilyen világban már nincs miért, mert nincs kin segíteni. Az emberek már azt sem hagyják. Nem ismerik fel tudatosan a végpusztulás jeleit. Mint ahogy mondtam is, csak tudat alatt érzik. Ezért elkeseredettek, ezért felszínesek, ezért hiszik, hogy rohanniuk kell, és hogy fogy az idő. Nem kérnek a segítségből, nem is hisznek benne, hogy lehet segíteni rajtuk. Én tényleg próbáltam, de nem hagyták. Eleinte sok hajléktalanon segítettünk itt az alapítványnál, de tudod, hogyan hálálták meg? Megloptak minket! Mi pénzt adtunk nekik és munkát. Ők pedig később, nekünk köszönhetően meggazdagodva, visszajöttek felbátorodva, megfelelő eszközökkel, a megfelelő társasággal, és betörtek ide. Kiraboltak minket. Tudod, hányszor fordult már ez elő? De olyan is volt, akinek rendbe hoztuk az egész életét, ő pedig úgy hálálta meg, hogy nem becsülte meg egyetlen napig sem.

Szereztünk neki munkát, sőt *lakást* kapott tőlünk, mégis újra inni kezdett! Vissza is ment az utcára. És a végén tudod, kit hibáztatott mindezért? Minket! Volt, amelyik beperelt, sőt feljelentett minket csalásért!

– Sajnos ezt el tudom képzelni. Hiszek neked. Az emberek tényleg ilyenek.

– Na látod. Akkor most már az okát is tudod valamennyire, hogy miért ilyenek, és azt is, hogy miért nem működik egy olyan dolog, amit itt próbáltam létrehozni, azaz kezdeményezni. Saját káromon jöttem rá, hogy itt, ebben a korban a szeretet már nem járható út, és nem megyek vele semmire. Viszont a te emlékeid akkor is hiányoznak, amit szerettem volna visszaadni neked, és helyrehozni a hibát. Utána pedig el is kell mennünk innen. Egy olyan világba, ahol még tart az élet. Itt minden hamarosan véget fog érni. De nem mindegy, hogy hogyan hagyjuk el ezt a világot. Hiszen egyszer már elhoztalak a sajátodból úgy, hogy azt sem tudtuk, mivel fog járni. Most nem akartam ilyen bizonytalan alapokra építeni. Amikor láttam, hogy itt a szeretet útja már nem járható, beláttam, hogy az ősi módszerekhez kell folyamodnom: az Ywolf klán módszereihez. Vérrel nyitni kapukat, visszamenni a múltba, megpróbálni legalább úgy változtatni. Bizonyos dolgokon tudtam is. De persze értem én, hogy hogy néz ki ez az egész egy külső szemlélő számára. Elhiszem, hogy te csak a gonoszságot látod benne. De akkor is értsd meg, hogy *a gyilkosság önmagában még nem gonoszság.*

– Már ne is haragudj, de minden pszichopata ezt mondja. Tudod, hány ilyet tartóztattam le eddig?

– Egy oroszlánt letartóztatnál?

– Mit?!

– Egy ragadozót! Az is gyilkol. Az életben maradásért!

– Az más! Ő meghalna, ha nem jutna ennivalóhoz!

– Mi ketten is meghalunk, ha nem tudom kijuttatni innen magunkat! Én is ugyanazért teszem hát. Kettőnkért. Azért, hogy élhessünk, és kijussunk innen.

– De ez akkor sem jogosít fel arra, hogy másokat megölj.

– Úgyis halottak már. Ez a világ itt sokkal előrébb tart, mint a többi világ Föld bolygója. Ez nagyon hamar véget fog érni. Hidd el, a halál az halál. Teljesen mindegy, hogy egy-két hónappal hamarabb lesz végük, vagy sem. Az örök élethez vagy örök halálhoz képest az semmi.

– Ennyire kevés lenne már csak hátra? De hogy érted, hogy „a többi világ Föld bolygója" tovább fog tartani?

– Mondtam: az univerzum tágulása folytán nemcsak több világ jött létre, de a valóság továbbhasadása miatt párhuzamos dimenziók is létrejöttek. Ugyanazok a világok már többféleképpen léteznek. Van több ehhez hasonló Föld is. De ez itt az egyik legrosszabb. Ez nagyon hamar véget fog érni. A többi is sajnos hasonló helyzetben van, de azokon a helyeken még némileg több idő lehet hátra. Át akarok jutni egy másikba, és ott tovább próbálkozni.

– Újabb öldökléssel?

– Nem feltétlenül. Ha *segítesz*, akkor nem. Ketten együtt bármire képesek vagyunk. Ez már többször kiderült közös életünk során.

– És mi kell ahhoz, hogy elmenjünk innen? Egyáltalán hová akarsz menni?

Harmadik fejezet: A többi világ

– A másik oldalra akarok eljutni. Leir világába.

– Így hívják a másik Föld bolygót?

– Nem. Azt *ugyanúgy* Földnek hívják! – mosolygott Abe. – Leir a másik felem. Ő egy másik földi világban él. Leir az énem egy darabja, ami leszakadt belőlem egykoron. Régen, amikor még nem volt így széthasadva az univerzum, minden entitásból, lélekből csak egy létezett. Azóta már a lelkek is széthasadtak, és több világba szóródtak szét térben és időben. Emlékszel, hogy azt mondtam „Abriel" az ősi nevem?

– Igen. De most is így hívnak itt az alapítványnál, nem?

– Csak azért kezdtem így használni a nevem, mert az Abe-re azt hitték, hogy valami becenév. Pedig nem az. A valóság széthasadása előtt voltam Abriel. Leszakadt belőlem egy darab. Én sem tudom pontosan, mikor és hogyan. A dolgoknak ezt a részét én sem értem teljesen. Ezt még mi is csak találgattuk Leirrel. Egy ideje képes vagyok valamennyire kommunikálni vele. Nálunk máshogy működnek a dolgok. Nálunk szeretettel vagy vérrel nyílnak a kapuk. Náluk az álmoknak van ilyen ereje. De bizonyos gépekkel és eszközökkel is sokat el tudnak érni. Így ért el Leir engem is. Ő egy látnok. Erre utaltam a művészekkel kapcsolatban: zenész. Saját hangszereket hozott létre, és egyszer túl messzire ment. Az a műszer ugyanis nemcsak zenei hangokat tudott kiadni magából, de fogott is egy bizonyos „jelet", úgy, akár egy adóvevő.

– Milyen jelet?

– Engem. Ugyanis sikerült befognia vele egy ugyanabból az eredeti lélekből leszakadt másik darab agyhullámait: az én gondolataimat.

– Ez már nagyon elszállt dolog. Nem tudnád ezt valahogy úgy elmagyarázni, hogy én is megértsem?

– Megpróbálom. Mit kapsz, ha Leir nevét visszafelé olvasod?

– Riel?

– Most olvasd össze az én „becenevemet" és az ő nevét.

– Abe, azaz fonetikusan „éb" + Riel = Ébriel, azaz Abriel. Már értem! Tehát ezért ez az ősi neved, mert régen egyek voltatok. Az az ősi név tehát nem te voltál, hanem *ketten együtt* voltatok Abriel. Ezért nem akarod már használni azt a nevet. Ha jól értem, akkor Abe és Riel különváltak, elszakadtak egymástól. De miért írja ő visszafelé a nevét?

– Mert a tükör másik oldalán él, akár egy tükörkép. Ott sok minden másképp vagy ellentétesen működik, mint itt. Én ezzel magyarázom. Egyébként azért tudnánk mi átmenni oda, mert közel vagyunk egymáshoz. Ezért is tudtunk kapcsolatba lépni. Létezik itt egy tengelypont ebben a világban, aminek ők és mi a két oldalán élünk. Ez a tengely olyan, mint egy két oldalú tükör. Erre együtt jöttünk rá korábban. Aztán megpróbáltunk még többre fényt deríteni... Kitekintettünk más világokba, ki-ki a maga módszerével. Sok mindent megtudtunk. Azt is többek között, hogy ez a világ itt hamarabb véget fog érni, és azt is, hogy az övék egyelőre még tart, de nem sokáig. Én egyébként már tudom, mi fog történni náluk, de ő, *szegény* még nem! Nem akartam elmondani neki, mert úgyis meg fogja majd látni. De a lényeg, hogy már így is elég sokat tudunk. Például azt, hogy létezik még legalább két darabja az eredeti ősléleknek, aminek mi ketten is részei voltunk.

– És ők hol vannak? Hogy hívják őket?

– Ez már sajnos még az eddigieknél is bonyolultabb téma. Még mi sem értjük teljesen Leirrel. A mi valóságaink közel vannak egymáshoz, így mi sokkal jobban hasonlítunk ezáltal, mint ők. Nem tudunk róluk sokat, csak egy-két dolgot.

– Akkor legalább azt mondd el, amit tudsz. Azért valamennyire az eddigieket is értem.

– Rendben. A harmadik darabja a léleknek a névtelen ember. Senki sem tudja a nevét. Még ő maga sem. Bizonyos korokban és helyeken Jimnek hívják. Van egy másik neve is: „enihcamxes". Erről a második szóról nem tudni, mit jelent, de azt tudjuk, hogy egyik sem a valódi neve, mert igazából nincs neki. Egy későbbi korban „istengyilkosként" is ismerik őt.

– „Kedves" ember lehet. Mármint tudod, hogy értem...

– Nem tudjuk, mit jelent a kifejezés. Valószínűleg nem szó szerint kell érteni. Jimmel kapcsolatban... mi így hívtuk Leirrel... nem tudjuk, hogy hogyan része annak az összességnek, aminek mi két darabja vagyunk. Mivel nekünk a nevünk is darabjai egy egésznek, és neki nem... Így lehet, hogy igazából ő semmi, azaz nem létezik. Lehet, hogy ezért nincs neve sem. Egyfajta visszhangja csak a valóságnak, egy leszakadt maradványa, hordaléka a történéseknek, akár a kábelzaj a TV- adás közvetítésénél. Zavar a rendszerben... Leir legalábbis ezt gondolja.

– És te? Mit gondolsz róla?

– Azt, hogy ő felettünk áll. Ezért nem látjuk rendesen. Mert számunkra lehetetlen érzékelni az ő dolgait. Egy magasabb létforma, akinek olyan hatalma van, hogy mi nem érthetjük, mit miért tesz. De sajnos még csak nem is ő a legkérdésesebb része ennek az elméletnek, hanem a negyedik. Ő a legfurább és egyben legijesztőbb is.

– Már félek megkérdezni, hogy mi ez a dolog.

– Nem tudom, lenne-e értelme kérdezned róla. Mindenesetre ígéretemhez híven megpróbálom neked annyira elmagyarázni, amennyire én értem: Mi jut eszedbe az Abriel névről? Nem hasonlít valamilyen szóra vagy névre?

– De. Ez már korábban is felmerült bennem, még a legelején, a kihallgatóban. Úgy hangzik, mint az angol „Gabriel" név.

– Igen, úgy hangzik, de eredetileg nem angol egyébként, hanem héber eredetű. Azt jelenti: Isten embere, Isten bajnoka. Mondtam, hogy elméletünk szerint régen csak egy lélek létezett, és amikor minden hasadni kezdett, a lelkek is többfelé szakadtak. A Gabriel „Abe" része vagyok én. Leir van a tükör másik oldalán, ahová át akarok jutni, mielőtt ez a világ elpusztul. Jimnek nincs neve, nem tudjuk, ő hogyan kapcsolódik ehhez az egészhez. De mi az, ami hiányzik a névből?

– A G betű! Lenne akkor egy „G" nevű ember is valahol?

– Igen, de ő nem ember.

– Csak nem azt akarod mondani, hogy ő Isten? G, mint „God" angolul? És ti vagytok Isten emberei Leirrel és Jimmel? Ez már tényleg sok! Még azokhoz képest is, amiket eddig elmondtál.

– Talán nem maga Isten ő, hanem az „isteni szikra". G ugyanis egy energialény. Olyan, mint az elektromos áram itt nálatok. Neki sincs neve. Van, ahol „Egy"-ként ismerik. Ő maga sem tudja a nevét, valószínűleg azt sem, hogy micsoda. Nekünk is csak elméleteink vannak Leirrel. Mindenesetre egy dologban eléggé biztosak vagyunk: Ha őt megtalálnánk, meg tudnánk állítani és talán visszafordítani az *egészet*!

– Mit?

– Az univerzum tágulását, a pusztulást, a rothadást a csillagokon túlról. Őrá ugyanis nem hat! Ezt biztosan tudjuk. Nem hatnak rá sem a dimenziók közti eltérések egymásra gyakorolt hatásai, sem az időhurkok, sem az univerzum tágulása. *Ő állandó.* Ha egyesülni talán nem is tudnánk vele újra, az ugyanis véleményünk szerint csak akkor lenne lehetséges, ha visszamennénk az ősrobbanásig, mert ő akkor hasadt le tőlünk... de talán egyesülés nélkül is tudnánk tenni dolgokat a segítségével, együtt, közösen a jó ügy érdekében. Talán úgy megállíthatnánk a pusztulást. Viszont lehet, hogy sosem jutunk el hozzá.

– Miért? Azt mondod, Leirhez is át lehetne menni.

– Igen, de ő közel van. G viszont nagyon messze van innen. A jövőben van, számításaink szerint talán 2177-ben tudnánk először kapcsolatba lépni vele. Én pedig sosem jutottam el még olyan messzire. Nem tudom, miért, pedig rengeteget utaztam az időben, de mindig ez az a pont, ami a végső határ volt számomra: Ez, az itteni 2017-es év. Ezt sosem tudtam átlépni. Pár hetet például sokszor vissza tudtam menni, hogy befolyásoljam a dolgok itteni alakulását, de aztán ki kellett várnom, hogy megint elérjen oda az idő, ahol lenni akartam, mert itt a határ közelében már nagyon nehéz akár egy hetet is előbbre menni. Ennél előbbre pedig egyáltalán nem voltam képes jutni. Tehát lehet, hogy sosem érnék el G-hez, és a pusztulás sajnos elkerülhetetlen. De egyelőre annak is örülnék egyébként, ha Leirhez eljutnánk!

– Ő nem tud idejönni?

– Miért tenné? Az ő világa tovább fog létezni. Nem jönne ide, hogy idejekorán meghaljon. Egyébként sem biztos, hogy képes lenne rá. Ugyanis, ahogy több darabjai vagyunk mi egy léleknek, úgy a képességeink is megoszlanak és eltérőek. Egyikünk sem képes ugyanarra ugyanúgy, mint a másik. Én térben és időben tudok utazni. Leir csak az álmaival tud hatni dolgokra, lát dolgokat. Lehet, hogy ő egyáltalán nem is tud utazni. Akkor még nem tudott, amikor beszéltem vele. Jim pedig csak térben tud utazni, időben nem.

– És G?

– Azt egyikünk sem tudja. Bármire képes lehet. Ezért kellene vele... ha nem is egyesülni, mert az talán lehetetlen, de legalább beszélni vele és hatni rá. Valószínűleg ő nem tudja, mi folyik odakint a világban, nincs tisztában a pusztulással. Nem tudjuk, hogy miért. Talán bezárva tartják, és korlátozzák a képességeit. Lehet, hogy ki kellene szabadítanunk. De sajnos még azt sem tudjuk, hogy hogyan juthatnánk el egyáltalán az ő korába.

– És akkor most mit tegyünk? Mi a terved?

– Hogy érted, hogy mit *tegyünk*? Mármint *mi ketten* együtt? Hát mégis emlékszel?

– Nem, de értem, amiket elmondtál, és valamiért sajnos hiszek neked. Elhiszem, hogy ennek az egésznek elég nagy része igaz lehet. Ha elmész egy másik világba... mármint, ha megpróbálsz... mi történhet, ha én is megpróbálok veled menni? Ha őrült vagy, és úgysem sikerül, akkor legrosszabb esetben itt maradunk. Akkor én mégiscsak egy FBI-ügynök vagyok, te pedig mégiscsak egy komplett bolond. Sajnos akkor le kell, hogy tartóztassalak, előre szólok.

– Megértem. És...

– Hadd fejezzem be... Tehát ha viszont mégis sikerül, és ez az egész igaz, akkor nekem is jobb lesz, ha elmegyek innen. Akkor ugyanis az is igaz, hogy ez a világ hamarosan megsemmisül. Miért akarnék egy pusztulásra ítélt világban én is meghalni? Abban az esetben jobb lesz, ha veled megyek.

– Még így is jönnél, hogy az emlékeid sincsenek meg?

– Ha csak olyan áron tudnád őket megszerezni, hogy tovább öldöklik egymást emiatt itt az emberek, és még több ártatlant kell hozzá manipulálni és rosszra buzdítani, *akkor nem.* Ilyen emlékeket nem akarok, melyekhez vér tapad. Akkor inkább vagyok és maradok is tudatlan.

– Kérlek, ne haragudj!

– Miért?

– Azért, hogy nem bíztam már korábban is *rád* ezt a döntést. Jogod lett volna dönteni arról, hogy meddig menjünk el az emlékeid visszaszerzésében. Itt és most egyedül is meg tudtad hozni ezt a döntést, még emlékek nélkül is. Már korábban is rád kellett volna bíznom a dolgot.

– Ezért az egyért ne okold magad. Ehhez a döntéshez el is kellett mondanod nekem mindazt, amit most már tudok. Korábban mégis mikor lett volna rá alkalmunk? A kihallgatáson? Vagy a WC-ben? Ehhez idő kellett, hogy elmondj ennyi mindent. Eddig egyszerűen nem volt rá lehetőség! A lényeg, hogy ha el tudsz menni ebből a világból, én veled megyek. Csak *mi* mehetünk? *Mindenki* másnak vesznie kell itt?

– Sajnos túl sok mindent biztos nem vihetünk magunkkal. Talán egy-két tárgyat igen. Esetleg egy-két embert is. Kiket vinnél? Nekem nincs senkim itt. Neked igen?

– Rokonaim nincsenek – nevetett Nola –, hiszen te is tudod. Épp te mutattál rá, hogy nem is itt születtem. Barátaim viszont esetleg igen. Van egy ember, aki jó barátom, és kár lenne érte. Ecker a neve. Itt van most velem. Mármint a szomszéd szobában. Kollégám. Szerintem neki se nagyon fog hiányozni ez a világ. Ő is egyedül van. Párja sincs. És tudod mit? Van a másik szobában még valaki. Egy intelligens, érdekes ember. Steve-nek hívják. Szerintem ő sem érdemelt olyan sorsot, amit itt kapott az élettől. Ő is megérdemelne még egy esélyt. És talán... a főnökömet is nagyon tisztelem, az ezredest.

– *Őt felejtsd el!*

– Hogyhogy? Ismered őt?

– *Ő is egy névtelen ember!!*

Negyedik fejezet: A névtelenek

– Dehogy névtelen! Miről beszélsz? – kérdezte Nola nevetve.

– Akkor *hogy hívják?* Mi az ezredes neve? Mi van kiírva az irodája ajtajára? Mi áll a névtábláján az asztalán, amikor ott állsz előtte, és jelentést teszel neki valamiről?

– Hát... pedig tudtam! Itt van a nyelvem hegyén! Vagy... mégsem? Nem tudom... De hát hogyhogy ez nekem sosem tűnt fel? Ő is olyan lenne akkor, mint az a Jim, akit említettél?

– Igen. Ezért gondolom, hogy ők felettünk állnak. Mert olyan dolgokra képesek, amelyeket mi nem érthetünk, sőt észre sem veszünk. Például névtelenül járnak köztünk, és mégsem tűnik fel senkinek, hogy ők mások. Nem tudjuk pontosan, mire képesek, de az biztos, hogy rajtuk sem fognak bizonyos dolgok, ugyanúgy, mint G-n sem. Ők nincsenek veszélyben a pusztulástól. Ezért nem lenne értelme megpróbálni magunkkal vinni. Ő is állandó. Számunkra talán elpusztíthatatlan. Egyszerre több helyen is lehet. Ha itt eltűnne, vagy mi eltűnünk majd innen, lehet, hogy sok más helyen még találkozni fogunk vele.

– Ajjaj...

– Mi az?

– Mi van akkor, ha több ilyen „névtelen ember" tartózkodik egy helyen, azaz egy világban?

– Hogy érted ezt?

– Az bajt jelenthet? Lehet valami jelentősége?

– Őszintén? Fogalmam sincs! Még *sosem* hallottam ilyenről. Azaz arról igen, hogy Jim és az ezredes már találkoztak. Ők talán ismerik is egymást. De hogy őszinte legyek, több ilyen emberről rajtuk kívül (ha ők emberek egyáltalán) eddig nem hallottam. Miért kérded?

– Mert én találkoztam még eggyel! Legalábbis azt hiszem. De hisz te is találkoztál vele!

– Micsoda?! Én?! Az *nem létezik!* Nekem feltűnt volna.

– Nem hiszem. Hisz észre sem vetted, hogy nincs neve!

– Ki volt az akkor? Egy hajléktalan? Vagy a nyomozó, akit megöltem a WC-ben?

– Nem. A nyomozót Adamovsky-nak hívták. David Adamovsky. Az irattárostól tudom onnan a kapitányságról.

– Akkor ki volt az?

– Emlékszel arra a nyomozóra... arra másikra... aki kihallgatott téged húsz éve? Magas, vékony, szőke hajú... kicsit hajlott volt az orra. Tudod, aki mellettem ült! Aki be is dühödött a kihallgatás során, mert annyira nem hitte el a történetedet, amit elmondtál nekünk. Emlékszel rá?

– Persze. Utáltam első perctől fogva! Ezért sem szóltam hozzá. Ezért sem tettem neki vallomást. Mert nem bíztam benne! *Benned* viszont igen. De hát ezt mondtam is akkor. Fura alaknak tűnt. De hisz neki *volt* neve!

– Igen? Mi?

– Nem tudom. De nézd... Nekem azóta azért csak sok idő eltelt ám! Ha nem is húsz év, mert átugrottam ide, ebbe a korba, de azért itt sokszor visszamentem hetekkel korábbra, hogy változtassak a dolgokon. Sokat utaztam, sokakkal találkoztam. Szerintem volt neve a fickónak, csak már nem emlékszem rá. Nem emlékezhetek minden egyes névre!

– Pláne, ha *nem is volt* neki! Én, hidd el, emlékeznék rá, ha lett volna! Azóta, húsz éve sokszor megpróbáltam visszaemlékezni rá, de már biztos vagyok benne, hogy *sosem* mondta. Tudod, honnan tudom?

– Honnan?

– Onnan, hogy ha rágondolok, vele kapcsolatban is olyanokat érzek, mint az ezredes esetében. Amikor kimondtad, hogy kicsoda a főnököm igazából, rájöttem dolgokra vele kapcsolatban. Sok minden a helyére került most bennem. Utána, amikor eszembe jutott a kihallgatás, arról a nyomozóról is hasonló dolgokat kezdtem érezni! Szerintem ők ugyanolyanok. De amíg az ezredesről jó dolgokat érzek, erről a nyomozóról inkább csupa rosszat! Sötétet és gonoszságot!

– Hiszek neked. Akármennyire is hiányosak az emlékeid, a megérzéseid mindig is sokkal jobbak voltak, mint az enyémek. Ha tényleg így érzed, akkor biztos vagyok benne, hogy úgy is van. Megmondom őszintén, hogy tényleg sosem hallottam harmadik névtelen emberről. Biztos, hogy komoly oka van annak, ha itt van. Elképzelni sem tudom, hogy mi lehet az. Talán ő is világból világba menekül... Ő is változtatni akar... Lehet, hogy csak az egyéni érdekeit tartja szem előtt, de az is lehet, hogy az egész világét... de nem jó értelemben. Elképzelhető, hogy ő is helyre akar hozni dolgokat, de csak úgy, hogy minden neki kedvezzen általa. Lehet, hogy mindent rossz irányba próbál terelni. Minket is tulajdonképpen, ha nagyon finoman is, de egymás ellen uszított, nem? Olyan óvatosan, hogy észre sem vettük. Engem hiteltelenebbnek, őrültebbnek állított be előtted, mert mindent megkérdőjelezett, amit mondtam. Emlékszel? Lehet, hogy ez a módszere. A mi ügyünket is képes volt borzasztó hosszúra nyújtani. Hiszen húsz év telt el azóta! Ha már akkor megtaláljuk a közös hangot te meg én ott a *legelején*, akkor most nem itt tartanánk! Akkor még csak egy ember halt meg a metróalagútban! *Egyetlen egy!* Ha *akkor* megértetem veled, hogy mire kell törekednünk, és megpróbálom helyreállítani az emlékeidet, akkor *semmilyen* vérontás nem történt volna!

– Azt hiszem, azt ő okozta! Vagy csak *én is* megőrültem már veled együtt... Ugyanis el tudom képzelni, hogyha akkor valóban lett volna alkalmad mindezt elmondani, akkor sosem térsz még rosszabb útra. Lehet, hogy neki köszönhetjük, hogy idáig fajultak a dolgok.

– Amikor az FBI ide küldött Magyarországra, hogy kihallgass engem húsz éve... mennyit mondtak az ügyről?

– Rólad elmondott az ezredes mindent, amit tudott. Meg az áldozatról is.

– És arról, hogy ki lesz jelen még a kihallgatásnál?

– Nem emlékszem, hogy mondta volna, hogy bárki más is jelen lesz. Azt mondta, hogy vigyázzak veled, mert veszélyes vagy. Egyes számban. Nem azt mondta, hogy „vigyázzanak vele", mintha más is lenne majd ott, akivel együtt kell dolgoznom Magyarországon.

– Azért, mert ő *sem* tud a másikról. Talán még ma sem! És azért, mert szerintem a rendőrség sem tudott róla, hogy az az ember ott lesz aznap! Fogadjunk, hogy ha most visszamennénk oda megnézni, akkor minden iratban az szerepelne az esetről, hogy húsz évvel ezelőtt *egyedül* hallgattál ki? Emlékszel az „ügyvéd trükkre", amit csináltam, hogy kijussak? Szerintem ő is ugyanezt csinálja, csak *fordítva!* Én kitaláltam valakit, aki nem volt ott. De én csak önvédelemből tettem! Ő pedig valóban ott van bizonyos helyeken, mégsem emlékszik rá senki! És szerintem ő nem önvédelemből teszi mindezt, hanem miellenünk! Engem máris borzalmas gyilkosságokba taszított és vett rá. Kettőnket pedig elválasztott, és sokáig távol tartott egymástól.

– Várj! – kiáltotta Nola.

Aztán úgy kirohant a szobából, hogy Abe-nek még válaszolni sem maradt ideje!

A nő lerohant a kocsihoz, és pár perc múlva egy dossziét lobogtatva tért vissza:

– Csináltam egy másolatot! – zihálta kifulladva. A dossziéval Abe felé integetett, hogy vegye el.

– Miről? – kérdezte Abe gyanakodva.

– A kihallgatásról... – még mindig lihegett a sietségtől. – Az irattárban... csináltam egy... fénymásolatot az anyagodról! Vedd már el!

– De miért lényeges ez? Hisz tudom, miket mondtam neked ott. Az igazat! Nem kell az orrom alá dörgölnöd semmit. Már megint kételkedsz? Mit akarsz belőle megtudni rólam?

– Nem *rólad*, te buta! Olvasd!

Abe engedelmeskedett, és olvasni kezdte hangosan:

– V. Kerületi Rendőrkapitányság, Budapest, Magyarország 1997. szeptember 3., 15 óra 46 perc

Ügyszám: 0025647554596

Jegyzőkönyv... gyanúsított helyszíni kihallgatásáról

Jelen vannak:

Gyanúsított neve: - ismeretlen -

A nyomozóhatóság részéről: Nola Darxley különleges ügynök, FBI...

– Nola ekkor közbevágott:

– Látod?

– Mit? – kérdezett vissza Abe. – Azt, hogy a gyanúsított neve ismeretlen? Én nem vagyok névtelen, ha erre gondolsz. Csak nem mondtam meg nekik. De neked már elárultam, amikor bejöttél. Nem emlékszel?

– Nem erre gondolok! – mondta Nola türelmetlenül. – Látsz ott említve bármilyen más személyt a nyomozóhatóság részéről?

– Ja, tényleg! – esett le Abe-nek is.

– Tényleg nem volt hát ott senki rajtam kívül! Látod? Vagy legalábbis nincs neve! Tudtam! Pedig nem is emlékeztem rá, hogy a jegyzőkönyvben sem szerepelt a fickó. Valamiért egyedül nem vettem észre, amikor az irattárban olvastam! Együtt tényleg képesek vagyunk meglátni azt, amit külön-külön nem. Igazad volt korábban! Már elhiszem, hogy együtt többre vagyunk képesek.

– Valóban! Tényleg nem volt ott senki! Azaz csak mi láttuk! Vagy ott volt, de már csak mi ketten emlékszünk rá. Az emberek elfelejtették, mert név nélkül nem hagy emlékeket maga után, ha nem akar – mondta Abe.

– Az történt hát, amire rájöttünk – helyeselt Nola. – Az, aki ott volt, valóban egy névtelen ember. Manipulált minket. És biztos, hogy nem jó irányban. Én hiszek benne, hogy te nem vagy gonosz. Amikor megöleltük egymást... amikor megcsókoltál... éreztem, hogy milyen vagy. Más vagy, mint én. Elhiszem, amiket a kultúrádról mondtál, hogy ti nem úgy álltatok a dolgokhoz, mint mi. Szeretet nélkül, pusztán tudományosan álltatok hozzá, de nem is gonosz célokkal. Szerintem ugyanazt láttam meg én is benned annak idején. Tudod mit? – Mit? – kérdezte Abe megdöbbenve. Ezt képzelni sem merte, hogy a nő ilyen rövid idő alatt is eljuthat a megértésnek erre a szintjére ebben a szövevényes történetben.

– Azt láttam benned, hogy te is egyedi vagy. Ezért szeretlek. Mint ahogy én sem voltam a saját fajomba illő, úgy te sem a tiédbe. Még akkor sem, ha eddig azt hitted. A te világodban lehet, hogy nem volt szeretet. De az enyémben igen, és én felismerem, ha meglátom. És *benned* ott van! Mit hittél? Miért szeretsz engem? Hogyan lennél rá képes, ha valóban olyan vagy, mint egykori fajod többi tagja? Azért vagy rá képes, mert benned *mindig is volt* szeretet. Én csak kihoztam belőled azt, ami már amúgy is megvolt mélyen a lelkedben. Nem tudtam volna beléd plántálni, ha nincs. És most már hiszem, hogy nem te okoztad mindazt a rosszat, ami most itt történik. Ahogy te is mondtad, itt úgyis vége lenne mindennek. De valaki szerintem *rá is segített* erre. Talán a névtelen nyomozó. Emlékszel rá, hogy hogyan trükközted oda az ügyvédedet akkor, amikor ott sem volt? Apropó! Ezt majd el kell mondanod, hogy hogyan csinálod!

– Igen, persze, hogy emlékszem rá. De hisz az előbb említettem.

– És arra, hogy hogyan érted el a hajléktalanoknál, hogy bandába verődve gyilkolni kezdjenek? Arra is emlékszel? Mit mondtál nekik konkrétan?

– *Konkrétan* nem tudom, de nyilván sok mindent, hiszen én vezetem ezt az alapítványt.

– De mivel vetted őket rá a gyilkosságokra? Ismételd el *pontosan* azokat a szavakat!

– Nem tudom. Nem emlékszem... De hát nem emlékezhetek minden egyes szavamra!

– Én viszont emlékszem azokra a szavaidra! Amikor első alkalommal sikerült nagy nehezen felfognom, hogy miket mondanak rólad a TV-ben, azt mondtad a tömegnek, hogy „Kellünk a sötétségnek". Ezek a te szavaid?

– N-n-nem hiszem... Nem rémlik.

– Mert akkor ezek az ő szavai! Én az első pillanattól kezdve úgy éreztem, hogy az, amit ott láttam rólad, nem vall rád. Szerintem téged is manipuláltak. Te semmi mást nem akartál, csak az emlékeimet visszaadni, és létrehozni itt egy alapítványt azért, hogy segíts másokon is. A többi szerintem nem a te műved. A gonosz része nem!

Nola azért, hogy bizonyítsa, komolyan gondolja, amit mond, odalépett a férfihez és átölelte. Most ő szorította magához Abe-et úgy, ahogy ő tette vele itt korábban, amikor ő a fegyveréhez kapott.

Forrón, hosszan megcsókolta a férfit...

És akkor már Abe is érezte, hogy igaza van. Nola szeretete rá is kihatott most, azaz mindig is hatással volt rá. Általa most ő is érzékelni tudta, hogy őbenne is ott van a szeretet belül, mélyen... csak elnyomta már egy ideje. Valaki ugyanis segített ebben neki úgy, hogy közben talán saját terveire használta fel őt.

Nola ismét eltolta magától, de most sokkal gyengédebben, mint korábban:

– Mennyi idő alatt tudnál elmenni az Elmúlás Fészkébe? Akkor ahhoz, ugye, tényleg nem kell vér?

– Nem, ahhoz nem kell. Talán fél óra alatt felkészülhetek rá. Miért?

– Engem is oda tudnál vinni?

– Talán. De miért kérded? Ijesztő egy hely, most szólok!

– Nem fogok félni, ha mellettem leszel – mosolygott Nola. – Láttam, mire vagy képes, ha biztatlak... ott a kihallgatóban. Azért akarok odamenni, mert látni akarom...

– Mit?

– A holttestet, amit átlöktél oda. Ugyanis szerintem *nincs ott*!

– Dehogynem! Ne viccelj. Onnan semmi sem tűnik el. Az egy dimenziókon kívülálló, állandó hely.

– Az lehet, de nem azt mondtam, hogy eltűnt. Szerintem nem is volt ott soha! Szerintem nem öltél te meg ott a WC-ben senkit! Azt csak mi láttuk! Ugyanis most eszembe jutott valami. A vért eltüntethetted... bár szerintem sokkal több volt, mint ahogy te emlékszel. Már ez sem stimmel egyébként a történettel. A másik dolog pedig, ami szintén sántít: Amikor beleverted a fickó fejét a falba, láttad, mi volt a feje mögött?

– Egy csomó vér, amit szétkentem?

– Azon kívül?

– Hát jó erősen odavágtam. A csempe rendesen betört mögötte, vagy nem?

– De! Én is így láttam. Tegnap, amikor odamentem az irattárba kikérni ezt a dossziét, amit már te is láttál, tudod, hová mentem még be?

– A WC-be? De hiszen nem gondolhattad komolyan, hogy húsz év után még vért találsz a falakon?

– Nem tudom, mit vártam pontosan, és miért is mentem be. De azt hiszem, utólag értettem most meg. Természetesen nem láttam vért, mivel az ezért vagy azért persze, hogy eltűnik évtizedek alatt. Viszont tudod, miben nem jók Magyarországon a közintézmények?

– Miben?

– A felújításban! Most, hogy felidézem, tisztán emlékszem rá, hogy tegnap is ugyanazt a régi, elavult csempét láttam a falon, mint húsz éve. És *nem volt* betörve sehol! Szerintem látszott volna rajta, ha kicserélik egy részen. Az meg végképp, ha felújítják az egész mosdót és a falakat. Azok a csempék ott a falon tegnap minimum húszévesek voltak. Szerintem nem tört be egyik sem, és nem is öltél te ott meg senkit! Ezért akarnék elmenni oda a Fészekbe, hogy a saját szememmel lássam azt a testet. Mert szerintem nincs ott! Látni akarom a hűlt helyét, ahol lennie kellene! Szinte teljesen biztos vagyok benne, hogy nem lesz ott.

– Végül is lehet. Nekem is kissé zavaros az az egész emlék. Amikor megkérdőjelezted, hogy hogyan tudtam volna csak úgy átlökni egy százhúsz kilós embert valahová úgy, hogy a vállamra kapom... Akkor én is elbizonytalanodtam. Nem is a súlya miatt, de azért egy magatehetetlen emberi testet nem olyan egyszerű csak úgy ide-oda bedobni, mint egy összegyúrt papírgalacsint egy papírkosárba. Lehet, hogy tényleg nincs ott.

– Akkor megnézzük? Azt mondtad, ráérsz.

– Nézzük meg!

– ...Várj csak! Még egyetlen dolog van, ami nem teljesen tiszta számomra. Mit kerestél annak idején egy metróalagútban, ahol az első gyilkosság történt?

– Valahol ott van a tengely. Budapest közepén. Tudod, mondtam, hogy én és Leir egy tükör tengelyének két oldalán vagyunk, egymáshoz elég közel. Nos, ennek a tengelye valahol ott van Budapest közepén, a Deák téren, a felszín alatt. A metróalagútban próbáltam megtalálni. Már akkor is foglalkoztatott ugyanis, hogy át kellene mennünk Leir világába, mert az tovább egy darabban lesz, mint a miénk. Oda még nem ért el annyira a pusztulás.

– És sokáig voltál odalent? Megtaláltad végül?

– Sajnos nem. Pedig nagyon sokáig kerestem. El is vesztettem az időérzékem. Talán napokig is kerestem. Vagy hetekig? Nem tudom. Hajlamos vagyok nagyon belefeledkezni a munkába, ha keresek-kutatok valami után.

– Pont erre gondoltam! Ezért is kérdeztem rá. Nem lehet, hogy *ezért* néztek téged hajléktalannak? Mert már olyan régóta kóboroltál ott a mocsokban, hogy te is úgy néztél ki, mint egy csöves, de igazából *sosem* voltál az? Egyébként *emlékszel rá egyáltalán*, hogy mikor és hogyan ölted meg azt az embert ott az alagútban? A legelsőt... aki miatt letartóztattak annak idején?

– Hogy őszinte legyek, nem emlékszem rá teljesen tisztán. Sem a módjára, sem az okára. Gondolom, a kapu nyitásához kellett a vér. Mondtam is, nem? A kaput akartam vele kinyitni!

– De hisz most mondtad, hogy meg sem találtad a kaput soha! Mi a fenét akartál volna kinyitni az áldozat vérével?

– Ja? Nem tudom! *Mire* akarsz kilyukadni?

– Mindjárt rájössz te magad is! Emlékszel rá, hogy ki tartóztatott le annak idején ott az alagútban?

– Egy nyomozó és egy rendőr. Az a... az a... nyomozó volt, aki veled együtt kihallgatott! A *névtelen!* Egy közrendőrrel érkezett a helyszínre.

– Nem lehet, hogy nem is volt vele senki? Te is megcsináltad az ügyvéddel! Szerintem követett téged oda az alagútba, ugyanis ő is át akar jutni a másik világba, ahol még talán van remény! Lehet, hogy téged el akart tenni az útból, hogy *te ne* juss át! Lehet, hogy végül mégiscsak megtaláltad az átjárót, vagy az is lehet, hogy ő találta meg. De mielőtt átment volna, biztos akart benne lenni, hogy te nem mész át, csak ő. Lehet, hogy ő ölt meg ott egy hajléktalant, és rád kente az egészet. De *szó szerint* a vérét! Ide figyelj Abe, meg kell állítanunk azt a fickót! Az egész életedet tönkretette. De az enyémet is! Húsz éve rostoklok itt miatta! Nem hagyhatjuk, hogy előttünk menjen át. Még a végén bezárja maga mögött a kaput, és mi örökre itt ragadunk. Oda kell mennünk! Meg kell találnunk azt az átjárót még őelőtte!

– Igazad van. De mi lesz akkor az Elmúlás Fészkével? Akkor nem akarsz odamenni?

– Szerintem felesleges. Már úgyis mindketten sejtjük, hogy semmit sem találnánk ott, ami bármi újat tudna mondani. Majd elmegyünk a nászutunkon! – nevetett Nola.

– Ne viccelj ezzel! Az borzalmas hely!

– Jó, ne haragudj!

– Egyébként tudod, még mi lesz borzalmas? Csak, hogy jobban átérezhesd a dolgok komolyságát... Emlékszel, korábban azzal vicceltem, hogy láttál-e már zombifilmet?

– Igen. Miért? Csak nem azt akarod mondani, hogy zombik vannak abban a Fészekben? Ezért olyan rettenetes?

– Nem a Fészekben vannak. Csak lesznek... de *nem* a Fészekben.

– Hanem akkor hol?

– Emlékszel, azt mondtam, hogy én már láttam, mivé lesz Leir világa, és hogy szegénynek még nem is mondtam, mert majd úgyis meglátja maga is. Nos az ő világa így fog véget érni.

– Mi? És te *oda* akarsz menni?! Abe, megőrültél?!

– Sajnos nem sok választásunk van. Ez a világ itt, ez a Föld meg fog semmisülni. Az viszont még egy darabig ugye nem. Így hát akármilyen rossz is lesz az a hely, legalább még egyben van. A „semminél jobb", mint ahogy mondani szokták. Ez most szó szerint igaz rá ebben az esetben, mert ez a világ itt hamarosan semmivé fog válni. Egyébként azokat a lényeket... a zombikat azért meg lehet ám ölni fegyverrel, ha minden igaz. Sokáig kihúzhatjuk még ott.

– Értem. Hát ezek a kilátások valóban nem túl rózsásak. És miféle fegyverek vannak azon a másik helyen? Pisztolyok vannak, meg puskák?

– Tudtommal vannak. Majdnem pont olyan az a világ is, mint ez. Rendőrség is van náluk és FBI is.

– Akkor mehetünk!

Abe épp el akart mosolyodni Nola belevaló hozzáállásán, amikor... Óriási dörrenéssel beszakadt a szoba ajtaja!

Ötödik fejezet: Menekülés

Miután keretestül beszakadt az egész ajtó, a romokon keresztül Ecker rohant be a szobába!

– Normális vagy?! – kiabált rá Nola. – Be sem volt zárva az ajtó, te barom!

Ecker nem is hallotta a nőt; ugyanazzal a lendülettel már mondta is a magáét:

– El kell tűnnünk innen! Most azonnal! Hé!... Maga az az Ywolf? Mit keres ez itt? *Kekeckedik* veled ez az alak, Darxley? Ellenáll a letartóztatásnak? Ugye ellenáll? – Chris benyúlt a sporttáskájába.

– Állítsd le magad!! – kiabált rá Nola, de most már tényleg erélyesen. – Nehogy még a végén lelődd nekem ezt az embert! Ő velünk van. Nem tehet az egész üggyel kapcsolatban *semmiről*!

– Mi? – kérdezte Ecker hitetlenkedve, miközben még az ajtó szálkáit porolta le a ruhájáról. – Téged is meghipnotizált? Én ugyan nem dőlök be ennek a misztikus szarságnak!

– Chris! Hallgass ide rám!

– Oké, hallgatlak. Mondj egy okot rá, hogy miért ne lőjem ementálira.

– Emlékszel? Azt mondtad, nem ismersz nálam józanabb embert és jobb ügynököt!

– Igen, így is van... de...

– Akkor bízz bennem. Most az egyszer! Nem tudom ezt most ilyen gyorsan elmagyarázni, de hidd el, hogy nem tehet semmiről. Ő nem gyilkos!

– Kár – mondta csalódottan Ecker. – Pedig látom, jó erőben van. Szokott maga gyúrni, Ywolf? – szólította meg Abe-et. – Megnéztem volna, ahogy ellenáll a... na mindegy... idehallgass, Darxley! Akkor is el kell húznunk innen.

– Mi történt? – kérdezte Nola.

– Emlékszel arra a *hetven emberre* tegnap estéről? Tudod, akik átrendezték kicsit a bérelt kocsid karosszériáját? Hát úgy látszik, idetaláltak! Épp a kaput döngetik odakintről! Be fogják szakítani!

– Menjünk! – ragadta meg Abe Nola karját. – Akkor tényleg nem maradhatunk itt!

– Steve hová lett? – jutott Nola eszébe.

– Itt áll kint – mondta Chris. – Ne aggódj miatta. Zabál valamit az ajtó előtt.

– Jó. Jöjjön velünk ő is – mondta Nola, és felkapta a fegyverét. Mindhárman elindultak a folyosóra.

Mikor kiléptek a szobából, és Steve is csatlakozott hozzájuk, hogy elhagyják az épületet, akkor hallották meg, hogy odakint a kertben beszakadt a nagykapu! Olyan robaja volt annak, ahogy a vaskaput tartó oszlopokkal együtt az egész szerelvény bedőlt, hogy még a padló is beleremegett alattuk! Chris annyira meglepődött sietség közben, hogy megbotlott, és elesett. Jól beverte pont azt a térdét, amit a hajléktalan nő előző nap eltalált a botjával.

– Menjetek! – kiabálta oda a másik háromnak. – Én tudok magamra vigyázni! Mindjárt utolérlek titeket én is! De muszáj kicsit pihennem, mert ez most *rohadtul* fáj!

Nola, Abe és Steve továbbfutottak hát az emeleti folyosón a lépcső irányába. Közben hallották, hogy az alsó szinten épp betörik a recepcióval szemközti bejárati ajtót. Ebben a pillanatban szakadt be!

Steve ekkor húzta elő a pisztolyt, amit Chris adott neki, mielőtt átküzdötte magát Nola szobájának az ajtaját. Steve egyszerű csöves létére olyan határozottan előreszegezve, másik kezével alátámasztva fogta azt a fegyvert, miközben lépkedett, mint egy hivatásos rendőr akció közben. Igaz volt hát, amit előző nap mondott nekik, tényleg biztonsági őr lehetett. Vagy talán *annál azért* több is?

Steve eléjük vágott, mivel Abe-nél nem volt fegyver. Nola ment hátul, aki még mindig azon gondolkozott, hogy nem kéne-e visszamenni Chrisért.

De gondolkodásra már nem volt idő!

Lentről olyan mennyiségben dőltek be az emberek az áttört bejárati ajtón, hogy nekik, hármuknak már csak másodperceik lehetettek hátra az életükből!

Noláék épp elérték a lépcső tetejét, amikor odalent az első őrült már el is érte a lépcső alját. Egy pillanatra mindannyian megtorpantak, és a lépcső két végéből egymásra néztek.

A férfinél is fegyver volt odalent. Valami régi, mocskos, olajos vacak. Talán nem is működött már. De célzásra emelte feléjük!

Steve reflexből rálőtt!

A golyó torkon találta a férfit, és elesett. Nem halt meg egyből. A pisztoly mindenesetre kirepült a kezéből.

Lerohantak a földszintre. Közben már többen is a lépcső aljához értek. Steve többször tüzet nyitott rájuk, és három embert el is talált. Két késekkel hadonászó férfit és egy nőt, akinél valami hosszú penge volt, mint egy fűnyíró kiszerelt vágókése. De még mindig maradt kettő a támadók közül!

Steve-nek kifogyhatott a lőszere a pisztolyból, mert üresen kattogott, amikor többször is meghúzta a ravaszt. Odakiáltott Nolának, hogy segítsen.

Az már megcélozta azt a két támadót a saját pisztolyával, de Abe még nála is gyorsabb volt! A lépcsőről, az utolsó pár fokkal már mit sem törődve, egyszerűen rájuk ugrott, mint egy oroszlán, és leteperte a közeledő két embert! Aztán egyből talpra is ugrott utána, de olyan gyorsan, hogy látni alig lehetett... Egy-egy kézzel felemelte azt a két férfit, akit ledöntött a lábáról... Úgy rántott fel két felnőtt embert a padlóról, mintha bevásárlószatyrokat kapott volna fel siettében!

„Te jó Isten! *Mégiscsak* képes rá! Képes egy embert fél kézzel a vállára kapni!" – kapott Nola a szájához döbbenetében.

...És ekkor Abe úgy elhajította azt a két embert, hogy öt-hat méterre tőlük érkeztek le a földre nagyot puffanva. A lendülettől csúsztak még jónéhány métert a fényes márványkövön. Lehet, hogy túlélték az esést, de Noláék már nem várták meg, hogy kiderüljön.

Már rohantak is ki az épületből!

Azaz csak *akartak*, mert abban pillanatban megint bejöttek páran!

A hajléktalanok nekik esve birokra keltek velük, és mindhárman foggal-körömmel kellett, hogy harcoljanak az életben maradásért. Nolát leteperték, de a földön való dulakodás közben egyszer csak elsült a fegyvere, és támadója holtan fordult le róla. Az utolsó pillanatban lőtte még le, mielőtt az egy bozótvágóval kettévágta volna a fejét!

Steve-nek valóban kiürült a fegyvere, mert ő is birkózni kényszerült eggyel. Steve addig-addig lökdöste ellenfelét, amíg a betört bejárati ajtó szilánkjai felé nem tudta terelni. Végül teljes testsúlyát beleadva belerántotta magával együtt a másikat egy negyven centis kiálló szilánkba!

Steve még az utolsó pillanatban képes volt elfordulni, ezért tőle pár milliméterre, ártalmatlanul haladt el mellette a szilánk. Csak az oldalán vágta fel kissé a ruhát. A másik férfi viszont egy az egyben felszúródott rá, mint egy bogár! Nem halt meg azonnal. Utána még pár percig vergődött az ajtó megmaradt roncsaiból kiálló szilánkon.

Közben Abe egyszerre több emberrel verekedett! Valószínűleg Nola és Steve is halottak lettek volna már, ha ő nincs velük.

Fenevadként küzdött a betolakodók ellen!

Mialatt a másik kettő egy-egyet elintézett, ő hét-nyolc embert csapott le puszta kézzel. Az egyiket átdobta a recepciós pult fölött, és az elernyedt állapotban fennakadt valami állványon. Egy másikat ugyanúgy dobott el, akár egy tekegolyót. Csak ez nem gurult, hanem csúszott és csúszott a hosszú folyosón. Valahol biztos megáll majd...

Abe úgy szórta maga körül az embereket, mint amikor egy medvét farkasok vesznek körül. Lehet, hogy nem bírta volna ezt a végtelenségig... Talán előbb-utóbb legyűrte volna a túlerő, de ha valaki túl közel került hozzá, az nagyon megbánta! Csontok törtek, ízületek roppantak és ugrottak ki a helyükről. Emberek repültek ide-oda kitekeredett testhelyzetben.

Félelmetes harcot vívott és produkált. Mint egy gladiátor, annyi ellenfél ellen, amiről már legendák szólnak. *Négyezer éves* legendák...

De sajnos úgy tűnt, hogy ez sem lesz elég! Erő és bátorság ide vagy oda, de le fogják gyűrni őket!

Újabb emberek jöttek be a kinti nagykapun, ezáltal újabbak jelentek meg az épület bejáratánál is. Túl sokan voltak!

„Innen nincs kiút!" – gondolta Nola. „És pont most! Amikor már végre majdnem minden világos volt! Amikor végre tudta, mit akar csinálni, és mit kell tennie! Nem lehet így vége! Egyszerűen nem lehet!" És ekkor egy hirtelen támadt ötletnek vagy inkább megérzésnek engedelmeskedve sikoltva odakiáltott Abe-nek:

– *Meg tudod csinálni!* Le tudod győzni őket, Abe! *Mindet* le tudod győzni!

Közben már ő is ellőtte az utolsó golyókat a pisztolyából. Még hármat sikerült azért ártalmatlanná tennie a besereglő őrültek közül, de ez sajnos semmi sem volt ahhoz képest, hogy hányan *maradtak* belőlük, és közben hányan érkeztek *még be* minden egyes másodpercben az átszakadt ajtó keresztül!

Abe-nek viszont hihetetlen erőt adott Nola biztatása. Ekkor már kettesével-hármasával szórta a betolakodókat. Steve *nem hitt* a szemének! Ő nem látta korábban, hogy mire képes a férfi. Nem látta, hogy az acélt is képes meghajlítani, sőt eltörni, ha nagyon akarja... és ha *Nola is hisz* benne. Már akkor is döbbenten nézte, amikor egyenként méterekre hajigálta el az embereket a közelükből. Most viszont azt hitte, *nem jól lát!* Úgy érezte, ez valami trükkfelvétel, mert a valóságban ilyen *egyszerűen nem lehetséges*:

Abe összefogott két-három embert a hajánál vagy ruhájánál fogva, és úgy dobta el őket, mint amikor valaki kavicsokat hajigál a vízbe. Mintha nem is erőlködött volna! Csuklóból! Akárha egy marék kenyérmorzsát dobott volna a galamboknak!

Úgy szórta az embereket, hogy már nemcsak elrepültek, de vitték is magukkal azt, amibe és akibe beleütköztek repülés közben. Az egyiket a csukott ablakon dobta ki. Vitte magával keretestül az egészet! Két másikat az ajtón keresztül dobott vissza kertbe, azok pedig a bejárati ajtó roncsainak egy részét sodorták magukkal. Egyet annyira megütött, hogy az azt vitte magával, aki közvetlenül mögötte állt, és még kettőt, akik pedig amögött nyomakodtak feléjük. Mindannyian nekirepültek egy márványoszlopnak, és a becsapódáskor iszonyatosat remegett bele minden. Nemcsak az oszlop, de az egész földszint! Akkorát, mint amikor a kinti nagykapu bedőlt!

Ugyanis a vaskos márványoszlop megroggyant a becsapódástól!

„Uramisten!" – gondolta Steve. „Mi az ördög ez a fickó? Ez nem ember! A fejünkre bontja ezt az egész rohadt kócerájt!"

Sajnos azonban már az sem segített volna.

Egyre többen jöttek! Mivel Abe nem akart senkit megölni, így azok, akik eleinte csak csúszva elrepültek tőlük távolra a folyosón, időközben felkeltek, és összeszedve magukat újra támadásba lendültek. Azokkal együtt, akik azóta bejutottak az épületbe, már annyira sokan lettek, hogy kilátástalanná vált a harc! Még Abe hihetetlen erejével együtt is!

Noláék már tudták, hogy eljött értük a vég.

Mindhármukért!

Steve-ért, aki tegnap még úgy érezte, hogy az alapítvány által esetleg kaphat *egy második esélyt az életre...*

Abe-ért, aki úgy érezte, hogy talán kaphat egy *második esélyt Nolával...*

Noláért, aki úgy hitte, végre tudja, hogy mit miért csinál, és talán kaphat egy *második esélyt* arra, hogy boldog legyen, és új életet kezdjen egy másik világban.... ahol talán nehéz lesz... talán szörnyű is... de *együtt lesznek!* Abe-bel!

És pont most lesz vége mindennek?

Mindhármuk számára?

De akkor...

Eldördült valami!

Majd megint!

Második alkalommal már nem is egyszer, hanem folyamatosan, ismétlődő, rövidebb sorozatokban.

Majd egyre hosszabbak lettek a sorozatok.

Ecker jelent meg a lépcső tetején!

Mindkét kezében egy-egy kisebb méretű *géppisztollyal*!

„Jézus!" – gondolta Nola. „Ezek is a táskájában voltak *mindvégig*? Hogy a jó Istenbe hozta be azokat az országba?!" – De most nem ért rá ezen hüledezni. Inkább fedezékbe rohant, és biztatta Chris-t is, mint korábban Abe-et:

– Adj a kekeckedő rohadékoknak! Ez háborúú!!

Chris-nek nem kellett kétszer mondani. Olyan pusztításba kezdett, hogy olyat még a Közel-Keleten is ritkán láttak tőle a bajtársai. Ott ugyanis sajnos finomkodni kellett, mert sokszor akadtak civilek is a terroristák között. Itt mindössze három volt, akire vigyázni akart, de azoknak *volt annyi eszük*, hogy szerencsére már fedezékbe húzódtak. Chris rég érezte magát ilyen jól! Lőtte a csőcseléket, ahogy csak tudta! Hármasával dőltek ki a rohadékok, mint a céllövöldében! ...ahol Chris valóban nyert díjakat! Az ezredes ezúttal rácseszett, hogy ezzel humorizált! Lehet, hogy Abe elhajításai után még fel tudott kelni némelyik támadó, aki szerencsésebb volt... Két géppisztoly torkolattüze előtt, amit Christopher Ecker sebészien biztos, mesterlövész kezei tartanak, viszont már nem létezik szerencse! Vagy ha igen, akkor szart se ér!

Chris ezért *hitt* a golyókban! Ez volt az ő vallása. Repültek a golyók mindenfelé! Pattogtak a márványszilánkok, az üvegszilánkok, a faforgács, az emberi ruhafoszlányok, csontszilánkok, hajcsomók és ki tudja, még mi minden! Nehéz volt kivenni a porban és a füstben. A két géppisztoly csöve ugyanis már felizzott a sok kirepülő golyótól, a levegőbe került törmelék és kosz pedig olyan porfelhőt csinált, hogy látni nem lehetett!

Pár másodperc elteltével Chris leengedte a fegyvereit. Az egyikben még maradt pár golyó. Azt hanyagul ellőtte egy fickóra, aki egy szerencsés láblövéssel megpróbált féllábon ugrálva távozni az alapítvány területéről. De most már az is a többiek között feküdt.

– Ne haragudjatok, hogy ennyi ideig tartott! – kiabált le Ecker mosolyogva a három társának. – De nagyon bevertem a lábam. – A térdén egy fekete, gumis szorítókötés volt látható, amilyet a sportolók használnak ízületi sérülés és fájdalom esetén. Valószínűleg azzal küzdött eddig, mert nem jött fel könnyedén a cölöpszerűen vaskos, izmos lábára. Ezek szerint ezt is hozott magával a táskájában!

Chris lejött hozzájuk, összekapartak magukat ők hárman is, és mind a négyen kimentek az épületből.

Kilépve viszont megláttók, hogy sajnos még nem jött be az összes hajléktalan őrült a kertbe. A kapunál még mindig sokan álltak!

– Futás a kocsihoz! – indult meg Nola a viharvert bérelt kis autó felé.

– Hagyd azt! – kiáltott rá Abe. – Az enyémmel menjünk! – Jobb kéz felé mutatott a garázsok irányába. Az egyik előtt egy masszív fehér Mercedes állt sötétített ablakokkal. Olyan, amivel az elnökök járnak. Talán még golyóálló is volt.

– Azt a szentségit! – tört ki Eckerből. – Vezethetek én? – kérdezte, miközben már mind a négyen rohantak a kocsi felé. Közben a kaputól megindultak befelé a csőcselék kint maradt tagjai. Hajigálták is már őket, miközben futottak. De szerencsére jó hosszú volt a kaviccsal felszórt út. Még maradt néhány másodpercük, mielőtt azok elérték volna őket.

– Sajnálom, de másnak nem indul el! – mondta Abe, Eckernek. – Ujjlenyomatfelismerő van a kormányban!

Abe már messziről kinyitotta távirányítóval a kocsi ajtajait, és beugrottak, ahogy odaértek.

– Indíts! – kiabálta Nola. A kapun betóduló csövesek kezdtek veszélyesen közel kerülni hozzájuk. Záporoztak a kövek Abe gyönyörű kocsijára.

– De *hogy* menjek át köztük? – kérdezte a férfi kiabálva. – Túl sokan vannak! Nem akarok közéjük gázolni! Megölném őket!

– Ez háború! – kiabálta Nola. – Muszáj kijutnunk innen! Az életünk múlik rajta! Most valóban te vagy az oroszlán! Gázolj hát közéjük!

– Gyerünk! Taposs bele! – helyeselt Ecker.

Abe belátta hát, hogy nincs más választása, és rendesen odalépett neki. A felspécizett Mercedesnek úgy bőgött fel a motorja, mint egy páncélozott harci mén, ami élete árán is, de át készül törni az ellenség sorain!

Kijutottak az alapítvány területéről. Odakint pedig mindenhol pusztulást láttak. A csőcselék éjszaka mindent tönkretett. Az egész várost. Talán az egész országot is. Meg sem lehetett ennyiből ítélni igazából... Mindenhol romok, felgyújtott házak, holttestek százai. „Abe-nek igaza volt. Itt hamarabb érkezik el a világvége. Ugyanis már itt van" – gondolta Nola szomorúan.

– Hová megyünk? – kérdezte Ecker, miközben a Mercedesben ülve utaztak már egy ideje.

Nola és Abe mindent elmondtak nekik. Nehéz volt így menet közben elmesélni ilyen őrült dolgokat, melyek a normális emberek számára talán felfoghatatlanok. De azért a másik kettő figyelmesen meghallgatta őket. Nem tudták volna megmondani, hogy mennyit hittek el az egészből, de egy részét valószínűleg azért igen.

Azok után ugyanis, hogy látták, mire képes Abe, mindketten biztosak voltak benne, hogy nem ember. Nem lehet az, mert olyasmikre, amiket ő csinált, senki sem képes fizikailag. Továbbá azt is látták, hogy lehet valami ebben a világvége dologban. Hisz elég volt körülnézniük hozzá! Steve-nek igazából majdnem mindegy volt, hogy hová mennek. Ő örült, hogy még életben van, és bárhová elment volna, ahol ennél egy kicsit nagyobb biztonságban érzi magát legalább egy kis ideig.

Ecker, mivel nem igazán volt fogékony a „misztikus szarságokra", így ő nehezebb falatnak bizonyult. Nem értette, miért kellene egy másik dimenzióba szöknie innen(?). Azt, hogy ennek a világnak hamarosan vége lesz, és minden el fog tűnni, nem nagyon tudta elhinni.

Ekkor viszont Nolának eszébe jutott egy kiváló ötlet!

Tudta, hogy ha *valamivel*, akkor *ezzel* képes lesz hatni kollégájára:

– Chris! – fordult hátra Nola az anyósülésen. – Szereted a zombifilmeket? Volna kedved kicsit lődözni több száz vagy akár több ezer olyan lényre? Vagy volna kedved esetleg puszta kézzel szétcsapni ilyen *kekeckedő* zombik között, de úgy *istenigazából*, ami a csövön kifér?

– VÉGE –

Epilógus

Pár perccel később...

– Te, Abe! – kérdezte Nola angolul, hogy mindannyian értsék. – Korábban ott a vendégszobában beszéltél a többi verziódról...
– Mondtam, hogy nem *verziók*!! Egy lélek széthasadt darabjai vagyunk!
– Jó, persze! Az egyik tizenkilenc, a másik egy híján húsz... Nem tökmindegy? Nem ez a lényeg! Hanem az, hogy... *mi van a társaikkal?* Ha ti majdhogynem ugyanazok a személyek vagytok, vagy legalábbis nagyon hasonlóak, akkor milyenek a többiek párjai? Vannak nekik?
– Nos... ööö... ez egy elég érdekes téma. Ez kissé megbonyolíthatja még a dolgokat...
– Mi?! Na idefigyelj, te Ywolf *báró*, velem most már ne szórakozz! Tudni akarom, miről van itt szó! Te itt sutyiban elhallgattál előlem egy fontos részletet! Halljam csak! Hogy is van ez?! Viszonyod van valamelyik könnyűvérű nőcskével, vagy mi?
– Dehogy is! Hogy lenne? Sosem jártam még azokban a világokban! Nem erről van szó. Csak hát...
– Gyerünk, ki vele! Ne várd meg, hogy én hipnotizáljam ki belőled a választ, te botox király! – kiabált Nola dühösen. Chris ezen harsányan röhögni kezdett a hátsó ülésen. Még a térdét is csapkodta közben!
– Jó, jó! – mondta Abe. – Szóval az a helyzet, hogy... G-vel kapcsolatban gőzöm sincs, de a másik kettő... nos, ők mindketten házasok. És mindkettejük feleségét... hogy is mondjam... hát... *Nolának* hívják.
– Mi?! És pont *ezt* nem mondtad eddig? Belőlem is három verzió van, vagy mi?!
– Mondtam, hogy nem *verziók*!
– Ne süketelj itt nekem! Bánom is én, hogy hogy nevezed azt a két ócska, útszéli ribancot!
– De hát lehet, hogy ők pont olyanok, mint te!
– Na, *azt* adja nekik az Úristen!
– Ugyan már, Nola! – hajolt előre Chris a hátsó ülésen. – Hisz épp te magad mondtad korábban, hogy nem jössz ki jól a női kollégáiddal, és csak a férfiakkal érted meg magad normálisan. Azt mondtad, nincs egyetlen barátnőd sem, mert nincs bennetek semmi közös. Hát most *tessék!* Találkozhatsz eggyel, aki *pont olyan*, mint te! Egyből kettővel is! Hát nem is örülsz?!
– Ecker, ha tovább *kekeckedsz* velem, hátramegyek oda, elveszem a táskádat, és vissza sem kapod többé a játékaidat! Mehetsz a zombik közé egy szál csuklószorítóban! Ugyanis szerintem *azt* sikerült felerőltetned egészen a térdedig! Ezért jött fel olyan nehezen!

Epilógus II.

Még mindig a kocsiban...

...miután már kicsit lecsillapodtak a kedélyek:

– Steve! – szólt hátra Nola. – Tegnap, amikor felvettünk az úton, mondtál valami furát. Azt mondtad, „megöltek egy fiút a buszmegállóban, és a feje..." Mi történt a fejével? Végül nem mondtad el nekünk.

– Hát most már, gondolom, nem kockáztatok vele semmit, ha elmesélem. Mivel egyértelmű, hogy ti sem vagytok normálisak, na meg ugye emberek se... így, gondolom, elmondhatom. De azért azt vegyétek figyelembe, hogy alkoholelvonási tüneteim vannak, és tegnap még lázas is voltam... Szóval tegnap, amikor láttam, hogy a csöves őrültek meglincseltek egy fiút a buszmegállóban, az egyikük baltával még fel is darabolta. Miután elmentek, odamentem, hogy... ő... *megnézzem,* nem maradt-e mégis életben! Sajnos nem. Ugyanis hiányzott a feje.

– *Ennyi*? – kérdezte Ecker. – Rohadt nagy sztori ez, öregem! Jártál volna te is a Közel-Keleten, mint én... Ott láttál volna ennél nagyobb fejetlenséget is!

– Nem! A feje nemcsak a testén nem volt ott, hanem a környékről is eltűnt! Pár perccel később elindultam onnan, hogy megkeressem az alapítványt. Kilométerekkel arrébb egyszer csak ott volt a levágott fej az úton, pont előttem! Pedig a csövesek teljesen más irányba mentek! Elvileg ők nem hozhatták oda!

– Na, *most már* engem is érdekel! – mondta Ecker. Kicsit feljebb is tornázta magát az ülésen, hogy jobban tudjon figyelni. – És mi történt utána?

– Egy papír volt a levágott fej szájában.

– MI ÁLLT RAJTA?! – kérdezték hárman egyszerre.

– A levelet a fiú küldte nekem halála után. Ami persze lehetetlen, de mégis így történt. Engem hibáztatott a haláláért. Azt írta, cserben hagytam. A nevemet is tudta! Az volt odaírva, hogy „Te leszel a következő, Steve!".

– *Ez tényleg* durva! – mondta Chris. – Most a hideg is kirázott ettől a szartól! De figyelj, egy jó tanács a jövőre nézve: állj le azzal a rohadt piával, de egy életre! Szerintem kezdett már az agyadra menni!

– Azon vagyok, Ecker, azon vagyok! De volt még egyébként valami odaírva, amit még csak nem is értettem.

– MI?!

– Az, hogy „Gyere te is! Kellünk a sötétségnek!"

Nola és Abe elhűlve egymásra néztek...

– Mit csináltál azzal a papírral? Nálad van? – kérdezte Abe vezetés közben a visszapillantó tükrön keresztül fürkészve Steve arcát.

– Eldobtam a francba! Miért? Úgyis csak képzeltem az egészet.

– Az nem olyan biztos – mondta Abe. – Viszont mondok azért egy nagyon jó hírt is, barátom! Lehet, hogy nem vagy átlagos. Elképzelhető, hogy a többi hajléktalant ilyen módszerekkel agymosta az az ember, akit Nolával felelősnek tartunk az itt történt szörnyűségekért. Talán őket *mind* így vette rá a gyilkosságokra! Elképzelhető, hogy *rád* viszont nem hat az ereje, mert képes voltál eldobni azt a papírt! Lehet, hogy a többiek nem dobták el. Talán előtted még senki sem! Ugyanis, ha mások is ellen tudtak volna állni neki, akkor nem lennének mostanra már ennyien. Ezért fajult idáig ez az egész krízis Magyarországon. De *rád* nem hatott. Még az is lehet, hogy *te* felismernél elsőre egy ilyen névtelen embert! Szerintem oka van, hogy most itt vagy velünk. Lehet, hogy később még nagy szükségünk lesz rád a harcban! Örülök, hogy velünk tartasz, Steve.

Epilógus III.

Hetek óta menetelt már Abe a hegyekben étlen-szomjan. Vagy legalábbis a hó alatt talált elhullott állatokból és a rájuk fagyott kukacokból nem jutott túl sok hasznos tápanyaghoz. Nehezen tudott darabokat letörni a fagyott húsból, megrágni pedig még gyötrelmesebb feladat volt. Sajnos nem hozott magával sem táplálékot, sem tűzrakáshoz használatos kellékeket, mert nem úgy készült, hogy ilyen hosszú ideig ki fog maradni. Csak hát Abe hajlamos volt belefeledkezni a kutatásba, ha nagyon keresett valamit. Néha ilyenkor bizony még az időérzékét is képes volt elveszíteni, ami nem most sodorta először ilyen nehéz helyzetbe.

Deres szakálla már a melléig ért. Rendezetlen, hosszú haját tépteborzolta a jeges, alpesi szél. Nem fogta össze, mert így legalább melegített valamennyit, még ha zavarta is a mozgásban és a látásban. A hosszú hajának már máskor is hasznát vette a hegyekben. Ugyanis a hóvakság ellen is véd, ha van valami a szemünk körül, hogy árnyékoljon. A vakító hó szinte kiégeti az ember retináját, ha sokáig ki van téve a messzibe nyúló havas lejtők – egyébként csodálatos – látványnak.

Még az ilyen fenséges vidékek szépsége is lehet káros.

Abe csak tudta... hiszen nem először kereste már a hegyi embert.

Ő csak így hívta. Más rajta kívül valószínűleg nem hívta sehogy, mert nem is tudtak a létezéséről. Aki ugyanis tudomást szerzett róla, az onnantól már nem élt sokáig.

Az egyszemű ember, aki itt, valahol az Alpokban él, négy méter magas és a Túlvilág Szeme van a homloka közepén. Akire azzal ránéz, az a szerencsétlen pára holtan esik össze. Abe már látta az óriást, az viszont őt sosem. Ezért is volt még Abe életben, mert az egyszemű nem vette észre.

Hogy miért keres valaki egy ilyen veszélyes embert, aki képes a puszta nézésével gyilkolni? Pontosan ezért.

Abe egy ideje egyedül kóborolt. Népét kiirtották, sőt az a világ sem létezett többé, ahonnan ő származott. Idő és tér vándora volt ő, az *Utazó*, ahogy sokan emlegették.

Ha eltűnt szülőhazáját már nem is tudta megmenteni vagy akár visszahozni a létezésbe, egyvalamire viszont látott némi esélyt, ami elégtétellel töltötte volna el: Ha sikerül megszereznie a Túlvilág Szemét, annak birtokában végig fogja járni az egész galaxist – az *összeset!* –, és felkeresi, majd leszámol azokkal a népekkel, akik üldözték és kiirtották annak idején az Aconitum Gyermekeit.

Ha már egyszer egyedül, család, társ és szerettek nélkül maradt, ne legyen hát másnak se olyanja! Annak legalábbis, aki abban segédkezett, hogy az övéit üldözzék és kiirtsák, mint a gyomot vagy a veszett kutyákat!

Egy ideje már csak a bosszú hajtotta. Ez maradt neki. És a jeges, dermesztő hideg, ami nemcsak itt, a hegyekben honolt, de a szívében is gyökeret vert a magánytól és az életből való kiábrándultságtól.

Elhatározta, hogy ha ismét megtalálja a hegyi embert, ezúttal nem bujkál majd előle, hanem harcolni fog vele. Valahogy elveszi tőle azt a pusztító fegyvert, amit az a homlokán visel.

Hetek óta menetelt már, de hírét-hamvát sem látta a hegyi embernek. Látott viszont helyette valami mást:

Egyszer csak egy fiatal lány lépett elé. Egy barlangból jöhetett elő, és Abe nem vette észre a kavargó hóviharban. Karcsú teremtés volt. Valószínűleg azért sem szúrt azonnal szemet, ahogy közeledik, mert Abe eleve nem egy ilyen termetű személyt keresett. Korholta is magát érte, hogy ellankadt a figyelme. Ha ez a lány így meg tudta lepni, lehet, hogy az óriás is rajtaüt majd úgy, hogy ő észre sem veszi! Talán túl régóta kóborol már. Belefáradt a harcba... önmagával és a múlt kísérteteivel.

Amikor a lány közelebb lépett, először azt hitte, afféle jégbarlangi lidérc. Azok osonnak ilyen hangtalanul. De ez a lány nem volt sem hófehér, sem a szemei nem világítottak delejes, jáspis-vörös ragyogással.

Abe ámulattal nézte a lány derékig érő fekete haját, mandulavágású, sötét szemeit – melyek miatt úgy tűnt, mintha részben ázsiai származású lenne –, közepes magasságú, vékony, izmos alkatát és különleges szépségét: Szív alakú arca volt, hangsúlyos arccsontjai és nőies, törékeny álla. Nem olyan átlagos szépségnek tűnt, amelyik, ha megszólal, akár kiábrándítóan buta módon, közönségesen is viselkedhet. Inkább „elegánsan" volt szép, mint egy hercegnő, aki álruhában jár a pórnép között.

– Ki vagy, és miért állod utamat? – kérdezte az Utazó. – Ismerlek valahonnan? Bosszúra vágysz tán te is, vagy a halálodat keresed itt, e kietlen hegyek között? Én még egyiket sem találtam meg.

– Nem, még nem ismersz engem – felelte a mandulavágású szemű teremtés. – Azt hiszem, ezen a világon még senki sem. Nem igazán érdekelnek az emberek, de te felkeltetted az érdeklődésemet. Mivel te nem is vagy közülük való, ugye jól mondom?

– Jól. Nem mintha bármi közöd lenne hozzá, te lány. Ne tarts fel. Dolgom van itt, a jégnek e kihalt, dermesztő poklában. Jobb, ha inkább menedéket keresel vagy visszabújsz a föld alá, ahonnan előugrottál, mert ha megtalálom azt, akit keresek, itt kő kövön nem marad, annyi szent! Az óriás négy méter magas, és a halál jár a nyomában. Én a helyedben nem maradnék itt, hogy meglásson. Akkor ugyanis holtan fogsz összerogyni. El nem tudod képzelni, mire képes az a bestia.

– Én bármit el tudok képzelni. Egyébként meg nem tervezek összerogyni a közeljövőben – mondta a lány pimaszul. – Viszont neked sem kívánom, hogy ilyen véget érjen kalandos életed. Gyere velem! Mutatok egy helyet, ahol talán még te is boldogságra lelhetsz. Felejtsd el az óriást! Már ha létezik egyáltalán.

– Engem ugyan nem vezet meg sem jégbarlangi lidérc, sem sötétség angyala. Nem tudom, te miféle szerzet vagy, de ajánlom, hogy tágulj innen, mert nem vagyok túl jó hangulatban. Lehetsz látszólag akármilyen gyönyörű, engem már nehéz átejteni. Én az Utazó vagyok, tér és idő vándora, Ywolf báró, a szuggesztió és a legsötétebb szabadság ura.

– Ez mind nagyon szépen hangzik – gúnyolódott a lány elképesztő szemtelenséggel. – Nekem sajnos nincs ilyen hangzatos nevem. Sőt, másmilyen sincs, de te talán egyszer majd adhatnál nekem is egy ilyen jól csengő titulust. Mit szólsz? Lenne kedved hozzá? Na, gyere már! Ne kéresd magad! Nézd meg a világomat! Ha nem tetszik, ígérem, visszahozlak ide, és megküzdhetsz az egyszemű barátoddal. Csak nézd meg azt a helyet, ahol én élek, és lehet, hogy többé nem is akarsz majd visszajönni és harcolni vele. Mit gondolsz, ő miért bujkál itt a hegyekben? Mondták már neked, hogy a pusztítás sehová sem vezet? Nem lehet, hogy az óriás is belefáradt már? Szerinted kellemes lehet mindent elpusztítani, amire csak ránéz? Még akár azt is, ami kedves volt a számára? Nem lehet, hogy csak azért él így egyedül, a világtól elzártan, mert már senkit sem akar bántani? Hallottad már, Utazó, azt a kifejezést, hogy „szeretet”? Tudod, nem csak bosszú létezik ám a világon.

Abe-nek felkeltette az érdeklődését a lány különös nézőpontja, ahogyan a dolgokat szemléli. Úgy döntött, egy darabon vele tart, és megnézi magának, miféle helyet emleget ez a szemtelen fruska. Első pillanattól kezdve idegesítette a lány, ahogy meglátta. Talán azért, mert idegesítően vonzónak találta.

Egy napon lehet, hogy még bele is tudna szeretni. Talán még nevet is ad neki egyszer, mint ahogy a lány azt az előbb arcátlanul felvetette.

Lehet, hogy Nolának fogja hívni. Valamiért Abe úgy érezte, hogy ez a név illene hozzá...

Utószó

Jim, a névtelen ember, azaz az istengyilkos történetéről Gabriel Wolf „Hit" című regényében olvashat.

Leir történetéről Gabriel Wolf „Pszichokalipszis" című regényében olvashat.

G, azaz „Egy" történetéről Gabriel Wolf „Gépisten" című regényében olvashat.

A névtelen ezredesről majdnem mindegyik történetben olvashat.

Az összes szereplő együttes harcáról pedig, ahol már mindegyikük vállvetve harcol majd a világvége, a pusztulás, a névtelen nyomozó és „Comato, a kegyetlen" ellen...

Gabriel Wolf „Új világ" című könyvében olvashat, ami 2022-2023-ban várható!

Gabriel Wolf Tükörvilága

A következő táblázatból kiderül, hogy milyen összefüggések vannak a Tükörvilágban játszódó regényekben. (A táblázatban nem szerepel olyan információ, ami spoilernek minősülne, azaz bármelyik regényben is meglepetést lőne le. Ez inkább csak egyfajta „publikus nyilvántartása" a szereplőknek.)

Szereplők	Mit üzen a sír?	Gépisten	Kellünk a sötétségnek	Pszichokali pszis	Hit
Leir Flow, az író	szerepel	szerepel	említik	főszereplő	szerepel
Abe, az időutazó báró	-	szerepel	szerepel	említik	szerepel
Robag Flow, az író	főszereplő	említik	-	-	említik
G, a "robot"	említik	főszereplő	említik	-	szerepel
Ronny, a térhajlító	szerepel	említik	-	-	említik
Nola*	szerepel (nővér)	szerepel (nővér)	főszereplő (FBI ügynök)	szerepel (feleség)	szerepel (feleség)
Jim, az istengyilkos	-	említik	említik	-	főszereplő/szerepel
A névtelen ember**	főszereplő/szerepel	szerepel	szerepel	-	főszereplő/szerepel

*A Nola nevű női szereplő egyik könyvben sem ugyanaz a személy. Ők más-más alteregók más dimenziókban.

**A névtelen emberekből több is van, de hogy melyikük kicsoda, és melyik regényben szerepelnek, az csak a könyvek elolvasásával deríthető ki!

A 2018 vége felé megjelenő „Új világ" című könyvben a következő karakterek fognak szerepelni:

Leir Flow, Abe, Robag, „Jim, az istengyilkos", G, Ronny, „Comato, a kegyetlen" és Júdás, továbbá Nola (négyen is ...egy kivételével), és az utolsó két névtelen ember.

Az „Új világ" nemcsak a fenti öt regény együttes folytatása lesz... de az öt műfaj keveredése is.

Egyéb kiadványaink

Gabriel Wolf művei

Pszichopata apokalipszis (horrorsorozat) ©2017
1. Táncolj a holtakkal
2. Játék a holtakkal
3. Élet a holtakkal
4. Halál a Holtakkal
1-4. Pszichokalipszis (teljes regény)

Kellünk a sötétségnek (horrorsorozat) ©2017
1. A legsötétebb szabadság ura
2. A hajléktalanok felemelkedése
3. Az elmúlás ősi fészke
4. Rothadás a csillagokon túlról
1-4. Kellünk a sötétségnek (teljes regény)
1-4. A feledés fátyla (a teljes regény újrakiadása új címmel és borítóval) ©2018

Ahová sose menj (horrorparódia sorozat) ©2017
1. A borzalmak szigete
2. A borzalmak városa

Valami betegesen más (thrillerparódia sorozat) ©2018
1. Az éjféli fojtogató!
2. A kibertéri gyilkos
3. A hegyi stoppos
4. A pap
1-4. Valami betegesen más (regény)
5. A Merénylő
6. Aki utoljára nevet
7. A szomszéd
8. A Jégtáncos
9. A Csöves
10. A fogorvosok
5-10. Valami nagyon súlyos (regény)
1-10. Jack (gyűjteményes kötet)

Árnykeltő (paranormális thriller/horrorsorozat) ©2019
1. A halál nyomában
2. Az ördög jobb keze
3. Két testben ép lélek
1-3. Árnykeltő (teljes regény)

Pótjegy (sci-fi sorozat) ©2019
1. Az elnyomottak
2. Niog visszatér [hamarosan]
3. Százezer év bosszú [hamarosan]
1-3. Pótjegy (teljes regény) [hamarosan]

Az utolsó ötlet (sci-fi novella) ©2021

Lángoló sorok (paranormális thriller sorozat) ©2021
1. Harag
2. A Halál Angyala
3. Lisbeth ereje
1-3. Lángoló sorok (teljes regény)

Beth, a szövődmény (horrorsorozat) ©2021
1. A lenyomat
2. Fekete fátyol rebben
3. Már meg sem ismersz?
4. Odaátról, a túlvilágról
1-4. Beth, a szövődmény (teljes regény)

Mayweather-krónikák
1. Felvonó a pokolba (horrorregény) ©2020
2. Az örök élet titka (horrorregény) ©2022
3. Az örök halál átka (horrorregény) [hamarosan]
1-3. Mayweather-krónikák I-III. (teljes sorozat, regénytrilógia)
[hamarosan]

_____

Nem biztos, hogy befejezésre kerülő sorozat:

Hit (science fiction sorozat) ©2017
1. Soylentville
2. Isten-klón (Vallás 2.0) [munkacím]
3. Jézus-merénylet (A hazugok harca) [munkacím]
1-3. Hit (teljes regény) [munkacím]

Anne Grant művei

Mira vagyok ...és magányos (thriller novella) ©2017

A Hold cirkusza (misztikus regény, ami „Sacheverell Black" néven lett publikálva) ©2018

Az antialkimista szerelme (romantikus regény) ©2020

Lázadó rádió (drámai, pszichológiai regény romantikus elemekkel) ©2021

Wolf & Grant közös művei

Anne Grant & Robert L. Reed & Gabriel Wolf
Kényszer (thriller regény) ©2019

Gabriel Wolf & Anne Grant
Alfa és ómega (verseskötet) ©2022

GABRIEL WOLF

Beth, a szövődmény

Nemere István előszavával

Gabriel Wolf
Beth, a szövődmény
(horrorregény)

Szeretett Földünket egy ismeretlen, egész világot érintő fertőzés támadja meg. A neve „patkóvírus". A járvány szinte egyik pillanatról a másikra, olyan rohamosan terjed, hogy előző nap még a létezéséről sem lehetett hallani, huszonnégy óra múlva azonban a kormány mindenkit rákötelez, hogy szájmaszkot viseljen az utcán, és tartson egymástól másfélméteres távolságot.

Patrick Lambert horroríró számára ez, mondhatni, „már nem az első rossz hír" aznap. Ugyanis a járványról való értesülésének reggelén, tíz év boldog(nak hitt) házasság után, Beth, a felesége váratlanul bejelenti, hogy elhagyja őt.

A férfi magyarázatok híján, semmit sem értve egyedül marad egy új, halálos vírus okozta, kilátástalannak ígérkező helyzettel és bizonyos természetfelettinek tűnő jelenségekkel, amelyek a szomszédjánál kezdődnek, aztán az ő lakásában is folytatódnak:

A magába roskadt, depressziós, egyedüllétébe részben beleőrült, hallucinációk által gyötört író észreveszi, hogy otthonában – munka közben, a kanapén mellette ülve – elkezd a semmiből előtűnni, megszületni, felcseperedni egy Beth-re, a nejére gyanúsan hasonlító lény, aminek olyan a teste, mintha pókhálóból lenne összesodorva és gubóba göngyölve.

Vajon van-e bármi köze ennek a jelenségnek a patkóvírus nevű világjárványhoz? Vagy csak Lambert veszítette volna el végleg a józan eszét? Mi fog történni, ha a „gubólény" teljesen kifejlődik? Valóban Beth lesz az? És azáltal visszatér Patrick-hez a szerinte minden ok nélkül távozott felesége? Vagy ezt csak a magányába beleőrült író reméli?

Akárhonnan is jött a teremtmény, de vajon kivé válik, és kifejlődve mire lesz képes „Beth, a szövődmény"?

Gabriel Wolf eddigi talán leghihetőbb, ezáltal leginkább lebilincselő horrorregénye, amit valódi, emberi félelmek és érzelmek, valamint sok drámai elem tesz izgalmassá, időnként pedig megdöbbentően meghatóvá.

Nemere István előszavával.

Elérhető e-könyvben és háromféle nyomtatott könyvben:

www.WolfandGrant.org

Gabriel Wolf

Lángoló sorok

Gabriel Wolf
Lángoló sorok
(paranormális thriller sci-fi elemekkel)

Lena Livingstone-t, a feltörekvő amerikai írónőt olvasói és kritikusai kikezdik az interneten. Amikor a trollok durván beleavatkoznak magánéletébe, és már bűncselekményig viszik a zaklatást, Lena frusztráltságában éktelen haragra gerjed, aminek meglepő következménye lesz. Az írónő rájön, hogy különleges képesség van a birtokában: Amikor dühös, lángra tudja lobbantani saját regényeit a gondolat erejével. Elkezd egymás után leszámolni provokálóival, felgyújtja a tulajdonukban lévő könyveket, egyre komolyabb tűzkárokat okozva. Hamar fejébe száll a természetfeletti hatalom, és túl messzire megy. Lenából egy ámokfutó sorozatgyilkos lesz, ám nem tudják rábizonyítani a tetteit, mivel soha nincs a helyszínen.

Lisbeth Long a gyújtogató írónő előző könyvkiadójának tulajdonosa. Long és Livingstone korábban szerzőtársak, elválaszthatatlan barátnők voltak. Lisbeth az, aki rájön az tettes kilétére, hiszen jól ismeri Lenát, és mert neki is különleges képességei vannak: eggyé tud válni az általa kitalált karakterekkel. Leghíresebb, visszatérő szereplője egy nyomozó, akinek az évek során elsajátította a logikáját. Ezért is tudja kideríteni, hogy ki áll a gyújtogatások hátterében. Később rájön, hogy gyakorlatilag bármit megtehet, amit egy regényében már megfogalmazott. Ezért ahhoz, hogy elkapja a sorozatgyilkost, elkezd olyan témákról írni, ami segíthet ebben: szuperhősökről szóló könyveket. Minden történettel új, egyre erősebb képességek birtokába kerül.

De vajon hol vannak ennek a határai? Milyen hatalomra lesz szüksége ahhoz, hogy nyomába eredjen a gyújtogatónak, és elkapja? Vagy akár le is győzze?

Egy paranormális thriller, melyben a képzelet valóra válik és a fikcióból megtörtént eset lesz.

Elérhető e-könyvben és háromféle nyomtatott könyvben:

www.WolfandGrant.org